【世界经典文学珍藏版】

福尔摩斯探案全集

◎尽览世界经典文化的博大精深 ◎读传世典籍，赢智慧人生——受益终生的传世经典

柯南道尔⊙原著
李志敏⊙编著

卷一

民主与建设出版社
·北京·

© 民主与建设出版社，2022

图书在版编目（CIP）数据

福尔摩斯探案全集:全4册/李志敏编著;郑琦绘图
—北京：民主与建设出版社，2015.8（2022.8重印）
ISBN 978-7-5139-0763-7

I.①福... II.①李...②郑... III.①侦探小说–小说集–英国–现代 IV.①1561.45

中国版本图书馆CIP数据核字(2015)第215207号

福尔摩斯探案全集

FU ER MO SI TAN AN QUAN JI

编　　著	李志敏
责任编辑	王 颂
装帧设计	王洪文
出版发行	民主与建设出版社有限责任公司
电　　话	（010）59417747　59419778
社　　址	北京市海淀区西三环中路10号望海楼E座7层
邮　　编	100142
印　　刷	永清县晔盛亚胶印有限公司
版　　次	2016年1月第1版
印　　次	2022年8月第4次印刷
开　　本	710毫米×1000毫米　1/16
印　　张	32
字　　数	460千字
书　　号	ISBN 978-7-5139-0763-7
定　　价	278.00元(全四册)

注：如有印、装质量问题，请与出版社联系。

目录

卷一

血字的研究

- 一　歇洛克·福尔摩斯先生 …… 2
- 二　演绎法 …… 7
- 三　劳瑞斯顿花园街的惨案 …… 12
- 四　警察栾斯的叙述 …… 18
- 五　广告引来了不速之客 …… 22
- 六　特白厄斯·葛莱森大显身手 …… 26
- 七　一线光明 …… 30
- 八　沙漠中的旅客 …… 35
- 九　犹他之花 …… 39
- 十　约翰·费瑞厄和先知的会谈 …… 42
- 十一　逃命 …… 44
- 十二　复仇天使 …… 50
- 十三　再录华生回忆录 …… 54
- 十四　尾声 …… 62

四个签名

- 一　演绎法的研究 …… 68
- 二　案情的陈述 …… 73
- 三　寻求解答 …… 77
- 四　秃头人的故事 …… 81
- 五　樱沼别墅的惨案 …… 87
- 六　福尔摩斯作出判断 …… 92

七 木桶的插曲	99
八 贝克街的侦查小队	107
九 线索中断	114

卷二

十 凶手的末日	125
十一 大宗阿格拉宝物	131
十二 约翰生·史莫的奇异故事	135
马斯格雷夫家族的成人礼	152
赖盖特村之谜	166
驼背人	182
希腊译员	196
海军协定	210
最后一案	236

卷三

归来记

空屋	254
孤身骑车人	266
修道院学校	281
六尊拿破仑塑像	305
三名学生	320
失踪的橄榄球队中卫	334
格兰其庄园	351

巴斯克维尔的猎犬

一 歇洛克·福尔摩斯先生	372

卷四

二 巴斯克维尔的灾难	381

三	疑案	388
四	亨利·巴斯克维尔爵士	396
五	三条线索中断	405
六	巴斯克维尔庄园	414
七	梅里皮特宅邸的斯泰普尔顿家	422
八	华生医生的第一份报告	433
九	华生医生的第二份报告	438
十	摘自华生医生的日记	450
十一	凸岩上的男人	458
十二	沼泽地的死亡	468
十三	布网	478
十四	巴斯克维尔的猎犬	488
十五	回忆	497

血字的研究

一 歇洛克·福尔摩斯先生

一八七八年,我在伦敦大学获得医学博士学位之后,继续到奈特利去进修军医的必修课。在那里的课程结束后,我就被派往诺桑伯兰第五火枪团充当军医助理。当时,这个团驻扎在印度。我还没有赶到部队,第二次阿富汗战役就爆发了。我在孟买上岸时,就听说这个部队已经越过山隘,向敌国境内挺进。尽管如此,我还是同与我一样情形的军官向前追赶部队,并安全抵达坎大哈。在那里,我找到了我的部队,并立即开始了我的工作。

这次战争对许多人来说是一次获得荣誉和升迁的好机会,但对于我来说,则是不幸和灾难。在战斗中,我的肩部中了阿富汗人的枪弹,打断了锁骨,并擦伤了下面的大动脉。幸亏一个忠厚老实的勤务兵把我拖到一匹马背上,安全地带回到英国阵地上,我才捡回了一条命。

伤痛不断地折磨着我,再加上长期的旅途劳累,我更加虚弱不堪。于是,我和大批伤员被送到了后方医院。在那里,我慢慢地好转起来,并可以在病房内来回走动。但不久,我又染上了伤寒,连续几个月都昏迷不醒。痊愈之后,我的身体变得更加虚弱。后来经过医生会诊,决定立即把我送回英国休养。一个月后,我在朴茨茅斯港上岸了。那时候,我的健康简直糟透了。幸好政府给了我九个月的假期,让我休养康复。

我在英国没有亲友,自由得就像空气,每天拥有十一先令六便士的收入。于是,我和大英帝国所有的游民懒汉一样,自然而然地就被吸引进伦敦这个大污水坑里。一段懒散又无聊的生活过后,我的经济情况变得紧张起来。很快,我决定另找一个花销少的住处,以彻底改变自己的生活方式。

就在做出决定的这一天,我在克赖蒂安酒吧遇到了小斯坦弗——我在巴茨时的一个助手。在茫茫人海的伦敦城中,居然碰到了一个熟人。这对于一个孤独的人来说,的确是一件让人高兴的事。小斯坦弗当时并不是我特别要好的朋友,但此时我还是热情地向他打招呼。他看到我似乎也特别高兴。兴奋之余,我邀请他去侯本餐厅吃午饭,并乘坐一辆马车前往。

"华生,你近来做些什么?"我们的马车穿过热闹的伦敦街道时,他惊奇地问我。"看你面黄肌瘦,只剩下一把骨头了。"

我把我的经历大致跟他讲了一下,还没等我讲完,我们就到达了目的地。

他听完我的不幸之后,关心地问:"那你现在有什么打算呢?"我回答说:"我想租几间便宜又舒适的房子。"

"真奇怪,"我的同伴说,"今天我是第二次听到这话了。一个在医院化验室工作的人今天早晨还在叹气,说找不到一个合租的人。"

"是吗?他真的要找人合住吗?"我叫道,"我刚好合适啊。对我来说,有个伴儿总比独自一个人住要好得多。"

小斯坦弗惊奇地望着我,说道:"你一定没听说过歇洛克·福尔摩斯吧,不然你可能不会愿意和他长期相处呢。"

"他这人不好吗?"

"哦,不,他只是有些古怪而已。人倒是很正派。"

"他是学医的吧?"我问道。

"不是,但我根本弄不清他到底在研究些什么。我知道他精通解剖学,同时,他也是个一流的药剂师。但我认为他从未系统地学过医学,他研究的东西杂乱无章。他拥有许多稀奇古怪的知识,他的教授也为之惊讶。"

"你没有问过他研究些什么吗?"我问。

"没有。他这个人平时很少说话,但他高兴的时候,讲起来又会滔滔不绝。"

"我想见见你的这位朋友。"我说,"要是和别人合租的话,我宁愿和一个沉静而又好学的人住在一起。现在我的身体还很虚弱,经不起吵闹和刺激。这些滋味我在阿富汗已经受够了,这辈子也不想再尝试了。我怎样才能见到他呢?"

"他现在应该在化验室里。"我的伙伴说,"你愿意的话,我们吃过午饭就过去。"

"很好。"我回答,然后我们的谈话就转移到别的话题上了。

我们离开餐厅去往医院的路上,小斯坦弗又一次向我讲述了那位先生的一些个性。

"如果你和他合不来,可不要怪我啊。"他说道,"其实我对他也不是很了解,我只是偶然在实验室里碰到他几回。是你提议要和他合住,我可不负责任。"

"如果我们合不来,要分开也很容易。"我答道,"斯坦弗,你不愿插手这件事,一定有什么缘由,是不是这个人的脾气特别坏,还是其他什么原因?"

"这件事真是难以用语言形容出来,"小斯坦弗笑笑说,"我觉得福尔摩斯这个人有点儿太科学化了,近乎冷血。有一次,他竟然让他的朋友尝尝植物碱。当然,他并没有什么恶意,只不过是出于一种研究的动机,想要正确地掌握这种药物的不同效果而已。说实话,我相信他自己也会一口把它吞下去的。"

"这种精神倒是对的。"

"是的,就是有点太过分了。后来,他甚至在解剖室里用棍子抽打尸体,以证明人死后还能产生什么样的伤痕。"

"抽打尸体?"

"是的。他想看看在死人身上会留下什么痕迹。我曾亲眼见过他这么做。"

"你不是说他不是学医的吗?"

"没错。天知道他在研究些什么。现在我们到了,你可以自己看看他是一个什么样的人。"

福尔摩斯先生的化验室在一条狭窄的胡同里。化验室是一间宽敞的大屋子,里面放着许多玻璃瓶子。中间摆放着几张大桌子,桌子上面放满了蒸馏器和试管,酒精灯闪着蓝色的火焰。我们进去的时候,他正聚精会神地工作着。听到脚步声,他回头看了一眼,接着就跳了起来,欢呼说:"我发现了!我发现了!"随后拿着一个试管向我们跑来,"我发现了一种试剂,除了用血色蛋白质来沉淀,别的都不行。"就算他发现了金矿,也不见得会比现在更高兴。

斯坦弗给我们介绍说:"这位是华生医生,这位是福尔摩斯先生。"

"您好。"福尔摩斯握住我的手热诚地说。他的力气真是大得惊人。

"您到过阿富汗,对吧?"

"您怎么知道?"我吃惊地问。

"这没有什么,"他笑了笑,"现在要谈的是血色蛋白质的问题。您能看出我这一发现的重要性吧?"

"从化学上来说,这是很有意思的,"我回答说,"但在实用方面……"

"先生,这可是实用法医学近年来最重大的发现了。您难道看不出来这种试剂能使我们在血迹鉴别上百无一失吗？请过来！"他急忙拉住我的袖口，把我拖到他之前工作的地方。他用长针刺破自己的手指，然后用一支吸管吸了那滴血，放进一公升的水里。

"现在我把这一滴血放进一公升的清水中，您看，这种混合液就像清水一样。血占这种溶液的比例还不到百万分之一，但我确信还是能够得到一种特定的反应。"说着他就把几粒白色结晶放了进去，并加上几滴透明的液体。很快，溶液现出暗红色了，一些棕色颗粒渐渐沉淀到瓶底。

"哈！哈！"他拍着手，像小孩子拿到新玩具那样兴高采烈地喊道，"您看，怎么样？"

"这的确是一个非常精妙的实验。"我说。

"妙极了！现在，不论血迹新旧，这种新试剂看来都一样会发生作用。如果这个试验方法早点发现，世界上那些逍遥法外的罪人早就受到法律的制裁了。"

"是这样的！"我喃喃地说。

"许多刑事犯罪案件就取决于这一点。嫌疑犯在罪行发生几个月后才被查出来。检查发现他的衣物上面有褐色斑点。这些斑点究竟是血迹还是泥迹，这让许多专家都感到为难。为什么呢？就是因为没有可靠的检验方法。现在，我们有了歇洛克·福尔摩斯检验法，以后就不会有任何困难了。"

他说话的时候，两眼炯炯有神，一只手按在胸前，鞠了一躬，好像在对许多正在鼓掌的观众致谢。

"祝贺你。"看到他那兴致勃勃的样子，我感到非常好奇。

"去年法兰克福发生了冯·比绍夫凶案。如果当时有这个检验法的话，罪犯早就被绞死了。还有布拉德福的梅森，臭名昭著的穆勒，蒙彼利埃的赖菲尔，以及新奥尔良的塞姆森。我可以列举出二十几个案件，这个试验方法都行之有效。"

"你简直像个刑案的活字典。"斯坦弗大笑道，"你可以办一份报纸，名字就叫'警方旧日新闻'。"

"那读起来一定很有意思，"福尔摩斯边说边把一小块儿橡皮膏粘在手指的针孔处。"因为我经常接触有毒的物品，所以要小心才好。"他把手伸到我面前，我注意到他手上到处是药膏的痕迹，皮肤也由于强酸腐蚀而变了颜色。

"我们来这儿是有事找你，"斯坦弗说着便坐在一个三腿高凳上，又用脚将另一个凳子踢给我。"华生医生要找个住处，正好你也想找人合住，所以我就把他带来了。"

福尔摩斯听了这话高兴地说："我看中了贝克街的一所公寓，非常适合两个人住。希望您不讨厌强烈的烟草气味。"

"我自己总是抽'船'牌烟的。"我回答说。

"那好极了。我经常搞一些化学药品，偶尔也做做试验，你能接受吗？"

"完全不成问题。"

"让我想想——我还有什么别的缺点呢？有时我会一连几天不说话，您不要以为我是生气了，不要管我，很快就会好的。您能告诉我您有什么缺点吗？两个人在同住以前，最好能够彼此先了解清楚对方的缺点。"

听到他的问话我笑了起来。"我养了一只小狗。我神经衰弱，所以怕吵闹。每天起床的时间不固定，而且非常懒。身体健康的时候，还有一些别的毛病，但现在就这么多。"

"您把拉提琴也算在吵闹范围内吗？"他急切地问。

"这要看拉琴的人，如果拉得好就没关系。"我回答说。

"啊，那就好了。"福尔摩斯笑着说，"如果您对那所房子也满意，我们的事就算谈妥了。"

"我们什么时候去看房？"

"明天中午到这儿来找我，我们一起去，然后把事定下来。"他答道。

"好的，那就明天中午。"我说着，和他握手道别。

福尔摩斯又开始继续他的实验,我和斯坦弗则一起向我住的旅馆走去。

"对了,"我突然停住脚步,面向斯坦弗问道,"他是怎么知道我去过阿富汗的?"

斯坦弗不可思议地笑笑。"他就是有这样的本事。很多人都想知道,这种事他是怎么看出来的。"

"太不可思议了。"我高声叫道,"谢谢你让我们两个住到一起。要知道,要研究人类就得研究各种各样的人。"

"这个人很值得你研究。但你会发现,他是一个让人捉摸不透的人。我敢说,他对你的了解一定比你知道他的多。再见!"

我回了一声"再见",便慢慢地向旅馆走去,心中对我新认识的这个人充满了好奇。

二　演绎法

第二天,我们按照约好的去贝克街二百二十一号B座那里看房子。这所房子有两间舒适的卧室和一间宽敞明亮的客厅,无论从哪方面来说,都很令人满意。因此,我们立刻就租了下来。当晚,我就收拾行李搬了进来。次日早晨,福尔摩斯也带着几只箱子和旅行包住了进来。我们花了一两天的时间整理东西,尽量安排妥当、合理。一切安顿下来后,我们也慢慢熟悉了这个新环境。

其实,福尔摩斯并不是一个难相处的人。他为人沉静,生活习惯很有规律。他工作的时候精力非常旺盛;可是常常也会上来一股相反的劲头,整天躺在沙发上,一言不发。每到这时,我发现他的眼睛里有一种茫然的神色。如果不是他生活习性节制有度,我真怀疑他染上了毒瘾。

几个星期后,我对他的个人兴趣和生活目的产生了强烈的好奇心。他的相貌和他的外表,一看就引人注意。他身高六英尺,因为瘦削而显得格外颀长;目光锐利;细长的鹰钩鼻子使他的相貌显得格外机警、果断;下颚方正而突出,说明他非常有毅力。他的手上斑斑点点,沾满了墨水和化学药品,但是摆弄起那些精巧易碎的化验仪器来,却又异乎寻常地熟练、灵活。

我发现他对某些方面的研究工作有着惊人的热忱;在一些稀奇古怪的知识上有着异常渊博的学识。他曾把散步回来后溅在裤子上的泥点给我看,然后根据泥点的颜色和硬度说明是在伦敦什么地方溅上的。关于英国法律,他也有充分实用的知识。

但他在某些方面知识的贫乏却和他知识丰富的一面同样地惊人。对于现代文学、哲学和政治,他几乎一无所知。最让我吃惊的是,他竟然对于哥白尼学说及太阳系的构成,也全无了解。在十九世纪,一个有知识的人居然不知道地球绕着太阳运行的道理,这简直令人难以理解。

他看到我的吃惊,微笑着说:"你好像很惊讶。就算我懂得这些,也要尽力把它忘掉。"

"把它忘掉?"

"你知道,"他解释说,"我觉得人的脑子就像一间空的小阁楼,应该有选择地把一些家具装进去。只有傻瓜才会把他碰到的所有破烂杂碎一股脑往里装。这样一来,那些对他有用的知识反而会被挤出来。所以最重要的就是:除非是有用的知识,否则就不要存进去。"

"但那是太阳系的知识!"我争辩道。

"那和我有什么关系?"他打断我的话,"你说地球绕着太阳转,即使是地球绕着月亮转,对我及我的工作也没有丝毫关系。"

我很想问他的工作是什么,但从他的神情来看,这个问题可能会使他感到不快。于是我把我和他的谈话又仔细想了一遍,想从中得出一些线索。他说他不会去学习那些与他工作无关的知识,也就是说他的一切知识都是对他有用的。我就在心中把他了解得特别深的知识列举出来,并用铅笔写下来。等我写完后,看着这份记录我忍不住笑了起来。它是这样的:

1. 文学知识——无。
2. 哲学知识——无。
3. 天文知识——无。
4. 政治知识——无。

5. 植物学知识——不全面。对莨蓿、鸦片及一般毒物非常了解,对园艺一无所知。

6. 地理学知识——实用,但有限。他可以一眼分辨出不同的土质,他散步回来,根据裤子上的泥点的颜色和坚实程度,就可以判断出是伦敦哪个地方溅上的。

7. 化学知识——精深。

8. 解剖学知识——准确,但无系统。

9. 惊险文学——非常渊博。对于本世纪发生的几乎所有的恐怖案件,他都一清二楚。

10. 擅长拉小提琴。

11. 精于棍棒、拳击和剑术。

12. 精通英国法律知识。

写出这些后,我觉得很失望,随手把它扔到火里烧了。"把这些方面联系在一起,要想找出一个符合所有这些特点的职业,"我自言自语道,"我还是干脆放弃这种努力算了。"

但有一点是清楚的,他的小提琴拉得非常出色,能够演奏一些高难度的乐曲。可是当他独自一人的时候,他就难得会拉出什么像样的曲调了。

刚住进来的两个星期,没有人来拜访我们。我以为我的伙伴和我一样,孤零零的没有朋友。但是,不久我就发现他有许多相识,而且是来自社会上各个阶层。其中有一个人,面呈土色,獐头鼠目,黑眼睛。福尔摩斯告诉我他叫雷斯垂德,一星期要来三四次。一天早晨,来了一位穿戴时尚的年轻姑娘,待了半个多小时。当天下午,又来了一位头发灰白、衣衫褴褛的人,样子像个小商贩。看起来他神情紧张,身后跟着一个邋邋遢遢的老妇人。还有一次,一位满头白发的老绅士来拜访,另一次是一个身穿制服的列车员。这些形形色色的人一来,福尔摩斯就请我让他使用客厅,而我不得不回到自己的卧室。为此他经常向我道歉,认为这样给我带来了麻烦。"这些都是我的顾客,我只能把客厅当作我办公的地方。"这正给了我直接向他发问的机会,但出于礼貌,我没有勉强他向我袒露心扉。他不说他的工作一定有什么原因,但很快,他主动提起了这个问题。

那是三月四日,我不会忘记这一天。这天我比平时起得要早一些,福尔摩斯还没有吃完他的早饭。房东太太知道我经常晚起,就没有安排我的餐具和咖啡。我立刻发起火来,拉了铃告诉她,我准备吃早饭。然后随手拿起一本杂志翻看,顺便等待早饭。我的同伴自顾地吃着面包,一声不吭。杂志中有一篇名为"生活宝鉴"的文章,被人用铅笔做了记号,因此我自然地阅读起来。

　　这篇文章试图说明:一个善于观察的人,如果对他所接触的事物加以精确而系统的观察,会有多么大的收获。我觉得这篇文章虽有其独到之处,但也未免荒唐可笑、夸大其词。我把杂志往桌上一丢,大声说道:"我一辈子也没有见过这样无聊的文章。"

　　"哪篇文章?"福尔摩斯问道。

　　我把那篇文章指给他看。

　　"这是我写的。"福尔摩斯安详地说。

　　"你写的?"

　　"是的,我在观察和推理方面具有特殊的才能。这篇文章里提出的那些理论,在你看来是荒唐的,其实却非常实际,我就是靠它来养活自己的。"

　　"靠它养活自己?"我不禁问道。

　　"我是一个'顾问侦探'。伦敦城中那些官方侦探和私人侦探遇到困难的时候就来找我,我听取他们的事实经过,他们则听取我的意见并付给我费用。雷斯垂德就是一位著名的侦探。最近他在为一桩伪造案大伤脑筋,没办法,就来找我。"

　　"那其他那些人呢?"

　　"他们大部分都是侦探介绍来的。他们都是遇到了一些麻烦事,需要有人指点,所以才来找我。他们给我讲述事情的经过,然后我给他们建议并收取一定的费用。"

　　"难道你足不出户就能解释某些疑难问题吗?"我问。

　　"没错,我有一种利用直觉分析事物的能力。我们第一次见面,我就对你说你到过阿富汗,你还记得吗?"

　　"一定有人告诉过你。"

　　"不是这样的。我当时一看就知道你是从阿富汗来的。我是这样推理的:

你既有医务工作者的风度,又有军人气概,那么,显然是个军医。你刚从热带回来,因为脸色黝黑,但手腕的皮肤却黑白分明,可见这不是你原来的肤色。你面容憔悴,很明显是久病初愈而又历尽了艰苦。你的左臂受过伤,所以现在动起来还有些僵硬。一个英国的军医在热带历尽艰苦,而且负过伤,除了阿富汗还会是别的地方吗?"

我觉得他的分析很有道理,不由得想起了几位我所佩服的推理小说家,可他竟把他们贬得一文不值,这让我十分不快。我走到窗口,望着街道自言自语地说:"这个人是很聪明,可实在是太自负了。"

"好长时间没有案件发生,也没有罪犯。"他发着牢骚说,"做我们这行的,光有头脑是没用的。我知道以我的能力要想出名是很容易的一件事。从古至今,没有一个人能像我这样在案件的侦破上做过深入研究,还有这么高的天赋。但结果呢?却没有案件可查,最多是几个小毛贼犯罪,动机和手段一清二楚,就连苏格兰场的官员都能一眼识破。"

我对他自以为是的口气感到气愤,心想,还是赶紧换个话题吧。

这时,我看见街对面有一个拿着蓝色大信封的人正在焦急地寻找着门牌号码,就说:"他应该是个送信的人,只是不知道在找哪家?"

"你是指那个退伍的海军陆战队的军曹吗?"福尔摩斯看了一眼,问道。

"他明知我没有办法证实他的猜测,"我心中暗想,"就故意吹牛说大话。"

这个念头还在我的脑中停留,只见我们所观察的那个人忽然从街对面跑了过来。接着就是一阵敲门声和说话声,然后楼梯上便响起了脚步声。

这个人一走进来,便把那封信交给了我的朋友。

这真是挫折他傲气的好机会。他刚才信口胡说,一定没想到会有现在这一步。"小伙子,你过去是干什么的?"我一边问送信人,一边略带恶意地瞟了我同伴一眼。

"军曹,先生,我在皇家海军陆战队服务过。没有回信吗?好的,先生,再见。"

他敬了个礼,然后走了出去。

三　劳瑞斯顿花园街的惨案

我不得不承认，我同伴的那套理论再一次在实践中得到证实。这确实让我大吃一惊，我对他的判断能力也更加钦佩了。但我心中仍然疑惑，或许整件事情是他事先安排好的，想以此来捉弄我。但其中的缘由我却说不出个所以然来。我向他看去，福尔摩斯已读完了来信，两眼茫然出神，若有所思。

"你怎么推断出来的呢？"我问道。

"推断出什么？"他不耐烦地问。

"他是个退伍的海军陆战队的军曹，你怎么推断出来的？"

"我没时间谈这些琐碎的事。"他粗鲁地回答，转而又微笑着说，"请原谅我的无礼。你打断了我的思路，不过不要紧。知道这件事是比较容易的，但要说明我怎么推断它的，却不是那么简单。好比让你证明一加一等于二，你肯定会觉得有些困难，然而你却知道这是不需要怀疑的事实。我隔着一条街就看见这个人手背上刺着一只蓝色大锚，这是海员的特征。再加上他的举止有军人气概，留着军人式的络腮胡子，我因此就可以断定他是个海军陆战队员。他有一种自高自大、喜欢发号施令的神态，你一定也看到他那昂首挺胸、挥舞手杖的姿态了吧。从外表上看，他又是一个稳健而庄重的中年人——所以，我相信他当过军曹。"

"妙极了！"我情不自禁地喊道。

他见到我流露出钦佩的神情，也感到很高兴。"看看这个！"他把送来的那封短信递给我。这封信的内容是：

尊敬的福尔摩斯先生：

昨夜，在布瑞克斯顿路的劳瑞斯顿花园街三号发生了一件凶杀案。今晨两点钟左右，巡警忽见该处有灯光，因知该房久已无人居住，故而产生怀疑。该巡警发现房门大开，前室空无一物，中有男尸一具。该尸衣着齐整，无被抢劫迹象，亦未发现任何能说明致死原因之证据。屋中虽有血迹，但死者身上并无伤痕。

死者如何进入空屋，我们百思不解，深感此案之棘手。请于十二时以前亲临该处，我将在此恭候。此前现场一切均将保持原状。若不能莅临，亦必将详情奉告，倘蒙指教，则不胜感激。

特白厄斯·葛莱森上

"这位葛莱森在苏格兰警场是非常出名的，他和雷斯垂德是那群蠢货中的佼佼者。两人都敏捷、干练、机警，但就是有点因循守旧，而且非常厉害。他们两人还勾心斗角。如果两个人都插手这件案子，那这个案子就有意思了。"

看着他不慌不忙地谈论着，我感到很惊奇。"不能再耽误时间了，"我叫道，"要我给你叫辆马车吗？"

"我还没有决定是否去呢！我真是一个懒人，但只是在懒劲儿上来的时候。有时我也是劲头十足。"

"但你不是一直都想有这样的机会吗？"

"朋友，这和我有什么关系呢？如果我把案件破了，我敢保证，功劳肯定被葛莱森和雷斯垂德他们这帮人抢去。谁让我是一个非官方的人呢？"

"但现在他是有求于你呀！"

"是，他知道我比他强，但他从来不会在其他人面前承认这一点。话虽如此，我们还是要去看一看。"

他穿上大衣，匆忙的动作显示出他的劲头已经超过了刚才的漠不关心。

在福尔摩斯的邀请下，几分钟之后，我和他坐上了一辆马车，急急忙忙地向布瑞克斯顿路驶去。

这是一个阴沉的早晨，灰蒙蒙的雾霭笼罩在屋顶上。我的同伴兴高采烈地谈论着各地制造的小提琴的区别，而我则一声不响地坐在车上。

"你好像对案子并不关心。"我终于开口说话，打断了他的音乐专论。

"现在还没有资料。"他回答，"在没有掌握一定的证据以前就做出推论，是极大的错误，会导致判断的误差。"

"你马上就会获得资料了。"我边说边用手指着，"如果我记得没错的话，这应该就是布瑞克斯顿路，那所房子就是出事的地点。"

"没错。快，停车，马夫。"我们距离那所房子还有一百码时，他就坚持要下车步行过去。

劳瑞斯顿花园街三号离街稍远,因为无人居住,景况极为凄凉。房子前面有个杂草丛生的小花园,把它和街道隔开。小花园中有一条泥泞不堪的黄色小径,是用黏土和石子铺成的。花园外有一道矮墙,墙上竖立着木栅栏。一个高大的警员靠墙而站,周围有几个闲人,伸着脖子往屋子里看,但什么也看不到。

我本以为福尔摩斯会马上跑进屋子里,动手研究这个神秘的案件,可是他好像并不着急。他在人行道上走来走去,一会儿观察地面,一会儿又凝视天空和墙头的木栅。这样仔细地察看以后,他才慢慢地走上小径,目不转睛地观察着小径的地面。他有两次停下脚步,有一次我看见他露出笑容,并且满意地欢呼了一声。我相信,他一定是发现了许多我看不出来的东西。

门口有一个人跑过来迎接我们。他热情地握住我同伴的手,"你来了,"他说,"真是太好了。这儿一切都保持着原状。"

"除了那儿之外,"我的同伴指着那条小径说,"即使是一群牛经过,也不会比那更糟。但是,葛莱森,相信你已经心中有数了,所以才允许别人那样做。"

"这件事应该找雷斯垂德负责,我一直在忙着屋里的事。"这位侦探推脱说。

福尔摩斯向我瞥了一眼,带有嘲讽之意。"有你和雷斯垂德在这,第三个人应该不会有其他的发现了。"

葛莱森高傲地搓着双手。"我想我们已经尽力了。"他回答道,"但这件案子十分古怪,我知道你一定很感兴趣。"

"你们没有坐马车来吗?"福尔摩斯问道。

"没有,先生。"

"那我们到里面去看看吧。"

说完,他便大步走进房中。葛莱森侦探跟在后面,脸上露出惊讶的神色。

房间里有一条短短的过道,过道左右各有一扇门。其中一个分明已经很久没有开过了,另一个是餐厅的门,惨案就发生在这个餐厅里。我带着沉重的心情跟随福尔摩斯走了进去。

这是一间方形大屋子。墙壁上贴着廉价的壁纸,有些地方已经有了霉迹,有的地方还剥落下来,露出里面黄色的粉墙。门对面有一个壁炉,炉上放着一段红色蜡烛头。室内光线非常暗,而且积土尘封,显得更加阴森恐怖。

一进去,我的注意力就集中在了那个可怕的尸体上:他僵硬地躺在地板上,两眼盯着天花板。死者大约四十三四岁,中等身材,宽肩,黑色卷发。身上穿着厚厚的大衣和背心,衣领和袖口干净整洁,浅色裤子,旁边的地板上有一顶整洁的礼帽。他双拳紧握、两臂张开、双腿交叠,看来临死的时候曾经做过一番痛苦的挣扎。他僵硬的脸上露出恐怖的神情,使他看起来更加可怕。

雷斯垂德侦探这时正站在门口,他向我们打了声招呼。

"这件案子一定会轰动全城。"他说,"我从未见过这样离奇的案件。"

"没有线索吗?"葛莱森问道。

"一点儿都没有。"雷斯垂德应声道。

福尔摩斯走近尸体,跪下来全神贯注地检查着。

"你们确定尸体上没有伤痕吗?"他指着四周的血迹问道。

"确实没有。"两个侦探异口同声地回答说。

"那么,这些血迹也许是凶手的。这倒让我想起了一八三四年乌特勒克发生的凶杀案,和这个情形很相像。葛莱森,你还记得那个案子吗?"

"不记得了,先生。"

"你真应该找出来再看一看。天下没有什么新鲜事,就是曾经发生过的。"

他说话时,灵敏的手指这里摸摸,那里按按,一会儿又解开死人的衣扣检查一番。他的动作敏捷、细致而且认真。最后,他闻了闻死者的嘴唇,又看了一眼死者漆皮靴子的靴底。

"尸体没有被动过吧?"他问。

"除了必要的检查外,其他的就没动过。"

"可以把他送去埋葬了。"他说。"没有什么可检查的了。"

葛莱森招呼抬担架的人进来把死者抬出去。当他们抬起死尸时,有一个东西滚落到了地板上。雷斯垂德把它拾了起来,莫名其妙地看着。

他叫道:"这是一枚女人的结婚戒指。"

我们都围了上去。这无疑是一枚新娘戴用的金戒指。

"这使事情更加复杂了。"葛莱森说,"事情本来就够复杂了。"

"为什么你不认为这会使案件更简单呢?"福尔摩斯说,"你们在衣袋里有检查出什么吗?"

"都在这儿。"葛莱森指着地板上的一小堆东西说,"一只金表,表号九七一六三,伦敦巴劳德公司制造。一枚金戒指,刻着共济会的标志。一枚金别针,上边有个虎头狗的脑袋,狗眼是两颗红宝石。一个名片夹,里面有印着克利夫兰,伊瑙克·锥伯的名片,这与衣服内的 E.J.D 字母缩写吻合。没有钱包,只有些零钱,一共七英镑十三先令。一本袖珍版的薄伽丘的《十日谈》,扉页上有约瑟夫·斯坦节逊的名字。此外还有两封信——一封是寄给锥伯的,一封是给斯坦节逊的,收信地址是河滨路美国交易所,留交本人自取。两封信都是通知他们轮船从利物浦开航的日期,很明显这个人正准备回纽约。"

"你们调查过斯坦节逊这个人吗?"

"我当时立刻就调查了。"葛莱森说,"只是现在还没有回音。"

"与克利夫兰联系了吗?"

"今天早晨我们发了电报。"

"电报怎么说的?"

"我们把这里的事情详细地说了一遍,并且希望他们能提供一些相关的材料。"

"你没有问到任何你认为重要的问题吗?"

"我问了关于斯坦节逊这个人。"

"其他的呢?这个案子没有关键的问题吗?你不打算再发电报了吗?"

"要说的我在电报上已经都说了。"葛莱森有些生气地说。

福尔摩斯正要说些什么,这时雷斯垂德又来了,得意洋洋地搓着双手。

"葛莱森先生,"他说,"我刚才发现了一件非常重要的事情。如果不是我检查的仔细,它就会被遗漏了。请到这里来。"说完就向前屋走去。

他划燃了一根火柴,举起来照着墙壁。

"瞧瞧那个!"他得意地说。

在墙角上一大片壁纸剥落了的地方,露出一块粗糙的黄色粉墙。上面有一个潦草地用鲜血写成的字:

拉契(RACHE)

"这个字很容易被人忽略,因为它写在了房间最暗的角落,没有人会想到到这里来看看。"雷斯垂德大声说,"很明显这是凶手蘸着自己的血写的,所以这件案子一定不是自杀。写字的人本想写一个女人的名字'瑞契儿'(Rachel),但是被什么事打搅了,因此就没有来得及写完。你们记住了,等案子侦破时,一定有一个名叫'瑞契儿'的女人和这件案子有关联。福尔摩斯先生,你很聪明,但姜还是老的辣。"

我的同伴听了他的话后,不禁纵声大笑起来。"真对不起,"他说,"这个字迹是你最先发现的,功劳自然应该归你。正如你所说,这个字是昨夜惨案中另外一个当事人写的。我还没有来得及检查这间屋子,如果你不介意,我现在就开始。"

紧接着他就从口袋里掏出一把卷尺和一个很大的圆形放大镜,开始对这间屋子进行检查。他一言不发,在屋里走来走去,有时站住,有时跪下,有一次竟趴在地上了。他全神贯注于工作,旁若无人;一会儿叹息,一会儿惊呼,有时还会吹起口哨。他用卷尺小心翼翼地测量了一些痕迹之间的距离,甚至去测量墙壁。后来他从地板上捏起一小撮灰色尘土,把它放进信封里。接着,他用放大镜非常仔细地观察了墙壁上的每个字母。最后,他似乎很满意了,才把卷尺和放大镜重新装进衣袋中去。

"先生,你有什么看法?"两位侦探同声问他。

"我还需要和发现尸体的警察谈一谈。"福尔摩斯说,"你们可以把他的姓名、住址告诉我吗?"

"他叫约翰·栾斯,"雷斯垂德看了一眼他的笔记本说,"现在下班了。你可以到肯宁顿花园门路,奥德利大院四十六号去找他。"

福尔摩斯记好了地址。

"走吧,医生,"对我说,"我们去找他吧。我要告诉你们一件对这个案子有帮助的事情。"他回过头来向这两个侦探继续说道,"这是一起谋杀案,凶手是个中年男人,身高六英尺,穿着一双粗皮方头靴,抽的是印度雪茄烟。他是和被害者坐同一辆马车来的。凶手的脸色可能是赤红,右手指甲很长。希望这些信息对两位能有所帮助。"

雷斯垂德和葛莱森互相看着对方,露出一种怀疑的微笑。

"那这个人又是怎么被杀死的呢?"雷斯垂德问道。

"毒死的。"福尔摩斯简单地说,"还有一点,雷斯垂德,在德文中,'拉契'是复仇的意思;所以不要浪费时间去寻找那位'瑞契儿小姐'了。"

福尔摩斯说完转身就走了,留下两位侦探目瞪口呆地站在那里。

四 警察栾斯的叙述

我们离开劳瑞斯顿花园街三号已经是下午一点了,福尔摩斯顺路拍了一封长电报。然后,叫了一辆马车,去往那个约翰·栾斯住的地方。

"第一手的证据是最重要的。"福尔摩斯说,"这个案子在我心中早就有数了,但我们还是应该把需要查明的地方弄清楚。"

"我已经被你弄糊涂了,福尔摩斯。"我说,"刚才你所说的那些特征的描述,你自己真的那么肯定吗?"

"不会错的。"福尔摩斯说,"一到那里,我首先便看到马路上有马车车轮的痕迹。由于一星期来只有昨天晚上下过雨,所以留下这个深深轮迹的马车一定是在夜间到那里的。同时根据葛莱森所说,早晨再没有车辆来过,所以,一定就是这辆马车把那两个人送到空房那里去的。"

"但是,你是怎么知道其中一人的身高的呢?"我问道。

"一个人的身高可以从他的步伐的长度上知道。我从屋外的粘土地上和屋内的尘土上量出了那个人步伐的距离。接着,我又发现了一个方法来验证我的计算结果。人在墙壁上写字的时候,很自然会写在和视线相平行的地方。壁上的字迹距离地面刚好六英尺。"

"那他的年龄呢?"我又问道。

"如果一个人能够一步跨过四英尺半,他决不会是一个老头儿。小花园里的甬道上就有那样宽的一个水洼,漆皮靴子是绕着走过去的,而方头靴子则是从上面一步迈过去的。这里面没有什么悬念。还有什么地方你不明白吗?"

"手指甲和印度雪茄烟呢?"我提出了疑问。

"墙上的字是用食指蘸着血写的,我用放大镜观察出写字时有些墙粉被刮了下来,如果这个人修剪过指甲,决不会这样。我还从地板上收集到一些散落的烟灰,呈片状,而且颜色很深,只有印度雪茄才会有这样的烟灰。我曾经对烟灰做过专门的研究,无论什么牌子的雪茄或纸烟的烟灰,我只要看上一眼,就能识别出来。"

"还有那个红脸的问题呢?"我又问道。

"啊,那就是一个更为大胆的推测了,以这个案件目前的情况,你先不要问我这个问题吧。"他说,"虽然我已经掌握了主要情节,但是还有很多地方仍然不够清楚。至于那个血字,只不过是企图把警察引入歧途的一种圈套罢了。那字并不是个德国人写的,你注意一下就能看出字母 A 多少是仿照德文样子写的,但是真正的德国人写的却常常是拉丁字体。因此我可以肯定地说,写字的人是一个不高明的摹仿者。"

我听了他的这些分析,表现出了由衷的钦佩。

"我再告诉你一件事。"福尔摩斯继续说道,"穿漆皮靴的和穿方头靴的两个人是乘同一辆车子来的,而且好像非常友好,很可能是互相倚靠着从花园小路上走过。他们进了屋子以后,还在屋子里走来走去;确切地说,是穿方头靴子的人在不停地走动，而穿漆皮靴子的则站着没动。我从地板上的尘土上看出了这些情况。同时我也能看出，他越走越激动，因为他的步子越走越大。这就说明，他边走边说，最后狂怒起来，于是惨案就发生了。我把我所知道的都告诉你了，剩下的就是猜测和推理了。我们必须抓紧时间了，下午我还要去听诺曼·聂鲁达的演奏。"

马车行驶到一条肮脏的巷口，突然停了下来。"那边就是奥德利大院。"车夫指着一条狭窄的胡同说。

奥德利大院是一个外观不佳的地方。我们下了车，穿过一群衣着肮脏的孩子，找到了四十六号。这位警察正在睡觉，我们便走进了小客厅等他出来。

由于被我们打搅了好梦，他出来的时候有些不高兴地说："我已经在局里报告过了。"

福尔摩斯从衣袋里掏出一个金币，"我们还想听你再仔细讲一遍。"他说。

栾斯两眼望着那个小金币，在沙发上坐了下来。"好的，"他说，"我就从头说起吧。我当班的时间是晚上十点到第二天早上六点，夜里一点钟的时候，开始下起雨来，我是在大约两点的时候转到了布瑞克斯顿路上的。这条路很偏僻，一路上连个人影都没有，只有一两辆马车从我身旁驶过。我正慢慢走着，忽然看见那座房子的窗口射出了灯光。我知道房子一直都是空着的，所以看到有灯光就吓了一大跳，怀疑出了什么差错。等我走到屋门口——"

"你站住了，转身又走回小花园的门口，"我的同伴突然插嘴说，"你为什么要那样做呢？"

栾斯用惊讶的眼神看着福尔摩斯。

"天哪，是那样的，先生，"他说，"可是您怎么会知道的！我走到门口的时候觉得太孤单了，心想最好还是找个人和我一起进去。我重新回到大街上，看看能不能见到别的人，可是街上一个人影也没有。我只好壮着胆子又走了回去，把门推开。里面没有一点声息，于是我就走进了有亮光的那个房间。只见壁炉台上点着一支红蜡烛，烛光下——"

"好了，你看见了什么我都知道。你在屋里走了几圈，还在尸体旁边跪了下来，然后走过去推厨房的门，后来——"

约翰·栾斯听到这里，突然跳了起来，满脸惊惧，眼中露出怀疑的神色。

"当时你躲在什么地方？都让你看见了？"他高声喊起来，"我觉得这些事你不应该知道的。"

福尔摩斯笑了笑，取出一张名片扔在警察面前。"别把我当成凶手抓起来。我也是猎人之一，不是狼，葛莱森和雷斯垂德可以为我证明。"福尔摩斯说，"请接着讲下去，之后你又做了些什么呢？"

栾斯重新坐了下来，脸上还是充满了疑惑。"我走到花园门口，吹响了警笛。另外两个警察闻声赶了过来。"

"当时街上没有别人吗？"

"只有一个醉汉，"栾斯笑了一笑，说："简直喝得烂醉如泥。我出来的时候，他正站在门口，放开嗓门，大声唱着歌，简直连脚都站不住了。"

"是个什么样的人？"福尔摩斯问道。

因为打断他的话，栾斯有点不耐烦。"醉的非常不像话，"他说，"如果当时我们不是忙着正经事，一定会把他抓到警察局。"

"你注意到他的脸、他的衣服没有？"福尔摩斯忍不住问道。

"我想我注意到了，因为我还搀扶过他。他是一个高个子，脸很红，下巴留着一圈——"

"这就够了。"福尔摩斯大声说道，"后来他怎么样了？"

"我们当时那么忙，哪有工夫管他。"他带着讨厌的口气说，"我敢保证，他记得回家的路。"

"他穿的什么衣服？"

"一件棕色外衣。"

"手里有拿着马鞭子吗？"

"没有。"

"他一定是把它丢下了，"我的伙伴喃喃地说，"后来你看见或听见有马车过去吗？"

"没有。"

"这个金币给你，"我的同伴说着就站起身来，"栾斯，恐怕你在警局是不会高升了。昨天晚上你本来可以捞个警长干干的，你搀扶过的那个人，就是这件案子的关键人物，也是我们正在找的人。走吧，医生。"

我们出来的时候,那个警察还在疑惑不解,但他已经开始感觉不安了。

"真是个笨蛋!"福尔摩斯恨恨地说,"这么大好的机会,他却给白白浪费掉了。"

"我还是不明白。警察讲述的那个人和推测的完全一样,可是那个人为什么要去而复返呢?这不像罪犯应有的行为吧。"

"戒指,他是为了戒指回来的。我们正好可以用这个戒指引他上钩。医生,我一定可以逮住他。说起来,我还真得感谢你,要不是你,我或许还不会去呢。那样我就失去了我所遇到的最好的研究了。我们就称它为'血字的研究'好吧?"

这位侦探坐在马车上高兴地唱起歌来,而我则陷入了深深的沉思:人的心智真是无所不能。

五 广告引来了不速之客

一上午的奔波,我虚弱的身体真是有点吃不消,下午我就感觉精疲力竭。福尔摩斯去听音乐会了,我一个人躺在沙发上想睡一会儿,却怎么也办不到。由这件谋杀案所引发的许多稀奇古怪的想法充满了我的脑子,让我不能合眼。

我的同伴说死者是被毒死的,我越想这个推测越不一般。他曾嗅过死者的嘴,所以才有这样的推测。再说,死者身上没有伤口,也没有被勒死的痕迹,除了毒,还会有什么死因呢?但是,地上的血迹又是谁的呢?这些问题得不到答案,我就睡不着。看到福尔摩斯那镇静而又自信的表情,我知道他内心已经有了结论,但我却弄不明白。

他回来得很晚,我觉得他不可能一直都在听音乐会。他进门时晚饭已经摆好了。

"你看起来好像和往常不一样,是这件案子弄得你心神不宁吧?"

"说实话,这件案子确实让我寝食难安。"

"这件案子的确是让人难以捉摸。看了今天的晚报了吗?"

"没有。"

"报上对这件案子报道得很详细，但对于掉落的一枚女人的金戒指却只字未提。这一点倒是很好。"

"为什么这么说？"

"看看这则广告，"他回答，"今天早晨我查看了现场后，就在各家报纸都刊登了这则广告。"

他把报纸递给了我。这是"失物招领"栏的头一则广告。广告内容是：

今晨在布瑞克斯顿路，白鹿酒馆和荷兰树林之间拾得婚戒一枚。失主可于今晚八时至九时向贝克街二百二十一号B座华生医生洽领。

"希望你不要见怪，广告上用的是你的名字。"福尔摩斯说，"如果用我的名字，那帮愚蠢的警察一定会来干预此事。"

"这倒不要紧，"我回答说，"但是，我没有戒指呀。"

"怎么没有？"他说着就递给我一枚戒指，"这一个应该能对付过去，几乎和原来的一模一样。"

"你预料谁会来认领呢？"

"当然是那个穿棕色外衣的男人。或者，至少是他的一个同党。"

"他不会觉得这样做太危险吗？"

"不会的。根据我的判断，这个人宁愿冒这个险，也不愿失去戒指。戒指应该是在他俯身查看尸体的时候掉下来的，不过当时他没有察觉。离开这座房子以后，他才发觉戒指丢了，于是又急忙回去。结果却发现由于自己粗心大意，没有把蜡烛熄掉，警察已经到了屋里。他在这种时候出现在房子的门口，很可能受到嫌疑，于是只好装成一个醉鬼。仔细地思索过后，他一定会想到戒指也可能是掉在路上了。他自然就要在晚报上寻找一番，希望在'失物招领'栏中有所收获。看到我这个广告，他一定会非常高兴。在他看来，没有理由一定要把寻找戒指和暗杀这件事联系在一起。他会来的，一小时内你就可以见到他了。"

"他来了我该怎么做呢？"我有点担心。

"哦，到时候我来对付他。你有武器吗？"

"有一支旧的军用左轮手枪,还有一些子弹。"

福尔摩斯吩咐我把手枪擦拭干净,装上子弹,因为那是个亡命之徒。

我照他的话回到卧室去做准备。

等我再次出来时,福尔摩斯正摆弄着他心爱的小提琴。

"案子越来越复杂了。"福尔摩斯说,"我发往美国的电报,刚刚得到了回电,证明我对这个案子的判断是正确的。"

"那是——"我急切地问。

"这弦该换新的了。"他说,"你把手枪放在口袋里。等那个人来了,你说话的语气要和平时一样,千万不能漏了马脚。剩下的就交给我来处理。"

"现在是八点钟。"我看了看表说。

"没错,可能过几分钟他就来了。把门稍开一点就行了,把钥匙插在门上。谢谢你。这本《论各民族的法律》是我昨天在一个摊上偶然发现的,用拉丁文写的,比利时列日出版。想想看,这本书出版时,查理一世的脑袋还没掉呢。"

"出版人是谁?"

"菲利普·科洛,不知是什么人。嗯,我们要等的那个人来了。"

他的话音刚落,楼下就响起了震耳的门铃声。

"华生医生住这儿吗?"一个语调粗鲁的人问道。我们还没有听到仆人的回答,就听见有人上楼来了。脚步声拖拖拉拉的,走得很慢。我的朋友侧耳听着,脸上露出惊讶的神色。脚步声缓慢地向我们靠近,接着就听见轻轻的敲门声。

"请进。"我高声说道。

应声出现的是一个满脸皱纹的老太婆,她蹒跚地走了进来。站定之后,老眼昏花地望着我们,颤抖的手指不停地在衣袋里摸索着。我看了我的伙伴一眼,只见他显得怏怏不乐,而我只能保持镇静。

老太婆终于掏出了一张晚报,用手指着我们登的那个广告说:"我是为戒指来的,先生们,广告上说的那枚婚戒,是我女儿赛莉的。她结婚才一年,丈夫在一条英国船上管账。要是他回来发现我女儿丢了戒指,谁知道会闹出什么事来。事情是这样的,昨晚她去看马戏,是和——"

"是这个戒指吗?"我把戒指拿给她看,问道。

老太婆叫了起来:"谢天谢地!这正是她丢的那个。"

"您住在哪儿?"我问。

"宏兹迪池区,邓肯街十三号。离这儿可远呢。"

"布瑞克斯顿路并不在宏兹迪池区和什么马戏团之间呀。"福尔摩斯突然说。

老太婆转过脸去,一双小眼睛锐利地盯着他。"这位先生刚才问的是我的住址。"她说道,"我女儿住在培克罕区,梅菲尔德公寓三号。"

"请问您贵姓——?"

"我姓索叶,我女儿姓丹尼斯,她的丈夫叫汤姆·丹尼斯。在船上他是一个帅气的小伙子;可是一上岸,就不行了,又是酒,又是女人——"

我遵照同伴的暗示把戒指交给了她。"好了,现在物归原主了。"

老太婆说了谢谢,把戒指放进衣袋,然后缓慢地走下楼去。她刚离开,福尔摩斯立刻跑进了他的房间。几秒钟以后,他已然穿好外套走了出来。匆忙中福尔摩斯说:"我要跟着她,她肯定是同党,她会把我带到凶犯那里去。别睡,等着我。"然后就下了楼。我从窗子看出去,只见那个老太婆有气无力地在街对面走着,福尔摩斯在她的后边不远处跟着。我想如果福尔摩斯的推断是正确的话,今晚谜底就可以揭晓了。他根本不用告诉我等他,在得知他这趟经历的结果之前,我是不可能睡着的。

福尔摩斯是将近九点钟出门的,直到十二点,我才听到他用钥匙开门的声音。他一走进来,我就从他的脸色看出,他并没有成功。是高兴还是懊恼,好像一直在他的心里交战着。很快,高兴战胜了懊恼,福尔摩斯忽然纵声大笑起来。

"这件事决不能让苏格兰场的人知道。"他边说边坐在椅子中,"我总是嘲笑他们,这次他们知道后,一定不会放过我的。不过没关系,我知道最终赢的一定还是我。"

"怎么回事?"我问道。

"啊,我把我失败的情况跟你谈谈吧。那个家伙没走多远,就叫住了一辆过路的马车。我凑近她,想听听她要去哪里;其实我根本是多此一举,因为她说话的声音就是隔一条马路也能听清楚。她大声说:'到宏兹迪池区,邓肯街十三号.'我当时还以为她说的是实话。看见她上车以后,我也跟着跳上了马车后部。马车一路未停,一直到了目的地。快到十三号门前的时候,我先跳下车来,慢悠悠地在街上溜达。马车停下后,车夫跳了下来,打开了车门,可是并没有人下来。乘客早已没影儿了。我们去十三号一问,才知道那儿住的是一位规矩的裱糊匠,从来没听说过什么索叶或者丹尼斯在那里住过。"

"你是说那个步履蹒跚的老太婆居然瞒过了你和车夫的眼,在马车行驶的途中跳下去了吗?"我惊奇地问。

"什么老太婆,真该死!"福尔摩斯厉声说道,"他一定是个年轻人,而且,还是个了不起的演员。他显然是知道有人跟着他的,因此就用了这一招儿溜之大吉。这说明我们要找的那个人绝不是单枪匹马,他有一班朋友甘愿为他冒险。好了,医生,你看起来很累了,快去休息吧。"

我的确是累极了,便听了福尔摩斯的话。但深夜我醒来时,听到低吟的小提琴声,知道他还在沉思并竭力破解那个古怪的难题。

六 特白厄斯·葛莱森大显身手

第二天早上,各家报纸纷纷登出了"布莱克斯顿奇案"的消息。每家报纸都报道得十分详细,有的还做了评论。其中有很多内容我都不曾听说。

吃早饭时,我和福尔摩斯一起看着这些报道,他似乎对此很感兴趣。

"我说过吧,不管怎么样,功劳一定是属于雷斯垂德和葛莱森的。"

"这得看结果怎样。"

"哦,一点关系都没有。如果凶手抓住了,是他们两人努力的结果;如果没有抓住,他们可以说:虽然历尽千辛,但是……总之,好事是他们的,坏事是别人的。不管他们怎么做,总有一批人叫好。法国有句俗语:笨蛋虽笨,但还有比他们更笨的人为他们喝彩。"

我们正在谈话,过道里和楼梯上突然响起了一阵杂乱的脚步声,我不禁喊道:"这是怎么回事?"

"这是贝克街侦缉分队。"我的伙伴煞有介事地说。正说着,几个街头流浪儿就冲了进来。

"立正!"福尔摩斯厉声喝道。于是这六个孩子就像六个小泥人似的一条线地站在了那里。"今后你们就叫维金斯一个人来报告,其余的在街上等着。找到了吗,维金斯?"

"没有,先生,还没有找到呢。"一个孩子答道。

"我估计你们也不能马上找到,但不能放松。继续找吧,直到找到为止。"福尔摩斯给了每人一个先令,然后说:"好了,去吧,我等着你们的好消息。"

他挥了挥手,这群孩子就像一窝小耗子似的冲下了楼。

"这些小家伙一个人的工作成绩,要比一打官方侦探还要来得大。"福尔摩斯说,"他们很机灵,就像针尖一样,无孔不入。他们只是缺乏组织。"

"你是因为布瑞克斯顿路的案子才雇的他们吗?"我问道。

"没错,我想证实一些事情,但这只是时间早晚的问题。啊,我们马上就能听到一些有意思的新闻!葛莱森正往咱们这儿走呢,看他满脸得意的样子。我知道他一定是来找我们的。没错,他停下了。"

不一会儿,葛莱森侦探就一步三级地跳上楼来,一直闯进了我们的客厅。

"亲爱的朋友,"他紧紧握住福尔摩斯的手大声说道,"恭喜我吧!我已经把这个案子完全搞清楚了。"

我似乎看出,福尔摩斯的脸上掠过一丝焦急的暗影。

"你是说你已经把案件侦破了吗?"他问道。

"是的!老兄,我连凶手都捉到了!"

"他叫什么名字?"

"阿瑟·夏朋婕,一个海军中尉。"葛莱森得意地说道。

福尔摩斯听了他的回答如释重负地松了一口气,不觉微笑起来。

"请坐,抽根烟。"他说,"我们很想听听你是怎么侦破的。来点加水威士忌吗?"

"来一杯吧。"侦探说,"这两天紧张忙碌的工作真是把我累坏了,主要是脑力上的。你肯定能体会到,福尔摩斯先生,因为我们都是用脑工作的人。"

"过奖了。"福尔摩斯说。"让我们听听你是怎么取得如此辉煌的成果的。"

这位侦探在扶手椅上坐了下来,抽了几口雪茄。

"真可笑,"他大声说道。"雷斯垂德这个傻瓜还以为自己很高明,可是他完全搞错了。他还在寻找那个斯坦节逊的下落呢,其实那个家伙跟这个案子一点儿关系都没有,这会儿应该是把他抓起来了。"

"那么,你是怎么得到线索的呢?"

"啊,我都告诉你们吧。我首先做的就是查明死者的来历。你还记得他身旁的那顶帽子吗?"

"记得,"福尔摩斯说道,"那是从坎伯韦尔路二百二十九号的约翰·安德鸟父子帽店买来的。"

葛莱森听他这样说,立刻显出非常沮丧的神情。"没想到你也注意到了。"他说,"好,我找到了店主,很快就查到这顶帽子是送到一位住在陶尔魁里、夏朋婕公寓的住客锥伯先生处的。这样我就有了这个人的住址。"

"干得好!"福尔摩斯低声称赞着。

"我马上就去拜访了夏朋婕太太,"这位侦探接着说,"我和她谈话的时候,发现她的神情很不安,嘴唇不住地颤抖。这些都逃不过我的眼睛。我问她知不知道锥伯先生被人杀害的消息,这位太太点了点头,似乎连话都说不出来了,站在她旁边的漂亮女儿却不禁流下眼泪来。我就知道他们和这个案子一定有关。

"我问道:'锥伯先生什么时候离开你们这里去车站的?'

"'八点钟,'她压抑着激动的情绪说,'他的秘书斯坦节逊先生说有两班去利物浦的火车,一班是九点十五分,一班是十一点。他们打算坐第一班车走。'

"'这是你们最后一次见到他吗?'

"那个女人一听到这个问题,一下变得面无人色,好半天才挤出个'是'字。

"后来她女儿说话了。她的态度很镇静:'说谎是没有好处的,妈妈,我们还是坦白点吧。我们后来又见到过锥伯先生。'

"'你可害了你的哥哥了!'夏朋婕太太双手一伸,喊了一声,就向后倒在椅子上了。

"'哥哥一定也希望我们说实话。'这位姑娘坚决地回答说。

"我就劝她把知道的事情全部说出来,再说她们也不知道我究竟掌握了多少情况。"

"'都是你,爱莉丝!'她妈妈高声地说,一面又转过身来对我说,'我都告诉你吧,先生。你不要以为,一提起我的儿子我就激动,是因为他和这件案子有什么关系。他完全是清白的,他的经历、他的职业都可以证明。'

"'你还是把实情都说出来吧。'我对她说,'如果你的儿子真的是清白的,他会受到公正的待遇。'

"'爱莉丝,你出去一下,让我们两个人谈吧。'她说,她的女儿就走了出去。'好了,先生。'她继续说道,'我本来不想告诉你这些,但我女儿已经说破,我就把全部情况说出来吧。'

"'锥伯先生在我这里大概住了三个星期。他和他的秘书斯坦节逊一直在大陆旅行,他们的每只箱子上都贴有哥本哈根的标记,我想那应该是他们最后到的地方。斯坦节逊是一个沉默寡言的人,但他的主人完全是另外一种人。这个人举止粗野,行为下流。他对女仆们态度轻佻,非常令人厌恶。最让人无法忍受的是,他竟然又用这样的态度来对待我的女儿。我之所以能容忍他三个星期,是因为他们每人每天房租是一镑,一个星期就是十四镑;而且现在正是客人稀少的淡季。我是个寡妇,儿子在海军里花销也大,我实在舍不得白白丢了这一大笔钱。可最近一次,他闹得实在太不像话了,我这才让他们搬走。我儿子现在正休假在家,但是因为他的脾气暴躁,而且又非常疼爱他的妹妹,所以,这些事我一点都没有告诉过他。这两个人搬走以后,我的心里才轻松下来。

"'可是,还没过一个钟头,锥伯又回来了。他的样子很兴奋,显然刚喝过不少酒。他一头闯进房来,说自己误了火车。后来,他竟当着我的面让爱莉丝和他私奔。可怜的爱莉丝一直躲着他,可是他一把抓住她的手腕,就要往门口拉,我吓得大叫起来。就在这时,我的儿子阿瑟进来了。之后发生的事,我就不知道了。我只听到又是叫骂又是扭打,乱成一团,吓得我连头都不敢抬。等我再看的时候,只见阿瑟站在门口,手里拿着一根木棍,说:"我想这个混蛋再不会来捣乱了,我要出去跟着他,看看他到底干些什么。"说完,他就拿起帽子跑了出去。可是,第二天早晨,就听说锥伯被人杀了。'"

福尔摩斯打了一个呵欠,说道:"这确实很动听。后来呢?"

这位侦探又说了下去:"我继续追问她儿子回家的时间。算了算他大概出去有四五个钟头。后来,我查到夏朋婕中尉的下落,就带着两个警官,把他逮捕了。根据我的看法,他一直追着锥伯到了布瑞克斯顿路。这时他们又争吵起来,锥伯挨了他一棍子,可能正打在心窝上,所以虽然送了命,却没有留下任何伤痕。夏朋婕见四下无人,便把尸首拖到了那所空屋里。至于蜡烛、血迹、墙上的字和戒指等,不过是他想把警察引入歧途的一些花招罢了。"

"做得好!葛莱森,你总有一天会出人头地的。"福尔摩斯以称赞的口气说。

"我认为这件事办得还算干净利落。"这位侦探骄傲地答道,"不过这个小伙子自己却供称:他追了一段路以后,锥伯发现了他,就坐上一辆马车逃走了。他在回家的路上遇到了一位老同事,陪着他走了很久。可是问他这个老同事住在哪儿,他却又说不清楚。我认为这个案子的情节前后非常吻合。可笑的是雷斯垂德,他一开始就走上了歧途。嘿!正说他,他就来了。"

进来的人果然是雷斯垂德。只见他神色慌张,愁容满面。他到这里,显然是来向福尔摩斯求教的,因为当他一看到他的同事也在便显得手足无措起来。最后,他说道:"这真是一件非常离奇的案子。"

"你已经找到那个秘书斯坦节逊了吗?"葛莱森得意地问。

"斯坦节逊先生今天早上六点钟左右在郝黎代旅馆被人暗杀了。"雷斯垂德心情沉重地说。

七　一线光明

雷斯垂德给我们带来的消息既重要又意外,我们听了以后全都惊愕不已。葛莱森猛地从椅子上站起来,酒水全洒了出来。福尔摩斯嘴唇紧闭,双眉低沉。

"斯坦节逊也被谋杀了。"福尔摩斯喃喃地说,"案情变得更加复杂了。"

"你，你这消息可靠吗？"葛莱森结结巴巴地问道。

"我刚从他住的地方来，我还是第一个发现这个情况的。"雷斯垂德说。

"请你把你知道的情况都说给我们听听吧。"福尔摩斯说。

"好的，"雷斯垂德坐了下来，说道："我承认，我还以为锥伯的被害是和斯坦节逊有关的。这个新的发展让我明白自己完全弄错了。三日晚上八点半左右，有人曾在尤斯顿车站见过他们。四日清晨两点钟，锥伯的尸体就在布瑞克斯顿路被发现了。我给利物浦拍过电报，告诉他们斯坦节逊的外貌，提醒他们监视美国的船只；然后就在尤斯顿车站附近的旅馆和公寓里逐个查找。当时我的判断是：如果锥伯和他的朋友已经分手，那么斯坦节逊当晚肯定会在车站附近找个地方住下，第二天早晨再到车站去。"

"他们事先可能已约好了会面的地点。"福尔摩斯说。

"事实证明确实如此。昨天整整一个晚上我都在打听他的下落，可是毫无结果。今天一大早我又开始查访了。八点钟，我来到了小乔治街的郝黎代旅馆。我问这里有没有住着一个叫斯坦节逊的先生，他们立刻回答说有。

"他们说：'你一定就是他正在等的那位先生了，他已经等了你两天了。'

"'他现在在哪儿？'我问。

"'还在房间里睡着呢。'

"'我要立刻见他。'我说。

"我本来打算出其不意地出现在他面前，他在措手不及的情况下，也许会讲出点什么来。一个茶房带我上了三楼，把房门指给我看了以后，正要下楼，我突然看到一条弯曲的血迹由房门下边流了出来，一直流过走道，汇积在对面墙脚下。门是反锁着的，我们把它撞开，冲了进去。只见窗户是打开的，旁边有一个男人的尸体，穿着睡衣，蜷曲成一团。他的四肢已经僵硬冰凉了，可见已经死了很久。茶房一眼就认出，死者正是斯坦节逊。他的身体左侧被刀刺入很深，应该是伤了心脏才毙命的。最离奇的是，你们猜猜，死者脸上有什么？"

我听到这里，不觉毛骨悚然，感到非常可怕。福尔摩斯却立刻答道："是血写的'拉契'。"

"正是这个字。"雷斯垂德话音中带着恐惧说。我们都沉默了下来。

"有人见过这个凶手。"雷斯垂德接着说，"一个送牛奶的孩子偶然经过旅馆后面的那条小胡同,他看到平日放在地上的梯子被人竖起来靠在三楼的窗口,窗子大开着。这个孩子走过去之后,曾经回过头来看了一眼,正好看见一个人从梯子上不慌不忙地走下来。孩子以为是旅馆里的木匠在做活,所以也就没有特别注意这个人,只不过心里觉得,这时上工未免太早了。他依稀记得这人是个红脸的大个子,穿着一件棕色外衣。他行凶之后,一定还在房里停留过。因为我们在洗脸盆的水中发现了血,说明凶手曾经洗过手;床单上也有血迹,可见他杀人以后还从容地擦过刀子。"

听到凶手的身形、面貌和福尔摩斯的推断吻合,我看了他一眼,可是他的脸上并没有丝毫得意的样子。

"你在屋里没有发现什么有价值的线索吗?"福尔摩斯问道。

"没有。斯坦节逊身上带着锥伯的钱袋,但这也不足为怪,因为他是掌管开支的。钱袋里的八十多镑现金分文不少,看来这绝不是谋财害命。被害人衣袋里只有一份没有署名的电报,是一个月以前从克利夫兰城打来的,电文是'JH.现在欧洲'。电文没有署名。"

"再没有别的东西吗?"福尔摩斯继续问道。

"没什么重要的了。床上有一本小说,是死者睡前阅读的。他的烟斗放在床边的一把椅子上。桌上还有一杯水。窗台上有个小木盒,里边有两粒药丸。"

福尔摩斯猛然从椅子上站了起来,高兴地喊道:"最后一环终于有着落了,我的论断现在算是完整了。"

两位侦探疑惑不解地看着他。

"我已经掌握了这件案子的每条线索。"我的朋友充满信心地说,"当然,细节还有待补充。现在,我要为我的见解拿出一个证明来。那两粒药丸你带来了吗?"

"带来了,"雷斯垂德说着,就拿出一只小小的白木盒来,"我认为这不是什么重要的东西。"

"请拿给我吧,"福尔摩斯说,"喂,医生,"他又转向我说,"这是普通的药丸吗?"

这些药丸的确不普通,呈珍珠灰色,小而圆,迎着亮光看差不多是透明的。

"药丸轻而透明,应该可以在水中溶解。"我说。

"没错，"福尔摩斯回答说，"请你把楼下那条一直病着的狗抱上来好吗？昨天房东太太不是还请你把它弄死，免得让它活受罪吗？"

我下楼把狗抱了上来。这只狗呼吸困难，目光呆滞，已经活不了多久了。我把它放在了一块垫子上。

"我现在把药丸切开，"福尔摩斯说着，就把其中一粒药丸取了出来，拿小刀切成两半，"半粒放回盒里留着以后用，这半粒我把它放进酒杯，杯子里有一匙水。大家请看，我这位医生朋友的话是对的，它马上溶解在水里了。我再往里面加上些牛奶，这样就好吃了，然后把它放在狗的面前，它会立刻舔干净的。"

他说着就把调配好的液体倒到盘子里，放在狗的面前。很快，液体被狗舔光了。我们都静静地坐在那里，看着那只狗，期待着发生某种惊人的结果。但是，什么也没有发生，这只狗依旧躺在垫子上，艰难地呼吸着。很明显，药丸对它没有产生任何影响。

福尔摩斯掏出手表看了又看，时间一点点地过去了，但预想的结果一直没有出现。他脸上出现了失望的神情。他咬着嘴唇，手指不停地敲着桌子，显得焦躁不安。

"不可能是巧合，"福尔摩斯懊恼地高声叫道，他站了起来，情绪烦躁地走来走去，"在锥伯的案子里我怀疑会有某种药丸，现在这种药丸在斯坦节逊死后真的发现了。但它们竟然不起作用。这是怎么回事？我的一系列的推论绝不可能发生错误！绝不可能！但这可怜的狗却还是好端端的。哦，我明白了！"福尔摩斯突然高兴地尖叫了一声，跑到药盒前，取出另外一粒，把它一分为二，半粒溶在水里，掺入牛奶，放在狗的面前。这个不幸的小东西甚至连舌头都还没有完全沾湿，就像遭电击一般，直挺挺地死去了。

福尔摩斯舒了口气，擦了擦额头上的汗珠。"我的信心应该更坚强才对；刚才我就应该明白，如果一个情节和一系列的推论相矛盾，那么，这个情节必然有其他的解释方法。那个小盒里的两粒药丸，一粒含有剧毒，另外一粒则完全无毒。"

"那些让你们感到迷惑并且使案情更加模糊的事物，"福尔摩斯继续说道，"却会对我产生启发，并且能加强我的论断。把奇怪和神秘混为一谈是错误的，最平淡无奇的犯罪行为往往却是最神秘的。如果这个案子里被害人的尸体是在大马路上发现的,而且又没有那些骇人听闻的情节,那么,这个案件侦破起来就要困难得多了。"

葛莱森先生再也忍耐不住了。"福尔摩斯先生,"他说,"我们承认你是一个聪明能干的人,你也有你的一套独特的工作方法。但到现在这个时候,我们不想听那些空洞的理论,我们只想知道,你对这个案情究竟知道多少,你能说出凶手是谁吗?"

"如果迟迟不去捉拿凶手,"我说,"他可能会干出新的暴行来的。"

被我们这样一逼,福尔摩斯反而显出犹豫不决的样子。他低着头在房里不停地走来走去,眉头紧锁。

"不会再有暗杀发生了,"他停下脚步,对我们说,"你们放心吧。我知道凶手的名字,而且很快就能把他捉住了。这件工作需要我亲自下手,而且必须万无一失,因为我们要对付的是个狡猾的亡命之徒。只要他感觉不出有人能够获得线索,那就有机会捉住他。但是,他只要稍有怀疑,就会改名换姓,立即消失在这个四百万居民的大城市之中了。我不是想打击你们,但我不得不承认这个人确实超出了警察能处理的范围,所以我才没有请你们帮忙。我保证,只要到了不危及我全盘计划的时候,我就立刻告诉你们。"

他的话刚说完,门外就响起了敲门声,原来是那个街头流浪儿的代表小维金斯驾到。

"先生,请吧,"维金斯举手行了礼,说,"马车已在楼下等候了。"

"很好,维金斯,"福尔摩斯说着从抽屉里拿出一副钢手铐来,"你去叫马车夫上来,让他帮我搬箱子。"

他从房间里拉出来一只小小的旅行皮箱,开始忙着系箱上的皮带。正在这时,马车夫走了进来。

"车夫,帮我扣一下这个皮带扣。"福尔摩斯忙着弄皮箱,头也不回地说。

这个家伙满脸不情愿地走向前去,伸出两只手正要帮忙。说时迟,那时快,只听钢手铐"咔嚓"一响,福尔摩斯突然跳起身来。

"先生们,"他两眼炯炯有神,大声说道:"请允许我给你们介绍杰弗逊·侯波先生,他就是谋害锥伯和斯坦节逊的凶手。"

这只是一刹那间的事,我简直来不及思索。在这一瞬间,福尔摩斯脸上得意的神情,他那响亮的声音以及马车夫眼看着手铐魔术般的铐上自己的手腕时那张茫然、凶蛮的脸,直到如今,我还记得清清楚楚,就像是昨天才发生的。当时,其他人都像塑像似的呆住了,马车夫突然怒吼一声,挣脱了福尔摩斯的束缚,向窗子冲了过去,一下子把玻璃撞得粉碎。但是,就在马车夫即将钻出去的时候,三位侦探和我像一群猎狗似的一拥而上,把他揪了回来。一场激烈的搏斗开始了。这个人异常凶猛,我们四人一再被他击退。直到雷斯垂德用手卡住他的脖子,让他透不过气来,他才放弃了挣扎。我们还是不能放心,又把他的手和脚都捆了起来。做好这一切之后,我们才站起身来,大口大口地喘着气。

"他的马车在楼下,"福尔摩斯说,"就用这辆车送他去警察局吧。好了,先生们,"他高兴地说,"这件小小的奇案总算是告一段落了。现在,欢迎各位提出任何问题,我决不会再拒绝回答。"

八 沙漠中的旅客

在北美大陆的中部,有一大片干旱的沙漠。这里寸草不生、荒无人烟,只有小狼出没在矮树丛中,兀鹰在空中缓缓翱翔,笨拙的灰熊在阴暗的峡谷中寻找食物。它们是荒原里仅有的"居民"。

但并不能说这里没有任何与生命有关的迹象。从布兰卡山脉往下看,可以看见一条小路曲曲弯弯地穿过沙漠,消逝在遥远的天际。这条小路是在无数冒险家的践踏下形成的,一堆堆白骨散布在路的四周。

一八四七年五月四日,一个孤独的旅人从山上俯视着这幅凄惨的景象。从外表上看,他就像是这个绝境里的鬼怪精灵。他的脸憔悴瘦削,四肢骨瘦如柴,须发斑白，双眼深陷，衣服像口袋似的罩在身上。他站在那里，靠枪支撑着身体。显然这个人饥渴交加。

他挣扎着来到这片不大的高地，抱着渺茫的希望，但愿能够发现点滴的水源。但是，在他眼前展开的这片无边无际的荒野使他明白，自己就要葬身于此了。

他把背在右肩上的一个大包裹放了下来。包裹落地的时候，从里面传出了哭声，紧接着钻出来一张受惊的小脸，还有两个长着浅涡的胖胖的小拳头。

"你摔痛我啦。"这个孩子稚气地抱怨道。

"对不起，我不是故意的。"这个男人说着就打开了包裹，从里面抱出来一个的美丽的小女孩，五岁左右，穿着一双漂亮的小鞋，干净的粉红色上衣，围着一块麻布围兜。

"还疼吗？"他焦急地问道。

"你亲亲这里就好了，"小女孩认真地说，并把头上碰着的地方指给他看，"妈妈总是这样做的。妈妈去哪儿了？"

"她走了。我想你很快就会见到她的。"

"什么，走了吗？"小女孩说，"她还没有和我说再见呢。啊，我渴得要命，这里没有喝的东西吗？"

"没有，什么也没有，亲爱的。忍耐一下，一会就好了。把头靠在我身上，这样你就会舒服点。我也渴得要命，但我还是应该把我们的情况和你说一下。你手里拿的是什么？"

"好东西，非常漂亮！"小女孩举起两片亮晶晶的云母石片，高兴地说，"等我们回家了，我就把它送给弟弟鲍勃。"

"一会儿你还会看到比这更漂亮的东西。"大人满怀信心地说，"我要跟你说，你还记得我们离开的那条河吗？"

"哦，记得。"

"非常好，本来我们估计很快就能再碰到另一条河。但不知道是罗盘、地图还是什么东西出了问题，我们再也没有碰到过河。水也喝没了，只剩下一点点留给你这样的小孩喝。后来——后来——"

"后来你就没办法把脸洗干净了。"小女孩打断他的话，并望着他那脏兮兮的脸。

"是的,不但不能洗脸,连喝的水也没有了。后来,班德先生第一个走了,接着是印第安人皮特,后来是麦克格雷格太太,约翰尼·宏斯。再后来,就是,就是你妈妈。"

"这么说,妈妈也死了?"小女孩开始大哭起来。

"是的,他们都走了,就剩下你和我了。本来我以为这个方向会有水,所以我就把你背在肩上来到这里。但情况还是很不好,我们所剩的时间也不多了。"

"你是说我们也要死了吗?"孩子问道。

"我想大概是的。"

"你怎么不早点告诉我呢?"小女孩突然开心地笑了起来,说,"吓了我一大跳。你看,只要我们也死了,就又能和妈妈在一起了。"

"是的,小宝贝儿,一定能。"

"你也会看到妈妈的。我要告诉妈妈,你对我有多好。我们还有多久才能死呢?"

"我也不知道,应该很快了吧。"大人凝视着远方的地平线说。

"我们来做祈祷,好吗?"大人问道。

"可是还没到晚上呢?"小女孩不解地问。

"没有关系。没有规定说祷告是在固定的时间,上帝不会怪咱们的。你现在就开始祷告吧,就像我们在平原时你坐在篷车里每晚所说的一样。"

"你自己为什么不说呢?"小女孩问道。

"我忘记祈祷文了。当我长到枪的一半高的时候,就不再祈祷了。不过我想现在做也不晚,你大声地把祈祷文念出来,然后我跟着你念。"

"那你必须跪下来,我也是。"她说着便把毛毡铺在地上,"双手像我这样举起来,你会觉得好一点。"

祷告完后,他们又重新坐好。小女孩倚在大人宽阔的胸膛里,慢慢地睡着了。他看了她一会儿,眼皮慢慢地下垂,脑袋也渐渐地垂到胸前,斑白的胡须和小孩金色的卷发混合在了一起。

这时候,在遥远的天边忽然扬起了一阵烟尘。刚开始很轻,后来烟尘越飞越高,显然只有行进中的大队人马才能卷起这样的飞尘。渐渐地,一顶顶帆布篷车和武士的身影出现在了烟尘之中,原来这是一大队往西部进发的篷车。他们是一支游牧民族,由于环境所迫,正在迁居,另觅乐土。人喊马嘶,车声隆隆,即使是如此喧闹的生硬,也没有把两个落难之人吵醒。

队伍最前面是二十多个神情严肃刚毅的人骑在马上。他们到达山脚下时,停下来,简短地互相商量了一下。正当他们准备重新上路时,一个眼光锐利的年轻人指着他们头上巍峨的峭壁惊叫了起来。原来山顶上有个很小的粉红色的东西在飘荡着,在灰色岩石的衬托下,显得格外鲜明。

"我上去察看一下好吗?"他说。

"我也去,我也去。"他的十多个同伴一齐喊了起来。

这群年轻人立刻向着那个引起他们好奇心的目标攀登上去。

他们悄无声息地前进,步伐矫健、敏捷,很快来到了山巅。眼前的一幕让他们大吃一惊,只见一块圆石旁躺着一个熟睡的男子,胡须蓬乱不堪,相貌刚毅但消瘦。他的身旁睡着一个小女孩,满含稚气的脸上带着顽皮的微笑。在他们头顶的岩石上,落着三只虎视眈眈的巨雕。它们一见另外的人到来,便发出一阵失望的啼声,无奈地飞走了。

巨雕的叫声惊醒了这两个熟睡的人,他们惶惑地看着面前的人们。这些人很快就使他们相信,这一切并不是幻觉。一个人抱起了小女孩,把她放到自己的肩上,另外两个人扶着她那虚弱的同伴,一同向车队走去。

"我叫约翰·费瑞厄。"流浪者自报姓名说,"她是和我一起逃难的孩子。但她现在应该算是我的了,因为我救了她。从今天起,她就叫做露茜·费瑞厄了。可是,你们是谁呢?你们的人好像很多。"

"我们是摩门教徒。"那伙人异口同声地说。

"你们现在准备去哪里呢?"

"我们也不知道,上帝会通知我们的先知来领导我们的。你必须到他面前去,看他如何处置你。"

这时,他们已经来到了山脚下的一辆马车前面。这辆马车非常华丽,马车上坐着这群人的领袖人物。他仔细地听取了汇报之后,盯着这两个落难的人,厉声说道:"只有信奉我们的宗教,我们才能带着你们一块儿走。我们不允许有狼混进我们的羊群。你愿意接受这个条件跟我们走吗?"

"我愿意跟着你们走,什么条件都行。"费瑞厄说。

"斯坦节逊兄弟,你带着他们吧。"那位首领说,"给他们水和食物,包括那孩子。你还要负责给他们讲解咱们的教义。我们已经耽误了时间,现在出发吧,向郇山前进!"

"向郇山前进!"教徒们一起喊了起来。斯坦节逊把两个落难人带到他的车里,那里已经给他们准备好了食物和水。

"你们就留在这里。"他说,"几天之后,你们就会恢复体力。但同时你必须记住,从现在起,你就是我们的教徒。布赖汉·扬已经做了指示,他的言语就是约瑟夫·史密斯之音,也就是传达上帝的旨意。"

九 犹他之花

摩门教徒们经过了长途跋涉,当他们来到一片阳光普照的犹他山谷,听到自己的领袖宣称,这片处女地就是神赐予他们的家园乐土时,莫不俯首下跪,虔诚祈祷。

在那位处事果断的领袖布赖汉·扬的领导下,一座崭新的城市很快建立了起来。城中的耕地根据身份的高低按照比例分配,每个人依旧从事自己的本职行业。在这片新开辟的领土上,呈现出一片欣欣向荣的景象。其中特别值得一提的是,他们在城中心建造的教堂,一天比一天高大。

约翰·费瑞厄和小女孩随着这群摩门教徒来到了他们伟大历程的终点。小露茜不久便恢复了健康,费瑞厄也从困苦之中走了出来,成了一个有用的向导和坚毅勇敢的猎人,并且很快就获得了新伙伴们的尊敬。大家一致赞成费瑞厄应当像任何一个移民一样,分得一大片肥沃的土地。

就这样,费瑞厄获得了他的土地,并在土地上建起了一座坚实的木屋。费瑞厄是一个处世精明的人,并且长于技艺,加上勤恳劳作,他的田庄很快就兴旺起来。十二年之后,他已经成了整个盐湖城地方家喻户晓的富人。

但是,只有一件事,费瑞厄伤害了自己教友的感情。那就是任凭别人如何规劝，都不能使他按照伙伴们那种方式娶妻成家。他从来不说明自己一再拒绝那样做的理由，只是坚决而毫不动摇地固执己见。除了这一点，其他方面他一直遵守着这些新移民的教义，被公认为是一个行为正派的人。

时光飞逝，露茜也一年年地长大了，当年的蓓蕾已经开成了一朵鲜花。岁月在使她的父亲变得富裕的同时，也使她长成为太平洋沿岸整个山区里最标致的美洲少女。

六月的一个温暖的早晨，教徒们都在农田里或街道上忙碌着。大路上尘土飞扬，满载货物的骡群向着西方前行。当时，加利福尼亚州涌起了采金的热潮。通往太平洋沿岸的大道上经常会有从边远牧区赶来的成群牛羊和一队队疲惫不堪的移民。露茜·费瑞厄奉父亲之命到城里办事。在这人畜杂沓之中，她仗着自己的骑术高明，纵马穿行而过。路上的淘金人看到这样白皙美丽的少女，脸上也不禁露出了笑容。

来到城郊后，正好碰上五六个牧民从大草原赶着一群牛向这里赶来。道路被牛群完全堵住。她心中焦急，便想着穿过去。她刚进入牛群，一头牛的角猛触了一下马的侧腹，马受到惊吓立刻狂怒起来，将前蹄腾跃而起，狂嘶不已。当时情况十分危险。露茜除了紧贴马鞍，毫无其他办法。稍一失手，她就会落在乱蹄之下，被踩得粉碎。在这紧要关头，一只强有力的大手一把捉住了惊马的嚼环，并且在牛群中挤出了一条路，很快就把她带到了兽群之外。

"小姐，希望你没有受伤。"救她的人彬彬有礼地说。

她抬起头来，看了一眼他那张粗犷而年轻的脸，满不在乎地笑了起来。"真把我吓坏了！"她天真地说，"没想到我的马会被牛群吓成这样。"

"幸亏你没有从马上摔下来。"他诚恳地说，这是一个年轻的小伙子，身材高大，骑着一匹强壮带着白毛的骏马，穿着一身猎人的衣服，肩上背着一管长枪。"你是约翰·费瑞厄的女儿吧，"他说，"我看见你从他的庄园那边过来。你见到他的时候，请代我问问他还记不记得圣路易的杰弗逊·侯波。我的父亲以前和他是非常亲密的朋友呢。"

"你亲自去问问他不是更好吗？"她一本正经地说。

小伙子听了这个建议，黑色的眼睛里闪耀出快乐的光辉。"我会去问的。"他说，"我们在大山中刚刚呆了两个月，现在这个样子不便去拜访。他要是见了我,一定会很高兴的。"

"他会对你感激不尽的。我也要谢谢你。"她回答说。"他非常爱我,要是那些牛把我踩死的话,他不知道会有多伤心呢。"

"我也会很伤心的。"她的同伴说。

"你?我看不出这和你又有什么关系,我们还不算是朋友呢。"

年轻人听了这句话后,面孔不由得阴沉下来,露茜见了禁不住大声笑了起来。

"你看,我不是那个意思。"她说,"现在你已经是我的朋友了,你一定要来看我们。现在我必须走了,否则,我父亲以后就不会再让我出来办事了。再见!"

"再见。"他说着低下头去吻了一下她的小手。她掉转马头,扬鞭打马,向着尘土飞扬的大道飞驰而去。

小杰弗逊·侯波和他的同伴们骑着马继续前进。一路上,他默默无言。这个好像山上的微风那样清新、纯洁的美丽少女,深深触动了他那颗奔放不羁的心。当她的身影从他的视野中消失,他顿时意识到他正在寻找的银矿也好,其他任何事情也罢,都比不上这个刚刚出现的少女来得重要。这种刚刚出现在他心中的爱情,已经不是孩子似的那种变化无常的幻想,而是一个个性刚毅的男人的那种强烈奔放的激情。他暗暗发誓,只要通过人类的努力和恒心能够获得成功,那么这一次他也决不会失败。

当天晚上,他就去拜访了约翰·费瑞厄;之后更是常常去,很快就混得彼此非常熟悉起来。十二年来,费瑞厄一直专心地在山谷中做事,对外面所发生的事情一无所知。侯波就把他在外面的所见所闻全部绘声绘色地讲给他听。侯波也是当年最早到达加利福尼亚的探险家中的一个,只要哪里传出有冒险的事业,他就要前去探求一番。很快,他就博得了老农的欢心。而露茜看着他时那羞红的双颊、明亮而幸福的眼睛,都非常清楚地说明,她那颗年轻的心,也已经是属于他的了。

一天傍晚,侯波骑着马来到了费瑞厄家的门口,露茜走向前去迎接他。他抛开缰绳,大踏步地走了过来。

"我要走了,露茜,"他握住她的两只手,看着她的脸温柔地说,"我不要求你现在就和我一起走,但是当我回来的时候,你能不能做出这个决定呢?"

"你什么时候回来?"她含羞地问道。

"最多两个月,亲爱的。到那时你就属于我了,谁也不能把我们分开。"

"父亲是什么意见?"她问道。

"他已经同意了,只要我的银矿进行得顺利就行。这个我一点都不担心。"

"哦,那就行了。只要你和父亲把一切都安排好了,我没有什么多说的。"她把她的面颊偎依在他那宽阔的胸膛上,轻轻地说。

"感谢上帝!"他声音粗哑地说,一面弯下身去吻她,"那么,事情就这样定了。他们还在峡谷里等着我呢。再见,亲爱的,再见了!我们不到两个月就可以再见面了。"

他说完从她的怀里挣脱出来,翻身上马,头也不回地奔驰而去,好像只要他稍一回头,他的决心就要动摇了。她站在门旁,一直望着他,直到他消失在视线之外才回到屋里。她觉得她是犹他地方最幸福的姑娘了。

十 约翰·费瑞厄和先知的会谈

杰弗逊·侯波已经离开三个星期了。约翰·费瑞厄想着很快便要失去自己的爱女,心中感到万分悲痛。但是,女儿那张幸福的脸,比任何争论都更能说服他顺从这个安排。而且他早已打定主意,决不让他的女儿嫁给一个摩门教徒。他认为,这种婚姻根本就是一种耻辱。然而,他对这门婚事却不得不守口如瓶,因为在摩门教管辖的地区,发表违反教义的言论是非常危险的。

是的,非常危险。而且危险到这种程度,就连教会中那些身居高位的圣者们,也只敢在暗地里私下谈论他们对于教会的意见,唯恐祸从口出,招来不测。过去的被迫害者,为了报复,现在成为迫害者,并且是变本加厉,残忍狠毒。

这个组织好像是无所不知、无所不能;但是,它的所作所为人们既看不见,也听不到。谁反对教会,谁就会突然失踪。说话稍有不慎,行动偶失检点,便立刻招来杀身之祸;而且谁也不知道这种可怕的势力究竟是什么。因此,人们个个自危,惶惶不可终日,没有人对这种势力敢发表异议。

一个晴朗的早晨,约翰·费瑞厄正准备到麦田里去,忽然听到前门有响动。他从窗口望过去,只见一个强壮的中年男子沿着小径走了过来。他大吃一惊,因为来的不是别人,正是摩门教的首领布赖汉·扬。费瑞厄赶紧跑出去把这位大人物迎进了客厅。

"费瑞厄兄弟,"他坐了下来,两眼严峻地看着费瑞厄说,"上帝的忠实信徒们一直以友好的态度对待你,当你在沙漠里行将毙命的时候,是我们拯救了你,并且让你在我们的保护下发家致富,是这样吗?"

"是这样。"费瑞厄回答说。

"我们做了这一切只向你提出过一个条件,那就是你必须真正信奉我们的宗教,并且要在各方面遵守教规。这一点,你曾经是答应过的;可是,根据大家的反映,你在这一点上却一直玩忽不顾。"

"我从来没有违反过啊!"费瑞厄辩解道,"难道我没有按时缴纳公共基金吗?难道我没有去教堂礼拜吗?难道我……"

"那么,把你的妻子们叫出来,我要见见她们。"扬说完,四处看了一眼。

"我是没有娶妻,"费瑞厄回答说,"但我也并不是孤身一人,我还有女儿在身边侍奉呢。"

"我就是为了你这个女儿才来找你谈话的。"这位摩门教的领袖说,"她已经长大了,而且成为我们犹他山谷的一朵鲜花。许多有地位的人都看中了她。"

约翰·费瑞厄听了这话,不禁心中暗暗叫苦。

"外面有人传说她已经和某个异教徒订婚了,我是不愿听信这些说法的。我们的圣经中说:'摩门教中每个少女都应该嫁给上帝的选民;如果她嫁给了一个异教徒,她就犯下了弥天大罪。'你既然信奉了神圣的教义,就不该纵容你的女儿破坏它。"

约翰·费瑞厄沉默着,只是不停地玩弄着他的马鞭子。

"现在到了考验你全部诚意的时候了。四圣会已经做出了决定,斯坦节逊和锥伯两位长老各有一个儿子,他们都非常愿意把你的女儿娶回家。叫她在其中选择一个吧,他们都年轻富有,而且是摩门教信徒。这样的安排你认为怎么样?"

"您总得给我们一点时间啊。"费瑞厄紧锁双眉,说道,"我的女儿年纪还小,还不到结婚的时候呢。"

"给她一个月的时间,"扬说着就站了起来,"一个月后她必须给我答复。"

他走到门口,突然回过头来,目露凶光,厉声喝道:"约翰·费瑞厄,你要是胆敢违抗四圣会的命令,倒不如当年就死在布兰卡山上的好!"

他做了个威胁的手势,便转身离去了。扬走后,费瑞厄一直坐在那里,考虑着该怎么对女儿说这件事。这时,有一只柔软的手握住了他的手。他抬头一看,只见女儿脸色苍白地站在他的身旁。他知道,她已经听见刚才的谈话了。

"我没有理由听不到,他的声音那么大,整个屋子都能听到。"她看着父亲的脸色说道。"爸爸,我们该怎么办呢?"

"别害怕,"他说着,把她拉到身边,抚摸着她的秀发,"我们一定能想出办法。你对那个小伙子的爱情不会因此冷淡下来吧?"

露茜不说话,只是紧握着老人的手,默默地哭起来。

"不,当然不会。他是个有前途的小伙子,又是基督徒。只这一点,他就比这里的人强多了。明天早上我会给侯波送去一封信,让他知道我们现在的处境。要是我没看错的话,他一看到电报就会飞回来的。"

露茜听了父亲的话,不禁破涕为笑。

约翰·费瑞厄对她说这些安慰的话时,说得坚定而有信心。但是,当天晚上,她却看到,他非常谨慎地把门窗一一锁好,并且把平日挂在卧室墙上已经生了锈的旧猎枪擦拭干净,装上了子弹。

十一 逃命

约翰·费瑞厄和先知会谈后的第二天早晨,就去了盐湖城。他找到了一个可以给杰弗逊·侯波带信的朋友,就把信交给了他。他在信中讲述了自己和女儿面临的危险,并且要他回来。这件事办妥以后,他的心中才觉得轻松了一些。

当他回到家时,惊异地发现客厅里有两个年轻人。一个灰白长脸,躺在摇椅上,两只脚高高地跷起伸在火炉上。另一个长相丑陋,傲气凌人,站在窗口,两手插在兜里，嘴里还哼着流行的赞美诗。他们看见费瑞厄进来，向他点了点头。躺在摇椅上的那个人说道："你也许还不认识我们，这一位是锥伯长老的儿子，我是约瑟夫·斯坦节逊。"

约翰·费瑞厄冷冷地鞠了一躬。他已经料到来者是何人了。

斯坦节逊继续说道："我们是奉了父命前来向你女儿求婚的，请你和你的女儿在我们两个人中间做一个选择。我呢，只有四个老婆，可是锥伯兄弟已经有了七个。所以，我的需要比他大。"

"不对，斯坦节逊兄弟。"另一个大声叫道，"问题不在于我们有了几个老婆，而是在于你我究竟能够养活多少。我现在已经得到了父亲的磨坊，所以，我比你有钱。"

"但是，我的希望却比你更大。"斯坦节逊激烈地说，"等到上帝带走了我的老头子，我就是你的长老了。到那时，我在教会中的地位也就要比你高了。"

"那么就让这位姑娘来决定吧。"小锥伯在镜子里端详了一下自己，装作满脸笑容地说，"我们听听她的选择好了。"

听着这场对话，约翰·费瑞厄的肺都要气炸了，他恨不得用他的马鞭子抽这两个客人的脊背。

"听着，"最后，他走到他们面前大声喝道，"没有我女儿的允许，你们不许再到这儿来。我不愿再看见你们这副嘴脸。"

两个年轻的摩门教徒感到非常惊讶。在他们以为，两个人竞争着向他的女儿求婚，对他的女儿和他来说，都是一种无上的光荣。

"要想走出这间屋，"费瑞厄喝道，"你们有两条选择：一条是门，一条是窗户。你们愿意走哪一条？"

他的脸显得非常可怕，一双青筋暴露的手那样吓人。他的两位客人发现情况不妙，拔腿就跑。这个老农一直追到门口。

"你们两位商量好了究竟谁合适，"他挖苦地说，"请通知一声就够了。"

"你这是自讨苦吃！"斯坦节逊大声叫道，脸都气白了，"你竟敢公然违抗先知和四圣会，你会后悔的！"

"上帝的手要重重地惩罚你。"小锥伯也叫道，"他既然能够让你生，也就能够要你死！"

"好吧,我就要你先死给我看看。"费瑞厄愤怒地叫道。要不是露茜把他拦住,他早就拿出他的枪来了。他还没有来得及从露茜的手中挣脱出来,便听见一阵马蹄声,他知道已经追不上了。

"这两个胡说八道的小流氓!"他擦着额头上的汗大声说,"我宁愿你死也不愿把你嫁给他们之中的任何一个。"

"爸爸,我也是这样想的。"她回答说,"不过,杰弗逊就快回来了。"

"是的,他回来得越快越好,我们还不知道他们接下来要怎么做呢。"

的确,现在正是这个老农和他的义女最危急的时候,他们非常需要一个人能够为他们出谋划策。在这个移民地区的历史中,还从来没有发生过这样公然违抗四圣权力的事情。就连一些微小的过错都会受到严厉的惩罚,那么干出这种大逆不道的事情的结果也就可想而知。他不是一个胆怯的人,但是,对于降临在他头上的这种不可捉摸的恐怖,他只要一想起就会不寒而栗。不过,他还是把这种恐惧对他的女儿隐藏了起来,装出一副若无其事的样子。

他预料到自己的行为必然会招来某种警告。事情果然不出所料,但警告的方式,却是他意想不到的。第二天早晨,费瑞厄一起床就吃惊地发现在被面上,恰好是他胸口的地方,钉着一张字条,上面写着:

限你二十九天改邪归正,否则——

最后的那条长线比任何恫吓都要令人害怕。这个警告是怎么到他房中来的,约翰·费瑞厄百思不得其解;因为所有的门窗都是关好的。这件意外的事,让他感到胆战心寒。纸条上写的"二十九天"分明是指限定的时间所剩下的日子。钉上纸条的那只手,完全可以用刀刺穿他的心脏,而且,他永远也不会知道究竟是谁杀了他。

第二天早晨,当他们坐下来吃早饭的时候,露茜忽然指着上面惊叫了起来。原来天花板上有一个用烧焦的木棒涂写的数字"二十八"。他女儿并不知道那是什么意思,他也没有说明。那天晚上,他拿着枪通宵守卫。但隔天早上,一个大大的"二十七"却又写在他家的门上了。

此后的每一天,他都会发现他那看不见的敌人在一些明显的地方涂写出的数字,提醒他一个月的期限还剩下几天。约翰·费瑞厄已经百般警戒了,却依然不能发现这些警告究竟是在什么时候发出的。他的恐惧一天天加深,面容也一天天憔悴起来,现在他唯一的希望就是那个年轻人的归来。

时间一天天过去,远方人却是音讯全无。最后,眼看着期限从五天变成了四天,又从四天变成了三天,他开始失去了信心,完全放弃了逃走的希望。他单枪匹马,又不熟悉周围的大山,他知道自己是无力逃跑的了。但是,老人的决心却丝毫没有动摇,他宁愿一死,也绝不忍受对他女儿的污辱。

一天晚上,他独自坐在房中,盘算着自己的心事。明天就是一个月期限的最后一天了,究竟会有什么事情发生呢?

这是什么?万籁俱寂中,他忽然听到一阵窸窣声。虽然很轻,但这声音却非常清晰,而且就在大门那边。费瑞厄站了起来,凝神倾听着。停了一会,这个令人毛骨悚然的声音又再次响起。显然有人在轻轻地敲门。难道这就是深夜前来执行秘密法庭暗杀使命的刺客吗?或者,这就是那个正在写着期限最后一天已到的狗腿子?约翰·费瑞厄这时觉得痛痛快快的死也比这种让人昼夜不宁的折磨要好些。于是,他便大步走上前去,把门打开了。

门外一片寂静。老人的眼睛在花园里和大路上四处查看,却连一个人影也不见。费瑞厄轻松地吁了一口气,放下心来。但是,他无意中向脚下一瞧,不觉大吃一惊;只见一个人手脚摊开地趴在地上。

看到这副情景,他的心都提到了嗓子眼儿。最初,他以为这个趴在地上的人可能是个伤者,或者濒死之人。但是,他仔细一看,发现他正像蛇一样迅速无声地爬行着,一直爬进了客厅。这个人一爬进屋内,便立刻站了起来,把门关上。原来是杰弗逊·侯波。

"天哪!"约翰·费瑞厄责怪地说,"你真把我吓坏了。你为什么要这样进来?"

"快给我吃的,"侯波声音嘶哑地说,"我两天没有吃东西了。"主人的晚餐还放在桌上,于是他跑了过去,抓起冷肉就狼吞虎咽起来。等他吃停当了,才开口问道:"露茜好吗?"

"很好,我没有让她知道这些危险。"这位父亲回答说。

"那就好。这间屋子已经被人监视起来了,所以我才要一路爬着进来。他们是很厉害,不过要想捉住一个瓦休湖的猎人,可还差一点。"

"你真让我感到骄傲。"约翰·费瑞厄一把抓住这年轻人粗糙的手,感激地说,"除了你,再也没有人愿意来分担我们的危险了。"

"我是为露茜来的。"这个年轻猎人回答说,"明天就是最后一天了,我们今晚必须行动,否则就要来不及了。我弄了几匹骡子和马,都放在鹰谷那里等着。您现在还有多少钱?"

"两千金币和五千纸币。"

"够了,我还有这么多的钱。我们必须穿过大山到卡森城去,您最好去叫醒露茜。"

费瑞厄进去叫他的女儿准备上路的时候,杰弗逊·侯波把所有能够找到的可吃的东西打成一个小包,并且装了一瓶水。他刚刚收拾完毕,露茜和父亲就走了出来。这对恋人非常亲热地问候了一番,但是很短暂,因为时间非常宝贵。

"我们必须马上走,"杰弗逊·侯波说,他的声音低沉而又坚决,"前后进出的地方都有人把守。不过,小心一点的话,我们还是可以从旁边窗子出去,穿过田野逃走。只要上了大路,再走两里路,就可以到达鹰谷了,马匹就在那里等着。天亮以前,我们必须赶过半山去。"

"如果我们半路被拦住,怎么办?"费瑞厄不无担心地问道。

侯波拍了拍衣服内的来复枪枪柄。"如果他们人多,就先干掉几个。"他不怀好意地笑着说。

屋内的灯光都熄灭了。费瑞厄拿着钱袋,侯波背着不多的食物和水,露茜则提着一个里面装着珍贵物品的小包。他们谨慎地把窗子打开,一个跟着一个越窗而出,走进了那个小花园。三人屏声静气,弯着腰穿过花园,沿着篱垣走到一个通向麦田的缺口。正在这时,侯波突然一把抓住父女二人,把他们拖到阴暗的地方。

他们刚蹲下,就听见离他们几步远的地方响起了一声猫头鹰的啼叫。同时,不远处立刻出现了一声呼应。紧接着一个人影出现在了那个缺口处,他也发出一声这种暗号,另外一个人便应声从暗处出来了。

"明天半夜,怪鸮叫三声时下手。"第一个人这样说,看来他是一个首领。

另一个答道:"好的,要我传达给锥伯兄弟吗?"

"告诉他,让他再传达给其他的人。九到七!"

"七到五!"另一个接着说。于是,这两个人便分开走了。他们最后说的两句话,显然是一种问答式的暗号。他们的脚步声刚刚消失,杰弗逊·侯波就跳起身来,扶着他的同伴穿过缺口,用他们最快的速度越过了田地。

"快点!"他不断地催促着,"我们已经闯过了警戒线,剩下的就靠速度了,快跑!"

上了大道之后,他们的速度明显加快了。不久,两座黑压压的大山浮现在他们眼前,鹰谷到了。侯波凭借他毫无差错的本领,在一片乱石之中穿行。他们沿着一条干涸了的小溪到了一个山石屏障着的僻静所在,骡子和马都拴在那里。骑上坐骑之后,他们沿着险峻的山道继续前进。

这条山道极其危险。山道的一边是万丈峭壁,另一边则是乱石纵横,人马根本进不去。唯一可行的只有中间一条弯弯曲曲的小径,狭窄的地方只能单人通过。尽管充满了危险与困难,但逃亡者的心中却充满着希望。因为他们每前进一步,就离那个残暴的统治者又远了一分。

但是,他们不久就发现,自己仍然没有逃出摩门教徒的势力范围。在山路中最荒凉的一个地段,露茜突然指着上面惊叫了起来。原来在一块俯临山路的岩石上站着一个孤零零的防哨。他们同时发现了彼此。于是,静静的山谷里响起了一声吆喝:"谁在那里走动?"

"是往内华达去的旅客。"杰弗逊·侯波一边回答,一边握紧了自己的来复枪。

这个孤单的防哨手指扣着扳机,向下望着他们,对他们的回答好像不太满意。

"是谁准许的?"哨兵又叫道。

"四圣准许的。"费瑞厄回答说。根据他的经验,他知道摩门教中最高的权威就是四圣。

哨兵叫道:"九到七。"

"七到五。"侯波马上回答说,他想起了在花园中听到的口令。

"走吧,"上面的人说,"上帝保佑你们。"过了这一关后,前面的道路就宽阔起来了,马也可以跑起来了。他们回头望去,仍能看见哪个孤单的哨兵端着枪站在那里。他们知道,他们闯过了摩门教区的边防线,自由就在前面了。

十二　复仇天使

他们走了一夜的山路。幸好侯波熟悉山中的情况,才使他们一次次转危为安。当太阳从东方升起的时候,群峰一个接着一个被点亮了,直到所有山头都被披上了一抹红晕,耀眼明亮起来。这种美丽的景象让三个逃亡者精神为之一振,前进的劲头更大了。

临近黄昏的时候,他们离开敌人已经有三十多英里了。夜间,他们选择了可以躲避寒风的悬岩下边安顿下来。第二天天还没亮,便又动身上路了。他们始终不见有人追赶的迹象,所以杰弗逊·侯波认为他们已经逃出了虎口。

大约中午的时候,他们所带的粮食已经所剩无几了。侯波找了一个隐蔽的地方升起火来,让他的伙伴们取暖。然后他把骡马拴好,和露茜告别后,就背上了自己的来复枪,出去找食物了。

侯波翻山越岭,走了两英里左右,却一无所获。最后,正当他打算空手回去的时候,终于发现在离地三、四百英尺高处的一块突出的悬岩边上,站着一只野兽,而且是背对着他的。他趴在地上,慢慢地瞄准好以后开了枪。野兽跳了起来,在岩石边挣扎了几下,就滚落到谷底去了。

这只野兽太重了,一个人背不动,侯波只割下了它的一只腿和一些腰上的肉。这时,已经是暮色四合了。他背起这些战利品,准备往回走的时候,却发现自己陷入了困境。因为他走得太远了,已经远远地走出了他所熟悉的山谷。当他终于找到一条熟识的小路,天已经完全黑了。侯波背着沉重的东西,而且又忙碌了半天,已经非常疲乏了。但是,当他想到马上就可以见到露茜,他的精神便又振作了起来,蹒跚着向前走去。

现在,他已经来到刚才把他们留下的那个山谷入口。他想他们一定在焦急地等待着他回来,因为他已经离开四五个小时了。他一时高兴,大声呼唤起来,表示他回来了,然后倾听着回应。可是,除了他自己的回音以外,什么也没有。

他隐约感到一种莫名的恐惧,于是便急忙奔了过去,连兽肉也丢在了地上。

他转过弯去,发现那里仍然燃烧着一堆炭火;但是明显在他离开以后,再也没有人照料过。周围是一片死寂,恐惧变成了现实:马匹、老人和少女都不见了。很明显,在他离开的这段时间内,一定是发生了可怕的事情。

这个意外打击让侯波惊慌失措,他只觉得一阵天旋地转。但是,他毕竟是一个意志坚强的人,很快便从这种迷惘中清醒了过来。他从火堆里捡起一根半焦的木棒,把它吹燃。借着火光把四周察看了一番。地上到处都是马蹄印,显然一大队人马已经追上了逃亡者。从他们去路的方向看,他们后来又转回盐湖城去了。侯波相信他们一定把他的两个伙伴全都带走了,可是,当他的眼光落在一件东西上的时候,不禁毛发都竖了起来。离他们原来休息的地方不远处,有一个低矮的土堆,这肯定是原先没有的。没错,这是一座新堆起来的坟。当这个年轻猎人走近后,他发现土堆上面插着一根木棒,上面钉着一张纸,纸上草草写了几个字,却写得分明:

约翰·费瑞厄
生前住在盐湖城 死于一八六〇年八月四日

也就是说,在他离开不久,这位坚强的老人就死去了,而这几个字就是他的墓志铭。侯波疯狂地四处寻找,看看是否还有第二个坟墓,可是没有发现。露茜已经被那些可怕的追赶者带了回去,遭到了她原先注定的命运。当这个年轻小伙子意识到这一点,自己又无力挽回这一切,他真想跟随着这位老农,一同长眠于这块宁静的安息之地。

但是,他的积极精神终于战胜了这种由于绝望而带来的伤感。杰弗逊·侯波有着百折不挠的坚强毅力,他站在火堆旁,向上天发誓,要把他剩余的生命全部用在报仇雪恨上。他找回自己失落的兽肉,重新点燃堆火,把兽肉全部烤熟,然后捆作一包,穿过大山,一步一步地走了回去。

第六天,当他回到盐湖城时,已经是形销骨立、憔悴不堪了。面对着脚下摩门教徒们这片安静而广大的城市,他狠狠地挥舞着自己瘦削的拳头。他发现街道上挂着一些旗帜和节日的标志,正在猜测其中的原因,忽然听见一阵马蹄声,只见一个人骑着马向他跑来。侯波认出这骑马人是一个名叫考泼的摩门教徒。侯波曾经帮过他的忙,所以,当他走近时,侯波就向他打了招呼。

"我是杰弗逊·侯波,你还记得我吗?"他说。

这个摩门教徒看见他毫不掩饰自己的惊异。的确,这个蓬头垢面的流浪汉,很难让人联想到当日那个年轻英俊的猎人。但是,当他认出这确实是侯波时,他的惊异便变成了恐惧。

"你疯了,竟敢跑回来。"他叫了起来,"要是被人看见我在和你说话,我这条命也会保不住的。因为你帮助费瑞厄父女出逃,四圣已经对你下了通缉令。"

"我不怕他们。"侯波恳切地说,"考泼,我们一直是朋友,请你看在上帝的份上,回答我几个问题。"

"什么问题?"这个摩门教徒不安地问道,"你快说,这些石头都长着耳朵呢。"

"露茜·费瑞厄现在怎么样了?"

"昨天她和小锥伯结婚了。喂,站稳了。看,你都魂不附体了?"

"不要管我,"侯波有气无力地说。他颓然跌坐在一块石头上,"你说结婚了?"

"是的,就在昨天,街上挂着的那些旗帜就是为了这个。在该谁娶她这个问题上,小锥伯和小斯坦节逊还有过一番争执呢。两人都去追赶过他们,斯坦节逊还开枪打死了她的父亲,因此他好像更有理由得到她。但是,在四圣会议上,因为锥伯一派势力大,所以先知就把露茜交给了锥伯。可是,不管是谁得到她,都不会长久了;因为她已经一脸死色,和鬼差不了多少了。你要走了吗?"

"是的,我要走了。"杰弗逊·侯波说时已经站了起来。他的神情严峻而坚决,就像是用大理石雕刻出来的,一双眼睛闪露着凶光。

"你要去哪儿?"

"你不要管。"他说着就背起自己的武器,大踏步走向了大山深处。那里野兽出没,但群兽之中,再没有比侯波更为凶猛、更为危险的了。

那个摩门教徒的话果然应验了。露茜成婚之后不到一个月,便郁郁而终了。她的混账丈夫是冲着约翰·费瑞厄的财产才娶她的,因此,对于她的死,并不感到多大的悲伤。倒是他的一些妻子对她表示了哀悼,按照摩门教的风俗,在下葬前为她守灵。第二天凌晨,她们正围坐在灵床旁边的时候,一个衣衫褴褛、面目粗野的男人突然闯了进来。这个人对那些吓得缩成一团的妇女看也没看,径自走向那个曾经蕴藏着露茜·费瑞厄纯洁灵魂的安静的遗体。他弯下身,在她那冰冷的额上虔诚地吻了一下。然后,拿起她的手来,取下了她戴在手指上的那只结婚戒指。"她决不能戴着这个东西下葬。"他凄厉地叫道。在人们还没有来得及发出警讯之前,他已经飞身下楼消失不见了。

杰弗逊·侯波在大山中过了几个月原始的非人生活,他无时无刻不想着报仇雪恨。有一次,一粒子弹穿过斯坦节逊的窗户,打在离他不到一英尺远的墙上。又有一次,当锥伯从绝壁下走过的时候,一块巨石忽然落了下来,他连忙趴在地上,方才躲过了这场灾难。这两个年轻的摩门教徒很快便发觉了企图谋杀他们的原因,于是几次带领人马进入深山,想要捉住他们的敌人,但总没有成功。于是,他们采取了防范措施,开始不再单独外出,天一黑下来就足不出户。一段时间之后,他们认为可以放松戒备了,因为已听不到仇人的消息,也没有人再见过他的踪迹。他们希望,随着时间的推移,他的复仇心也许就会慢慢冷淡下来。

事实却正好相反,这种复仇心不但没有冷却反而更加增强了。侯波本来就具有不屈不挠的精神,除了报仇以外,再也没有任何别的事情装在他的心里了。只是他认识到,虽然自己的体格健壮,却也吃不消这种过度的劳累。日晒雨淋,再加上吃不到像样的食物,他的体力已经大大地耗损,如果他像野狗一样死在了大山之中,那复仇大事又该怎么办呢?这样岂不正合了敌人的心意?于是,他勉强回到了过去工作过的内华达矿山,以便在那里养精蓄锐,有了足够的资本再继续追踪仇人。

他本来打算一年后就回来,但是由于种种意外的阻挠,他迟迟不能脱身,在矿上一呆就是五年。虽然五年过去了,但他对往日的切肤之痛却没齿难忘,他的复仇之心犹如当时站在约翰·费瑞厄坟墓前时一样的迫切。他乔装改扮,回到了盐湖城。为求正义得伸,他早已将自己的生命置之度外。到达盐湖城后,他才知道几个月以前,摩门教内部发生了一次分裂,教中年轻的一派由于不满长老的统治,纷纷脱离了教会,离开犹他,成为异教徒。锥伯和斯坦节逊也在其中,没有人知道他们的下落。据说,锥伯在他离开之前已经变卖了大部分家产,所以离开的时候相当富裕;而他的同伴斯坦节逊却成了一个穷光蛋。

面对这样的困难,一般人即使有再迫切的复仇之心也未免要灰心丧志。但是,杰弗逊·侯波却一刻也没有动摇过。他带着为数不多的几个钱,一个城市又一个城市地寻找着他的仇人。没有钱的时候,他就随便找点工作糊口。年复一年,一头黑发已染上白霜,但他仍旧继续流浪下去,就像一只敏锐的不肯罢休的猎犬一样。他把自己的全部心力都倾注在复仇事业上,为此,他已经献出了他的一生。终于有一天,他在一个窗口中偶然瞥见了仇人的脸;这就告诉了他:他的敌人正在俄亥俄州的克利夫兰城中。他回到自己破烂的寄居地,把复仇计划全部准备停当。但不巧的是,锥伯那天从窗口中也认出了大街上这个流浪汉和他眼中的杀机。于是,他在斯坦节逊的陪同下(他已做了锥伯的私人秘书),急忙找到了当地的治安法官,向他报告说:一个旧日的情敌正在对他们的生命构成威胁。当晚,杰弗逊·侯波便被逮捕了,一关就是几个星期。等他被放出来的时候,锥伯和他的秘书已经动身前往欧洲去了。

侯波的复仇计划虽然再次落了空,但是,久积的仇恨再一次激励着他,要他继续追踪下去。由于缺乏路费,他不得不先工作了一段时期,等到攒够了钱,就动身前往欧洲了。他在欧洲各地,一个城市一个城市地追赶着他的仇人;钱花完了,随便什么工作他都肯干,可是,却始终没有追上这两个亡命徒。当他赶到圣彼得堡时,他们已经前往巴黎。当他赶到巴黎的时候,他们又刚刚动身去了哥本哈根。当他追到哥本哈根,他们却在几天以前就往伦敦旅行去了。终于,他在伦敦把他们赶到了绝境。至于以后发生的事情,我们在前面华生医生的日记当中已经读到过了。

十三　再录华生回忆录

我们的罪犯疯狂的抵抗显然并不是出于对我们的恶意,因为当他发觉自己已经无能为力的时候,便温顺地笑了起来,并且表示,希望在他挣扎的时候,没有伤害到我们。"我知道你们想把我送到警察局,"他对福尔摩斯说,"我的车就在外面。如果你们把我的腿松开,我可以自己走上车。我可没那么容易被抬起来。"

葛莱森和雷斯垂德认为这种要求太大胆了些,但是,福尔摩斯却立刻接受了罪犯的要求,解开了我们捆扎在他脚腕上的毛巾。他站了起来,舒展了一下双腿。饱经风霜的脸上表现出的那种坚决和生命力,就像他的体力一样令人惊异。

他带着衷心钦佩的神情注视着我的同伴,说:"如果警察局长这个职位有空缺的话,我认为你是再合适不过的人选了。我到底被你盯上了。手段可真叫绝。"

"你们最好和我一起去吧。"福尔摩斯对那两个侦探说。

"我来赶车。"雷斯垂德说。

"好的。还有你,医生。你对这个案子已经发生了兴趣,那就也一块儿来吧。"

我欣然同意。于是,我们就一同下了楼。我们的罪犯安安静静地走进那辆原先是他的马车里,我们也跟着上了车。雷斯垂德坐上了车夫的位置,没用多久,便把我们拉到了目的地。我们被引到一个警官那里,他详细地记录了罪犯的姓名以及他的罪行。"犯人将在本周内接受法庭审讯。"他说,"杰弗逊·侯波先生,在审讯之前,你还有什么话要说吗?不过我要提醒你,你说的每句话都会记录在案,可能作为定罪的依据。"

"诸位先生,我有许多话要说,"我们的罪犯慢慢地说,"我想现在就把事情发生的经过全部告诉你们。"

"等到审讯时再说不更好吗?"这个警官问道。

"我也许不会受到审讯了,"他回答说,"你们不要吃惊,我并没有想自杀。你是一位医生,对吗?"他说这句话时,转过来看着我。

"对,我是医生。"我说。

"那么,请你把手放到这儿。"他说时微笑了一下,用他被铐着的手指了指胸口。

我用手按按他的胸部,立刻发现里边有一种不寻常的跳动,就像在一座摇摇欲坠的建筑中,开动了一架强力运转的机器。在周围的寂静中,我能听到他的胸膛里有一阵轻微的嘈杂声。

"天啊,你得了动脉血瘤症!"我叫道。

"是这样的。"他平静地说,"我几天前找一位医生看过,他说用不了多久血瘤就会破裂。这个病已经好多年了,一年比一年严重。这还是我在盐湖城大山中过度劳累,而且又吃不饱所引起的,现在我已经完成了自己的使命,什么时候死,我都不在乎了。但我想在死之前把这件事情交代清楚,死后好有个记载,我不愿意别人在我死后把我看成是一个寻常的杀人犯。"

警官和两个侦探匆忙地商量了一下,考虑准许他现在说出自己的经历是否适当。

"医生,你认为他的病情有突然变化的危险吗?"警官问道。

"是的。"我回答说。

这位警官于是答应了他的要求,并开始做记录。

"请允许我坐下讲吧。"犯人说着就不客气地坐了下来,"这个病使我很容易感到疲乏,何况半个小时以前,我还激烈地搏斗过一番。我已经是一脚踏进坟墓的人了,所以我要说的每一句话,都是千真万确的。至于你们想怎么处置我,我是一点也不在乎的。"

杰弗逊·侯波说完这些话,就靠在椅背上,讲述了下面这篇供词。他讲的时候从容不迫,好像他讲的事情平淡无奇。我可以保证,它是完全正确无误的,因为这是我乘机从雷斯垂德那儿抄录过来的。他把这个罪犯所说的每句话都原汁原味地记录在了自己的笔记本上。

"我和这两个人之间的仇恨,"他说,"对于你们来说,是无关紧要的。他们恶贯满盈,犯了罪,伤害了两条人命——一个父亲和一个女儿,因此他们现在的下场是罪有应得的。从他们犯罪以来,时间已经过了很久,我也不可能提出什么罪证到法庭上去控告他们。可是,我知道他们有罪,我决定把法官、陪审员和行刑的刽子手的任务全部一个人承担下来。如果你们也是有血性的,站在我的位置上,你们一定也会这样做。

"我提到的那个姑娘,二十年前本来是要嫁给我的,可是却被迫嫁给了这个锥伯,以致含恨而死。我从她遗体的手指上取下了这个结婚戒指,当时我就发誓,我一定要让锥伯看着这只戒指死去。我要在他临死的时候,让他认识到正是由于自己的罪恶才受到了惩罚。我跑遍了两大洲,追踪着锥伯和他的帮凶,一直到我追上他们为止,这只戒指一直在我身边。他们东奔西跑,想拖垮我;但是枉费心机。就算让我明天死——这是很有可能的，但是在我死前，我知道自己在这个世界上的使命已经出色地完成了，我就再也没有什么别的愿望了。

"他们是有钱人，而我却是一个穷光蛋。因此，我要到处追赶他们，对我来说非常困难。我来到伦敦的时候，已经是身无分文了，我必须找个工作维持我的生活。赶车、骑马对我来说就像走路一样平常，于是我就到一家马车厂去找工作，立刻就成功了。我能挣到的钱并不多，但总算可以勉强维持下去。最困难的是不认识路，伦敦城是我见过的所有城市中道路最为复杂的了。我随身带着一张地图，直到熟悉了一些大旅馆和几个主要车站以后，我的工作才顺利起来。

"我用了很长时间才找到这两个人住的地方。我是在无意之中碰上他们的。知道了他们的地址，我明白他们就算落在我的掌握之中了。我已经蓄了胡须，他们不会再认出我了。我紧盯着他们，等待时机下手。我决心这一次再也不让他们逃脱。

"他们走到哪儿，我就驾着马车形影不离地跟到哪儿。只在清晨或深夜的时候，我才做点生意，赚点钱。这些都无所谓，只要我能找到我的仇人并亲手杀死他们就足够了。

"但是，他们非常狡猾，决不单独外出，也不会在晚上出去。两个星期的时间，我每天跟在他们后面，却一次也没看见他们分开过。锥伯经常喝醉，但斯坦节逊却从不疏忽。我并没有因为找不到机会而灰心失望，因为我有预感，报仇的时刻就要到了。我唯一担心的是我的病，我害怕血瘤会过早地破裂，从而使我的报仇功亏一篑。

"一天傍晚，当我赶着马车在他们住的地方附近徘徊的时候，忽然看见锥伯和斯坦节逊拿着行李上了一辆马车。我赶紧远远地跟在他们后边。当时，我唯恐他们又要改变住处。他们一路到了尤斯顿车站，我让一个小孩替我看车，跟着他们走进了月台。我夹杂在人群之中，离他们非常近，听到他们打听去利物浦的火车；站上的人回答说，有一班车刚刚开走，几个小时之内不会再有车了。斯坦节逊听了非常懊恼，可是锥伯却好像很高兴。他说，他有一点私事要办，如果斯坦节逊愿意等他的话，他很快就会回来。他的伙伴试图阻拦他，并且提醒他说，他们曾经约定不能单独行动。锥伯回答说，这是一件微妙的事，他必须一个人去。我听不清斯坦节逊又说了些什么，后来只听见锥伯破口大骂，说他不过是他雇用的仆役罢了，不要装腔作势地反而指责起他来。这位秘书只好不再多说，而只是和他商量，万一他耽误了最后一班火车，可以到郝黎代旅馆去找他。锥伯回答说，他在十一点以前就可以回来；然后，便走出了车站。

"我等待了无数次的时刻终于来到了。他们在一起的时候，可以互相帮助；但是，一旦分开，就要落到我的掌握之中了。不过，我并没有鲁莽从事。我早已下定了决心：报仇的时刻，如果不让仇人有机会明白究竟是谁杀死了他，为什么杀死他，那么，这种复仇是不完美的。刚好几天以前，一个坐我的车在布瑞克斯顿路一带查看房屋的人把其中一处的钥匙遗落在我的车里了。在他取回钥匙以前，我偷偷弄下了一个模子，照样配制了一把。这样一来，在这个大城市中，我至少有了一个可靠的地方，可以自由地干我想干的事情，而不必担心受到阻碍。现在要解决的问题就是如何把锥伯弄到那个房屋中去。

"他在路上走进了一家酒店，几乎停留了半个小时。出来的时候，已是酩酊大醉了。让我感到惊奇的是，他竟然又坐着马车回到了他原来居住的地方。我不明白他回去干什么，就把车子停在了房间附近，等着他什么时候出来。他进去之后，载他来的那辆马车也就开走了。请给我一杯水，我说得嘴都干了。"

我递给他一杯水，他一饮而尽。

"谢谢。"他继续说道，"我等了一刻来钟，房子里突然传来一阵打闹声。接着，门开了，出来两个男人，其中一个就是锥伯，另一个是个年轻的小伙子。小伙子抓住锥伯的衣领，把他用力推下了台阶，摇晃着手中的木棍大声说道：'狗东西！看你还敢不敢欺负良家女子！'锥伯拖着两条腿拼命地向街上逃去，跑到转弯的地方，正好看见我的马车，于是一脚就跳了上来，说道：'送我去郝黎代旅馆。'

"我看见他坐进了我的马车，简直喜出望外，心跳动得非常厉害。我深怕我的血瘤会在这紧要关头迸裂了。我一边赶着马车，一边盘算着下一步该怎么办。我完全可以把他拉到荒僻的乡间小路上，跟他算一次总账。就在我几乎要这么办的时候，他却替我解决了这个难题。因为他的酒瘾又发作了，他叫我把车停在了一家大酒店的外面，吩咐我等他之后就走了进去。到他再出来的时候，已经是烂醉如泥了。我知道，我已是胜券在握了。

"你们不要以为我会冷不防一刀就结果了他的性命，我不会那么干的。我已经想好了要给他一个机会,如果他能够把握住的话,他就会有一线生机。我在美洲流浪的时候做过各种各样的工作,这其中就包括'约克学院'实验室的看门人。有一天,教授在讲课的时候把一种叫做生物碱的东西拿给学生们看。这是一种毒性非常猛烈的毒药,只要沾着一点儿,立刻就能要人命。我记住了放毒药的位置,在他们走之后,就倒了一点出来。我是一个相当高明的配药能手,于是,我就把这些毒药做成了一些易于溶解的小丸。我在每个盒子里装进一粒,同时再放进一粒样子相同但是无毒的。我当时想的是,如果我能得手,这两位先生就要每人分得一盒,让他们每个人先吞服一粒,剩下的一粒就由我来吞服。从那时候起,我就把这些装着药丸的盒子一直带在身边;现在,使用它们的时候到了。

"当时已经快到凌晨一点钟。风刮得很厉害,大雨倾盆而下,可是我却高兴得几乎要大声欢叫起来。先生们,如果你们之中哪一位曾经为一件事朝思暮想了二十多年,一旦唾手可得,那么,你们就会理解我当时的心情了。我点燃了一支雪茄,借此安定我紧张的情绪。但我还是太激动了,我的手不停颤抖,太阳穴也突突乱跳。赶着马车前进时,我看见老约翰·费瑞厄和可爱的露茜在黑暗中看着我微笑。我看得清清楚楚,就像现在看着你们一样。一路上,他们都相伴在我的左右,一直跟我来到布瑞克斯顿路的那所空宅。

"四处不见一个人影,除了雨声之外再也没有别的声音。我摇醒了熟睡的锥伯,说:'到了。'

"'好的,车夫。'他说。

"他肯定以为是到了他刚才提到的那个旅馆,所以不再多说什么就下车跟着我走进了空屋前的花园。他当时还有点头重脚轻,我不得不扶着他走,以免跌倒。我开了门,引他走进了前屋。我向你们保证,费瑞厄父女一直就走在我们的前面。

"'怎么这么黑!'他跺着脚说。

"'马上就会有光了。'我说完便点亮了一支蜡烛。我把蜡烛举近了我的脸,面对着他说:'伊瑙克·锥伯,你看看我是谁?'

"他醉眼惺忪地盯着我看了半天。突然,他的脸上现出了恐怖的神色,整个人都痉挛起来,晃晃荡荡地向后退着。我知道他已经认出我了。他吓得面如土色,大颗的汗珠从他额头滚落,牙齿也"咯咯"地上下打架。看见他现在这副模样,我不禁大笑不止。我知道报仇会是一件痛快的事情,可从没想到竟会有这样的滋味。

"'你这个狗东西!'我说,'我把你从盐湖城一直追到伦敦,现在,你游荡的日子终于到头了。因为,你和我当中将有一个人再也见不到明天的太阳了。'我说话的时候,他又向后退了几步。我从他的脸上可以看出,他以为我是发疯了。那时,我确实和疯子也差不了多少了,太阳穴上的血管像铁匠挥舞着铁锤似的跳动不止。若不是血突然从我的鼻孔中涌了出来,让我轻松了一下的话,我深信,我的病也许就发作起来了。

"'你对露茜·费瑞厄的事还有什么可说的?'我一面叫着,一面锁上门,并且把钥匙举在他的眼前晃了晃,'惩罚的确来得太慢了,但它毕竟还是来了。'

"'你要谋杀我吗?'他颤抖着说。

"'根本谈不上谋杀。'我回答说,'杀死一只疯狗,怎么能说是谋杀呢?当你把我可怜的爱人从她那被残杀的父亲身边拖走的时候,当你把她抢到你那个无耻的新房中去的时候,你对她有过丝毫的怜悯吗?'

"'她的父亲不是我杀的!'他叫道。

"'但是,是你粉碎了她那颗纯洁的心!'我厉声喝道,同时把装毒药的盒子送到他的面前,'让上帝为我们裁决吧。你挑一粒吃下去,剩下的一粒由我来吃。一粒可以致死,一粒可以获生。让我们看看,世上还有没有公道,或者我们都是在碰运气。'

"他吓得大喊大叫起来,哀求饶命。但是,我用刀逼着他的咽喉,直到他乖乖地吞下一粒,我也吞下了剩下的一粒。我们面对面地站在那里等着,看看究竟谁死谁活。当他的脸上现出痛苦的时候,我知道,他已吞下了毒药。我看见他那副嘴脸,不觉大笑起来,并且把露茜的戒指举到他的眼前。可是这一切只是一会儿工夫,因为那毒药的作用发挥得很快。痛苦使他的面目都扭曲变形了,他两手向前伸着,摇晃着;接着就惨叫一声,倒在地板上了。我用脚把他翻转过来,摸摸他的心口,心不跳了,他死了!

"这时,我的鼻血还在不断地往外流,我灵机一动,便用血在墙上写下了一个字。这完全是出于一种恶作剧的想法,打算把警察引入歧途;因为我当时的心情非常轻松和愉快。我想起纽约曾发现过一个被谋杀的德国人,他的身上写着

"拉契"这个字。当时报纸上曾经争论过,认为这是秘密党干的。我当时想,这个字既然可以让纽约人感到扑朔迷离,那么,伦敦人也一定会困惑不解。字写完之后,我就离开了。我赶着马车走了一段路以后,把手伸进经常放戒指的衣袋里,忽然发现戒指不见了。我大吃一惊,因为这是她留下的唯一的纪念物了。想到可能是在查看锥伯尸体时把它掉落的,我就又返了回去。我把马车停在附近的一条街上,大着胆子向那间屋子走去;因为我宁可冒着任何危险,也不愿失去这只戒指。我一走到那所房子,就和一个刚从里面出来的警察撞了个满怀。我只好装成喝醉酒的样子,以免他起疑心。

"接下来我要做的,就是用同样的办法来对付斯坦节逊。我知道斯坦节逊当时正在郝黎代旅馆里。我在旅馆周围转了一整天,可是他一直没有露面。斯坦节逊这个家伙非常狡猾,他一直是谨慎提防着的。但他以为躲在房里不出来就可以逃避我,那就大错特错了。我很快就弄清了他卧室的窗户。第二天早上,我利用旅馆外面胡同里放着的一张梯子,爬进了他的房间。我叫醒他,告诉他现在是他为自己以前所犯的罪行偿命的时候了。我把锥伯死的情况讲给他听,要他同样挑选一粒药丸。他不愿接受我给他的活命机会,从床上跳了起来,扑向我的咽喉。我出于自卫,一刀刺进了他的心房。其实,不管采用什么办法,结果都是一样的。因为老天爷一定不会让他那只罪恶的手,拣起那无毒的一粒的。

"我还要说几句,说完了也好,因为我也快完了。事后我还继续赶着马车,因为我想攒够路费,好回美洲去。那天,我的车正停在广场上,忽然来了一个穿得破破烂烂的少年,打听有没有一个叫杰弗逊·侯波的车夫,他说,贝克街二百二十一号B座有位先生要雇他的车子。我毫不怀疑地就跟着来了。以后我所知道的事,就是这位先生用手铐干净利落地把我的两只手给铐上了。好了,这就是我的全部经历。你们可以认为我是一个杀人犯,但是,我自己却认为我跟你们一样,是一个执法的法官。"

他的故事讲得这样跌宕起伏,他的态度给人的印象又是这样深刻,因此他讲完了以后,我们都沉默地坐在那里,只有雷斯垂德速记供词的最后几行时沙沙的写字声,打破了室内的寂静。

"我还希望知道一点。"福尔摩斯最后说道,"我登广告以后,那个前来领取戒指的你的同党究竟是谁?"

这个罪犯对我的朋友顽皮地挤了挤眼睛。"我只能供出我自己的秘密,"他说,"我不愿牵连别人。看到那则广告,我也想到这也许是个圈套,但我真的很需要找回那只戒指。我的朋友自告奋勇愿意帮我跑一趟。我想,你应该承认,这件事他办得很漂亮吧。"

"一点也不错。"福尔摩斯老老实实地说。

"先生们,"警官严肃地说道,"本周四这个罪犯将要提交法庭审讯,你们届时需要出席。开庭以前,他交由我负责。"说完,就按了一下铃。于是,杰弗逊·侯波就被两个看守带走了。我的朋友和我也就离开了警察局,坐上马车回贝克街去了。

十四　尾声

我们已经做好了出庭的准备,可是,到了星期四那天,我们却再也用不着去作证了。原来,侯波在他被捕的当天晚上,动脉血瘤就迸裂了,第二天早晨,被发现死在了监狱的地板上,脸上还带着平静的笑容,或许他欣慰自己圆满地完成了自己的复仇工作。

"雷斯垂德和葛莱森对他的死一定会气得发疯,"第二天傍晚,当我们坐着闲谈的时候,福尔摩斯说道,"这样他们就没有机会大肆吹嘘了。"

"在缉拿凶手这件事上,他们并没有出多少力啊。"我说。

"在这个世界上,做了什么不是最重要的,"我的同伴刻薄地回答说,"重要的是要让别人相信你做了什么。"停了一会儿,他语气轻松地说:"这是我遇到过的所有案件中最精彩的一个了。它虽然简单,但有几点是值得深以为训的。"

"简单!"我情不自禁地叫了起来。

"是的,的确是简单。"歇洛克·福尔摩斯说,"你想,没有任何人的帮助,只是经过一番寻常的推理,我在三天之内就捉到了这个罪犯,这证明案子实质上是非常简单的。"

"这话倒是不假。"我说。

"我已经说过,异乎寻常的事物非但不是什么阻碍,反而是一种线索。在解决这类问题时,最主要的就是能够一层层地回溯推理。这很有用,而且也很容易,不过,人们在实践中却不常应用它。"

"我不太明白你的意思。"我说。

"我认为你也不可能马上就明白,让我试着再给你说得透彻一点。大多数人是这样的:你把一系列的事实告诉他们,他们就可以把结果告诉你。但是,有少数的人,你把结果告诉了他们,他们就能通过内在的意识,推断出产生这种结果的各个步骤是什么。这就是我所说的'回溯推理'。"

"我明白了。"我说。

"好,现在就让我把这个案件中所进行的各个不同步骤的推理向你说明一下。我从头说起。正如你所知道的,我是步行到那那所房子去的。我在街道上检查之后,清楚地看到了一辆马车车轮的痕迹。经过研究,我确定这个痕迹必定是夜间留下的。由于车轮之间距离较窄,我断定这是一辆出租马车,而不是自用马车,因为伦敦市上出租的四轮马车通常都要比自用马车狭窄一些。

"接着,我就慢慢地走上了花园中的那条黏土路。我看到了警察们沉重的靴印,也看到最初经过花园的那两个人的足迹。他们的足迹,比其他人的在先。这个环节告诉我,夜间来客一共是两个人,其中一个非常高大,我从他的步伐长度上可以推算出来;另一个则是衣着入时,这是从他留下的小巧精致的靴印上判断出来的。

"走进屋子以后,这个推断立刻就得到了证实。那位穿着漂亮靴子的先生就躺在我的面前。如果这是一件谋杀案的话,那么那个大高个子就是凶手。死者身上没有伤,但是他脸上显露出来的紧张、激动的表情使我相信,他在死前已料到自己在劫难逃了。所以他的死绝不是由于心脏病,或者其他突然发生的自然死亡。我嗅过死者的嘴唇,带点酸味,因此我就得出这样的结论:他是被迫服毒而死的。从他脸上那种愤恨和害怕的神情看来,我才说他是被迫的。我就是利用这种淘汰不合理假设的办法得到了这个结论,因为其他任何假设都不能和这些事实吻合。

"现在要谈谈作案动机了。谋杀并不是为了抢劫,因为死者身上一点东西也没有少。那么,这是政治性案件呢,还是情杀案呢?这就是我当时要考虑的问题。我比较偏重后一个。因为在政治暗杀中,凶手一经得手必定立即逃走。可是这件谋杀案却完全相反,凶手在屋子里到处留下了他的足迹,而且干得相当从容。因此,这就一定是一件仇杀案,而不是什么政治性的,只有仇杀案才采取这样处心积虑的手段。墙上的血字被发现后,我对自己的这个见解就更加地深信不疑了。这是故布疑阵,一望便知。等到发现戒指,答案就算完全确定了。很明显,凶手是利用这只戒指让被害者回忆起某个已死的、或者是不在场的女人。

"之后,我就对这间屋子进行了仔细的检查。检查结果,使我更确定凶手是个高个子,并且还发现了其他的一些细节:印度雪茄烟,凶手的长指甲,等等。因为屋中并没有打斗的迹象,所以我得出:地板上的血迹是凶手在激动的时候流的鼻血。我发觉,血迹和足迹总是在同样的地方出现。除非是个血液旺盛的人,一般很少有人会在感情激动的时候这样大量流血的。所以,我就大胆地推测,这个罪犯可能是个身强力壮的红脸人。

"离开屋子以后,我给克利夫兰警察局长拍了一个电报,询问有关伊瑙克·锥伯的婚姻问题。回电中说,锥伯曾经因为一个叫做杰弗逊·侯波的旧日情敌请求过法律的保护,这个侯波现在就在欧洲。我当时就知道我已经掌握了这个案件的线索,剩下要做的就只是如何捉住凶手了。而我当时心中早已断定:和锥伯一同走进那个屋中去的就是那个赶马车的。因为我从一些痕迹上看出,拉车的马曾经随意走动过,如果车夫在,是不可能有这种情况的。赶车的人除了这个屋中又能去哪里呢?还有一点,任何神经健全的人想必都不会在一个可能会泄露他秘密的第三者面前进行一桩蓄谋已久的罪行,不然就太荒谬了。最后一点,如果一个人想在伦敦城里跟踪着另外一个人到处跑,除了做一个马车夫外,难道还有更好的选择吗?综合考虑之后,我必然就会得出这样一个结论:这个杰弗逊·侯波,必须到出租马车车夫当中去寻找。

"如果他曾是马车夫,就没有理由使人相信他会就此不干了。正相反,从他那方面考虑,突然变换工作反而会使人们对他产生注意。他至少要在一段时间内,继续呆在他的这个行业。如果认为他现在使用的是化名,这也是没有道理的;在一个没有人认识他的国家里,他为什么要改名换姓呢?于是,我就让一些街头流浪儿作为我的一支侦查连队,有步骤地到伦敦城各个车行去打听,直到他们找到了我所要找的这个人为止。至于谋杀斯坦节逊,则是我完全没有意料到的。但是,这些意外无论在什么情况下,都是很难避免的。你已经知道,我从这件事里找到了两枚药丸。我早就推想到会有这种东西存在的。你看,这整个案子就是一根在逻辑上前后相连、毫无间断的链条。"

"真是妙极了!"我不禁叫了起来,"你应当发表这个案件,让大家都知道一下你的本领。如果你不愿意的话,我来替你发表。"

"你愿意的话就去干吧,医生,"他回答说,"你来看看这个!"他递给我一张报纸。

这是一份今天的《回声报》,上面有一段正是对我们所说的这个案件的报道。

报上说,因为凶手侯波突然死去,社会大众失去了一些耸人听闻的谈话资料。此案主要涉及了旧时的一段恩怨情仇,因为侯波的死,其中的内幕可能永远没有办法揭晓。但此案足以说明本国警探破案的神速,特别是雷斯垂德和葛莱森,这两位官方侦探将荣膺某种奖赏,作为对于他们破获这一案件的劳绩的表扬云云。

"你看,刚开始我不就是和你说过吗?"歇洛克·福尔摩斯大笑着说,"这就是我们对血字研究的全部结果:给他们挣来了褒奖!"

"不要紧,"我回答说,"事实的全部经过都记在我的笔记本里,社会会知道真情实况的。这个案子既然已经破了,你也就该感到心满意足了,正如罗马守财奴所说:'笑骂由你,我自为之;万贯家藏,唯我独赏。'"

四个签名

一 演绎法的研究

歇洛克·福尔摩斯从壁炉架的角落取出一瓶药水,又从一个漂亮的摩洛哥皮匣子中取出皮下注射器,并用他那洁白而有力的手指调整好针头,并把左臂的衣袖卷起。他对着自己发达的、布满许多针眼的前臂及手腕深深地注视了一会儿,终于,他把针头刺了进去,并且推动了小小的针心,最后靠在绒面的安乐椅中,满足地长叹了一口气。

这样的动作他每天重复三次,几个月来,我虽然已经习惯了,但心中始终无法同意他的做法,而且我一天比一天无法忍受。因为自己缺乏勇气阻止他,所以每天晚上我都私下咒骂自己。一次又一次,我发誓一定要把自己的心里话说出来,但是我这个朋友性格冷漠,而且孤僻,使人无法对他谈及任何事。他能力过人,也自以为是,以及我所知道了解的他那许多独特的性格特点,使我对责难他一事都感到胆怯而非常踌躇。我不想惹他不高兴。

然而,这一天下午,或许是我午餐所喝的烈性葡萄酒起了作用,或者是我对他满不在乎的态度产生了愤怒,我再也忍不住了。

"今天这个又是什么?"我问道,"吗啡还是可卡因?"

他刚刚打开一册书,无力地抬起呆滞的眼。

"是可卡因,"他说,"百分之七的溶液。你要试一下吗?"

"不,绝不,"我坚决地回答道,"我的身体至今还没有从阿富汗的战役中恢复过来,我不能再糟蹋自己了。"

他并没在意我的态度,只是笑了笑,说道:"或许你是正确的,华生。我想它对身体的确是有害的。但是,我发现它能够刺激头脑,使神志清醒,因此它的副作用也就是小事了。"

"但是,你得认真地考虑一下!"我诚恳地说道,"看看你所付出的代价!你的大脑也许就像你说的那样,因受到刺激而感觉到兴奋,然而这是一个伤害自身的过程,它会使你的器官组织变质,最后导致永久性的组织衰退。你也知道它所带来的不良后果,实在是得不偿失。你为什么只为了这一点点的快感,而甘愿去伤害你所拥有的高超能力呢？你应该知道，我不仅是以朋友的身份这么说，而且还是作为一个对你的健康负责的医生而这么说。"

他并没有因我这样说而生气，相反的，他将两肘支在椅子的扶手上，双手指尖合拢，表现出一副对谈话颇感兴趣的样子。

"我这个人喜欢动而讨厌静，"他说，"如果无事可做我就会心烦意乱。给我问题，给我工作，给我最深奥难解的密码，或最复杂的分析，这样我才会舒服，浑身有劲，也就不需用人为的刺激了。但我痛恨平淡的生活，我渴望脑子亢奋活动，因此我选择了这个特殊的职业，或者说创始了这个行业，因为我是世界上唯一一个从事这行的人。"

"唯一的私人侦探？"我抬起头问道。

"唯一的私家顾问侦探，"他回答。"我是侦查方面的最终、也是最高的上诉法院。当葛莱森，或雷斯垂德，或埃瑟尔尼·琼斯遇到难题时——这是经常的事——他们就会请教我。我会像专家一样审查资料，然后提出专家的意见。不会争功，报纸上也不会登我的名字。工作本身使我的特殊才能得到发挥，这样的乐趣才是我最大的报酬。在杰弗逊·侯波的案子中，我的工作方法应该给了你一些经验吧。"

"是的，确实是这样，"我热诚地答道，"我至今还没碰过比这让我更惊异的事。我已经将整个案件写成了一本小册子，并起了一个特别奇妙的名字——'血字的研究'。"

他严肃地摇了摇头。

"我大致翻阅了一下，"他说，"说实话，我实在不敢恭维。侦探术是，也应该是一门精确的学问，因此态度必须冷静不带感情。你却加入了一层小说的色彩，这就像把爱情之类的事硬塞进了欧几里得的几何定理中一样。"

"但是那个案子中确实有爱情故事，"我抗议道，"我不能歪曲事实啊。"

"有些事实可以不写，或至少只写出一小部分。这个案子中唯一值得一提的，就是我通过巧妙的分析，从事实的结果推断出原因，从而成功地破案那部分。"

我做这件事本来是为了取悦他，结果却遭到批评，心中很不悦。我也承认，我是因为他的自大而恼怒，他似乎想让我所写的每一行字都集中在叙述他的个人行为上。在我与他同住在贝克街的这些年中，我不只一次地感觉到我这个同伴在冷静严肃的外表下,隐藏着骄傲与自负。我不想多说什么,只是坐着抚摸着我受伤的腿。我的腿曾被枪弹打穿,虽然不碍行走,但只要天气变化就会酸痛万分。

"我的业务最近已经拓展到了欧洲大陆,"过了一会儿,福尔摩斯说道,并将欧石南根的烟斗装满烟丝,"上星期有一个叫佛朗哥·维拉德的人曾来求教于我,你大概知道这个人最近在法国侦探界初露锋芒。他具有凯尔特人机警直觉的能力,但是缺乏提高他的技巧的广泛精确知识。他请教的是一个有关遗嘱的案子,蛮有意思。我向他提供了两件相似的案子,一件是一八五七年里加发生的案子,一件是一八七一年圣路易的案子,这两件案子帮他找到了破案的途径。今天早上我收到了他的感谢信。"

说着,他把一张揉皱了的外国信纸扔了过来,我看了一下,基本上都是一些景仰推崇之词,如:伟大、有效的一击、绝技等,是一个热情的法国人标准的称颂词。

"他像个夸奖老师的小学生。"我说。

"噢,他把我的帮助评价得太高了,"福尔摩斯轻声说道,"他自己也有很高的才能。理想侦探的三大必要条件中,他具有两个,他有观察及推理能力,唯独缺乏知识,不过将来他会获得这些知识的。他现在正把我的几篇短作翻译成法文。"

"你的短作?"

"噢,你不知道吗?"他笑着说道,"是的,我曾写过几篇专文,全是有关技术方面的。比方说,有一篇是《不同烟灰的鉴别》。在文中,我列举了一百四十种雪茄、香烟及烟斗丝的烟灰,并用彩色图形象地说明了各种烟灰的不同。这在罪案审讯中常常被提出来,有时候会成为最关键的线索。你回忆一下杰弗逊·侯波的那个案子,你会知道辨别烟灰对破案会有极大的帮助。再比如,如果你能确定某个凶杀案的凶手是抽印度的细朗卡烟,就可以缩小侦查的范围。印度雪茄烟的黑烟灰与'鸟眼烟'的白灰是不同的,就像包心菜与马铃薯那样清楚分明。"

"你在观察细微的事物方面确实有着特殊的才能。"我评论道。

"我重视它们的重要性。这一篇是关于追查足迹的专文,其中提到用石膏来保留足印的方法。还有一篇小文章是讲述一个人从事的行业对手形的影响,里面有石匠、水手、切割软木瓶塞者、排字工人、织工及磨钻石工人的各种手形插图。这些对科学化的侦探有很重要的实际用途——尤其是对那些无名尸体,或发掘罪犯的身份等。噢,我只顾谈我的喜好,你一定厌烦了吧?"

"一点也不,"我热切地答道,"我非常感兴趣,尤其在我曾经看过你实际应用这些东西之后。你刚才提到观察及推理,这两方面必定有某种关联吧?"

他舒服地往椅背上一靠,由烟斗中喷出浓浓的蓝烟来说道:"哦,几乎没有关联。比如,通过观察,我知道你今早曾去过韦格摩尔街邮局,而通过推理,我知道你在那里发过一封电报。"

"完全正确!"我说。"但是我不明白你是怎么知道的。那只是我一时突然的行为,也没有告诉别人。"

"这个非常简单,"他看到我很惊奇,笑着说道,"简直不用解释,不过解释一下倒可以区分观察和推理。我观察到在你的鞋面上沾有一点儿红泥,韦格摩尔街邮局的对面正在修路,挖出的泥堆在人行道上,要进邮局的人很难不踏进泥里去,而附近只有那里有这种特殊的红色泥土。这就是观察,剩下的就都是通过推理了。"

"那你怎么推理出我去发电报呢?"

"今天整个一上午我都坐在你的对面,没有看见你写信。而且在你的桌子上有一大整张的邮票和一叠明信片,那么你去邮局不是发电报还会去做什么呢?排除其他的因素,剩下的必定是事实了。"

"这件事确实如此,"我想了一下回答道。"正如你所说,这是最简单的了。如果我现在给你一个稍稍复杂的测验,你是否觉得我鲁莽?"

他答道:"正相反,我很高兴,这可以阻止我第二次注射可卡因了。我很愿意研究你所提出的任何问题。"

"我常听你讲,在所有人的日用品上面,都会留下一些使用者的特征的痕迹,受过训练的人是很容易观察出来的。现在我这里有一块新得来的表,你能告诉我它的原来的主人的性格和习惯吗?"

我把表递给了他,心里不禁暗笑。因为我认为这个试验是无法通过的,我就是想给他平日独断作风的一个教训。他把表拿在手里,仔细地看了看表盘,然后打开表盖,检视里面的机件,先用肉眼,后来又用高倍放大镜观察。最后,他把表盖关上,还给了我。他的沮丧的表情使我差点笑出来。

"这里几乎没有留下任何痕迹,"他评论道,"因为这只表最近被清洗过,最主要的痕迹都擦掉了。"

"是的，"我回答道，"这只表在到我手里之前是被清洗过。"

我暗自认为他是想用这一点作借口来掩饰他的失败。即使没被清洗过，又会留下什么有助于推断的痕迹呢？

他用半闭无神的眼睛仰望着天花板说道："尽管遗痕不多，我的观察也不能说完全没用。"他说道，并用无神的眼睛仰望着天花板，"姑且说一说，请你指正吧。据我判断，这只表原来是你哥哥的，是你父亲遗留给他的。"

"这一点不错，因为表的背面上刻有 H. W. 字母，对吧？"

"是的，W 代表你的姓。这只表大概制造于五十年前，表上刻的字母和制表的时间差不多，因此必是你上一辈的遗物。按照习惯，珠宝类的东西是传给长子的，长子通常袭用父亲的名字。如果我没有记错，你父亲已去世多年，所以我断定这只表是在你哥哥手中。"

"这些都正确，"我道。"还有别的吗？"

"你哥哥是一个放荡不羁的人。起初他很有光明的前程，可是他没有把握好机会，所以常常生活潦倒，偶然也有景况好的时候，最后因为好酒而死。这些都是我通过观察得出来的。"

我从椅子上跳了起来，忍不住在房中无精打采地走来走去，内心充满了辛酸。

"福尔摩斯，这就是你的不对了。"我说。"我真没想到，你竟然会搞出这么一套来，你对我哥哥的惨史肯定预先有了了解，现在假装用一些奇特的方法而推断出来。我绝不会相信你从这只旧表上就能够发现这些事实！不客气地说，你这些话都是骗人的。"

他和蔼地答道："亲爱的医师，请你原谅我。我按着理论来推断这个问题，却忘了这对你是一件痛苦的事情。不过，我保证，在你把表给我之前，我真不知道你还有一位哥哥。"

"可是你究竟用什么方法推理出这些事实呢？你所说的完全正确。"

"啊！这只是运气好，我只是说出可能性，并没想到会完全正确。"

"那么你并不是猜想的？"

"是的，我从来不猜想，那是很不好的习惯——影响逻辑的推理。你之所以觉得奇怪，是因为你没有遵循我的思路，没有注意到往往能推断出大事来的那些细枝末节。比如，我开始时曾说你哥哥粗心。看一下这只表，不仅在边缘上有两处凹痕，整个表面上还有无数的伤痕，这是因为老是把表放在有钱币、钥匙一类硬东西的衣袋里。这样不经心地对待一只价值五十多金镑的表，说他粗心不算过分吧！仅是这只表已经如此贵重，肯定还有其他丰富的遗产，也是有一定道理的。"

我点着头表示同意他的推理。

"英国当铺的惯例是：每收进一只表，一定要把当票的号码用针尖刻在表的里面，这个办法好过挂一个牌子，可以免去号码失掉或搞错。我用放大镜观察里面，发现这类号码至少有四个。推断出你哥哥经常生活潦倒；同时可以推断出他有景况好的时候，否则他不可能去赎当。最后请你仔细看一下内盘的钥匙孔，孔的周围有上千的伤痕，这都是被钥匙戳的。清醒的人插钥匙不会留下这些伤痕，只有醉汉的表会。他晚上上弦，手腕颤抖便留下了痕迹。这有什么神秘呢？"

"你解释得十分清楚。"我回答。"我错怪你了，请你原谅。我应当相信你的神妙能力，请问你目前手中还有什么侦查的案件吗？"

"没有，所以才注射可卡因。不动脑筋，我就无法生活。除此之外，还有什么生趣呢？请到窗前来。这个世界多么凄凉惨淡而又无聊！看那黄雾沿街落下，飘过那些暗褐色的房屋，还有什么比这个更平淡无聊的？医师，试想英雄无用武之地，还有什么意思呢？犯罪是平常的事，生活也是平常的事，在这个世界上除了平常的事还有什么呢？"

我正要回答他那激烈的言词，忽然响起急促的敲门声。房东托着一个铜盘走了进来，盘上放着一张名片。

她对我的同伴说道："有位年轻的女士想见你。"

他读着名片："梅丽·摩斯坦小姐。嗯！这个名字我很陌生。请她进来，赫德森太太。医师，你留在这里，别走。"

二 案情的陈述

摩斯坦小姐走进屋来。她步履稳重，姿态沉着，是个金发碧眼的年轻女士，娇小、高雅，衣着端庄得体，充分展现着风度。她的衣服简单朴素，可以看出她的生活不太优裕。暗灰哔叽的衣服，没有花边和装饰，戴着一顶同样暗色的小檐帽，帽的边缘上插着一根白羽。她的容貌虽不美丽出众，但是神情甜美，温柔可爱，一双蓝蓝的大眼睛富有情意和神采。我所见过的女人，遍及三大洲数十国，从没有一位女子有这样高雅、灵秀的气质。当歇洛克·福尔摩斯请她坐下时，我一直目不转睛地看着她。她的嘴唇微动，两手颤抖，显示出情绪紧张，内心不安。

"我来请教您，福尔摩斯先生，"她说，"因为您曾经为我家主人塞西尔·弗里斯特夫人解决过一桩家庭纠纷。她对您的才能十分钦佩。"

"塞西尔·弗里斯特夫人，"福尔摩斯回忆着说道，"我是对她有一点小小的帮助，不过那桩案子很简单。"

"她可不这样认为。不过我现在请教的案子可不能说也是简单的了，我想不到比现在更复杂、更离奇的处境了。"

福尔摩斯搓着双手，两眼炯炯有神。他从椅子上倾身向前，清秀而似鹞鹰的脸上露出关注的神情。

"说说您的案情吧，"他以极其郑重的语气说道。

我觉得我在这儿有些尴尬，便从椅子上站起来说道：

"你们谈吧，我失陪了。"

可是这位年轻女士却伸出戴着手套的手阻止我离去。

"朋友，"她说，"您最好留下，可能会对我很有帮助的。"

我又坐回椅子上。

"简短地讲，"她继续说道，"事情是这样：我父亲是驻印度军队的军官，我很小的时候就被送回国内。母亲去世得早，英国又没有亲戚，于是就把我送到爱丁堡一所寄宿学校读书，一直待到十七岁。一八七八年，我父亲已是团里资格最老的上尉，请了一年的假回到国内。他一到伦敦，就给我发电报，告诉我已平安抵达，住在朗厄姆旅馆，叫我马上前去相见。我还记得，电文充满了父亲的慈爱。我赶到伦敦，立即坐马车去朗厄姆旅馆。旅馆的人告诉我是有摩斯坦上尉住在这里，但头天晚上出去后一直没回来。我等了一天，也没有父亲的消息。当天晚上，在旅馆经理的建议下，我去警署报了案，并在第二天早上的各大报纸登出寻人启事，可仍旧没有结果。从那天直到现在，可怜的父亲音讯全无。他回到国内，本来希望父女团聚，可是却……"

她用手捂着嘴,话还没说完就已经泣不成声。

"记得那是哪一天吗?"福尔摩斯翻开记事本问道。

"他是一八七八年十二月三日失踪的——差不多有十年了。"

"他的行李呢?"

"还在旅馆里,里面找不到任何线索——一些衣服和书,以及一些安达曼群岛的珍奇古玩。他以前是那儿管监狱犯人的军官。"

"在伦敦有朋友吗?"

"我们只知道有一人——驻孟买陆军第三十四团的肖尔托少校,和我父亲一个团。他刚退休,住在上诺伍德。我们当然立即联系他了,可是他并不知道我父亲已回英国。"

"真是怪事。"福尔摩斯说。

"还有更怪的事呢。大约六年以前——确切的日期是一八八二年五月四日——《泰晤士报》上登出一则广告,征询梅丽·摩斯坦小姐的住址,还说是对她有利。广告没有姓名地址。那时我刚到塞西尔·弗里斯特夫人家当家庭教师,夫人建议我在广告栏上登出我的地址。见报的当天,我就收到一个小纸盒。打开一看,是一颗光彩夺目的大珍珠,盒子里没有一个字。从此以后,每年的这一天,我就会收到一样的盒子,里边是一样的珍珠。根本不知道是谁寄的。经行家看过,这些珍珠是稀世珍宝,价值很高。你们可以看一下。"

她说着就打开一个盒子,我看见了我生平从未见过的六颗上等的珍珠。

"您所说的很有意思,"歇洛克·福尔摩斯说。"还有其他的吗?"

"有,今天早上我收到一封信,请看,就是这一封信,这也正是我向您请教的原因。"

"谢谢。"福尔摩斯道,"请您把信封也给我。邮戳,伦敦西南区,日期是九月七日。啊!角上有一个大拇指印——可能是邮差的。信纸很好,信封是六便士一扎的,不便宜。写信人对信封和信纸很考究。没有地址。

今晚七时请到莱西厄姆剧院外左边第三个柱子前候我。如果您有怀疑,请偕友二人同来。您是被委屈的女子,定将得到公道。不要带警察来,否则就不能相见。

您的不知名的朋友

嗯,这真是个神秘的案件!您想怎么办?摩斯坦小姐。"

"这正是我要请教您的。"

"那我们一定得去——您和我,以及——对了,还有华生医师。信上说带两个朋友嘛,他跟我一直一起工作。"

"但是他愿意一起去吗?"她以恳求的语调及表情问道。

"我非常荣幸,"我热情地说,"如果我能效劳。"

"您二位真是太好了,"她回答,"我一直很孤独,没有朋友可以求助。我六点到这里可以吗?"

"不要再晚了,"福尔摩斯说,"不过,还有一件事,这封信的笔迹与寄珍珠上的笔迹一样吗?"

"我带来了。"她一边回答,一边拿出六张纸。

"你考虑得很周密,做得好。现在让我们来看看。"他将纸张平铺在桌上,一张张仔细检查。"除了这封信外,都是伪装的笔迹。"他接着说道,"不过,发信的人应该是同一个人。看这个'e'字,有希腊字的样子,而且最后一个's'字母的弯曲也是一样。我不愿意给你无谓的希望,可是,斯坦小姐,这与你父亲的笔迹有相似之处吗?"

"一点都不像。"

"我想也是这样。好了,那么六点钟时,我们等你。这些信件请暂时留下,六点之前,我还可以先研究看看。现在才三点半,再见了。"

"再见。"我们的访客说道。她又亲切地看了我们一眼后,就将珍珠盒收入怀中,匆匆地走了出去。

我站在窗边,看着她匆匆沿街走去,直到她的灰帽子及白羽毛消失在人群中。

"多么美丽的一位女士啊!"我转向我的同伴感叹道。

他重新点燃了烟斗,半合着眼靠在椅子上。"是吗?"他无力地说,"我倒没注意。"

"你真是一部机器——一部计算机,"我叫道,"有时你真是没有一点人情味儿。"

他温和地笑了笑。

"重要的一点就是不要让个人气质影响到你的判断,"他大声说,"对我而言,一个委托人只是问题中的一个个体或一个因素,感情会影响到清晰的推理。我曾经知道一个最娇媚迷人的女人,为了获取保险金而毒死了她的三个小孩,最后被处以绞刑;而我相识的一个面貌丑陋的人却捐了将近二十五万英镑救济伦敦的穷人。"

"但是,这个案子……"

"我绝不会有例外,否则会破坏定律。你是否研究过笔迹的特性?你觉得这个人的字迹怎样?"

"比较清楚易认,"我答道,"是个有商业经验的人,有着顽强的性格。"

"看看长字母,"福尔摩斯摇着头说,"它们几乎没有高过一般字母。'd'看起像'a','l'像'e'。有个性的人的字迹不论多难认,都会明显区分字母的高矮。他的'k'写得犹疑不决,大写字母显出他的自负。我现在要出去,查点东西。让我介绍给你这本书——一部非常好的著作,就是温伍德·利德的《成仁记》,一个钟头内我应该会回来。"

我拿着那本书坐在窗前,但我的思想却完全不在这本著作上。我的心专注在刚才的那位访客——她的笑容,她低沉深厚的语音,以及她那离奇的遭遇。如果她父亲失踪时她十七岁,她现在应该是二十七岁——一个甜美的阶段,幼稚生涩已消失,转向稍经事故的人生阶段。我就这样坐着冥想,直到一个危险的想法闯入脑中。我急忙跑到书桌前,拿出一篇最新的病理学论文来读。我算什么?一个外科军医,拖着一条受伤的腿,没有一点儿积蓄,我怎么能痴心妄想?她只是一个因素、一个个体——毫无其他。如果我的前途是一片黑暗,我最好还是毅然地面对它,而不要企图凭着胡思乱想来改变它。

三 寻求解答

直到五点半钟,福尔摩斯才回来。他精神抖擞,非常兴奋,与早上的低落情绪完全不同。

他端起我给他倒的一杯茶,说道:"这件案子并不太神秘,这些事实似乎只有一个解释。"

"什么！你已经把案子弄清楚了吗？"

"还不能这样说。我只是已经发现了一个有提示性的事实，可以说明问题，当然还有一些细节需要找出来。我刚查了以前的《泰晤士报》，发现了一个讣告，住在上诺伍德的前驻孟买陆军第三十四团的肖尔托少校已在一八八二年四月二十八日去世。"

"福尔摩斯，或许我愚钝，这个讣告对本案有什么作用吗？"

"看不出吗？没想到。那么我们这样看吧。摩斯坦上尉失踪了，在伦敦，他可能去拜访的只有肖尔托少校一人，而肖尔托少校竟说毫不知道他曾来伦敦。四年以后肖尔托死了。他死后不到一个星期，摩斯坦上尉的女儿就收到了一份贵重的礼物，以后每年收到一次。现在来了一封信，竟说她是一个受了委屈的人。除了失去她的父亲，还有什么委屈呢？另外，为什么在肖尔托一死，就开始有礼物寄给她？莫非肖尔托的继承人知道其中的秘密，想借此弥补什么罪过？你对以上的事实还有别的推论吗？"

"为什么这样弥补呢！方法太奇怪了！而且他为什么现在才写信，而不是六年以前？还有，信上说要给她公道，她能得到什么公道呢？如果说她父亲还活着，或许太乐观了。可是你又不知道她还受过什么别的委屈。"

"确实是有一些费解的地方。"福尔摩斯沉思道，"但是我们今天晚上走一趟就会全弄清楚了。啊，来了一辆四轮马车，摩斯坦小姐在里边。你准备好了吗？赶快下去吧，时间已经稍晚了一些。"

我拿起帽子及一支最粗重的手杖，福尔摩斯从抽屉里拿了他的手枪放进口袋。显然，他认为我们今晚的工作可能存在危险。

摩斯坦小姐穿着一件黑色的外衣，她虽然还保持着镇定，可是面色苍白。如果她对于我们今晚的行动并未感到不安的话，她的毅力确是超过了女子的天性。她能够完全控制住自己的感情，能够立刻回答歇洛克·福尔摩斯所提出的几个新问题。

她道："肖尔托少校是父亲特别要好的朋友，在父亲的来信里总是提到少校。他和父亲都是安达曼群岛驻军的指挥官，所以他们经常在一起。对了，在我父亲的书桌里发现了一张没人能懂的字条，和本案好像并无关联，但也许您想看一看，所以我把它带来了。就是这个。"

福尔摩斯小心地把纸打开，平铺在膝盖上，然后用双层放大镜仔细地细看了一遍。

"这纸是印度制造的，"他指出，"过去曾经在板上钉过。纸上的图似乎是一所有许多大房间、走廊和甬道的大建筑的一部分，中间有一个用红墨水画的十字，十字上面写有模糊的用铅笔写的'从左边3.37'。纸的左上角有一个奇怪的符号，象四个连接的十字形。在旁边非常潦草地写着'四个签名——约翰生·史莫，穆罕默德·辛格，爱勃德勒·康恩，德斯特·阿克勃尔'。我也断定不出它和本案有什么关系，可是它一定是一个重要文件。它曾经被小心地收藏在夹子里，因为两面一样干净。"

"我们是从他的皮夹里找到的。"

"摩斯坦小姐，小心地保管起来吧，或许我们以后会用到。现在我感觉这个案子比我最初所想象的要复杂、深奥得多，我必须重新考虑一下。"

说完他就靠在车座靠背上。紧皱着眉毛，目光发呆，我知道他正在深思。摩斯坦小姐和我小声地谈着我们目前的行动和可能的结果，我的同伴一直保持着静默，直到我们抵达目的地。

此时是九月的傍晚，七点钟还不到，天气阴沉，浓雾笼罩了整个城市。街道上一片泥泞，卷卷黑云悬在空中。伦敦河滨道上的暗淡路灯发出微光，照着满是泥浆的人行道。两旁店铺的玻璃窗里射出淡淡的亮光，穿过迷茫的雾气，照到车马拥挤的街道上。我心想：在这闪闪的灯光照耀下，络绎不绝的行人的面部表情有欢喜的，有忧愁的，有憔悴的，有快活的——其中含有无限的怪诞和奇异的事迹，就像人类，从黑暗来到光明，又从光明返回黑暗。我并非一个易动感情的人，但是这个沉闷的夜晚，再加上我们将要遇到的事，使我紧张起来。从摩斯坦小姐的表情中我看得出来，她和我有同样的感觉。只有福尔摩斯不受影响，他借着小烛灯的光亮，不时地在记事簿上写些数字或笔记。

莱西厄姆剧院两边的入口处已经拥挤不堪。门前，双轮马车、四轮马车如流水般辚辚而至，一个个礼服笔挺、衬衫雪白的男士和披着围巾、珠光宝气的女士不断地从车上下来。我们还没到约定的第三根柱子前，就有一个身材短小、面孔黧黑、车夫装束的男人向我们打招呼。

"二位是与摩斯坦小姐一起的吗？"他问道。

"我就是摩斯坦小姐，这两位是我的朋友。"她说道。

那人用一对灼灼逼人的眼睛逼视着我们。

"对不起，小姐，"他用严厉的口气说道。"我奉命要您保证，这二位都不是警察。"

"我完全可以保证。"她答道。

那人吹了一声口哨，立刻有一个街头流浪的人牵过来一辆四轮马车，打开车门。和我们说话的那个人就跳到车夫座上，我们也上了马车。没等我们坐定，车夫就挥鞭驱车，迅速地驰行在雾气迷漫的街道上了。

我们的处境令人疑惑。我们既不知道去哪里，也不知道去干什么。我们是受人愚弄？这是不可能的。那么我们跑这一趟必定有重要的结果。摩斯坦小姐的神态仍旧比较镇定，我向她讲述我在阿富汗历险的故事，意在给她一些鼓励与安慰。但是，老实说，我自己也因为我们的处境及未知的结果紧张得心神不定，以致讲得故事七颠八倒，直到今日，她还把我讲给她听的那个故事当做笑话。我告诉她有一天深夜，一只滑膛枪如何进入我的帐篷，我又是如何用一枝双筒小老虎把枪打死。起先我还能辨得清马车前进的方向，可是很快，因为雾大，又不熟悉伦敦这个地方，我就找不到方向了，只知道我们走了很久。但福尔摩斯却清楚得很，车子所经之处，无论大街小巷，都能一一说出。

"罗彻斯特街，"他说。"这是文森特广场。现在要通过沃克斯霍尔桥走向萨里区。是的，没错，现在上桥。你们看见河水了吧。"

我们果然看见了泰晤士河。但马车很快驰向河对岸的街道。

"沃滋沃斯路,"我的同伴说。"修道院路,拉克雷尔巷,斯托克维尔广场,罗伯特街,冷港巷。这并不是一个高级的区域。"

我们的确来到了一个陌生可疑的地方。两边都是一排排灰暗的砖房,只是在街角有几家粗俗、刺眼的酒店。接着就是几排二层楼的房子,每座房前都有个小花园。跟着又是一排排新建的砖房——是大城市向郊外乡村伸出的可怕触角。马车终于在沿街排屋的第三个屋门前停下了。其他房子都漆黑无光没人居住,我们停车的这一栋,只有厨房的窗透出一线微光。可是我们刚一敲门,立刻有一个戴黄包头、穿着肥大的白衣、缠黄腰带的印度仆人打开了门。一个东方仆人出现在这郊区的三等普通住宅,显得极不协调。

"我家老爷正在等您,"他说。他刚说完这句话,屋内就传出一个尖噪的声音。

"请他们到我这儿来吧,吉特穆特迦,"那声音喊道。"把他们直接带到我这儿来。"

四 秃头人的故事

我们跟随印度仆人进去,经过了一条不整洁的、灯光不亮、陈设简陋的过道,走到靠右边的一个门前。他把门推开了,黄色的灯光从屋里射出,灯光下站着一个矮小的尖头顶的人,光亮的秃顶,周围长着一圈红发,像是枫树丛中耸立着一座山峰。他站在那里搓着双手,神情不定,一会儿微笑,一会儿又愁眉苦脸,没有一刻停息。他天生一副下垂的嘴唇,一口不整齐的黄牙,他不时抬起手遮住脸的下半部。虽然已经秃头,但是他看来还很年轻,实际上也就三十岁左右。

"摩斯坦小姐,我愿为您效劳。"他不断高声地说,"我愿为两位先生效劳。请到我这间小屋子里来吧。屋子很小,但全是按照我所喜欢的样式设计的,可以说是在伦敦南郊沙漠中的一小块文化绿洲。"

屋子的景象使我们三人很惊奇。这间屋子同破旧的房子很不调和,好像一颗最出色的钻石镶在一块黄铜上。华丽窗帘和挂毯中间露出精美的画镜和东方的花瓶,又厚又软的琥珀色和黑色的地毯,踩在脚下非常舒适,就像走在绿草地上。两张横铺在上面的大虎皮,以及在屋角的席子上摆着的一只印度大水烟壶,都显出华丽的东方风味。屋顶中间有一根隐约可见的金色的线,悬挂着一盏银鸽式挂灯。灯火燃烧的时候,清香的气味飘散在空气中。

这个矮小的人仍然是神情不安,微笑着自我介绍道:"我叫塞笛厄斯·肖尔托。您当然是摩斯坦小姐喽,这两位先生是——"

"这位是歇洛克·福尔摩斯先生,这位是华生医生。"

"啊,一位医生?"他非常兴奋地大声说,"您带听诊器了吗?我能否请求您——您肯不肯给我听一下?我心脏的僧帽瓣也许有问题。我的大动脉还好,可是我的僧帽瓣,需要听听您的宝贵意见。"

我听了听他的心脏,除了他有些心理紧张外,并没有什么问题。我道:"心脏很正常,您不必担心。"

"摩斯坦小姐,请原谅我的焦急,"他轻松地说道,"我时常难受,总疑心我的心脏不好。既然正常,我就放心了。摩斯坦小姐,如果您的父亲能克制自己,不伤到他的心脏的话,现在他可能依然活着。"

我不禁怒从心起,真想给他一个耳光,他竟然说出这种让人伤心的话。摩斯坦小姐坐了下来,面色惨白。她说道:"我心里早已知道我父亲已经不在世上了。"

"我可以告诉您详细情况,"他说,"并且还能主持公道;无论我哥哥巴索洛谬怎么说,我必须这样做。今天您和您的两位朋友同来,我非常高兴,他们两位不单保护您,还可以对我将要说的和做的事情作个见证。这样咱们三人就可以共同对付我哥哥巴索洛谬,我们不要外人参加——不要警察或官方,我们完全可以依靠自己把问题解决。如果把事情公开,我哥哥巴索洛谬肯定会愤怒。"他坐在矮矮的靠椅上,用充满探询的无神的蓝眼睛望着我们。

福尔摩斯道:"我个人可以保证,无论您说什么,我都不会说出去。"

我也点头表示同意。

"那好极啦!那好极啦!"他道。"摩斯坦小姐,我能否敬您一杯香槟酒或是透凯酒?我这里没有其他的酒。我开一瓶可以吗?不喝?那好吧,我想你们不会反对我吸这种有柔和的东方香味的烟吧。我有些紧张,我觉得水烟对我来说,是非常好的镇定剂。"

他点燃了大水烟壶,烟从烟壶里的玫瑰水中不停地冒了出来。我们三人围着他坐着，伸着头，两手支着下巴，这个奇怪而又激动的矮小的人，光光的头，坐在我们中间不安地抽着烟。

"当我决定与您联系时，"他说道，"本想把我的地址告诉您，可是又怕您不了解，带了不合适的人来。所以我才采用这样的办法，叫我的仆人先见到你们，我十分相信他的随机应变的能力。我交代他，如果情形不对，就不要带你们来了。请您原谅我的小心谨慎，因为我不愿和人打交道，甚至可以说是个性情高傲的人，没有比警察一类的人更不文雅的了。我很少同任何粗俗的人相处，我的生活，就如你们所见，周围充满了文雅的气氛，我可以自称是个艺术拥护者，这是我的爱好。那幅风景画确实是格鲁的真迹，对于那幅萨尔瓦多·罗萨的作品，有些鉴赏家会有怀疑，可是那幅布盖娄的画没有任何问题。我有些倾心于法国现代画派。"

"肖尔托先生，请原谅。"摩斯坦小姐道。"我应邀到这儿来是因为您有事要告诉我，时间不早了，希望我们的谈话尽早结束。"

"恐怕得需要点时间，"他回答道，"因为我们还要去诺伍德找我哥哥巴索洛谬去。我们一起去，希望能把他说服。我以为合乎情理的做法，他却很生气，昨晚我和他曾经争辩了很久。你们无法想象愤怒的他是一个多么难于对付的人。"

"如果我们必须去诺伍德，最好马上就动身。"我插话道。

"那样不可以，"他笑着说道，"如果突然带你们去，我不知道他会说什么。不，我必须事先告诉你们，把咱们彼此的处境先说一说。首先，我要告诉你们，在这件事中有几个地方我自己也不明白。我只能把我所知道的事实说出来。

"我的父亲，你们也许已经猜到，就是过去在印度驻军里的约翰·肖尔托少校。他在十一年前退休后，住到了上诺伍德的樱沼别墅。他在印度发了些财，带回一大笔钱和一批贵重的古玩，还有几个印度仆人。靠着这些，他买了一所房子，生活得非常优裕。我和巴索洛谬是孪生兄弟，我父亲只有我们这两个孩子。

"我清楚地记得摩斯坦上尉的失踪在社会上所引起的轰动，我从报纸上得知了详情。因为他是我父亲的朋友，所以在他面前经常讨论这件事。他有时也和我们一同揣测事件的可能性，我们从来没有怀疑过整个的秘密却藏在他一个人的心里——只有他知道阿瑟·摩斯坦发生了什么事。

"但是，我们确实知道他有秘密。他害怕一个人独自出门，而且，他还雇用两个拳击手作为樱沼别墅的男仆，今晚驾车去接你们的威廉士就是其一，他曾是英国轻量级拳赛冠军。我父亲从不肯告诉我们他怕的是什么，但他对装有木腿的人非常戒备。有一次，他开枪打伤了一个有木脚的人，结果证明那人只是个要招揽生意的商贩，为了结此事我们付了一大笔钱。我们兄弟俩起先以为这只是父亲的一时冲动，但后来发生的许多事，使我们改变了想法。

"一八八二年初，我父亲收到了一封印度寄来的信，使他大为震惊，看完信后几乎晕倒在早餐桌旁，而且从那天起，他就一病不起。我们不知道信的内容，但在他看信时，我发现那封信很短而且字迹潦草。他患有脾脏肿大症多年，从那一刻起病情更加严重。四月底，医生告诉我们他已完全无救，他对我们做了最后的嘱托。

"我们走进他房间时，他正靠在一大堆枕头上，沉重地喘着气。他要我们关上门，到他的床两边来。然后他紧握着我们的手，用一种痛苦激动的语调，断断续续地说出了一件惊人的事。我现在尽量用他的话转述给你们听。

"'只有一件事，'他说，'在我临终的时候还压在我心上，就是我对待摩斯坦遗孤一事很内疚。因为我的贪婪扣住了她的财宝，其中至少有一半是属于她的。我并没有用那些财宝，但我被愚昧的贪婪所蒙蔽，强烈地想要占有那些财宝，以至于我舍不得与别人分享。看金鸡纳霜药瓶旁边的那串珍珠，就连这个我也舍不得拿出。孩子们，你们要将亚格拉宝藏公平地分给她一份。但在我死之前，什么也先不要给她——就连那串珍珠也不要给。毕竟，有一些情形比我现在还差的人曾痊愈过。'

"'我要告诉你们摩斯坦是怎么死的，'他继续说道，'多年来他心脏就一直不好，但他从未告诉过别人，只有我知道。在印度时，我们俩曾有一连串离奇的遭遇，得到了一大批宝物。我把宝物带回了英国，在摩斯坦到达英国的那天晚上，他来找我，要拿走属于他的那一份。他由车站步行过来，我那位已去世的老忠仆拉尔·乔达让他进来。摩斯坦跟我在分这批宝藏时发生了分歧，并吵了起来。摩斯坦气愤地从椅子上跳起，却突然用手捂住胸口，脸色发青，人向后倒去，头正好撞在藏宝箱的角上。我赶紧去扶他，骇然发现他已经死了。'

"'我在椅子上呆坐了很久，不知道该怎么办。最初我想到要报警，但我想到我很可能会被指为凶手。他在我们的争吵中死去，还有他头上的伤口，对我更是不利。还有，如果深入调查，宝物的事就会曝光，而这是我非要保密的。他曾经跟我说过，没有人知道他到这儿来，因此这件事似乎也没有让人知道的必要。'

"'我正在考虑这件事时,抬头看见老仆拉尔·乔达站在门口。他悄悄地走进来,把门锁上。"不要害怕,老爷,"他说,"没人会知道你杀了他。我们把他的尸体藏起来,还有谁能知道呢?""我没有杀他。"我说。拉尔·乔达笑着摇了摇头。"我都听见了,老爷,"他说,"我听到你们争吵,我也听见他倒下的声音,但是我不会对任何人说。其他人全都睡了,我们快把他搬走吧。"正是这些话让我做了决定。自己的仆人都不相信我,我又怎么能指望陪审席上的十二个笨商人会判我无罪呢?当天晚上,拉尔·乔达和我就把尸体埋了。过了不几天,伦敦的报纸就纷纷刊登了摩斯坦上尉失踪的消息。通过我说的,你们应该知道对于他的死我并没有责任。我的过错是我不但埋藏了尸体,还隐瞒了宝藏,更吞占了摩斯坦的那一份,所以,我希望你们把宝物还给他女儿。把耳朵凑到我嘴边来,宝物就藏在……'

　　"就在这时,他脸色突变,双眼直瞪,下巴垂下,用一种我永不会忘的声音喊道:'赶走他!快把他赶出去!'我们一起回过头向他眼睛盯住的那个窗户望去。黑暗中,有张脸正看着我们,我们可以清楚地看到那人因顶着玻璃而被压扁发白的鼻子,留着胡子、头发蓬乱的脸,一双凶狠的眼睛。我和哥哥立刻冲到窗前,但那人已不见了。当我们再回到父亲身边时,他头已垂下,脉搏已停。

　　"那天夜里我们搜遍了花园,但找不到这个不速之客的踪迹,除了在窗下花坛里留着个清晰的脚印。若不是这个脚印——我们还以为那张凶恶的脸是我们的幻觉。不久,我们就有了更明显的证据,有一些人在我们周围秘密进行着某种活动。第二天早上,我父亲房间的窗子被打开了,橱柜和抽屉全被翻动过,在他胸前别着一张破纸,上面潦草地写着四个签名。这四个签名是什么意思,还有这个神秘之人到底是谁,我们完全不知道。我们所清楚的只是:虽然我父亲的东西全被翻过,但父亲的财物并未被偷走。我和哥哥很自然地认为这事一定与父亲生前的恐惧有关,但对我们而言,这事完全是个谜。"

　　这个矮小的人停下来重新点燃了他的水烟壶,沉思地连吸了几口烟。我们坐在那里,全都沉浸于他讲的这个离奇的故事之中。摩斯坦小姐在听到她父亲死亡的经过时,脸色变得死白,我真怕她会昏过去,赶紧从旁边桌上的威尼斯式水瓶中倒了一杯水给她喝下,她才重新振作起来。福尔摩斯靠在椅中沉思着。我看着他,想到就在今天早上,他还在抱怨生活枯燥,现在至少有个问题可以让他施展他的才能。塞笛厄斯·肖尔托先生来回地看着我们,看到他的故事带给我们的影响而露出得意的表情。他一边抽着越来越旺的水烟，一边继续说下去。

"我哥哥与我，"他说，"你们可以想象，对我父亲所说的宝物感到十分兴奋。几个星期，甚至几个月，我们掘遍了整个花园，也没有找到宝物。一想到宝物的地点就在他临终时的唇边却没能说出来，我们真要发疯。从他拿出来的那串珍珠，就可以推断出这些宝物会有多值钱。对那串珍珠，我那巴索洛谬兄弟和我研究过，那些珠子显然价值不菲，他也舍不得就这样送人。我哥哥和我父亲有类似的缺点，而且他觉得如果我们把珍珠送出去，很可能会引来闲话，最后会带给我们麻烦。我所能做的就是说服他让我去找到摩斯坦小姐的地址，然后每隔一定的时间拿一颗珍珠寄给她，至少使她生活免受窘困。"

"真是一个好心的想法，"我的同伴诚恳地说，"您心地太好了。"

这个矮小的人不以为然地挥了挥手。

"我们不过是财产的保管者，"他说，"这是我的看法，不过我那哥哥可不这样认为。我们有很多财产了，我并不想要更多。除此之外，以这种方式来对待一位年轻女士实在是太卑鄙了。法国有句谚语叫'鄙俗是罪恶之源'，很有道理。我们两兄弟在这件事上产生了分歧，以至于我最后决定一个人住，于是我带着老喀打麦加及威廉士两人离开了樱沼别墅。就在昨天我得知宝物找到了，所以我立刻联系摩斯坦小姐。现在我们唯一要做的就是去诺伍德拿回我们的那一份。昨晚我已向巴索洛谬说了我的观点，因此，即使我们不是受欢迎的客人，但至少他知道我们会去。"

赛笛厄斯·肖尔托先生说完了话，坐在长椅上不动扭动着。我们三人静默着，这个奇异的事件让我们陷入沉思。最后，福尔摩斯第一个站起身来。

"你做得很对，先生，"他说，"对你仍不明白的地方，我们或许可以提供一些线索，作为对你的小小回报。但是，刚才摩斯坦小姐已说过，现在已经很晚了，我们最好不要再拖延，赶紧办正事吧。"

我们的新朋友很谨慎地盘起水烟壶的烟管，由垂帘后面拿出一件有扣饰的长长的外套，衣领和袖口用的是羔皮面料。尽管晚上天气还很闷，他还是将扣子扣紧，又戴了一顶兔毛帽，两边翻下来遮住耳朵，除了那张不断抽动的长尖脸外，全身没有一处地方露出来。

"我的身体很弱，"他领着我们走上过道时说，"我不得不承认自己是个病人。"

马车已经等在外面,显然这是预先安排好的,因为车夫立刻驾车快速地前进。赛笛厄斯·肖尔托以高过车轮滚动声的嗓门不停地说话。

"巴索洛谬很聪明,"他说,"你们猜猜他怎样找到宝物的?他最后得出的结论宝物一定藏在室内。他把整所房屋的容积计算出来,每个角落也小心测量过,一英寸之地也不漏。最后他发现了这所楼房高度是七十四英尺,但他量出了所有的房间的高度。又用钻探方法,确定了楼板的厚度,再加上室内的高度,总共也超不过是七十英尺,因此差了四英尺。这个差别只可能在房顶,于是他在最高一间房屋的板条和灰泥修成的天花板上打了一个洞,结果找到了一个封闭着的、无人知道的屋顶室。那个宝物箱就摆在天花板中央的两条橡木上。他把宝物箱从洞口吊了下来,他估计里面的珠宝的总值绝不少于五十万英镑。"

听到如此巨大的数字,我们都睁大了眼睛互相望着。如果摩斯坦小姐能够争取到她应得的那一份,她将立刻由一个贫穷的家庭教师变成英国最富有的继承人了。作为她忠实的朋友,应当替她欢喜,可是我,很惭愧,我的自私使我的心上像有一块重石压着。我随随便便地说了几句祝贺的话,便垂头丧气地坐在那里,对于新朋友所说的话也听不进去了。他明显是一个患有忧郁症的人,我依稀地记得好像他说出一连串的症状,并从他的皮夹里拿出了无数的秘方,希望我能对这些秘方的成分和作用做一些解释,对于我的回答,我真希望他全部忘掉。福尔摩斯说那天晚上他听到我告诫他不要服用两滴以上的蓖麻油并建议他服用大量的番木鳖碱作为镇定剂。不管怎么样,直到马车骤然停住,车夫跳下车来把车门打开时,我终于松了一口气。

"摩斯坦小姐,这就是樱沼别墅。"塞笛厄斯·肖尔托先生扶她下车的时候说道。

五 樱沼别墅的惨案

我们抵达当晚行程最后一站时,已将近十一点钟。城中潮湿的夜雾已经散去,现在夜景极好。从西边而来的暖风轻轻地吹着,云朵缓缓地在天上移动,半个月亮偶尔从天际间露出它的脸。通过月光,能够清楚地看到远处,但塞笛厄斯

·肖尔托仍旧拿了一盏马灯,把面前的路照得更亮了。

樱沼别墅建立在一片场地上,四周围着高高的石墙,墙顶插着碎玻璃,唯一的入口是一扇窄铁闩门。我们的向导走上前去大声敲着门。

"谁?"里面一个粗暴的声音问道。

"麦克默多,是我。你现在应该熟悉我的敲门声了,除了我,还会有谁在这个时候敲门?"

里面一阵喃喃的抱怨声后就是钥匙的响声。门重重地打开来,一个矮小厚胸的人站在门口,手中提着一盏油灯,黄色的灯光照在他探出的脸及两只怀疑的眼睛上。

"是您啊!塞笛厄斯先生,那几个人是谁?没有主人的命令我不能让他们进来。"

"不让进吗?麦克默多,真奇怪!我昨晚已经和我哥哥说过今晚会带几个朋友来。"

"他今天一天都没出屋,塞笛厄斯先生,我也没有听到吩咐。您是知道的,我必须遵守规矩。我可以让您进来,但其他人只能等在外面。"

这一着是没有想到的。塞笛厄斯·肖尔托尴尬地看着他。

"你真是不像话,麦克默多!"他说,"如果由我来保证他们,可以吗?况且这里还有一位年轻女士,总不能让她在这个时候等在路旁吧。"

"实在抱歉,塞笛厄斯先生,"守门人不为所动地说,"他们可能是您的朋友,却不是主人的朋友。主人给我的待遇很好,我就得尽我的职责。您的朋友我一个也不认识。"

"喔,你认识的,麦克默多,"福尔摩斯和蔼地大声说道,"你应该认识我。你不记得四年前在爱里森举办的拳赛中,与你打了三个回合的那个业余拳手?"

"是福尔摩斯先生吗?"这位拳击手大声喊道,"老天!真是你!我怎么会认不出来?你怎么站在那里不说话呢?要是走上前来给我下巴一钩拳,我一定可以认出你来。哈,你真是那种浪费天赋的人!如果你肯继续练下去,你肯定会大有名气。"

"你看,华生,就算我在别的方面都不行,我还有一行可做呢。"福尔摩斯笑着说,"我相信我们的朋友不会再让我们在外面挨冻了。"

"先生,你跟你的朋友都进来吧,"他回答,"真对不起,塞笛厄斯先生,但是主人的命令很严格。我必须弄清楚他们是谁,才能让他们进来。"

进门是一条碎石路,蜿蜒穿过荒芜的院子,直达一座大屋。屋子方正无奇,除了一缕月光照着屋子一角外,其余全部笼罩在黑暗中。巨大的屋子漆黑死寂,使人不寒而栗。就连塞笛厄斯·肖尔托似乎也十分不自在,马灯在他手中颤抖地发出声音。

"我真不明白,"他说,"一定是有什么事。我特别告诉巴索洛谬我们今天要来这儿,但他窗户根本没灯光,到底是怎么回事。"

"他平时也是这么戒备吗?"福尔摩斯问。

"是的,他遵循着我父亲的老习惯。你知道,我父亲疼爱他,有时候我觉得我父亲告诉他的事要比告诉我的多。上面月光照到的那扇窗子就是巴索洛谬的,虽然很亮,但是里面并没有灯光。"

"的确,"福尔摩斯说,"但是在门旁边的那个小窗有一点亮光。"

"噢,那是女管家的房间,伯恩斯通太太住在那儿。她可以告诉我们发生了什么事。请你们在这儿稍等一下。事先她不知道,如果我们都过去,她会害怕的。嘘,那是什么?"

他举起灯,手不停地颤抖,灯光一闪一闪的。摩斯坦小姐紧抓着我的手腕,我们全都紧张地站着,竖直耳朵。寂静的夜晚,极其悲伤的声音从这座漆黑的大屋子中传出——一个惊惧的女人所发出的断断续续的叫声。

"是伯恩斯通太太,"肖尔托说,"家中只有她是女人。你们在这儿等一下,我马上就来。"

他急忙走到门前,以他习惯的方法敲门。我们看见一个高高的老妇人开门让他进屋,而且一见他显得高兴万分。

"噢,塞笛厄斯先生,你来了,我太高兴了!真是太高兴了!塞笛厄斯先生!"

门已经关上,但这些喜悦欢呼的话语还是隐约可以听得见。

福尔摩斯提着向导给我们留下的灯笼,仔细认真地查看着房子的周围以及在院中的大堆垃圾。摩斯坦小姐和我站在一起,她的手紧握在我的手里。爱情真是一件奇妙的事,我们两个在今天以前从未见过,即使在今天也没有说过一句情话,可是在危难之时,我们的手竟然不约而同地紧握在一起。至今我想起这件事来还感到有趣,不过在当时,这个动作似乎是很自然的,后来她也经常告诉我,当时她的感觉是：只有依傍着我才能得到安慰和保护。我们两人就像小孩一样手拉着手站着，对周围的黑暗全不在意，心中反觉得平和无惧。

"真是一个怪地方！"她望着四周说道。

"好像全英国的鼹鼠都被放到这里了。我只在巴拉莱特附近的山边看见过类似的景象，当时有探矿的在那里钻探。"

"这儿也是一样，"福尔摩斯道，"到处都留下了寻找宝物的痕迹。不要忘了，六年来他们一直在寻找，也难怪这块地好像砂砾坑一样。"

这时候房门忽然打开了，塞笛厄斯·肖尔托跑出来，两手向前，眼睛里充满了恐惧。

"巴索洛谬一定出事儿了！"他喊道，"吓死我了！我的神经受不了这样的刺激。"他的确是非常恐惧，露在羔皮大领子外的脸没有一点血色，就像一个惊骇失措的小孩子求助的表情一样。

"咱们进屋去。"福尔摩斯坚定地说道。

塞笛厄斯恳求道："快！快请进去！我真不知怎么办了！"

我们随着他走进过道左边女管家的房间。这个老妇人正在不安地在屋里走来走去，可是一看见摩斯坦小姐，就好像安慰了许多。

"老天，看您这副安静甜美的脸多好！"她激动地哭诉道。"看见了您，我感觉好多了！这一天我真是痛心呀！"

摩坦斯小姐轻轻地抚拍着她瘦瘦的手，轻轻地说了一些安慰她的话。她那苍白的脸逐渐地有了血色。

"主人把自己锁在屋内，也不和我说话，"她解释道。"我一直等着他叫我。平日里他也喜欢独自呆着，但一个钟头前，我害怕出事，就上楼从锁孔往里偷看。您必须要上去一趟，塞笛厄斯先生，您一定要亲自去看一看！十年来，无论巴索洛谬先生欢喜还是悲伤我都见过，可是他现在这副面孔我从未见过。"

歇洛克·福尔摩斯提着灯走在前面，塞笛厄斯吓得牙齿打颤、两腿哆嗦，幸亏我搀扶着他，才上了楼梯。我们在上楼时，福尔摩斯两次从口袋里拿出放大镜，仔细地观察那些留在楼梯棕毯上的泥印。他一级一级慢慢地向上走，灯提得很低，细小地察看左右。摩斯坦小姐与恐惧的女管家一起留在了楼下。

上了三重楼梯后出现一条相当长的过道，右边墙上是一幅印度挂毯，左边有三个门。福尔摩斯仍旧是边走边认真地观察着，我们紧跟在他身后，长长的影子投在身后的过道上。第三个门就是我们要进去的,福尔摩斯敲了敲门,里面没有回应;他又旋转门钮,用力推门,结果也没推开。我们提灯一照,可以看见很粗的门锁在里面倒闩着。钥匙转过,所以锁孔没有整个地被关死。歇洛克·福尔摩斯弯下腰从钥匙孔往里看了看,马上站起来,倒吸了一大口气。

我从没有见过他如此激动。他说:"华生,这儿确实是有点可怕,你来看一下吧。"

我弯腰从锁孔往里一看,也吓得立刻缩了回来。淡淡的月光直照进屋内,朦胧中好像有一张脸在半空中直视着我,脸以下都被黑暗遮住。这张脸同塞笛厄斯的脸一模一样,同样的光亮的秃顶,同样的一圈红发,同样的苍白的脸。死板的表情,露出可怕的狞笑,僵硬而不自然。在沉寂和月光的照耀之下,看到这样一张脸,比看到任何恐怖的表情更让人毛骨悚然。这张脸同我们那矮小的朋友太像了,我忍不住回过头来看他是否还在身边。忽然我想起来他曾经说过,他和他哥哥是双胞胎。

"太可怕了!"我对福尔摩斯说,"怎么办呢?"

"必须把门打开。"说着他就跳起来向门上撞去,把全身重量都加到锁上。门响了响,可是没有开。于是我和他一起撞,这次"砰"的一声,门锁断了,我们进入了巴索洛谬的屋里。

这间屋子看起来像是化学试验室。门的对面墙上摆着两层带塞的玻璃瓶子,桌子上散乱地放着本生灯、试管以及蒸馏器。许多盛着酸类的瓶子堆在墙角的一个竹篮里,其中有一瓶似乎已经破漏,一股黑色的液体流了出来,空气中充满了一种特别刺鼻的柏油气味。在一堆散乱的板条和泥灰中,一副梯子立在屋的一边,梯子上面的天花板上有一个可以容人出入的洞。梯子下面放着一卷长绳。

桌子旁边一张扶手木椅中,坐着房间的主人,头歪向左肩,面露惨笑。他已经僵冷,显然是已经死去很长时间了。我发现不只他的表情怪异,就连他的四肢也蜷曲成奇特的姿势。他一只手扶在桌上,手边放着一个特别的器具——一个粗糙的棕色木棒,头上有一块像锤子似的石头用粗麻线捆着。木棒旁边放着一张由记事本上撕下来的纸,上边有几个潦草字。福尔摩斯看了一眼就递给了我。

"你看一下。"他抬起眉头说道。

在灯光下,我惊恐地读道:"四个签名。"

"天哪,这是什么意思呀?"我问道。

"谋杀!"他边说边弯下腰察看尸体。"啊!果然不出我所料,你看!"他指着一根黑色的长刺,就扎在死者的耳朵上面的头皮中。

"好像是一根木刺。"我道。

"就是一根木刺。你可以把它拔出来,可是要当心,有毒。"

我用拇指和食指把刺拔了出来。刺刚一拔出,伤口就合拢了,除了看见一点点血痕,没有任何痕迹。

"对我来说,这件事太神秘了。"我说。"好像越来越糊涂了。"

"完全相反,所有环节都清楚了,我只要再补充几个,整个案子就清晰了。"

我们自进屋之后,几乎把我们的同伴忘了。他站在门口,仍旧一副惶恐的表情。突然,他尖叫了起来。

"宝物全部都丢了!"他喊道。"他们抢走了宝物!我们就是从那个洞口把宝物吊下来的,还是我帮他的!我是最后一个看见他的人!我昨晚离开下楼时,还听见他锁门呢。"

"那是什么时候?"

"十点钟。现在他死了,警察来后一定会认为是我把他害死了,一定会的。你们不会这样想吧,先生们?你们一定不会认为是我害死他的吧?如果是我,我就不会把你们带来。啊,天哪!啊,天哪!我快疯了!"他跳着脚,狂乱地痉挛起来。

福尔摩斯轻轻地拍着他的肩,和蔼地说道:"肖尔托先生,不要害怕。听我说,坐车到警署报案,您应该协助他们,我们在这里等您回来。"

这矮小的人茫然地听从了,我们听见他摸着黑蹒跚地走下楼去。

六 福尔摩斯作出判断

"现在,华生,"福尔摩斯搓着双手说,"我们有半个小时的时间可以利用。我说过这个案子已经基本清楚,可是也不能因为过于自信而出错。这个案子看似简单,或许其中还藏着玄机呢。"

"简单?"我冲他叫道。

"当然,"他像是临床教授在对学生讲解般地说。"请你坐在那边屋角,免得脚印把现场破坏了。现在开始工作。首先一点,人是怎么进来、怎么出去的?从昨夜以后门就没开过。窗子呢?"他提着灯走向窗边,一边检查,一边自言自语地大声嘟哝着,不是对我说话,"窗子从里面锁着,窗框也坚固。让我们把它打开,近旁没有水落管,房顶也比较高。可是有人爬上过窗台。昨夜下点儿小雨,窗台上有个脚印。这儿有个圆的泥印,地板上也有一个,桌子边上也有一个。看,华生!这痕迹就是个好证据。"

"不是脚印。"我看了几个圆形的泥印,说道。

"这对我们非常有价值。这是一根木柱的印记,你看窗台上,是一个很重的黑皮鞋鞋印,后跟有宽铁掌,旁边是木桩的印记。"

"是装木腿的那个人。"

"没错。可是还有一个人——一个敏捷的帮手。你能爬上墙来吗,医师?"

我探向窗外看了看,月光还照亮着屋角。我们离地面足有六十英尺,向外边墙面上看,连一处可以踏脚的地方都没有。

"从这儿是没法爬上来的。"我回答说。

"没有人帮忙肯定上不来。但如果有个人能把屋角边的那根结实的绳子从这里垂下,绳子一头牢系在墙的大扣环上就行了。只要你手脚灵活,就能顺着绳子爬上来,即使是木腿也照样能上。并用同样的方法下去,你的帮手再把绳子收起来,脱掉钩子,把窗关好,从里面拴牢,由原路出去。有个值得注意的细节,"他指着绳子继续说道,"这位装木腿的人,虽然爬墙利索,但不是职业水手。他的手没老茧皮。我用放大镜发现好些血迹,绳的末端血迹最多。我推断他拉住绳下去时,速度太快以至磨掉了手上的皮。"

"有道理,"我说,"但事情越来越糊涂了。还有个神秘的帮手?他是怎么进来的呢?"

"不错,是帮手!"福尔摩斯沉思着重复说道。"这个帮手的迹象很有趣,他使这个案子非同一般。我觉得这个帮手开创了英国犯罪史的新记录——如果我没记错,在印度的塞内冈比亚有过类似的案子。"

"究竟是怎么进来的?"我再次问道。"门锁着,窗子又打不开,难道从烟囱钻进来?"

"烟囱太窄,人进不来,"他答道。"我也曾考虑过这个可能性。"

"那么,到底怎么进来?"我追问道。

"你始终没应用我的理论,"他摇着头说。"我跟你说过许多次,你把完全不可能的因素排除掉,剩下来的,不管怎么难以相信,也是事实。我们推断他不是从门进来的,不是从窗、从烟囱进来的。我们也推断他不可能预先躲藏在屋内,因为这里无藏身之处。那么他从哪里进来呢?"

"从屋顶的那个洞口进来!"我叫道。

"完全正确,他一定是从上面那个洞口进来。请你提着灯,现在我们去侦查屋子的顶部——就是藏宝物的地方。"

他登上梯子,两手抓住一根橡木,翻身上了屋顶隔层。然后俯身接过灯,我也跟随上去了。

这间小阁层大约长十英尺宽六英尺,地板是在橡木上铺了板条与灰泥做成,所以走路时要踩在橡木上。屋顶呈尖顶状,很明显此处就是真正屋顶的内部。这里没有一件家具,多年的灰尘堆得很厚。

"你看这儿,"福尔摩斯说,用手抵着斜坡的墙。"是一个活动天窗,可以通屋外。我把天窗打开,就是屋顶了。坡度不大,第一个人就是从这儿进的屋。我们再找找,看这个人有没有留下别的痕迹。"

他提灯照着地板,结果我第二次看见他的脸上露出惊异的表情。而我跟随他往地板上看时,也被吓得浑身发冷。地板上都是赤脚脚印——清晰,也很完整,可是不足常人的一半大。

"福尔摩斯,"我轻声说,"原来是个小孩子干的犯罪勾当。"

他很快恢复了神态。

"我也吃了一惊,"他说,"其实这很平常。我忘记了,原本应该料到的。这里没什么了,我们下去吧。"

"对于那些脚印,你怎么看呢?"刚下到房间里,我就急切地问他。

"还是你自己来分析吧,华生。"他有点不耐烦地说道。"你知道我的理论,应用一下,就会受到启发,等你得出结论,再相互交流一下。"

"我想不出什么来说明眼前的事情。"我答道。

"你很快就会完全明白,"他说,一副胸有成竹的样子。"我想这儿没有什么其他重要的了,不过还是要再看一遍。"

他拿出他的放大镜和皮尺,跪在地上来回地测量、比较、观察,细长的鼻子离地只有几英寸,晶亮的眼睛如同飞鸟眼一般。他的动作敏捷、无声和鬼祟,就像一只受训的猎犬在找寻气味。我由此想到,如果他把精力和聪明不用于维护法律而去犯法的话,他会成为一个多么可怕的罪犯啊!他一边观察一边喃喃自语,最后突然发出一阵欢呼声。

"我们真走运,"他说,"没什么问题了。第一个人不幸踩在木馏油上。你看见了,在这难闻的东西的右边,有他的小脚印。这个盛油的瓶子裂了,里边的东西流了出来。"

"这又怎么样呢?"我问道。

"没有什么,我们就要捉住他了。"他说。"我知道一只狗凭着嗅觉能够寻到尽头;狼群顺着气味就可以找到食物,那么一只受过特别训练的猎犬追寻这么强烈的气味,还有什么担心的吗?这是数学中的比例法。我们一定可以得到答案……噢!警察们到了。"

楼下传来了沉重的脚步声、说话声及关门声。

"在他们上来之前,"福尔摩斯道,"你先摸一摸尸体的胳膊以及两条腿。你有什么感觉?"

"肌肉像木头一样硬。"我回答。

"没错。肌肉强烈收缩,比普通的'死后强直'更厉害,再加上扭曲脸部和惨笑,你有何结论?"

"中了生物碱的剧毒——一种类似番木鳖硷,会产生破伤风性症状。"我回答。

"我一看见他那面部肌肉收缩的情形,就知道是中了毒。进屋后我就马上设法弄清这毒物是怎样进入体内的。你也看见了,我发现了一根不费力就能刺入或者射入他头皮的木刺。刺入的部位正对着天花板的那个洞,所以当时死者就直坐在椅子上。你再仔细看看这根刺。"

我小心地拿起它凑到灯前细看。一个细长的黑刺，尖端上有一层发亮的东西，好像是一种干了的胶质。钝的一头，是被刀削过的。

"这种刺是在英国生长的吗？"他问道。

"绝对不是。"

"有了这些资料，你应该能够得出合理的结论了。不过，正规的警察来了，业余警探该退了。"

刚说到这儿，脚步声走近了，一个穿灰衣的胖子跨进屋内。他面色发红，身材魁伟，多血的体质，肿眼泡中露出了一对闪烁的小眼睛。一个穿制服的警长和依旧发抖的塞笛厄斯·肖尔托紧随其后。

"这成什么样子！这成什么样子！"他用粗哑的声音喊道，"这些都是什么？这屋子怎么像养兔场一样热闹！"

"阿瑟尔尼·琼斯先生，您应该还记得我吧？"福尔摩斯静静地说道。

"我当然记得！"他喘着粗气说道，"您是歇洛克·福尔摩斯先生，理论专家。我记得您！我忘不了那次您向我们讲解关于主教门珍宝案的起因，推论和结果。您的确把我们引上了正确途径，但是您也得承认，那次主要还是因为运气好，而不是因为正确的指导。"

"那只是一个简单的推理。"

"啊，得了！得了！不用不好意思承认。但是，这儿是怎么回事？太糟糕了！太糟糕了！事实明摆着，不用什么理论推理。真是运气，我正为了别的案子到诺伍德来！报案时我正好在分署。您以为这个人是怎么死的？"

"噢，这个案子用不着我的理论。"福尔摩斯冷冷地答道。

"用不着，用不着。可是我们还不能否认，有时您也能说中。但据我所知，门是锁着的，五十万英镑的宝物丢了。窗户怎么样呢？"

"也紧关着，但是窗台上有脚印。"

"噢，噢。如果窗户是关着的，这脚印与本案就无关了，这是常识。这个人也许是突然死亡，然后宝物不见了。哈！我有了一个结论。我也经常会有灵感。警官，你出去一下。您，肖尔托先生，也出去，您的医生朋友可以留下。福尔摩斯先生，您觉得是怎么回事呢？肖尔托承认他昨晚和他哥哥在一起，他哥哥突然死亡，于是肖尔托就借机拿走了珠宝。这个说法怎么样？"

"然后这个死人还小心地起来把门由里面锁上。"

"嗯！是有个破绽。咱们根据常识来解释一下。这个塞笛厄斯曾和他哥哥在一起，发生了争吵，这是我们知道的。哥哥死了，珠宝丢了，这个我们也知道。塞笛厄斯离开后就再没有人见过他哥哥，他的床也没有人睡过，塞笛厄斯非常恐慌，他的情形也不正常。您看我向塞笛厄斯四面撒网，他逃不掉了。"

"您还没有知道全部事实。"福尔摩斯道。"这根木刺我认为是有毒的，是从死者的头皮上取出的，还可以看到伤痕。您看这张带字的纸，是在桌上发现的，旁边还有一根古怪的带石头的木棒。这些东西您怎么去推理呢？"

"各方面都证实了。"这个胖侦探神气地说道，"屋内全是印度古玩，如果这根刺有毒，塞笛厄斯可以和别人一样利用它来杀人。至于这张纸不过是骗人的，故弄玄虚。唯一的问题是：他怎么出去呢？啊！当然，房顶有个洞口。"

他身体庞大，费了好大劲儿才爬上梯子挤进屋顶隔层，很快，我们就听到他高兴地宣布他找到了屋顶的暗门。

"他能发现点儿东西，"福尔摩斯耸了耸肩说，"他有时也会具有一点推理能力。法国有句老话：'没有头脑的愚人更难相处。'"

"你看！"阿瑟尔尼·琼斯从梯子爬下来说道，"事实胜于理论。对于这案子，我的看法已经确定了。有个活门通向屋顶，而且活门是半开的。"

"活门是我打开的。"

"哦，是吗？那你也看见它了？"他似乎对他的发现有点泄气，"好，不管是谁发现的，凶手就是从那儿逃跑的。警官！"

"到，先生。"声音由过道上传来。

"叫肖尔托先生进来——肖尔托先生，我有责任告诉你，从现在开始，你所说的任何话都有可能不利于你。因你哥哥之死，我代表女王逮捕你。"

"看看！我和你们说过的！"可怜的小矮子叫道，挥动双手望着我们。

"不要担心，肖尔托先生，"福尔摩斯说，"我一定会为你洗清罪名。"

"不要承诺太多！理论专家先生，不要承诺太多！"胖侦探立即打断他说，"它可能比你想的还棘手。"

"我不只为他洗清冤屈，琼斯先生，而且我还可以赠送给你昨晚在这屋里的两个凶手之一的名字及特征。他的名字，我有足够的理由认为是约翰生·史莫。他没有什么文化，矮小、敏捷，右脚装了假肢，假肢里侧已磨去一块。他左脚的靴子有一块粗糙的方形前掌，鞋跟部钉了铁掌。他是个中年人，皮肤晒得很黑，而且曾是个囚犯。这些线索可能会帮得到你。再加实物证据，这人被磨去了一块手皮。另一个人……"

"啊！还有另一个人？"阿瑟尔尼·琼斯以不屑的语调问，但还是可以看他的内心已被对方的正确推断所打动。

"另一个人是比较特别的人，"福尔摩斯转过身继续说道，"我希望很快就能把这两个人带到你面前。华生，过来一下，和你说句话。"

他把我带到了楼梯口。

"这件意外的事，"他说，"使我们忘记了这趟旅程的原来目的。"

"我也刚这么想。"我回答道，"摩斯坦小姐不能再留在这个可怕的地方了。"

"对，你现在送她回去。她住在康柏威尔的塞西尔·弗里斯特太太的家，离这里不远。如果你愿意再来，我就在这儿等你。可是你是不是太累了？"

"一点儿也不累。只有把这件神秘的事弄清楚，我才会休息。我曾经历过不少危难，但说实话，今晚这一系列的意外实在使我震惊万分。已经到这一时刻了，我十分愿意和你一起把事情弄清楚。"

"你的参与对我帮助很大，"他回答，"我们要独自解决这案子，让琼斯那家伙想怎么干就怎么干去吧。你送摩斯坦小姐后，请去一趟河边兰伯斯区坪清巷三号。靠右边的第三家有一个制作鸟标本的人叫舒曼，他的窗上画有一个鼬鼠抓着一只小兔子。把这个老舒曼叫起来，告诉他我要借他的突比用一下。你就坐车把突比带回来。"

"我想突比是条狗。"

"是的，一条奇异的混种狗，嗅觉十分灵敏。我宁可要突比帮忙，它可比全伦敦的警察强多了。"

"我会把它带回来，"我说，"现在是一点。如果换一匹马，应该能在三点以前回来。"

"而我，"福尔摩斯说，"则要从伯恩斯通太太和那个塞笛尼斯所说的那个住在隔壁房间的印度仆人处弄点什么。然后我再研究一下琼斯的伟大方法，再听听他的挖苦。"

"我们已经习惯，有些人轻视他们不了解的事物。"

"歌德的话永远如此言简意深。"

七　木桶的插曲

我借着警察坐来的马车把摩斯坦小姐送回家。她有着天使一样善良可爱的天性，在危难之中，只要有人比她更脆弱，她总是能够保持镇定。我去接她时，她平静地坐在惊恐的女管家身边。可是上了车以后，经过了这一晚的离奇惊险，就再也忍耐不住了，发出了一阵低泣。后来她曾责备我说，那晚一路上我显得太冷淡无情。可是她完全不了解我当时内心的挣扎和强自抑制的痛苦。从我们在花园中手握手时，我对她的怜惜和爱就已流露出来。虽然我有着多年的生活经验，但如果不经过这一晚的遭遇，我也很难体会到她那温柔和勇敢的天性。有两个想法使我当时难以开口：一是因为她正处在困难之中，孤苦伶仃无依无靠，这个时候冒昧开口，未免是乘人之危；另一个就是，一旦福尔摩斯把案子破了，她得到宝物，就成为一个巨富，我这个半俸的外科医师乘着这个和她亲近的方便机会而向她求爱，这还是光明正大的行为吗？她会不会认为我是一个粗鄙的寻求财富之人？我不能让她心里有这种想法，这批阿格拉宝物成为我们中间的障碍物了。

我们到达塞西尔·弗里斯特夫人家中已将近两点钟。仆役们早已入睡，可是弗里斯特夫人对摩斯坦小姐接到的怪信很感兴趣，所以她一直坐等摩斯坦小姐回来。是她亲自给我们开的门。这是一位举止大方的中年妇人，她用胳臂亲切地搂着摩斯坦小姐的腰，还慈祥地招呼她。我心中感到无限的快慰。很明显，摩斯坦小姐在这里不是一个被雇用的人，而是一位受尊重的朋友。经摩斯坦小姐介绍，弗里斯特夫人热情地请我进去，并让我告诉她今晚的遭遇，我只好向她解释，我还有重要的任务，并且答应她会及时地把案子的进展告诉她。当我告辞上车后，我又回过头去看了一眼，仿佛能见到她们两个手拉手的身影立在台阶上，还隐约看见半开着的房门、玻璃中透出来的灯光、挂着的晴雨表和光亮的楼梯扶手。在这种凶险的境地中，突然看见如此宁静的英国家庭的景象，心情舒畅了很多。

这一晚发生的事情，我愈想愈觉得可怕险恶。当马车行驶在寂静的煤气路灯照着的马路上时,我再次回顾起这一连串的情节。现在已经搞清了的问题是:摩斯坦上尉的死,按时寄来的珍珠,报上的广告和那封信。这些我们都已经明了,但是又将我们引向更深、更可怕的境界里去:印度的宝物,摩斯坦上尉行李中的怪图,肖尔托少校死亡的怪状,宝物的发现和发现者的被害,犯罪现场的那些脚印、破异的凶器以及一张和摩斯坦上尉的图样上有相同的字的纸。这些情节真正错综复杂,除非有福尔摩斯那样的天赋奇才,平常的人简直是难以找出线索。

坪清巷位于兰伯斯区尽头,两旁是窄小破旧的两层楼房。我敲了三号门很久才有人应声。最后,在百叶窗后亮起了烛光,从楼窗上露出来一张脸。

"滚开,醉鬼!"那张脸喊道。"你要是再敲,我就放出四十三条狗来咬你。"

"只要一条就行,我就是为这个来的。"我喊道。

"快滚!"那声音又叫道。"我这袋子里有一把锤子,如果你不滚开我就扔下去了!"

"我不要锤子,我只要一条狗。"我再次叫道。

"少废话!马上走。"舒曼喊道。"我数到三就往下扔锤子了。"

"歇洛克·福尔摩斯先生……"这句话我刚一出口,似乎有着不可思议的魔力,楼窗立即关上了,不到一分钟门就开了。舒曼先生是个瘦高的老头儿,脖子上露着青筋,驼背,戴着一副蓝光眼镜。

"福尔摩斯先生的朋友永远是受欢迎的。"他说,"请进,先生。小心那只獾,它会咬人。"他又对着一只从笼子缝钻出头来有两只红眼睛的鼬鼠喊道:"淘气!淘气!你想这位先生吗?"又道,"先生别怕,这不过是只蛇蜥蜴,没有毒,我是把它放在屋里吃甲虫的。请原谅我方才对您无礼,因为经常有顽童跑来捣乱,吵醒我。福尔摩斯先生要什么?"

"他要你的一条狗。"

"啊!一定是突比。"

"对,就是突比。"

"突比就在左边第七个栏里。"舒曼举着蜡烛慢慢地在前面引路,周围都是他收集来的那些奇禽怪兽。在朦胧闪烁的烛光下,我隐约看到每个角落里都有闪亮的眼睛在窥视我们。甚至我们头上的橡木上也排列了很多鸟,我们的谈话声搅醒了它们的睡眠,它们正懒懒地把重心由一只爪换到另一只爪上去。

突比是条丑陋的长毛垂耳的混血狗,毛色黄白相间,走起路来笨拙蹒跚。舒曼递给我一块糖让我喂给突比吃。它迟疑了一会儿,便把糖吃下了,就这样,我和它建立了友谊,它顺从地跟我上了马车。我再次回到樱沼别墅时,皇宫时钟刚敲过三点。我发现那个前拳击冠军麦克默多以从犯的罪名被抓了,他和肖尔托先生都被带到警察局了。两个警察守着窄门,我提出侦探的名字,他们就让我带着狗进去了。

福尔摩斯衔着烟斗,两手插在口袋中,站在台阶上。

"啊,你把它带来了!"他说,"真是条好狗!阿瑟尔尼·琼斯走了。自你走后,我们大吵了一番。他不但逮捕了塞笛厄斯,而且带走了门房、管家和印度仆人。整个屋子除了楼上有一个警察外只剩我们两个人。把狗留这儿,和我上楼。"

我们把突比拴在门廊的桌腿上,走上楼去。房间仍保持着原样,只有死者身上盖上了一条床单。一个疲惫的警察斜倚在屋角里。

"警官,请把你的牛眼灯借我,"我的同伴说,"帮忙把这小段绳子系在我脖子上,这样它就能挂在我胸前。谢谢!我还得把鞋和袜子脱掉。华生,拜托你把它们带到楼下,我得爬上屋顶。让我把手帕浸一点木馏油。好了,现在请你跟我到隔层来一趟。"

我们从那个洞口爬上去,福尔摩斯再一次用灯照着灰尘中的脚印。

"一定要特别注意这些脚印,"他说,"你看出它们有什么特殊的地方吗?"

"可能是小孩或小个子女人的脚印。"我说。

"除了大小外,还有别的吗?"

"和一般的脚印几乎相同。"

"不完全是。看这里!这是一只右脚印。现在我在旁边的灰尘上也印个我的脚印,有什么明显的不同?"

"你的脚趾并拢,而这个脚印的脚趾是分开的。"

"没错,记住这一点。好了,现在请你闻闻那扇窗边的窗框。因为我手里拿着沾了木馏油的手帕,我就站在这里。"

我照他说的去做,闻到了一股刺鼻的煤焦油味。

"他就是从那出去的。如果你可以闻出来,我想突比更没问题了。现在请你下楼放开突比,等我下来。"

我下楼回到院子时,福尔摩斯已在屋顶上了,他胸前挂着灯,就像萤火虫般在屋顶缓缓地爬着。很快烟囱挡住了他,但没多会儿他又出现了,最后消失在屋顶的后面。我马上绕到屋后,看见他坐在屋檐角上。

"是你吗?华生。"他喊道。

"是的。"

"他就是从这个地方下去的。下面那个黑东西是什么?"

"水桶。"

"有盖子吗?"

"有。"

"附近有梯子吗?"

"没有。"

"该死的家伙!这是非常危险的地方。我应该能从他上来的地方爬下去。嗯,这个水管很结实。去他的,我下来了。"

一阵脚拖动的声音,只见那灯光开始缓缓沿墙而下。接着他轻轻一跳,落到了水桶上,随后跳到地上。

"追踪他的路径不难,"他边说边把袜子、鞋穿好,"走过的地方瓦块都被踩松了,而且在忙乱中他掉了这个。用你们医师的话说,我的诊断是正确的。"

他给我看的东西是个有颜色的草编小袋子,外面串了一些俗丽不值钱的小珠子,大小及样子与香烟盒差不多。里面装着六个木刺,一头尖锐,一头圆钝,跟刺在巴索洛谬·肖尔托头皮上的完全相同。

"真是危险的东西,"他说,"小心别扎到。捡到它我太高兴了,因为这可能是他全部的木刺,这样我们就不怕被它们刺到了。我宁可挨枪子儿也不愿被这东西刺中。你还有力气跑六英里路吗?华生。"

"当然。"我答道。

"你的腿受得了吗?"

"绝对没问题。"

"过来,突比!闻闻这个,突比,闻一闻!"他把沾了木榴油的手帕送到突比的鼻子前，突比叉开多毛的双腿，鼻子上翘，然后像个行家在品佳酿般地闻着。接着，福尔摩斯随手把手帕扔到远处，在狗的项圈上系一条粗绳，把它引到水桶旁。突比立即发出一阵兴奋高昂的吠声，鼻子凑近地面，尾巴竖起，跟随气味而去，绳子拉得笔直，我们紧随其后。

东方已渐发白，冷灰的晨光中，能够望见稍远的景色。那幢四方的大房子、空洞漆黑的窗户以及光秃的高墙全都孤独地留在了我们身后。我们穿过院子，在交错的坑沟中穿进穿出。院中到处是散乱的泥堆，枯瘦的杂树丛一副萎靡不祥的样子。

到达围墙边后，突比沿着墙跑去，口中嗥嗥直叫，最后终于停在被一排小山毛榉挡住的墙角。这里是两墙交接之处，有几块墙砖松脱了，缺口较矮的一端已被磨损，显然常被用来当作梯级。福尔摩斯爬上缺口，从我手里接过狗，跳进另一边后把它放下。

"这是木腿人的手印，"当我翻上墙头时，他说道，"你看白灰上的一点血迹。昨晚幸亏没下大雨，虽然已过了二十八个小时，气味应该还留在路上。"

我承认我曾怀疑过，因为在这个时间内有多少车马经过伦敦马路。可是，我的疑虑完全多余，突比毫不迟疑，以它独特的步态向前嗅去。显然，这木榴油味要比别的味道都来得更浓烈。

"不要以为我只凭这个家伙很偶然地踩到了化学品才能破案。"福尔摩斯说。"我现在已有几种不同的方法能追踪他们，只是这个方法最迅速，最方便。如果不采用这一个方法，那就是我的过失。不过，这也使这个案子不像当初看来需要一些脑力和工夫才能解决。然而如果破案的线索得来并不容易，也许会有一些值得称道的地方。"

"是有值得称赞的地方，"我说，"福尔摩斯，我觉得这个案子你获得线索的手法比杰弗逊·侯波的谋杀案更令我惊叹，更加深奥，更不可思议。比如，你对那个木腿人怎么能那么肯定呢？"

"唉，老兄！这件事本来就很简单，我并不希望把它夸大，它明明白白地摆在那儿。两个看守监狱的军官知道了一处藏宝的秘密，一个叫约翰生·史莫的英国人画了一张图给他们，你还记得我们曾在摩斯坦上尉的那张图上看过这个名字。他为他自己及同伙签了名——还很戏剧化地称之为"四个签名"。依靠这张图,两个军官——确切说应该是其中一个——找到了宝物并带回英国。我们可以推测,他没有履行当初的某些承诺。那么,为什么约翰生·史莫自己不能拿到宝物呢?答案很明显,画那张图的日期是摩斯坦和犯人最接近的时候。约翰生·史莫没有去取宝物是因为他及他的同伙都是囚犯,逃不出去。"

"但这不过是推测。"我说。

"不尽然,这是唯一能合乎所有事实的推测。我们可以看一下它怎么和后来发生的事相吻合。肖尔托少校带着宝物回到国内,平静地过了几年。后来他收到了一封来自印度的信,让他十分惊恐。为什么呢?"

"信中一定是说那些被他欺骗的人已刑满释放了。"

"或者说越狱逃跑了。后者比较合理,因为肖尔托少校应该知道他们的刑期,否则不会如此害怕。那他该怎么办呢?他对一个木腿的人——一个白人非常戒备,因为他曾误认一个白人商贩并对他开了枪。而图上的签名只有一个名字是白人的,其他的都是印度名字或是回教名字,没有其他的白人。因此我们可以知道木腿人就是约翰生·史莫。你看这个推理有错吗?"

"不,非常清楚,而且完整。"

"好了,现在,让我们站在约翰生·史莫的立场来分析一下问题。他怀着两个念头来到英国,一个是要他认为属于他的宝物,还有一个是向欺骗他的人报仇。他查出了肖尔托的住处,很可能还买通了屋子里的某个人。有个叫赖尔·瑞奥的男仆,我们没见过,伯恩斯通太太说他品质恶劣。但是,史莫不知道宝物在哪里,因为知道的人只有少校本人和他死去的忠仆。有一天史莫突然得知少校要死了,他害怕宝物的秘密会同他一起埋葬,于是逃过门卫的夹击跑到垂死者的窗前,但因为少校的两个儿子在,他没敢进屋。他非常怨恨死者,于是当晚闯入了死者的房间,希望找到有关宝物的蛛丝马迹,临走时留下了一张字迹潦草的纸条以表示他来过。无疑他曾事先计划过,准备在杀了少校后,在其尸体上留一个同样的纸条以表示这不是普通的谋杀,在他们四个同伙的眼中,这是伸张正义的行为。像这样奇怪的想法经常在犯罪史上出现,而且都会留下有关罪犯的很有价值的线索。我说的这些你明白吗?"

"非常明白。"

"那约翰生·史莫能怎么做呢?他只能继续秘密地关注寻找宝物的行动。

他可能离开英国，隔一段时间再回来看看。后来有人告诉他发现了阁楼，这更说明屋子里有他的同谋。装着木腿的约翰生想爬到巴索洛谬·肖尔托的房间是完全不可能的，所以，他带了一个本领高强的同谋，这个同谋擅长攀登，却不小心踩到了木馏油，这样才找来了突比，与一个拖着伤腿的半薪军官作六英里的跋涉。"

"照这样的话，是那个同谋而不是约翰生杀了人？"

"对，而且约翰生对于他这样做非常生气，通过他进房间后许多顿足的情形可判断出来。他对巴索洛谬并没恨意，至多也就把他绑起来并塞住他嘴巴不让他叫喊。他并不想把他杀死，但是，事情已经做了：他的同谋邪恶的天性爆发，用毒刺把他杀死，所以约翰生·史莫留下了他的纸条，偷了宝物，两人一起逃跑了。这是我推断出来的一连串事情。关于他的长相，如果他在炎热的安达曼群岛关了很久，他应该到了中年，而且皮肤也一定被晒黑了。通过他跨步的距离可以推算出他的身高，他还满脸胡须。当塞笛厄斯·肖尔托在窗前发现他时，他的胡须给他留下了很深的印象。其他的我就不清楚了。"

"那个同谋呢？"

"哦，是的，那个也没什么神秘，很快你就会知道。这早晨的空气真新鲜！看那飘着的那朵云，多像是红鹤的羽毛在飘，太阳已经升起在伦敦的云层之上。阳光照耀着每个人，可是我敢打赌，没有人像你我肩负这样的使命而奔波。我们的一点雄心在大自然里显得多么渺小呀！你熟悉约翰·保罗吧？"

"是的。我是通过卡莱尔才读他的作品的。"

"这就好像随河入大海一样。他说过一句非常有深意的话：人能认识到自身的不足与渺小，便足以证明其伟大。你知道，比较和鉴别的能力，是本领高强的证明。里希特尔的思想极为丰富。你带枪了吗？"

"我带着手杖。"

"很可能用得着家伙,如果我们找到他们的巢穴的话。你来对付约翰生,他的同谋如果不老实,我就用枪打死他。"

他说着就摸出左轮手枪,装上两颗子弹,又放回到外衣右口袋里。

这时,我们已经跟随突比到了通向伦敦市区的路上,两边是半乡村式的小别墅。现在已进入交错的街道,劳动者和码头工人已经开始忙碌,刚起来的妇女们在卸门板,打扫门阶。四方房顶的酒馆刚开门营业,粗壮的汉子们喝过早酒边走边用袖子抹着胡子。野狗跑过来好奇地望着我们,可是突比却比较专心,只顾鼻子凑向地面,有时发出一声急切的叫声,说明气味还比较浓。

我们经过了斯特莱森街、布里克斯顿街、坎伯维尔街,到达了奥弗尔区东面的肯宁顿巷。我们追寻的两个人好像专走弯曲的路,可能是害怕被人跟踪。只要有平行的小路,他们便决不走大路。在肯宁顿巷尾转向左边,又经过证券街、麦尔斯路,最后到达骑士街,突比突然停住了,在地上来回兜着走,一只耳朵竖起,一只耳朵垂下,好像不知道怎么办。接着又绕了几圈,抬头看了我们几次,似乎是在乞求我们原谅他的窘态。

"这狗怎么回事?"福尔摩斯急切地问。"他们不可能坐车乘气球跑了。"

"可能他们在这里停过一会儿。"我揣测着。

"哈!好了,它又跑了。"我的同伴开心地说。

它的确又向前跑去,在周围闻了一遍,似乎突然下定了决心,以从未有过的劲头儿果断地向前冲。气味显然比先前更浓了,因为它的鼻子不再嗅着地面,绷直了绳子向前狂奔。透过福尔摩斯发亮的眼睛,我知道我们已经接近了追踪的目的地。

我们沿着九榆树一直跑,最后来到了白鹰酒店附近的布罗德里克和纳尔森大木场。狗到这儿后极度兴奋,从旁门蹿进了锯木工人已开始工作的木场,并穿过成堆的锯屑和刨花,在两旁堆积木材的小路上继续跑。最后跳到一只还在手推车上没有卸下的一只木桶上,发出一阵胜利的吠叫。突比伸着舌头,眨着眼睛,站在木桶上,得意地望着我们两人。桶身和车轮上都沾满了黑色的油渍,空气中弥漫着浓重的木馏油气味。

歇洛克·福尔摩斯和我互相望着,忍不住同时哈哈大笑起来。

八　贝克街的侦查小队

"现在做什么?"我问,"突比绝不出错,但现在也不管用了。"

"突比是根据它的感觉行动,"福尔摩斯边说边将它从木桶上抱下来,带着它走出木场,"你想一下伦敦一天之内会运用多少木榴油,也就明白我们的线索为什么会被弄乱了。木榴油现在用途很广,特别用于木材防腐,所以不应该怪突比。"

"我想我们必须回到油味被弄混的地方。"

"对。而且,我们不必走太远。很明显,在骑士街,突比曾犹豫,在那儿肯定有两条相反方向的踪迹。我们走的这一条是错的,那对的一条就是另一个方向了。"

我们很快便把突比带到它走错的地方。它搜寻了一大圈,终于向另一个方向跑去。

"我们要当心别让它把我们再带到那桶木馏油的地方。"我提醒道。

"我也想到了这一点。不过,你注意看,它一直在人行道上走,而木馏油桶是在大路中间经过的。不,这次我们走的是正确的。"

突比带着我们经过了贝尔芝特街及王子街,向河滨方向跑去,到了布老德街的尽头,它直奔河边的一个木造码头。突比一直把我们带到码头顶端,然后站住了,望着河水低吠。

"我们惨了,"福尔摩斯说,"他们在这儿上了船。"

在码头边及附近水面停了几条方头平底的小船及小艇。我们把突比带到各个船上,虽然它认真地嗅着,但始终没有找出木榴油的气味。

在码头平台边有一所小砖房,有个木牌挂在二楼的窗口,上面横印着"莫迪卡·史密斯"几个大字,下面还有"出租小船,以钟点或日计"几个小字。另外门上还有一个牌子说这里备有一艘船——这同时也可由码头上堆积着许多焦煤得到证明。福尔摩斯仔细地看了看四周,露出沮丧的事情。

"看来情况不妙，"他说，"他们可能事先早有准备好把行踪掩藏起来。这两个家伙比我想象中的聪明。"

他向房门走去，这时门打开了，跑出来一个大约六岁的卷发小男孩，后面跟着一个肥胖的红脸妇人，手里拿着一块大海绵。

"回来洗脸，杰克，"她叫道，"赶紧回来，你这小鬼，你爸爸回来看到你这副模样，肯定会揍你。"

"小家伙，"福尔摩斯乘机说道，"你的脸蛋儿红通通的，真可爱！杰克，你想要什么？"

小男孩犹豫了一下。

"我想要一先令。"他说。

"不想要更好的东西吗？"

"两先令更好。"精明的小家伙想想回答道。

"噢，给你！接着——真是个可爱的孩子，史密斯太太。"

"上帝啊！先生，他老这样淘气。我已经没有办法了，特别是他爸爸这几天不在家。"

"他不在家吗？"福尔摩斯以失望的语气问道，"真可惜，我正好有事要找史密斯先生。"

"他昨天早上就走了，先生。老实说，我还真担心他，不过您要是想租船，也许我可以帮忙，先生。"

"我想租他的汽船。"

"啊，很抱歉先生，汽船让他开走了。我就是为这事担心，因为那船上的煤只够开到沃尔维奇，回来就不够了。如果他是驾平底货船去，我也会放心了，因为曾有人甚至雇他一直开到格雷夫赞德那么远去，而且如果有事，他还要耽搁。但是，汽船如果没有煤怎么办呢？"

"他也许会在中途的其他码头买煤。"

"或许吧，先生，但他没有这个习惯。有好多次我听他说过那些地方袋装零碎的煤价格很高。另外，我很讨厌那个木腿人，长相丑陋，说话又古怪。不知道他老是到这里来有什么事？"

"木腿人？"福尔摩斯表示惊讶地问道。

"是的,先生,一个黑皮肤、长得像猴子的家伙,来我家很多次了。就是那个家伙,前天半夜把我男人叫醒,而且,我男人早知道他要来,因为他早把汽船点着了。说实话,先生,我真是不放心。"

"但是,史密斯太太,"福尔摩斯耸了耸肩说道,"您不用担心。可是你怎么知道前天半夜来的人就是那个木腿人?您怎么那么确定呢?"

"是他的声音,先生。我熟悉他的声音,嗓音很粗。他敲了敲窗户——大约三点钟吧。'快起来,老兄,'他说,'我们该走了。'我男人还把我的大儿子杰米叫醒,一句话也没和我说就走了。我还听到那只木腿敲在石板地上的声音。"

"这个木腿人是一个人吗?"

"不太清楚,先生,不过我没有听到别人的声音。"

"对不起,史密斯太太,我是要租一艘飞船,我听说这儿有一艘很不错,它叫……"。

"曙光号,先生。"

"对!是那带绿色和黄色条纹、船身很宽的旧船吧?"

"不是,它同河上行驶的其他船一样小。才漆过黑色,上面画着两道红线。"

"非常感谢。希望史密斯先生快些回来。我要到河的下游,如果我看到曙光号的踪迹,我会告诉他您很担心他。船的烟囱是黑色的吗?"

"不,先生,是镶白边的黑烟囱。"

"噢,对,船身是黑的。史密斯太太,再见。这里有条小船,华生,让他把我们送过河吧。"

"对付这种人,"坐上船后,福尔摩斯说道,"你绝对不能让他们认为他所说的话对你有任何帮助,否则他们立刻就会像蚌蛤一样闭上嘴。如果我刚才表现出一副勉强不愿听的样子,就不会得到我们想要的消息。"

"我想我们应该清楚怎么做了。"我说。

"你想怎样?"

"租一艘汽船沿河下去找曙光号。"

"老兄,这可是个大工程。它可能停靠在从这里到格林威治两岸的任意一个码头,桥下面好几英里的地方都是停船的地方。如果你一个个地去查,得花多少天才能查完啊。"

"要不找警察?"

"不,也许在最后紧要关头会去找阿瑟尔尼·琼斯。他挺好的,我不希望我们做的事影响到他的职务。不过,我们已经侦查到这地步了,我想自己弄明白。"

"要不登广告向码头管理人征求消息?"

"那更糟糕!那两个家伙就会知道追踪他们的人紧跟其后,他们会立即逃出国。可能他们已经准备逃往国外了,不过,只要他们自认为还很安全,就不会着急逃跑。琼斯帮助了我们,因为报上一定会刊登他对这案子的看法,这样罪犯会以为所有人都查错了方向。"

"那我们该怎么做?"当我们在米尔班克监狱附近上岸时,我问。

"坐这辆马车回家,吃点早餐,睡一个钟头。今晚我们可能又得来回跑了。车夫,在邮局停一下!我们把突比留下,以后可能还会用到它。"

我们在大彼得街邮局停下了,福尔摩斯发了一封电报。

"你知道我把电报发给谁吗?"他重新上车后问道。

"我不知道。"

"你还记得我在杰弗逊·侯波案子中雇的贝克街的侦查小队吗?"

"记得。"我笑着回答。

"他们可能对这个案子有帮助。如果他们不行,我还有别的办法,不过我要先试试他们。那封电报就是发给那个小队长维金斯的,我估计不等我们吃完早餐,他和他的队员就会赶到。"

现在是早上八九点钟,这一夜的紧张与兴奋使我感到很疲倦,手脚无力,精神恍惚。我无法像我的同伴那样有尽职尽责的热忱,也无法把这整件事看成是抽象的推理问题。对于巴索洛谬·肖尔托的死,因为大家对他印象并不太好,所以对凶手也就没有什么愤恨之感。但是宝物就不一样了,有一部分宝物是属于摩斯坦小姐的,只要有找回的希望,我就会尽全力。当然,如果找到了,我也就不能和摩斯坦小姐接近了。但是,如果这种想法影响到了爱情,那我对她的爱就太渺小而自私了。如果福尔摩斯能够破案,我更应该付出十倍的努力找出宝物。

在贝克街寓所洗完澡,换上干净衣服后,我又开始精神起来。我走到楼下,发现早餐已备好,福尔摩斯正在倒咖啡。

"你看,"他笑着指向一张打开的报纸,"自大的琼斯跟无所不在的记者就把案子给定了。不过,这件案子把你也折腾够呛,还是先吃火腿蛋吧。"

我从他手中接过报纸,上面的标题是"上诺伍德奇案"。

是这样报道的:

昨夜十二时左右,上诺伍德樱沼别墅主人巴索洛缪·肖尔托先生在房内身亡,据判断是被他人杀害。本报获悉,死者身上并未发现打斗痕迹,但其父遗留的一批印度宝物全部失踪。该案是歇洛克·福尔摩斯先生及华生医生首先发现,他们系与死者胞弟塞笛厄斯·肖尔托先生一起前往造访。所幸彼时警署著名侦探阿瑟尔尼·琼斯适在诺伍德警察分署,故在报警半小时之内即抵达现场。侦探训练有素,经验丰富,到达现场后很快发现线索,找出凶犯嫌疑。死者胞弟塞笛厄斯·肖尔托因嫌疑重大,已被逮捕,女管家伯恩斯通太太、印度仆人拉尔·拉奥及看门人麦克默多同时被捕。调查证实凶手十分熟悉房屋出入路径,因琼斯先生技术精湛,观察细微,已证明凶手未能由门窗进入,必定是通过屋顶一活门潜入,此门正通向死者房间。由此事实即可得出结论,本案非属普通盗窃案。警署方面如此及时、负责地处置,说明在此种情形下,必须有一位老练的官长指挥一切。此案也给那些认为"警力宜分散部署,便于一遇警情,即可及时赶到,做出及时有效之侦破"这一建议提供了极其充分的理由。

"多么精彩啊!"福尔摩斯喝着咖啡咧着嘴笑道。"你怎么看?"

"我想我们也差一点就被指为凶手,遭到逮捕。"

"我也是这样想的。如果他突然心血来潮,我都不敢保证我们会安全。"

就在这时,门铃声响起。我听见房东赫德森太太提着嗓子回应着。

"天啊,福尔摩斯,"我半支起身说道,"他们真的来抓我们了。"

"不,还不至于这样吧。应该是非官方部队——贝克街杂牌军。"

正在他说话之时,楼下响起一片凌乱的登梯声、叽里呱啦说话声。接着便冲进十几个衣衫褴褛、蓬头垢面的街头流浪者,虽然他们吵嚷着走进,却是一进屋就迅速站成一排,面对着我们。其中一个个子稍高的,站到前面,神气十足的样子,像是队长,但身穿破衣烂衫,显得滑稽可笑。

"接到您的电报,先生,"他说,"我马上带领弟兄们来了,车费三先令六便士。"

111

"给你,"福尔摩斯掏出钱给他说。"以后他们向你报到就可以了,维金斯,然后你再报告给我。不过今天已经这样,也好,你们大家一块儿来听我的指示吧。我要找一艘汽船,名叫曙光号,船主叫莫迪卡·史密斯,黑色船身,有两条红线,黑烟囱上有一条白线。船开向河的下游,我要你们其中一人到米尔班克监狱对面的莫迪卡·史密斯码头去守着,一旦船回来立刻报告。其他人都分散开,到河的两岸,一旦发现立刻向我报告。明白了吗?"

"报告司令,听明白了。"维金斯说。

"报酬还是老规矩,谁发现船,再多给一个几尼,先把今天的报酬给你们。好,你们可以出发了!"

他们每人得到了一先令,高兴地下楼去了。很快,我就看见他们涌向了街头。

"只要船在河上,他们就能找到,"福尔摩斯从桌旁站起身,点着他的烟斗说。"他们可厉害了,能到任何地方,看到任何东西,也能偷听到任何谈话。希望在晚上之前他们就能找到。现在我们除了等消息无事可做,不找到曙光号或者莫迪卡·史密斯先生,中断的线索就无法继续。"

"突比吃这点剩饭就行了。福尔摩斯,你去睡会儿吧?"

"不用,我不困。我有个怪毛病,只要工作起来就不会觉得累;无事可做,反而会委靡不振。我抽会儿烟,再把我们当事人所委托的这件谜案在头脑中梳理一下。任何艰难的事都有轻松的时候,比如我们现在。装木腿的人并不多,而另外一个更是绝无仅有。"

"又是另一个人!"

"我不是故意把他神秘化,或许你对他有你自己的看法。现在想想他留下的痕迹:小脚印,像从未穿过鞋的脚趾样子,赤脚,带石头的木棒,行动轻巧灵敏,带毒的木刺。通过这些你有什么结论?"

"一个野人!"我喊道。"说不定就是约翰生·史莫同伙中的印度人之一。"

"不会的,"他说。"我最初看见怪凶器,也这样想过,但是看到特别的脚印后,我改变了最初的想法。印度半岛上的土著人,矮小的很多,但是没有那样的脚印。印度人的脚型一般都是狭长的,穿拖鞋的回教徒习惯把鞋带夹在大脚趾的趾缝里,所大脚趾同其他脚趾是分开的。而投掷这种微型毒刺也只有一种方

法，就是用吹管吹。如果这样，那我们到哪儿去找这个野人呢？"

"去南美洲。"我猜测道。

他伸手从书架上取下一本厚厚的书。

"这是《地理词典》的第一卷，是最近才出版的，可以从这里找到最新的资料。看这里写的是什么？

安达曼群岛，位于孟加拉湾，苏门答腊以北三百四十英里。

"啊！啊！这儿又说什么？气候潮湿，珊瑚礁，鲨鱼，布勒尔港，囚犯营，罗特兰德岛，白杨树——哈，在这儿，找到了！

安达曼群岛土著人堪称世界上体型最小之人种，虽然有人类学家指出非洲布希曼人、美洲迪格印第安人及火地岛印第安人为最矮小者。这里的居民平均身高不超过四英尺，而且有许多正常成年人也没有达到这一高度。他们生性凶狠、暴躁、倔强，但一旦取得他们的信任，建立友谊，则至死忠诚。

"还有，注意这儿，华生，你听听。

该土著人面貌丑陋，头大且奇怪，小眼睛，其手脚尤为细小。因其生性十分凶暴，英方官员曾竭尽全力争取却终不可得。海难船员一遇到他们即遭杀害，不是死于其木柄石锤之击碎脑壳，就是死于其毒箭之射杀。这种屠杀经常以人肉盛筵而告终。

"多'友善'的小民族啊，华生！如果没有人管制这个人，那后果无法想象。如果那样，约翰生·史莫也还是不想用他。"

"那么，他怎么找到这样一个奇怪的同谋呢？"

"嗯,这个我还没弄明白。不过,既然史莫是从安达曼群岛来的,这已是事实,那带上这样一个土著人也就不奇怪了。相信我们会很快弄明白。看吧,华生,你累了吧。躺在沙发上吧,让我来给你催眠。"

他从屋角拿起他的小提琴,开始拉出一支低沉的催眠曲——毫无疑问,是他自己创作的,他有即景作曲的天赋。我至今还依稀记得,他那消瘦的身体、诚恳的面容以及一上一下的琴弓。我就像漂荡在柔和的音乐海洋中,逐渐进入了梦乡,看见梅丽·摩斯坦甜蜜地注视着我。

九　线索中断

我醒来的时候已到了傍晚,我的精神也已完全恢复。福尔摩斯已把小提琴放回原处,坐在那里用心地读着一本书。他看到我醒来,看了看我,神色很不愉快。

"你睡得真香,"他说,"我还担心我们的说话声会把你吵醒了。"

"我什么也没有听到。"我回答。"有什么新消息吗?"

"很不幸,一直没有。我真没有想到,也很失望,我估计到这时候应该有一些消息了。维金斯刚刚来报告过,他说根本没有汽船的踪迹,真叫人着急。因为每一个钟头都非常重要。"

"我能帮忙吗?我已经恢复了体力,再出去一夜也毫无问题。"

"不,我们现在什么也做不了,只能等消息。如果我们现在出去,万一来消息了,反而误事。你想做什么就去做吧,我必须在这里等着。"

"那么我想到康伯威尔去拜访露西尔·弗里斯特夫人,昨天已经约好了。"

"是去拜访塞西尔·弗里斯特夫人吗?"福尔摩斯问道,两眼充满了笑意。

"当然还有摩斯坦小姐,她们都急于想要了解案子的进展。"

"不要告诉她们太多,绝不要信赖女人即使是最好的女人。"福尔摩斯道。

对他这种毫无道理的论断,我无心和他理论。"我在一两个钟头内就可以回来。"我说。

"好的！祝你一切顺利！如果你要过河去，顺便把突比送回去，我想我们现在用不着它了。"

我遵照他的吩咐把突比还给了它的主人，并给他半个英镑以示感谢。到了康伯韦尔，见到摩斯坦小姐。昨夜的冒险经历使她到现在还有些疲倦，可是正在急切地等消息。弗里斯特夫人也充满了好奇。我告诉了她们所有的经过，除了一些凶险的地方。虽然讲了肖尔托先生的被害，但没有描述他的惨状及可怕的凶器。尽管讲得粗略，她们听着还是惊骇万分。

弗里斯特夫人道："简直就是惊险故事！一个受到伤害的女士，五十万英镑的宝物，一个吃人的野人以及一个装木腿的罪犯。这与那些什么恶魔、凶恶的伯爵的恐怖故事完全不同。"

"还有两位游侠骑士的帮助。"摩斯坦小姐愉快地看着我说道。

"可是梅丽，你的财富都在这件事上了，我感觉你并不是很开心。请想想，如果成为巨富，是多么可喜的事呀！"

她摇了摇头，似乎并不关心这件事。看到她对自己即将成为富人并未表现出高兴的样子，我的心里感到无限的喜悦。

"我现在担心的只是塞笛厄斯·肖尔托先生的安全，其他的都无所谓。他在整个案子中都非常厚道可敬，我们有责任帮他洗刷冤情。"

我从康伯韦尔回到家时已经很晚了。椅子旁边放着我同伴的书和烟斗，人却不见了。我四周看了一遍，希望他留张纸条，可是没有。

"歇洛克·福尔摩斯先生出去了是吗？"赫德森太太进屋来放窗帘时我问道。

"没有，先生，他在他自己的屋里。"她放低了声音，悄悄地说道，"先生，您知道吗，我觉得他是生病了！"

"赫德森太太，您怎么知道呢？"

"他很奇怪，先生。您走了以后，他在屋里不停地来回走，他的脚步声使我都不能安心。后来我又听见他自言自语，而且每次有人敲门，他都跑到楼梯口问我：'赫德森太太，是谁？'现在他把自己关在屋里，可是我仍旧可以听见他在屋里来回地走着。先生，我希望他没生病。我刚才曾劝他吃点凉药，可是，他瞪了我一眼，吓得我都不知道自己是怎么走出他的屋子的。"

"赫德森太太,您不必担心,我以前也看见过他这个样子。他心里有事,所以静不下来。"我故作轻松地和房东太太这样说。可是整个长夜里我也不断地听见他的脚步声音,我知道,因为不能做任何事情,他的内心已焦躁起来。

第二天早餐时,他的面容倦怠而消瘦,两颊微微发红。

"老兄,你把自己拖垮了。"我说。"我听见你一整夜都在屋里走来走去。"

"我睡不着,"他答道,"这个讨厌的问题折磨着我。所有的大困难都克服了,现在却被一个小障碍给绊住了,真让人生气。现在我们已经知道罪犯、汽船和其他一切了,可就是没有消息。其他方面也已经开始行动了,所有的方法都用了,河的两岸也都搜遍了,还是一无所获。史密斯太太那边也没有她丈夫的音讯,我几乎要认为他们已经把船沉到河底了,可是这又说不通。"

"也许史密斯太太骗了我们。"

"不会,这一点都不用想了,因为经过调查,的确有一艘这样的汽船。"

"它会不会开到了河的上游?"

"我也想到了这个可能性,我已经派出一批搜查的人上溯到理查蒙一带去了。如果今天再没有消息,明天我就亲自行动去找罪犯,不再寻找汽船了。不过,肯定会有一些消息的。"

然而没有。维金斯和其他的搜查人员一点儿消息都没有。各大报纸全登着诺伍德惨案的报道,他们一直攻击那个不幸的塞笛厄斯·肖尔托。除了官方将在第二天验尸之外,各报纸也没有什么新的消息。傍晚时候我又步行到康伯韦尔,向两位女士述说了我们遭遇的失败。回来的时候我看见福尔摩斯依然是一脸沮丧,很不高兴,对于我的问话也几乎不答。整个晚上他都在忙着做一个复杂的化学实验,蒸馏器加热后,发出一股恶臭,使我不得不离开这间屋子。一直到凌晨,我仍能听见试管的敲打声,知道他还在那里继续着他的实验。

清晨,我突然醒来,发现福尔摩斯正站在我床边,穿着一套粗陋的水手装,外面着一件厚羊毛短大衣,脖子上围着一条红围巾。

"我要亲自去河的下流,华生,"他说,"我思索再三,觉得只有一种可能了,必须去试一试。"

"我和你一起去吧?"我说。

"不,如果你能留在这里,会更有用。其实我并不想走,因为白天很可能会来消息,尽管维金斯昨晚很泄气。你可以打开所有给我的信笺及电报,如有任何消息,按照你的判断去行事。你可以代劳吗?"

"绝对没问题。"

"我不知道我会到哪,所以恐怕你无法联系到我。不过,如果幸运的话,也许我很快就会回来。我回来后总会有点儿收获的。"

到早餐时,没有他的任何消息。但是,当我打开《旗帜报》,却发现有新的报道。

有关上诺伍德的惨案,据可靠消息,案情要比原来想象的更复杂。有新证据显示,塞笛厄斯·肖尔托先生确无嫌疑,他与管家伯恩斯通太太已于昨天傍晚被释放。据悉警方对真凶已有新的线索,现由苏格兰警场的精明干练的侦探阿瑟尔尼·琼斯负责侦查,预料案子很快就会真相大白。

"这样还比较让人满意,"我想,"至少,那位肖尔托朋友没事了。所谓的新线索是什么?估计还是掩盖警方错误的老套说法。"

我将报纸扔在桌上,突然,寻人栏中的一则广告吸引了我。广告这样写着:

寻人:船主莫迪卡·史密斯及其长子杰米于星期二清晨三时驾曙光号汽船离开史密斯码头,至今未归。该船为黑色,有两道红线,黑烟囱上有一道白边。任何能提供莫迪卡·史密斯及汽船下落者,可到史密斯码头史密斯太太或贝克街二百二十一号B座告知,酬金五英镑。

这显然是福尔摩斯登的"杰作",贝克街的地址足以证明。我觉得这则广告颇为巧妙,因为逃亡的罪犯只会认为是焦急的妻子要寻找她失踪的丈夫,而不会想到其他。

这一天感觉真长。每次听到敲门声或街上急促的脚步声,我都以为是福尔摩斯回来了,或是有人回应广告。我尝试看书,但老是想到我们这件奇特的案子以及我们想追捕的那两名逃犯。我甚至这样想:我的同伴的推理是否出了错误?是不是有些环节是他空想出来的?是不是他聪明的头脑把大胆的理论建立在错误的基础之上?我从未见过他出现错误,但就算是最敏锐的推理者也可能偶尔被蒙蔽。我想他很可能因为自信自己的推理而把一个简单的问题复杂化了——他喜欢离奇的推理，而不愿接受近在手边的简单寻常理论。然而，话说回来，证据我自己也看到了，他的推理我也听到了。再看这一连串奇怪的事件，发现其中某些部分虽然隐而不彰，但基本上都指明了一个方向。我不得承认，就算福尔摩斯的推理是错的，这案子本身也必定是异常地让人费解。

下午三点，响起一阵刺耳的门铃声，一个颇具威严的声音传来。没有想到，竟然是阿瑟尔尼·琼斯来了。但是，他完全不像在上诺伍德时那样自信、利落、干练，相反，他的表情沮丧，态度谦和，甚至有一些自惭。

"您好，先生。我听说福尔摩斯先生出去了。"他说道。

"是的，我不知道他什么时候能回来，如果你不介意就等一等。请坐，抽根烟吧。"

"谢谢，让我抽一支吧。"他说着，用一块红色印花大手帕擦了擦脸。

"来一点威士忌苏打吗？"

"嗯，半杯。这时候了还这么热，更让我烦躁不安。你还记得我对上诺伍德案子的推论吗？"

"记得。"

"嗯，我不得不重新考虑这个案子。我用网把肖尔托先生罩住，他却从中找了个洞溜出去了。他拿出了确切的证据证明他不在现场。从离开他哥哥的房间后，他就一直在别人的视线之内，因此他不可能爬上屋顶由活门进入房间。这真是个棘手的案子，我在警署的威望与信誉如今全系于此案。我希望能得到一些帮助。"

"每个人都有需要帮助的时候。"我说。

"您的朋友歇洛克·福尔摩斯是个杰出的人，先生，"他以肯定的语气说道，

"没有人比得过他。我知道他参与过不少案子,而每一个案子他都能破。他的方法很奇特,有时也太急做出结论,但总体来说,他会成为一个十分杰出的侦探。不怕别人笑话,我自愧不如。我今天早上收到他的一封电报,说他已掌握肖尔托案子的新线索。电报在这儿。"

他从口袋中拿出电报递给我。电报是十二点钟由伦敦东边的白杨区发出的。

请立刻去贝克街。如果我还没回去,等我。肖尔托案的逃犯已有踪迹,如果愿意参与案子的结局,请于今晚一起行动。

"这消息真好。他显然已把中断了的线索给接上了。"我说。

"啊,这么说他也出了错,"琼斯显示出满意的神色叹道,"即使是我们中最出色的人有时也会出错,而这也可能会空欢喜一场,但作为一个警官,任何机会我都不能放过。有人来了,可能是他回来了。"

有沉重的脚步声走上楼来,伴随着很重的喘息声。脚步声停了一两次,似乎这人上楼很吃力,但终究他还是走了进来。他的家境与我们听到的声音是相符的。这是个老人,穿着水手的衣服,外面套着短外衣,扣子一直扣到颈部。他弯着腰,双膝打颤,呼吸困难。身体重心全部放在手中一根粗橡木棍上,双肩耸动,努力想将空气吸入肺中。一条彩色围巾包住他的下巴及颈项,除了一双闪烁的眼睛,只剩浓密的白眉及灰白的腮胡。整个人看来,他是一个年迈贫苦、身子虚弱的老水手。

"老人家,您有事吗?"我问道。

他用老年人惯常的那种样子,慢腾腾地向四周看了看。

"歇洛克·福尔摩斯先生在吗?"他问。

"不在。但是我能代表他,您有什么事可以跟我说。"

"不行,我只能和他本人讲。"他说。

"我跟您说了,我可以代表他,是莫迪卡·史密斯汽船的事吗?"

"是的,我知道船在哪。还有,我知道他要追踪的人都在哪儿以及宝物在哪儿。一切我都知道。"

"那您告诉我吧,我会转告给他。"

"我只跟他本人说。"他一再重复道,表现一副倔强顽固的模样。

"那您只能等他回来了。"

"不,不。一整天都花在等一个人这件事上,我可不干。福尔摩斯先生既然不在,那只能让他自己去找了。不管你们怎么样,我一个字也不会讲。"

老人站起来向门口走去,但是阿瑟尔尼·琼斯跑到他前面。

"等一等,我说老先生,"他说道,"您有重要的消息报告,可不能就这样走了。不管您是否愿意,都必须等我们的朋友回来。"

老人向门外跑去,但阿瑟尔尼·琼斯高大的身板顶着门,挡住了他的去路。

"这样对待人,太不像话了!"老头叫喊起来,拐棍敲着地板。"我来这儿是拜访一位先生,根本不认识你们两个,硬是不许我走,还对我这样无礼!"

"请别着急,"我说,"我们会补偿您浪费的时间。请坐在沙发上,不用等太久的。请坐。"

他愤怒地一屁股坐下,双手掩着脸面。琼斯和我继续边抽雪茄边聊天。突然,福尔摩斯的声音响了起来。

"我说,你们也应该给我一支雪茄抽吧。"他说。

我们两人都腾地从椅子上跳了起来。福尔摩斯就坐在我们旁边,一脸笑意。

"福尔摩斯!"我兴奋得叫道,"是你!那个老人呢?"

"老人就在这里。"他说着,拿出一团白发。"他就在这儿——假发、胡须、眉毛,全都在这儿。嗨,我装扮的还真不错,完全没想到能一点不露馅儿。"

"哈,你这个鬼东西!"琼斯也高兴地叫道。"你都能当演员了,十分出色。你咳嗽的样子,跟在穷人院里的一模一样,还有两条腿颤巍巍的,每星期至少可赚十英镑的工钱。不过我觉得你的眼光不对头,所以骗过我们也不易。"

"我花了一整天才打扮成这个模样,"他说道,点了雪茄。"你们知道,好多犯罪歹徒都开始认识我了——尤其是我这位朋友把我的事写成书之后,所以我只能简单化装后才能工作。收到我的电报了?"

"收到了,所以才来了。"

"这个案子在你那边有什么进展吗?"

"一点儿都没有,所以只能释放了两个人,而另外两个也找不出有利的证据。"

"没关系。一会儿我们用另外两个人同你交换,但是你必须听我的吩咐。所有的功劳可以都归你,但一切必须听我的,可以吗?"

"绝对没有问题,只要你能帮我把凶手抓住就行。"

"好,那首先一件事就是帮我找一艘速度快的警船——汽船,晚上七点钟在威斯敏斯特码头等候。"

"这个没问题。一直就有一艘在那边停着,我到马路对面去打电话联系一下就行了。"

"我还需要两个健壮的警员以防止逃犯拒捕。"

"船上一直就有两三个警察。其他的还有什么吗?"

"逃犯抓到了,宝物也就等于找到了。我想我这位朋友一定会非常兴奋地捧着宝物箱送到那位年轻女士的手里,其中有一半依法是属于她的。让她亲自打开宝物箱。华生,你觉得怎么样?"

"那我真是太高兴了。"

"这个做法不符合规章制度,"琼斯摇了摇头说,"不过我们可以通融一下。但看过之后,宝物就必须交给警方,直到结案。"

"那是当然的。还有另一点,我倒很想听听约翰生·史莫能亲口讲述一下整个案子的经过。你知道,我喜欢把案子的细节都弄明白。在警察在场的前提下,我想同他在这个屋子或者别的地方把他带到这个屋子来,或者别处也可以,同他做一次非官方的讯问。这个不知道可不可以呢?"

"啊,这也好办。虽然我还没有足够的证据证明是否有这样一个叫约翰生·史莫的人,但是如果你能把他抓住,我想对于你的讯问我是不会反对的。"

"那就是说你同意了?"

"完全同意。还有什么?"

"另外就是要你和我们一起吃晚餐,只需要半个小时。有牡蛎、一对松鸡、还有一些上等的白酒。华生,可能你还不知道我也是一个掌厨能手吧?"

【世界经典文学珍藏版】

◎尽览世界经典文化的博大精深 ◎读传世典籍，赢智慧人生
——受益终生的传世经典

福尔摩斯探案全集

柯南道尔⊙原著
李志敏⊙编著

卷二

民主与建设出版社
·北京·

十　凶手的末日

我们这顿饭吃得很开心。福尔摩斯在精神好的情况下是非常健谈的,而今晚他的精神看起来异常愉快,所以一直说个不停。我从未见过他这个样子。神怪剧、中世纪的陶器、意大利的提琴制造家斯特莱迪瓦里、锡兰的佛教以及未来的战舰,无论是哪一方面,他好像都做了特别的研究,所以说起来滔滔不绝,与前两天的沮丧之情完全不同。阿瑟尔尼·琼斯在此时也成了一个喜欢说笑、性情随和的人,全力地享受着这顿丰盛的晚餐。而我则认为整个案子一定会在今晚结束,便和他们一样开怀畅饮起来。整个晚餐中,没有一个人提到有关那个案件的情节。

吃完后,福尔摩斯看了看表,斟满了三杯红葡萄酒道。

"再干一杯,"他说,"祝愿我们今晚成功。时间到了,我们该出发了。华生,你有枪吗?"

"书桌里有一支,是旧的军用左轮。"

"最好带上它,有备无患。车子已在门外等着了,我和他预订了六点半钟等在这里。"

刚过七点钟,我们就到达了威斯敏斯特码头,汽船早已停在那里。福尔摩斯认真地看了一下,问道:"这船上有指明是警察用的标志吗?"

"有,船边上的绿灯。"

"去把它摘下来。"

绿灯摘下后,我们上了船,解开缆绳。琼斯、福尔摩斯和我都坐在船尾,船中的一人掌舵,一人管机器,在我们前面坐着两个强壮的警长。

"开往哪里?"琼斯问道。

"到伦敦塔。让他们把船停在杰克布森船坞对面。"

我们的船速非常快,超越了无数满载的货船及一只小汽船,福尔摩斯满意地微笑着。

"依照这个速度,河里所有的船都会落在我们后面了。"他说。

"那也不一定,但能超过我们这艘船的却很少。"琼斯道。

"我们必须追上曙光号,那是一艘有名的快艇。华生,现在我可以和你说说事情的经过。你还记得我被一个极小的障碍绊住后而气恼吧?"

"记得。"

"我利用做化学实验的方法使我的身心平静了下来。有一位大政治家曾经说过:'改变工作,是最好的休息。'这句话说得很对。当溶解碳氢化合物的实验做成功后,我就又回到了肖尔托这个案子上,把所有问题重新思考了一遍。我所派遣人员找遍的河的上游和下游却没有结果,这只汽船既没停在任何码头又没返回,也不像凿沉灭迹——当然,如果实在找不到,这也是一个可能性。我知道史莫比较狡猾,可是我认为他文化不多,应该不会有什么周密的计划。既然他在伦敦住了很长时间——这一点从他对樱沼别墅监视了很久的事实能够证明,他就不可能不需要一点儿时间——哪怕只是一天——处理一些事情,才能离开。不管怎么说,这是最后的可能。"

"我看这个可能性很小,"我说。"或许他在事前就已做好了充分的准备。"

"不,我不这么看。除非他确定这个藏身对他确实毫无用处,否则他决不会轻易放弃。我还想到了一点:约翰生·史莫一定会想到他那长着怪相的同伴,再怎么化装都会引起别人的注意,也可能被人联想到诺伍德惨案上去,聪明的史莫肯定会想到这一点。所以他们一定是在天黑的时候离开藏身处,并在天亮之前赶回来。根据史密斯太太所说,他们在史密斯码头是三点钟上的船,距天亮只有一个多钟头了,那时行人就多了,所以我认为他们不会走太远。他们给史密斯足够的钱叫他保密,预租下他的船以便最后逃跑时用,然后带着宝物回到藏身之处。在一两天内,他们可以看看报纸,听听风声,再找一个黑夜赶到格雷夫赞德或肯特大码头,坐上他们事先定好的大船,逃往美洲或其他殖民地。"

"可汽船呢?总不会也被带回他们的藏身处吧?"

"当然不会。我认为,虽然我们未发现这只船,但它肯定不会离开太远。站在史莫的角度,以他的能力去思考,他会想:如果确有警察跟踪的话,那么,如果把船开回去或停在某个码头,很容易被警察发现。而要把它藏起来又可以随时用,我想,那就只有一个办法,就是把船开进一个船坞做修理,这样就可以把船藏起来,如果要用船,只需提前几个小时通知一下即可。"

"这听起来比较简单。"

"正因为它简单才容易被忽略。我于是决定照这个想法去行动,立刻换了一身水手的衣服沿河的所有船坞去打听。前十五个全没有,结果在第十六个——杰克布森船坞,被我问到了。说是两天前有一个装木腿的人把曙光号送进船坞,说是舵有点小毛病。'舵没毛病,'那儿的工头这样说。'就是画有两条红线的汽船。'正在那时,一个人走过来,正是失踪的船主莫迪卡·史密斯,他喝了很多酒。我当然不认识他,是他自己喊出了自己的名字和汽船的名字。'今晚八点钟,我要用船,'他说,'整八点钟,记住,有两位先生等着坐船。'很显然他们给了他很多钱,他向工人们拍着他满口袋的银币,叮当直响。我跟踪了他一会儿,后来他进了一家酒店,我就返回了船坞。途中正好碰上我一个小帮手,我就让他在那里盯住汽船。一旦船开出来,他就在河边马上向我们挥手帕。我们在河上等着,保持一定距离,要是再不能人赃俱获,那就奇怪了。"

"不管他们是不是凶手,你的计划倒挺周密,"琼斯说,"要是我来处理,我就派一队警察守在杰克布森船坞,他们一来就立即逮捕。"

"绝对不能这样做。史莫是非常狡猾的,他会先派人去察看动静,如果情况可能,没准儿他又会隐藏一个星期。"

"但你可以只盯住莫迪卡·史密斯,同样能找到他们的藏身处。"我说。

"这样会耽误时间的。凶手住在哪儿,史密斯肯定不知道,他只要花钱、喝酒就行,还问其他的做什么?凶手只需告诉他怎么做就行了。所以你的想法行不通,我各方面都想了,这是唯一的好办法。"

正说着,我们的船已经穿过泰晤士河上的好几座桥。出了市区,落日的余晖把圣保罗教堂顶上的十字照得金光闪闪。到伦敦塔时,已经是黄昏了。

"那就是杰克布森船坞,"福尔摩斯用手指着萨里区河岸那林立的帆樯对我们说。"我们的船就在这一排排驳船的后面慢慢兜着吧。"他从口袋里拿出夜用望远镜,望向岸上。"我

看见我留守的那个人了,"他说道,"他还没摇手帕。"

"我们还是再开下去一点儿等他们吧。"琼斯着急地说。

此时我们都很焦急,就是那几个不清楚事情的警察和伙夫也急躁不安。

"不要任何事都想当然,"福尔摩斯回答道。"他们当然极有可能要顺水下去,可是我们不能十分确定,从这个地方可以看见船坞的出入口,而他们在那里却看不见我们。今晚没有雾,月光很好,我们就等在这里吧。看那边煤气灯下面,人多么拥挤。"

"都是从船坞下工的工人。"

"这些人外表看似肮脏粗俗,其实内心都有着不灭的活力和生气。只看表面你是想不到的。这并不是个显眼的问题,人本身就难以捉摸!"

"有人说,人是有灵魂的动物。"我说道。

"温伍德·里德对这个问题有详细的解释,"福尔摩斯说。"他说每个人都是个难解的谜,但如果把人集合起来就有定律了。比如,你不能预言一个人将要做什么,但是你能知道人群总体将要做什么;人的个性不同,但共性是永恒的。统计学家也这样说。啊,是手帕动了吗?没错,那边有白色的东西在挥动。"

"是的,是你留守的人,"我叫道,"我看清了。"

"那是曙光号,"福尔摩斯叫道。"驶出来了,看它多快!加速前进,轮机长!追上那艘带黄灯的汽船。上帝,我就不信抓不住它!"

曙光号驶出了船坞,被两三条小船遮住不见了。等我们再看见的时候,它的速度更快了,向下游急速驶去。琼斯看着它,拉长脸不停地摇头。

"太快了,"他说。"我估计是追不上了。"

"我们无论如何要追上!"福尔摩斯咬牙叫道。"伙夫,快快加煤!全速开足!就是把船烧着了也必须追上它!"

现在我们紧跟在它后面。锅炉内火势凶猛,强大的引擎在快速运转,锵锵作响,如一具钢铁的心脏。尖尖的船首划破平静的河面,两侧翻起滚滚的水波浪花。随着引擎的每一悸动,船就像有生命的钢铁动物,我们也跟它一起惊跳、震颤。一盏大黄灯向前射出一道长长的摇曳的黄色光。前方的水面上有一个黑影,那就是曙光号,它后面翻滚的白色浪花可以证明它的速度飞快。我们从一艘艘驳船、汽轮、商船之间穿梭而过。黑暗中有声音在向我们呼叫,而曙光号依然隆隆向前,我们则依然紧追不舍。

"伙计们,快加煤,快追!"福尔摩斯朝下面机舱高声喊叫。下面炉膛的熊熊火光照射着他那焦急的鹰鸷似的脸。"尽量多烧出蒸汽!"

"好像追近一点了。"琼斯紧盯着曙光号说。

"是的,"我说。"用不了几分钟我们就能追上它。"

正在这关键时刻,我们碰上了倒霉的事。一条拖着三条小筏的驳船横在了我们的前面,幸亏紧急转舵才避免撞上。可等我们绕过它再继续追时,曙光号离我们已经有两百码了,但我们还是能看见它。原本阴暗蒙蒙的夜空此刻也变成了满天星斗,我们的锅炉已烧到极限,脆弱的外壳被疾驶的速度振动得噼啪作响。我们穿过了伦敦桥中间的那段河面,又过了西印度码头,又穿过了长长的得浦特佛河段,绕过狗岛,继续前行。曙光号也由一个小黑点逐渐变得清晰起来。琼斯用探照灯直射它,甲板上的人清晰可见。船尾坐着一个人,蹲坐在一堆黑色东西上,还蹲伏着一堆黑色物体,好像是只纽芬兰狗。史密斯的大儿子撑着舵柄,旺烈的炉火映照老史密斯的身影,他光着上身,在拼命地加煤。最初他们还不能肯定我们是否在追他们,但在每一次转弯之后我们都紧跟其后,他们才确定无疑。到格林威治时,我们距他们大约三百步之遥,到布莱克威尔的时候大约只有两百五十步了。我这半辈子经历了很多,也到过不少的国家,追捕过许多不同的东西,却从未像今晚在泰晤士河上的疯狂追人的这样惊心动魄。我们一点点地接近了,静夜中,我们可以听到他们船上的机器声。船尾的人仍然蹲在那里,只见他的手臂忙碌地动着,并不时抬起头来估算着两船间的距离。我们越来越接近了,琼斯叫喊着要他们停下。两船相距已不到四个船身,都在以极快的速度飞奔向前。此时河面开阔,一边是巴金平地,另一边是荒芜的普拉姆斯泰德沼泽地。在我们的呼叫声中,船尾那个人站起身来,对着我们挥动拳头,高声地向我们咒骂。他体格健壮,又开两腿站着,我看见他右腿以下是根木桩。随着他粗声的怒喊,那堆黑色东西慢慢地站起来,变成了一个小黑人——我见过最小的人——他长着畸形大头,上面是蓬乱的头发。福尔摩斯已经掏出了他的左轮,而我在看到这个怪家伙的一刹那,也抽出了我的左轮。他身上裹着一条黑色的外套或毯子,只露出一张脸,但只这一张脸就让人夜不成眠。我从未见过如此凶残丑陋的脸,他那双小眼睛闪着凶光,牙齿紧咬着厚厚的嘴唇,像只野兽一样怒吼着。

"只要他一抬手就开枪。"福尔摩斯冷静地说。

这时候我们只剩一个船身的距离了,几乎伸手就可以抓住我们的猎物。那白人叉开双脚,不停地高声咒骂,而那个邪恶的小黑人在我们灯光的照射下,对我们咬牙切齿地呲着他的大黄牙。

幸好我们能够清楚地看见他们。那个小黑人从毯子里快速地掏出了一个好似木尺的短圆木棒举到唇边。我们立即扳动枪机,两弹齐发。那黑人转了转身就两手高举,掉进河里,刹那之间我就看到他那一双狠毒的眼睛在白色的漩涡中消失了。这时,那木腿人冲向船舵,使尽全身力量扳那舵柄,那船突然冲向南岸,我们相差几尺,只擦了它的船尾而没撞上。我们随即转变方向追去。但它已经接近岸边,岸上十分荒凉,月光照着空旷的沼泽地,满地都是一片片的死水和一堆堆的腐烂植物。那只汽船冲到岸上就搁浅了,船头高高翘向空中,船尾没在水里。木腿人跳到了岸上,可那只木腿却陷入泥中。他奋力挣扎,可是连一步也进退不得。他高声叫骂,并用左腿又蹬又踩,可是那木腿却越陷越深。等我们把船停在岸边,他已经一步也动不了了。我们扔了一条绳子过去套住了他的肩膀,才像拖条大鱼似的把他拖上了船。史密斯父子则垂头丧气地坐在船上,听到命令后,方才无可奈何地离开了曙光号走到我们船上。一只印度精制的铁箱,放在那只船甲板上,很明显就是使肖尔托被害的宝箱。箱上没有钥匙,很重,我们小心地把它搬到我们的舱里。曙光号拖在我们的船后面,慢慢地向上游回驶。我们不断地用探照灯向四周搜索,已没有黑人的踪影,想必已葬身泰晤士河底了。

"看这里,我们的枪仍旧打晚了。"在我们先前站着的地方的背面插着一支毒刺,一定是在我们开枪的时候射来的。福尔摩斯仍像平时那样对着毒刺耸耸肩笑了笑,可是我想到那天晚上死神擦肩而过的情况,仍是一股寒意涌遍全身。

十一　大宗阿格拉宝物

我们抓住的罪犯坐在船舱里，对面是他千辛万苦等了许久才得来的铁箱。他的皮肤被烈日晒得很黑，两只眼睛露出凶狠的天性，满脸皱纹，一看就知道他是一个在户外工作多年的苦工。他那长满胡须的下巴向外突出，显示出他倔强的性格。他那卷曲的黑发中已多半灰白，年纪大约在五十左右。在一般来看，他的面貌不是很难看，可是生气时，他那浓眉和突出的下巴就露出了十分可怕的表情。他坐在那里，带手铐的双手放在膝上，低头不语，一双锐利的眼睛一直望着那只使他犯罪的铁箱。在我看来，他的表情悲痛似乎多于愤怒。他曾抬眼望了我一下，眼中似乎带着几分戏谑的意味。

"约翰生·史莫，"福尔摩斯燃上一支雪茄烟，说道，"我真不希望是这个结局。"

"先生，我也如此。"他直率地答道，"这次是我逃不掉了，可是我发誓，肖尔托先生不是我杀的，而是那个凶恶的汤加吹出一支毒刺把他杀死的。先生，我没有参与。肖尔托先生的死叫我很难受，为这事我还用绳子鞭打了他一顿，可是人已经死了无法挽回！"

"抽支雪茄吧。"福尔摩斯道。"你看你全身都湿透了，喝点儿这个酒暖和一下吧。我问你，你在用绳子爬上屋顶前，凭什么会知道那矮小的黑人能够制住肖尔托先生呢？"

"先生，您这样说好像亲眼看见了。我本以为不会有人在那屋子里，我已经了解了那里的生活习惯，那个时候应该是肖尔托先生下楼去吃晚饭。我实话实说，因为这就是我最好的辩护。如果当时是那个老少校在屋里，我就会毫不犹豫地掐死他，就像吸这支雪茄烟一样简单。现在竟是因为小肖尔托而使我进监狱，实在让人难过，因为我和他之间没有什么仇恨。"

"你现在是在苏格兰警场的阿瑟尔尼·琼斯警官的羁押之下，他将把你带到我的家中，由我先向你讯问。你必须对我说实话，这样或者我还可以帮助你。我想我能证明那毒刺的毒性很厉害，在你爬进屋里以前，肖尔托先生已经中毒身亡了。"

"先生，不错，他已经死了。当我爬进窗户看见他歪着头狞笑的样子，我吓坏了。要不是汤加跑得快,当时我真把他杀了。这也正是他后来为何在匆忙中丢落了那根木棒和一包毒刺的原因,我想正是这些东西为您提供了一些线索,至于您是怎么根据线索而捉到我的,我就不知道了。这是我自己的错,不能怪您。"他又苦笑道,"可是这也是一件奇怪的事。您看,我本来有权享受这五十万英镑,结果竟在安达曼群岛修筑防波堤花掉了半生的时间,后半生可能又要到达特穆去挖沟了。从碰到商人阿奇麦特并和阿格拉宝物扯上关系的那一天开始,我就倒上了霉。只要是与这宝物有关联的人都很倒霉。那个商人因宝物丢了性命,肖尔托少校因宝物让他恐惧而不安心,而我的下场是要终身作苦役了。"

这时,阿瑟尔尼·琼斯把头伸向舱内。

"你们倒像一家人在聚会。"他说道。"福尔摩斯,请给我点儿酒喝,我想我们应该庆祝一下。可惜我们没有活捉到那一个,那也没有办法。福尔摩斯,亏得你下手快,否则就要遭到他的毒手了。"

"结果还让人比较满意。"福尔摩斯说,"但让我意外的是那只曙光号竟有那么快。"

"史密斯跟我们说,"琼斯道,"曙光号是泰晤士河上为数不多的快船,如果当时再有一个人帮他驾驶,我们就永远也别想追上它。他还发誓说他根本不知道诺伍德的惨案。"

"他的确毫不知情,"我们的罪犯叫道,"因为听说他的汽船快,所以我才向他租用了。我们什么也没和他说,只是出高价。如果他能够把我们送上在格雷夫赞德停泊的开往巴西去的伊丝梅拉号轮船上,他还可以另得一大笔酬金。"

"如果他没犯罪,我们也不会定他的罪。我们虽然抓人快,可是判刑必须慎重。"这时,傲慢的琼斯对囚犯又逐渐露出了他那威严的神气。福尔摩斯听了微微一笑,我知道琼斯的话已经引起了他的注意。

"我们就要到沃克斯霍尔桥了。"琼斯又道。"华生医师,您可以带着宝箱在这里上岸。要知道,我的这个做法是担着很大的责任呢。这个做法是不符合法律的,不过既然答应了就得算数。可是宝物非常贵重,我必须派一个警长跟您同去。您是坐车去吗?"

"是的。"

"可惜没有钥匙,不然我们可以先清点一下,恐怕得把箱子砸开才行。史莫,钥匙呢?"

"在河底。"史莫简单地说道。

"哼！你制造这个麻烦真是多此一举。为了抓你,我们浪费了很多人力和物力。可是医师,我不必再叮嘱您了,千万小心。等您回来把箱子带到贝克街来,在去警署以前,我们就待在那里。"

我带着沉重的宝箱在沃克斯霍尔上了岸,跟着一个温和坦率的警长。一刻钟后,我们就到达了塞西尔·弗里斯特夫人的家。开门的女仆对我这么晚来访非常惊讶,她说弗里斯特夫人出去了,可能要深夜才能回来,摩斯坦小姐现在在客厅里。我让那警长在车上等候,便提着宝箱直入客厅。

摩斯坦坐在窗前,穿了一件白色半透明的衣服,领口和腰际都系着红色的带子。在透过罩子射出来的柔和灯光下,她倚坐在一张藤椅上,灯光照着她那张甜美庄重的脸,蓬松的秀发也晕染成金黄色,洁白的胳膊搭在椅子边,那姿态和神情都表现出她的内心充满了犹豫。听到我的脚步声她立刻站了起来,惊讶与欢喜使她脸上出现了一道红晕。

"我听见了停车的声音,"她道,"以为是弗里斯特夫人提早回来了,真没想到是您来了。您给我带来了什么消息?"

"我带了比消息还要好的东西,"我边说边把宝箱放在桌子上,虽然心中烦闷,但还是表现出一副开心的样子。"而且这个东西比任何消息还要宝贵,我给您带来了财富。"

"就是宝物,对吗?"她望了一眼宝箱,冷冷地说道。

"对,箱内就是那一大宗阿格拉宝物。有一半是您的,另一半是塞笛厄斯·肖尔托先生的。你们每人可得二十几万英镑。想一下,每年只利息就有一万英镑,这在英国妇女中没有几个。这不值得庆贺吗?"

或许我表现出的高兴太过了,她已察觉到我并非诚心。她稍稍抬了抬眉头,望了我一眼。

"如果我能得到这些宝物,"她说,"那也是在你的帮助之下。"

"不!不!"我回答道,"不是我,完全是因为我的朋友歇洛克·福尔摩斯。即使他有着高超的分析才能,也差一点丢了性命。换作是我,就是用尽心思,也绝不可能找出线索。"

"华生医师,"她说道,"请坐下来给我讲讲经过吧。"

我把上次和她见面以后所有发生过的事情:福尔摩斯新的搜索方法,发现曙光号,阿瑟尔尼·琼斯的来访,今晚的历险以及泰晤士河上的追踪等简单地讲了一遍。她认真地听着,说到那根毒刺差点刺到我们时,她脸色变得惨白,几乎就要晕倒。

"不要紧,没事了。"我急忙倒了点儿水给她,她这样说道,"听到我的朋友们因为我差点丢掉生命,我心里实在不好受。"

"全都过去了,也没事。"我答道。"不讲这些寒心的事了,让我们做点高兴的事吧。宝物在这儿,是我专门给你带来的,我想你一定想第一个打开它,先睹为快。"

"的确如此。"可是她的语气并未显示出她的兴奋之情。因为这宝物费了很多心血才拿回来,她不能不这样地表示一下,否则就有点不礼貌了。

"这箱子太美了!"她弯下腰看了看箱子说道。"是印度的产品吧?"

"对,是印度著名的比纳瑞斯金属制品。"

"太重了,"她试着把箱子抬了抬,叫道,"估计只有这箱子就很值钱。钥匙在哪儿?"

"被史莫扔到泰晤士河底去了,"我回答。"我要用一下弗里斯特夫人的火钳。"

在箱子正面有一个粗重的铁环,铸成了一尊佛像的样子。我把火钳插在铁环后面,用力向外撬起,铁环一下子弹开了。我用颤抖的手把箱盖打开,我们二人都因箱内的情景而呆住了。箱子是空的!

难怪这个箱子这样的重,箱子四周全是三分之二英寸厚的铁板,非常坚固,做工也是异常精致,确是用作收藏宝物的箱子。可是里边什么也没有,完全是一只空箱子。

"宝物已经丢失了。"摩斯坦小姐平静地说道。

听到这句话,我体会到了其中的含意,心中的一个阴影似乎消失了。我说不出这宗阿格拉宝物压在我的心头有多么的沉重,现在终于被挪开了。是的,这个思想可能有点自私、不忠实、不对的,可是除了我们两人之间的金钱的障碍已经消除以外,其余的我都不去考虑了。

"感谢上帝!"我内心的真话不禁脱口而出。

"您为什么这样说呢?"她微笑着,略带疑问的语气。

"因为我敢于张口了。"我说着,并握住了她的手,她并没有缩回去。"梅丽,我爱你,就如同任何男人爱女人那样的恳切。这些宝物,这些财富一直堵着我的嘴,现在宝物失掉了,我终于可以告诉你我是多么地爱你。因此我才说:'感谢上帝。'"

"那么我也应该说:'感谢上帝。'"我把她揽到怀里时,她轻声地说道。

不管丢失宝物的人是谁,但我知道,我在那晚却得到了一宗宝物。

十二　约翰生·史莫的奇异故事

那位警长耐心地等在马车上。我回到车上后把空箱给他看,他的脸马上转阴。

"奖金完蛋了!"他大失所望。"宝物没有了,奖金也就不给了。宝物如果不丢掉,今天晚上我和萨姆·布朗两人就都能得到十英镑的奖金。"

"塞笛厄斯·肖尔托先生是个有钱人,"我说,"不管宝物有没有,他总会给你们酬劳的。"

然而,警长还是沮丧地摇摇头。

"这件事很糟糕,"他一再地说,"阿瑟尔尼·琼斯先生那边不好办了。"

警长的担心很对。我们一回到贝克街,给侦探看了空宝箱,他的脸立刻拉长了。他们也是刚刚回来,福尔摩斯、罪犯和他三个人,因为半途改变了计划,先去警署备了案。我的伙伴仍像往常一样懒洋洋地靠在椅子上,无精打采。史莫坐在对面,一副无所谓的模样,木腿搭在好腿上。当我给大家看空宝箱时,他身体往椅背上一靠,仰天大笑。

"是你干的,史莫?"阿瑟尔尼·琼斯恼怒地说。

"不错,我把宝物扔到了别的地方,你们永远别想找到。跟你们说实话,现在活在世上的人,除了在安达曼囚犯营的三个人和我,这宝物谁也别想得到。我知道现在我得不到了,他们也不能,我就代表自己和他们一块儿处理掉,我们四个人一块儿签名。好赖四个人都同心同德。嗯,我知道他们会同意我这么做。宁可都扔进泰晤士河,也决不给肖尔托、摩斯坦的家人、朋友。我们干掉了阿奇麦特,决不能让他们去发财。宝物跟钥匙以及汤加一块儿走了。我看你们要追上时,就把宝物扔到了永远保险的地方。你们这次算白忙活了,一个卢比也捞不到。"

"想骗我们,史莫,"阿瑟尔尼·琼斯厉声说,"你要把宝物扔进泰晤士河里,把箱子扔下去不更省事吗?"

"我扔起来省事,让你们捞起来也省事,"他斜眼看了他一眼答道。"你们有本事追上我,也有本事到河底把铁箱子打捞上来。现在都这么散抛掉,少说也有五英里长,要捞出来就比较困难吧?我也是横下了心干的。看你们追上来,我都急得快要发疯。再可惜也没用。我这辈子有胜有败,这都无所谓。我从不后悔。"

"这件事,你知道多严重吗?"侦探说道。"你现在如果维护法律而不是继续破坏法律,在判刑时也许有机会从轻发落。"

"法律!"罪犯咆哮道,"狗屁法律!这宝物本来就是我们的!宝物不是他们挣来的,偏要我给他们,这算什么法律?你们看看,我是怎样才把宝物拿到手的!整整二十年,滚在烂泥里,热病猖狂,整日在红树下干活,夜里上了镣铐,扔进囚棚,又脏又臭,任蚊子咬,受疟疾折磨,还要活受黑炭牢头看守的欺凌,他们就喜欢拿白种人出气。我是这样才得到了阿格拉宝物。为什么我付出代价,却叫别人来享受?你们还来跟我讲什么法律、公道!我宁可被绞死二十遍,宁可叫汤加一针毒死,也不愿被关在监牢里,眼看别人拿着我的钱过着逍遥快活的日子。"

史莫坚毅沉静的面容变得激动狂躁起来,这些话倾泻而出。他两眼发光,手铐挥动得银铛作响。看到这个人如此狂暴、激动,我这才理解到,当初肖尔托少校听到这个吃了亏的囚犯越狱,便吓得失魂落魄,这是有道理的、自然的。

"别激动,我们对这些事一点也不了解,"福尔摩斯静静地说道。"你从未说过这段往事,我们当然也不知道法律应是站在你这一边的。"

"啊,先生,您这么说还公平合理,我听得进。虽说您给我上了手铐,但我并不怨恨您,公事公办嘛。您要是想听我的故事,我一点儿都用不着隐瞒。我向上帝保证,我说的句句是实话。谢谢您,给我倒杯水放边上,讲得口干了能喝口水。

"我是伍斯特郡人,出生在波香村。我们史莫家的人住在那儿很多的,您不信可以去看看。我有时也想回家乡看看,可因为我在家人面前口碑不怎么好,他们或许并不欢迎我。他们都是虔诚的教徒,过着安稳的农民生活,乡邻之间互相尊敬,而我却到处流浪。后来,到了十八岁后,我也就不再给他们添麻烦了。因为我同一个姑娘恋爱而出了问题,为了赶快脱身跑掉,就加入了正要开往印度的步兵第三团,选择了吃皇粮军饷过日子。

"可是我又注定部队生活长不了。才只学了正步走，学会使火枪，就不知高低到恒河里去游泳，结果出了事。幸好连队班长约翰·何德也在游泳，他是部队里有数的水中健将。我游到河中心，一条鳄鱼咬断了我的右腿，像外科医生截掉了那么干脆，只剩下大腿。由于大量失血和惊吓，我昏了过去，差一点淹死，多亏何德救了我，把我拖到岸上。我在医院住了五个月，装上了木腿，跷着出了院。我残疾退伍，丢掉军籍，拖着条残腿，工作也难找到。

"你们可以想象，我多不幸，成了没用的跛子，那时我还不到二十岁。可是也不曾想会因祸得福。有一个种植园主，叫阿贝尔·怀特，他是种植靛青染料植物的，要一名监工，以监督苦力好好干活。而他恰好是我们团长的好朋友。团长看我残废，时常照顾我，因此他把我推荐去了。这差使主要靠骑马，我的大腿还在，夹得住马，马鞍子坐得稳。我的工作就是在庄园里转转看看，监督工人干活，谁偷懒就报告上去。报酬不低，住的地方也舒适，处处称心，我曾想在那儿干一辈子也不错。阿贝尔·怀特先生是个善心人，常常到我的小屋里和我一起抽烟聊天。那边的白人不像在这儿这么冷漠，在那边彼此之间可亲热了。

"唉，好景不长。不知怎么搞的，突然间大叛乱爆发了，我们都措手不及。前一个月印度还好好的平安无事，一切如同在肯特郡、萨里郡自己家里一样，下个月，二十万黑鬼兵不受管束了，整个印度变成了地狱。这件事，你们知道的应该比我更清楚。因为我从不看报纸什么的，我知道的事情都是自己亲眼所见。我们种植园在一个叫穆特拉的地方，靠近西北省份的边界。每个夜晚房子烧得满天通红。每个白天，总有成群的英国人，拖儿带女从我们种植园地界上过，去阿格拉避难。那里马主有军队，离得最近。阿贝尔·怀特先生是一个倔强的人，他不相信，以为事情一定是被夸大了，应该很快就会平定的。他照样坐在凉台上喝他的威士忌苏打水，抽他的方头雪茄烟，可是周围已经火烧眉毛。当然，我和管账的多森都守着他。好了，大难临头的一天终于来了。这天我去了种植园很远的地方，到黄昏才骑着马慢慢往回走。我忽然看见在深水沟里有一大堆什么东西，过去一看，吓得半死，是多森的太太，被捶得稀烂，尸体的一半已被豺狼野狗吃了。路上不远处，多森的尸体趴在那儿，手里握着放空掉的左轮枪，四个印度兵的尸体躺在他面前。我勒住马缰，不知道往哪儿走，忽然看见阿贝尔·怀特的房子冒起团团黑烟，屋顶蹿出火苗。我一想，我也救不成老板，硬要去的话，只有把自己的命也搭进去。我站的地方，正好能看见有几百个穿着红衣的黑鬼，对着着火的房子又跳又叫。有几个人指向我，子弹马上飞过我头顶，我赶快调转马头往稻田跑。半夜到了阿格拉城里，算是捡了一条命。

"可是谁知阿格拉也不是很安全的地方，整个印度就像一个蜂窝。凡是英国人能聚集的地方，也仅是枪炮射程以内的一小块区域，其他各处的英国人都成了难民。这是几百万人对几百人的战争，最使人伤心的是：不论是步兵、骑兵还是炮兵，都是当初经我们选拔并训练的精锐战士，现在却成了我们的敌人。他们使用的武器是我们的，军号的调子也和我们的一样。阿格拉驻有孟加拉第三火枪团，其中有些印度兵，两队骑兵和一个炮兵连。另外还新成立了一个自卫队，是由商人和职员组成的。我虽然装着木腿，也还是参加了。七月初我们到沙根吉去迎击叛军，也打了几场胜仗，后来因为缺乏弹药又退回城内。

"四面八方传来的消息都是非常糟糕的——这也不奇怪，因为你只要看一下地图就知道，我们正处在叛乱的中心。勒克瑙在相距一百多英里的东面；康普尔在南面，距离也一样远。周围充满了痛苦、残杀和暴行。

"阿格拉是个大城市，聚居着各种稀奇古怪而又可怕的魔鬼信徒。在狭窄曲折的街道中，我们少数的英国人是无法防卫的。因此，我们的长官决定在河对岸的一个阿格拉古堡里建立阵地。不知你们是否有人听说过这个古堡或是读过关于这个古堡的记载？我虽然到过不少稀奇古怪的地方，可还是第一次见到这么奇怪的地方。首先，它特别大，我估量着占有好几英亩的地方，其中有一部分比较新，容纳了我们的全部军队、妇孺和装备物品，仍旧绰绰有余。可是这较新部分的大小还远比不上古老的那一部分，没有人会到那里去，因为那里全是蝎子、蜈蚣。旧堡里边全是空无人迹的大厅、曲曲折折的甬道和蜿蜒迂回的长廊，走进去的人很容易迷路。因此很少有人进去，可是偶尔也有拿着火把的人们结伙进去探险。

"旧堡前面有一条小河，形成了一条护城壕。堡的两侧和后面有许多出入的门，自然，在这里和我们军队居住的地方都必须派人把守。我们人手不够，不可能既照顾到全堡的每个角落又照顾到全部的炮位，因此不可能在无数的堡门处都派重兵把守。我们只能在古堡中央设置了一个中心守卫室，每一个堡门由一个白人率领两三个印度兵把守。我被派到堡垒西南面的一个孤立小堡门，每天夜里守卫一段时间，有两个锡克族士兵听我指挥。我的任务是：遇有危急，只要放一枪，就会有中心守卫室的人及时赶到。可是我们那里离堡垒的中央足有二百多步远，并且还要经过许多像迷宫似的曲折长廊和过道。我万分怀疑，在真的受到攻击的时候，他们是否能够及时赶到。

"我是一个新兵,又拖着一条木腿,当了个小头目,很是得意。开始两晚我和我的两个来自旁遮普省的印度兵把守堡门。他们一个叫穆罕默德·辛格,一个叫爱勃德勒·康恩。两人都是高个子、面貌凶恶、久经战场,并且都曾在齐连瓦拉战役中和我们交过手。他们英语说得很好,可是我并没有听到他们谈什么。两人总是喜欢站在一起,整夜用古怪的锡克语嘀哩咕噜地说个不停。而我则一个人站在堡门外,望向那宽阔弯曲的河流以及这座大城里闪烁的灯火。咚咚的鼓声和镗镗的锣声,吸足了鸦片的叛军们的叫喊声,整晚都提醒着我们:河对面有着危险的邻人。每隔两个钟头就有值夜的军官巡查各个岗哨,以防意外。

"值岗的第三个晚上,天空下着小雨。在这种天气里连续站几小时,确是很苦恼。我一再和那两个印度兵攀谈,他们还是不爱理我。凌晨两点钟,巡查岗哨的人过去了。在我的同伴不理我后,我放下枪,掏出烟斗并想划根火柴点着。就在这时两个印度兵突然向我冲来,一个人抢过枪,并把枪口对准我;另一个人抽出一把大刀架在我脖子上,而且咬着牙说,只要我动一下就一刀刺进我的喉咙。

"我最初的想法是:他们一定和叛军一伙,这正是他们突击的开始。如果这个堡门被他们占领了,整个古堡就一定会落入敌人手中,堡里的妇孺也就会受到和在康普相同的遭遇。或许各位先生在想,我是在这里为自己辩解,可是我敢发誓,当我想到这一点的时候,虽然我知道刀尖就抵在我的喉咙上,我仍想大叫一声,哪怕只是一声,或许也能给中心警卫室一个警告。那个按住我的人似乎猜出了我的意图,正当我要叫时,他低声向我道:'不要出声,堡垒不会有危险,河这边没有叛军。'听起来他的话可信。我知道,只要我一出声就会被杀死,从这家伙的棕色眼珠里可以看出,所以我没有出声。我等待着,看他们要把我怎么样。

"那个比较高、比较凶、名叫爱勃德勒·康恩的向我说道:'先生,听我说。现在或者是和我们合作,或者是永远也不能出声了。事情太重要了,我们不能犹豫。要么你真心地向上帝起誓和我们合作到底;要么我们今晚就把你的尸体扔到沟里,然后我们去投靠叛军,此外绝对没有其他路可走。你选哪一个?生还是死?给你三分钟作决定,因为时间紧,必须在下次巡逻到来之前把事情办妥。'

"'你们并没有和我说是怎么回事,'我说,'叫我如何做决定?可是我告诉你们,如果你们的谋划牵涉到古堡的安全,我就不能同你们合作,干脆给我一刀,杀了我吧!'

"'这事和古堡绝无关系,'他说,'我只要你做一件事,就是和你的同胞到印度来的目的相同——我们让你发财。今晚如果你决定和我们合作,我们就用这把刀庄严地发誓——从未有一个锡克教徒违背过的誓言——把得来的财物,公平地分给你一份。你可以得到四分之一的宝物,这个做法是最公道的了。'

"'什么宝物?'我问道,'我愿意和你们一样发财,可是你们得告诉我怎么做。'

"'那你发誓,'他道,'以你父亲的身体、你母亲的名誉和你的宗教信仰发誓,今后绝不做不利于我们的事,不说不利于我们的话。'

"'只要古堡安全,'我答道,'我愿意这样发誓。'

"'那么我的同伴和我也发誓,你可得到宝物的四分之一。也就是说,我们四个人平分宝物。'

"'可我们只有三个人啊。'我说。

"'不,德斯特·阿克勃尔也必须有一份。在他们到来之前的这段时间,我可以把事情经过告诉你。穆罕默德·辛格,你站到门边去,看到他们来了就立刻通知。事情是这样的,先生,我之所以要告诉你,是知道欧洲人遵守誓言,所以我才信任你。如果你是个说谎的印度人,无论你在多少庙里发誓,你的血也会染在我的刀上,尸体被丢入沟内。但是锡克教徒知道英国人,而英国人也了解锡克教徒。现在听我说吧。'

"'在印度北部省中有一个十分富有的首领,虽然他的领土不大,但财富很多。其中有一部分是由他父亲那儿继承的,还有一部分是自己搜刮的。因为他是个守财奴,只存不花。叛乱爆发时,他既想与印度兵维持良好的关系,又想与英军的统治阶层交朋友。然而,他很快发现白人的末日似乎要来临了,因为他所听到的都是白人死亡与被推翻的消息。但是,他是个谨慎之人,他想不论结果如何,都至少要留住一半财富。于是,他把金银藏在自己宫中的密室里,再把最好的珠宝放入一个铁箱中,交给一个可靠的仆人,化装成商人,送到阿格拉城堡,直到乱事平静。这样,如果叛军赢了,他可以保有金银钱财;如果英军征服了叛军,还有珠宝可用。把财物分好之后,他就投向了叛军,因为当时叛军在他那里占优势。告诉你,先生,他这么做,只是让他的财产归于那些为自己信仰而战的人手里。'

"'这个假扮的商人,化名为阿奇迈特,现在在阿格拉城中想进古堡来,他的同伴是我的同盟兄弟德斯特·阿克勃尔,他知道这个秘密。德斯特·阿克勃尔答应今晚带他到城堡边门,他选中了这个门。他们很快就来了,也会发现穆罕默德·辛格与我在这里等着。这地方很偏僻,不会有人知道他们来过,阿奇迈特这

个人从此也在世界上消失了,我们来平分这宝物。怎么样,先生?'

"在伍斯特郡,生命伟大而神圣的,但是当战火死伤包围着你时,一切大大不同了,你随时都可能死亡。阿奇迈特商人的死活和我毫无关系,我的心完全在宝物上面。我想到,我有钱后回家乡可以做些什么,还有,家人看到不干好事的我带着满口袋的金币回来时,一定会睁大了眼睛大为吃惊。因此,我下定了决心。但爱勃德勒·康恩以为我还在迟疑,把刀逼得更紧。

"'想想看,先生,'他说,'如果是司令官抓住这个人,他会被吊死或枪毙,宝物也就充公了,我们谁都得不到。现在,既然我们要抓他,为什么不连其他的事也一起包办呢?珠宝在我们身上跟在军团的钱库里还不一样?这些珠宝足够让我们每个人变成巨富。没有人会知道这件事,我们这里完全与其他人隔绝,还有比这主意更好的了吗?再问你一遍,先生,你是与我们合作,还是要我们当你是敌人?'

"'我全心全意地加入你们。'我说。

"'很好,'他说着,把我的枪还给了我,'你看,我们相信你,因为你的誓言和我们的一样,永远会遵守。现在我们只要等我的盟兄跟那个商人的到来。'

"'你的盟兄知道你要这么做吗?'我问。

"'这个计划就是他设计的。我们一起到门边去帮穆罕默德·辛格守着。'

"雨还在下着,那时候正是雨季开始。乌黄的厚云覆盖天空,很难看清四周景物。我们门前就是一道深壕沟,但有些地方水已干涸,很容易走过来。与两个凶恶的锡克教徒站在一起等着来送死的人,实在让我感觉很怪异。

"突然,我看到沟的那边透出油灯罩子的光点,它在堤前消失了一下,很快又再次出现,朝着我们这儿走过来。

"'他们来了!'我叫道。

"'先生,你像平常那样盘问他们,'爱勃德勒悄声说,'别吓着他。然后把他交我们带进去,剩下的事由我们来做,你只要继续在这里守卫就行。准备好油灯,别认错人。'

"灯光继续摇曳着前行,一会儿停下,一会儿前进,终于我可以看到两个黑影子出现在壕沟边上。我让他们跌跌撞撞走下斜堤,跨过泥水,爬上堤岸的一半时,我才叫住了他们。

"'是什么人?'我压低声音问。

"'是朋友,'来人回答道。我打开油灯照向他们,前面是一个高大的锡克教徒，满脸黑须几乎长过腰带。除了在马戏团，我还没有看过这么高的人。另一个是矮小的胖子，头上裹着黄色大包头布，手中拿着一个东西，用围巾包着。他吓得浑身发抖，他的双手像患了疟疾一样抽动，头不停地左右转动，一双发亮的小眼睛像老鼠出洞前那样四处张望。想到就要杀掉他，未免有些不忍，但是一想到宝物，我又马上铁石心肠起来。他看到我是白人，欢呼着直向我奔来。

"'请保护我，先生，'他气喘吁吁地说，'请保护逃难的小商人阿奇迈特。我从拉杰普塔诺逃到这里，想要寻求阿格拉城堡的庇护。我一路遭到欺凌和抢劫，上帝保佑，今晚我又安全了——我，以及我的一点可怜的家当。'

"'你包裹里是什么东西？'我问。

"'一个铁箱子，'他回答道，'里面是一两件私人物品，对别人来说不值钱，但如果丢了，我会很心痛。不过我也不是个穷人，如果我能得到你和你们首领的庇护，你们一定会得到酬谢。'

"我无法让自己跟这个人继续说下去。越看他肥胖恐惧的脸，似乎就越难残酷地下手杀他。我想我们的谈话还是尽早结束吧。

"'把他带到总部去。'我说。那两个锡克教徒过来紧挨着他，个子高一点的那个走在他身后，他们穿过黑暗的大门向里面走去。从来没见过一个人被死亡如此紧紧地包围着。我提着油灯独自留在堡门外面。

"我可以清楚地听到他们的脚步声从寂静的过道上传来。突然，脚步声停了，接着就是打斗的声音及一声重击。很快，我感觉匆忙的脚步声朝我的方向奔来，伴随着沉重的喘息声。我把油灯向过道上照，是那个小胖子。他飞快地跑出来，一脸的血，紧跟在他后面的是那个大胡子，像只猛虎一样，手中还举着一把刀子。我从没看过有人像这个小商人跑得那么快，那个锡克教徒与他的距离逐渐拉远了，我知道只要他通过我跑到外面空地上，他就安全了。我心软了，但是一想到宝物，我马上狠下心来。他跑到我面前时，我把枪扫向他两腿之间，他像只受伤的兔子绊倒在地上，还翻了两个滚。他还未挣扎着爬起来，那个锡克教徒立即扑上去,在他身上连刺两刀。那个小胖子没来得及出声,就一动也不动了。我想他是摔倒时就跌断颈骨摔死了。你们看,先生,我遵守了我的诺言,把事情的经过全部告诉了你们,不管对我有利还是无利。"

说到这里他停了下来,伸出带着手铐的手拿起福尔摩斯倒给他的加水威士忌。而我必须承认我现在对这个人厌恶到了极点,不仅是他参与了这桩残酷的谋杀,而且更因为他在叙述这些经过时若无其事的神态。不论怎么判处他,我不会有一丝的同情。福尔摩斯及琼斯两人坐在那,双手放在膝上,认真地听他叙述,但脸上同样显露出厌恶的表情。他可能察觉到这点,因此他继续说下去时,语调中带有抗议的成分。

"的确,这样做无疑是残忍的,"他说,"但是,我倒想知道,有多少人在我同样的处境下会拒绝分享宝物,而宁愿被杀。而且,一旦他进了堡中,不是我死,就是他死。如果他逃脱了,整件事就会曝露,而我就很可能遭军法处置而被枪决。那种时候是不会有人仁慈的。"

"接着说吧。"福尔摩斯简短地说。

"好。我和阿克勃尔、爱勃德勒一起把他抬到里面,他虽然矮小,可还挺重的,穆罕默德·辛格守在门口。我们把他抬到一个事先他们已找好地方,距离不近,是一条曲折过道通向的一个空厅,砖墙已经破碎,地面有一个坑,像是个天然墓穴。于是我们把阿奇迈特商人放进去,再用碎落的砖块盖住。做完这些后我们才返回去处理宝物。

"宝箱放在他开始被攻击时的地方。那个箱子就是现在放在桌上的这个空箱子,钥匙用丝带系在盖子的雕花把手上。我们打开它,油灯的光照向箱内,里面有一大堆我小时候在故事书中看过跟梦想过的珠宝。看着它们,真是让人目眩神迷。之后,我们把所有珠宝拿出来清点,一共有一百四十三粒最高品质的钻石,包括一颗被称为'大芒古'的名钻,据说是世界上第二大钻石,还有九十七块上等翡翠、一百七十颗红宝石,不过其中有些较小。四十块红玉、两百一十块青玉、六十一颗玛瑙,还有许多绿玉石、缟玛瑙、猫眼石、绿松石及一些我不认识的其他宝石,后来才渐渐认识。除此之外,还有近三百粒上等珍珠,其中十二粒镶在一顶金头冠上。但在我找到箱子时,我发现这一件并不在其中。

"清点好之后,我们又把珠宝放回箱里,抬到门口去给穆罕默德·辛格看。然后我们再次郑重发誓要保守这个秘密。我们同意把这些珠宝藏到一个安全的地方,直到叛乱平息,再拿出来四人平分。珠宝不可能在当时分掉,因为被人发现我们身上有这么珍贵的珠宝,一定会引起怀疑,在堡中,几乎没有安全的地方可以收藏这些东西。因此,我们把箱子抬到埋藏尸体的那个地点。在一堵较完整的墙上拆下几块砖,把宝箱放进去,再把砖弄好。我们很仔细地记下了藏宝地点,第二天,我画了四张图纸,每人一张,再签下四个签名,我们发誓我们任何一个人的行为都代表其他三人的利益,不许独吞。我可以摸着良心发誓,这个誓言我从来没打破过。

"印度兵变的结果用不着我来告诉你们了。在威尔逊拿下德里及考林爵士收复勒克瑙之后,叛军就瓦解了。新的军队不断涌入,那诺·萨希布逃走了。格雷瑟德上校率领一个别动队来到阿格拉,把叛军全部肃清。这个地区逐渐和平了,我们四个开始希望我们很快就能带着宝物平安离开。然而,突然间我们的希望破灭了,因为杀害阿奇迈特,我们四人被捕了。

"事情是这样的。那个首领把珠宝交给了他的忠仆阿奇迈特,但又不放心。东方人生性多疑,因此,他又派了一个他更信任的仆人暗中跟随。他命令这个仆人不可让阿奇迈特脱出视线,必须紧紧盯住。那天晚上他仍然跟在阿奇迈特身后,看他通过了堡门,认为阿奇迈特已经进堡寻得庇护了。第二天他自己也进入了堡中,却找不到阿奇迈特的踪迹。他觉得事情不妙,就和守卫队长说了,这位队长报告了指挥官,于是,在全堡做了一次搜寻,尸体被发现了。我们四个人正在自认为即将安全的时候,以谋杀罪名被逮捕——三人是因为是当晚那门的守卫,另一个则因为是死者的同伴。审讯中,我们没有提珠宝的事,因为那个首领被罢黜而且被逐出了印度,因此没有人追究。不过谋杀的事立刻就查明了,确定我们四个人全是凶手。三个锡克教徒被判终身苦役,我被判处死罪,不过我得到减刑,与他们三个一样。

"我们的处境十分奇特。四个人全都上了脚镣,释放的机会十分渺茫,而同时,我们每个人又拥有一份宝物,只要我们有机会用,都可以过上宫廷式的奢侈生活。整天遭受着监狱看管人员的打骂,还天天吃粗饭、喝生水,但在外面却有宝物等着我们去拿,想到这些内心真如咬啮般受折磨,磨得我都快疯掉了,但我生性倔强,我忍受着等待时机。

"终于,机会来了。我从阿格拉被送到马德拉斯,再由那儿送到安达曼群岛中的布莱尔岛。那里白人囚犯很少,而我在开始时就表现良好,很快就得到了一些特殊的待遇。他们把我安排在好望镇的一间小茅屋内,就在哈里厄特山坡上,几乎没什么人来管我。那地方酷热,在我们不远的地方群居着当地的野人土著,他们只要有机会,就用毒镖射我们。所以我们整天挖沟、翻土、种番薯,只有晚上才有空闲时间。我学会了不少事,其中一项是帮一个外科医生配药,并且从他那里学到了一些简单的外科技术。在此期间,我时刻在找机会逃脱,但这个岛离其他陆地起码有几百英里远,而且海上无风,想要逃离十分困难。

"那个外科医生,史默顿医生,是个喜欢玩乐、热情活泼的年轻人,晚上总有一些长官聚到他房里玩牌。我通常配药的那个房间紧挨着他的客厅,中间有个小窗。有时我觉得无聊的时候,就会把灯熄灭,站在窗边听他们聊天或看他们玩牌。我也很喜欢玩牌,看别人玩也很过瘾。参加玩牌的有肖尔托少校、摩斯坦上尉、土著兵的统领布罗姆利·布劳恩中尉,还有外科医生本人及两三个监狱管理员,这几个人都是玩牌老手,技术很高,经常几个人凑成一伙。

"很快,我就注意到了一点,就是那几个军官老是输,而普通监狱的管理员们总是赢。当然,我并不是说其中有人作弊,但结果总是这样。那些管监狱的小伙子从到安达曼群岛后就没什么事做,天天玩牌,越玩技术越精,而那几个军官玩牌只是为了打发时间,所以经常输。一天天过去了,那几个军官越来越穷,输得越多,他们越想捞回来。肖尔托少校是输得最惨的一个,他先是用纸币及金币赌,后来开始用期票,而且数目很大。偶尔他会赢一两把,胆子就大一点,马上又输得更多。他因此整天沉着张脸,而且开始酗酒。

"有天晚上,他输得比平时更惨。当他与摩斯坦队长慢慢地向他们军营走去时,我正在自己的小茅屋中。他们两个人一直很亲密,形影不离。少校因为输得很惨而咆哮着。

"'摩斯坦,怎么办?'经过我的茅屋时,他和上尉说道,'我完了,我得辞职了。'

"'老兄,'上尉拍着他的肩道,'这没有什么,我还有过比这更糟糕的情况呢,可是……'我只听到这些,但这些已经足够让我动脑筋了。

"过了两天,肖尔托少校正在海边散步,我趁机走上前去和他交谈。

"'少校,我有事想请教您。'我道。

"'史莫,什么事?'他把嘴中的雪茄烟拿出来,问道。

"'先生,我想请教您,'我说,'埋藏的宝物应该交给谁比较合适呢?我知道一批价值五十万英镑的宝物的埋藏地点。但我自己已经不能用了,我想最好还是把它交给有关当局,这样或许他们会缩短我的刑期。"

"'五十万英镑,史莫?'他深吸了口气,急切地问道,还紧盯着我,看我说的是否是真话。

"'是的,先生,没错。全部是珠宝,随时都可以拿到。幸运的是它的主人已经犯罪远逃,因此谁先拿到就是谁的。'

"'应当交给政府,史莫。'他结结巴巴地说道。'交给政府。'他说话的语气犹豫不决,我心里明白,我的计划奏效了。

"'先生,您认为我应该向总督报告这件事吗?'我轻轻地问道。

"先别急,否则你会后悔的。史莫,你先把全部事实和我说说吧。"

"我把整件事情和他讲了一遍,有些地方做了改动,以免泄露藏宝的地点。听我讲完,他呆呆地站着沉思了许久,他的嘴唇颤动着,我知道他的心里正在不断地思索着。

"'史莫,'最后他说道,'这件事非常重要,你先不要告诉任何人,让我想一想,再告诉你怎么办。'

"两天以后,他和他的朋友摩斯坦上尉在深夜里提着油灯来到我的茅屋。

"'史莫,'他道,'我把摩斯坦上尉请来了,他想再听你亲口说说那个故事。'

"我把事情的经过又说了一遍。

"'听着倒像是真的,'肖尔托道,'啊?值得一干吧?'

"摩斯坦上尉点了点头。

"'史莫,我们这样吧,'舒尔托说,'我两个把这件事情研究了一下,我们认为这个秘密是你个人的事,不是政府的事,你有权采取任何处理方法。现在的问题是你想怎么办?如果我们能够达成协议,我们愿意代你办理,至少可以帮你去查看一下。'他努力使自己的语气表示出冷静和不在乎,可他的眼睛却露出了兴奋和贪婪。

"'说到这个,两位先生,'我回答道,我也故作冷静,但内心和他们一样激动,'以我现在的处境,条件只有一个:我希望你们帮助我和我的三个同伴恢复自由,然后我们就是一伙儿的,宝物的五分之一可以分给你们二位。'

"'哼!'他道,'五分之一?这很不值得!'

"'可是每人也有五万镑呢。'我说。

"'可是我们怎么能让你们恢复自由呢?你要知道,这是绝对不可能办到的事情。'

"'这个并不是什么难事,'我答道,'我已考虑好了。唯一的问题就是我们得不到一条能够远航的船和足够的干粮。在加尔各答或马德拉斯,小快艇和双桅快艇多得很,只要你们能弄来一条,等我们夜里一上船,就把我们送到印度沿海任何一个地方,你们的工作就算完成了。'

"'如果只有你一个人还好说。'他道。

"'少一个也不行,'我答道,'我们已经发誓,四个人必须一起行动。'

"'摩斯坦,'他叫道,'你看,史莫是个守信的人,他不辜负朋友,我们可以相信他。'

"'这件事可真是不好办啊!'摩斯坦答道,'可是你说得对,这笔钱可以帮我们的大忙。'

"'史莫,'少校道,'我想我们可以同意了,但我们必须检验一下你的话是否属实。首先你要告诉我藏宝的地方,等到定期轮船来了,我请假到印度去核实一下。'

"'不要那么着急,'我说,他越急切,我就越冷静。'我得看看我那三个同伴是否同意。我已经说了,只要有一个人不同意就不能行动。'

"'岂有此理!'他插话道,'我们的协定和三个黑鬼有什么关系?'

"'不管是黑还是白,'我道,'我和他们事先已经约好,必须一致行动。'

"终于在第二次见面时,穆罕默德·辛格、爱勃德勒·康恩和德斯特·阿克勃尔全都在场,经过重新讨论,最后决定下来。我们把阿格拉古堡藏宝的图纸交给两位军官每人一份,在图上标示出藏宝的地方,以

便肖尔托少校到印度去核实。肖尔托少校如果找到了宝箱,先不能动,必须先弄一条小快艇,备好充足的粮食,到罗特兰岛迎接我们逃走,然后肖尔托少校应即回营销假。再由摩斯坦上尉请假去阿格拉和我们相会,平分宝物,肖尔托少校的那一部分也由他代拿。所有这些计划都经过我们共同提出了最庄重的誓言——所能想到和说得出的誓言——保证共同遵守,永不违反。我利用一整夜的工夫画出两张藏宝地图,每张下面都有四个签名:穆罕默德·辛格,爱勃德勒·康恩,德斯特·阿克勃尔和我自己。

"先生们,我这个故事应经让你们听疲倦了吧?我知道,琼斯先生肯定想早点把我送到拘留所去,这样他才安心。我就长话短说吧。这个混蛋肖尔托到印度后就再未返回来,过了不久,摩斯坦上尉给我看了一张从印度开返英国的邮船的旅客名单,肖尔托的名字就在其中。还听说他的伯父死后留给他一大笔遗产,因此他退伍了。他居然如此卑鄙,居然把我们五个人都欺骗了。不久,摩斯坦去了阿格拉,不出我们所料,宝物果然已经丢失。这个恶棍没有履行他的诺言,竟将宝物全部盗去。从那天开始,我只为了报仇而活。我满心仇恨,什么都不在乎了。我一心只想逃走,杀死肖尔托就是我唯一的心愿,就连阿格拉宝物在我心中也成了不重要的事。

"我一生曾许下过不少的愿望,几乎都实现了。可是在等待时机的几年里,我却受尽了百般折磨。我曾说过我学得了一些医药上的知识,有一天,史默顿医生因发高烧卧床不起,有一个安达曼群岛的小土著人因为病重找到一个偏僻的地方等死,却被到树林中工作的囚犯带了回来。虽然知道他们生性凶狠,可是我还是医治了他,并护理了两个月,他的病逐渐好起来,又能走路了。他非常感激我,几乎没有再回树林去,终日守在我的茅屋里。我又向他学习了一些他的土话,于是他对我就更加敬爱了。

"他叫汤加,是一个技术高超的船夫,并且有一只很大的独木船。当我发现他对我的忠诚并且愿意为我做任何事情后,我终于找到了逃走的机会,我把这个计划告诉给他,并叫他在一天夜晚把船划到一个无人看守的码头接我上船,还叫他准备几瓶淡水,许多的番薯、椰子和甜薯。

"这个汤加真是忠诚可靠,没有人会比他更忠实。那天晚上他果然把船划到了那个码头下面。事也凑巧,一个向来喜欢侮辱我、而我曾发誓要向他报复的阿富汗族监狱管理员正在码头上。我报仇的机会来了,或许是老天故意把他送到那里,在我临走的时候给我一个报仇的机会。他站在岸边,背着枪,背向着我。

我想找块石头砸碎他的脑袋,可是没找到。

"最后我终于想出了一件武器。我悄悄坐下,解下木腿拿在手里,猛跳了三跳就到了他跟前。他还没来得及卸下枪,我就用木腿全力向他打了下去,他的前脑骨被打得粉碎。你们看我木腿上的那条裂痕,就是打他时留下的。因为身体失去了重心,我们两人同时摔倒了,我爬了起来,可是他一动不动地躺在那里死了。我上了船,一个钟头后就远离了海岸。汤加把他全部的财产包括他的兵器和他的神像全都带上了船。船上还有一支竹制的长矛和几条用安达曼椰子树叶编的席子。我把这支长矛作成船桅,席子当帆使。我们在海上听天由命地漂浮了十天。到了第十一天,被一条从新加坡开往吉达、满载着马来亚朝圣客的商轮救了。船上的人都很奇特,可是很快我们就跟这些人混熟了。他们有一个优点,就是我们可以安静地呆着,而不会被追问什么。

"如果把我和我的小同伴的全部经历都告诉你们,恐怕到天亮也说不完。我们在世界上到处流浪,就是不能回到伦敦,可是我一直没有忘记过报仇。晚上总会梦见肖尔托,在梦中我杀了他几百次。最后,在三四年前我们回到了英国,并且很容易就找到了肖尔托的住处。于是我设法探问那些宝物是否依旧在他手里,我和那个帮助我的人交上了朋友——我不能说出他的姓名,以免牵连到他。很快我就得知宝物还在他的手中,我想尽了一切办法去报仇,可是他很狡猾,除了他两个儿子和一个印度男仆外,总是有两个拳击手在保护他。

"有一天,听说他病得快死了,我实在不甘心就这样便宜了他。我立刻跑到他的花园里,从窗外往屋里看,看见他躺在床上,两个儿子站在床两边。那时我本想冒险冲进去对付他们三人,可是就在那时,他的下巴垂下了,我知道他已经死了,进去也没有用了。那天晚上,我偷偷进了他的屋子,四处寻找,想从他的文件里找出他藏宝的地点,可什么也没找到。盛怒之下,我就把一张写有四个签名的纸条别在了他的胸前,以便倘若日后看见我的三个同伴,可以告诉他们我曾为报仇留下了标记。在埋葬他以前,被他劫夺和欺骗的人不给他留下一些记号,未免太便宜他了。

"从那以后,我靠把汤加当作土著野人公开在集市或类似的地方展览,来维持生活。他能吃生肉,跳战舞,所以一天下来总能收到满满一帽子的铜板。我也常常听到樱沼别墅的消息。几年来,除了他们仍在寻宝以外,没有什么新消息。终于有一天,我们听说宝物已在巴索洛谬·肖尔托的屋子的屋顶内找到了。我立刻赶去那里,但是因为我这个木腿根本无法从外面爬上去。后来我听说屋顶有个暗门，又打听清楚了肖尔托先生每天吃晚饭的时间，就想让汤加帮我。我带着一条长绳和汤加一同到了樱沼别墅，把绳子系在汤加的腰上，他爬得很快和猫一样，不久就从屋顶进入到了屋内。可是很不幸，巴索洛谬·肖尔托还在屋里，汤加杀了他，还自以为干得很聪明。当我顺着绳子爬进去时，他正在屋里像一只骄傲的孔雀走来走去。直到我愤怒到拿起绳子抽他，并狠狠地咒骂他时，他才知道他做得不对。我把宝箱拿到手中以后，在桌上留下一张写着四个签名的字条，说明宝物已物归原主。我先用绳子把宝箱吊下去，然后自己再顺着绳子滑下去。汤加把绳子收回，关上窗户，仍由原路爬了出来。

"我所说的就是这些了。我听一个船夫说过，那条曙光号是一条少有的快船，因此我想我们可以利用它来逃走。我便租下了老史密斯的船，并说好如果能把我们安全送上大船，就给他一大笔钱。当然，他可能知道这里面有些蹊跷，却完全不知道我们的秘密。所有这些，都是实话。先生们，我说了这些，并不是为了要得到你们的欢心——你们也并没有优待我——我认为实话实说就是我最好的辩护，还要让全世界的人知道肖尔托少校是如何卑鄙，至于他儿子的死，我是无罪的。"

"你的故事很离奇，"福尔摩斯道，"这件奇案的结局很完满。你后面讲的这部分，除了是你带的绳子这一点我不知道以外，其余的都和我的推测相同。可是还有一点，我原以为汤加把毒刺全丢了，怎么最后他在船上又向我们吹了一支呢？"

"他的毒刺的确全都丢了，先生，可是吹管里还有一支没吹出去。"

"哦，对啊，"福尔摩斯道，"我怎么没有想到这个呢！"

"还有其他的要问吗？"囚犯殷勤地问道。

"我想是没有了。"我的伙伴答道，"谢谢你。"

"好，福尔摩斯，"阿瑟尔尼·琼斯道，"我们应当让着您，因为您是罪案的鉴定家，可是我也是职责在身，今天为您和您的朋友已经通融很多了。现在只有把这个讲故事的人关进监狱，我才能安心。马车还在外面等着，另外还有两个警长呢，我非常感谢你们二位的帮助，当然到开庭的时候还要请你们出席作证。祝二位晚安。"

"晚安，二位先生晚安。"约翰生·史莫也说道。

"史莫，你走在前面。"在走出屋门时，小心的琼斯说道。"不管你在安达曼群岛是怎样处治那位先生的，我得特别注意，防止你用你的木腿像在安达曼群岛打那个先生一样打我。"

"好了，我们的这出小戏到此就结束了。"我说。他们两人走后，我和福尔摩斯静坐着抽了一会烟。"恐怕这是最后一次我研究你的破案理论了，摩斯坦小姐已经答应了我的求婚。"

福尔摩斯无奈地哼了一声。

"我早已料到了，恕我实在不能向你道贺。"他说。

"我选的对象，你有什么不满意吗？"我不快地问道。

"完全没有，我认为她是我所见过的最可爱的一位女士，而且对你我的这个工作也会有很大的帮助。她肯定有这方面的才能，仅从她收藏那张阿格拉藏宝的图纸和她父亲的所有文件，就足以证明这一点。可是爱情是情感的事情，和冷静、理智是不相容的。我自己是不会结婚的，以免影响我的判断力。"

"这一点我相信，"我笑道，"我这次的判断可以经得住考验。你看起来好像很累。"

"是，我也感觉到了，估计得一个星期后才能恢复过来。"

"奇怪，"我道，"为什么我认为是很懒的人也会有极为充沛的精力的时候呢？"

"是的，"他答道，"我本是一个游手好闲之人，但同时又是一个精力旺盛、喜欢活动的人，我经常想到歌德的那句话：

上帝只会把你造成一种人，原来是体面其表，流氓气质。

另外，在这个诺伍德案子里，我推测到在樱沼别墅里有一个内应。这个人不是别人，正是琼斯所网到的那个印度仆人拉尔·拉奥。这也应该算是琼斯个人的功劳了。"

"好像分配的不太公平。整个案件都是你一个人做的，我从中得到了一个妻子，琼斯得到了功绩，那你得到了什么呢？"

"我吗？"歇洛克·福尔摩斯道，"我还有那瓶可卡因吧。"说着他已伸出手去拿它了。

马斯格雷夫家族的成人礼

我的朋友歇洛克·福尔摩斯的性格有一项与别人不同,这经常使我苦恼。虽然他的思想方法条理精确严谨过人,衣着也整洁朴素,可是他的日常生活习惯十分邋遢、不拘小节,和他同住的人很难接受,就我个人而言,我在这方面也不是无可挑剔。我在阿富汗那段时间,也可说是乱七八糟,波希米亚式的放荡不羁已到了极点,使我也变得十分懒散,不像一个医务人员应有的生活习惯。不过至少我还有个限度,当我看到他把雪茄放在煤桶里,把香烟放在波斯拖鞋顶部,把未答复的信件用折刀插在壁炉台上时,我便开始觉得自己还是不错的。此外我认为,手枪练习应该是一种户外活动,这是毋庸置疑的。可是福尔摩斯一旦来了兴致,居然坐在扶手椅上,拿着他那微力扳机手枪及一百发打靶子弹,用弹痕在墙上点击出爱国主义象征的维多利亚女王 V. R. 字母。我深感这既破坏了好端端的室内气氛,也损害了房屋的外观。

我们的房间里老是堆满了化学物品和刑侦遗物,而且随意乱放,有时会出现在奶酪盘里,甚至是更让人不可容忍的地方。然而他的文件纸张才是我最大的难题。他不愿意把文件遗失或毁掉,特别是有关他过去案子的材料,只有一两年才会有那么一次机会去处理它们。正如我已在一些凌乱的回忆录中曾提到过的,他每当热情高涨、意气昂扬地做出卓越成绩而功成名就之后,就会变得懒散,终日沉浸在他的小提琴和书籍中,从沙发到桌子之外便少有移动。因此,日积月累,他屋中的每个角落都堆满了一捆捆的手稿,但他决不肯烧掉一份,那些手稿一直扔那里,除了他也就无人去动。

有一年冬天的一个夜里,我和他一起坐在火炉旁,当他把摘要抄进备忘录后,我就冒昧地向他建议,让他抽出两个钟头收拾一下房间,以求住得舒服一些。他无法拒绝我这个正当要求,便带着一张极不情愿的脸回到他自己的房里去,但很快就出来了,随手拖出一只铁皮箱。他把箱子放在地板上,拿个小凳在铁箱前一坐,打开箱盖。我看到里面有三分之一的地方装满了文件,用红带子扎成一捆一捆。

"这里有好些案件,华生,"他说,两眼别有含义地看着我,"如果你知道我这个箱子里藏着什么,我想,你就会叫我把东西拿出来,而不是让我把其他东西都放进去了。"

"这些都是你以前的办案记录?"我问。"我一直希望能有这些案情材料呢。"

"是的,伙计,这些都是我成名以前的办案记录。"他拿起一捆又一捆,轻轻地抚摸。"这些并不都是成功的案件,华生,"他说。"但是其中也有一些有趣的问题,这是塔尔顿凶杀案报告,这是范贝里酒商案,还有俄国老妇人历险案,铝制丁字拐杖奇案,畸形足的里科里特极其可恶的妻子的案件。还有这里——啊,看这个,这才是一件新奇的案子呢。"

他伸手到箱子底掏出一个小木匣,匣盖可以活动,像只儿童玩具匣。他从匣内取出一张褶皱的纸,一把老式的铜钥匙,一根缠有线球的小木钉,还有三个生锈的旧金属圆片。

"哈,我的朋友,你猜这些东西是怎么回事?"他面带笑容地问道。

"奇怪的收藏品。"

"特别古怪,它们所隐藏的故事会叫你觉得更古怪。"

"这么说,这些遗物的背后还包含着一个故事?"

"不只这样,它们本身就全都是故事。"

"怎么讲?"

歇洛克·福尔摩斯把它们一件件捡起来在桌子上摆成一行,然后坐回椅子,两眼打量着这些东西,露出满意的表情。

"这些,"他说,"都是我留下来好让自己常回忆马斯格雷夫家族成人礼这件案子。"

我以前不止一次听他提到过这个案子,可是始终未能知道详细案情。"如果你把详细情形告诉我,"我说,"我想我一定会特别高兴。"

"那么不用理那些杂乱的东西了吗?"他高声调侃道。"你的整洁又不能如愿了,华生。这个案子,如果你把它加入你的记录中,我非常愿意。因为刑事案例中,其中有几点使它在国内是独一无二的,即使在国外也极为罕见。要把我的一点微不足道的成就记录下来,如果缺少这个离奇的案子,那肯定称不上完整。

"你应该记得,格洛里亚斯科特号帆船的案子中,我和那个不幸的人谈话,曾给你提过那个和我交谈过的、有着不幸命运的人。正是和他谈话,使我第一次开始考虑把刑侦工作定为终生职业方向,但现在看到我的名声远扬四方,无论公众,还是警方,都把我这里当作是疑难案子的终审法庭。甚至在你初次认识我时就是你曾记录过的'血字的研究'一案正在调查阶段时,尽管我的业务还不是非常兴旺,但也已经有了很多主顾。可是你并不了解,开始的时候我遇到多少困难,而且经历了好长时间的努力才取得了成功。

"我刚到伦敦时住在蒙塔格街,转过街角就是大英博物馆。那段时间无事可做,便学习各门类科学知识,以为将来所用,当时也曾有案子接手,主要是通过老同学介绍,因为在大学的最后几年,有不少人谈论我及我的推理方法,我侦破的第三个案子就是马斯格雷夫家族成人礼一案。此案一连串奇异事件,还有至关重要的大问题,引起我极大的兴趣,而事后证明这件案子的结局极其重要,由此使我向今天从事的这一职务迈进了一大步。

"雷金纳德·马斯格雷夫和我在同一个学校读书,我和他交往不深。这个人表面上看很骄傲,所以在大学生中并不太受欢迎。而我觉得他实际上是力图掩盖他那天生的缺乏自信而已。他长着一副极典型的贵族子弟的外貌,瘦身形,高鼻子,大眼睛,举止温文尔雅。事实上他确是大英帝国一支最古老贵族的后裔。在十六世纪时,他们这一支——次子的后裔就从北方的马斯格雷夫家族中分出来,定居在苏塞克斯西部,那里的赫尔斯通庄园可能是该地区至今还有人居住的最古老的建筑了。他的出生地环境看来对他影响很大,我每次看到他那苍白敏锐的面孔及稳重的表情,就一定会联想起那些灰色拱道、直棂窗户以及封建古堡的古老遗迹。有一两次我们随便闲聊,我还记得他不止一次说他对我的观察和推理方法感兴趣。

"我们有四年没有见面了。后来有一天早晨他到蒙塔格街来找我。他没什么变化,穿戴得像一个上流社会的年轻人——他一直注重穿戴,依然保持他特有的安静文雅的风度。

"'你一直还好吧,马斯格雷夫?'我们热情地握手之后,我问道。

"'你可能听说过我可怜的父亲已经去世了,'马斯格雷夫说道,'是在两年前去世的,从此赫尔斯通庄园就由我来管理了。同时我还是那一地区的议员,所以非常繁忙。可是,福尔摩斯,我听说你正在把你那些令人惊奇的能力用到实际业务中?'

"'没错,'我说道,'我就是靠这点小聪明过日子!'

"'我真高兴听到你这句话,因为现在你的指教对我来说非常重要。我在赫尔斯通碰到了许多怪事,警察也找不到任何线索。那实在是离奇而且不能理解

的事情。'

"你可以想象我那时听他那么一说,内心是多么焦急,华生。因为几个月来我一直闲着,这下子案子终于来了。我心底充满了自信,别人遭到失败的事情,我可以做成功,现在我可以利用这次机会大显身手了。

"'请把详细情况告我。'我大声说道。

"雷金纳德·马斯格雷夫在我对面坐下来,点着了我递给他的香烟。

"'你要知道,'他说,'我虽然是单身,但是在赫尔斯通庄园必须拥有一大批仆人,因为那是一幢偏僻凌乱的旧庄园,许多地方需要人去打理。我需要保留足够的人手,在猎野鸡的季节,我经常在别墅内举行宴会,并让客人留宿,缺乏人手是不成的。我有八个女仆,一个厨师,一个男管家,两个男仆和一个小听差。花园和马厩当然另有一批人去管。

"'这些仆人中,总管布伦顿是做得时间最长的。我父亲当初雇他时,他是一个不称职的小学教师。但他精力旺盛而且性格很好,很快就取得全家人的信赖。他身材适中,眉目清秀,额头宽阔,来我家已经有二十年,但年龄还不满四十。他有许多优点和特别的才能——他能说几国语言,几乎能演奏所有乐器,长期以后他非常满足他的仆役地位,这实在令人费解。不过我觉得他是安于现状,懒得去做任何改变。凡是来过我们家的人都记得这位管家。

"'但这个人也有毛病,就是有一点唐璜的作风,你可以想象,像他这样的人在冷僻的乡下扮演风流荡子是很容易的。他结婚后曾好了一阵,但自他太太去世后,他又惹了无穷无尽的麻烦。几个月前,他与我们的二等女仆蕾切尔·豪厄尔斯订了婚,我们本希望他会收敛一些,可是很快他就把蕾切尔抛弃了,与猎场看守总管的女儿珍妮特·特雷杰丽丝混在一起。蕾切尔是一个非常好的姑娘,只是具有威尔士人那种容易激动的性格,由此得了一场脑膜炎,现在——或者说直到昨天才能够在屋里行走,和过去的她相比,简直成了一个黑眼睛的幽灵。这就是赫尔斯通发生的第一件事,可是紧接着发生的第二件事使我们把头一件事忘在了脑后。第二件事是由解雇管家布伦顿引起的。

"'事情是这样的:刚才我已经说了,这个人很聪明,可是聪明反被聪明误,正是因为这点聪明使他对与自己不相干的事有着强烈的好奇心。而以前我并不知道,直到发生了一件意外,我才发现。

"'我说过,这原是一幢凌乱的旧庄园。上星期有一天,更确切地说是上星期四晚上,晚餐之后我胡乱地喝了一大杯非常浓的咖啡,导致晚上怎么也睡不着，一直折腾到凌晨两点钟。我想已经没有希望入睡了，便起来点亮蜡烛，打算继续看一本还未看完的小说。但是那本书被我放在了弹子房里，于是我披上睡衣走出卧室去拿。

"'要到弹子房，我必须走下一段楼梯，然后再经过一段走廊，走廊的尽头通往藏书室和贮枪室。我向走廊望过去，忽见藏书室的门开着，一道微弱的亮光从屋内射出，你可以想象我当时有多么惊奇。我在临睡前曾亲自把藏书室的灯熄灭，把门也关上了。我自然首先想到肯定是有贼闯入了。赫尔斯通庄园的走廊墙壁上装饰着许多古代的武器，我取下其中一把战斧，然后放下蜡烛，蹑手蹑脚地沿走廊走过去，向门里窥视。

"'原来是管家布伦顿在藏书室里。他衣着整齐地坐在一把安乐椅上，膝上摊着一张好似地图的纸，一只手托着额头陷入沉思。我惊奇地站在暗处看着他。桌边放着一支小蜡烛，散出微弱的烛光，但足以让我看清他衣着整齐。又见他突然从椅上站起来，走向旁边的一个书柜，打开锁，拉开一个抽屉，从里面拿出一份文件，再回到座位，把文件平铺在桌边蜡烛旁，开始仔细地研究起来。看到他那样镇静自若地查看我们家的文件，我顿时勃然大怒，向前跨了一步。这时布伦顿抬起头来，见我站在门口，立即跳起来，脸吓得发青，连忙把刚才研究的那张图一样的纸塞入怀里。

"'啊，好极了！'我说道，'我们如此信任你，你就是这样回报的。明天你就离开这里吧。'

"'他整个人像完全被击溃一样，给我鞠了个躬，一声不响地从我身边离去了。蜡烛仍在桌上，借着烛光我看了一下布伦顿从书柜中取出的文件到底是什么。很意外地，我发现那根本不是什么重要的文件，只是一份所谓马斯格雷夫家族成人礼仪式的问答词抄本，叫做马斯格雷夫古仪文典。这是我们家族一项特有的礼仪，在过去几世纪以来，每个马斯格雷夫家族的人，只要到成年就要举行这样一项仪式——这纯粹是家族私有的事情，就像我们自己的纹章图记，一点实际用处都没有。

"'我们等一下最好能再谈一下那份文件。'我说。

"'可以，如果你认为有必要。'他有点迟疑地回答道，'现在我接着讲。我用布伦顿留下的钥匙把书柜重新锁好，转身刚要离去，却发现总管又回来了，站在我面前，这使我很吃惊。'

"'先生，马斯格雷夫先生，'他高声说道，声音因激动而沙哑，'我不能丢这个脸,先生。我身位低微,但一生重视脸面,而这样失了面子就等于杀了我。如果你逼得我走投无路,先生——我会自杀,是真的——我的命就在你手上。如果因为刚才的事你不愿意再留我,看在上帝的份上,请让我像自己辞职一样向你申请,并在一个月内离去。这样我能受得了,马斯格雷夫先生,但是我无法忍受当着所有我熟识的人面前被赶走。'

"'你不值得别人为你着想,布伦顿,'我回答,'你的行为极其恶劣。不过,看在你在我们家干了很久了,我也不愿意让你当众丢脸。但一个月太长了,给你一个星期的时间吧,随便什么理由都可以。'

"'只有一个星期?先生,'他绝望地叫道,'两个星期——至少给我两个星期吧!'

"'一个星期,'我重复道,'你应该知道这对你已经是很宽大的处置了。'

"'他无话可说,垂头丧气地慢慢离开了。我也同时熄了灯回房去了。'

"'这之后两天,布伦顿都十分尽忠职守。那件事我也一字未提,只是有些好奇地想看看他如何保全自己的面子。但到了第三天早晨,他没有像往常一样出现在早餐后,听我吩咐一天的工作。我离开餐厅时正好碰到女仆蕾切尔·豪厄尔斯,我曾跟你说过她的病刚好,但看起来脸色仍旧苍白,软弱得令人怜悯,因此我劝她先不要工作。'

"'你应该卧床休息,'我说,'等你身体恢复好了再工作。'

"她以一种十分奇怪的表情看着我,使我怀疑她的脑子还有没有病。

"'我已经完全好了,马斯格雷夫先生。'她说。

"'我们得听听医生怎么说,'我回答,'你现在必须停止工作,你下楼时顺便让布伦顿来见我。'

"'总管走了。'她说。

"'走了!去哪里了?'

"'他走了,没有人看见他。他不在房里。噢,是的,他走了,他走了!'她向后靠在墙上,发出一声声尖声狂笑,我被这突发的歇斯底里给吓坏了,急忙去按铃叫人。仆人们把她搀回房里,她仍一边尖叫一边哭泣,而我则开始寻找布伦顿。毫无疑问他确实不见了。他的床没睡过,昨夜他回房后就再没有人见过他。也很难看出他是怎样离开房子的,因为早晨起来门窗都锁着。他的衣服、手表,甚至钱都还在房间里,只有他平常穿的那套黑衣服不见了。他的拖鞋也不见了,靴子却留着。总管布伦顿在晚上会去哪里?现在又怎么样了?

"我们将整个庄园由阁楼到地下室都搜遍了,但未发现丝毫踪迹。我曾提过那是一幢迷宫式的旧宅屋,尤其是那些原始建造旧厢房,已经没有人居住了,但是我们反复搜查了每个房间及地下室,都没有发现一点蛛丝马迹。我不相信他会扔下财物空手跑掉,但他会在哪里呢?我把当地警察叫来,也查不出什么。昨夜下过雨,我们检视了庄园四周所有的草地与小径,但仍然没用。情况就是这样。但后来发生的事情将我们的注意力转移开来。

"蕾切尔·豪厄尔斯这两天病得更厉害,有时神志昏迷,有时歇斯底里,我只好雇了一个护士给她陪夜。在布伦顿失踪后的第三个晚上,护士见病人睡得很好,便坐在扶手椅上打了个盹儿。当她清晨醒来时,发现床上是空的,窗户大开,病人已无影无踪。我立即被叫醒了,带着两个仆人开始寻找那个失踪的姑娘。辨认她的去向并不难,因为从她的窗口下开始,我们可以沿着她的足迹,毫不费力地穿过草坪,来到小湖边。在这里,足迹就消失在石子路附近了,而这条石子路是通往庄园之外的。这个小湖有八英尺深,这个可怜的姑娘的足迹在湖边消失,我们当时的心情就可想而知了。

"当然,我们立即打捞,但是连尸体的影子也没发现。然而,我们捞出一件最意料不到的东西,那是一个亚麻布口袋,里面装着一堆生锈而失去光泽的金属片,以及一些失去光泽的水晶和玻璃制品。这是我们从湖中捞取出来的唯一物品。昨天,我们竭尽所能地在四处搜索、查询,可是对蕾切尔·豪厄尔斯和理查德·布伦顿的下落,仍然一无所知。那里的警方已经没有办法了,我只好来找你,唯一我可以求助的地方了。'

"华生,可以想象,我是多么急不可耐地听着这一系列的离奇事件。我竭力把它们连在一起,并努力找出所有事件共同的线索。管家不见了,女仆也不见了,女仆曾经爱过管家,不过后来又有原因而怨恨他。她有威尔士血统,脾气暴躁且易怒。管家失踪后,她立刻万分激动。她把一袋奇怪的东西投进湖中。这些都是需要考虑到的因素,但是没有一个因素能触及事情的重心。这一连串的事件的起点在哪里?现在只是这一连串事件的结尾。'

"'我必须看看那份文件,马斯格雷夫,'我说,'那份你的管家不惜丢掉职位而去一读的文件。'

"'我们家族的礼仪实在是件非常荒谬的事情。'马斯格雷夫回答道,'不过它保留了古老的传统,或许还有些可取之处。我这里有一份礼仪问答词的抄本,你可以看一下。'

"华生,马斯格雷夫给我的就是我现在拿着的这份文件,每一个马斯格雷夫家族的人在成年时都必须举行这个仪式问答。现在我把问答词的原文念给你听。"

"'它是谁的?'

"'是那个去了的人的。'

"'谁能够拥有它?'

"'那个即将到来的人。'

"'太阳在哪里?'

"'在橡树顶上。'

"'阴影在哪里?'

"'在榆树底下。'

"'怎样步测?'

"'向北十步又十步,向东五步又五步,向南两步又两步,向西一步又一步,下面就是。'

"'我们用什么去换取它?'

"'一切我们所拥有的。'

"'为什么我们要换取它?'

"'因为要守信。'

"'原件没有署日期,但文字用的是十七纪中叶的拼写法。'马斯格雷夫说,'不过,我觉得这对你解决这个神秘事件并没有多大帮助。'

"'至少,'我说,'它给了我们另外一个谜,而且比之前的那个谜更有趣味。很可能这个谜解开了,那个谜也就随之而解。请原谅我这样说,马斯格雷夫,依我看你的管家是一个极其聪明的人,并且比他主人家十代人都有头脑。'

"'我不明白你的意思,'马斯格雷夫说道,'这份文件在我看来并没有什么实际重要意义。'

"'但是在我看来却十分重要,我想布伦顿的看法和我是一样的,在你抓住他的那个晚上之前,他很可能早已看过这份文件了。'

"'有这种可能,我们从来也没费神把它珍藏起来。'

"'我估计他最后这一次是想重新确定一下他的记忆。我知道,他正用一张地图或海图在和原稿对照,你一进来,他就慌忙把图塞进怀里。'

"'没错。但是我们家族的这种旧习俗与他有什么关系呢?而这个无聊的

仪式又有什么意义呢?'

"'我认为弄清这个问题并没有多大困难,'我说道,'如果你同意,我们可以赶头班火车去苏塞克斯,到现场去做一下深入调查。'"

"当天下午我们两人一同到了赫尔斯通庄园。可能你见过图画照片,或是文字描写,那是一幢有名的古建筑。所以不必我详细介绍,只需说明那是一幢L形结构的建筑,长的部分比较近代一些,短的部分完全是古代遗留的房屋中心,其他部分都是从这里延伸建成的。在古屋的正中间,低矮厚重的门楣上方,刻有1607这个日期。不过行家们都认为,它的屋梁、石墙实际上要比这年份早得多。古老的房屋墙特别厚,窗特别小,使得上个世纪这家人就新建起侧翼的那排房子,旧的这部分只用作库房、酒窖,不再住人。宅屋四周环绕着茂密的古树,形成幽雅的林园。我的委托人说过的那个湖,紧挨着林阴道,距离房子大约有两百码。

"我已经确信,华生,这并不是三个孤立的谜,而是一个谜。如果理解了马斯格雷夫礼仪的问答词,我一定能找出线索,查明管家布伦顿和女仆豪厄尔斯的下落。于是我全力以赴地解决这个问题:这个管家为什么如此急于想解出这段问答词呢?显然是因为他发现了其中有秘密,而这个家族几代人都不知道,他希望趁机从中得到好处,那么这个秘密是什么呢?它对管家的命运又有什么影响呢?

"看过那个问答词后,我马上看出来里面的测量法一定是指某个地方,其余所讲都是暗语,同它有关。只要找到那个地方,就找到揭穿秘密的捷径,而马斯格雷夫家族祖先竟以如此神秘的方法把这个秘密传诸后世。我们可以从两个方面入手,就是一棵橡树和一棵榆树。橡树,没什么问题,就在屋子的前面,车道的左边,橡树丛中有一棵最高大、最古老的橡树,是我见过的一棵珍贵的古树名木。

"'在你家的成人礼写成之前就有了这棵橡树了吧?'当我们的马车经过时我说。

"'诺曼人征服英国之前这棵橡树就在这儿了,'马斯格雷夫回答说,'这棵树有二十三英尺粗。'

"我猜测的几个问题之一已经确定。

"'你家有老榆树吗?'

"'在那边曾有一棵,可是十年以前被雷电击到了,我们就把树干锯掉了。'

"'你知道它以前的位置吗?'

"'噢,知道。'

"'还有其他的榆树吗?'

"'没有老树了,新的倒是很多。'

"'我想去看看那棵老榆树长的位置。'

"我们乘坐的单马车没有进屋,委托人直接领我到草坪上的一个洼坑处,就是老榆树原来长的位置,几乎就在橡树和房屋的正中间,我的调查看来有所进展。

"'我们恐怕不能知道这棵树原来有多高了吧?'我问。

"'我可以立即告诉你,六十四英尺。'

"'你怎么知道呢?'我惊奇地问。

"'我以前的家庭老教师教我三角,常常要我做测量高度的练习。我在少年时就把这里的树、房子测过高度。'

"我的运气真是太好了,我想知道的数据来得比我预期的还要快。"

"'请告诉我,'我问他,'管家问过你榆树的高度吗?'

"雷金纳德·马斯格雷夫吃惊地望着我。'经你这一提醒,我想起来了,'他回答说,'几个月以前,布伦顿同车夫发生了小争执,的确问过我这棵树的高度。'

"这真是个好消息,华生,这证明我的思路是对的。我抬头看看太阳,已经偏西,我计算了一下,用不了一个钟头,太阳就会移到老橡树顶上,那么问答词中提到的一个条件就满足了。而榆树的影子一定是指影子最远的那一端,否则选用树干会更好。所以我要寻找当太阳落在橡树顶的时候,榆树影子最远那一端落在哪儿。"

"那一定很难,福尔摩斯,因为榆树没有了。"

"的确,但我想,布伦顿能办得到,我也一样能。况且,实际上并不困难。我和马斯格雷夫一起到了他书房,自己削了这根木钉,把一条长绳拴在上面,绳子每隔一码打一个结。然后拿来两根鱼竿加起来正好是六英尺长,便同我的委托人回到榆树的位置上,太阳刚移到橡树顶,我把竿子一端固定竖好,对准影子的方向一量,影长是九英尺。

"而下面的计算也很简单,一根六英尺长的鱼竿投影是九英尺,那么一棵六十四英尺高的树的投影应该是九十六英尺,而且鱼竿投影同榆树投影的方向是一致的。我量出距离,几乎就量到了房屋跟前,我把木钉插在那里。你可以想象

"我当时有多高兴,华生,在我插木钉的不到两英寸的地方,我发现有个锥形洞。我知道这是布伦顿测量以后做的标记,我正跟随着他的踪迹。

"从这一点起步,我进行步测,掏出袖珍罗盘来先定准方位,一脚一步和屋墙平行各走十步,插个木钉做记号。然后向东迈不大不小各五步,再向南各两步,这时我到了老屋的门口。向西一步又一步也就是沿石板甬道走两步,这就该是问答词中暗指的地方。

"我从来没有那样失望过,华生。一时之间我觉得我的计算一定哪里错了。落日的余晖正照在甬道的地面上,我看到那铺在甬道上的古老的、被足迹磨薄的灰石板被水泥牢固地封合在一起,肯定很多年没被移动过。布伦顿没有在这里动过手脚。我敲了敲石板,但声音听起来都一样,也没有任何裂缝或破口的痕迹。幸亏马斯格雷夫对我进行追查的方法有所认识,他和我一样激动,赶紧拿出文件抄本来核对计算结果。

"'就在下面,'他叫道,'你忽略了这句"就在下面"了。'

"我本来以为这是要我们挖掘,但现在,我知道是我错了。'那么说,这下面有地下室?'我叫道。

"'是的,而且跟房子一样老。从这个门下去。'

"我们走下了一段曲折的石阶梯,我的同伴划了一根火柴,点燃了一盏放在角落桶子上的大油灯。立刻就看清了,我们终于找到了要找的地方,而且最近还有其他人来过。

"这地方是被用来堆木材的,但原先散乱在地上的木头现在被堆在一旁,中间腾出一块空地。这块空地上有一块大而厚重的石板,石板中央安着一个生锈的铁环,铁环上面绑着一条黑毛格子的厚围巾。

"'天哪!'我的委托人叫道,'这是布伦顿的围巾,我发誓我看他戴过这条围巾。这无赖来这里做什么?'

"在我建议之下,两名当地警察被找来,然后我抓着围巾用力想把石板提起来,可它只移动了一点点,在一个警察的帮助下最后终于成功将它移至一边。

下面出现一个黑洞，马斯格雷夫跪在洞边将油灯往下照，我们一起探头向里张望。

"这个地下室约七英尺深、四英尺见方，一边放着一个铜边木箱，盖子向上开着，锁孔里插着这把古怪的老式钥匙。箱子外面积了一层很厚的灰尘，湿气及蛀虫已经蛀穿了木板，因此箱子的内部长满了木菌。箱子底部散落着一些金属圆片，显然是旧式钱币，就像我现在拿着的这些，此外什么都没有了。

"然而那时我们已无心去管这个老箱子，因为我们的目光都集中到蜷缩在箱子旁边的一件东西上。那是一个人，穿着黑衣服，蹲伏在那里，前额垂在箱子边缘，双臂伸向箱子两边。那姿势使所有的血液都停滞在脸部，谁也认不出这么一张变形的猪肝色脸到底是谁，但当我们将那具尸体拉出来之后，他的高度、衣着及头发，足以使我的委托人辨认出，这正是那个失踪的总管。他已死了几天，但身上没有伤口或瘀伤显示出他怎么会落得这样的下场。他的尸体被抬出地下室时，我们发现我们仍然面临着与我们开始时几乎同样的难题。

"到现在我依旧承认，华生，那时我对自己的侦查颇感失望。我推断一旦我能找到问答词中提及的地点，我就能解开整件事情，但现在我找到了那个地点，但仍旧不知道家族用如此复杂手法所苦心隐藏的秘密究竟是什么。是的，我查出了布伦顿的下落，但现在必须查出为什么他会遭此下场，而且那个失踪的姑娘在这件事中扮演了什么样的角色。我坐在墙角的一个小桶子上，把整件事情又从头反复考虑。

"对于这种情形我所采用的方法，你是知道的，华生。我会站在他的位置上去思考。首先估量了那人的智慧，我试想我在同样的情况下会怎样做。在这个案子里，事情比较简单，因为布伦顿的智慧是高超的，因此就不必考虑因为个人的能力而出现误差，天文观测中常有这类说法。他知道有宝物被藏起来，准确地找到了那地方，但发现盖着的石板太重，如果没有人帮忙，他一个人根本无法移动。那他下一步怎么办？即使他在庄园外有可信任的人，但要开门把他放进来，就存在着被人发现的危险，所以他不愿从外面找帮手。如果可能的话，在庄内找到帮手是最好的。但他找谁呢？那个姑娘，曾经热恋过他，一个男人不论对爱他的女人多坏，他始终都不会承认他最后会失掉那个女人的爱。他可能试着向这位女仆豪尔斯献了几回殷勤，两人重归旧好，便约好共同行动。他们在晚上一起来到地下室，并合力拉起那块石板。至此我可以推论出他们的行动，犹如亲眼所见。

"但是他们两人中有一个是女的,要移动那块厚石板还是十分费力的。一个健壮的苏塞克斯警察和我一起也不觉得是件轻松的工作。那他们怎么办呢?可能他们想到的方法和我想的一样。于是我站起身来,仔细检视着满地的木头,几乎马上就找到了我预料中的东西。一根大约三英尺长的木头一端有明显的压痕,还有其他几根横边部分被压平了,好像它们曾被某个十分沉重的东西压过。显然,当他们将石板提起一点后,将木头插入裂缝中,直到这个裂缝开到能够爬进一个人为止,然后他们用一根直立的木头将石板顶住,那这根木条的底端一定会被压陷一点,因为那整块石板的重量就靠这根木头,下端顶住另一块石板的边缘。到目前为止我的推论还是正确的。

"现在我该怎样重现那天夜里的情景呢?很明显这个洞只有一人能爬进去,这人是布伦顿。姑娘一定是在上面等着。布伦顿打开了箱子,把箱子里的东西递了上去——因为他们并没有被人发现。接着,接着发生了什么事呢?

"当女孩发现这个曾经伤害过她的男人——他对她的伤害可能远超过我们意料之外——他的命运就掌握在她的手里,这个有着威尔士血统的姑娘潜伏在内心深处的复仇火焰突然发作了。难道是木头碰巧滑倒,石板落了下来,将布伦顿关在这后来成为他坟墓的地下室里,而她仅仅有隐瞒真情而不吱声的过错?还是她突然用力将支撑的木头推开,让石板落回它原来的位置?不论是哪种可能,我似乎可以看见一个姑娘抓住宝物,狂奔上曲折的楼梯,充耳不闻身后传来的闷在瓮中似的狂呼,以及双手疯狂敲打石板的声音,那个对她薄幸的人就这样闷死在了那里。

"这就是第二天早晨她面色苍白、浑身发抖、歇斯底里地狂笑的原因所在。可是箱子里装的是什么东西呢?她怎么处理这些东西呢?当然,箱子里的东西一定是我的委托人从湖里打捞上来的金属片和水晶石了。她一有机会就把这些东西处理掉,以免留下罪证。

"我在那里坐了足有二十分钟,一动也不动,努力思考着案情。马斯格雷夫依然站在那里,面色苍白,摇着手中的油灯向石洞里望着。

"'这些是查理一世时的钱币,'他从木箱中取出几枚钱币,说道,'你看,我们推算出的成人礼订立的年代完全正确。'

"'我们还可以找到查理一世的其他东西,'我突然想出这个问答词的头两句问答的含义,便大声喊道,'让我看看你从湖里捞出的口袋里装的东西吧。'

"我们回到他的书房,他把那些破烂东西堆在我面前。一见到那些东西,我就明白他为什么觉得他们不重要,因为金属几乎都变成黑色,石块也毫无光泽。

然而我拿起一块用袖子擦了擦,它立刻在我手中发出了金属的光泽。金属制品样式像双环形,不过已经折弯扭曲,不是原来的形状了。

"'你一定还记得,'我说道,'即使在英王查理一世死后,保皇党还在英国进行武装反抗,而当他们最后逃跑时,他们可能把许多极贵重的财宝埋藏起来,准备在事情平静后再回来取出。'

"'我的祖先拉尔夫·马斯格雷夫爵士,在查理一世时是著名的保皇党党员,也是查理二世亡命途中的得力助手。'我的朋友说道。

"'啊,这就对了!'我答道,'问题的最后一个环节就在这儿了。我得祝贺你得到这笔珍宝,虽然来得有点儿悲剧性,却是一件价值连城的遗物,而作为历史珍品,更有着巨大的意义。'

"'那到底是什么?'马斯格雷夫惊讶地追问道。

"'这不是别的,正是古英国国王的王冠。'

"'王冠!'

"'一点不错。想想礼仪上的话吧!它是怎么说的!"它是谁的?是那个去了的人的。"这是指查理一世被处死之后说的。然后,"谁能够拥有它?那个即将到来的人。"这是指查理二世说的,已经预见到他的来临。我想,毫无疑问,这顶破旧得不成样子的王冠,曾经是斯图亚特国王戴过的。'

"'那它怎么会在湖里呢?'

"'啊,这个问题就需要花费点儿时间来回答了。'说着,我把我所作的推测和已证实的事情详细地向他叙述了一遍。直到夜色朦胧,皓月当空,我才把那故事讲完。

"'那为什么查理二世回来后,没有取回王冠呢?'马斯格雷夫把遗物放回亚麻布袋,问道。

"'啊,你现在所问到的这个问题,可能我们永远也不能解决了。也许是保有这个秘密的马斯格雷夫在此时去世,而出于疏忽,他把这个指示传给了后人却没有解释其中的含义。从那时到今天,这个礼仪世代相传,直到最后某个人对它产生了兴趣,他揭开了秘密,并在冒险中丢掉了性命。'

"这就是马斯格雷夫家族成人礼的故事,华生。他们把王冠留在了赫尔斯通——不过,他们在法律上颇费周折,又支付了一大笔钱。我相信,只要你提起我的名字,他们就会把王冠拿给你看。至于那个姑娘,一直没有消息,很可能她已离开英国,带着犯罪的记忆逃亡国外去了。"

赖盖特村之谜

一八八七年春天,我的朋友歇洛克·福尔摩斯先生因操劳过度导致健康受损,身体尚未恢复。人们对荷兰—苏门答腊公司案和莫波吐依兹男爵的巨大计划案仍记忆犹新。这些案件与政治和经济的关系极为密切,不适合在我的一系列回忆录中被记载。但是,从另一个角度来讲,这两件案子非常独特、复杂,使我的朋友找到了一个机会,展示了他一生与犯罪行为对抗的多用方法中,又采用新的方法的价值。

在查阅笔记后,我看到在四月十四日,我曾收到一封从里昂发来的电报,通知我说福尔摩斯在杜朗旅馆卧病在床。不到二十四小时,我就赶到他的病床旁边,发现他的症状不是特别严重,方才放心。不过,即使像他这样钢铁般的身体,在两个多月调查的劳累之下,也难以经受得住。在这段期间,他每天工作不少于十五小时。他还跟我说,他曾夜以继日地工作了五天。甚至胜利的喜悦也不能使他在如此可怕的劳累之后恢复过来。他的名字响遍欧洲,屋子里到处堆满了各地发来的贺电,但我发现福尔摩斯还是陷入痛苦沮丧之中。消息传来,三个国家的警察都失败了,只有他赢得了胜利,而且击溃了全欧洲最高超的诈骗犯。即使这样,仍无法使他从疲惫中振作起来。

三天以后,我们一起回到了贝克街。或许,换个环境可能对我的朋友会更好一些,可以趁此到乡间去享受一个星期的大自然春光,这种想法对我也极具吸引力。我的老朋友海特上校在阿富汗时,曾请我给他治过病。他现在在萨里郡的赖盖特村附近买了一所房子,经常邀请我去那里作客。最近,他说只要我的朋友愿意和我一同前往,他也会竭诚地款待他。我试着说服福尔摩斯,当他听说主人是个单身汉,而且他完全可以自由行动时,便接受了我的计划。从里昂回来的一个星期后,我们便来到了上校的住所。海特是一个洒脱的老军人,见多识广,正如我预料的,他很快就发现他和福尔摩斯很谈得来,有很多共同点。

到达的当天傍晚,我们吃过晚餐,坐在上校的枪械室里。福尔摩斯伸开四肢躺在沙发上,海特则陪我欣赏他所收藏的东方武器。

"顺便说一下,"上校突然说道,"我想我得拿一支手枪带到楼上,以防遇到警报。"

"警报?!"我说道。

"是的,最近我们这个地方出事了,使我们大受惊扰。老阿克顿是本地的一个富豪。上星期一有人闯入他的家。虽然损失不大,可是那些贼还没有逮到。"

"没有什么线索吗?"福尔摩斯抬眼望着上校问道。

"到现在还没有。不过这只是一件小事,是我们村子里的一件小案子。在你办过那样巨大的国际案件之后,它一定不会引起你的注意吧,福尔摩斯先生。"

福尔摩斯摆手打断了他对自己的赞美,可是脸上露着笑容,说明他听了这些赞美之词还是很开心。

"有什么重要的征候吗?"

"我想没有。那些贼在藏书室大搜了一通,尽管费了很大劲儿,却没拿走什么东西。整个藏书室翻了个底朝天,抽屉全被撬开了,书籍也被翻得乱七八糟。结果只有一卷蒲柏翻译的荷马史诗、两只银烛台、一方象牙镇纸、一个橡木小晴雨计和一团线不见了。"

"真是稀奇古怪!"我惊叹道。

"唉,这些家伙明显是顺手牵羊,见什么拿什么。"

福尔摩斯在沙发上哼了一声。

"本地警察应当从这些东西里发现一些线索,"福尔摩斯说道,"啊,很明显,肯定是……"

这时我伸出手指做出了警告的手势。

"你是来这儿休息的,我亲爱的朋友。看在上帝的份儿上,在你精神还十分疲惫时,不要再开始新的案子了。"

福尔摩斯耸了耸肩,向上校无可奈何地瞟了一眼。我们便扯开了话题,转到无关紧要的闲聊中去了。

然而,命中注定我作为医生提醒他注意的所有那些话都白费了。因为第二天早晨,问题自动光临,想回避都回避不了。我们的乡村之行发生了转变,和我们预想的完全不同。我们正在吃早饭时,上校的管家顾不得礼节,慌慌张张地闯了进来。

"您听到消息了吗,先生?"他喘着粗气说道,"坎宁安家里!先生。"

"盗窃!"上校大声叫道,手中的咖啡杯举在半空。

"是杀人!"

上校不由地惊叫了一声。"天哪!"他说道,"谁被杀了?是治安官还是他的儿子?"

"都不是,先生。是马夫威廉。子弹打穿了他的心脏,一声没吭就死了,先生。"

"那是谁杀了他呢?"

"一个盗贼,先生。他很快就逃跑了,无影无踪。盗贼刚从厨房的窗户闯进去,就被威廉撞上了。为了保护主人的财产,他丢掉了自己的性命。"

"什么时候?"

"就是昨天夜里,先生,大约十二点钟。"

"啊,那么,我们一会儿过去看看。"上校说道,又平静地继续吃他的早饭。"真是不幸,"管家走后,上校又说道,"老坎宁安是我们这里的头面人物,也是一个可敬之人。这件事一定让他很伤心,因为那个马夫侍候了他好几年,是一个很好的仆人。案犯显然就是闯进老阿克顿家的那个贼。"

"就是偷走一堆稀奇古怪的东西的那个人吗?"福尔摩斯沉思地说道。

"没错。"

"哦!这其实是最简单的案子,不过,乍看起来,是有点儿奇怪,是不是?一伙儿盗贼在乡村作案,肯定会选择不同的作案地点,而不会在几天之内在同一个地方两次闯入民宅。昨晚你曾提到要防备时,我心里曾想过,这个贼或者这伙儿贼肯定不会再光顾这个地方了。看来我还有许多需要学习的东西。"

"我想这是本地人干的,"上校说道,"如果是这样,当然,阿克顿和坎宁安家肯定是他们最可能动手的地方了。因为他们两家是本地最大的人家。"

"也是最富的人家吗?"

"哦,应该是。但是他们两家已经打了好几年的官司。我想,这场官司一定耗去了他们不少家产。老阿克顿曾经提出要争取到坎宁安家财产的一半,而律师们就趁机两头捞取利益。"

"如果真是当地恶棍所为,就不难抓住他。"福尔摩斯打着呵欠说,"好了,华生,我不会介入这件事。"

"警官福瑞斯特求见,先生。"管家突然打开门,说道。

一位满脸神气和机警的年轻人走了进来。"早安,上校,"他说,"希望我没有打扰你们,但是我们听说贝克街的福尔摩斯先生在这里。"

上校向我的朋友指了指,警官点头致意。

"我们想您大概愿意助我们一臂之力,福尔摩斯先生。"

"命运又在和你作对,华生。"他笑着说,"你进来时我们正在谈论这件事,警官。也许你可以告诉我们一些详细情况。"他习惯地靠回椅中,我知道我的计划又失败了。

"阿克顿那件案子,我们还没有任何线索,但这件案子我们得到许多线索。毫无疑问这两件案子是同一伙人干的,有人看见作案人了。"

"哦!"

"是的,先生。但是他开枪打死了可怜的威廉·柯万后就像鹿一样飞快地逃跑了。坎宁安先生从卧室窗口看见他,而亚历克·坎宁安先生也从后面的走廊看见了他。事情发生在十二点差一刻。坎宁安先生刚上床休息,亚历克先生则穿着睡衣在抽烟。他们两人都听到马夫威廉的叫喊声,于是亚历克先生跑下楼看怎么回事。后门敞开着,他刚到楼梯口就看见外头有两个人在扭打。其中一个开了一枪,另一个就倒下了。凶手冲过花园跳过树篱逃掉了。坎宁安先生从他卧室的窗口看出去,那家伙上了路,但很快就消失了。亚历克先生停下来看他是否来得及救助那中枪的人,所以让凶手逃掉了。只知道凶手中等身材、穿着深色的衣服外,其他线索还没找到。但是我们正积极调查,如果他是外来人,那我们很快就能查到。"

"威廉在那里做什么?他临死前说什么了吗?"

"一个字都没有。他与他母亲住在仆人的住房里。因为他忠厚老实,我们想他是检查厨房的门窗是否关好。阿克顿那件案子,使这里的所有人都提高了警惕。凶手一定是刚把门撬开——门上的锁有被强行撬开的痕迹——就被威廉撞见了。"

"威廉出去前和他母亲说什么了吗?"

"他母亲老了,耳朵也聋,从她那儿我们找不到任何线索。因为这次打击,她已经神志不清了。但据我所知,她平时也不怎么清醒。但有一个线索很重要,看这个!"

警官从一个笔记本中拿出一张被撕破的小纸片,摊在膝盖上。

"这是在死者的手里发现的,看起来是从一张大的纸上扯下的。你可以看见,上面提到的时间正是这个可怜的家伙遭到不幸的时间。可能是凶手从他手中撕去了一大半,或是他从凶手手中抢过来这个小纸片。这张纸看起来像是约会的字条。"

福尔摩斯拿起那张小纸片,文字如下:

"假如这是一张约会的字条,"警官继续说,"这个推论当然可信,虽然威廉·柯万是一个老实之人,但可能与那盗贼有勾结。两人在那里见面,甚至帮助他破门而入,后来两人之间发生了争执。"

"这字迹倒是很有趣,"福尔摩斯对这张小纸片十分专注地研究了一番,说道,

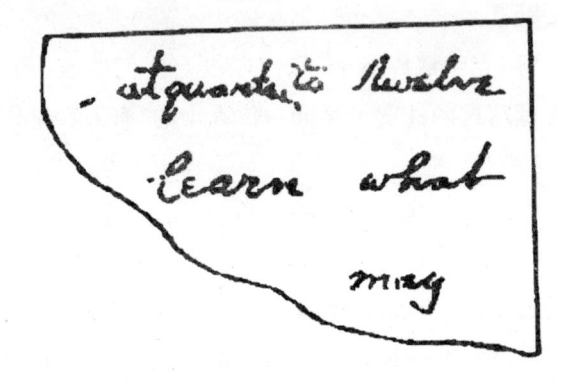

(十二点差一刻时得知何事将会)

"这比我想象的要深奥得多。"他双手抱头做沉思状。警官看到这位著名的大侦探对这件案子如此劳神,不禁暗自高兴。

"你刚才说,"福尔摩斯过了一会儿说道,"那个盗贼与马夫间可能有来往,而这可能是他们约会的一张字条,这种假设也不无可能。但这张字条的笔迹……"他再次双手抱头,陷入了沉思。当他再度抬起头时,我很惊异地发现他的双颊红润起来,目光炯炯,和生病以前一样的模样。他充满精力地一跃而起。

"我想,"他说,"我希望能好好去看一看,了解一下这案子的细节,其中有些情况使我极感兴趣。如果你不介意,上校,我想我得离开你和我的朋友华生一会儿,和警官一起出去一趟,去证实我的一两个想法。半个小时我就能回来。"

过了一个半小时,警官独自回来了。

"福尔摩斯先生在外面空地上踱来踱去,"他说,"他要我们四人一起去那里。"

"去坎宁安先生的家吗?"

"是的,先生。"

"去干什么?"

警官耸了耸肩。"我也不知道,先生。私下跟你们说,我觉得福尔摩斯先生的病还没完全好。他的行为很古怪,而且特别激动。"

"我想你不必紧张,"我说,"我经常看到,在这种类似疯癫的行动中或许他已找到答案了。"

"有人说他的主意的确疯癫,"警官嘟囔地说道,"但是他急着去调查。上校,如果你们准备好了,我们最好现在就去。"

福尔摩斯果然在空地上走来走去,他低着头,两手插在裤袋中。

"这事越来越有趣了,"他说,"华生,你的乡下之行无疑是成功的。我这个早晨过得十分有趣。"

"我想你已去过犯罪现场了。"上校说。

"是的,警官和我一起做了一次颇为彻底的检查。"

"有什么收获吗?"

"嗯,我们发现一些很有意思的东西,我们边走边说。首先,我们看到了那个不幸人的尸体,确如报告上所说,他死于枪伤。"

"你原来怀疑这点吗?"

"噢,每一件事还是证实一下比较好,我们的检查没有白费时间。然后我们拜见了坎宁安先生和他的儿子,他们能指出凶手逃跑时跳过花园树篱的确实地点,这点很重要。"

"那当然。"

"接着我们去看了死者的母亲。但是她年老体弱,从她那儿我们没有得到任何情况。"

"那你最后侦查的结果是什么呢?"

"结果就是这件案子十分古怪。或许我们这次去可以更加清楚一点。我想,警官,我们两个都认为,那张从死者手中找到的字条上面的时间正是死者死去的时间,这点非常重要。"

"它给我们提供了一个线索,福尔摩斯先生。"

"它确实是提供了一个线索。写这张字条的人就是让威廉·柯万在那个时间出来的人。但这张纸的剩余部分在哪里呢?"

"我仔细地检查过地面,希望能找到它。"警官说。

"它是被人从死者手中撕去的。这个人为什么非要抢走它呢?因为它是他的罪证。那他会怎么处理它呢?最有可能是顺手塞进衣袋里,却没发现纸的一角已被死者抓在手中。如果我们能找到纸条的剩余部分,毫无疑问,这件事情就很容易被查清了。"

"没错,但在抓到凶手之前,我们怎么才能拿到他衣袋中的东西呢?"

"嗯,嗯,这值得思考。还有另外一点很明显,这张纸条是送去给威廉的。写这纸条的人不可能自己送去,否则,他当面告诉他就行了。那是谁送去的呢?或是通过邮局寄?"

"这点我调查了,"警官说,"昨天下午,威廉从邮差那儿收到过一封信,信封被他毁掉了。"

"太好了!"福尔摩斯叫道,拍了拍警官的肩膀,"你已经见过邮差了是吧?跟你一起工作,我很高兴。噢,这就是仆人的住房,上校,如果你愿意,我可以指给你看罪案的现场。"

我们走过被害人住的小屋,走过一条两边是橡树的小路,来到一幢安妮女王时期的华丽的古宅,门楣上刻有马尔普拉盖的日期。福尔摩斯和警官领我们来到门旁,此处与沿路边的树篱被花园隔开。厨房门前站着一个警察。

"请把门打开,警官,"福尔摩斯说。"那儿,小坎宁安先生就是站在那个楼梯口,看见我们现在站的这个地方有两个人正在扭打。老坎宁安先生是在那个窗口——左边第二个——看见那个人逃向左边的矮树丛,他儿子也看见了。后来亚历克先生跑出来,跪在受伤人的旁边。这儿的地面很硬,你们看,所以没有留下痕迹。"他正说着,有两个人转过屋角,由花园小路走过来。一个年纪较大,脸上表情刚毅,皱纹很深,目光抑郁;另一个是活泼的年轻人,满脸笑容,一身鲜亮的服饰打扮,与我们到此的作案现场形成鲜明的对比。

"还在调查这个案子吗?"那个年纪大的人对福尔摩斯说。"我想你们伦敦人是不会束手无策的。不过,案子进展好像并不快。"

"噢,你得给我们点时间。"福尔摩斯轻松地说。

"真得需要时间。"亚历克·坎宁安说。"啊,我看不出我们有任何线索。"

"有一条线索,"警官回答。"我们认为,只要我们找到……天哪!福尔摩斯先生,你这是怎么了?"

我那可怜的朋友的脸上突然表现出可怕的表情。他的两眼上翻,脸因痛苦而变形,忍不住哼了一声,脸朝下扑倒在地上。他突然发病,又如此厉害,把我们吓了一跳。我们立即把他抬进厨房,让他躺在一张大椅子上。好几分钟,他一直大口地喘气。最后,他有气无力地道了歉,表示很不好意思,又重新站了起来。

"华生可以告诉你们,我生了一场大病,刚刚复原。"福尔摩斯解释道。"这种神经痛很容易发作。"

"要不要用我的马车把你送回去?"老坎宁安问。

"噢,既然来了,有一点我还想弄清楚。我们应该很容易把它查清。"

"哪一点?"

"哦,依我看,这个不幸的威廉可能并不是先到这里,而是在窃贼进屋以后才到这里。你们好像以为,虽然门锁被撬开了,但是窃贼并没有进来。"

"我想是很明显的,"坎宁安先生严肃地说,"因为我儿子亚历克还没有睡觉,如果有人走动,他一定会听见的。"

"他当时坐在哪儿?"

"我当时坐在更衣室里抽烟。"

"更衣室的窗户是哪一个?"

"左边最后一个,就是紧挨我父亲卧室的那一个。"

"这么说,你们两个房间都亮着灯?"

"当然。"

"这就奇怪了,"福尔摩斯微笑着说,"难道是一个盗贼,一个有经验的老盗贼,看到灯光亮着,知道还有两个人没有睡觉,却不顾一切地硬闯进去,这不是很奇怪吗?"

"他一定是一个沉着冷静的老贼。"

"噢,当然,如果这个案子不奇怪,我们就不必找你帮忙了。"亚历克先生说。"按照你所说,威廉在抓到盗贼之前,盗贼已经在屋里了。我觉得那是荒唐可笑的说法。我们没有发现屋里有翻动、东西有丢失?"

"这要看是什么东西，"福尔摩斯说道，"你不要忘记，我们是与一个古怪的盗贼打交道，他非同一般，他似乎有他专门的办法。看，比如这个，他在阿克顿家拿走的那些古怪的东西——都是些什么？——一团线，一方象牙镇纸，还有一些我不知道的其他的东西。"

"那好，一切拜托你了，福尔摩斯先生，"老坎宁安说。"一切听从你和警官的指挥。"

"首先一点，"福尔摩斯说道，"我想请你们提供一些赏金——由您提供。因为报请官方上级同意拨下这笔款子得需要一段时间，不能立刻办好。我写了一份公告，请看。如果你同意的话，就请在这儿签个字。我想，五十英镑足够了。"

"五百英镑我也不在意。"治安官接过福尔摩斯递给他的纸条和铅笔，说道。"但是，这有点不对。"他看了一下写好的公告，说道。

"哦，我写得很匆忙。"

"你看你开头写到'鉴于星期二凌晨一点差一刻所发生之未遂盗窃案'，等等，事实上是十二点差一刻。"

对于这个明显的错误，我看后很痛心。因为我知道，福尔摩斯一向在这种细小的地方极精确，丝毫不会疏忽，寻求精确是他的特长。可是最近的这场病似乎对他影响很大，这件小事让我看到他还远没有恢复健康。福尔摩斯显然有些不好意思，警官在一旁抬了抬眉头，亚历克·坎宁安则大笑起来，老坎宁安则提笔纠正错误，然后把纸递还给福尔摩斯。

"可以尽快把它印出来，"他说，"我想你这个主意很不错。"

福尔摩斯小心翼翼地把纸条夹在他的记事本里收好。

"好，现在，"他说，"我们最好一起把屋子都看一遍，确定一下这个怪僻的盗贼的确没拿走什么东西。"

进屋之前，福尔摩斯先检查了被撬的门，可以明显看出是用凿子或者坚固的小刀插进去，把门锁撬开。我们看见工具撬进去在木头上留下的痕迹。

"你们不用门闩吗？"他问。

"我们自认为没有这个必要。"

"你们没养狗？"

"养了，但是被拴在房子的另一边。"

"仆人们一般几点睡觉？"

"大约十点。"

"我听说威廉通常也在那个时间睡觉?"

"是的。"

"那就奇怪了,在那天晚上他却没睡觉。好,现在,如果您能让我们看看房子的其他地方,我将不胜感激,坎宁安先生。"

我们经过厨房旁边的石板走廊,沿着木头楼梯直接到了房子的二楼。我们登上了楼梯平台。它的对面,是另一条通向前厅、装饰得较为华丽的楼梯。走出平台,就是客厅和几间卧室,其中包括坎宁安先生和他儿子的。

福尔摩斯慢慢地走着,仔细观察着这所房子的式样。从他的表情我可以看出,他在追踪着一条重要的线索,可我却一点也想不出他的推理在什么方向。

"我说先生,"坎宁安先生有些不耐烦地说道,"这肯定是没有必要的。楼梯口就是我的卧室,隔壁是我儿子的。请你判断一下,盗贼要是上了楼,我们会没有察觉吗?"

"我觉得,你应当到房子四周去看看,寻找新的线索。"坎宁安的儿子阴险地笑道。

"我仍要请你们再迁就我一会儿,比如说,我很想看看从卧室的窗户能向外看出多远。我想这间是你儿子的卧室。"福尔摩斯随手把门推开说道,"这就是案件发生时他正坐着吸烟的更衣室吧!那个窗子能望向哪儿?"福尔摩斯走过卧室,推开门,又打量了一下另一间屋子。

"我想现在你总该满意了吧?"坎宁安先生尖刻地说。

"谢谢你,我想我已看了所有我要看的。"

"那么,如果你认为真的有必要,可以再到我的房间里去。"

"如果不太打扰的话,也好。"

治安官耸了耸肩,领着我们进入他自己的卧室。室内的家具、摆设很平常,是一间普通的房间。当我们向着窗子走去时,福尔摩斯放慢了脚步,结果他和我都落在了大家的后面。床角边的桌上放着一盘桔子和一瓶水。我们经过时,福尔摩斯把身子探到我的前面,故意把所有这些东西打翻了。玻璃瓶摔得粉碎,水果则滚得到处都是,这让我非常惊讶。

"看你怎么搞的,华生,"福尔摩斯沉着地说道,"你把地毯弄得一塌糊涂。"

我迷惑地弯下腰开始捡水果,我知道,我的朋友让我来承担过失一定是有原因的。其他人也把水果捡起来,并把桌子重新扶好。

"咦!"警官喊道,"他去哪儿了?"

福尔摩斯不见了。

"请等一下,"亚历克·坎宁安说道,"我看,这个人神经有毛病,父亲,快来,我们快去看他跑到什么地方了!"

他们冲出房间,警官、上校和我三人面面相觑。

"依我说,我同意主人亚历克所说的,"警官说道,"他也许又犯病了,可是我似乎觉得……"

他的话还未说完便被一阵呼叫声打断,"救命啊!救命啊!杀人啦!"我听出这是我朋友的声音,浑身一阵战栗。我疯狂地从房间冲向楼梯平台。呼救声低下来,变成嘶哑而含混不清的喊叫,是从我们进过的第一间屋里传来的。我冲了进去,直进里面的更衣室。坎宁安父子正把歇洛克·福尔摩斯按倒在地上,小坎宁安正用双手掐住他的喉咙,老坎宁安似乎正扭住他的一只手腕。我们三个人立即上前把他们拉开。福尔摩斯摇摇晃晃地站起来,脸色苍白,很明显已经筋疲力尽了。

"赶快逮捕这两个人,警官。"福尔摩斯气喘吁吁地说道。

"以什么罪名?"

"罪名就是谋杀他们的马夫威廉·柯万。"

警官两眼迷惑地盯着福尔摩斯。

"哦,好啦,福尔摩斯先生,"警官终于开口道,"我相信,你不是真的要……"

"啊,先生,你看这两张脸!"福尔摩斯粗暴地大声说道。

没错,我还从来没有见过比这更自认有罪的面部表情。

那年长的眼光呆滞而迷茫,坚定的脸上现出沉痛阴郁的表情。那年轻的则失掉了原有的活泼态度,双目露出困兽般的狰狞凶光,整张脸已变了形。警官没说什么,走向门口,吹起了警笛。两名警察应声而至。

"只好委屈你了,坎宁安先生,"警官说道,"我相信这一切可能是一场误会,但你可以看到——啊,你要干什么?放下!"他举手打去,亚历克就要扣响的手枪咔哒一声掉在地上。

"别动,"福尔摩斯说道,从容地一脚踩住手枪,"法庭上你会发现它有用。可这才是我们真正需要的。"他举起一个小纸团道。

"那张纸的剩余部分!"警官喊道。

"没错。"

"在哪里找到的?"

"在我预料到的地方找到的。我马上就会把整件事的经过讲给你们。我想,上校,现在你和华生回去吧,最多一个钟头我就会回去。警官和我有话要问罪犯,午饭时间你一定会见到我。"

歇洛克·福尔摩斯非常守约,大约一个钟头后,他又与我们一起坐在上校家的吸烟室了。与他同来的还有一位矮小年长的绅士。他向我介绍这位绅士就是阿克顿先生,第一起盗窃案就是在他家发生的。

"我把这件事情的经过讲给你们,希望阿克顿先生也在场。"福尔摩斯说,"因为他对案情也很感兴趣。我担心,亲爱的上校,你一定很后悔接待了我这个只会带来麻烦的人吧。"

"完全相反,"上校热情地答道,"我觉得能允许研究你的探案方法,是我最大的荣幸。我承认,你的工作方法超乎了我的想象,因此我完全搞不清楚你的推论。到现在我还是没能看出什么蛛丝马迹。"

"我的解释恐怕并不能让你们满意。可是无论是对我的朋友华生,还是对任何对此感兴趣爱动脑筋的人,我从不隐瞒我的工作方法,这也是我的习惯。不过,我刚才在更衣室里给折腾得厉害,想先来点儿白兰地定定神,上校。我的体力简直消耗殆尽了。"

"我相信你的神经痛不会再突然发作了吧?"

歇洛克·福尔摩斯放声大笑起来。"这件事我们一会儿再谈,"他说,"我把这件事情按顺序讲给你们听,告诉你们是什么问题使我下定判断,如果有不明白的地方,尽可以打断问我。

"在侦查技巧中,最重要的就是能够在众多的事实当中,分辨出哪些是重要问题,哪些是次要问题。否则,你的精力就会被分散而不能集中。在这件案子中,从一开始我心中就毫不怀疑整个案子的关键就是死者手中的那张小纸片。

"在深入这个问题以前,我想提醒你们注意一个事实,如果亚历克·坎宁安说的话是真的,假如凶手枪杀威廉·柯万后,如他所说是立即逃走,那么很明显,凶手不可能从死者手中撕去那张纸。那如果不是凶手抢的,那必定就是亚历克·坎宁安自己,因为在这个时间只有他能够做到,等老坎宁安下楼时,已经有几个仆人也到了现场。这一点很简单,但是被警官忽略掉了,因为他一开始就设定这些乡绅与这个案件没有关系。但我没有任何偏见,只按照事实引导的方向前进。所以,调查开始时,我就不得不用怀疑的眼光注视着亚历克·坎宁安先生所扮演的角色。

"紧接着我非常仔细地研究了警官交给我的那张小纸片。我立刻注意到这是一个非常重要的东西。就是这个。你们现在还没看出其中很能说明问题的线索,是吗?"

"字迹看起来很不规则。"上校说。

"我亲爱的先生,"福尔摩斯大声道,"毫无疑问这是两个人交替写成的。我请你们注意,这'at'和'to'两个字中写得很有力的t,再和'quarter'和'twelve'两个字中写得弱的t比比看,你们很快就可以看出事实。由此你们就很容易作出分析,'learn'和'maybe'是有力的人写的,而'what'是笔力较弱的人写的。"

"是啊,真是非常清楚!"上校叫道。"两个人为什么要用这种方式来写这张字条呢?"

"显然这不是好事。其中一个人不信任另一个人,于是这个人决定,不管做什么事情,两人都要一起动手。另外,两个人当中,显然是那个写at和to的人为主谋。"

"根据是什么呢?"

"从两人字迹的特征可以推论出来,但有更充足的理由。仔细研究这纸片,可以得出结论,是手势有力的那个人先落笔把他该写的字写好,留出许多空白,再让另一个人填写。但有的空白留得不够,你们看,这第二个人的quarter是硬挤着写进at和to之间的,说明at和to这些字是先写好的。先写字的那个人无疑就是整件事情的策划者。"

"妙极了!"阿克顿先生高声说道。

"这是显而易见的事实,"福尔摩斯说,"现在我们再来看一个重要的问题。你们或许不知道从手迹可以推论出一个人的年龄,对此笔迹专家已认定有相当的准确性。在正常情况下,手迹判断年龄的误差不超过十年。当然这是通常情况下,因为健康不佳、体弱,是老年人的特征,但如果一个生病的年轻人,他的字迹就会有老年人的征象。现在来看我们这个,第一个人字迹有力,另一个就显得软弱无力,t字母上的横不是很清楚,但还是可以看出来。因此我们可以推论出一个是年轻人,另一个虽然不是十分衰老,却也上了年纪。"

"简直妙极了!"阿克顿先生再次高声叫道。

"别急,还有另外一点才叫微妙有趣。这两人的字迹有共同点,他们有血缘关系。你们看,最明显的就是他们用希腊字母来写c,但是我注意到有许多其他细小的地方可以证明这一点。从这两人的字迹,可以辨别出存在家族风格,有家族共性,我对此确信无疑。当然,我现在给你们讲的只是我在检查这片纸得出的主要结果。其实这张纸上还有二十三处可另作演绎推论,专家们可能会比你们更感兴趣。总之,这一切更加加深了我原来的印象,是坎宁安家父子二人共同写的这张纸。

"有了这样的结论后,我接下来当然是深入检查罪案的细节,看看它们对我们能有多大帮助。我与警官一起到他们的那幢房子,看了有关的地方。死者的伤口我绝对可以肯定是在四码外的左轮枪打的,死者的衣服上没有火药的痕迹。因此,很明显,亚历克·坎宁安说的看见两人在扭打时,其中一人开了枪,这是谎话。其次,他们父子两个一致指出那人跑上大路的地方,而他们所指的那个地方,有一条很宽的沟,沟底是湿的,而在附近一点儿足迹都没有,因此我不仅更加确定坎宁安父子在说谎,而且所谓的盗贼根本就不存在。

"于是我就开始寻找罪犯的作案动机。为了弄清这一点,我首先得找出阿克顿先生家遭窃的真正原因。而根据上校所说,我得知阿克顿先生和坎宁安家正在打一场官司。当然,我立刻想到他们闯进你的藏书室,是要找到有关此案的十分重要的一些文件。"

"没错,"阿克顿先生说,"他们一定是这个目的。我拥有他们一半地产的所有权状,如果他们找到这份地产证——很幸运的,这份证据被我锁在我律师的保险柜里——他们毫无疑问可以胜诉。"

"你觉得如何?"福尔摩斯笑着说,"这是一次鲁莽而极其冒险的举动,而我以为应该是亚历克做的。他们没有找到要找的东西,为转移其动机,使它看起来像一般盗窃案,于是顺手拿了一些可拿的东西。这一点是很清楚的,但还有很多模糊的地方。最要紧的是我要找到字条的剩余部分。我很确定是亚历克从死者手中撕去的,也同时肯定他必定顺手塞入了他睡衣的口袋中。否则他还能放到什么地方呢?唯一的问题是它是否还在口袋中。这值得我努力一试,为了这个目的,我们一起进入了他们的房间。

"你们一定还记得,坎宁安父子是在厨房门外加入的我们。当然,最重要的是不能在他们面前提起这张纸条,否则他们一定会毫不迟疑地把它销毁。因此就在警官要告诉他们这张纸条的重要性时,我赶紧假装生病倒到地上,把话题岔开了。"

"上帝!"上校笑着叫道,"我们大家都白白为你着急了,你那病原来是装出来的!"

"以专业的眼光来看,装得可真像。"我叫道,一边惊诧地看着这个一再运用变幻莫测的招数把我弄糊涂的人。

"一般而言,这是个经常用到的小技巧,"他说,"我恢复之后,用了点小手段,设法使老坎宁安写下'twelve'这个字,这样我就可以拿来和纸条上的'twelve'进行对比。"

"噢,我真是个大笨蛋!"我叹道。

"我可以看出你对我的衰弱十分同情,"福尔摩斯笑着说,"我很抱歉当时你为我忧虑,并感到痛楚。然后我们便一起上楼,进到了房间,我看到睡衣就挂在门背后。于是我故意将桌子推翻,设法吸引了他们的注意力,趁机溜回那间房间去查探睡衣的口袋。但,我刚找到那张纸条——正如我预料的,纸条在其中一个口袋里——坎宁安父子就扑到了我身上。我真相信,如果不是你们及时赶到,他们会当场把我杀了,就是现在我还可以感觉到那年轻人的手紧掐住我的喉咙,而他的父亲则扭着我的手腕想抢走纸条。你们要知道,他们已知道我弄清了事情的真相,一下子由绝对的安全陷入绝境,在完全绝望的状况下不惜冒险杀人。

"后来我找老坎宁安问了犯罪的动机。他还算合作,但他儿子则完全是个恶棍,如果他能拿到他的手枪,他会把他自己或任何人打死。老坎

If you will only come round to the east gate you will very much surprise you and may be of the greatest service to you and also to Annie Morrison. But say nothing to anyone upon the matter at quarter to twelve learn what

宁安看到罪证如此确凿,便失去了斗志,把一切都交代了。原因是那天晚上,威廉的两个主人潜入阿克顿先生屋子时,他偷偷地跟踪了他们。于是威廉握住了他们的把柄,威胁他们要将事情揭发而开始向他们敲诈勒索。但是跟亚历克先生玩这类的把戏实在太危险了。他很聪明地看出,利用此地居民对盗贼的恐惧心理,是除去这一威胁人物的大好机会。他们把威廉骗出来,把他击毙了。如果他们把整张纸拿到,并对犯案的细节多加留意,很可能就不会有人怀疑他们。"

"那张纸呢?"我问道。

福尔摩斯把那组合起来的纸张放在了我们面前。

(如果你十二点差一刻时到东门口,你将得知一件使你极感惊喜,且对你及安妮·莫里森都有极大好处的事情。但不要将此事告诉任何人。)

"这就是我希望得到的东西。"他说,"当然,我们还不清楚亚历克·坎宁安、威廉·柯万与安妮·莫里森之间的关系。但从事情的结果显示,这个诱饵运用得相当巧妙。我确信,你们一定能很高兴地看出来,'p'字与'g'字的尾巴都显示出家族的特征,而且老人所写的'i'字上面没有一点,也是很明显的特征。华生,我想我们在这乡村休息真的很有用,明天我回贝克街时一定又精力充沛了。"

驼背人

在我结婚后几个月的某个夏夜,我独自坐在壁炉旁边抽着睡前的最后一斗烟,手中拿着一本小说,却不住地打盹,因为白天的工作十分劳累。我的妻子已经上楼了,刚才走廊那里门上锁的声音也传来了,我知道仆人也休息去了。我从椅中站起来,正磕着烟斗中的烟灰,突然听到门铃响。

我看了一眼钟,差一刻就十二点了,这么晚的时间不可能是访客,显然是病人,也许这一夜又不能睡觉了。我眉头一皱,走出走廊打开大门,出乎我的意料,站在石阶上的竟然是福尔摩斯。

"嗨,华生,"他说,"我希望这时候来找你还不算太晚。"

"我亲爱的朋友,进来吧。"

"看来你有些惊讶,这也难怪。我想你现在可以放心了,对吧!嗯!你还在抽你单身时抽的那种希腊烟草!从你外衣上松软的烟灰就可以明显地看出来。很容易可以知道你还是习惯穿制服,华生。只要你继续保持把手帕藏袖子里的习惯,你就总也不像一个真正的老百姓。今晚在你这儿住一宿怎么样?"

"非常欢迎。"

"你曾说过你有一间给单身汉住的房间,我看得出来你这会儿并没有男性访客。看你的帽架就知道了。"

"如果你能住在这里,我会很高兴的。"

"谢谢你。那我就占用这帽架的空挂钩了。很遗憾看到你的屋子里来过英国的工人。这不是好事,我希望不是排水管有问题吧?"

"不是,是煤气。"

"啊!他在你的油地毡上留下了两处靴底的钉印,就是灯光照到的地方。不,谢谢,我已在滑铁卢吃过晚饭了,不过我很高兴和你一起抽根烟。"

我随手把烟袋递给他,他在我对面坐下,默默地抽了一阵子烟。我清楚地知道,一定是发生了什么重要的事情,他才会在这个时间来找我。因此,我耐心地等他开口。

"看得出来,你白天的工作很繁忙。"他注视了我一眼,说道。

"是的,白天一直忙着,"我回答,"也许在你看来这是很蠢的问题,"我又说,"但是我真不知道你是怎么推论出来的。"

福尔摩斯咯咯地笑了起来。

"我深知你的习惯,亲爱的华生,"他说,"如果路途近,你会走路去出诊;如果路途远,你会坐马车。我注意到,虽然你的靴子穿过,但一点也不脏,因此你近来肯定忙到必须坐马车出诊了。"

"妙极了!"我叫道。

"这很简单,"他说,"有时候推论者可以推出叫周围人觉得惊奇的结论,而事实上只是那些人疏忽了推理的一些基本的地方。在你记录的一些小案子中,老友,也是同样的道理,你夸张地叙述,但保留了某些关键因素不让读者知道。现在我就和这些读者的处境极其类似。我手中掌握了一件令人十分困惑的奇案的若干线索,但还缺少一两个使我的推论完整的因素,不过我会找到它们的,华生,我一定能找到它们!"他的眼睛发着火焰般的光芒,瘦削的脸颊上泛出一丝红晕。他机敏的本性从脸上显露出来,但仅是一瞬间而已。当我再度望向他时,他的脸又恢复到他那印地安人般没有表情的样子,许多人说他那样子像部机器,已失去了人性。

"这个案子相当有意思,"他说,"甚至可以说是别具特色。我已经仔细地侦查过这件案子,已经非常接近破案的边缘。如果你能陪我走这最后的一步,将给我帮了大忙。"

"我十分乐意。"

"明天你能陪我到奥尔德肖特那么远的地方去吗?"

"没问题,邻居杰克森医生会代我看病。"

"太好了。我希望能乘十一点十分从滑铁卢开出的火车。"

"那我有充裕的时间准备了。"

"现在,如果你还不太困的话,我可以把案子的情况给你讲一讲,以及我们需要着手去做的事。"

"在你来之前我很困,但现在已完全精神了。"

"我会尽量将事情经过说得简明扼要,绝不遗漏本案的关键之处。恐怕你已看过一些有关此案的报道,就是驻扎于奥尔德肖特的皇家芒斯特军团的巴克利上校被杀一案。这个案子现在由我负责调查。"

"我一点儿都没听说过。"

"看来除了那个地区之外,这件案子还没引起太多的注意。事情才发生两天。大致情况是这样的:

"你知道,皇家芒斯特军团是英国陆军一支相当有名的爱尔兰军团,在克里米亚及两次印度平叛战役中皆有奇功,而且从那以后的每一场战役他们都取得了辉煌的战绩。直到星期一晚上为止,这支军团都由詹姆士·巴克利指挥。他是个英勇善战的老军人,最初是一个普通士兵,在印度平叛战役中因英勇作战而升至尉官阶级,于是就此一路攀升,直到成为整个军团的指挥官。

"巴克利上校在中士的时候结了婚,他的妻子,原名叫南希·德沃伊,是本军团以前一名士官的女儿。可想而知,这对年轻夫妇(当时他们还很年轻)在他们的新环境中会在社交上的受到一些排挤,但是他们很快就适应了。而且据我所知,巴克利太太在军团的女士中与她丈夫在同团弟兄中一样受欢迎。顺便加一句,她是个十分漂亮的女人,就算是现在,结婚已三十多年了,容貌仍然十分出众。

"巴克利上校的家庭生活似乎一直很美满。告诉我大部分事情经过的莫菲少校很肯定地说,他从没听过这对夫妇之间有什么不和。总的来说,他认为巴克利爱他妻子比他的妻子爱他要深,如果他离开她一天,都会坐卧不安。从另一方面看,虽然她也十分爱他并对他忠诚,但缺乏一些女人的柔情蜜意。他们在团里被公认为是中年夫妻的典范，他们之间的关系绝对不会使人想到后来所发生的悲剧。

"巴克利上校本身的性格似乎有独特的地方。通常他是个有活力、天性开朗的老军人，但有时则会表现出暴戾及报复的天性，但这方面的性格他从没有对他妻子施加过。此外，莫菲少校及另外与我交谈过的五个军官中的三人曾经注意到，巴克利有时也会陷入很奇怪的沮丧之中。据少校说，他有时候在饭桌上与其他人一起笑闹时，似乎有只无形的手突然将他的笑容抹掉。在临难前几天，他处在这种极端的沉郁中。这一点再加上他有点迷信，使他同团弟兄都看出他个性中不寻常的特殊部分。他的迷信表现在他不喜欢独处，尤其是天黑之后。这种成人所显现的稚气天性常引起人们的议论与猜测。

"皇家芒斯特军团的第一步兵团(就是以前的一一七团)在奥尔德肖特已驻扎多年。已婚的军官住在兵营之外，上校这些年来就住在一幢叫'籁静'的小别墅中，距离营地约有半英里。别墅坐落在一个独院里，西边离公路不到三十码。他们只雇用了一个马夫及两名女仆，别墅里就只有上校夫妇和这三个仆人居住。因为巴克利夫妇没有孩子，而且平时也没有访客在此居住。

"现在要说说在星期一晚上九点到十点之间在'籁静'所发生的事情。

"事情好像是这样的：巴克利太太是罗马天主教教徒，她很热心地协助成立圣乔治慈善会，这个组织与瓦特街教堂有关联，成立的目的是给穷人提供一些旧衣物。当天晚上八点，慈善会有个集会，巴克利太太急急吃完晚饭要去参加。她出门时，马夫听到她与她丈夫说了几句家常话，并告诉丈夫她很快就会回来。随后她叫了邻近别墅的莫里森小姐，两个人一同去参加集会了。集会大约花了四十分钟，九点一刻时巴克利太太回到了家，经过莫里森小姐的家门时，两人分了手。

"'籁静'别墅有一间被用作起居室的房间，它正对着外面的公路，有一扇大的折叠式玻璃门通往草坪。草坪约三十码宽，与公路之间隔着一道矮墙，墙上安有铁栏栅。巴克利太太回家后便进了这个房间。窗帘没放下，因为这间房间平时晚上他们很少用。但是那晚巴克利太太自己点亮了灯，拉了铃叫女仆简·斯图华给她送一杯茶来，这与她平时的习惯不一样。上校本来那时正坐在餐厅，但一听他妻子回来了，便也去了起居室。马夫看见他穿过走廊走进起居室，这以后就没有人看见他活着走出来。

"十分钟后，巴克利太太要的茶泡好了。但是女仆走近那房门时，很惊讶地听到她的男女主人正激烈地争吵着。她敲了门但没有人回答，转动了门把，却发现门在里面被反锁了。她跑回去告诉了女厨，于是两个女仆加上马夫一起跑到走廊，听到两人仍旧吵得厉害。他们一致证实说只听到巴克利跟他太太两个人的声音。巴克利的声音压得很低，又不连贯，无法听清楚他说什么。而他太太的声音则充满了恨意，在她提高嗓音时可以听得很清楚。'你这懦夫！'她一遍又一遍地这样叫道。'现在怎么办？现在怎么办？把我这几十年的生命还给我，我再也不愿和你一起生活了！你这懦夫！你这懦夫！'这是她断断续续的话。但是那男人突然发出一声惨叫，接着又是扑通一声以及巴克利太太刺耳的尖叫声。他们确信一定发生了不幸的事，于是马夫冲向起居室的房门想强行撞开，与此同时，里面不断地传出一声声的尖叫。但他实在无法把门撞开，两个女仆已经吓糊涂了，什么忙也帮不上。突然他想到一个办法，转身跑出大门，绕到起居室那扇法式落地大窗外的草坪上。窗户是开着的，据我所知他们夏天大多这样，于是他毫无困难地进到了房间。这时他的女主人已经停止了尖叫，昏倒在一张长沙发上，而那位不幸的老军人则直挺挺地倒卧在血泊中，头在壁炉一角的地板上，双腿则歪斜地搁在一张扶手椅上。

"马夫发现他的男主人已经不可能被救活，很自然地首先想到打开门，却遇到了一个意想不到而且很奇怪的困难，那就是钥匙不在房门的锁孔中，而且在房间的任何地方都找不到。无奈之下，他只好再次从窗口爬出，找来一位警察及一位医务人员帮忙。而有重大嫌疑的就是那个女主人，但她仍然昏迷不醒，就把她抬到了她自己的房间。上校的尸体被放到一张沙发上，然后，他们仔细检查了案发现场。

"那位不幸的老军人的致命伤是后脑的一处约两英寸长的伤口，很明显是被某种钝器重击导致的，但很难猜测是什么样的武器。靠近尸体旁的地板上，有一根骨柄雕花硬木短棒。上校生前曾收集了各式各样的武器，都是从他打过仗的不同国家所带回来的，警察推测这根短棒就是其中的一件战利品。仆人都说以前没见过它，但是因为房间里有许多稀奇古怪的珍藏品，也许是他们没注意到。警察在房中没有发现其他任何重要线索，只有一件事令人费解，就是在巴克利太太身上、死者身上以及房间任何角落都找不到那把消失的钥匙。最后找来一个奥尔德肖特的锁匠，房门才被打开。

"这就是事情经过,华生。我应莫菲少校邀请,在星期二的早晨去了奥尔德肖特协助警方破案。我想你听完之后已经觉得这个案子古怪有趣,可是在我侦查后,立刻感到这个案子比我最初想象的更加不寻常,更加离奇古怪。

"我在检查这间房间之前,曾经盘问过仆人们,结果也只是我刚才对你说过的那些事实。不过女仆简·斯图华回忆起另外一个值得注意的细节。你一定还记得,她在门口听到争吵的声音后,就去叫了另外两个仆人来。起初她独自在那里时,她说主人夫妇的声音压得很低,听不清说些什么,她是根据他们的语调而不是说话的内容推断出他们在争吵。可是,在我不断追问之下,她记起她曾听到女主人两次提到'大卫'这个名字。这一点是极其重要的,可以帮助我们推测出他们突然争吵的原因。你该记得上校的名字是詹姆士。

"这件案子中有一件事给仆人和警察都留下了深刻的印象,那就是上校的面容完全变了形。据他们说,只有受到极度惊吓才能做出这种可怕的恐惧表情,它可怕到任何人看见后都会晕过去。这一定是他已经预见到自己的悲惨命运,才会如此恐惧。当然,这完全符合警察的推论,上校可能已经看出他妻子要谋杀他了。至于伤口在脑后,和这种说法也并不矛盾,因为他当时也许是想转过身来躲避攻击。巴克利太太因急性脑炎发作,始终昏迷不醒,所以从她那里我们查不到任何情况。

"从警方那里我了解到,那天晚上和巴克利太太一起出去的莫里森小姐,否认知道任何有关她的女伴回家后发脾气的原因。

"华生,搜集到这些事实后,我连抽了好几斗烟,努力想把重要的问题和不重要的问题分开。毫无疑问,这件案子最不寻常而又最引人注意的一点,就是那把失踪的钥匙。在房间的所有地方已经进行了仔细的搜查,却未找到。所以,钥匙一定是被人拿走了,这是十分清楚的。但上校和他的妻子都没拿,因此,一定有第三者曾经进过这个房间,而这个第三者一定是从窗户进来的。依我看,仔细检查房间和草坪可能会发现这个神秘人物留下的某些踪迹。你是知道我的工作方法的,华生。在这个案子的侦查中,没有哪一个方法我没用过。最后我终于发现了一些踪迹,可是与我所预期的很不相同。确实是有一个人到过这房间,他是从公路穿过草坪进来的。我找到五个非常清晰的脚印:一个就在公路旁,他翻越矮墙的地方;两个在草坪上;还有两个不太明显,是当他翻窗而入时,在靠近窗边的地板上。他显然是跑着经过草坪的,因为他的脚尖印比脚跟印要深得多。不过使我感到惊奇的并不是这个人,而是他的同伴。"

"他的同伴!"

福尔摩斯从他口袋中取出一张大薄纸,小心翼翼地摊在膝上。

"你能看出这是什么?"福尔摩斯问道。

纸上是一种小动物的爪印。五个爪指很清楚,爪尖很长,整个足迹的大小有如一个小汤匙。

"是一条狗。"我说道。

"你听说过狗能爬上窗帘吗?我清楚地发现,这个动物曾经爬上了窗帘。"

"那么,是一只猴子?"

"但这不是猴子的爪印。"

"那会是什么呢?"

"既不是狗,不是猫,不是猴子,也不是任何我们熟悉的动物。我曾试着根据这些爪印的大小描画出这个动物的样子。这是四个它站着不动时的爪印。你看,它的前脚和后脚至少相距十五英寸,再加上头和脖子的长度,这只动物差不多有二英尺长,如果有尾巴,还会更长一些。再来研究另外一组尺寸。这只动物曾经走动过,我们量出一步的距离只有三英寸左右,你就可以知道,它的身体很长,但腿很短。虽然它没有留下一根毛,但大致形状应该和我所说的一样。它能爬上窗帘,是一种食肉动物。"

"根据什么呢?"

"因为窗户上挂着一只金丝雀鸟笼,它爬到窗帘上,似乎要抓那只鸟。"

"那么,这是一只什么动物呢?"

"啊,如果我知道的话,那基本上案子就破了。总的来说,这可能是鼬鼠之类的动物,不过它比我见过的要大。"

"但这与案子有什么关系呢?"

"目前还不清楚。但你可以看出,我们已经掌握了不少情况。我们知道,有一个人曾经站在公路上看见巴克利夫妇在吵架——因为窗帘没拉上,屋里亮着灯。我们还知道,他带着一只奇怪的动物,跑过了草坪,进入房间,或许是他打死了上校,也有可能是上校看到他就吓得跌倒了,头撞在了壁炉角上。最后,我们还知道一个奇怪的事实,就是这个闯入者在离开时把钥匙也带走了。"

"你的这些发现好像把事情弄得更加模糊了。"我说道。

"的确,这些发现充分证明了这件案子比当初想象的要复杂得多。我把事情从头又想了一遍,得出的结论是,我必须从另一个角度去探索这件案子。不过,华生,我把你弄累了,等明天去奥尔德肖特的路上,我再告诉你其他的事吧。"

"谢谢你,但你已经使我听得欲罢不能了。"

"可以肯定的是在巴克利太太七点半离开家门时,她和她丈夫的关系还是很好的。我想我曾说过,她虽然不十分温柔体贴,可是车夫听到她和上校说话的口气还是很正常的。现在,同样可以肯定的是,她一回到家就进入了那间她不大可能见到她丈夫的起居室,正像一个女人心情激动的表现一样,她叫仆人给她送茶。后来,当上校进去见她时,她便突然发怒责备起上校来。所以说,在七点半到九点钟之间,一定发生了什么事,使她突然改变了对上校的感情。可是莫里森小姐在这一个半小时之内一直和她在一起,因此,完全可以肯定,不管莫里森小姐怎么否认,她一定知道内幕。

"我最初曾猜测或许这位年轻小姐和这位老军人之间有什么关系,而她现在向上校夫人承认了。这可以解释为什么上校的太太回家后大发脾气,也可以解释为什么这位姑娘矢口否认她不知道发生了什么事情。这种猜测和仆人听到的那些话也并不完全矛盾。但是在争吵中巴克利太太曾经两次提到大卫,而所有人都知道上校深爱他的妻子,这些却与上面所推测的不符合,更不用说还有个第三者悲剧式的闯入了。这样就很难选定哪一步才是正确的。但是,总体而言,我倾向于否定上校和莫里森小姐之间有任何关系的想法,而且我更加相信这位年轻小姐一定知道巴克利太太憎恨她丈夫的原因。因此我的行动很明确,就是去拜访莫里森小姐,向她说明,我确信她知道事情的内情,并且使她确信,如果不把这件事情弄清楚,她的朋友巴克利太太将因负主要责任而面临重罪受审。

"莫里森小姐是一个瘦小而文雅的姑娘,两眼羞怯,一头金发,但她非常聪明机智。她听我说完后坐在那里,想了一会,然后转过身来,态度坚决地讲了一些非常重要的事,我简要地把它讲给你听。

"'我曾经答应我的朋友绝不把这件事说出去,既然答应了,就应该遵守,'莫里森小姐说道,'但她即将被指控严重的罪名,而她自己又因病不能开口,如果我真的能够帮助她,我情愿不遵守约定。现在我就把星期一晚上发生的事,全部告诉你。'

"'大约差一刻九点,我们从瓦特街慈善会回来。在回家的路上,我们要经过赫德森街，一条非常安静的街道。街上只有在左边有一盏路灯。当走近路灯时，我看到一个人向我们走来，是一个背驼得很厉害的人。他的肩上扛着一件东西，好像是一个箱子。他看起来是个残疾人，头向下低着，走路时双膝弯曲。我们经过他身边时，在灯光照映下，他仰起脸来看我们。他一看到我们，突然停住了，并用一种吓人的声音叫道："上帝啊，是南希！"巴克利太太的脸变得惨白。如果不是那个吓人的驼背人扶住她，她一定会摔倒。我想去叫警察，可是让我意外的是，巴克利太太竟然十分客气地对这个人回话。

"'这三十年来，我以为你已经死了，亨利。'她用颤抖的声音说道。

"'我是已经死了。'那个人说道。他说话的语调听起来真让人害怕。他脸色阴沉、恐怖，他那时的眼神，我现在还常常梦见。他的头发和胡子已经灰白，脸上布满皱纹，像干枯的苹果。

"'请你先慢慢往前走，亲爱的，'巴克利太太说，'我和这个人说几句话，别害怕。'她竭力说得轻松些，但她脸色仍然很苍白，双唇颤抖得几乎说不出话来。

"'我按照她的话先走，他们说了几分钟。之后太太就走了过来，但她双眼带着怒火。我看到那个可怜的驼背人正站在路灯杆旁，握紧的拳头不断地挥舞着，气疯了似的。一路上她一句话也没说，直到我家门口，她才拉住我的手，恳求我不要把这件事告诉任何人。

"'这是我以前认识的一个人，现在落魄了。'她说道。我答应她绝不对别人说，她吻了我，从那以后我就再也没有见到她。现在我已经把全部实情都告诉你了。我之所以不肯告诉警察，是因为我并不知道我亲爱的朋友的处境那么危险。现在知道了，只有把事情说出来，对她才有利。'

"这就是莫里森小姐所说的话，华生。你可以想象，对我而言，就像在黑夜中见到了一点光明。以前毫不相关的所有事情，现在都有了着落。我对整个案件已经有了一些眉目。很明显，下一步就是要找到给巴克利太太带来重大改变的那个人。如果他还在奥尔德肖特，应该不难找到。这地方居民并不多，而一个残废人肯定会引人注意的。我花了一天的时间去找他，到了晚上——今天晚上，华生——我找到了他。这个人名叫亨利·伍德，就住在那两个女人遇见他的那条街上的一个租房内，才住进去五天。我以一名住户登记人员的身份和女房东谈得非常投机。这个人是变戏法的，每天晚上到私人经营的各个士兵俱乐部去跑一圈，并表演几个节目。他随身带的箱子中养着一只动物。女房东似乎对这只动物很害怕,因为她从未见过这样的动物。据女房东说,他经常用这只动物来耍一些把戏。对于这个人,女房东告诉我的只有这些。她还补充说,像他这样一个身体已经弯曲到如此样子的人能够活下来也真是不易。他有时说话的语调也很奇怪,而最近两天夜晚,女房东还听到他房里叹气并哭泣。至于房租方面他从未拖欠过。不过,他在付押金时,交给女房东的却是一枚像弗罗林的银币。华生,她拿给我看了,是一枚印度卢比。

"现在,我亲爱的伙计,你完全清楚我们的进展以及我来找你的原因了。事情很明显,巴克利太太和莫里森小姐一起走了以后,这个人跟在了她们的后面,然后他从窗外看见巴克利夫妇在吵架,便冲了进去,他箱子里的动物跑了出来。这一切都是可以肯定的。房间里究竟发生了什么事情,估计全世界能告诉我们的人只有他了。"

"你打算去问他吗?"

"当然——但是得有个证人在场。"

"你是想让我做证人?"

"如果你愿意,那当然好。如果他能把事情完全交代清楚,那就最好;要是拒绝,我们别无选择,只有提请将他逮捕。"

"可你怎么知道,等我们回到那里时,他还在那儿?"

"你放心,我采取了一些防范。我已经派了一个贝克街孩子去盯住他。无论他走到哪儿,都别想把那个孩子甩掉。我们明天就去赫德森街找他。好了,华生,如果我再耽误你睡觉,我就觉得自己是个罪人了。"

我们赶到惨案发生地是在中午时分,在我同伴的引导下,我们很快进入赫德森街。尽管福尔摩斯为人冷静,善于隐藏他的感情,我还是一眼就看出他极力抑制着内心的激动情绪。我自己则是一半好玩,一半认真,也兴致勃勃,这是我每次参与他的侦查所必然体验到的。

"就是这条街,"他说道,我们转入一条宽阔的短街,街两旁是简单的两层楼砖房。"哈,辛普森来报告了。"

"他一直都在房间里,福尔摩斯先生。"一个街头流浪儿向我们跑过来,大声喊道。

"很好,辛普森!"福尔摩斯拍了拍流浪儿的头,说道,"快,华生,就是这个房子。"他递进去一张名片,说有要事求见。过了一会儿,我们就见到了我们要见的这个人。尽管天气很热,这个人还是蜷缩在炉火旁,小房间热得像个火炉。这个人身子扭曲成一团蜷缩在椅子中,那残疾而畸形的样子让人难以形容。当他把脸转向我们时,可以看出尽管这张脸黝黑而苍老,但以前一定很俊美出色。他那发着黄光的双眼怀疑地怒视着我们,一句话也没有说,也没有站起身,只是指了指旁边的两把椅子。

"你就是从印度回来的亨利·伍德先生吧,"福尔摩斯和颜悦色地说。"我是为了巴克利上校死亡这件事顺便来访的。"

"这事和我有什么关系?"

"这就是我来这儿的目的,你知道,我想如果不查清这件事,巴克利太太,你的旧交,很可能会被控犯有谋杀罪。"

这个人猛地一惊。

"我不知道你是谁,"他叫道,"也不晓得你怎么知道这件事,但你能发誓你刚才说的话都是真的吗?"

"噢,当然是真的,警察正等着她醒过来,就立即逮捕她。"

"我的上帝!你就是警察?"

"不是。"

"那你是干什么的?"

"伸张正义是人人应尽的义务。"

"你可以相信我,她是无辜的。"

"那就是你有罪。"

"不,我没有罪。"

"那么,是谁杀了詹姆士·巴克利上校呢?"

"他是天理不容,才死于非命。不过,可以告诉你,如果真要是如我所愿,把他的头砸破,那么死在我手里也是他罪有应得。如果不是他问心有愧,自己摔死了,我也一样会把他杀死。你要我告诉你事情的经过,好啊,没有什么不可以的,我这里没有什么好羞耻的。

"事情是这样的,先生。你们看我这背像只骆驼,肋骨都断掉了。可是当年,下士亨利·伍德在一一七步兵团是个最帅最聪明的小伙子。那时我们的部队驻扎在印度一个叫布尔蒂的地方。前天死的巴克利和我同是一个连的军士。当时部队里有一个非常漂亮的姑娘,就是一个士官的女儿,名叫南希·德沃伊。

那时有两个人爱着她,可她只爱其中的一个。你们看见缩在椅子上烤火的这个可怜的东西,如果再听我说当初她是因为我长得英俊才爱上我时,一定会大笑。

"哎,虽然她深深地爱着我,可是她父亲却要她嫁给巴克利。我是一个鲁莽、冲动的毛小伙子,而巴克利是一个受过良好教育的人,而且快升为军官了。但那姑娘还是比较倾心于我。眼看我就要把她娶到手了,这时爆发了士兵叛乱,全国都骚动起来。

"我们都被困在布尔蒂,团里有一半是炮兵,还有一连印度锡克兵,以及许多平民和妇女。有一万叛军包围了我们,他们凶猛得像一群围着老鼠笼的猎犬。到被困的第二个礼拜时,我们的水用光了,关键是能否联络上尼尔将军。他的纵队正向内陆挺进,这是我们唯一的出路。因为我们不可能带着所有的妇孺突围出去,于是我便自告奋勇出去向尼尔将军报告我们的危险处境,我的请求被批准了,于是我与巴克利中士商量突围的路,因为他比任何人都熟悉周围的地形,他画了一张我可能可以通过叛军防线的图。就在当晚十点钟,我出发了。此时有上千的生命在这里等待救援,但那天晚上我翻墙出去时,心中挂念的人只有一个。

"我按图沿一条干涸的河道跑下去,本来这样是指望能躲过敌人的哨兵。但就在我爬行到河道弯时,被六个叛军捉住了,他们正埋伏在黑暗中等着我,很快我被打昏并被绑了手脚。但是真正击倒我的不是在头上,而是在心上。因为我醒来后,听到士兵们在谈话,虽然他们的语言我只懂一点,但还是听出了就是那个给我安排路线的战友通过一个当地仆人,把我出卖给了敌人。

"哼,这已经没有必要再细讲了。现在你们该知道詹姆士·巴克利是一个什么样的人了。第二天,布尔蒂被尼尔将军解了围,但叛军撤退时将我带走了,从此许多年我都再未遇见一个白人。我被施以酷刑,便设法逃走,但又被抓回来,然后又再施加酷刑。你们自己可以看到我最后被折磨成现在这个样子。叛军中有一些人带着我逃往尼泊尔,后来在经过大吉岭时,那里的山民把叛军杀死,于是我成了他们的奴隶,一直到我逃跑为止。但我不能往南跑,因此只好向北去,我发现自己已进入了阿富汗。在那里我又流浪了多年,最后终于回到了旁遮普,在那里的大部分时间我住在当地土人之间,学会了一些戏法魔术,靠这个维持生活。像我这么一个可怜的残废者,何必再回到英国或去找以前的战友呢?甚至我要报仇,也不愿这样做。我宁愿南希及以前的朋友认为我已经死了,而不要让他们看到亨利·伍德拄着拐杖像只猴子般爬行过活。他们都以为我已经死了,我也愿意他们这样想。我听说巴克利娶了南希,而且在团里不断地升职,但即使是这样我也不想把真相揭露出来。

"但一个人老了的时候,他会渴望回到故乡。多年来我一直梦到英国翠绿的田野与树林,最后终于决定在临死前要再看一看故乡。我攒足了路费回来了,来到军队驻扎的地方,因为我知道他们的生活习惯,知道怎样给他们表演让他们快乐,这样我就能够维持生活。"

"你讲的故事真是感人!"福尔摩斯说,"我已经知道你遇见了巴克利太太,而且你们相互认出了对方。后来,据我了解,你跟踪她回到了家,从窗中看到她的丈夫与她起了争执,毫无疑问她指责了他对你所做的一切,而你则控制不住自己,跑过草地闯进了房间。"

"确实是这样,先生,巴克利一看到我,脸色就变了,我以前从未见过这样可怕的脸。接着他就向后倒了下去,头部撞到了壁炉上。但他在倒下去之前就已经死了。从他脸上我可以很清楚地看出他已经死了,就像我会读壁炉上放着的那本书一样。他一看见我,就像是一颗子弹穿过了他那颗负罪的心。"

"然后呢?"

"然后南希晕倒了,我急忙从她手中拿过钥匙想开门找人帮忙。但就在那一刹那,我想还是别多事了,赶紧走吧,因为这种情况肯定对我不利。如果我被抓去,那我的秘密就肯定暴露了。我急忙把钥匙放进口袋,抓泰迪时又掉了我的短棒,泰迪当时正爬上了窗帘。我把它抓住放进箱子后,就跑掉了。"

"泰迪是谁?"福尔摩斯问。

这个人弯下身去,打开角落边的一个笼子,里面立刻钻出一只漂亮的红褐色动物,身体细长而柔软,有鼬鼠般的四肢、一个细长的鼻子,以及一对我从未在别的动物脸上见过的美丽的红眼睛。

"是一只獴。"我叫道。

"嗯,有人这样叫,也有人叫猫鼬,"那人说,"我叫它捕蛇者,泰迪捉眼镜蛇特别在行。我这里有一条拔了毒牙的蛇,泰迪每天晚上就在士兵俱乐部里抓它,逗士兵们开心。还有什么问题吗?两位。"

"啊,如果巴克利太太遇到大麻烦时,我们再来找你。"

"如果那样,我一定会站出来的。"

"但如果没事的话,似乎没有必要把死者的丑事再揭露出来,虽然他的行为很可恶。至少你已经知道,他这三十年来一直因为自己所做的坏事而受到良心的谴责,那么你也应该满足了。啊,街那边走着的是莫菲少校。再见,伍德。我要了解一下昨天以后是否还有新情况发生。"

少校走到街角前我们及时赶上了他。

"哦,福尔摩斯,"他说,"我想你已经知道,所有我们这些麻烦都是无事生非。"

"怎么回事?"

"验尸刚刚结束,医生鉴定的结论是,上校的死是中风引起的。你看,这件事其实是很简单的。"

"噢,的确很简单。"福尔摩斯笑着说,"走吧,华生,我想我们在奥尔德肖特已经无事可做了。"

"还有一件事,"我们在向车站走去时,我问道,"如果那丈夫的名字是詹姆士,而另一人叫亨利,那她所说到的大卫是怎么回事呢?"

"根据这个名字,亲爱的华生,如果我真是你所喜欢描述的那样完美的推理家,我就应该把整个事情的真相推论出来。它显然是一个责备用词。"

"责备用词?"

"是的!大卫偶尔会做错事。你知道,他有一次便犯了和詹姆士·巴克利中士同样的错误。你还记得乌利亚与拔士巴那个小故事吗?恐怕我对《圣经》的知识记得已经不清了,但你在《撒母耳记》的第一或第二章中就可以找到这个故事。"

希腊译员

我和歇洛克·福尔摩斯先生虽然相识很久,交往密切,但很少听他说起他的亲人,也很少听他讲起自己早年的生活。他在这方面的沉默寡言,更加使我觉得他是一个无情的怪人,甚至把他看作是一个有头脑无情感的人,虽然他有卓越的智慧,却缺乏人类的情感。

他不喜欢接近女人,不喜欢结交新朋友,这都是他天生的冷漠性格的表现,但这些远不及他绝口不提家人。因此我开始认为他是一个孤儿,亲人都去世了。可是有一天,我非常奇怪,他竟同我谈起了他的哥哥。

那是一个夏天的傍晚,喝完茶后,我们便东拉西扯地随意闲聊起来,从高尔夫球俱乐部到黄赤交角变化的原因,最后谈到返祖现象和遗传适应性,讨论的要点是:一个人的特殊才能有多少出于遗传,又有多少出于自身早期所受的训练。

"拿你自己来讲,"我说道,"从你告诉过我的情形来看,似乎很明显,你的观察才能和独到的推理能力,都取决于你自己有系统的训练。"

"在一定程度上是这样,"福尔摩斯思索着说,"我祖上是乡绅,他们似乎过着那个阶级的惯常生活。不过,我的那些才能本来就相承于祖先,或许是来自我的祖母,她是法国美术家吉尔内的妹妹。血液中的艺术细胞通常具有最奇特的遗传形式。"

"但你怎么知道是遗传因素呢?"

"因为我哥哥迈克罗夫特这方面的能力比我还要强。"

这对我来说确实是一件新闻。如果英国还有另外一个人也具有这种特殊才能,为什么警方和公众竟然都没有听说过呢?我提出这是因为我朋友谦虚,所以才认为他哥哥比他强。福尔摩斯因为我这种说法而笑起来。

"我亲爱的华生,"福尔摩斯说道,"我不同意有些人把谦虚当作一种美德。对逻辑学家来说,事物本身是什么样就是什么样,贬低自己和夸大自己的才能一样都是有悖于真理的。所以,我说迈克罗夫特的观察力比我强,你可以相信我的话是绝对的事实。"

"你哥哥比你大几岁?"

"七岁。"

"为什么没有人知道他呢?"

"噢,他在他那个圈子可是很出名的。"

"那是什么圈子?"

"啊,比如说,在第欧真尼俱乐部。"

这个地方我从来没有听说过,我的脸上可能也露出了这样的表情,歇洛克·福尔摩斯拿出了他的表。

"第欧真尼俱乐部是伦敦最古怪的俱乐部,而迈克罗夫特是其中最古怪的人之一。他经常从下午差一刻五点至七点四十分待在那里。现在是六点钟,如果你有兴致在这美妙的夜晚出去散步,我很高兴给你介绍一下。"

五分钟以后,我们已经来到了街上,向雷根斯广场走去。

"你一定很奇怪,"我的同伴说道,"为什么迈克罗夫特不把他的才能用在侦探工作上?因为他不可能当侦探。"

"但我记得你说……"

"我说过他的观察能力和推理能力比我强。假如侦探的工作只是在椅子上完成推论,那么我哥哥一定是个举世无双的大侦探了。可是他既无这个野心,也无这种精力。即使是证实一下自己的推论,他也嫌麻烦,宁可被人认为是他错了,也不愿费力证明自己是对的。我曾有许多问题都向他请教过,而后来事实证明他的解答都是正确的。但是,案子要提交给法官或陪审团之前,要对问题进行调查并提供有力的证据,他却无法进行。"

"这么说,他没有从事这个职业?"

"当然没有。我用来营生的侦探业务,对他来说只是纯粹的业余爱好。他数学非常好,所以在政府部门负责账目审计。迈克罗夫特住在蓓尔美尔街,转角处就是白厅。他每天步行上班,早出晚归,年年如此,没有其他活动,也没有其他去处,除了他住所对面的第欧真尼俱乐部。"

"这个名字我没听过。"

"很可能你没听过。伦敦有不少人,有些比较内向,有些愤世嫉俗,不愿与人交往,但他们并不反对到舒适的地方坐坐,看看最新的书报。为了方便这些人,成立了第欧真尼俱乐部。现在它接纳了城里最孤僻和最不爱交际的一批人。除了在会客室,俱乐部的会员绝对不准许交谈,如果犯规三次,被俱乐部委员会注意,就会被开出会籍。我哥哥是俱乐部的发起人之一,我个人觉得那种气氛是很怡人的。"

我们边走边谈,很快转过詹姆斯街尽头,来到蓓尔美尔街。歇洛克·福尔摩斯在离卡尔登大厅不远的一个门口停住了,要求我不要开口,把我领进大厅。我通过玻璃隔窗看到一间宽大而豪华的房间,里面很多人坐着看报,每人都有自己的角落。福尔摩斯领我走进一间小屋,窗口正对着蓓尔美尔街。他离开了我一会儿,很快带了一个人回来。我想这一定他哥哥。

迈克罗夫特·福尔摩斯比他弟弟高大粗壮得多。他的身体极为肥胖,脸部虽然宽大,但同样具有他弟弟特有的那种敏锐的表情。他水汪汪的眼睛呈淡灰色,炯炯有神,似乎一直在凝神深思,这种神色,我只在歇洛克全神贯注时才看到。

"很高兴见到你,先生,"他说道,伸出一只似海豹掌那样宽厚的手来,"自从你为歇洛克作传,我到处都能听到他的名字。对了,歇洛克,我还以为上星期你会来找我商量那件庄园宅屋的案子呢。我想你可能有点力不从心吧。"

"不,我已经解决了。"我朋友笑容可掬地说道。

"当然是亚当斯干的了。"

"是的,是亚当斯干的。"

"最初我就认定是他。"两个人一起在俱乐部凸肚窗边坐下来。"如果想研究人类,这正是最好的地方,"迈克罗夫特说道,"看,向我们走来的这两个人,这是多好的典型呀!"

"你是说那个弹子记分员和他身旁那个人吗?"

"没错,身旁那个人你怎么看?"

这时那两个人在窗对面停下了。我可以看出,其中一个人的背心口袋上有粉笔痕迹,那就是弹子记分员的标志了。另一个是矮小、黝黑的皮肤的人,帽子戴在后脑门上,腋下夹着几包东西。

"我猜是一个军人。"福尔摩斯说。

"而且不久前才退伍。"他哥哥说。

"应该是在印度服役。"

"是个军士。"

"我想是皇家炮兵队的。"福尔摩斯说。

"是一个鳏夫。"

"有一个孩子。"

"不止一个,弟弟,不止一个孩子。"

"行了,"我笑着说,"太不可思议了!"

"不会有错,"福尔摩斯答道,"通过他的神态、威仪的样子、晒黑的皮肤,很容易看出他是个军人,而且不是普通的士兵,才从印度回来不久。"

"刚退役不久这一点,可以从他仍然穿着那种所谓的炮弹靴子看出来。"迈克罗夫特说。

"他走路的样子不像骑兵。歪戴着军帽,可以从一侧眉骨上的皮色比较白看出。这人的体重不符合工兵的要求,因此是炮兵。"

"看他满面悲伤的表情,可知他失去了最亲爱的人。他亲自上街买东西,说明失去的是他的妻子。买的都是小孩子用品,看见了吧,买了个拨浪鼓,说明有一个孩子还很小。他妻子很可能是在产后死去的。他的腋下夹着一本小人书,说明还有另外一个孩子要照顾。"

现在我才相信我的同伴所说的话,他哥哥的观察力比他还要敏锐。他向我瞥一眼,笑了笑。迈克罗夫特拿出一个玳瑁盒来取出鼻烟,用一块大红丝巾把落在外衣上的烟末拂去。

"有件事要说一下,歇洛克,"迈克罗夫特说,"这事应该合你心意——一件离奇的案子——一个人拿到我这里来推断。我现在正在分析判断,但我实在没有精力去调查整件事,只作为推理思考的一种乐趣。如果你愿意听听情况——"

"亲爱的迈克罗夫特,我非常愿意。"

他的哥哥从笔记本上撕下一页,匆匆写了几个字,按了铃,将纸条交给了侍者。

"我请梅拉斯先生到这里来了,"他说。"他就住在我楼上,我和他已经有点熟了,所以他遇到难事时就会来找我。据我所知,梅拉斯先生是希腊血统,精通多国语言。他的生活来源,一部分靠法庭上当译员,一部分靠给那些住在诺森伯兰街旅馆的东方富翁当向导,我想,还是让他自己把离奇的经历告诉你们吧。"

几分钟后,来了一位矮小粗壮的人,橄榄色的皮肤、黑色的头发显示出他是南欧人,但说起话来像是受过教育的英国人。他同歇洛克·福尔摩斯热情地握手,听说这位刑侦专家想要听他的奇怪经历,一双黑眼睛露出喜悦的光芒。

"我知道,警察都不会相信——不相信我所说的一切,"他用悲伤的语气说。"他们以前从未听过这种事,所以他们不相信有这样的事情发生。可是在我知道那个脸上贴着胶布的可怜人的结局之前,我的内心永远也不会安宁。"

"我会认真地听,你说吧。"歇洛克·福尔摩斯说。

"现在是星期三晚上,"梅拉斯先生说,"嗯,那就是星期一夜里了——也就是两天前,你知道——这件事发生了。我是个译员,我这位邻居也许跟你说了,我能翻译所有的语言——或者说是几乎所有的语言——但是我出生在希腊,又有个希腊名字,因此我主要翻译的是希腊语。多年来,我一直是伦敦最有名的希腊语译员,我的名字也被各旅馆所说。

"每当有外国人遇到困难,或者旅客到达很晚需要我帮助时,我也常在晚上被找去,这是经常的事。因此,这个星期一晚上,一位穿着时髦、名叫拉蒂默的人来找我,请我与他一同坐上一辆等在门口的马车时,我也丝毫没有觉得奇怪。他说有个希腊朋友因公去拜访他,但他除本国语言外,其他外国话都不会讲,因此不得不找一位译员。他和我说他家就在不远的肯辛顿,看他样子很急,我们一下楼到街上,他就匆匆把我推到了马车中。

"刚坐到车内,我就产生了怀疑,因为我发现我坐的不是普通的四轮马车。它非常宽敞,内部装饰虽破旧,但是颇为讲究。拉蒂默先生坐在我的对面。我们经过查林十字街,转到榭福治堡街,又到达了牛津街,我刚想提醒他这样走是绕路,但我的话被同车人的奇怪举动打断了。

"他从怀里抽出一根看来很可怕的灌铅短棒,前后挥舞了几次,像是试验它的重量及威力,然后一语不发地将它放在旁边座位上。接着他又拉上了两边的车窗,我惊诧地发现窗上贴着窗纸,不让我看到外面。

"'抱歉挡住了你的视线,梅拉斯先生,'他说,'事实上我不愿你看到我们所经过的地方。如果你能再次找到那地方,对我将是件极不方便的事。'

"你们可以想象,他的这番话简直把我吓住了。他是个身强体壮、浑身有力的年轻人,除此之外他手中还有武器,如果我跟他动武,我是一丝胜算都没有。

"'这样有点儿不像话了吧,拉蒂默先生,'我结结巴巴地说,'要知道你这样做是犯法的。'

"'毫无疑问，这确实失礼了，'他说，'但我们会补偿你的。但是我必须警告你，梅拉斯先生，今天晚上不论任何时间，如果你试图报警或做任何不利于我的事，你会发觉后果对你很不利。我提醒你记住，没有人知道你在哪里，因此，不论你在这马车里，或在我家中，你都在我的掌握之中。'

"他的话虽然还算平和，可声音十分刺耳，使我倍感威胁。我沉默地坐在那里，暗自猜疑，他究竟为什么要用这种方式来绑架我。不管怎样，我的抗争都不会有什么好处，因此我只能等着看会发生什么事。

"我们的行程大概进行了两个钟头，但我根本不知道到了什么地方。有时候车轮压着石子的嘎嘎声使我知道是走在石板路上；有时候平稳而安静，说明是柏油路。除了这些不同声音之外，我根本无法猜测我们在哪里。窗纸使光线透不进来，而车前的玻璃也用蓝色窗帘遮住。我们离开蓓尔美尔街时是七点一刻，而我们终于停住时我的表是差十分九点钟。车窗被打开了，我望见一扇低矮的拱门，上面点着一盏灯。马车门打开时我被匆匆推下来，并进了屋子，进屋子前模糊看到两边是草地和树。但这到底是私人的庭院，还是真正的乡间，我不敢确定。

"屋子里有盏煤气灯，但拧得很暗，除了看出房间颇大并挂着许多画外，别的什么也看不见。昏暗的灯光下，我看到眼前是个矮小、相貌凶狠、塌肩拱背的中年男子。他转向我们时，一丝反光让我知道他戴着眼镜。

"'哈罗德，是梅拉斯先生吗？'他问。

"'是的。'

"'太好了，太好了！梅拉斯先生，其实我们并没有恶意，只因为没有你，我们的事就办不成。如果你好好跟我们合作，你绝不会后悔；如果你想要花样，那只有求上帝保佑了！'他说话声音颤抖，断断续续，其间夹着嘻嘻的轻笑，但不知为什么，他给我的印象比那个年轻人更可怕。

"'你要我做什么？'我问。

"'只是要你对一位来访的希腊先生问几个问题，然后把答案翻译给我们听。不过我们让你说什么你就说什么，否则——'他又再次响起了嘻嘻的笑声，'你会希望你没有出生过。'

"他边说边打开一扇门，领我走进另一个房间，这房间陈设相当富丽，但唯一的亮光也是来自一盏拧得很暗的灯。房间很大，我进屋时，脚踩在地毯上，那种陷下去的感觉告诉我地毯有多厚。我看见几张丝绒椅子，一个高高的白色大理石壁炉架,旁边似乎放着一套日本武士的铠甲。灯下有一把椅子,那名年长的人要我坐在上面。年轻人离开了,但突然又从另一扇门回来,领进一个穿着宽松睡衣的人,慢慢走向我们。当他走进昏暗的光线之下时,我才看得更清楚一些,他的外表顿时让我毛骨悚然。他面色惨白,而且极其憔悴,突出而发亮的眼睛说明他虽然体力不佳,但精力还是较强。但更加让我震惊的是,他的脸上贴满了交叉的胶布,有一大块胶布封住了他的嘴。

"'哈罗德,石板拿来了吗?'年长的叫道,同时这个陌生人颓然地倒在一张椅子中,'他的手松开了吗?好,给他一支笔。你来向他发问,梅拉斯先生,他把答案写下来。先问他是否准备在文件上签字?'

"那个人双眼射出了怒火。

"'绝不!'他用希腊文写着。

"'没有商量的余地吗?'我遵照着身旁残暴的人的吩咐又问。

"'除非我亲眼看到她在一位我认得的希腊牧师作证下结婚时。'

"那个年长的人恶毒地嘻嘻笑了起来。

"'你知道你会是什么下场吗?'

"'我对自己什么都不在乎。'

"就是这些问答例子,半说半写地进行。我不断地被迫问他是否愿意在文件上签字,而我得到的是一次又一次同样愤怒的回答。但很快地我想起了一个奇妙的主意,我在每个问题后都加上了几句我自己要问的话,起初是无关紧要的话,试试看那两个人是否听得懂。最后我发现他们对此毫无反应,我的胆子就大了起来。我们的谈话变成了这样:

"'你这么倔强是没有好处的。你是谁?'

"'我不在乎。我是一个初次来伦敦的人。'

"'你的命运靠你自己决定。来这里多久了?'

"'随便吧。三个星期。'

"'那产业永远不会落入你手中。他们怎么折磨你?'

"'也绝不会落到恶人手中。不给我饭吃。'

"'你同意签字就可以离开了。这是什么地方?'

"'绝对不签。不知道。'

"'你这样对她也没有一点好处。你叫什么名字?'

"'我要亲口听她这样说才信。克莱蒂特。'

"'只要你签字就能见她。你从哪儿来的?'

"'那我只能永不见她。雅典。'

"只要再有五分钟,福尔摩斯先生,我就能当着他们的面了解到事情的经过。再有一个问题也许就能澄清一切。但就在那时门开了,一个女人走进房间。我看不清她长什么样,只知道她身材颀长优雅,黑头发,穿一件宽松的白睡衣。

"'哈罗德,'她用不标准的英语说道,'我不能再一个人待下去了,这里好寂寞,只有——啊,上帝,这不是保罗吗?'

"最后的几个字用的是希腊语,就在那一刹那,被问话的男子突然奋力一挣,把嘴上的胶布撕去,尖声叫喊道:'索菲!索菲!'并急急冲向那个女人。但他们只拥抱了一下,那年轻人立即抓住那个女人,把她推出了房间,同时那年长的也轻易抓住憔悴无力的受害者,把他从另一扇门拖了出去。我赶快站起身来,想设法找到一些这幢房子的线索。不过,幸好我没动,因为我刚抬起头来,就发现那年长的人正站在门边直盯着我。

"'行了,梅拉斯先生,'他说道,'你看我们没有把你当外人,才请你参与了私事。我们有位懂希腊语的朋友,最初帮助我们进行谈判,但他因有急事回东方去了,所以才会麻烦你。我们得找个人代替他,我们有幸听说你的翻译水平很高。'

"我点了点头。

"'这里有五英镑,'他向我走过来,说道,'我希望这足够支付你的费用了。不过请记住,'他轻轻地拍了拍我的胸膛,又嘻嘻地笑着说道,'假若你向任何人提起这件事——当心,只要任何一个人——那就乞求上帝保佑你吧!'

"我无法向你们描述这个卑鄙龌龊的人是何等地使我厌恶和害怕。这时灯光照在他身上,我对他看得更清楚了。他面色憔悴而发黄,一小撮胡须又细又稀,说话时脸部往前伸,嘴唇和眼睑不停地颤动,活像个舞蹈病患者。我不禁想到他那古怪的嬉笑也是一种神经性的疾病症状。然而,他面目可怖之处还是那双眼睛,铁青发灰,眼底透出冷酷、恶毒、凶残的光。

"'如果你把这事宣扬出去,我们一定会知道的,'他说道,'我们有办法知道消息。现在有辆马车等在外面,我的伙伴会护送你。'

"我急忙穿过前厅坐上马车,又看了一眼树木和花园,拉蒂默先生紧跟在我身后,一言不发地坐在我对面。我们又是默不作声地经过了一段漫长的行程,车窗依然挡着,直到过了午夜,马车才停住。"

203

"'请你在这儿下车吧,梅拉斯先生,'我的同车人说道,'很抱歉,这里离你家还有一段距离,但没办法。你如果企图跟踪我们的马车,那你就是自找罪受。'

"他边说边打开车门,我刚跳下车,车夫便扬鞭策马疾驶而去。我惊诧地环顾四周,一片无人的荒野,四下是黑乎乎的灌木丛。远处有一排房屋,几扇窗户透出灯光。另一边是铁路的红色信号灯。

"载我来的那辆马车已经无影无踪了。我站在那里茫然地四下张望,不知自己究竟身在何地,这时我看到有人由黑暗中向我走来。走到我跟前时,我才看出他是铁路搬运工。

"'你能告诉我这是什么地方吗?'我问道。

"'旺兹沃思公地。'他回答。

"'这里能乘火车进城吗?'

"'你往前走一英里左右到克拉彭枢纽站,'他说道,'正好赶得上去维多利亚的末班车。'

"我的惊险经历到此结束了。福尔摩斯先生,除了刚才对你讲的事情之外,我到的是什么地方、和我说话的是什么人等情况我一概不知。但是我知道那里正进行着一件肮脏的勾当。如果可能,我希望能够帮助那个不幸的人。第二天早晨,我就把全部情况告诉了迈克罗夫特·福尔摩斯先生,并向警方报了案。"

听完了这一段离奇惊人的叙述,我们默默地静坐了一会儿。后来福尔摩斯望望他哥哥。

"采取什么措施了吗?"福尔摩斯问道。

迈克罗夫特拿起桌上的一份《每日新闻》。

今有希腊绅士保罗·克莱蒂特者,来自雅典,不通英语;另有一希腊女子名叫索菲;两人均告失踪,若有人告知其下落,当予重谢。X二四七三。

"今天各家报纸都刊登了这条启事,但没有消息。"

"希腊使馆知道了吗?"

"我问过了,他们一点也不知道。"

"那么,发个电报给雅典总局吧?"

"歇洛克是我们家精力最充沛的人。"迈克罗夫特转身向我说,"好,你要竭尽全力查清楚这件案子。如果有什么好消息,一定及时通知我。"

"一定,"我的同伴站起身,答道,"我会让你及梅拉斯知道的。同时,梅拉斯先生,如果我是你的话,在此期间,我一定要提高警惕,因为他们看了这则启事,一定知道是你泄漏了他们的秘密。"

我们一起步行回家时,福尔摩斯在一家电报局发了几封电报。

"你瞧,华生,"他说,"我们这个傍晚收获很大。我经办的某些极有意思的案子就是这样经过迈克罗夫特转到我手的。我们刚才听到的那件案子,虽然只可能有一种解释,但仍有几点特色。"

"你觉得有希望破案吗?"

"嗯,我们已经知道了这么多情况,如果再不能找出进一步的线索,那才真叫奇怪呢。对于我们刚才听到的事,你一定也有自己的见解。"

"有一点,不过很模糊。"

"那是什么呢?"

"依我看,很明显,那个希腊女子是被那个叫哈罗德·拉蒂默的年轻英国人骗来的。"

"从哪里骗来的?"

"或许是雅典。"福尔摩斯摇了摇头。"那个年轻人根本不会说希腊语,而那个女子的英文还可以,由此可推断——她已经在英国待了一小段时间了,而那个年轻人却没去过希腊。"

"哦,我们可假设她是来英国旅游的,而这个哈罗德试图说服她跟他走。"

"这个可能性倒是有。"

"然后她哥哥——我猜,他们应该是兄妹关系——由希腊赶来干涉,结果不小心落入了那个年轻人及他年长的同伙手中,两人把他抓了起来,并施以暴力,逼迫他签一些文件以交出那女子的财产——他可能是财产的受托人——给他们,但他拒绝了。为了谈判,他们不得不找个译员,最后他们选中了梅拉斯先生。他们并没有告诉女子她哥哥已经来到了英国,她那晚见到她哥哥纯粹是偶然。"

"非常好,华生!"福尔摩斯叫道,"我确信你所说的已经很接近事实了。你看我们已颇有把握侦破这个案子,现在唯一担心的是他们太早使用暴力。如果我们能够争取一点时间,一定可以抓住他们。"

"但我们怎么知道他们住的地方呢?"

"嗯,如果我们的猜测正确,那么这女子的名字应该是索菲·克莱蒂特,这样,找到她应该很容易。我们的最大希望就在于此,因为她哥哥在英国完全是个陌生人。这个叫哈罗德的和这个女子搭上关系明显有一段时间了——至少几星期了——因为她哥哥在希腊听到消息并赶到这里需要一段时间。如果他们在这期间一直住在同一个地方，那对于迈克罗夫特所登的启事，应该会有人回应。"

我们交谈着，不知不觉已回到贝克街的住处。福尔摩斯先上楼，他打开房门时，大吃了一惊。我从他肩头望去，也很吃惊，他的哥哥迈克罗夫特正坐在扶手椅中抽烟。

"回来了，歇洛克！请进，先生，"他看到我们惊讶的面孔，温和地笑着招呼道，"你们没有想到我也有这样的精力吧，是吧？歇洛克。但不知什么原因，这案子很吸引我。"

"你怎么来的？"

"坐马车，所以超过了你们。"

"有什么消息吗？"

"我的启事有回音了。"

"啊！"

"是的，你们离开刚几分钟就来了。"

"回音怎么说的？"

迈克罗夫特·福尔摩斯拿出了一张纸。

"在这儿，"他说，"是一个身体虚弱的中年人用宽头钢笔写在了一张深米色纸上。"

先生：

读到今日登报的寻人启事，特告知本人对此女情况知道很详细，此女遭遇不佳，如果您屈驾前来，可告知详情。她现在住在贝克纳姆的默特尔兹。

杰·达文波特敬上

"信是从下布瑞克斯发来的，"迈克罗夫特·福尔摩斯说，"我们应该立即前往那里，听听他要告知我们什么详情，歇洛克，你觉得怎么样？"

"我亲爱的迈克罗夫特，那个哥哥的性命要比那个好女子的情况重要得多。我认为我们应该到苏格兰警场找格里格森警长，然后直接去贝克纳姆。要知道，那个人有生命危险，每一分钟都攸关生死。"

"最好顺道请梅拉斯一起去，"我建议，"我们可能需要翻译。"

"很好，"歇洛克·福尔摩斯说，"让仆人找一辆四轮马车，我们现在就走。"他说话时打开了抽屉，我看见他把左轮手枪放进了口袋。"没错，"他见我看着他,说道,"从我们所听到的情况来看,我们要对付的是一群十分危险的匪徒。"

我们到蓓尔美尔街梅拉斯先生家时,天已经快黑了。不久前有一位先生来拜访他,并和他一起出去了。

"你知道他去哪里了吗?"迈克罗夫特·福尔摩斯问。

"不知道,先生,"开门的妇人回答,"我只知道他与那位先生一起坐马车走的。"

"那位先生通报名字了吗?"

"没有,先生。"

"是不是一个年轻人,高大、英俊、黝黑?"

"啊,不是,先生。他很矮小,脸瘦瘦的,戴着眼镜,但态度很愉悦,说话时一直笑。"

"快走!"歇洛克·福尔摩斯马上叫道,"事情严重了,"我们赶去苏格兰警场时他说。"他们又劫走了梅拉斯。他们从那天晚上的经验一定可以知道,梅拉斯没有胆量,他们只要一出现就把他给吓坏了。他们无疑还是让他做翻译,但利用完之后,肯定会因为他泄露秘密而把他杀害。"

我们本希望坐火车去,这样可以赶上他们的马车,甚至可以提前到达贝克纳姆。但到了苏格兰警场后,用了一个钟头才找到格里格森警长,并取得合法手续允许我们进入那房子。我们到达伦敦桥时已是九点三刻了,一直到十点半钟我们四人才到达贝克纳姆车站,然后又坐了足足半英里路的马车,终于到了默特尔兹———幢深色的大宅院,背靠公路。我们在那里打发了马车,四人一起沿车道向房子走去。

"窗子都黑着,"警长说道,"好像没有人住。"

"我们要抓的鸟已经逃走了,鸟巢空了。"福尔摩斯说。

"你为什么这么说?"

"不到一个小时前,有一辆装满了行李的马车从这里驶走了。"

警长笑了起来。"在门灯的灯光下,我看见了车痕,但装满行李怎么解释?"

"你看到的可能是向另外一个方向去的车轮印,但向外驶去的车轮印要深得多——可以肯定,这辆马车一定载着相当重的东西。"

"你比我看得仔细,"警长耸了耸肩说,"撞开房门可不容易,但如果叫不开门,我们也只有一试了。"

他用力地捶着门环又拼命按门铃,但毫无反应。福尔摩斯趁这时走开了,但不一会儿就回来了。

"我打开了一扇窗户。"他说。

"幸好你是站在法律这一边而不是破坏法律的人，福尔摩斯先生。"警长看到我朋友如此灵巧地弄开窗锁说，"呃，我想在这种情况下，我们应该可以不请自入了。"

我们四人依次进入了一间大房间，显然就是梅拉斯先生上次来过的房间。警长点燃了提灯，在灯光下，我们可以看到梅拉斯先生和我们说过的那两扇门、窗帘、煤气灯，以及那套日本铠甲。桌上有两只玻璃杯、一瓶空白兰地酒瓶和一些剩余的食物。

"什么声音？"福尔摩斯突然问道。

我们全静下来仔细倾听，一个低微的呻吟声从我们头上某个地方传来，福尔摩斯冲出门跑到前厅。那痛苦的声音来自楼上。他冲上楼，警长和我紧跟着他，他哥哥虽然块头很大，也以最快的速度跟了上来。

在二楼，我们看见有三个门，哀叫声是从中间那个门里传出来的。一会儿低如呓语，一会儿高声哀号。门锁着，但钥匙留在了外面的锁孔内。福尔摩斯立即打开门冲了进去，可马上就退出来了，手捂着鼻子。

"里面烧炭，"他叫道。"等一下烟气就散了。"

我们向里面望去，屋里只有一点亮光，是屋中央一个三角铜炉冒着的一点暗蓝色火焰，在地板上射出一圈灰色的光芒。在一边暗影中，我们看见有两个模糊的人影蜷缩在墙边。打开的门缝内，涌出一股呛鼻浓烟，使人喘不过气来，不住地咳嗽。福尔摩斯奔向楼顶呼吸一口新鲜空气，再回来冲进房间，打开窗户，把铜炉扔了出去。

"再等一下我们就可以进去了，"他又冲出来，大口喘着气说道。"蜡烛在哪儿？我看这屋里的空气未必能划着火柴。站在门口拿着灯，迈克罗夫特，我们进去把人救出来！"

我们急忙冲进两个中毒窒息的人身旁，把他们拖到灯光明亮的前厅。两人嘴唇发紫，失去知觉，面部肿胀、充血，双眼外凸。他们脸部已经扭曲的变形，要不是凭着黑胡子、矮胖身材，说实话，我们根本认不出其中一个就是那位希腊语译员，和我们在第欧真尼俱乐部分手才不过几个小时。他的手脚被捆得结结实实，一只眼睛上留着被毒打的伤痕。另一个人也被同样捆绑，高大但憔悴得不成样子，脸上乱七八糟贴着些胶布。我们把他放到地上时，他已停止了呻吟。我看了一眼就知道晚了一步，错过时机救不活了。而梅拉斯先生还有救。我们用了阿摩尼亚和白兰地，不到一小时，他慢慢睁开了双眼，我松了一口气，终于把他从死亡的深渊救了回来。

梅拉斯先生简单地向我们讲述了他的遭遇，不过足以证明我们推断完全正确，拜访他的人一进屋就从袖子里抽出那根短棒，威逼他走，否则立即打死他，就这样他再次被挟持到此地。的确，他是一个只懂语言翻译的文人，根本无能应付，结果被那个嘻嘻奸笑的恶徒吓得脸色惨白，双手不住发抖，一句话也说不出来。他很快被带到贝克纳姆，再次当了翻译。而这次比第一次更具有戏剧性，两个英国人威胁被囚禁的希腊人，如果不答应他们的要求就立即杀死他。最后，发现一切威胁都不能使他屈服，他们重新把他囚禁起来。然后，他们斥责梅拉斯先生泄漏了他们的秘密，在报上登了寻人启事。他们用棒子把他打晕了，之后梅拉斯先生什么也不知道了，直到睁眼看见我们围在他身边。

这就是希腊译员奇案，至此其中仍有不解之谜。后来我们拜访了那位回应寻人启事的绅士，得知受骗的年轻女子出身希腊富裕之家，她到英国来拜访朋友，认识了一个名叫哈罗德·拉蒂默的年轻人。这个人用足功夫，终于说服她跟他私奔。她的朋友得知消息后，赶紧通知了她在雅典的哥哥，以便洗清干系。她哥哥一到英国，因人生地不熟，不小心落入拉蒂默和他的同伙手中，这个同伙名叫威尔逊·肯普——一个卑鄙之人。两个人发现他语言不通，无法求助，便把他囚禁起来，对他百般折磨，不给吃饭，逼迫他签下字据，把他和妹妹的财产全部交出来。他们把他关在屋里，没有让他妹妹知道。在他脸上贴满了胶布，也是为了防止他妹妹万一撞见他时也认不出他来。然而，因为女性的直觉，在译员来当翻译的那天，她第一次见到了哥哥，一眼就看穿了伪装。但那可怜的姑娘自己也是一个被囚禁之人，因为在这座宅院除了马夫夫妇之外，再也没有其他人，而那两个人只不过是这两个恶徒的犯罪工具罢了。两个恶徒发现他们的秘密已被泄漏，而囚禁的人又不屈服，无奈之下，带着姑娘匆匆逃离了这座他们租赁的家具齐全的宅院。在离去之前，他们惩罚了那个反抗他们的人以及出卖他们的人。

几个月之后，我们收到了一份从布达佩斯寄来的剪报，是一条奇闻，登载着两个英国人携一女子旅游，结果遭遇凶祸，酿成悲剧。两个男子都被刺死。匈牙利警方认为，他们是因为争吵遂相互砍杀致死。福尔摩斯的看法则不同，他至今仍坚持认为，如果能够找到那位希腊姑娘，就可以弄清楚她是如何为自己和哥哥报仇雪恨的。

海军协定

结婚那年的七月,实在令我难以忘记。因为我有幸参与了歇洛克·福尔摩斯侦破的三件重大案子,研究了他的思想方法和侦察行动。我在当时的笔记上记录的标题是"第二块血迹"、"海军协定"和"疲惫的船长"。"第二块血迹"牵连到皇室家族的许多显贵,以致多年不能公之于众。然而,在该案件中,福尔摩斯先生所表现出的分析能力,是前所未有的,给人们留下了深刻的印象。我详细地记录了福尔摩斯先生向巴黎警署杜布克先生和但泽著名专家弗里茨·冯沃尔鲍陈述案件的真相的谈话。这两位在这件案子中枉费了大量的精力,但得来的全是一些无关紧要的细节。"第二块血迹"的案情可能要等到下个世纪才能公布,我索性还是叙述一下"海军协定"吧。这件案子涉及到国家利益,其中一些事件更突出了它不同寻常的特征。

在学生时代,我有一个亲密的伙伴叫珀西·费尔普斯。他的年龄和我相仿,但比我高两级。他十分聪明,赢得了学校所能给予的一切奖励。毕业时获得了奖学金,并进入了剑桥大学继续他辉煌的学业。在他小时,我们就知道他那地位显赫的舅舅。他的舅舅霍尔德赫斯特伯爵是一位著名的保守党政客。但这显赫的关系并没有给珀西的学校生活带来好处,相反成了我们捉弄他的理由。我们玩耍时经常用诸如铁环之类的东西打他的小腿等小把戏来捉弄小珀西,并以此为乐。然而,当他走向社会的时候,情形就不同了。我听说珀西因为自己的才能和舅舅的权势地位,使他在外交部谋得了一份很不错的职位。以后他在我的记忆里便逐渐消失,直到有一天,我收到一封来信,才使我想起了他:

亲爱的华生:

我想你应该记得"小蝌蚪"费尔普斯吧,那时你读三年级,我在五年级。可能你也听说了因为我舅舅的重要影响,使得我在外交部获得一份不错的工作,受人尊敬。然而,一件可怕的灾难突然降临,摧毁了我美好的前程。

在此没有必要把这件事详细叙述,如果您能答应我的请求,到时候我会亲口把一切讲给你们。九个星期了,我一直受脑炎病痛的折磨,现在刚刚恢复,但身体依然十分虚弱。我想您能否说服您的朋友福尔摩斯先生到我这里来,我想听听他对这件案子的看法,尽管当局说此事已无法挽回。请求您尽快说服!生活在这种惊恐的悬疑中,我度日如年!本想及早请福尔摩斯先生帮忙,但受到这次打击之后,我一直神态不清。现在我再度清醒了,但也不能用脑过多,以免复发,我依然很虚弱,不得不找人代写此信。请您一定说服福尔摩斯先生前来。

您的老同学珀西·费尔普斯

看完这封信后,我很受感动,特别是珀西那种绝望般的对福尔摩斯先生的请求。尽管说服福尔摩斯先生并非易事,但我会竭尽全力。而且我知道福尔摩斯先生热爱着他的侦探艺术,也随时愿意为他的当事人提供帮助。我的妻子同意我将这件事马上告知福尔摩斯先生,早餐后一个小时我便赶到了贝克街的老住处。

福尔摩斯先生身着睡衣,坐在靠墙的桌旁,聚精会神地做着化学试验。在本生灯蓝色的火苗上,一只巨大的曲颈瓶中的液体猛烈地沸腾,蒸馏出的液体不断地滴入一个两公升的容器里。进屋时,我的朋友几乎没有看我一眼,可见试验对他是多么的重要,我只好坐在椅子上等着。他用玻璃吸管从每个瓶中抽取几滴溶液,然后拿出一试管溶液放在了桌上,右手捏着一张石蕊试纸。

"华生,你来得正好,"他说,"如果这试纸依然保持蓝色,那一切都没有问题;如果变成红色,则会关系到一个人的性命!"他把试纸浸入试管的溶液中,试纸立刻呈现出深红色。"啊,我猜得没错!"他高声喊道,"我马上就过来招呼你,华生,波斯拖鞋里有烟,你自己拿吧。"他回到桌前,匆匆地写了几份电报,交给了童仆。然后,他坐到我对面的椅子上,双膝盘起,双手抱着细长的小腿。

"是一件极其普通的凶杀案。"他说道,"我想你带来了离奇的案子,因为你总是有一些棘手的案子,对吗?"

我把那封信递给了他,他全神贯注地读了起来。

"信中并没有告诉我们什么情况。"他边说边把信还给了我。

"是的。"

"但笔迹很有意思。"

"笔迹不是他的。"

"没错,是一位女士写的。"

"一定是男士写的。"我叫道。

"不,是一位女士,而且是一位性格特别的女士所写。你看,从调查开始之前,我们就知道当事人和一位很特别的女士的关系十分密切,不管她是好是坏,但她性格的确不平凡。我对这件案子很感兴趣,如果你准备好了,我们马上赶往沃金,去看看这位遭遇不幸的外交家和代他写信的这位女士。"

很幸运我们在滑铁卢火车站赶上了早班车,不到一个小时我们就到达了冷杉树和石南树相互掩映的沃金。从火车站步行几分钟就可到达布里尔布雷,这是一处孤零零的坐落在一片空地上的大宅院。我们递上名片,一位稍粗壮的男子殷勤地把我们带进了装饰得很典雅的客厅。他年纪已接近四十岁,但那红润的脸颊和炯炯有神的双眼给人感觉依然是一个爽直而调皮的小伙子。

"我真高兴你们能来,"他和我们热情地握手,说道,"珀西整个早上都在问你们的消息。唉,可怜的家伙,他绝不肯放过每一根救命的稻草!他父母让我过来接待你们,因为他们一说起这事,就觉得非常痛苦!"

"详细情况我们还不知道呢,"福尔摩斯说道,"我想你不是他们家里人吧?"

我们这位朋友听到这话有点儿惊讶,低头看了看,笑了起来。

"你是看到了我项链坠上的图案字母 J. H. 了,"他说,"刚才我还以为你有非凡的能力呢。我叫约瑟夫·哈里森,我的妹妹安妮很快就要和珀西结婚了,我们可以说是姻亲关系。我妹妹就在珀西的房间,两个月来,她不辞辛苦地照顾着珀西。要不我们现在就进去,他正在焦急地等待着你们。"

约瑟夫把我们带进和客厅在同一楼层的房间,里面装饰得有点儿像卧室,又有点儿像起居室,角落摆满了雅致的鲜花。窗户是开着的,花园里的芳香和夏日的温和气息扑面而来。一位年轻男子躺在窗户旁边的沙发上,面色苍白,十分憔悴,一位女子坐在他身旁。当我们进去的时候,她站了起来。

"珀西,要我走开吗?"她问道。

他拉住她的手不让她离开。

"你好吗,华生?"他亲切地说,"留了小胡子,我几乎认不出你了,我想你也快认不出我了吧!他应该就是你的朋友,大名鼎鼎的歇洛克·福尔摩斯先生吧?"

我向他简单地介绍了一下,便坐了下来。约瑟夫已经离开了,他妹妹留着,她的手被珀西握在手中。她身材矮小,略微发胖。但她那橄榄色的细腻的皮肤、一双大大的黑色的意大利人眼睛,以及一头浓密的黑发很吸引人。与她艳丽的容貌相比,珀西的脸色更显苍白憔悴。

"我不想浪费你们的时间,"珀西从沙发上坐起来,"就直接讲这件事吧。福尔摩斯先生,我曾经很快乐,事业有成,可就在我要结婚时,一场可怕的不幸突然降临,摧毁了我的前程。

"华生可能和你说过,由于我舅舅霍尔德赫斯特伯爵的关系,我在外交部很快升任了一个重要职位。舅舅担任外交大臣之后,曾交给我几项重要任务,我都很出色地完成了,因此,他对我的能力和才智给予了充分信任。

"大约十个星期前,也就是五月二十三日,他把我叫到他私人办公室,先是赞赏了我一番,然后告诉我有一项非常重要的任务要我去执行。

"'这个,'他从办公桌里拿出一个灰色纸卷,说道,'是英国和意大利签订的秘密协定的原件,很遗憾,报纸上已刊登了一些有关的传言。这份文件至关重要,不能透漏出一点儿消息。法国和俄国大使馆正不惜一切代价弄到这份文件的内容。如果不是急需一份副本,我是绝不会把它从我的办公桌里拿出来的。你办公室有保险柜吗?'

"'有,先生。'

"'那么,把文件拿去锁在你的保险柜里。我要求你等办公室的其他人走了之后,你再抄录副本,以免被别人偷看。一定记得把原件和手抄本都锁进保险柜,明天一早亲自交给我。'

"我拿了那份文件……"

"对不起,打断一下,"福尔摩斯说,"你们谈话时有别人吗?"

"绝对没有。"

"是在一间大的房间?"

"大约三十平方英尺。"

"在房子中央说话?"

"是的,差不多是在中央。"

"说话声音大吗?"

"我舅舅说话声音一直很低,我几乎没说话。"

"谢谢,"福尔摩斯说着把眼睛闭上了,"请继续讲。"

"我完全按照舅舅的要求做了,等其他同事离开办公室。其中一个叫查尔斯·哥拉特的同事因为一点工作没办完,我就先去吃晚饭了,他则留在办公室加班,等我回来时他已经走了。我急着把这工作做完,因为你们刚才看到的约瑟夫·哈里森在城里,要坐十一点的火车赶到沃金去,我也想尽快赶上那班火车。

"我看了那份协定的内容后,立刻意识到它的确特别重要,舅舅的话一点儿也不夸张。不用看细节，我就知道它规定了英国在三国同盟的地位和立场，而且预定了如果法国海军先于意大利海军在地中海占据绝对优势后，英国海军要采取的对策等。协定是意、英两国高级官员签署的。我大致看了一遍后，就坐下来开始抄写。

"文件很长，总共有二十六条，是用法文书写的。我尽可能快抄，可到了九点，只抄写了九条，看来那班火车肯定坐不上了。由于工作了一整天，加上晚饭没有吃好，我的大脑有点沉，昏昏欲睡。我想来杯咖啡会使我清醒一些。楼下小门房的看门人整夜值守，经常为加班的职员用小酒精灯煮咖啡。我按铃把他叫来。

"让我惊讶的是，进来的却是一位妇女，身材高大，面容粗俗，系着一条围裙。她说她是看门人的妻子，在这里打杂。我就让她去煮咖啡。

"我又抄写了两条，感到更加困乏，就站起身来在房间来回走动，伸展一下腿脚。咖啡还没送上来，我想知道是什么原因，便打开门沿着走廊走下去。走廊是从我办公室到楼梯的唯一出口，没有拐角，灯光昏暗。走廊的尽头便是楼梯，小门房就在楼梯的下面。楼梯的中间有一个平台，旁边另有一条通道，经过一段小楼梯，通向边门，供侍从们使用，也是职员们从查尔斯街进入办公室的捷径。这儿有张草图。"

"谢谢，我想你讲得我已经听明白了。"福尔摩斯说道。

"请注意，现在我要说到重要地方了。当我下楼走进门房时，发现看门人睡着了，酒精灯上的水壶在沸腾，水溢到了地上，我便拿下水壶，熄灭了酒精灯。正当我伸手去摇醒沉睡中的看门人时，他头顶上方铃声骤然响起，惊醒了他。

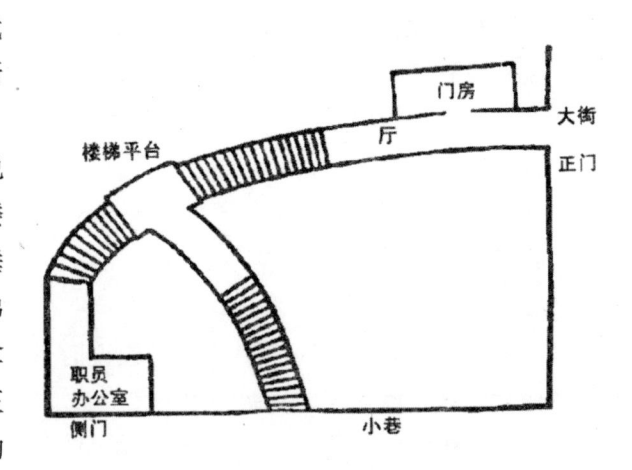

"'费尔普斯先生！'他非常惊讶地看着我。

"'我来看看咖啡煮好了没有？'

"'我在烧水时睡着了。'他看着我,又看看还在颤抖的铃,脸上露出更加惊奇的神色。

"'您在这儿,那么刚才是谁在按铃?'他问道。

"'铃?什么铃?'我叫道。

"'就是您办公室的那个铃!'

"我心头顿时一阵冰凉!有人进了我的办公室!而那份无比重要的文件就放在桌上!我疯一般地向楼上冲去。走廊里没有人影,房间里也没人,一切都和我离开时一模一样,只是舅舅交给我的那份文件不见了。手抄的那部分在,可原件不翼而飞了!"

福尔摩斯笔直地坐在椅上,揉搓着双手。我可以看出他对这件案子非常感兴趣。"那你之后做了些什么呢?"他低语道。

"我首先想到盗贼一定是从旁门上楼的。如果他从正门上楼,我一定会碰上他。"

"你能确定他不会一直藏在办公室里,或者走廊里吗?你不是说走廊灯光很暗吗?"

"绝对不可能。无论是室内,还是走廊,根本没有藏身之处。"

"谢谢你,请继续吧。"

"看门人见我脸色煞白,知道肯定出了什么事,就跟着我上楼来。我们两人顺走廊奔向通往查尔斯街的那个陡峭楼梯,楼底下的旁门关着,但没锁。我们推开门,冲了出去。我清楚地记得下楼时听到邻近的钟敲了三下,正是九点三刻。"

"这一点极其重要。"福尔摩斯边说边在他的衬衫袖口上记了下来。

"那晚天色漆黑,正下着毛毛细雨,查尔斯街空无一人,可是,街尽头的白厅路上和往常一样,车来人往。

我们连帽子也没戴,就沿人行道跑过去,在对街拐角处,看到一个警察站在那里。

"'发生盗窃案了,'我气喘吁吁地说道,'一份极为重要的文件在外交部被人偷走了。是否有人从这里过去?'

"'我在这里站了有一刻钟,先生,'警察说道,'这段时间只有一个人经过,是一个高个的老妇人,披着一条佩兹利披巾。'

"'啊,那是我妻子,'看门人高声喊道,'还有其他人吗?'

"'没有。'

"'那窃贼一定是从左拐角逃走了。'那家伙扯着我的衣袖喊道。

"但我不太相信,而他企图把我引开,倒加深了我的怀疑。

"'那个女人朝哪个方向走了?'

"'我不知道,先生,我只注意到她走过去,可是我毫无理由盯着她。她似乎很匆忙。'

"'有多久了?'

"'啊,没有几分钟。'

"'不到五分钟吗?'

"'对,应该不超过五分钟。'

"'你这是在浪费时间,先生,现在每分钟都很重要。'看门人叫道,'请相信我,我妻子不会做这件事,快到这条街的左端去吧。好,你不去我去。'说着,他就向左跑去了。

"但我随即追了上去,扯住他的衣袖。

"'你住在哪里?'我问道。

"'布里克斯顿的常青藤街十六号,'他回答道,'可是你不要被错误的线索迷住,费尔普斯先生。我们应该到另一条街上看看能否找到线索。'

"我想,这样做也没什么坏处,我们两人和警察朝另一条街上跑去,只见街上车水马龙,人来人往,似乎每个人都想在这阴雨之夜赶快寻找栖身之处,因此没有闲人可以告诉我们谁在这里经过。

"无奈之下我们又返回外交部,把楼梯和走廊又搜查一遍,但毫无结果。通往办公室的走廊上铺着一条奶油白色的地毯,要有脚印很容易被发现。我们仔细地查看了,没有任何脚印。"

"那天整个晚上都在下雨吗?"

"大约从七点钟就开始下了。"

"那么,那个妇女穿着湿雨靴大约在九点钟左右进入你办公室,怎么没有留下脚印呢?"

"我很高兴你能提出这点,那时我也想到了。她有个习惯,就是在看门房里脱掉靴子,换上布拖鞋。"

"这一点清楚了。就是说,虽然当晚下着雨,却没有发现脚印,对吗?这一连串的事件真的很奇怪。接着你们又做什么了呢?"

"我们也检查了一遍房间。这房间不可能有暗门,窗户离地面至少有三十英尺。两扇窗户都是从里面插着。地板上铺着地毯,不可能有暗道,天花板是普通白灰刷的。我可以用性命保证,盗取文件的那个人只能从房门逃跑。"

"壁炉怎么样呢?"

"那里没有壁炉,只有一个火炉。铃就挂在我办公桌的右上方。要是按铃必须走到我办公桌旁。可是窃贼为什么要去按铃呢?这是一个让人费解的谜团。"

"这件案子确实非同寻常。下一步呢?我想,你们检查过房间,是想看看那个窃贼是否留下什么痕迹,比如烟蒂、失落的手套、发夹或其他什么小东西?"

"什么都没有。"

"有什么气味吗?"

"唉,我们没有想到这一点。"

"啊,在调查这样的案件时,即使有一点烟草气味对我们也会有很大的帮助。"

"我从来不抽烟,我想,只要屋里有一点烟味,我就会闻出来的。可是那里一点烟味也没有。唯一有疑问的就是看门人的妻子——名叫坦盖太太,突然匆匆地离开了那里,看门人也说不出什么理由,他只是说她平常就是在这个时间回家。警察和我一致认为,如果是她拿走了那份文件,我们最好趁她把文件脱手之前就把她抓住。

"这时苏格兰警场已接到报案,警探福布斯立即赶来,全力以赴地侦查本案。我们租了一辆双轮双座马车,半个小时就到了看门人的家。开门的是一个年轻女子,后来我们知道她是坦盖太太的长女。她母亲还没回来,她把我们带到前厅等候。

"大约十分钟后听见敲门声,但这时我们犯了一个严重的错误,这只能怨我自己。我们没有亲自开门,而是让那个姑娘去开。我们听到她说,'妈妈,家里有两个客人在等你。'接着我们就听到一阵急促的脚步声。福布斯一把拉开门,我们两人跑进后屋,也就是厨房,可是那妇女已早我们一步进去了。她恶狠狠地望着我们,后来,突然认出了我,脸上露出疑惑的表情。

"'啊,你不是费尔普斯先生吗?'她叫道。

"'好了,你为什么要躲着我们?你知道我们是谁?'我的同伴问道。

"'我以为是旧货商呢,'她说道,'我们和一个商人有些纠纷。'

"'这个解释很勉强,'福布斯回答道,'我们有根据认为你从外交部拿走了

一份重要文件,匆忙跑到这里是想把它处理掉。现在你必须跟我们一起到苏格兰警场走一趟,接受调查。'

"她辩解,反抗,但一点儿用也没有。我们叫来一辆四轮马车,三个人都坐进去。临走以前,我们又把厨房检查了一遍,特别是灶火,看看她是否在我们进来之前把文件烧掉。但是,没有一点碎屑或灰烬的痕迹。到了苏格兰警场后,我们立即把她交给女警员。我非常焦急,终于等到女警员的搜查结果,但什么也没有搜到。

"这时,我才开始意识到巨大的恐惧,在此之前,我只顾行动,根本没时间思考。我一直深信可以很快找到那份协定,根本不敢想如果找不到会有什么后果。可是现在什么办法都没有了,我有时间来考虑自己的处境了。这实在太可怕了。华生或许对你讲过,我在学校时,是一个胆怯而敏感的孩子,这也是我的天性。我想到我舅舅和他内阁的同僚,想到我给他、给我自己及所有我认识的人带来耻辱。我自己是这个离奇的意外事件的受害者,那又怎么样呢？重要的是外交利益事关重大,根本不能出现闪失。我算毁了,以这种可耻、无望的方式毁了。我不知道我做了些什么。我想我一定是当众大闹了一场。我只模模糊糊地记得当时有许多警察围着我,尽力安慰我。有一个警察陪我一起坐马车到滑铁卢车站,把我送上开往沃金的火车。我相信,当时如果不是巧遇上我的邻居费里尔医生,那么那位警察会一直把我送到家。医生一路上细心地照顾我,也确实多亏他这样照顾,因为在车站我就昏厥过一次,在到家之前,我几乎成了一个胡言乱语的疯子。

"你可以想象,医生的门铃声把大家从床上叫起来,看见我变成这副样子会是什么情景。可怜的安妮和我的母亲心都碎了。费里尔医生匆匆地在车站听警察说了一点儿情况,给他们讲述了发生的一切,但根本于事无补。很显然我的病需要长时间治疗,因此约瑟夫搬出了这间令人愉悦的卧室,将它变成了我的病房。在这里,福尔摩斯先生,我昏迷不醒地躺了九个多星期,饱受脑炎折磨,嘴中吃语不停。如果不是因为这位哈里森小姐和医生的照料,我现在绝不可能在这儿和您说话。白天由她照顾我,晚上由一位护士负责,因为我在疯狂发作的时候,什么事都做得出来。慢慢地,我恢复了意识,但一直到三天前,我才完全恢复记忆。有时候我真希望自己永远失忆。清醒后我第一件事就是给负责此案的福布斯警探发电报,他来了这里,很肯定地告诉我,虽然已想尽一切办法,但没有发现任何线索。对看门人和他妻子也采用一切手段侦查,但也没什么收获。然后警方又怀疑到年轻的哥拉特,你记得他吧,就是那晚在办公室中留下加班的那个人,他晚上加班和他的法国名字是两个疑点,但事实上,在他离开之前我根本就没有工作。而且他的祖先是胡格诺教徒,在感情与习惯上与我们英国人是完全一样的。从他身上找不出任何与这事有关的线索,于是案子停了下来。现在我只能求助于你,福尔摩斯先生,你是我最后的希望了。如果你也不能破案,那么我的名誉和地位将永远丧失。"

因为长时间说话,病人已疲惫不堪,便靠在靠垫上,护士给他倒了一杯提神药。福尔摩斯沉默地坐着,他的头向后仰,眼睛微闭,在旁人看来他好像一副心不在焉的样子,但我知道他正十分专注地思考。

"你的叙述十分清楚,"他终于开口了,"我几乎没有什么问题要问你。不过,有一点十分重要,你是否和其他人说起过你的这项特殊任务?"

"没有。"

"比如说,这位哈里森小姐?"

"没有。从我接到命令开始执行这期间我没有回过沃金。"

"也没有人碰巧去看你?"

"没有。"

"他们知道你办公室的进出途径吗?"

"喔,知道的,我曾和他们说过。"

"当然,如果你没有和别人提过有关这份文件的事,问这些问题也就没用了。"

"我没和任何人提过。"

"你了解那个看门人吗?"

"不了解,只知道他是个老兵。"

"哪个军团的?"

"噢,听说是英国最有名的科尔斯特里姆警卫队的。"

"非常感谢。我相信我可以从福布斯警探那里知道详情。警方在收集事实的工作方面做得很好,只是不能很好地利用。啊!多漂亮的玫瑰花啊!"

他走过沙发来到窗边,用手托住一束垂下来的玫瑰花茎,欣赏着那深红缀着翠绿的雅致花束。我从不知道他性格中还有这样一个方面,因为以前从未见他对自然物有如此浓厚的兴趣。

"没有什么比宗教更需要推理了!"他倚着窗边说,"逻辑推理可以被推理者建立起一门精确的科学。在我看来，我们对上天仁慈的最高信仰就存在于花朵之中。因为其他所有的东西，如我们的权力、欲望、食物等首先是为了生存的需要，但这玫瑰就完全不同了。它的香气和颜色都是生命的点缀，而并非生命的条件。只有上天仁慈才会给予额外的东西，因此我们期望鲜花给我们丰硕的希望。"

珀西·费尔普斯和他的护士听完福尔摩斯这番富有哲理的话，脸上显出了惊讶和失望的神色。福尔摩斯用手拨弄着玫瑰花，陷入了冥想，持续了几分钟，终于被那位年轻的女士打断了。

"您有希望破解这个谜团吗？福尔摩斯先生。"她带点刺耳的声音问道。

"啊，谜团！"他突然惊醒，才又回到了现实生活中，"嗯，如果否认这是件复杂而神秘的案子，那是很荒谬的。但我可以答应你，我会详细调查这件事，并及时告诉你事情的进展情况。"

"你有线索了吗？"

"你们给我提供了七条线索，当然，要在我调查之后才能断定它们的价值。"

"你怀疑某个人吗？"

"我怀疑我自己。"

"什么？！"

"怀疑自己下的结论太早了。"

"那就回伦敦去证实你的结论吧。"

"你的建议太好了，哈里森小姐，"福尔摩斯说着，站起身来，"我想，华生，我们不会再有什么办法了。你也不要抱太大的希望，费尔普斯先生，这确实是一件非常复杂棘手的案子。"

"我急切地期盼着和你再次见面。"外交官大声叫道。

"啊，我明天还会坐这班火车来，虽然我可能不会带来什么好消息。"

"上帝保佑你能来，"我们的委托人叫道，"每一步进展都会给我新生的力量。噢，对了，我收到舅舅霍尔德赫斯特伯爵的一封信。"

"啊，他说什么了？"

"他有点儿冷淡，但并不严厉，一定是因为我重病在身他才没有责备我。他再次说明这个事件的重要性，并且附带说在我康复之前，他们对我的前途还不会采取什么步骤——当然他的意思是关于解雇我这件事——我还有弥补我的过失的机会。"

"嗯，这还算合情合理而且考虑周到。"福尔摩斯说道，"走吧，华生，城里有一整天的工作等着我们去做呢。"

约瑟夫·哈里森把我们送到车站，我们很快就坐上了去朴茨茅斯的火车。福尔摩斯陷入了沉思，直到过了克拉彭车站，他才开始说话。

"坐任何一列这种高架线火车进伦敦都是一件让人开心的事，它可让你由上而下欣赏着那些房子。"

我以为他在开玩笑，因为那些房子实在颇为污秽，但他立即解释说："你看那些巨大、孤立的房屋建筑，矗立在石板地上，像是铅灰色海洋中的砖瓦小岛。"

"那是一些寄宿学校。"

"是灯塔，伙计！未来之光！成千上万颗种子孕育在里面，将来自会生长成英国更聪明更美好的未来。那个费尔普斯不会喝酒吧？"

"我想不会。"

"我猜也不会，但是我们必须把所有的可能性都考虑到。这可怜的家伙已陷进了水深火热之中，问题是我们怎样才能把他拉上来。你觉得哈里森小姐怎样？"

"一个个性很强的女孩。"

"是的，但是她是个好女孩，如果我没看错的话。她与她哥哥是诺森伯兰附近一个铁器制造商的两个孩子。她和珀西是在去年冬天旅游时定的婚，这次由哥哥陪同来见珀西的家人，却碰上了这件不幸的事，于是她留下来照顾她的未婚夫，而她哥哥约瑟夫发现这里的生活很舒适，也跟着留了下来。你看，我已经做了一些简单的调查，但今天还会有一整天的调查工作。"

"我的诊所——"我刚开口。

"哦喔，如果你觉得你医务比我办案更有趣——"福尔摩斯带着点儿刻薄的语气说。

"我是想说我的诊所耽搁一两天不会有什么问题，因为现在是淡季。"

"太好了，"他说，又恢复了高兴劲儿，"那我们就一起调查这件事吧。我想我们应该从福布斯那儿着手，他或许能告诉我们想知道的一切细节，这样子我们就可以知道哪儿才是突破口。"

"你是说你已经有了线索？"

"呃，我们有几个，但要经过进一步证实，才知道它们是否有用。没有犯罪动机是最难追踪的案子。现在这件案子不是没有动机。谁会从中得到好处？法国大使、俄国大使，任何可将文件卖给两国大使的人，还有霍尔德赫斯特伯爵。"

"霍尔德赫斯特伯爵！"

"对，可以想象，一个政治人物因为某种需要，这类文件意外被销毁对他来说也未必是坏事。"

"功勋卓著、声誉极高的霍尔德赫斯特伯爵也会那样吗？"

"有这种可能性，我们不能不去考虑。今天我们就去拜访这位伯爵，看看他能不能给我们提供一些线索。同时，我已经进行了一些调查工作。"

"已经进行了？"

"是的，我在沃金车站给伦敦所有的晚报都发了电报，每份报纸都会刊登这样一则广告。"

他递给我一张由笔记本上撕下来的纸，上面用铅笔潦草地写着：

五月二十三日晚上九点三刻，在查尔斯街外交部门口，有一名乘客从马车上下来，有知情者请将马车号告知贝克街二二一号B座，赏金十英镑。

"你认为盗贼是乘马车来的？"

"如果不是也没关系。不过，假如费尔普斯先生说得不错，办公室里、走廊上都没有可藏身之处，那么盗贼一定是从外面进来的。当天晚上下着雨，盗贼刚走几分钟，地毯上却没有发现脚印，那盗贼很可能是乘马车来的。而这也是唯一的可能性。"

"听起来似乎有一些道理。"

"这是我所得到线索中的一条，可以给我们提供一些结论。此外那个铃声，也是本案最奇特的一点。为什么要按铃呢？难道做贼还要虚张声势？或者有人和盗贼一起进来，打铃是为了阻止盗窃行为？或者是意外行为？还或者——？"随着思考的逐步深入，他又陷入紧张的沉思之中，我对他的习惯、情绪颇有了解，这时他一定是又想到了新的可能性。

下午三点二十分我们到达终点站，在小饭馆匆匆吃完午饭，立即赶往苏格兰警场。福尔摩斯已经给福布斯发了电报，所以他正在等候我们。这个人身材矮小，狐狸眼，机警但不友善，得知我们的来意之后，态度更显得冷淡。

"我早就听说过你的工作方法，福尔摩斯先生，"他尖酸刻薄地说道。"你习惯用警方给你提供的一切情报，然后设法自己破案，让警方丢脸。"

"恰恰相反，"福尔摩斯说道，"我过去侦破的五十三件案子，只有四件署过我的名字,其余四十九件案子都归功于警方。你不知情我不怪你,因为你年轻,没有经验。但如果你想在工作中有所长进,就不要反对我,而是同我合作。"

"我很愿意听你指教,"警探改变了态度说,"不瞒你说,至今我还没有获得过什么荣誉。"

"对于这件案子,你都做了哪些调查?"

"坦盖,那个看门人,一直派人盯着。他在警卫队时的名声很好,我们也找不到一点嫌疑。可是他妻子这个人并不怎么样。我想她对这件事应该比表面上要知道得多。"

"你监视她了吗?"

"我们派了一名女警跟踪她。坦盖太太好喝酒,我们的女警乘她高兴,曾两次和她一起喝过,可是却没找到任何线索。"

"听说旧货商要去她家要账?"

"是的,但债务现在都偿清了。"

"钱是哪里来的?"

"这个没问题,看门人领了年金。他们并没有表现出突然阔绰的迹象。"

"费尔普斯先生按铃要咖啡,是她上去应差,这她怎么解释?"

"说是丈夫累了,她想让他多休息一下。"

"噢,解释的也合理,这个同过后发现看门人在椅子里睡着是符合的。这么说,除了女人的性格不好以外,就没有什么问题了。你有没有问她,那天晚上为什么她急急忙忙跑掉?连警察都发现她那慌张的样子了。"

"她说那晚比平时晚了,要赶紧回家。"

"你有没有向她指出,费尔普斯先生比她至少晚离开二十分钟,却比她先到她家。"

"她解释说,她乘的公共马车要比双轮双座马车慢。"

"她是否解释说为什么她一到家就直奔后屋厨房?"

"因为她把准备偿还债务的钱放在那里了。"

"每个问题她都做了回答。你有没有问,她离开的时候是否看见有什么人走在查尔斯街上?"

"除了警察之外她什么人也没有看见。"

"好,你对她的盘问可以说很彻底。你还做了些什么?"

"跟踪了职员哥拉特九个多星期,但是毫无结果,没有发现他有什么问题。"

"还有其他的吗?"

"哦,我们不知道怎么进行下去——没有其他的线索。"

"为什么会有人按铃,这件事你想过吗?"

"哦,我承认这件事我很困惑。不管是谁,他的胆子还真大,来偷盗还敢按铃。"

"是的,确实很奇怪。非常感谢你告诉我这些情况。一旦我找到这个人就会立即通知你去抓他。我们走吧,华生。"

"现在我们去哪里?"离开警场,我问他。

"去拜访霍尔德赫斯特伯爵,这位内阁大臣,未来的英国首相。"

很幸运,我们到达唐宁街时,霍尔德赫斯特伯爵还在办公室。福尔摩斯递进名片,伯爵立即召见了我们。他按照惯有的旧式礼节接待了我们,请我们坐在壁炉两旁豪华的沙发上。他站在房间中央的地毯上,身材修长,面目精明、严肃,卷曲的头发过早地变成灰白色。他气宇不凡,果然是一位名副其实的贵族。

"久闻你的大名,福尔摩斯先生,"他面带微笑说道。"我很明白两位的来意,本部只有一件案子能够引起你们的关注。能否问一下你们是受了谁的委托而来的?"

"珀西·费尔普斯先生。"福尔摩斯回答。

"噢,我那个不幸的外甥!你们应该理解,因为我们有亲属关系,所以我更不能袒护他。我担心这件事对他的前途会有很大的不利影响。"

"但是,如果找到那份文件呢?"

"噢,那当然另作别论。"

"我有几个问题想问问您,霍尔德赫斯特伯爵。"

"我愿意提供所有我知道的信息。"

"您是在这间办公室里交代珀西抄写那份文件的吗?"

"没错,就是这里。"

"不会有其他人听到你们的谈话对吗?"

"绝对不会。"

"您从来没有对别人提起过要吩咐人抄写那份文件?"

"从来没有。"

"您肯定?"

"绝对肯定。"

"好，既然您没有提起过，费尔普斯先生也从未向其他人说起，也就不会有人知道这件事，那么盗贼应该是偶然进入他的办公室，碰上了机会就顺手偷走了文件。"

内阁大臣笑了笑。

"你说的这个已经超出了我的职权范围。"他说。

福尔摩斯思考了片刻。"还有一点非常重要，我想和您商讨一下，"他说。"我知道，你很担心协定的内容一旦透露出去，将会带来严重的后果。"

"后果确实非常严重。"内阁大臣富有表情的脸上掠过一丝阴影。

"已经发生严重后果了吗？"

"还没有。"

"如果协定已经落到，打个比方，落到法国或者俄国大使的手中，您有望得到消息吗？"

"应该会。"霍尔德赫斯特伯爵面带苦色。

"既然，已经九个多星期过去了，还是没有听到什么消息，我们可以推断，因为某种原因，协定还没有落到他们手里。"

霍尔德赫斯特伯爵耸了耸肩。

"我们很难想象，福尔摩斯先生，盗贼偷走这份协定只是为了挂在墙上或者是收藏。"

"也许，他是想高价时再卖。"

"如果他再等一段时间，就要一文不值。因为再过几个月，这份文件就会被公开了。"

"这一点非常重要，"福尔摩斯说。"当然，也有其他可能，比如窃贼忽然得病——"

"比如说脑炎，是吗？"内阁大臣扫了福尔摩斯一眼，问道。

"我没有这么说，"福尔摩斯镇静地说。"好吧，霍尔德赫斯特伯爵，我们已经占用了您大量的宝贵时间，现在该向您告辞了。"

"祝你早日查出案犯，不管他是什么人。"这位贵族送我们到门口，向我们点头说道。

"一位杰出的人物，"我们走到白厅街时，福尔摩斯说道。"但是要保住他的位子，还需要一番努力。他贵而不富，但开销很大。你注意到了他的皮鞋底吗，是刚换过的。现在，华生，我不再耽误你的本职工作。如果马车启事没有回音，我就无事可做。不过,如果明天你能同我一起搭乘昨天坐过的火车到沃金去,我会非常感激。"

第二天早上,我们如约一起坐上了去沃金的火车。他说那则广告没有回音,也没什么新线索。他尽力让自己的表情绷得像印第安人一样呆板,因此我揣摩不出他对这件案子的进展是否满意。我只记得他谈论的话题是关于法国犯罪学家贝迪荣的测量法,并对他赞赏有加。

我们的当事人仍由他那位护理人精心照料着,不过看起来比先前好多了。我们进门时,他轻松地从沙发上坐起来欢迎。

"有什么消息?"他急切地问道。

"和我预想的一样,没有什么好消息。"福尔摩斯说,"我们见过了福布斯警探和你的舅舅,也进行了一些调查,可能会有一些发现。"

"这么说,您并没有失去信心?"

"当然没有!"

"上帝保佑您能这样说!"哈里森小姐叫道,"如果我们不失去勇气和耐心,事情肯定会水落石出的。"

"我们可能有更多的消息要告诉你。"费尔普斯坐回到沙发上。

"希望您有新的发现。"

"是的,昨天晚上我们又有一次惊险而且可怕的经历。"他说的时候表情严肃,眼中流露出恐惧的神情。"你知道吗,我也许正处在一个巨大的阴谋之中,不但我的荣誉被毁,甚至我的生命也受到威胁。"

"啊?"福尔摩斯叫道。

"这太不可思议了!迄今为止,我在世上根本就没有什么仇人,但昨天晚上所发生的事情,让我找不到其他的理由。"

"请讲给我们听听。"

"你要知道,自从出事以来,昨天晚上是我第一次一个人睡觉。我感觉很好,就没让护理陪伴,但一直点着灯。大约凌晨两点,我迷迷糊糊地睡着了。突然一阵轻微的声音把我惊醒了,就像老鼠啃地板的声音。我躺着仔细地听了一会儿,以为就是老鼠。然后声音渐渐变大了,突然从窗户那边传来刺耳的金属刮擦声。我警觉地坐了起来,这时才明白是什么声音。起初应该是有人把工具切入窗扇撬击的声音,后来是拉开窗栓的声音。

"接着声音停了有十分钟,大约是这个人等着看刚才的声音是否把我惊醒。

然后听到轻轻的吱嘎声,窗户慢慢被打开了。我再也忍不住了,因为我的神经已经不比从前。我从床上跳起来,冲过去猛然把百叶窗拉开。一个人正蹲在窗口!我还没来得及看清楚,那人就立即逃走了。他脸的下部用面布蒙着,但我可以确定的一点,就是他手里有刀,应该是一把长刀,因为他转身逃走时,我清楚地看到刀光闪闪。"

"这个非常重要,"福尔摩斯说,"请告诉我后来你怎么办了?"

"要是身体好点儿,我就跳窗去追他了,可我只能按铃叫醒家人。铃装在厨房,而仆人们都睡在楼上,因此花了一点儿时间。我大声喊叫,结果约瑟夫先下楼来,他叫醒了其他人。约瑟夫和马夫在窗外的花坛上发现了脚印,可近来气候异常干燥,过了草坪就很难发现这些足迹了。但在靠近马路的篱笆墙上,发现了一些痕迹。他们告诉我,似乎有人从那边翻越过来时把护栏尖碰断了。这一切我没有报告给当地警局,因为我想先听听您的意见。"

当事人的这段传奇经历似乎对福尔摩斯产生了巨大的震撼。他从椅子上站起来,在屋里走来走去,兴奋之情难以控制。

"真是祸不单行啊。"费尔普斯微笑着说,显然这场惊吓更加使他不安。

"看来你真面临着危险,"福尔摩斯说,"能否和我一起到院子里走走?"

"好的,我正好可以晒晒太阳。约瑟夫也一起去吧。"

"我也要去!"哈里森小姐说道。

"我想不行,"福尔摩斯摇头说道,"我希望你坐在这里别离开。"

哈里森小姐很不情愿地坐回原位,而她哥哥和我们一起出了门。我们四人沿着草坪来到这位外交官的窗前。正如他所说,窗外的花坛上的确有脚印,可是十分模糊。福尔摩斯弯下腰看了看,直起身子耸了耸肩。

"估计没有什么人能从这些脚印上发现什么。我们到房子周围走走,看看盗贼为什么选中这间屋子。我觉得客厅和餐厅的窗户更大一点儿,对盗贼应该更有吸引力。"

"从马路上很容易看到这里。"约瑟夫解释说。

"哦,没错,当然了。这儿有道门,他或许试过能否打开。这门是做什么的?"

"这是道边门,平时小商贩出入,晚上当然锁上了。"

"你以前有过这样的经历吗?"

"从来没有过。"我们的当事人说道。

"你房间里是否有诸如金碗银盘之类吸引盗贼的东西?"

"没什么贵重的东西。"

福尔摩斯双手插入衣袋,在房子周围走来走去,脸上出现了一副从未有过的满不在乎的表情。

"对了,"他转向约瑟夫说,"你说你发现有一处盗贼翻越栅栏时把护栏尖弄断的痕迹,我们去看看。"

这位胖胖的年轻人把我们领过去。有一处地方的护栏尖被人碰断了,一小块木条还悬垂着。福尔摩斯把它折下来仔细地看了看。

"你认为是昨晚弄断的?这断痕看来很陈旧,不是吗?"

"哦,有可能。"

"这里没有迹象表明有人翻越过来。我想这里找不出有价值的线索,我们还是回卧室再研究吧。"

约瑟夫·哈里森搀扶着他未来的妹夫,慢慢地走着。我跟着福尔摩斯快步穿过草坪,来到卧室开着的窗前。他俩被远远地落在了后面。

"哈里森小姐,"福尔摩斯用非常严肃的口气说,"你必须整天守在这里,不管发生什么事情都不能离开!这非常关键,一定记住!"

"福尔摩斯先生,您吩咐的,我一定照办!"哈里森小姐惊讶地回答道。

"你睡觉时,把房门从外面锁好,把钥匙带在身上,一定要照我说的去做!"

"那珀西呢?"

"他和我们一同去伦敦。"

"我留在这里?"

"这是为他好,你这样是帮他的忙,快!答应我!"

她赶紧点头答应了,这时珀西和约瑟夫走了过来。

"安妮,干嘛愁眉苦脸地坐在那儿!到外面晒晒太阳啊!"

"不,谢谢你,约瑟夫,我有点儿头疼,屋子里比较凉爽,会舒服些。"

"福尔摩斯先生,您现在准备怎么做呢?"我们的当事人问道。

"在调查这件小事的同时,我们不能忽略了我们主要的调查工作。我想如果你能和我们一起去伦敦,那对我的帮助会很大。"

"现在吗?"

"嗯,如果你方便,越快越好,最好一个钟头之内。"

"我感觉身体好多了,只要对您有帮助我就去。"

"非常有帮助。"

"今晚我是否会在伦敦过夜?"

"我正想这样说呢。"

"哦,如果昨晚的那位朋友又来拜访我,会发现猎物飞走了。我们一切都听您安排,福尔摩斯先生,告诉我们您具体怎么做。或许您想让约瑟夫和我们一起去,以便照顾我。"

"哦,不用,你知道华生是医生,他会照顾你。如果你答应了,我们就在这儿吃午饭,然后我们三人一起去伦敦。"

一切都照福尔摩斯的建议安排妥当,只有哈里森小姐按照福尔摩斯的盼咐,找个借口留在这间卧室里。我不知道我的同伴有什么打算,难道他想让那位姑娘同费尔普斯分开?

费尔普斯因为已经稍稍恢复了健康,同时期望有所行动,高兴地和我们一起在餐厅吃午饭。但是,在把我们送上火车之后,福尔摩斯突然说,他不打算离开沃金了。

"在我走以前,我还有一两件小事要查清楚。"他说道,"费尔普斯先生,你不在这里,在某种程度上是在帮我。华生,你们到伦敦以后,一定要听我的,立即和我们的朋友一同乘车去贝克街,并一直等到我回来。好在你们两人是老同学,一定有许多话要说。今晚费尔普斯先生可以住在我那间卧室里。明天早晨我会乘八点钟的火车赶到滑铁卢车站,和你们一起吃早饭。"

"那我们在伦敦的调查怎么办呢?"费尔普斯沮丧地问道。

"这些可以留到明天再做。我想我今天留在这里更有用。"

"你回到布里尔布雷后,可以告诉他们,我想明天就回去。"在火车驶出月台时,费尔普斯喊道。

"我可能不回布里尔布雷,"福尔摩斯答道,在火车离站时,他高兴地向我们挥手道别。

费尔普斯和我一路上都在谈论,但对于福尔摩斯这一新奇举动,谁也不能给出一个合理的解释。

"我猜,他是想找出关于昨晚那个盗贼的线索,如果真有盗贼的话。而我想那个盗贼一定很不一般。"

"你怎么看呢?"

"说实话,你也许会认为我是神经错乱,可是我相信,在我周围一定有某个隐秘的政治阴谋正在进行,并且有着某个我不清楚的原因,这些阴谋家想谋害我的性命。这样说可能有一些夸张甚至荒谬,但考虑一下吧!为什么一个盗贼没有任何希望得到有价值的东西却撬开我卧室的窗户?为什么手中还拿着一把长刀呢?"

"你肯定那不是撬门用的撬棍吗?"

"啊,不是,就是一把刀。我清楚地看到刀刃的反光。"

"可是究竟有什么深仇大恨,会这样追杀你呢?"

"啊,这就是关键所在。"

"好,如果福尔摩斯也有同样的看法,就完全可以解释他的这一行动,是吧?假如你的想法正确,他能抓住那个昨夜威胁过你的人,那么就离那个偷海军协定的人不远了。若如果你有两个敌人,一个偷了你的东西,另一个来威胁你的生命,那未免太可笑了。"

"但福尔摩斯说他不回布里尔布雷。"

"我对他了解已经有一段时间了,"我说道,"我知道他做每一件事都有充分的理由。"说到这里,我们便把话题转移到其他方面了。

可是这一天把我弄得精疲力竭,费尔普斯久病之后仍很虚弱,而不幸的遭遇更加使他变得神经紧张。我给他讲了许多我的往事,讲阿富汗、讲印度、讲一些社会问题、讲一些使他感兴趣的事,尽力给他调剂精神,但都无济于事。他一心惦记着丢失的那份协定,并不断地在思索、猜测,想知道福尔摩斯正在做什么,霍尔德赫斯特伯爵要采取什么措施,明早我们会听到什么消息等。随着夜色深沉,他由激动变得异常痛苦。

"你很信任福尔摩斯吗?"他问。

"我亲眼见过他办过许多出色的案子。"

"可是如此复杂、毫无头绪的案子,他还没遇到过吧?"

"哦,不,我见过他侦破过比你这个案子线索还要少的案子。"

"但案情没有我这个案子严重吧?"

"这不太清楚。但我确实知道,他曾为欧洲三个王室办过极其重要的案子。"

"你很了解他,华生。他这个人如此不可思议,我完全不知道怎么理解他。你觉得他有希望查清这个案子吗?他会成功吗?"

"他什么都没说。"

"这不是好的征兆。"

"完全相反。我曾注意过,他没有线索的时候总是说没有。在有了一些线索,但没有最后肯定时,他就会沉默寡言。现在,我亲爱的朋友,不要自己紧张,焦虑不安,这不会起到任何作用。我想你还是早点睡觉吧,这样才能有精神去应付明天的事情。"

我终于说服了他听从了我的劝告上床休息了,但我知道他内心激动,根本没有心情睡觉。他的情绪也影响到了我,我也在床上翻来覆去,不能入睡,满脑子想着这件奇怪的案子,作出无数个推论,但又一一推翻。福尔摩斯为什么要留在沃金?为什么要让哈里森小姐整天守着病房不能离开?为什么他要如此小心谨慎,不想让布里尔布雷的人知道他还留在沃金?我竭力想思考出一个能解释这些问题的答案,不知不觉中我睡着了。

早晨醒来时已经七点钟了,我马上起身到费尔普斯房里,发现他面容憔悴,一定是整夜没有睡着。他第一句话就是问福尔摩斯是否回来了。

"他既然答应了就一定会回来,"我说,"一定会准时回来的。"

我说的一点没错。八点刚过,一辆马车疾停在门口,我的朋友从车上下来了。我们站在窗口,看见他左手缠着绷带,面色严肃而苍白。他走进屋后,过了一会儿才走上楼来。

"看他样子很沮丧,筋疲力尽。"费尔普斯高声说。

我也不得不承认他说的很对。"弄到最后,"我说,"案子的线索很可能是在城里。"

费尔普斯痛苦地叹了一口气。

"不知道是什么情况,"他说,"我一直抱着很大的希望等他回来。他的手昨天没有缠绷带啊,发生了什么事?"

"你没有受伤吧,福尔摩斯?"我朋友一进屋我就问他。

"没有,不小心擦破了点儿皮,"他边回答边向我们点头问早安。"你这个案子,费尔普斯先生,的确是我办过的案子中最神秘的一个。"

"恐怕也超过了您的能力。"

"应该是一次特别的经验。"

"绷带说明你肯定经历了一些危险的事,"我说,"快告诉我们到底发生了什么事?"

"先吃早饭,我亲爱的华生。要知道今天早上我从萨里赶了三十英里的路。

我想那则广告还是没有什么消息吧？唉，算了，我们不能期望什么事情都顺利。"

桌子已经收拾好了，我刚要按铃，哈德森太太就送来了茶点和咖啡。几分钟之后，三份早餐摆在了桌上。我们坐到桌前，福尔摩斯狼吞虎咽地吃了起来，我满心疑惑，费尔普斯则非常沮丧。

"哈德森太太手脚利索，就是能应急，"福尔摩斯说，打开一盘咖喱鸡。"她的烹调水平有限，可是和其他苏格兰妇女一样，一顿早餐花样很多。你那个是什么，华生？"

"火腿蛋。"

"好！你想吃点什么，费尔普斯先生——咖喱鸡还是火腿蛋，要就请自己动手。"

"谢谢你，我什么都不想吃。"费尔普斯说。

"哦，来一点！试试你面前的那份吧。"

"谢谢，但我真的不想吃。"

"啊，那怎么可以！"福尔摩斯说，神秘地眨了眨眼睛，"我想，你应该不会拒绝我的一番好意吧？"

费尔普斯打开了面前的饭盒盖，突然尖叫了一声，坐在那儿两眼发直，脸色苍白，犹如面前的瓷盘。盘子的中央放着一份蓝灰色的纸卷。他一把抓起来，眼睛死死地盯着，接着把纸卷紧抱在胸前，在屋里发疯般地跳来跳去，快乐地尖叫着。突然他跌回了椅子上，因为太过激动而变得软弱无力，精疲力竭。我们赶紧给他倒了点儿白兰地，以免他昏过去。

"好啦，好啦！"福尔摩斯轻轻地拍着珀西的肩膀，安慰道，"这样突然地把它呈现在你的面前，实在是不应该，不过，华生是知道的，我经常忍不住把事情弄的带点儿戏剧性。"

费尔普斯抓住福尔摩斯的手不停地吻着。

"上帝保佑您！"他大声叫喊，"您挽救了我的荣誉！"

"哦，我也是在维护我的声誉，"福尔摩斯说，"如果不能侦破这件案子，我的声誉会和你的一样，将会非常糟糕！"

费尔普斯抓过那份失而复得的重要文件，装进贴身的上衣口袋里。

"我真是不忍心打扰您吃早餐，可我急切地想知道您是怎么找到它的，在哪儿找到的！"

福尔摩斯喝了一杯咖啡，又吃了一些火腿蛋，然后站起身来，把烟斗点着，又坐回到自己的椅子上。

"我给你们讲讲我先做了什么,后来又是怎么做的。"他说,"在车站和你们分手之后,我悠闲地步行,经过风景优美的萨里,来到一个叫黎普利的小村落,在那儿的一个小饭馆吃完茶点,然后把水壶灌满水,兜里装了块三明治。然后我一直等到傍晚才返回到沃金,当我到了布里尔布雷旁边的公路上时,太阳刚好落山。

"在那儿我一直等到公路上一辆车也没有——我想那条公路本来就没有多少车辆经过——才翻越护栏,进了院子。"

"那里的大门一直都开着啊。"费尔普斯突然插了一句。

"是的,可我喜欢这样做。我选择了一个有三棵冷杉树的地方,在它们的掩护下,房间里的人就不会发现我。我就在旁边的灌木林里爬,从一棵树下爬到另一棵树下——看,我裤子的膝盖这儿磨得又脏又破——一直爬到你卧室窗户对面的杜鹃花丛里。我蹲在那儿等待事情的发生。

"房间里的百叶窗没有拉下来,因此我可以看到哈里森小姐坐在桌前看书。十点一刻,她合上书,关上百叶窗,离开卧室去睡觉了。

"我听到她关上门,并清楚地听到她用钥匙把门锁上了。"

"钥匙?"费尔普斯突然问。

"没错,我告诉过哈里森小姐在她离开房间时一定要从外面把门锁上,并把钥匙带好。她完全按照我的吩咐做了。说实话,如果不是她的密切配合,我一定也拿不到那份文件。她离开后,我继续在杜鹃花丛中等待。

"夜色很好,可蹲守还是很难熬。当然也有猎人等待猎物出现时的那种激动心情。等了很长时间,华生,就像咱俩在追查'带斑点的带子'案子时,一起蹲守在杀人的房间中的感觉一样。我听到教堂里的钟声一刻钟一刻钟地敲响,内心不止一次地想,或许今晚不会发生什么事了。后来大约凌晨两点,突然听到门闩轻轻拉开的声音和钥匙开门的声音。不一会儿,仆人出入的那道门开了,约瑟夫·哈里森先生走了出来,置身于月色之中。"

"约瑟夫!"费尔普斯惊叫道。

"他没有戴帽子,肩上披着一件黑色的斗篷,以防遇到紧急情况时可以把脸遮住。他蹑手蹑脚地顺着墙根的阴影走,走到卧室的窗前,拿出一把长刀,插进窗框,拉开了窗拴,再把长刀插到百叶窗缝隙里,窗户立即被推开了。

"从我藏身的地方可以清楚地看见房中的景象和他的一举一动。他把壁炉架上的两支蜡烛点着,然后把靠近房门边的地毯一角卷起。他弯下身去拿起一块方木板,这一般是准备给管道工修煤气管接头用的。事实上,这块板是用来盖住供应楼下厨房煤气管道的T形接口。他从这隐蔽的地方取出了一小卷文件,再把木板放好,整理好地毯,吹灭蜡烛。最后他跳了下来,被我逮个正着,因为我一直在窗外等着。

"啊,这位约瑟夫先生比我想象的要凶恶得多。他挥着刀向我扑来,我试了两次才制服他,但手指关节还是被刀割伤了。我们搏斗结束时,他那只还能看见的眼中还是充满了杀气,但他听了我的劝告后,乖乖地把文件交给了我。拿到文件,我就把他给放了。今天早上我给福布斯发了一封电报,如果他行动迅速,一定能够捉到他,那就很好了。但假使如我所预料的,当他赶到那里时犯人已经逃跑了,我想这对当局来说也未免不是一件好事。我猜,霍尔德赫斯特伯爵以及珀西·费尔普斯先生都不愿这件事闹到法庭上。"

"上帝啊!"我们的委托人叫道,"你是说在这漫长又痛苦不堪的十个星期中,被偷走的文件一直在我的房间里?"

"正是这样。"

"是那个约瑟夫!无赖!贼子!"

"啊!我想约瑟夫的本性要比他的外表更阴险、更危险。今天凌晨我从他口中得知,他炒股票损失惨重。因此他不惜一切代价想弄到钱。一个这么自私的人,一碰到机会,肯定不会顾及到他妹妹的幸福,更不会考虑到你的名誉。"

珀西·费尔普斯靠回椅中。"我有点儿发晕了,"他说,"你的话更让我觉得天旋地转。"

"你这件案子最大的困难就是,"福尔摩斯说教似的指出,"线索太多,而重要的线索被那些无关紧要的事实遮盖住了。摆在我们面前的事实很多,所以必须从中选出我们认为重要的,然后把它们按顺序串起来,重建这一连串奇异的事件。文件丢失的那个晚上,约瑟夫本来是想和你一起回家的,通过这件事我就对他产生了怀疑,他很可能会顺道来找你,特别是他对外交部的进出路径非常熟悉。当我听到有人急欲闯进你的房间,我就更加肯定了自己的怀疑。因为只有约瑟夫可能在那里藏东西——在你的叙述中,你曾提到医生送你回来后,约瑟夫不得不腾出那件卧室来当你的病房。而且没有护士陪你的第一个晚上,就有人企图闯入,这说明入侵者对房间的情况是非常熟悉的。"

"我真是瞎了眼!"

"根据我的推断,这个案子的经过应该是这样的:约瑟夫·哈里森从查尔斯街的边门进入了外交部,他熟悉路径,因此直接进了你的办公室,恰巧你离开了。他发现办公室没人,就按了铃,在按铃的那一瞬间,一眼瞥到了摊在桌上的文件。他扫了一眼文件,发现是一份极有价值的政府文件,知道这是一次很好的机会,便立即将文件藏在口袋内离开了。你应该记得,在那困倦的看门人提醒你铃声响起的事时,这中间有几分钟的时间,足够盗贼逃跑的了。

"他乘坐第一班火车到了沃金,将偷来的那份文件仔细地看了一遍后,更加确定了它的价值,于是把它藏在了他认为最安全的地方,准备过了一两天之后拿出来送到法国大使馆或者他认为能够出高价购买的任何人。但你突然回来了,搞的他措手不及,不得不让出房间。而从那天开始,房间里一直都至少有两个人在,使得他无法取回他的宝贝。这种情形把他快逼疯了。但最终机会来了,他企图潜入房间,但因为把你惊醒了,行动失败了。你可能还记得,那晚你没有吃你平时吃的药。"

"我记得。"

"我想他或许是在药里动了手脚,因此他相信你一定会沉睡不醒。当然,我知道一旦有机会,他必定还会去取,而你离开房间正是他绝好的机会。我让哈里森小姐整天待在房间里,目的是使他无法乘我们不在时下手。然后,他以为一切都安全了,却不知我就在外面恭候着他。我已经知道文件可能就藏在房间里,但我不愿意翻开每一英寸地板和墙角去寻找它,因此我等着他自己从藏匿的地方把它拿出来,这样我就少了很多麻烦。还有什么地方不明白吗?"

"第一次他为什么要撬窗户潜入?"我问,"完全可以从房门直接进去的。"

"要从房门进去,他必须经过七个房间,而翻窗进去则只需要经过草坪。还有什么吗?"

"你不认为,"费尔普斯问道,"他有行凶的企图吗?他拿的那把长刀仅仅是为了撬窗户吗?"

"或许是吧,"福尔摩斯耸了耸肩回答,"我只能肯定一点,约瑟夫·哈里森先生绝对不是一个仁慈善良之人。"

最后一案

我怀着沉重的心情拿起笔来写下这最后的一案，记录我的朋友歇洛克·福尔摩斯独特的天赋才能。我一直竭尽全力想把我参与他刑侦的奇异经历记载下来，从把我们凑在一起的"血字的研究"一案开始，一直到后来侦破"海军协定"这一重要案子——该案因为他的参与，及时防止了一场严重的国际纠纷。但是我深深感到，我记录的东西总是既无条理又不充分。我本打算到此为止，对某个造成我一生痛苦空虚的案件不想再提及，时光流逝，两年来这种感觉丝毫未减。但最近詹姆斯·莫里亚蒂上校写了几封信件为他已经死去的兄弟辩护，我别无选择，这才拿起笔来把发生的事情如实地公之于众。因为我是惟一了解全部事实真相的人，而且我也确信时机已经到了，已经没有必要再隐瞒这个秘密了。据我所知，报纸上对此事的公开报道只有三次：一八九一年五月十六日的《日内瓦时报》，五月七日的路透社电讯英文稿，还有一次就是我上面提到的最近发表的那几封信。第一次和第二次的报导十分简略，而最后一次的这些信件，我需要指出，与事实完全不相符。我有责任把莫里亚蒂教授和歇洛克·福尔摩斯先生之间所发生的事实真相首次公开。

读者都还记得，自从我结婚以后，接下去就是开业行医，福尔摩斯和我之间极为亲密的关系也就渐渐疏远。不过当他在侦破案件过程中需要助手时，仍然会不时地找到我，只是这样的情况也越来越少了。我发现，到一八九零年这一年，我只记录了三件案子。这一年的冬天到一八九一年初春，我从报上看到他受法国政府委托调查一件极为重大的案子。在这段期间，我收到过两封福尔摩斯给我的信，一封由纳尔榜寄来，一封由尼姆寄来。因此，我想他会在法国待上很长一段时间。但意外的是，四月二十四日晚上，福尔摩斯走进了我的诊所，更让我惊讶的是，他比以前看起来更苍白、更消瘦了。

"没错，这段时间我把自己搞得精疲力竭，"他看着我的神情，还没等我问他就说道，"最近我有点压力，有点被动。你不会介意我把百叶窗关起来吧？"

屋子里唯一的亮光来自桌上的一盏灯，刚才我就在灯下阅读。福尔摩斯贴墙走过去，把百叶窗关好，又把插销插紧。

"你好像是害怕什么?"我问。

"是的,我害怕。"

"害怕什么?"

"气枪。"

"我亲爱的福尔摩斯,你这么说是什么意思?"

"我想你应该是很了解我的,华生,知道我绝不是一个神经过敏的人。但是如果在危险已经来到你身边时你还不承认,我觉得那不是勇敢,而是愚蠢。麻烦给我火柴用用好吗?"他深深吸了一口烟,仿佛只有烟才能对他起到镇静作用。

"真对不起,这么晚了我还来打扰你,"他说,"而且我还要请求你破例允许我一会儿要从你的后院翻墙离开你家。"

"到底发生了什么事?"我问道。

他把手伸向我,我借着灯光看见他有两个指关节都受了伤,正在流血。

"你看,并非我虚张声势,"他笑着说。"这可是实实在在的,甚至都能把手剁掉。你太太在家吗?"

"不在,出去访友了。"

"真的!就你一个人?"

"是的。"

"那我就容易说了,希望你能和我一起到大陆旅游一个星期。"

"到什么地方?"

"哦,任何地方都行,对于我来说哪儿都一样。"

这中间很有些奇怪,漫无目的地去旅游,这种情况是福尔摩斯从来没有过的。再看他苍白疲倦的面容,我知道他神经紧张到了极点。他看见我眼神中带着疑问,便把胳膊肘支在膝盖上,十个指尖对顶,把整个情况向我解释了一番。

"你可能从没听说过一个叫莫利亚蒂的教授吧?"他说。

"从来没有。"

"唉,真叫社会之大无奇不有!"他大声说。"这个人的势力遍及伦敦,却没有人知道他。这也正是为什么他的犯罪记录能达到登峰造极的地步。我可以严肃地告诉你,华生,如果我能战胜他,为社会除掉这个大害,那我这辈子的事业也算是达到了顶峰,以后我就过一种安静的生活了。有件事只能告诉你,最近为斯堪的纳维亚皇室和法兰西共和国办的那几件案子,给我创造了条件,使我能够如愿,过上我喜欢的安静生活,从而能够集中精力研究我的化学实验。可是我没法安心,华生,只要一想到莫里亚蒂教授这样的人还在伦敦到处横行无忌,我就不能心平气和地坐在椅子上。"

"他到底做了什么坏事呢?"

"看他履历,是个非等闲之辈。他出身良好,受过极好的教育,有非凡的数学天赋。二十一岁的时候,就写了一篇有关二项式定理的论文,在欧洲风行一时。凭借这一点在我们一座大学院里获得数学教授职务,很显然,他有一个光辉的前途。可是这个人继承了他先祖凶残的天性,全身血液中奔流着犯罪的血缘,再加上具有人所不及的高智慧,他凶恶的本性非但没有减轻,反而变本加厉,更加强了他的危害性。他在大学城里恶名昭著,最终被迫辞去教职,来到了伦敦城,在伦敦成为一名军事教练。人们对他只知道这些,但是我现在要告诉你我自己发现的情况。

"你知道,华生,对于伦敦的那些高级犯罪活动,没有人比我更清楚了。最近这些年来,我一直意识到犯罪活动背后有一股势力,有某个组织的势力庇护着那些作恶的人,法律都奈何不了他们。在各种不同的犯罪案子中——造伪币案、抢劫案、谋杀案——我深深感觉到有这股势力的存在。而且,我通过推论得知,还有很多由这股势力操纵着的、未被发现的案子,虽然我还没有亲手去办。许多年来我一直在努力,想揭开掩盖犯罪、保护罪犯的这股势力的黑幕,最后,总算被我抓住了线索,并追踪下去,找出了那位数学大师、昔日的教授莫里亚蒂。

"他是犯罪王国的拿破仑,华生。伦敦城中有一半的犯罪活动,还有几乎所有未被侦破的案子,罪魁祸首都是他。他是个鬼才、诡辩家、深奥的思想家。他的脑子高度发达,人类一流。他像蜘蛛居于网的中心,坐着不动,而网丝辐射四面八方。他可以洞察每一处的动静。他自己很少行动,只是动用头脑。他有很多手下,且组织严密,训练有素。有什么罪行要做,有什么文件要窃取,想打劫哪户人家,想杀掉哪个人,只要把话传到教授那里,马上动手,立见成效。即使手下被抓,可以花钱保释或者辩护,但操纵他们的核心人物永远抓不到——甚至不曾有过怀疑。我估计到的他们的组织情况就是这样,华生,我要想尽一切办法揭露并破获这一组织。

"但这位教授戒备非常严密,策划得狡诈异常,尽管我千方百计,还是没有取得可以把他送上法庭的罪证。我的能力你应该知道,亲爱的华生,可是经过三个月的努力,我不得不承认,我碰到了一个智力与我势均力敌的对手。虽然我厌恶他的罪行,但我更加钦佩他的能力。但最终他露出了破绽——一个小小的破绽——但是,我把他盯得死死的,即使破绽极小,他也没有办法弥补。这个机会被我抓住了,于是我便从此开始,在他周围铺下一张大网,一切已经就绪,只等收网了。三天之内——也就是在下星期一——时机就成熟了,教授和他那组织的主要人物都会落入警方手中。然后就会出现本世纪最大的审判,有四十多件未被侦破的疑案可以查清,最后把他们全部判处绞刑。但如果我们的行动略有不周,你知道,即使到最后关头,他们也会从我们的掌控之中逃离出去。

"唉,如果在莫里亚蒂教授毫不知情的前提下进行这件事,那就万事大吉了。不过莫里亚蒂实在诡计多端,他知道我在他周围设网的每一步。他一次又一次地想破网逃脱,都被我一次次地拦住了。我告诉你,我的朋友,如果把我和他暗斗的详细情况全部记录下来,那一定是刑侦史上最精彩的一页。我从来还没有达到过这样的高度,也从来没有被一名对手如此紧迫地逼过。他干得非常有效,而我刚刚超过他。今天早晨我已经实施了最后的步骤,只要三天的时间一切就都结束了。我正坐在家中思考这件事,房门突然打开了,莫里亚蒂教授出现在我面前。

"我的神经应该是比较坚强的,华生,不过我必须承认,当我看到那个使我耿耿于怀的人就站在门前时,还是吃了一惊。他的容貌我十分熟悉,他身材高而消瘦,额头隆起,双目深陷,胡子刮得很干净,面色苍白,有点像苦行僧,举止中还带有教授风度。他的肩背由于过度工作,有些佝偻,脸部向前伸,不停地左顾右盼,样子古怪而又不怀好意。他眯缝着双眼,十分好奇地打量着我。

"'你的前额并不像我所想象的那么突出,先生,'他终于开口道,'摆弄睡衣口袋里子弹上膛的手枪,是一个危险的习惯。'

"事实上,当他进来时,我立即意识到我处在极度的危险之中。因为他想摆脱困境的唯一方法就是杀我灭口。所以我急忙从抽屉里抓起手枪偷偷塞进口袋里,并且隔着衣服对准了他。既然被他发现了,我便把手枪拿了出来,把机头张开,放到桌上。他一直面带笑容,眯缝着眼,但他眼神中有一种表情使我庆幸我有这支手枪在手。

"'你显然不了解我。'他说道。

"'正好相反,'我回答,'我想我对你非常了解。请坐,如果有什么话要说,我可以给你五分钟的时间。'

"'我想说什么你心里应该很清楚。'他说。

"'那么,我怎样回答你也应该清楚了。'我回答道。

"'你不肯让步吗?'

"'绝不。'

"他突然把手插进口袋,我立刻拿起桌上的手枪。但他只是掏出了一个笔记本,上面潦草地记着一些日期。

"'一月四日你挡住我的去路;'他说,'二十三日你又碍我手脚;二月中旬你严重阻碍了我;三月底我的计划被你严重破坏。现在四月将尽,我发现,因为你的阻挠,我已经有丧失自由的危险。你已经逼得我无路可走。'

"'你打算怎么办?'我问道。

"'你必须住手,福尔摩斯先生!'他摇晃着一张脸说道,'你真的必须住手,知道吗?'

"'星期一之后吧。'我说道。

"'啊,啊!'他说,'我确信,像你这样聪明的人应该会看到这件事只有一个结局,那就是你必须住手。你把事情做到这个份上,我们只剩一条路可走。看到你把这件事搅成这个样子,这对我来说,在智力上确实是一种享受。我真诚地告诉你,如果我被迫采取任何极端手段,都会令我痛心。你笑吧,先生,可是我肯定地告诉你,事情真会这样。'

"'我们这个行业一直存在着危险。'我说道。

"'不是危险,'他说道,'是不可避免的毁灭。你所阻挡的不是一个人,而是一个强大的组织。尽管你拥有智慧,但你还是无法想象到这个组织的雄厚力量。你必须让开,福尔摩斯先生,否则你会被踩死。'

"'恐怕,'我说着站起身来,'我们的谈话很有趣,差点儿把我要办的重要事情耽搁了。'

"他也站起身来,默默地望着我,悲伤地摇了摇头。

"'好,好,'他终于又说,'虽然很遗憾,但我已尽力了。你所玩的把戏的每一步我都很清楚。星期一以前你什么也做不了。这是生死决斗,福尔摩斯先生。

你想把我送上被告席,我告诉你,那是绝对不可能的。你想击败我,我告诉你,你永远也别想把我击败。如果你的聪明足以毁灭我,请放心好了,你会与我同归于尽的。'

"'你太夸奖我了,莫里亚蒂先生,'我说道,'我也回敬你一句,告诉你,如果能保证毁灭你,那么,为了维护社会的利益,即使和你同归于尽,我也在所不惜。'

"'我是说和你同归于尽,而不是让你把我毁灭。'他咆哮地说道,转身怒气冲冲地走出去了。

"这就是我与莫里亚蒂教授不寻常的谈话,我承认,这在我心中留下了不愉快的阴影。他的话讲得平静、干脆,让人不得不相信它的真实性,一个简单的无赖是不会说出这样一番话的。当然,你会问:'为什么不报警来防范他呢?'答案是,我坚信他一定会让他的手下来攻击我,我有充分的证据证明这一点。"

"你已经受到攻击了吗?"

"亲爱的华生,莫里亚蒂教授是一个果断的人。那天中午,我到牛津街办点儿事,当我走到本廷街与韦尔贝克街的十字路口的拐角时,忽然一辆双马马车向我急冲过来。我急忙跳上人行道上,才幸免于难。那辆马车急冲过马里利本巷,转眼就不见了踪影。在那之后,我就只走人行道了,华生,但当我走到韦尔尔街时,一幢房屋屋顶上落下一块砖头,在我脚边摔得粉碎。我叫来警察,检查了那地方,屋顶上堆满了准备修理屋顶的石板及砖块,他们说可能是强风把其中一块刮掉了。当然,我心里很明白是怎么回事,但是我没有证据。那之后,我叫了一辆马车到蓓尔美尔街我哥哥的家,在那里待了一整天。刚才我来你这儿的路上,遇到一个暴徒拿着短棍袭击我,被我打倒了,警察又把他带走了。因为打在他的门牙上,我的指节弄破了。但我绝对肯定地跟你说,他们绝对查不出这个暴徒和那位退职的教授之间的任何关系,而且我敢说,那位教授现在正在十英里外的黑板上演算数学难题呢。现在你应该不会奇怪了,华生,为什么我一进你房间就要关上你的窗户,并不得不请你允许我从后院离开你这里。"

我一向钦佩我朋友的勇气,但在他平和地叙述了一整天所发生的一连串事情之后,我毛骨悚然,对他也更加敬佩了。

"今晚你不住这儿吗?"我说。

"不,朋友,我是个危险的客人。我已经制定好了计划,一切都会顺利的。事情现在已经进展到不需要我帮忙,警方就可以进行逮捕他们的地步了,但是定罪时,我还要出庭作证。因此,很显然,这几天我还是离开比较好,让警方自由行动。如果你能同我一起到大陆玩几天,我会非常感谢你的。"

"现在业务不多,"我说,"而且我的邻居可以帮忙。我很愿意。"

"明天早晨就动身?"

"如果有必要,绝对没问题。"

"喔,非常必要。那么,这是给你的一些指示,华生,我请求你必须严格照着去做,因为我们正同最聪明的歹徒及欧洲最有势力的犯罪组织决斗。现在仔细听好!把你要带走的行李,不要把名字和地址写在上面,交给一个可靠的人送到维多利亚车站。明天早晨让人去雇一辆马车,吩咐他不可以雇第一辆和第二辆主动出现的马车。你坐上马车,把要去的地方,即劳瑟街斯特兰德尽头处写在纸条上拿给马夫看,告诉他不要把纸条扔掉。事先你就把车钱付清,一到地方,你就马上下车穿过劳瑟街,要算好时间,在九点一刻到达街的另一边。你会发现有一辆小马车等在街边,赶车的人披着一件镶着红色领边的黑色斗篷。你坐上这辆马车,到维多利亚车站时正好能赶上开往欧洲大陆的火车。"

"我在哪里跟你碰头?"

"在车站。我们预定的座位是从前面数起的头等车厢的第二节。"

"我们就在那里见面?"

"对。"

我让福尔摩斯住在我这儿,但是他不肯。在我看来他显然认定只要他留在这里就会带来麻烦,因此坚持要走。他匆匆地说了我们明天的计划后,便与我一起走到花园,翻过墙来到了莫蒂默街,立刻叫了一辆马车,我听到他坐上车离开了。

第二天早晨,我按照福尔摩斯的吩咐严格执行。按着他的防范措施召来了一辆马车,以免落入对方设下的圈套之中。吃完早饭我就动身,坐上马车立即驶往劳瑟街。我飞奔穿向街对面,一辆由一个身材高大、披黑斗篷的马夫驾着的马车已在那里等着,我一坐上马车,他立刻挥动马鞭向维多利亚车站急驰而去。我下车后,他立刻就掉转马头又急驰而去,甚至连看也没有看我一眼。

到这一刻为止一切都很顺利。我的行李已经到了,我也毫无困难地找到了福尔摩斯所说的那节车厢,事实上只有那节车厢上写着"预订"二字。我现在唯一担心的是福尔摩斯还没来。我看了一下车站的钟,离我们出发的时间只剩下七分钟了。我试着在一群群旅客及送行的人群中寻找我朋友那高而消瘦的身影,但根本就没有他的踪影。这时一个年迈的意大利教士,试着用他有限的英语让脚夫明白他的行李是要托运到巴黎。我走上前帮了一点忙,耽搁了几分钟。然后,又向四周望了一遍没有找到人。我返回了车厢,却发现那个脚夫不管车票的座号是否正确,就把那位高龄的意大利朋友硬塞给我做旅伴。我极力向他解释不能随便侵占别人的座位,但没有用,因为我的意大利语比他的英语更糟,最后我无奈地耸了耸肩,继续焦急地向外张望,寻找我的朋友。我突然想到肯定是他昨夜遭到了袭击,今天才没来。想到这些。我不由地打了个寒噤。车门都关上了,汽笛也响了,这时——

"亲爱的华生,"一个声音说,"你还没有降尊向我道早安呢。"

我大吃一惊。那位老教士把脸转向我,顷刻间他满脸的皱纹完全消失了,鼻子挺起了,下唇不再翻出,嘴也不瘪了,呆滞的双眼再度炯炯有神,佝偻的身躯也挺直了。但顷刻间,整个身形又再度弯曲,福尔摩斯的面貌就像它突然出现时又突然消失了。

"上帝!"我叫道,"你吓了我一大跳!"

"防范措施是非常必要的,"他悄声说,"我敢肯定他们正积极地追踪我们。啊,那就是莫里亚蒂本人。"

福尔摩斯说话时,火车已开动了。我向后望去,看到一个高大的男子猛然地从人群中挤出来,他一路挥着手仿佛是让火车停下。但他太迟了,因为火车正加速,顷刻之间就驶出了车站。

"你看,我们采用这些防范措施,也只是惊险脱身。"福尔摩斯笑着说。然后他站起身来,脱掉用来改装的黑色教士衣帽,装入一个手提袋中。

"你看早报了吗?华生。"

"没有。"

"那你应该不知道贝克街发生的事吧?"

"贝克街?"

"昨晚他们放火烧了我们的住处,但没有造成很大的损害。"

"天哪,福尔摩斯,这真是不能让人容忍!"

"那个用短棒袭击我的人被抓之后,他们就找不到我的踪迹了,否则他们不会以为我已回到家。但是,他们显然也对你进行了监视,这也是莫里亚蒂会到维多利亚车站来的原因。你来的时候没有出什么纰漏吧?"

"我完全按照你的吩咐做的。"

"你找到了那辆马车?"

"是的,它就等在那里。"

"你认出了那个马夫了吗?"

"没有。"

"那是我哥哥迈克罗夫特。目前这种情形,你最好不要雇用任何外人。现在我们必须进一步制定对付莫里亚蒂的计划。"

"这班车是直达的,轮船又直接接上这班车,我想他已经被我们成功甩掉了。"

"亲爱的华生,我和你说过这个人的智力不在我之下,显然你没有懂我的意思。如果我是那个追踪的人,你不会认为,遇到这么一点点的阻碍我就会放弃吧?既然如此,你又怎么能小看他呢!"

"他会怎样办?"

"我怎么办,他就会怎么办。"

"那么,你准备怎么办?"

"包一辆专车。"

"那样就会晚了。"

"绝对不会。这列车要在坎特伯雷停下,通常要一刻钟才能等到轮船,他会在那里追上我们。"

"别人还以为我们是罪犯呢。我们为何不在他到来时先把他抓住呢?"

"那我三个月的努力就全白费了。这样大鱼虽然被我们抓到了,但小鱼就会横冲直撞,破网而逃。但到星期一我们就可以将他们一网打尽。不,现在我们不能抓他。"

"那该怎么办呢?"

"到了坎特伯雷我们就下车。"

"接着呢?"

"嗯,接着横越英国到纽黑文,再去蒂埃普。莫里亚蒂应该还会按照我原来的路线去做,他会去巴黎,盯住我们托运的行李,然后在车站守上两天。与此同时,我们要买两个毡制的旅行包,照顾一下我们旅游所经各国的旅行包制造业,然后悠闲地经由卢森堡和巴塞尔到瑞士去。"

于是我们在坎特伯雷下了车,但发现要等一个小时之后才有车去纽黑文。

看着那辆载着我的行李的火车疾驰而去,我的内心不禁沮丧起来。这时福尔摩斯拉了拉我的衣袖,指向远处。

"你看,果然来了。"他说道。

远方,从肯特森林中升起一缕黑烟,一分钟后,机车牵引着一节车厢向车站疾驰而来。我们刚刚在一堆行李后面藏好,那列车就鸣着汽笛隆隆驶过,一股热气扑面而来。

"他走了,"我们见那列车微微摇晃着消失后,福尔摩斯说道,"你看,我们这位朋友的智力毕竟有限。如果他能把我推断的事推断出来,并跟着行动,那就非常高超了。"

"如果他追上我们,会怎么做?"

"毫无疑问,一定会把我杀死。不过,这是一场胜负未卜的格斗。现在的问题是我们提前在这儿吃午饭呢,还是赶到纽黑文再找饭馆,不过那样的话,肚子就要挨饿了。"

当夜我们抵达了布鲁塞尔,在那里逗留了两天,第三天到达施特拉斯堡。星期一早晨,福尔摩斯发了一封电报给苏格兰警场,当晚我们回旅店时,就发现回电已经到了。福尔摩斯拆开电报,看完后便痛骂一声把它扔进了火炉。

"我早就应该想到的!"福尔摩斯叹息道,"他逃脱了。"

"莫里亚蒂?"

"苏格兰警场破获了整个集团,但就是没有他,他溜走了。我一离开英国就没有人能对付他了,可是我相信苏格兰警场已经控制了局面。我看,你最好还是回英国去,华生。"

"为什么?"

"因为现在你和我在一起是很危险的。那个人的组织已经被毁,如果他回到伦敦,也要完蛋。假如我了解的不错,依他的性格,一定会找我报仇。在那次和我简短的谈话里,他已说得很清楚了,而我也相信他一定会那么做。因此我必须劝你回到你的诊所。"

因为我曾多次协助他办案,又是他的老朋友,他的这个建议我是不会接受的。我们坐在施特拉斯堡餐馆里针对这个问题争论了半个多钟头,最后在晚上决定继续我们的旅行,前往日内瓦。

我们一路漫游,在隆河峡谷度过了令人神往的一个星期,然后,从洛伊克转道来到了吉米山隘,那儿仍覆盖着厚厚的积雪,最后,经过因特拉肯到了迈林根。这是一段迷人的旅行,山下春光明媚,一片嫩绿,山上则白雪皑皑,寒冬凛冽。可是我很清楚,福尔摩斯的内心时刻被那个阴影笼罩着。不管是在舒适的阿尔卑斯山村，还是在寂静的山隘，我都可以看出，对于每一张经过我们身旁的面容，他都警惕地审视一番。因为他确信，不管我们走到哪里，都躲不掉被人跟踪的危险。

我记得，有一次我们走过了吉米山隘，沿着令人郁闷的道本尼山边界散步时，突然一块大岩石从右方山脊上滚下来，咕咚一声落入我们身后的湖中。福尔摩斯立刻跑上山脊，站在高耸的峰顶，伸长脖子四下张望，但什么也没发现。我们的向导很肯定地对他说，春天这个地方有落石是很正常的事情。福尔摩斯虽没说什么，但带着早已料到会有此事的那种神情向我笑了笑。

尽管他时刻保持警惕，但从未表现出沮丧的样子。恰恰相反，我以前从未见过他如此精神抖擞过。他一次又一次提起，如果他能为社会除掉莫里亚蒂教授这个祸害，那么他将会很愉快地结束他的侦探事业。

"华生，到了这一步，我可以说我这一生没有白活，"福尔摩斯说道，"如果我一生的旅程在今晚结束，我也能很泰然地接受。由于我的存在，伦敦的空气变得清新。在我办的一千多件案子里，我清楚，我的能力都用在了正确的地方。近来，我倾向于研究自然界产生的问题，而不太喜欢研究人为的、肤浅的社会问题。华生，当欧洲最危险而又最有能耐的罪犯被捕获或被消灭的那一天，也就是我的侦探生涯结束的时候，而你的回忆录也该到此为止了。"

我将简单明确地结束这个故事。这不是我愿细说的话题，但我有责任不遗漏任何细节。

五月三日，我们来到了迈林根这个小村落，住在老彼得·施坦勒经营的"大英旅馆"内。店主是一个聪明人，曾在伦敦格罗夫纳旅馆当过三年侍者，能说一口流利的英语。四日下午，在他的建议下，我们两人一起出发，想翻山越岭到罗森洛依小村庄过夜。但他极力建议我们不要错过欣赏半山腰上的莱辛巴赫瀑布，只要稍微绕一段路就能到达。

那确实是一个险恶的地方。融雪汇成激流，直泻万丈深渊，溅起的水花，宛如房屋失火时冒出的浓烟。河流注入的山口是一个大裂口，两岸矗立着漆黑发亮的岩石，往下裂罅变窄，乳白色的、翻腾着的水流泻入无底深壑，涌溢迸溅出一股向上冲的急流翻滚而下，急速的绿波发出隆隆的巨声不断泻下，浓密而晃动的水帘经久不息地发出响声，水花不断向上溅起，湍流与喧嚣声实在让人头晕目眩。我们站在山边凝视着下方拍击着黑岩的浪花，倾听着深渊发出的宛如怒吼的隆隆响声。

半山腰上辟出一条小径,使人能观看瀑布全景,可是小径断然而止,游客只能从原路回去。我们也只好转身回走,忽然看到一个瑞士青年手拿一封信向我们跑来,信封上有我们刚刚离开的那家旅馆的标记,是店主写给我的。信上说,在我们离开不久,来了一位英国妇女,已经到了肺结核晚期。她在达沃斯·普拉茨过冬,现在到卢塞恩旅游访友,但她突然咯血,看来已经撑不了几个钟头了。如果她能看到一个英国医生为她诊治,对她会是莫大的安慰,不知我能否立即回去一趟,等等。好心的施坦勒店主特加附言说,如果我能答应,对他本人将是最大的恩惠,因为那位女士拒绝让瑞士医生诊治,他别无办法只好自己担负重大的责任。

这样的请求使我不能不加理会,更加不能拒绝一位身在异国他乡而濒临死亡的女同胞的要求。然而,要我离开福尔摩斯,倒又有些犹疑。但最后还是答应了,因为福尔摩斯让瑞士青年留下做旅伴及向导,我便快返回迈林根。我朋友说他会在瀑布这儿再逗留一会儿,然后爬过山去,前往罗森洛依,我可以在傍晚时到那里与他会合。我临走时转身又看了一眼福尔摩斯,见他双手环抱胸前,背靠岩石,注视着飞泻的水流。谁能料到,这竟是我和他今世的永别。

走下山坡时我回头再望,已看不见瀑布,但仍能看见山腰上那条通往瀑布的曲折小径。我记得,当时看见有一个人快步走上了这条小径。

我可以清楚地看到绿色山坡映衬着那个黑色的身影,注意到他走路时健步如飞的样子,但因有急事在身,便将其抛之脑后。

大约一个多钟头我才走到迈林根,老施坦勒正站在旅店门口。

"啊,"我赶紧上前说,"那位女士的病情没有恶化吧?"

老施坦勒脸上呈现出惊异的神色,只见他眉头向上一扬,我的心刹那间如铅沉重。

"这封信不是你写的?"我从衣袋里掏出信,问他,"旅店里没有一位病重的英国女人?"

"没有啊!"他大声道。"但信封上有旅店的标记!啊,这一定是那个高个子的英国人写的,你们刚走他就来了。他说——"

我没有等店主解释完,心中极度惊恐,已经沿村路疾速回转,向才走过的那条小径奔去。刚才是下坡顺势,整整花了一个钟头,现在我使尽浑身力气向坡上拼命跑,还是花了两个多钟头,才重新回到莱辛巴赫瀑布。福尔摩斯的登山手杖依旧靠在我离开他时的那块岩石上,却没有他的踪影。我高声呼喊,回答我的只有从环绕的山崖反射的回声。

看着那根登山手杖,我不寒而栗。那表示他没有去罗森洛依。他留在这三英尺宽的小山径上,一边是悬崖峭壁,一边是万丈深渊,仇人突然出现把他击倒了。瑞士少年肯定是拿了莫里亚蒂的钱,让他们两个狭路相逢,自己跑掉了。那么后来怎么样呢?谁能告诉我后来发生了什么事呢?

我在那里站了几分钟,竭力让自己镇定下来。这件可怕的事情把我吓晕了,我不知道怎么办了。然后我开始回想福尔摩斯的方法,并试着用它来查明这场悲剧。哦,这并不难,在我们谈话还没有走到小径的尽头那会儿,那根登山手杖成了我们待过的地方的标记。这个地方的黑土因水珠飞溅,始终是湿软的,即使是一只鸟站过也会留下爪印。在我的脚下,有两行清晰可辨的足迹沿着小径一直到较远的那头。但没有返回的痕迹。离尽头的几码处,黑土已被踩得泥泞不堪,沿峡谷的荆棘和蕨类被压乱扯断。我不顾水花溅湿全身,俯身向下细细察看。我离开旅店的时候天色已暗,现在只能看到乌黑的岩石上有水珠的反光以及深壑远处水花溅起的一丝微光。我拼命叫喊,但仍只有瀑布的隆隆声传入我的耳朵。

但是命中注定我会得到我的好友兼同伴的临终遗言。我曾提过福尔摩斯的登山手杖倚在小径旁一块突出的岩石上,我注意到这大石顶部有一样东西发着亮光。我举手去拿,发现是他一向随身带的银色香烟盒。我把烟盒拿下来,压在烟盒底下折成小方块的纸随即落到地上。我捡起来打开,原来是三张从他笔记本上撕下的纸,是他写给我的信。语气、字迹全然是福尔摩斯的性格特点,语言准确,字迹刚劲、清晰,就像他在书房里写的一样。

我亲爱的华生:

承蒙莫里亚蒂先生的同意,我写下了这几行文字,而后将对我们之间的问题作最后了断。他已大致告诉我是如何躲过英国警方以及如何得知我们的行踪的方法。这些也进一步证实了我对他的能力的高度评价。我很高兴知道我将使这个社会不会再因他的存在而受到危害。当然,这样我也要付出代价,免不了会给朋友们带来悲伤,尤其是你,我亲爱的华生。但我已经向你解释过了,我的事业已经到了紧急关头,对我而言,再也没有比这样的解决更让我心满意足的了。应向你坦白承认,我已经肯定那封来自迈林根的信是假的,但我有意将计就计把你支开,是因为我意识到随后的事情的发展将更趋险恶。请转告帕特森警长,他需要对这帮匪徒定罪的证据在字母M为首的文档里,在一封写着"莫里亚蒂"的蓝色信封中。离开英国前,我已经把我的财产处置权交给了我的哥哥迈克罗夫特。

请代我向华生太太问好！请相信，亲爱的朋友，我永远忠诚于你！

你忠诚的歇洛克·福尔摩斯

  剩下的几句话就能说清。根据专家进行现场勘察，毫无疑问，两人进行过一场搏斗。在这种情形下，结果一定是两个人扭打在一起，站立不稳而双双坠入峡谷。根本没有希望能找到两人的尸体。当代最险恶的罪犯和最杰出的护法勇士永远葬身于这险恶的旋涡丛生、水沫飞溅的万丈深渊。再也没有人见到那个瑞士青年，毫无疑问，他也是莫里亚蒂的无数手下之一。至于那些匪徒，公众应该记得，福尔摩斯搜集了全部罪证，揭露了他们的组织，揭露出已死的莫里亚蒂的铁腕对他们控制得多么严密。但是整个诉讼过程中，对于他们罪恶的首领，有关他的细节揭发的并不多，我现在之所以不得不把他的一生恶迹全盘揭出，是因为有许多不明就里之人以攻击福尔摩斯的手段来纪念莫里亚蒂，竭力洗清他的罪责。而我要说，歇洛克·福尔摩斯是我此生所见过的品格最好的、最优秀的、智慧最高的人。

【世界经典文学珍藏版】

福尔摩斯探案全集

○ 尽览世界经典文化的博大精深
○ 读传世典籍，赢智慧人生——受益终生的传世经典

柯南道尔 ⊙ 原著
李志敏 ⊙ 编著

卷三

民主与建设出版社
·北京·

归来记

空屋

一八九四年的春天,可敬的罗纳德·阿德尔莫名其妙地被人谋杀了。这件案子引起全伦敦的注意,上流社会更因此而感到惊慌。公众已经从警方的调查中得知了一些案情,但有许多细节并不了解。这是因为本案的起诉理由非常充足,没有必要把所有的细节公开。直到现在,已经过了十年,才允许我来补充全案中一些短缺的重要环节。案子本身就非常离奇有趣,但比起那令人难以置信的结局,这实在不算什么。而它确实使我震惊,是我此生所经历的最为奇异的事。即使过了这么长的时间,只要一想起它来还是会让我毛骨悚然,同时又让我重温那种兴奋、惊奇而又怀疑的心情,有如巨浪涌来,完全淹没了我的神志。读者公众对我提到过的一位非凡人物的破案思路和方法很感兴趣,但我要说一句:请原谅我没有和大家分享我所知道的一切。如果不是因为这个人曾亲口下令禁止我这样做,我一定会把这当作我的首要义务。而这项禁令直到上个月三号才被取消。

因为我和歇洛克·福尔摩斯交往密切,使我对刑事案产生了浓厚的兴趣。在他失踪以后,我都会仔细阅读公开发表的每一个案件。为了满足个人的兴趣,我还不止一次地试用他的方法来解释这些疑案,虽然不很成功。但最吸引我的还是罗纳德·阿德尔的惨死。当我读到审讯时提出的证据并据此判决未查明的某人或某些人蓄意谋杀罪时,我从未如此清楚地意识到福尔摩斯的去世给社会带来的损失。我相信这件怪事中有几点一定会特别吸引他。而且通过这位欧洲首屈一指的刑事侦探训练有素的观察力和敏捷的头脑,足可弥补警方力量之不足,甚至及早采取行动。我整天忙于出诊,脑子里却想着这件案子,始终想不出一个合理的解释。虽然大众已知道案件的结果,但我还是要在此扼要地重述一遍。

罗纳德·阿德尔是澳大利亚某殖民地总督梅鲁斯伯爵的次子。伯爵的妻子从澳大利亚回国做白内障手术,与儿子阿德尔和女儿希尔达一起住在公园路四百二十七号。阿德尔经常出入上流社会,据悉他并无仇人,也没有不良习惯。他跟卡斯岱斯的伊迪丝·伍德利小姐订过婚，但数月前双方同意解除婚约，尔后也没有留恋的迹象。他天性冷漠，平日里就生活在一个狭小、保守的圈子里。但一八九四年三月三十日夜里十点至十一点二十分之间，这个年轻的贵族遭到了离奇的谋杀。

罗纳德·阿德尔的爱好是玩纸牌，但下的财注从不会有损到他的身份。他是鲍尔温、卡文狄希和巴格特尔三家纸牌俱乐部的会员。他遇害的当天下午和晚饭后都是在卡文狄希俱乐部玩惠斯特。跟他一起打牌的莫瑞先生、约翰·哈代爵士和莫兰上校可以证明这一点。他们每人的牌运差不多，阿德尔至多输了五镑。他有一笔可观的财产，这点小数目不会对他有任何影响。他几乎每天都在那个俱乐部打牌，但是他打得小心谨慎，并且常常是赢了才离开。证词中还谈到在几星期以前，他跟莫兰上校联手，一口气赢了哥德菲·米勒和巴尔莫洛勋爵四百二十镑。

案发当晚，他从俱乐部回到家正好是十点钟。他母亲和妹妹去一个亲戚家了。女仆供述她听见他走进二楼的前厅——这里通常作为他的起居室。她事先在屋里生好了火，因为冒烟她把窗户打开了。一直到十一点二十分梅鲁斯夫人和女儿回来以前，屋里都没什么声音。梅鲁斯夫人想到儿子屋里去说声晚安，发现房门反锁。母女二人叫喊、敲门都不见答应，便叫人把门撞开，发现这个不幸的青年躺在桌边，脑袋被一颗左轮子弹击碎，模样很可怕，屋里没有发现任何武器。桌上摆着数目不一的几堆钱，有两张十镑的纸币和总共十一镑十先令的金币和银币。另外有张纸条，上面写着一些数字和几个俱乐部朋友的名字，由此推测遇害前他正在计算打牌的输赢。

勘查现场后发现案件更加复杂。首先，没有任何理由可以解释年轻的阿德尔为何把门反锁。有一种可能就是凶手所为，然后跳窗逃脱。但窗户离地面至少有二十英尺，而且窗下花坛内的花儿和泥土以及在房子和马路之间的那条草坪上都没有任何踩踏过的痕迹，很显然，房门只能是阿德尔自己反锁的。可他是怎么被枪杀的呢？谁也不可能不留痕迹地爬进窗户！如果是有人对准窗户用左轮手枪杀害了阿德尔，而且一枪，那他必定是个神枪手。另外，公园路上一直是车来人往，而且离房屋一百码的地方就是车站，却没有人听到枪声。然而奇特的凶杀案就这样发生了。

我整天想着这些事实，千方百计地寻找一个合理的解释，以便把它们联系起来,就像我已离去的朋友福尔摩斯所说的,找出一个最便捷的突破口,却毫无结果。一天晚上六点左右,我来到了位于牛津大街一端的公园路。人行道上聚集了许多闲人,正伸着脖子张望那扇我也想去查看的那间房屋的窗口。一位戴着黑眼镜的瘦高个儿的男子——我想很可能是位便衣侦探——正滔滔不绝地发表着自己的判断,其他人则围着他听。我尽力来到他身旁,可他的推测听起来很荒谬,便转身离开了。没想到却撞在一位站在我身后的残疾老者身上,碰掉了他手里抱着的几本书。我记得俯身捡起书时看到其中一本是《树木崇拜的起源》,我想他肯定是一位潦倒的藏书家,收藏的都是些晦涩难懂的书籍。这些书对它们的主人来说是很珍贵的宝贝,所以老者对于我的行为很生气,骂骂咧咧地转身走了。

我对公园路四百二十七号房间的考察无助于澄清问题。房子和大街之间仅有一段矮墙和栏杆,任何人都可以轻而易举地出入花园。可是要进入窗户是不可能的,因为旁边没有水管之类可以攀爬的地方,我更加迷惑不解,怏怏地返回到肯辛顿家中。我到书房还不到五分钟,仆人进来说外面有人要见我。令我惊讶的是,来客正是刚才那位老藏书家。他满头白发,脸庞消瘦,右胳膊下夹着十来本书。

"先生,看到我您一定很吃惊。"他用奇怪而沙哑的声音说道。

我承认的确如此。

"哦,我很不安,先生。我偶然看到您进了这间房子,就一瘸一拐地跟了过来。我很抱歉,刚才我的态度有点粗鲁,但没有任何恶意,多谢您帮我把书捡起来。"

"这点儿小事不必客气。"我说,"可不可以问您是怎么认识我的?"

"哦,先生,我冒昧地说一句,我想我们是邻居,我的小书店就在教堂街拐角处。我想我会很高兴在那儿看到您,或许您可以挑上几本书。这儿有《英国鸟类》、《加塔拉斯》、《圣战》等几本书,很便宜的。五本书正好可以把您书架第二层码整齐,现在看起来不是很整齐,不是吗,先生?"

我回头看了看身后的书架,等我转过身时,书桌对面站的竟是:歇洛克·福尔摩斯!我吃惊地盯了他几秒钟,之后我就生平第一次可能也是最后一次晕厥了过去。只觉得眼前一片白雾萦绕,等白雾消散时,发现自己领口被解开了,嘴唇上还留有白兰地的辛辣。福尔摩斯俯身对着我,手里拿着他的酒瓶。

"亲爱的华生,"耳朵里传来熟悉的声音,"太对不起了,没想到你会如此激动!"

我一把抓住他的胳膊。

"福尔摩斯!"我叫道,"真的是你吗?你真的还活着?你不可能从那可怕的峡谷中爬上来吧?"

"等一等,"他说,"你确信你现在适合谈这些事吗?我这戏剧性的重现把你吓成这样,真不应该这样做。"

"我没事,可是福尔摩斯,我真不敢相信自己的眼睛。天哪!真没想到你还会站在我面前!"我又一次抓住他的衣袖,抓住他那消瘦而有力的手臂。"哦,不管怎样,你不会是鬼魂吧?"我说道,"亲爱的朋友,见到你我太兴奋了!请坐!快告诉我你是怎样从那可怕的深渊中死里逃生的。"

他在我对面坐下,和往常一样,漫不经心地点了一支烟。他穿着一件书商穿的破旧长衫,除此之外,能看到的便是满头白发和放在桌上的旧书。福尔摩斯比以前更加消瘦机警,但那鹰似的脸上有些许苍白,说明他最近身体不怎么好。

"我真高兴可以直起腰了,华生,"他说,"一个高个子的人连续几个小时让自己矮一英尺可不是件好玩的事。现在,亲爱的朋友,我想,如果你今晚能和我一起做一项艰巨的工作,在这之后再解释一切会更好。"

"我很好奇,现在就想听!"

"今晚你愿意和我一起去?"

"不论何时何地,都可以。"

"好的,还和以前一样,吃完东西我们再走。事实上,从深渊里逃出来并不十分困难,原因很简单,我并没有掉进去。"

"没掉进去?"

"是的,华生。但我给你留下的便条完全是真的。当莫里亚蒂教授站在那条通向安全地带的小路上时,我确信我的职业生涯将要结束了,他灰色的眼睛里充满了冷漠与无情。所以我和他交谈了几句,他很有礼貌地同意我写下那张便条。我把它和我的烟盒及拐杖放好,然后继续前行,莫里亚蒂教授紧跟在我身后。走到小路的尽头,就算是到了绝境。他并没有掏出武器,而是冲过来用那双长胳膊抱住我。他知道一切都完了,便急于报复我。我们在悬崖边上扭作一团。幸好我懂一点儿日本摔跤术,努力挣脱了他的胳膊。他发出一声惨叫,双脚疯狂地踢了几下,双手在空中胡乱地抓狂,但最终还是失去了平衡,掉了下去。我探下头去看他掉下去很长一段距离,然后撞在一块岩石上,又弹了出去,最后掉进了深渊。"

福尔摩斯先生一边吞吐着烟圈一边讲述着这一切,我听得惊呆了。

"可是那些脚印怎么解释呢?"我大声问道。"我明明看见,两个朝前走的脚印,但没有回来的。"

"是这样。教授坠崖身亡的一刹那,我想是命运之神挽救了我。但要我命的除了莫里亚蒂,至少还有三个人。他们的首领一死,对我的仇恨会更加强烈。如果我现在死了,他们一定会毫无顾忌地再次露面,这样我就可以把他们都除掉。之后,我就可以再次宣告我还活着。

"我站起身查看身后的岩壁。那岩壁太高了,要攀登过去显然是不可能的;而要从小道出去就一定会留下脚印。如果像以前做过的,把鞋倒过来走,这样同一方向就出现了三对脚印,没法解释。无奈之下,只能冒险攀登岩壁。华生,那真是铤而走险,瀑布在我脚下怒吼,不止一次,我都差点儿摔死。最后我终于爬到了一块几英尺宽的岩石上,我可以舒舒服服躺着而不被人看见。我亲爱的华生,当你同所有跟来的人检查我的死亡现场时,我就在那上面。

"最后,你错误地以为我死了,便返回到了旅馆。而我一个人本以为我的历险可以就此结束了。但突然一块大石头从头上落了下来。我抬头向上看,发现一个人的脑袋露了出来,紧接着又是一块,砸在离我脑袋还不到一英尺的岩石上。因此我确信莫里亚蒂还有个党羽,而且他还是一个危险的人物。在教授对我动手时他藏在暗处。他同伴的下场以及我的逃脱,他都亲眼目睹。他等候机会,然后绕到悬崖顶上,继续完成他们的阴谋。

"我来不及多想,华生,又看见那张鬼似的脸从顶上伸出来,知道他又扔石头了。我就沿山道向下爬,往下爬要比往上爬困难百倍。但我已经没有时间考虑危险了,就在我刚抓住岩石边把身子腾空时,又一块石头呼得一声落在我身旁。下到一半时我不小心摔了下去。不过还好,只破点皮。我在山上摸黑赶了十英里路。一星期以后,跑到佛罗伦萨。

"我唯一可以信任的人就是哥哥迈克罗夫特。真是对不起,亲爱的华生,没办法,所有这一切就是要人们相信我已经死掉。如果你不相信我真的死了,你也就不会写出叫人信服的文章。三年来我多次想提笔给你写信,可总是担心你对我关切太深，会泄露我的秘密。今天晚上出于同样的理由。至于迈克罗夫特，我不能瞒他，因为我需要他的资助。在伦敦的这起案子并不像我事先想的那么顺利，两个凶恶的要犯竟逍遥法外。于是，我远赴西藏旅行两年。后来我去过波斯以及喀土穆。回来后在法国南部的蒙彼利埃的一个实验室进行煤焦油衍生物的研究，实验结果很让人满意。后来得知我的敌人只剩一个在伦敦，便准备回来。正好赶上这桩公园路奇案的新闻，更促使我加速行动。这件案子恐怕是我再试身手最难得的机会。所以今天两点钟，我就坐在了老房子里我的旧椅子上。"

如果不是亲眼见到这个顾长精瘦的身影站在我面前，我真是难以相信这个离奇的故事。福尔摩斯已经知道我的丧偶之痛，在行动上给了我深切的同情与安慰。"工作是医治悲痛的良药，亲爱的华生，"他说，"如果今晚我们的任务完成了，也就不枉我们来世上一回。"我想叫他告以详情，但他不多说。"在明天早晨之前足够你听和看的了。"他回答道，"我们有三年的往事可谈，足够谈到九点半，到那时我们便开始进行伟大的空屋探险。"

九点半钟，我们两人坐上了一辆双轮马车。我口袋里藏好左轮枪，心中充满了冒险的兴奋与激动。福尔摩斯则是冷静、镇定、沉默。我看到他紧抿薄唇，一副沉思的样子，知道这一定是一场非同寻常的冒险。而他脸上不时泛起严厉的冷笑，预示着我们的猎物凶多吉少。

我原以为我们要去贝克街，但福尔摩斯却让马车停在了卡文狄希广场的拐角处。他下车时仔细地向四周看了看，以确信没有人跟踪我们。我们走的这条路线非常奇特。福尔摩斯对伦敦的每条小道都异常熟悉。这一次我们很快地穿过了一连串我从来不知道的小巷和马厩，最后到了布兰福特街。再然后他立刻拐进一条窄道，进入一个废弃的院子。他拿出钥匙打开了一所房子的后门，我们一起进去后便把门关上了。

屋内一片漆黑，但很明显是一所空屋子。铺平地毯的地板在我们脚下吱吱地响。我伸手碰到一面墙，墙纸已经七零八落。福尔摩斯用冰凉的手指抓住了我的手腕，领着我一直走进了一间正方形大空房，四角很暗，只有当中一块地方被远处的街灯照得有点亮。附近没有街灯，所以我们在里面只能看清彼此的轮廓。我的同伴把嘴凑近我的耳朵。

"你知道这是哪儿吗？"他悄悄地问。

"那边就是贝克街。"我睁大眼睛透过昏暗的玻璃窗往外看。

"不错。这里就是咱们寓所对面的卡姆登住宅。"

"我们来这儿干什么?"

"因为从这儿可以清楚地看到对面的高楼。亲爱的华生,请你靠近窗户一点,小心别暴露自己。"

我慢慢地向前挪,望向那熟悉的窗户。屋内的情景让我大吃一惊:明亮的窗帘上清楚地映出屋里坐着一个人:那头的姿势,宽宽的肩膀,轮廓分明的面部,那转过半面去的脸,竟完全和福尔摩斯本人一样。我惊奇得忙把手伸过去,想弄清楚他是否还在我身边。他无声地笑着,全身都颤抖起来。

"看见了?"他说。

"天哪!"我大声说,"妙极了!"

"这确实像我,对吧?"

"我可以发誓说那就是你。"

"这是奥斯卡·莫尼埃先生花了几天的时间做的蜡像,其余的是我今天下午亲手布置的。"

"为什么这样做呢?"

"我有充分的理由相信有人在监视我。"

"是谁?"

"就是那可爱的一伙人——我的宿敌。你别忘了只有他们知道我还活着。他们相信我早晚会回寓所,就不断进行监视。今天早上他们看见我到达伦敦了。"

"你怎么知道的?"

"因为我从窗口向外望时,认出一个他们派来放哨的人。他名叫巴克尔,以杀人抢劫为生,也是个出色的口琴演奏家。我不在乎他,但是我不得不提防他背后的那个人。他是莫里亚蒂的密友,伦敦最狡猾、最危险的罪犯,也就是从悬崖上投石块的那个人。华生,今天晚上在追我的正是他,可是他根本不知道我们在他身后。"

我朋友的计划逐渐清楚了:在这个隐蔽之外,监视者反被监视,追踪者反被追踪。对面窗户上消瘦的影子是诱饵,我们俩则是猎人。福尔摩斯一动也不动地站着,始终处于紧张的戒备状态,专心盯着过往的行人。但他有时又局促不安地挪动脚步,手指急促地敲着墙壁。显然他的计划并不像他希望的那样顺利。

到午夜时,他无法控制自己的不安,在屋里踱来踱去。我正准备和他说说话,可抬眼看了一下对面的窗户,又使我大吃一惊。我抓住福尔摩斯的胳膊,向那边指了指。

"影子动了!"我大声叫道。

没错,影子已经不是侧面而是背朝着我们了。

三年过去了,他粗暴的脾气一点儿都没有改变。

"影子当然会动,"他说,"华生,难道我是个会使人发笑的大笨蛋,只会放个让人一眼就看穿的假人来让欧洲最狡猾人上当?我们在这儿已经待了整整两小时了,赫德森太太每一刻钟就挪动一下假人。她由前面移动,因此她的影子不会被看见。"啊!"他激动地倒抽了一口气。昏暗的灯光下,我看见他的头向前伸出,因太专注整个人显得有些僵直。外面街上此时已空无一人,那两个人也许还躲在门廊里,但我已看不见他们了。片刻之后,福尔摩斯把我拉到屋中最黑暗的角落,用手捂住我的嘴示意我别出声。

但我突然意识到他敏锐的感觉已经觉察到什么了。一个低沉而窸窣的声音从我们藏身的这间空屋背面传来。一扇门被打开后又关上,接着走廊内传来脚步声——尽管脚步放得很轻,但被空屋造成了低哑的回声。我们两人紧贴着墙站着,同时我的手握住了左轮枪柄。由昏暗中望去,我看到一个模糊的人影。他站了一会儿,然后弯着身子偷偷地向屋中走来。这个凶恶的家伙离我们不到三码,我鼓起勇气准备面对他的扑击,才知道他并没有察觉我们的存在。他从我们身前经过,蹑手蹑脚走到窗边,轻轻地把窗往上推了半英尺。他半跪在窗前,街灯的灯光照在他的脸上。他的面部肌肉因为兴奋而不停地抽动着。这是一个上了年纪的人,鼻子细长高耸,光秃的前额,满脸花白胡子。戴着一顶礼帽,敞开的外衣露出里面的衬衫,手中还拿着一根短棒似的东西,放在地上时发出金属的声响。接着他从外衣口袋中拿出一把枪,打开枪膛,放入一些东西,然后拉上枪栓,将枪管支在窗台上,眼睛对准瞄准器,对面黄窗中的黑色人影已完全暴露在他的视线之下。片刻后他

的手指扣上了扳机,一声奇怪尖锐的嗖嗖声及一串清脆的玻璃破碎声响了起来。在这一刹那,福尔摩斯像只猛虎般跃到了那个神枪手的后背,将他面朝下压在地上。但他马上翻身站起,拼命地掐住福尔摩斯的喉咙。我扑上去用左轮枪的枪托击打他的脑袋,他又摔到地上。这时,我的同伴吹了一声尖锐的哨子,立刻,人行道上立即响起了一串奔跑的脚步声,两个穿制服的警察及一个便衣警探从前门冲进了屋内。

"是你吗,雷斯垂德?"福尔摩斯说。

"是的,福尔摩斯先生,这件事由我亲自负责。很高兴你又回到了伦敦,先生。"

"你侦破莫里士的神秘案子倒是比平时快——那案子你办得不错,但你需要一些非官方的协助,一年里有三件未破的凶杀案可不是好事,雷斯垂德。"

我们终于都站起身来了,犯人大口地喘着气,他的两边各站了一个强壮的警察。雷斯垂德点了两支蜡烛,警察也打开了手提灯,这样我总算才能够清楚地看到这个杀手了。

他长着一张极为刚劲而又邪恶的面孔,一双凶残的蓝眼睛,凶狠而挑衅的鼻子,恐怖而满是皱纹的额头,这些都说明他是一个险恶的家伙。他把目光狠狠地盯在福尔摩斯的脸上,眼神中带着仇恨与惊诧。"你这恶魔!"他不停地咕噜着,"你这狡猾的恶魔!"

"啊,上校!"福尔摩斯一边整理弄乱的衣领一边说,"就像戏中说的:'冤家碰头了,旅程也就结束了。'自从我躺在莱辛巴赫瀑布的岩石上,你赐给我那些关照之后,我就没有荣幸再见到你。"

上校仍失神地瞪着我的朋友。嘴里不停地念叨:"你这奸诈狡猾的恶魔!"

"我还没有给你们介绍,"福尔摩斯说,"这位先生是塞巴斯蒂安·莫兰上校,曾效力于皇家印度军团,是我们东方帝国培养的最佳射手。上校,您打死老虎的数量至今无人能及,我说的没错吧?"

这个狂暴的老人一言不发,仍旧死死盯着我的同伴。那双仇恨的眼睛及怒竖的胡子使他看起来活像只猛虎。

"我很奇怪我这简单的手法竟然能骗过你这个老猎手,"福尔摩斯说,"这套手法你应该很熟悉的。"

莫兰上校怒吼一声向前扑去,但两旁的警察将他拉了回来。脸上的表情很吓人。

"我承认你也给了我一个小小的惊奇,"福尔摩斯说,"我没有料到你也会看中这所空屋及这扇便利的前窗。我本以为你会在街上行动,而我的朋友雷斯垂德及他的手下就在那里等你。除了这一点其余的都在我预料之中。"

莫兰上校转向警探。

"你也许有,也许没有逮捕我的理由,"他说,"但至少没有理由让我站在这儿受他的嘲弄。如果我要被法律制裁,就请按法律办吧。"

"嗯,说得有道理,"雷斯垂德说道,"在我们走之前,福尔摩斯先生,你还有什么要说的吗?"

"我只想知道你会以什么罪名起诉他?"

"什么罪名,先生,当然是企图谋杀福尔摩斯先生。"

"不,雷斯垂德,我不想牵扯进这个案子。你出色地完成了抓捕行动,功劳全部归你一个人。是的,雷斯垂德,恭喜你,你以自己的聪明才智抓到了那个人。"

"抓到了那个人?抓到了谁?福尔摩斯先生。"

"那个警方全力搜捕却无结果的塞巴斯蒂安·莫兰上校,上个月三十号他用气枪的扩张弹从公园路四百二十七号楼的窗口打死了罗纳德·阿德尔,这才是被起诉的真正罪名,雷斯垂德。华生,我们可以一起到我书房抽根烟,坐半个钟头,感觉一定会不错的。"

我们的旧房间因为麦考夫的关照及赫德森太太的精心管理,一点儿变化都没有,只是比以前干净了许多。房间里有两个人,一个是满脸笑容的赫德森太太,另一个就是在今晚的历险中扮演了重要角色的蜡像。它立在一个座架上,上面披了一件福尔摩斯的旧睡衣。

"我想您都按照我吩咐的办了吧?赫德森太太。"福尔摩斯说。

"没错,我是跪在地上爬过去的。"

"好极了,你做得很好。你看到子弹打在哪儿了吗?"

"是的,先生,恐怕你的蜡像被毁坏了。子弹穿过头部打到墙上扁掉了。我在地毯上捡到它。看!"

福尔摩斯把子弹递给我看。"华生,你看,是一粒左轮枪的软壳弹。真是天才,谁会想到这粒子弹是从气枪中打出的?好了,赫德森太太,非常感谢你的帮助。现在,华生,请坐到老位置上,还有几件事我想跟你谈谈。"

他已脱去了破旧的外衣,穿上由蜡像上取下来的鼠灰色睡衣。

"这老猎手的眼力还是那么准。"他查看了前额破碎的蜡像,笑着说。

"子弹由脑后正中穿入,将脑子打得稀烂。他在印度时是最出色的射手,我想在伦敦也没有几个人比他更好。你听过他的名字吗?"

"没有,从未听说过。"

"哦,他可是名人啊!不过我没有记错的话,你也从未听说过詹姆斯·莫里亚蒂教授的名字!他是这个世纪最聪明的人物之一!帮我把架子上那本人物传记索引取下来吧。"

福尔摩斯一边躺在椅子里悠闲地吐着烟圈,一边懒洋洋地翻着书页。

"我收集在 M 字母里的资料最有意思。"他说,"Moriarty(莫里亚蒂)不管在什么位置都很出色;Morgan(摩根)是位投毒高手;Merddew(麦瑞德)让人憎恶;Mathews(马修斯)在查林十字接待室打掉了我的左边大齿;最后就是我们今晚的这位朋友。"

他把索引递给了我,上面这样记载着:

塞巴斯蒂安·莫兰,上校,无业。原属印度班加罗尔工兵一团。一八四〇年生于伦敦,系英国驻波斯大使奥古斯塔斯·莫兰爵士之子,曾就读于伊顿公学和牛津大学。参与过乔瓦基战役、阿富汗战役,并在查拉西阿布、舍普尔和喀布尔服过役。著有:《喜马拉雅山西部狩猎》(一八八一)和《丛林三月》(一八八四)。住址:康迪特街。参加的俱乐部:英印俱乐部、坦克维尔俱乐部、巴格特尔俱乐部。

边上另有一行福尔摩斯清晰地标注:伦敦第二号危险人物。

"太让人吃惊了!"我把书放回书架。"没想到这个人还是一位军人!"

"没错。"福尔摩斯说道,"从某个角度来讲他做得不错,现在印度仍流传着他如何爬进水沟制服一只受伤的食人虎。但后来莫兰上校开始走上歧途。虽然没有任何公开的丑闻,但他在印度并未待下去。退役后回到伦敦,还是声名狼藉。就在此时,莫里亚蒂教授看中了他,并让他当了一段幕僚长。莫里亚蒂教授给他很多金钱,但他只执行过一两次一般罪犯无法完成的高级别任务。你或许还记得一八八七年在劳德发生的斯图尔特太太谋杀案,背后主谋就是莫兰上校,但是没有任何证据。他很聪明,也很狡猾,以至于莫里亚蒂团伙案被告破时,我们却依然无法控告他!你记得我去找你的那天,我小心地关上百叶窗,以免遭到气枪的袭击。那不是我神经过敏,而是因为我知道有一位世界上顶级射手拿着气枪在我身后。我们去瑞士时,他和莫里亚蒂教授跟踪着我们。那天在莱辛巴赫悬崖边,也是他给了我要命的五分钟。

"我在法国居住期间,经常留意报纸的消息,以便找机会逮捕他。我知道他迟早会有一天出来作案。后来发生了罗纳德·阿德尔谋杀案,我知道我的机会终于来了。仅是那颗子弹就足以把他送上绞刑架。所以我立刻赶了回来,他底下盯梢的人看到我后一定会报告给上校。于是我就设下圈套把他抓捕归案。我选择了空屋作为最佳的观测点,可万万没想到他也选择了这个地方。好了,华生,还有什么地方需要我解释的吗?"

"有,"我说,"你还没有讲出莫兰上校谋杀尊敬的罗纳德·阿德尔的动机。"

"哦!亲爱的华生,这就只能凭借猜测了。每一个人都会根据现有的证据作出自己的判断,你我的判断可能都对。"

"那你已经有了结论?"

"这个案子查清并不难。证据显示,莫兰上校和罗纳德·阿德尔曾联手打牌赢了一大笔钱,很明显,莫兰上校在打牌时做了手脚,这一点我早就有所察觉。我相信阿德尔被害的那天,他发现了莫兰上校的作弊行为,并且很可能私下里与莫兰谈过,要求他主动退出俱乐部并保证以后永远不再玩牌,否则就要揭发他。但退出俱乐部对莫兰来说意味着毁灭,因为他是靠打牌作弊获取的收入谋生,所以他决定杀人灭口。阿德尔当时正在计算他要退给牌友多少钱,因为他不愿得到因为搭档作弊获取的钱。他锁上门是怕母亲和妹妹进来,追问他这些名字和数字是做什么的。这样解释行得通吗?"

"我认为你说的就是案子的真相。"

"在审判的时候才会被证实或推翻,不管怎样,莫兰上校再也不会来找麻烦了。福尔摩斯先生又可以自由地研究调查有趣的小问题了。"

孤身骑车人

一八九五年四月二十三日是星期六,这一天,一位名叫维奥莱特·史密斯的小姐来拜访我们。我还记得,福尔摩斯对她的来访很不欢迎,因为他当时正忙于著名烟草大王约翰·文森特·哈登的复杂疑案中。但他不是一个严酷的人,不可能拒绝一个年轻漂亮、高贵优雅的女士的叙述。同时,这位年轻女士已经下定决心要把她的故事说完后才能离开。无奈之下,福尔摩斯只能带着疲倦的笑容,请她坐下并告诉我们她遇到了什么麻烦。

"应该不是你健康方面的问题,"福尔摩斯说,并用锐利的眼睛打量了她一番。"像你这样一位爱骑车的人,必定身体健康、精力充沛。"

她惊异地低头看了看自己的双脚,我也观察到她的鞋底因车蹬的磨损而有些起毛。

"是的,我喜欢骑车,福尔摩斯先生,这也正是我今天来拜访你的原因。"

我的朋友握起这位女士未戴手套的手,像科学家检查标本一样全神贯注而不动声色地细察。

"对不起,这是我的职业,"他放下手说道。"我差一点错以为你是打字员。其实,很明显你是音乐家。你看到这些扁阔的指尖了吧,华生,这是两种职业都有的特征。它们的区别是脸上的气质神态"——女士的脸稍稍朝着亮光——"打字员是不会有的。这位女士是音乐家。"

"是的,福尔摩斯先生,我是教音乐的。"

"看你的脸色,我想应该是在乡村教。"

"没错,先生,在靠近萨里的法纳姆那里。"

"是个好地方,一提起我就联想起好多有趣的事情。那么,维奥莱特小姐,你在那里遇到了什么事呢?"

年轻女士清楚、镇静地讲述了下面这件稀奇古怪的事情:

"我父亲名叫约翰·史密斯,是老帝国剧院的乐队指挥,现在已经去世了,留下母亲和我相依为命,无亲无故,只有一个叔叔,名叫拉尔夫·史密斯。他二十五年前去了非洲,和我们从不联络。父亲故世,我们家境贫穷,可是有一天,别人告诉我们说《泰晤士报》登了一则广告,有人在寻找我们的下落。你可以想象,我们有多高兴,我们想一定是给我们遗产的事。我们很快找到报上登的那位找我们的律师,到了那里,遇到两位先生,卡拉瑟斯先生和伍德利先生,他们是从南非回国探亲的。他们说是我叔叔的朋友。叔叔几个月前在约翰内斯堡因身体极度衰竭而去世,去世之前曾经要求他们找到我和母亲,希望我们能有好日子过。不过我们觉得事情也有些奇怪,拉尔夫叔叔生前对我们从来不管不问,为什么死后这么关心我们?卡拉瑟斯先生解释说,我叔叔不久前才听到他哥哥去世的消息,就觉得应该有义务帮助我们。"

"我很抱歉,"福尔摩斯说。"你们是什么时候见面的?"

"去年十二月,也就是四个月以前。"

"请继续讲。"

"伍德利先生这个人我觉得很讨厌,他老向我挤眉弄眼。他看上去是一个年轻人,面孔虚胖,红胡子,很粗鲁的长相,头发披散在额前两边。我一看他就很厌恶,我想西里尔也一定不乐意我认识这么个人。"

"噢,原来他的名字叫西里尔。"福尔摩斯笑笑说。

年轻女士脸色通红,笑了笑。

"是的,福尔摩斯先生,西里尔·莫顿,一个电气工程师,我们打算夏天过后就结婚。哎呀,瞧我怎么说起他来了?我要说的是伍德利先生是一个很讨厌的人。那个卡拉瑟斯先生,年龄稍大一点,还比较有礼貌。他脸色不好,灰里带黄,但脸修得很干净,不多话,态度挺和气,一直笑眯眯的,他问起我父亲过世后生活怎么样,一听说我们比较艰苦,他马上建议说,让我来教他女儿学音乐。他有个独生女,十岁。我说我不能离开母亲,他又提议说我每周末可以回家照看母亲,他愿意付我一年一百镑,这可是很丰厚的酬劳。于是我答应,就这样,我去了距法纳姆约六英里的奇尔特恩农庄。卡拉瑟斯先生夫人已经去世,由一位上了年纪的女管家来料理家务,她叫迪克逊太太,令人尊敬。孩子也很乖,所有这些我都很满意。卡拉瑟斯先生很和善,也懂音乐,我们每晚相处都很愉快。一到周末我就回城看望母亲。

"开心的日子没过多久,不开心的事情到来了。就是红胡子伍德利先生来访。他每星期都要来一次,天呐,这一天我真是度日如年!这个很可怕,他很霸道,对我更是肆无忌惮。他不怕出丑,老是献殷勤,说是爱我,吹嘘自己多么有钱,说如果我嫁给他,我会拥有全伦敦最名贵的钻石。我自然不会理他。有一天吃过晚饭,他竟然强行抱住我,像发疯一样,要我吻他,凶狠地说不吻他就不放开我。卡拉瑟斯先生来了,把他拉开。他竟然回头对主人发脾气,还动手打人。卡拉瑟斯先生被打倒在地,脸上打出个大口子,此后就不让他来做客了。第二天卡拉瑟斯先生向我道歉,保证决不会再让我受到这样的侮辱。此后就没见到过伍德利先生。

"现在,福尔摩斯先生,我终于谈到今天的重点了。你知道,我每周六上午要骑车到法纳姆车站,赶十二点二十二分的火车进城。我从奇尔特恩农庄出来,是一段十分偏僻、十分荒凉的一英里多长的路,一边是查林顿石南灌木地带,另一边是查林顿庄园外圈的树林。在没有到达克鲁克斯伯里山公路之前,极难遇到一辆马车、一个农民。两星期以前,我从这地方经过,偶然回头一望,见身后两百码左右有个男人在骑车,看起来是个中年人,蓄着短短的黑胡子。在到法纳姆以前,我又回头一看,那人已经消失,所以我也没再想这件事。不过,福尔摩斯先生,我星期一返回时又在那段路上看到那个人。我当时十分惊奇。而之后一个星期六和星期一,又和上次一模一样,这事又重演了一遍,我更加惊异不止了。那个人始终保持一定距离,也不打扰我,不过这毕竟十分古怪。我把这事告诉了卡拉瑟斯先生,他看来十分重视我说的事,他告诉我已经订购了一辆轻便马车,所以我再过那段偏僻道路时,不愁没有伴侣了。

"马和轻便马车本来应该在这个星期就到,可不知什么原因,卖主没有交货,我只好还是骑车到火车站。今天早晨,我到查林顿石南灌木地带的时候,向远处一看,丝毫不差,那人就在那里,和两个星期以前一模一样。他总是离我很远,我看不清他的脸,但肯定不是我认识的人。他穿一身黑衣服,戴布帽。我只能看清他脸上的黑胡子。今天我不害怕了,而是满腹疑团,我决定查明他是什么人,要干什么。我放慢了车速,他也放慢了车速。后来我停车不骑了,他也停车不骑了。于是我心生一计来对付他。路上有一处急转弯,我便紧蹬几下拐过弯去,然后停车等候他。我希望他很快拐过弯来,并且来不及停车,超到我前面去。但他根本没露面。于是我便返回去,向转弯处四处张望。我望见一英里长的路上根本不见他的踪影。更令人惊奇的是,这地方并没有岔路,他是无法躲开的。"

福尔摩斯轻声一笑,搓着双手。"这件事确实很特别,"他说道,"从你转过弯到你发现路上无人,这中间有多久?"

"二、三分钟吧。"

"那他应该来不及从原路退走。你说那里没有岔路吗?"

"没有。"

"那他肯定是从路旁人行小路走开的。"

"不可能从石南灌木地段那一侧,不然我早就看到他了。"

"那么,按照排除推理法,我们就查明了一个事实,他向查林顿庄园那一侧去了,据我所知,查林顿庄园就在大路一侧。还有其他情况吗?"

"没有了,福尔摩斯先生,只是我十分惊奇和疑惑,所以才来见你,请求你的帮助。"

福尔摩斯默默不语地坐了一会儿。

"和你订婚的那位先生在什么地方?"福尔摩斯终于问道。

"他在考文垂的米得兰电气公司。"

"他不会出其不意地来看你吧?"

"噢,福尔摩斯先生!难道我认不出他么!"

"还有其他爱慕你的男人吗?"

"在我认识西里尔以前有过几个。"

"从那以后呢?"

"如果你把伍德利也算做一个爱慕我的人的话,那他就是那个让人害怕的人了。"

"没有别的人了吗?"

美丽的委托人似乎有点为难。

"他是谁呢?"福尔摩斯问道。

"噢,可能只是我胡思乱想;可是有时我好像觉得我的雇主卡拉瑟斯先生对我有意思。我们经常相遇，晚上我给他伴奏，他从来没说过什么。他是一位很好的先生，可是一个姑娘总是心里明白的。"

"哈！"福尔摩斯显得十分严肃，"他以什么为生呢？"

"他是一个富翁。"

"他没有四轮马车或者马匹吗？"

"啊，至少他生活相当富裕。他每星期都要进两三次城，还非常关心南非的黄金股票。"

"史密斯小姐，你要把你所发现的一切情况告诉我。现在我很忙，不过我一会儿一定抽时间来查办你这个案子。在这期间，不要擅自采取行动。再见，我相信会得到你的好消息。"

"这样的一位姑娘会有一些追求者，是很自然的事情，"福尔摩斯沉思地抽着烟斗说道，"不过，非要选偏僻村路骑自行车去追逐，毫无疑问，是一个偷偷爱上她的人。可是这件案子里有一些特别奇怪和引人深思的细节，华生。"

"你是说他不会只在那个地方出现吧？"

"不错。我们要做的第一件事就是查清楚谁租用了查林顿庄园。然后再查明卡拉瑟斯和伍德利到底是什么关系，因为他俩是完全不同类型的人。他们为什么急于查访拉尔夫·史密斯的亲属呢？还有一点，卡拉瑟斯家离车站六英里远，连一匹马都不买，却偏偏要出两倍价格来雇一名家庭女教师，这是一种什么样的治家之道呢？奇怪，华生，非常奇怪！"

"你下去调查吗？"

"不，我亲爱的朋友，你去调查好了。这可能是一件无足挂齿的小阴谋，我不能为它中断别的重大调查工作。星期一一早你到法纳姆去，要隐藏在查林顿石南地带附近，亲自观察这些事实。根据自己的判断见机行事，然后，查明是谁住在查林顿庄园，回来向我报告。现在，华生，在得到可靠的证据，有希望用于结案前，我对这件事没有别的话好讲的了。"

那女士说会在星期一搭乘九点五十分由滑铁卢开出的火车，因此我早一步赶上了九点十三分开出的车子。抵达法纳姆车站后我轻松地问到了往查林顿石南林的方向。那位年轻女士经历怪事的那段路是十分容易辨认，因为那段路一边是开阔的石南林，一边是一道老紫杉矮树篱绕着的一个庄园，里面种着许多漂亮的大树。中间是一条长满青苔的石板路，入口的两旁矗立着带有残破纹章的石柱。除了这条主车道外，我还看到有几条小径由树篱缺口连通着，在大路上看不到其中的房子，房子附近显得十分阴暗陈旧。

石南丛中布满了一片片金色的金雀花，在春天的阳光下闪耀夺目。我选了在一丛金雀花后面藏身，这样可以兼顾庄园车道及路的两边。我走下大路时，路上一个人也没有，但现在我可以看到一个人骑着脚踏车从跟我来时方向相反的路上过来。他穿一套黑色衣服，留着黑胡子，在到达查林顿庄园的院落边缘时，他跳下了车子，从树篱的缺口穿过去，消失在了我的视线之外。

过了一刻钟，第二个骑车的人出现了，这次是那位年轻的女士由车站方向骑过来。我看见她在接近查林顿的树篱时四下张望。半晌之后那名男子由他藏身处出现，跳上脚踏车，尾随着她。在这一整片开阔的景色中，这两个人是唯一移动的身影，那位端庄的女士挺直着身骑车，而后面尾随的男子则将身子压得很低靠在车把上，每个动作都显出鬼鬼祟祟的样子。她回头看到他，立刻减慢速度，他也慢下来；她停了下来，他也停下来，与她始终保持着约两百码的距离。她突然出其不意地掉过头朝他直冲过去，但是他几乎与她一样快速地转身逃跑了。于是她立刻又回头上路，高仰着头，似乎再也不屑一顾那个默默追踪她的人，他也跟着掉过头来，仍然保持距离跟着她，直到我看不见他们为止。

我仍留在藏身之处，还好我这么做了，因为没过一会儿那个男子又出现了，他慢慢地往回骑去。他进了庄园的大门，然后下车。我可以看到他在树林中站了一会，举起手来，似乎在调整领带，然后他又上车朝庄园骑去。我跑过石南丛，从树丛中望去，我可以远远地看到那灰色的老建筑和都铎式的烟囱，但是那骑车的人穿过了一丛浓密的灌木，我就看不见他了。

总体来说，这一早上我做了不少事，于是我十分有成就感地走回法纳姆镇。当地的房地产代理人不知道查林顿庄园的情况，他让我到潘摩街一家有名的中介行去问问看。在回家的路上我绕道去了那里，并见到了一位极有礼貌的中介。他告诉我，夏天时不能租用查林顿庄园，我来晚了，那房子在一个月之前已经租了出去，房客是位受人尊敬的年长绅士，名字是威廉森先生。他，那位中介不再多说什么，因为他不能随便透漏房客的信息。

当天傍晚福尔摩斯专心听着我做的长篇报告，但是他并没有表达我想要的赞赏。相反的，当他评论我所做的及我没有做的事情时，严峻的脸比平时更严肃。

"亲爱的华生,你藏身的地方完全错了。你应该躲在树篱后面,这样你就可以清楚地看到那个男人的真面目。但是你选的地方起码距他有几百码远,你比史密斯小姐能告诉我的还少。她认为她不认得那个人,但我确信她认得,否则他为什么生怕她走近看清楚他的面貌呢?你形容他弯身伏在车把上。你看,这不又说明他希望隐藏自己的容貌吗!你实在做得太差了。他进到了那房子,而你想知道他是谁,却跑去问伦敦的房地产中介!"

"那我该怎么办才对?"我带着气大声问道。

"到附近的酒吧去。那是乡村扯闲话的重要地方,他们会告诉你那庄园中从主人到女帮厨每个人的名字。威廉森?我对这个名字没有一点印象。如果他是年长的人,那他就不可能在那个年轻女士飞快追去时快速逃脱。你这趟出门收获了什么?你证明那个女孩所言不假,但这点我从来深信不疑。那个骑车的男子与庄园有关,这点我也没怀疑过。那个庄园的住户叫威廉森,但这能帮助我们什么?好了,好了,亲爱的先生,别这么沮丧好吗?在下星期六之前我们不能做什么,不过这段期间我要亲自调查两件事。"

第二天早晨,我们收到了史密斯小姐的一封信,重新简明地叙述了我所看到的那些事,但是信中最重要的部分却在信后的附言之中:

我相信你能替我守密,福尔摩斯先生,我的处境变得有些为难,因为我的雇主向我求婚。我深信他真心诚意,但我已经订了婚。对于我的拒绝,他很难过,但他的态度仍十分和善。但是你知道的,我的处境有些尴尬了。

"我们这位年轻的朋友似乎陷入困境了,"福尔摩斯看完信后深思着说,"这案子显然比我当初想的更加有趣。我应该到乡下去过一天安静平和的日子才是,我今天下午就去一趟,顺便证实一下我的几点想法。"

福尔摩斯乡间安静的一天的结局却很奇怪。当他傍晚回到贝克街时,加上他那放荡不羁的样子,嘴唇裂了道口子,前额青肿了一个大包,真可成为苏格兰场调查的对象。他对自己的奇遇觉得十分好笑,一边叙述过程,一边大笑不止。

"我这么畅快的运动不是常常有的,"他说,"你知道我擅长拳击,有时候它会很有用,像今天,如果我不会拳击的话那就惨了。"

"我找到了一家我曾向你提起过的乡间酒店,在那里小心地向人探询。我坐酒吧边,那个闲话不止的店主告诉了我想知道的一切。威廉森先生是个白胡子,和少数几名仆佣住在那庄园中。传说他曾经担任过牧师,但他在庄园的暂住时有一两件事在我看来很不合教规。我已去过教会的办事处,他们告诉我曾经有过这么一位牧师,但他行为很不光彩。那个店主还告诉我庄园中周末通常都有访客——'是一伙下流痞,先生',特别是有一个叫伍德利的红胡子总是在那儿。我们正谈到这里,那位先生本人却走了进来,他在隔壁酒吧间喝啤酒,听到了我们全部谈话。他问我是谁?我要干什么?我问这么多问题做什么?他一口气问出了一连串的问题,而且极其挑衅,骂到最后居然动手攻击起我来,我没能完全躲过。接下来的几分钟真是刺激极了,我最后成了你看见的这个样子,而伍德利先生必须叫马车载他回家才行。这就是我乡下的一天。不得不承认,不论这一天过得多愉快,我这趟舍瑞郡边界之行不比你得到的消息多多少。"

星期四,我们的顾客又来了一封信,信上说:

福尔摩斯先生,我辞去卡拉瑟斯先生所给的工作你不会很惊讶吧。虽然有很高的薪水,却改变不了我处境的难堪。星期六我回城里以后就不打算再回去了。卡拉瑟斯先生的马车已经送到了,曾经危险的荒僻路程现在已成过去了。

使我离开的主要原因,不仅是与卡拉瑟斯先生的尴尬相处,还有就是那个讨厌的伍德利先生又再度出现。他一向面目可憎,但是这次他比以前的样子更可怕,他似乎遭到了什么意外,整个脸都变形了。我从窗口看到他,还好没有碰到。他与卡拉瑟斯先生谈了很久,事后卡拉瑟斯先生似乎很激动。伍德利一定住在附近,因为他人并没有住在这儿,但我今天早上又看见他在灌木丛中偷偷摸摸地走着。迟早我一定会碰到这个禽兽的。我对他有说不出的厌恶与害怕,不知道卡拉瑟斯先生怎么能忍受得了他?不管怎样,星期六以后这些烦恼都将过去了。

"我希望是这样,华生,我真希望是这样,"福尔摩斯严肃地说,"这个小女孩周围正进行着一项大阴谋,我们必须在她这次最后旅程中保护她,使她不受到骚扰。华生,这个星期六早上我们一起走一趟,确保这件离奇的案子有个完美的结局。"

我承认,直到现在为止我并没有把这案子看得很严重,我觉得它古怪的成分多于危险。一个男子跟踪一位十分美丽的女子并不是稀奇事,如果他不敢上前跟她说话,甚至当她走近时还马上逃开,那么这个胆小的人不可能做出可怕的行为。伍德利那个恶棍却是完全不同类型的人,只有一次例外,没有骚扰我们的顾客,就是在卡拉瑟斯家中作客,也没有侵犯她。那个骑车的男子无疑是酒店老板提到的那座庄园周末访客中的一名,但他是谁呢?他想干什么?只是一直这样尾随着不露面吗?福尔摩斯严肃的态度,以及我们出发前将左轮手枪塞进口袋的动作,使我感到也许这件怪事背后,可能真隐藏了可怕的阴谋。

夜雨之后,早晨阳光灿烂,长满石南灌木丛的庄园,点缀着一丛丛盛开的金雀花,发着金光,对厌倦伦敦那阴暗色调的人来说,显得更加美丽,使人眼前一亮。福尔摩斯和我漫步在宽阔而多沙的道路上,呼吸着清晨的新鲜空气,欣赏着鸟语花香,到处是欣欣向荣的景象。我们从克鲁克斯伯里山巅的大路高处,可以看到那座庄园耸立在古老的橡树丛中。橡树本来够古老的了,可是比起橡树环抱的建筑物来,却依然显得年轻。在那棕褐色的石南灌木丛和一片嫩绿的树林之间,福尔摩斯指着长长的一段、宛如一条红黄色的带子的路。远处,出现一个小黑点,能看出是一辆单马马车在向我们驶来。福尔摩斯焦急地惊呼了一声。

"我差了半个小时,"福尔摩斯说道,"假如这是她的马车,她一定是在赶乘早些的列车。华生,恐怕我们来不及遇到她,她早就经过查林顿了。"

这时,我们过了大路高处,已经看不到那辆马车了,于是我们加速向前赶路,这时我发现了平日坐享安逸的坏处,不得不落到后面。然而,福尔摩斯一直锻炼有素,因为他有用之不竭的旺盛精力。他那轻快的脚步一直没有放慢,突然,他在我前面一百码的地方停了下来。我看见他举起一只手做了一个失败而绝望的手势。这时,一辆空马车拐过大路的转弯处,那骑马缰绳拖地,慢步小跑,马车嘎嘎吱吱地向我们迎面驶来。

"太晚了,华生,太晚了!"在我气喘吁吁地跑到福尔摩斯身旁时,他大声喊道,"我真愚蠢,怎么没有想到她要赶那趟早些的列车!一定是劫持,华生,是劫持!是谋杀!天知道是什么!把路挡上!把马拦住!这就对了。喂,跳上车,看看我们能否弥补这个大错。"

我们跳上马车,福尔摩斯调过马头,狠狠给了马一鞭子,我们便顺大路往回疾驰。在转过弯时,庄园和石南地段间的整个大路都展现在眼前。我抓住了福尔摩斯的胳膊。

"就是那个人!"我气喘吁吁地说。

一个骑车人独自向我们冲过来。他低着头,双肩紧缩,把全身气力都用在脚蹬子上,如赛车般蹬得飞快。突然他抬起满是胡子的脸,见我们近在眼前,便停下来,跳下自行车,他那乌黑的胡子和苍白的脸色对比鲜明。他双目闪光,仿佛极度兴奋。他瞪眼瞅着我们和那辆马车,脸上显出惊异的神色。

"喂!停下!"他大声喊道,用自行车把我们的路挡住,"你们在哪儿弄到的这辆马车?嗨,停下!"他从侧面口袋中掏出手枪咆哮道,"告诉你,停下,要不然,我可真的要开枪了。"

福尔摩斯把缰绳扔到我腿上,从马车上跳下来。

"我们要找的就是你,维奥莱特·史密斯小姐在哪里?"福尔摩斯连忙清晰地问道。

"我正要问你们呢。你们坐的是她的马车,应该知道她在哪儿。"

"我们在路上碰到这辆马车,上面没有人,我们才驾车回来去救那位姑娘。"

"天哪!天哪!我该怎么办?"那个陌生人绝望地喊道,"他们把她抓走了,那个该死的伍德利和那个恶棍牧师!快来,先生,假如你们真是她的朋友,那就快来。帮我一同搭救她吧,我死在查林顿森林也在所不惜!"

他提着手枪向树篱的一个豁口疯狂跑去,福尔摩斯紧跟在后,我把马放到路旁吃草,也跟着福尔摩斯跑过去。

"他们是从这儿穿过去的,"陌生人指着泥泞小路上的足迹说道,"喂!停一下!灌木丛里是什么人?"

那是个十七八岁的小伙子,衣着像马夫,穿着皮裤,打着绑腿。他仰面躺着,双膝蜷曲,头上有一道可怕的伤口,已经失去知觉,不过还有气息。我看了一眼伤口,没有伤到骨头。

"这就是马夫彼得,"陌生人喊道,"他就是给那姑娘赶车的。那些畜生把他拉下车来用棍棒打伤了。让他先躺在这儿吧,我们现在救不了他,可我们能搭救一个遇到厄运的女人。"

我们发疯一般向林中弯曲的小路奔去,到达环绕着宅院的灌木丛时,福尔摩斯站住了。

"他们没有进宅院。左边有他们的脚印,在月桂树丛旁边。啊!我说得不错。"

他正说着,传来一阵女人的哀鸣声,一种带着极度惊恐的求救声从我们面前浓密的绿色灌木丛中传出来。突然尖声高叫停止了,接着是一阵窒息的咯咯声。

"这边！这边！他们在球场，"那陌生人闯过灌木丛，说道，"啊，这些胆小鬼！跟我来，先生们！哎呀！太迟了！太迟了！"

三人猛地闯入周围全是古树的一片绿草地。草地对面有一棵大橡树，树阴下有三个人。一名女子，正是我们的委托人，嘴上扎紧手帕，看上去奄奄一息，在她对面站一个满面凶相的红胡子青年，裹着鞋罩，大叉腿站立，一手叉腰，一手晃着一根马鞭，从头到脚一副大获全胜架势。两人中间站着个花白胡子的老头，穿花呢套装，外罩一件白色短法衣。他正把一本祈祷书装进口袋，很明显，那是刚做完结婚仪式。他举手拍拍邪恶新郎的肩背，嬉笑着向他祝贺。

"他们在举行婚礼！"我气喘着说。

"快！"我们的领路人喊道，"快！"他冲过草地，福尔摩斯和我一同跟上。我们跑到跟前，姑娘勉强靠在树上没有倒地。前牧师威廉森，冷眼嘲笑着向我们一鞠躬。而暴徒伍德利，狂喜大笑，又大喝一声，冲我们上来。

"拿掉你的胡子吧，鲍勃，"他说道。"我认得你，骗不了我。好啊，你带你的同伙来得正是时候，正好让我把伍德利夫人介绍给你们。"

我们带路人的回答倒也特别：他一把将黑胡子扯掉，往地上一扔，原来那是化装的，露出一张干净的蜡黄长脸，随即举起左轮枪，对着青年流氓，流氓冲着他手执马鞭向他挥来。

"没错，"我们的同道说，"我就是鲍勃·卡拉瑟斯，我要保护这位姑娘，不让她伤一根毫毛，做不到我宁可死。告诉过你，你要是动了她，就对你不客气。好吧，看在上帝的份上我说到做到。"

"太晚了，她已经是我的老婆。"

"不，她是你的寡妇。"

枪响了，我看见伍德利的胸前鲜血喷涌而出。他身子转了转，尖叫着仰面倒地。一张丑陋的红脸顿时转成惨白，还青一块紫一块，十分恐怖。那老头儿，还没法脱衣，便破口大骂，他的一阵秽语，我真是闻所未闻。他随即也拔出了手枪，但还没来得及举起来，福尔摩斯的枪口已指到了他的鼻前。"你少来这一套，"我的朋友冷冷地说道，"枪扔下！华生，把枪捡起来！对准他脑袋！谢谢，你，卡拉瑟斯，把左轮给我，我们用不着再动武了。来，给我吧！"

"那，你是什么人？"

"本人名叫歇洛克·福尔摩斯。"

"啊,天哪!"

"看来,你还听说过我。我们等警察到达这里。喂,你!"他向一个吓得发抖的马夫招呼道,马夫刚才就站在空地边上。"过来,请把这张纸条送去法纳姆,骑马去,越快越好。"他在笔记本上撕下一页写了几个字。"到警察署交给警长。在警长到来之前,由我监管各位。"

福尔摩斯的威力控制了这幕惨剧的现场,眼前几个人全在他的掌控之中。威廉森和卡拉瑟斯听凭指挥把受伤的伍德利抬到屋子里,我把惊恐的姑娘扶了起来。伤者被放到床上,我奉福尔摩斯之命给他做了检查。福尔摩斯自己坐在挂壁毯的旧式餐厅里,押着两个人犯。检查完毕,我跑去向他报告。

"他不会死。"我说。

"什么?"卡拉瑟斯叫道,从椅子上跳起来。"我上楼去,一定把他干掉。你告诉我,那姑娘,那天使,就这样成了暴徒杰克·伍德利的妻子了?一辈子没有自由?"

"这不用担心,"福尔摩斯说,"有两点理由很充分,证明为什么她无论在什么情况下都不是他的妻子。首先,我们不妨问问威廉森先生有什么资格主持婚礼"

"我授有圣职。"老流氓嚷嚷道。

"早已被免除。"

"一旦当牧师,终身是牧师,"

"我看不见得。那么结婚证呢。"

"我们有结婚证,就在我口袋里呢。"

"你那是非法弄来的。不管怎么样,强迫婚姻是非法的,属于重罪,你们小心吃不了兜着走。若想不通,就给你十几年时间让你好好想吧,我可不骗你。至于你,卡拉瑟斯,不掏枪的话,事情对你反而有利一些。"

"我现在才开始想到是这样,福尔摩斯先生。不过,我本是出于自卫,要保护姑娘——我爱她,福尔摩斯先生,这时我才懂什么叫做爱情。一想到她要落入魔掌,落入南非最残暴的魔王之手,我都快要疯了!只要一提起这个混蛋的名字来,从金伯利到约翰内斯堡,人人都害怕。说真的,福尔摩斯先生,你简直难以置信。但是,自从聘请这姑娘以来,我一次都不忍心她单独经过此地这屋子,我清楚那伙流氓暗里想害她,我不骑车跟着她不行,我决不让她受伤害。我拉开距离,戴上胡须,让她认不出我来,所以她也是真没认出我,可见她是多么纯洁高贵的好姑娘呀。要是让她知道我在这乡间路上跟着的话,她会离开我的。"

"你为什么不告诉她有危险?"

"那是因为,她就要离开我,我受不了这个事实。即使她不爱我,在家里我能看着她的优雅姿态,听到她的美妙声音,也是很大的幸福啊。"

"噢,"我说,"你把这叫做爱情,卡拉瑟斯先生,可是我说这叫自私。"

"也行,反正两者是一回事。不管怎么讲,我不让她走。另外,有这一帮人在,一定得有人在她身边保护着才行。后来电报一来,我就知道他们肯定要行动了。"

"什么电报?"

卡拉瑟斯从口袋里掏出了电报。

"就是这。"他说。

电文极简要:

老人已死。

"原来如此!"福尔摩斯说道。"哼,我这就清楚了。我也理解了这个消息的意思,事情到了关键时刻。现在,你们一边等着,一边把你们知道的事儿给我说说。"

穿法衣的、上帝摈弃的无良牧师破口骂出一连串脏话。

"看在上帝的份上!"他说,"你要泄露我们的秘密,鲍勃·卡拉瑟斯,你怎么对付杰克·伍德利,我也就怎么对付你。你可以随心所欲对小姐儿甜言蜜语、天花乱坠,那是你自己的事。可你要是把朋友出卖给了这个侦探,你的死期也就到了。"

"尊敬的牧师阁下不必激动,"福尔摩斯说道,点了一支香烟。"你们犯的案已经足够清楚,我要问的是我个人很好奇的一些细节。如果你不方便透露给我,那我来讲,你来听。然后你看看,你还有多少秘密是我不知道的。首先,你们三个从南非赶来,玩这场把戏——你威廉森,卡拉瑟斯,伍德利。"

"一派胡言,"老头说,"他们两个我根本没见过,两个月前才刚认识,我这辈子也根本没去过非洲。你把胡言乱语收起来塞烟斗里当烟抽了吧,爱管闲事的福尔摩斯先生!"

"他讲的都是真话。"卡拉瑟斯说。

"好吧,好吧,是你们两个由南非来,牧师阁下则是我们本地人。你们在南非认识了瑞尔夫·史密斯先生,你们知道他因某种原因不会再活太久,而且发现他的侄女将会继承他的遗产。没错吧?"

卡拉瑟斯点了点头,威廉森则发出一串咒骂。

"无疑她是最近的亲戚,而你们也知道那老家伙不会另立遗嘱。"

"他既不会写字也不认得字。"卡拉瑟斯说。

"所以你们就来到这里,你们两个设法找到那女孩。你们打算其中一人与她结婚,另一个则分享夺得的财产。因为某种原因,伍德利被选中作为丈夫。你们是怎么选的?"

"在旅途上我们以她作为赌注打牌,他赢了。"

"原来如此。你把那位年轻的女士雇来,让伍德利去追求她,但她发现他是个流氓无赖,不愿与他来往。而在此时,你又发现自己爱上了她,对这样的阴谋安排十分不满,而且你再也忍受不了那恶棍拥有她。"

"不行,上帝,我不能忍受!"

"你们之间发生了争执,他愤然离开了你,自己一个人计划,不再依赖你的合作。"

"威廉森,看来我们实在没有更多可以告诉这位先生的了。"卡拉瑟斯苦笑着大声说道。"是的,我们起了争执,他把我打倒,不过,在这之前我们是平手。后来,我就没再见到他。就在那时他遇到这个解职的教士,我发现他们一起住到了这个庄园,就在她去车站必须经过的路上。之后我就一直盯着她,因为我知道会有一些可怕的事发生。我常常来看他们,因为我急于知道他们的计划是什么。两天之前,伍德利拿了这封电报到我那里,电报上说拉尔夫·史密斯已经死了,他问我是否还按计划进行。我说我不干了。他问我是否愿意娶那女孩而给他一部分继承的财产。我说我愿意这么做,但是她不肯嫁我。他说,'让我们逼她先结婚,一两个礼拜后也许她会转变看法。'我说我不愿意参与暴力,因此他露出了流氓本性,破口大骂地走了,并且发誓一定要把她弄到手。她准备这个周末就辞职离去,我弄到一辆马车送她到车站,但是我仍很不放心,决定骑车尾随她,她是先出发的,在我追上她之前,不幸的事已经发生。这是我见到你们两位先生驾着她的马车回来才知道的。"

福尔摩斯站起身来将烟头丢入壁炉门内。"我太迟钝了,华生,"他说,"在你向我报告时,你说看到那骑车男子在树丛中像在整理领带,这就足够说明一切了。不过,我们庆幸碰上了这件古怪且奇特的案子。我看到车道上来了三个警察,而且很高兴看到那个小马车夫能跟得上他们。看来不管是牧师,还是那个短暂的新郎,都因他们今早的罪行,永远地毁了自己。我想,华生,以你的医术,你应该去见见史密斯小姐,告诉她若恢复精神了,我们很愿意送她回母亲家去;如果她还没有恢复,那么告诉她我们会给那位年轻电机师发封电报,这也许可以使她马上复原。至于你,卡拉瑟斯先生,我想你已尽量将功补过了。这是我的名片,先生,如果我的证词在审讯中对你有帮助,可以随时找我。"

在我们不断的活动中,读者也许已经看出,我很难结束我的叙述,并且说出那些好奇的读者所期望的最后细节。每一个案子都是另一个案子的序幕,一旦高潮过后,主角就由我们忙碌的生活中淡去。不过,在我的笔记中,这个案子的最后我有一个偷注,维奥莱特·史密斯小姐的确继承了一大笔财产,也成了西敏寺区著名的电机师及莫顿和肯尼迪公司的资深合伙人西里尔·莫顿的妻子。威廉森及伍德利均以诱拐及骚扰罪被起诉,前者被判了七年,后者十年。至于卡拉瑟斯的结局我没有记录,但我相信对他的罪行法院会从轻处理,对他而言几个月的监禁应该是足够了,因为挨枪的伍德利才被公认为是最危险的恶棍。

修道院学校

在贝克街这个小小的舞台上,很多人物登场、下场已经很多次了,但是我想不起有谁能比桑尼克罗夫特·赫克斯塔布尔的首次登场那样突然,那样奇特。他拥有硕士、哲学博士等头衔,他的名片似乎太小,记录不下他诸多学术荣誉。这名片刚进门才几秒钟,他本人已经接踵而至。他身体高大,气宇轩昂,尊严高贵,集冷静与庄重于一身。然而他刚把门随手带上,便踽踽地往桌子上靠,接着无力地倒下,庞大的身躯遮住了壁炉前的熊皮地毯,失去了知觉。

我们惊讶地站起,错愕无语,盯着这大如海船的躯体,似乎是在生活的汪洋大海上突然遭到暴风袭击,已成为一艘残破瘫痪的遇难船。福尔摩斯马上拿来垫子枕在他的头下,我也拿白兰地往他嘴里灌。看那呆滞苍白的脸上皱起深深的纹,双目紧闭,眼袋松弛发黑,口微张,嘴角无奈地下垂,胡须未修剪,衬衫、领口带着风尘仆仆的印记,还有一头蓬蓬乱发。躺在我们的面前的,是一个被灾难、痛苦击倒的人。

"他怎么回事,华生?"福尔摩斯问道。

"极度虚脱,就是过分饥渴劳累。"我回答,并号着他微弱的脉搏,感觉他的生命从奔流变成细流。

"往返车票,从麦克尔顿来,英格兰北部,"福尔摩斯说,并从这个人的衣袋里找出了一张火车票。"现在还不到十二点,是乘头班车赶来的。"

紧闭的眼开始微动,终于抬起一双灰色的眼睛茫然地看着我们。少顷,这个人从地上爬起来,羞愧得红了脸。

"请原谅,我身体欠佳,福尔摩斯先生,我是过度劳累。对不起,我想要一杯牛奶,还有饼干。我没大碍,别担心。福尔摩斯先生,来求您一定跟我一起回去,我是怕电报讲不清楚,事情十万火急所以亲自来了。"

"你先休息一下——"

"我没事了。真没想到会这么虚弱。福尔摩斯先生,请您一起同我乘下一班车去麦克尔顿。"

我的朋友摇摇头。

"我的同事,华生医生,他也知道。实不相瞒,我们现在非常忙。费尔斯文件案在处理,阿伯加文尼的谋杀案要开庭审判。眼下实在没法离开伦敦,除非,你有比这更重要的事情。"

"比这重要得多呢!"来访者摊开双手。"霍尔得内斯公爵的独生子被劫走,这事您一点儿没听说?"

"什么!前任内阁大臣?"

"正是。我们尽量封锁消息,不让报纸知道,可是在环球剧场昨天晚上已有传言。我想您应该知道了。"

福尔摩斯立刻从他的百科资料汇集中抽出H卷。

"'霍尔得内斯,第六世公爵,嘉德勋位爵士,枢密院顾问'——头衔还真多!'伯维利男爵,卡斯顿伯爵'——好大一串!'自一九零零年起出任哈莱姆郡郡长。一八八八年娶查理·爱波多尔爵士之女爱迪丝为妻。独生子萨尔特尔勋爵为其继承人。拥有二十五万英亩土地及兰开夏和威尔士的矿业。地址:卡尔顿区;霍尔得内斯城堡,哈莱姆郡;卡尔斯顿城堡,班戈尔,威尔士。一八七二年出任海军大臣;曾任首席国务大臣……'天呐,此人也算是国王最高贵的臣民之一了!"

"最高贵?也许还是最富裕。我清楚,福尔摩斯先生,您从事的是一项专业性极高的职业,而且全心全意工作。除了工作,还是工作。现在,我不妨告诉您,公爵大人明示,谁能知道他儿子下落,马上给五千英镑支票;能报告劫持者的名字,再加一千英镑。"

"真是天价,"福尔摩斯说道。"华生,我想,我们就陪赫克斯塔布尔博士去英格兰北边走一趟吧。赫克斯塔布尔博士,等你喝完牛奶,请告诉我发生的情况,什么时间发生的,怎么发生的。还有,你这位修道院公学,桑尼克罗夫特·赫克斯塔布尔博士,与本案的关系,为什么事情发生三天以后——你未修的下巴说明了天数。你才从麦克尔顿跑来这里,寻求我的帮助。"

我们的来访者吃好了牛奶饼干,双眼恢复了神采,脸上有了血色,于是挺起身,清晰有力地讲述起情况。

"两位知道,本公学是一座预备学校,我是创建人,也是校长。《赫克斯塔布尔对贺拉斯之管见》这本书或许会使二位想起我的名字。修道院公学,总是最优秀的,是英国的最好的预备学校。莱瓦斯托克勋爵,布莱克沃特伯爵,凯思卡特·索姆兹爵士——他们都把自己的孩子托付给我。三个星期以前,本校迎来前所未有的荣耀,霍尔得内斯公爵派他的秘书詹姆斯·怀尔德先生来通知我,公爵要把他的独生子、继承人、十岁的小勋爵萨尔特尔,送我负责管教。可万万没想到,灾难降临了,而这只是前奏。

"五月一日,孩子到校,正是夏季学期开学。孩子很惹人喜爱,他很快就适应了学校生活和环境。我自认为说话向来谨慎,但是出了这种案子我再不能隐瞒了。孩子在家里不是很幸福。其实这已是公开的秘密了,公爵的婚姻生活并不美满,后来夫妻双方只好分居。公爵夫人定居法国南方。这还是不久以前的事。通常小孩子的感情比较更倾向于母亲。母亲离开霍尔得内斯府邸后,孩子常常不开心,这也是公爵要把他送公学托付给我的原因。来学校不到两周,在新家里很开心。孩子完全习惯了。

"最后一次看见他是五月三日夜里,也就是上个星期一夜里。他的房间在二楼,是套间,要穿过一间有两个孩子睡的大房间才能到他的房间。那天夜里外间的孩子什么也没看见,没听见,因此可以肯定,小萨尔特尔不是从这里跑出去的。他房里的窗打开着,窗外有一根很粗的常春藤连到地面。我们看不到地面有足迹,但是只有这扇窗是唯一出口。

"星期二上午七点发现他已经不在了,他的床是睡过的。走之前,他完全穿好了衣服,就是他常穿的校服——黑色伊顿上衣和深灰色的裤子。没有迹象表明有人进过屋子,若有喊叫和厮打的声音一定听得到,因为住在外面一间的年纪较大的孩子康特睡觉一向是很轻的。

"发现萨尔特尔勋爵失踪以后,我立即召集全校点名,包括所有的学生、教师以及仆人。这时我们才证实了萨尔特尔不是独自出走的,因为德语教师黑底格也不见了。他的房间在二楼末端,和萨尔特尔勋爵的房间全朝着一个方向。他的床铺也是睡过的,但是他显然没有完全穿好衣服就走了——衬衣和袜子还在地板上。显然他是顺着常春藤下去的,在他着地的草地上,他的足迹清晰可见。他平日放在草地旁小棚子里的自行车那时也不见了。

"黑底格和我在一起已有两年了,他来时带的介绍信给他的评语很好,但是他是一个少言寡语的人,在教师和学生中都不太受欢迎。失踪人的下落一点也查不到,直到现在,已经是星期四的上午了,还是一无所知。当然出事后我们立刻到霍尔得内斯府寻找过。府邸离学校不过几英里,我们以为他也许想家了,但是却一无所获。公爵万分焦虑,至于我自己,您二位已经亲眼看到了,这个事件的责任和后果把我弄得神志不清。福尔摩斯先生,我恳求您使出全部力量在这个案件上,在您的职业生涯中怕是很难再有如此有价值的案子了。"

歇洛克·福尔摩斯聚精会神地听着这位校长的叙述。他眉头紧锁,表明他已经开始专注的思考,完全不需要我的劝说了。因为除了报酬优厚以外,也引起了他对于疑难离奇案件的兴趣。他拿出他的笔记本记下了几件重要情况。

他严厉地说:"您太疏忽了,直到事情陷入僵局,才来找我。一个行家不可能在常春藤和草地那儿看不出一点儿线索。"

"福尔摩斯先生,这不该责怪我。公爵大人想要避开传言,他担心这会把他的家庭不幸公之于众。他对于流言这一类事情简直深恶痛绝。"

"警方不是已经做了一些调查了吗?"

"是的,先生,但是结果使人大失所望。有线索表明,在邻近的火车站上看见一个孩子和一个青年乘早班火车。昨天晚上我们才知道,被跟踪到利物浦的这两人,和这个案件毫无关系。我的心情十分沮丧和失落,一夜未眠,然后乘早班火车直接来到了您这儿。"

"我想在追踪这个虚假的线索的时候,当地的调查肯定放松了吧?"

"完全没有进行。"

"所以有三天的时间白白浪费了。这个案件处理得太草率了。"

"我承认处理得很不妥当。"

"可是这个案件肯定能解决。我很愿意研究这个案件,您了解这孩子和那位德语教师的关系吗?"

"一点也不了解。"

"这个孩子是在他的班上吗?"

"不是,而且我听说,这个孩子从来也没有和他说过一句话。"

"这种情况倒是很少见。这孩子有自行车吗?"

"没有。"

"另外是否还丢了一辆自行车?"

"也没有。"

"确定吗?"

"确定。"

"那你的意思是,这位德国人并没有在深夜里挟持这个孩子骑车出走。是吗?"

"是的,肯定没有。"

"您觉得该怎样解释呢?"

"这辆自行车可能是个骗局。车或许藏在某个地方,然后这两人徒步走掉。"

"很可能是这样的,不过拿自行车作幌子似乎很荒谬。棚子里还有别的自行车吗?"

"还有几辆。"

"要是他想使人认为他们骑车走掉,他不会藏起两辆吗?"

"我想他会。"

"当然他会。幌子的说法解释不通。但是这个情节可以作为调查的良好开端。总之,一辆自行车是很不容易隐藏或是毁掉的。还有一个问题就是这个孩子失踪的前一天有人来看过他吗?"

"没有。"

"他收到过什么信件没有?"

"有一封。"

"谁寄来的?"

"他的父亲。"

"那您平常拆他的信看吗?"

"不。"

"您怎么知道是他父亲寄来的呢?"

"信封上有他家的家徽,笔迹是公爵特有的刚劲笔迹。此外,公爵也记得他写过。"

"在这封信以前他,在什么时候还收到过信?"

"收到这封信的前几天。"

"他收到过从法国来的信吗?"

"从来没有。"

"你明白我为什么提这个问题。这个孩子不是被劫走,便是自愿出走。在后者的情况下,您会料想到要有外界的唆使,使得这样小的孩子做出这种事情。如果没有客人来看他,教唆一定来自信中,所以我想要弄清谁和他通信。"

"恐怕没有。据我所知,只有他父亲和他通信。"

"他父亲恰巧就在他失踪的那天给他写了信。父亲和儿子之间是很亲近的关系吗?"

"公爵无论和谁都不亲近。他的心思完全用在公众的重大问题上,对于家人的情感,比较冷漠。但是就公爵本人来说,他待这个孩子是很好的。"

"孩子的感情偏向他母亲一边吧?"

"是的。"

"孩子这样说过吗?"

"没有。"

"那么,公爵呢?"

"他也没有。"

"您怎么会知道的呢?"

"公爵大人的秘书詹姆斯·怀尔德先生和我私下谈过。是他给我讲了这个孩子的事情。"

"我明白了。还要问一下,公爵最后送来的那封信——孩子走了以后在他的屋中找到没有?"

"没有,他把信带走了。福尔摩斯先生,我看我们该去尤斯顿车站了。"

"我要叫一辆四轮马车。一刻钟后我们再见。赫克斯塔布尔先生,如果您要往回打电报,最好是让您周围的人们以为调查进行仍然是在利物浦,或是跟假线索有关的任何地方。同时我要在您的学校附近秘密做点工作,也许痕迹尚未完全消失,华生和我这两只老猎狗还可以嗅出一些线索来。"

当天傍晚,我们来到了匹克郡,这里空气清爽,令人振奋。赫克斯塔布尔博士的学校就坐落在那里。我们到时天已经黑了。有一张名片放在大厅的小桌子上,门卫对他的主人悄声说了几句话,博士表情转向我们极为严肃。

"公爵来了,"他说,"公爵和怀尔德先生在书房,来吧,两位先生,我来替你们介绍。"

当然,我很熟悉这位有名的前首相大人的照片,但是他本人与照片实在相去甚远。他个子高大而庄重,衣着考究,脸型瘦长而下垂,一只古怪的鼻子又弯又长。他面色苍白,与他又长又稀疏的红胡子形成了鲜明对比;从背心边缘露出的金色表链,闪闪发光。他站在炉边地毯中央,面无表情地看着我们。站在他旁边的是个很年轻的小伙子,我知道此人便是他的私人秘书怀尔德。他个子矮小,神情机警,浅蓝色的眼睛显得很智慧,并且有一张情绪化的面孔。他用尖刻而肯定的声音清晰地立即开始讲话。

"我今天早上来过,赫克斯塔布尔博士,当我得知你的目的是邀请福尔摩斯先生接手这个案子。但已来不及阻止你去伦敦。公爵阁下十分震惊,你竟然在采取这项行动前没有先向他请示。"

"当我得知警方已失败……"

"公爵阁下并不认为警方已经失败。"

"但是,确实是这样,怀尔德先生……"

"你知道得很清楚,赫克斯塔布尔博士,公爵阁下最不希望将此事公开。他希望知道此事的人越少越好。"

"这件事很容易解决,"被威吓的博士说道,"福尔摩斯先生可以坐明早的火车回伦敦去。"

"那可不行,博士。"福尔摩斯用他略带笑意的语调说,"北方的空气清新爽朗,因此我想在这旷野多停留几天,好好地放松一下。至于我是住在你那边,还是住到小乡村的小旅店,那当然要看你的决定了。"

我可以看出这可怜的博士实在左右为难,这时红胡子公爵有力而深沉的声音拯救了他困窘的处境。

"赫克斯塔布尔博士,我赞同怀尔德的说法,你应该先来请示我一下。但是既然你已告诉福尔摩斯先生这件事,那我们就请他来帮忙吧。不要去住小旅店了,福尔摩斯先生,如果你能住在霍尔得内斯府邸,我会很高兴的。"

"谢谢公爵阁下。为了调查方便,我想我还是留在案发现场比较好。"

"随你吧,福尔摩斯先生。如果你需要我或者怀尔德先生提供任何资料,可以随时找我。"

"我一定会去见你。"福尔摩斯说,"请问,您对令郎失踪一事有什么想法?"

"没有,先生,还没有。"

"请原谅,我的提问可能触及你的伤痛,你认为公爵夫人与这件事有任何关系吗?"

公爵很明显地犹豫了一下。

"我想不会。"他最后说。

"另一个最贴切的解释就是孩子被绑架了,为的是得到大笔赎金。你接到过这类的勒索吗?"

"没有,先生。"

"公爵阁下,还有一个问题。据我所知,在事发的当天你曾写过一封信给令郎。"

"不,我是在前一天写的。"

"不错,不过他是在事发当天才收到信的。"

"是的。"

"在你的信中有没有提到什么会刺激他做出过激行为的?"

"没有,先生,绝对没有。"

"是你亲自寄的信吗?"

这位贵族的秘书的回答打断了他,他有些激动地插进话来。

"公爵阁下没有自己寄信的习惯,"他说,"这封信与其他的一些信件一起放在书房的桌子上,我亲自将它们放入邮袋的。"

"你确定这封信在里面?"

"是的,我有看到。"

"那天公爵阁下写了几封信?"

"二三十封左右,公爵有大量的信件来往。但这应该跟这案子毫无关系吧?"

"那可不一定。"福尔摩斯说。

"至于我的话,"公爵继续说道,"我已劝警方将注意力转到法国南部。我已经说过我相信公爵夫人不会教唆这样的行为,但是这孩子有些很奇怪的看法,在那个德国人的协助下,很难说他会跑到她那边去。我想,赫克斯塔布尔博士,我们该回府邸了。"

我可以看出福尔摩斯还有一些问题要问,但是这位公爵大人强硬的暗示谈话就此结束。显然他极端贵族化的个性使他十分不愿与陌生人谈论家庭私事,他怕每一个新问题都可能涉及他公爵世家中不愿为人所知的阴影。

公爵与他的秘书离开后,福尔摩斯立刻展开了侦查。

仔细检查了孩子的房间,除了确定是从窗子出去之外,没有其他任何线索。那个德文教师的房间及其他资料也没提供更多的线索。不过他窗前一束常春藤承受不住他的体重而断裂,同时我们在油灯光下看到了他脚跟着地的印痕。矮草上的凹痕是这个事件中唯一证据。

福尔摩斯自己一个人出去了,直到十一点钟才回来。他弄到了一份附近的军用地图,拿到我房间来,摊在床上,然后将一盏台灯放在床铺中央,开始对着地图抽烟,时而用烟味浓烈的琥珀烟嘴指着需要注意的地方。

"这案子越来越有趣了,华生,"他说,"其中有一些极有意思的地方。在开始之前,我要你了解一下这附近的地形,这与我们的调查关系重大。

"看这地图。这黑色的方块是修道院学校,我在上面插根针。这条是主路,它是东西走向贯穿学校的,而且不管朝哪个方向,在一英里之内它都没有岔路。如果这两个人是沿大路走的,那么必定是'这条'路。"

"没错。"

"很幸运的,我们能大致查清出事当晚这条路上有些什么人经过。在我烟斗所指的这地方,当晚十二点到凌晨六点有个警察值班。这是东面的第一个交叉路口。这名警察声称在这段时间内他一秒钟也没离开过那里,因此不论是孩子或大人都不可能经过那里而不被看到。我今晚跟那个警察谈了一下,依我看,这个人很可靠,所以这个方向应该没问题了。因此我们必须朝另一个方向着手。这里有个叫红牛的小旅店,它的女店主病了,她派人到麦可顿找医生,但是医生因为忙着诊治另一个病人,直到清晨才来。小旅店的人整夜未眠,总有人不时朝路上张望,他们说没看到有人经过。如果他们的说法正确,那我们也不必到西边去找了。也就是说,出走的人根本'没有'走这条路。"

"但是自行车的问题呢?"我反问道。

"没错,我马上就说到自行车的问题了。假设:如果他们没有沿着大路走,那么他们一定是穿过学校北面或南面的村落走的。让我们再将这两个不同方向比较一下。校舍的南面,是一大片耕地,都是小块农田,中间用石墙间隔,在这里骑脚踏车是不可能的,因此我们可以排除这个可能性。再来看北边,这里是树林,就是地图上标明'乱树岗'的地方,再过去是一片叫下吉尔的荒原,起伏的旷野,有十英里长,地势为缓坡。在这片旷野的另一端是霍尔得内斯府邸,大路要十英里,但穿过旷野只有六英里的距离。这是一片极为荒凉的旷野,只有少数农夫在这片地面建了几个饲养牛羊的小棚舍。除此之外,这片荒原到彻斯特区公路边上只有一些禽鸟。这里有一座教堂,还有几个小屋及一间小旅店。过了这里,斜坡变得十分陡峭。显然我们的搜寻应该集中在北方这边。"

"那么自行车?"我又问。

"好了,好了!"福尔摩斯有些不耐烦地说。"自行车骑得好,当然不一定只能走大路。荒野的小路会错,而月亮那夜正圆。哦!有人来了?"

一阵急促的敲门声之后,赫克斯塔布尔博士进了屋。他手上拿着一顶蓝色棒球帽,帽檐上有个白V字。

"我们终于有了线索!"他叫道。"我的上帝!我们终于找到了小鬼的去向!这是他的帽子。"

"什么地方发现的?"

"吉普赛人的大车上。吉普赛人在泥炭荒地扎过营,星期二离开的。今天警察把他们追上,搜查了他们的大篷车,发现有这顶帽子。"

"他们怎么说呢?"

"他们撒谎说是星期二早晨在荒地上捡到的。他们一定知道孩子的下落,这伙流氓!感谢上帝,他们都被关起来了。法律很严厉,公爵有势力,随便一样就不怕他们不开口,知道什么都会说出来。"

"总算有点线索了,"博士离开了房间后,福尔摩斯说道。"至少证实了我们的推理。调查是下沟地这一边肯定会有一些结果。警察除了把吉普赛人抓起来,别的事情一点也没做。看这儿,华生!泥炭地有一条水沟穿过,图上有注明。有的地方变成沼泽,尤其是在这一地区,霍尔得内斯府邸和公学之间这一带。现在季节干燥,一定会有足迹,去找不会徒劳无功。明天清早我来叫你,咱们一起试试,看看能否从这个谜案中找出一点线索。"

天刚亮,我醒来睁眼正好看见福尔摩斯瘦长的身影站在我床前。他衣着整齐,看得出已经出去过了。

"我看了草坪、车棚,"他说,"还去乱树林走了一趟。现在,华生,隔壁房里预备好了咖啡,你动作快一点,今天有好多事要做。"

他两眼放光,就像一位艺术家看着自己的精心杰作即将完成那样的兴奋。这是个不一样的福尔摩斯,一个兴奋而机警的人,不是贝克街那个沉思默想、慵懒苍白的福尔摩斯。望着他跃跃欲试的样子,我预感到今天必定是忙碌的一天。

然而出师不利,有些叫人失望。我们抱着极高的期望,大踏步跨上黄褐色泥炭地原野,地面纵横交错着无数羊肠小道,好不容易来到了宽阔草地,这正是我们和霍尔得内斯府邸之间的沼泽地。如果孩子是往家走,他必定经过此地;经过此地,就一定会留下脚印。然而,却不见孩子的痕迹,也没有德国人的痕迹。我的朋友面容僵硬,面色发黑了。他快步走在路边,急切观察着每一块泥迹。到处都是羊脚印,有一个地方下去,几英里外,则是大量牛蹄印,此外什么也没有。

"出师不利,算了,"福尔摩斯说,满脸表现忧郁。"走,到那边去看看,还有一块狭长沼泽地。天呐!这是什么?"

我们踏上一条黑带似的小路,在中间的湿泥上,是清晰的自行车的印迹。

"啊哈!"我高呼。"我们找到了。"

但是福尔摩斯在摇头,脸色疑惑,并不见兴奋。

"这不是那辆要找的车,"他说。"我熟悉各种轮胎,花纹各不相同。这个,你看,是邓洛普,靠外边上有小块;黑底格的车胎是帕尔默,有条形花纹。爱维林,那个数学教师,他很清楚海德格尔的自行车。所以,这不是他的车。"

"那么,这个是那孩子的车么?"

"也有可能。不过那先要证实他有自行车才行,但这个事我们还无法确定。这车迹,骑车的方向是从学校过来的。"

"不是朝学校去的?"

"不是,我亲爱的华生。比较深的车轮压痕当然是后轮,这是承载重量的关系。你看,车印有些地方,后轮压在前轮印痕上,很明显是从学校过来,朝前面去。这车轮迹象是不是跟我们要查的问题有关系,还难说,我们先往后看看,再追下去。"

我们从地里出来,往后追了两三百码,车印不见了。继续沿着这条小径走下去,又看到了,并且渗着水,只是几乎都给牛蹄踩踏得看不清楚了。再下去,踪迹又没有了。小路一直进入了乱树林。这片树林挨着学校的后面。自行车应该是经过树林出来的。福尔摩斯在一块石头上坐下来,两手托着下巴。我抽了两支烟,他一动不动坐着。

"噢,噢,"最后他说话了。"那个,当然有可能,狡猾的人会把轮胎换掉,以便不留踪迹。动到这个脑筋的罪犯,很厉害,我也不枉和他较量一番,很值。这个问题先搁下吧。再去看沼泽地,有好多地方还没有查过。"

我们继续细致搜索,沿着沼泽看过去,果然有发现。刚越过一个低洼的泥塘,就是一条泥泞的小道。一上了这条小道,福尔摩斯便高兴地叫起来。一道明显的痕迹赫然出现在道中央。那就是帕尔默轮胎的印迹。

"就是这个没错!"福尔摩斯叫道,无比激动。"我的推理还算准确吧,华生。"

"恭喜你了。"

"我们还有好长的路要走呢。注意别把小路踩坏了。我们跟着车印走。"

继续往前走,发现这个地方是一块块软湿地纵横穿插,所以虽然时时会不见车辙,也还能够断断续续接得上。

"你看,"福尔摩斯说,"骑车人在这里加快速度了。看这里的车印,前轮同后轮一样清楚。这可以解释为:骑车人身子前倾,重量前移到车把手,骑车要加速,总是身体抬起。"

"呦,在这里摔倒了!"

有一大片烂糟糟的斑点,覆盖车辙有好几码,随后有几个脚印,然后车辙印迹重新出现。

"人车侧身滑倒。"我讲了自己的看法。

福尔摩斯拾起一株被压烂的荆豆花。我一看大吃一惊,黄花上面有暗红色污迹。再看小路上,也有,在杜鹃丛中凝结着发黑的块块血迹。

"坏了!"福尔摩斯说。"坏了!站旁边点,华生!不要把脚印踩上去了!这里出事了。有人摔伤了又站起来,再骑上车继续向前。这里没见有其他车轮印子。这边小路上是牛蹄印,是被牛给挡住了吗?绝不可能!也不见有其他人的脚印。再向前,华生,跟着血迹、车轮走,他逃不掉。"

追踪没多远,车轮痕迹在潮湿泛亮的泥路上急剧打起弯来。突然,我眼前一闪,前边密密的杜鹃矮丛中有金属反光。是一辆自行车!我们把车从灌木中拖出来、是帕尔默轮胎,一个踏脚弯掉了,车身前部全是可怕的血迹。在另一边的灌木丛中,露出一只鞋。我们赶快跑过去,看到竟是不幸的骑车人躺在那里面。这个人高个子,大胡子,戴眼镜,有一块镜片不见了。死因是头部遭到猛击,一侧颅骨被击碎。看样子,他受击以后还骑了那么长一段距离,说明这个人的生命力很惊人。他脚上只穿鞋,没有袜子,外套敞开,露着里面的衬衫式长睡衣。他应该就是那位德语教师了。

福尔摩斯神情凝重地将尸体翻过来,做了仔细的检查。然后坐下来沉思片刻。从他深皱的眉头可以看出,发现惨不忍睹的尸体,依他之见,这对于本案没有什么进展。

"往下怎么办,华生,"他最后说道,"我觉得只能继续往下查。已经花上不少时间,得抓紧,一个小时都不能浪费。另外,一定得赶快把发现尸体这事通知警方,把这遇害人的尸体看好了。"

"写个纸条我回去报信。"

"可是我需要你陪伴我,你瞧!那儿有一个人在挖泥煤。把他叫来,让他去找警察。"

我把这个农民带过来,福尔摩斯让这个受了惊的人把一张便条送给赫克斯塔布尔博士。

然后他说:"华生,今天上午我们得到两条线索。一个是安装着帕尔默轮胎的自行车,而且这辆车让我们发现现在的情况。另一个是安装着邓洛普加厚轮胎的自行车。在我们调查这一线索之前,我们好好想想,哪些情况是我们确实掌握了的,以便充分利用这些线索,得到有用的证据。

"首先我希望你能明确这个孩子一定是自愿走掉的。他从窗户下来之后,不是他一个人便是和另外一个人一起走掉了。这一点毫无疑问。"

我同意他的意见。

"那么,我们谈谈那个不幸的德语教师。这个孩子是完全穿好衣服跑掉的。所以证明他预先知道要干什么。但是这位德国人没穿上袜子就走了。他一定是遇到了很紧急的事。"

"没错。"

"为什么他出去呢?因为他从卧室的窗户看见这个孩子跑掉了;因为他想把他带回来。于是他骑自行车去追这个孩子,在追赶的路上遭到了不幸。"

"似乎是这样的。"

"最为关键的部分是,一个成人追一个小孩时自然是跑着去追。但是这位德国人却去骑自行车。我听说他骑车骑得很好。如果他没有看到这个孩子能够迅速跑掉,他是不会这样做的。"

"另外那辆自行车呢?"

"我们继续设想当时情况:离开学校五英里他遇到不幸,却不是中弹而亡的。而是被一只强壮的手臂给予致命的一击。所以这个孩子在逃跑过程中一定有人陪同。逃跑是很快的,因为一位骑车很棒的人骑了五英里才赶上他们。我们查看过惨案发生的现场。只找到几个牛羊蹄痕,此外什么也没有了。在现场周围我绕了一个很大的圈子,五十码之内没有小道。另一个骑车的人可能与这件谋杀案没有什么关系,而且那里也没有人的足迹。"

"福尔摩斯,这是不可能的事。"我大声喊道。

他说:"对极了!你说得没错。事情不可能是我说的那样,所以一定有一些地方我说错了。你能指出哪个地方错了吗?"

"他会不会由于摔倒而碰碎了颅骨?"

"在湿地上会发生这种情况吗?"

"我想不出来了。"

"不要这样说,比这件案子难得多的问题我们都解决过。至少我们掌握了许多情况,问题是我们要会利用它。既然已经装有帕尔默车胎的自行车上了解了一些线索,我们现在再来看看安装着邓洛普加厚车胎的自行车能够给我们提供什么东西。"

我们找到这辆自行车的轨迹,并沿着它向前走了一段路程,然后是一段斜坡,斜坡上长满长长的丛生的石南草,我们还过了一条水渠。这一路没有给我们提供更多的线索。在车胎轨迹终止的地方,有一条路一头通向霍尔得内斯府邸,府邸楼房的特大尖顶耸立在我们左方几英里外,另一头通到前方一座地势较低的隐隐约约的农村。这正是地图上标志着柴斯特菲尔德大路的地方。

我们来到一家破旧且肮脏的旅店,旅店的门上挂着一块招牌,招牌上画着一只正在搏斗的公鸡。这时福尔摩斯突然发出了一声呻吟,并且吃力地扶住我的肩膀。他踝骨扭伤了,并且已经有过一次。他艰难地跳到门前,门口蹲着一个皮肤黝黑的、年纪较大的人,嘴里叼着一支黑色的泥制烟斗。

福尔摩斯说:"你好,卢宾·黑斯先生。"

这个乡下人抬起一双狡猾的眼睛,露出怀疑的目光,答道:"你是谁,你怎么会知道我的名字?"

"你头上的招牌写着的。看出谁是一家之主也不难。我想你的马厩里大概没有马车这类东西吧?"

"没有。"

"我的脚简直不能落地。"

"那就不要落地。"

"可是我不能走路啊。"

"那么你可以跳。"

卢宾·黑斯先生的态度很没有礼貌,但是福尔摩斯却很温和。

他说:"朋友,你瞧,我确实有困难。只要能走就行,怎么走我倒不介意。"

乖巧的店主说:"我也不介意。"

"我的事情很重要。你要是借给我一辆自行车用,我愿给你一镑金币。"

店主人竖起了他的耳朵。

"你要上哪儿去?"

"到霍尔得内斯府。"

店主人用嘲笑的眼光看着我们沾满泥土的衣服说:"你们是公爵的人吧?"

福尔摩斯温厚地笑着。

"反正他见到我们会很高兴的。"

"为什么?"

"因为我们可以提供他失踪的儿子的消息。"

店主人显然吃了一惊。

"什么,你找到他的行踪了?"

"在利物浦发现了他的行踪,他们很快就会找到他了。"

那张阴沉的脸很快又改变了神色,他的态度突然和蔼起来。

"我并不像一般人那样祝福他,"他说,"因为我曾经是他的马夫,但他对我不好,只因为一个粮食零售商胡说八道,他毫无道理地就把我解雇了。但我还是很高兴听到公爵的儿子被找到了,我可以帮你把消息送到府邸。"

"谢谢你,"福尔摩斯说,"我们先吃点东西,然后你可以骑脚踏车去。"

"我没有自行车。"

福尔摩斯拿出一枚金币。

"我告诉你,我没有自行车。我可以借两匹马让你骑去府邸。"

"好吧,好吧,"福尔摩斯说,"我们先吃点东西再说吧。"

当我们被单独留在厨房时,他扭着了的脚踝却奇迹般好了。已经接近晚上,这一天从一早到现在我们都还没吃东西,因此我们这一顿花了不少时间。福尔摩斯陷入沉思，有一两次他走向窗口，仔细地凝视着外面，窗外是个肮脏的天井，天井最远的角落有间铁铺，一个心情低落的孩子工作着，另一边则是马厩。在一次张望后，他又再度坐下，突然他跳起身来发出一声惊叹。

"上帝，华生，我想我得到答案了！"他叫道，"是的，是的，一定是这样。华生，你记得今天我们看到的牛蹄痕迹吗？"

"是的，有好几次。"

"是在哪里呢？"

"嗯，到处都有。在泥沼处，在小径上，然后在不幸的黑底格死去的地方。"

"没错。华生，你在旷野上看到几头牛？"

"我不记得看见过牛。"

"很奇怪，华生，我们一路上到处都看到牛蹄印，但是整个旷野上却连一条牛都没有。这很奇怪。华生，是吧？"

"是的，是很怪。"

"嗯，华生，努力回想一下。你在小径上看到牛蹄的踪迹了吗？"

"有，我记得。"

"你记得有些牛蹄印是这样的形状，华生，"——他用桌上的面包屑排成——::::——，"而有的是这样子，—·:·:·:·—而偶尔是这样的，—·:·:—你记得吗？"

"我记不起来了。"

"但是我记得，一定是这样的。不管怎样，我们还有时间再去证实一下。我真是笨，刚才一直都没有结论。"

"那你的结论是什么？"

"只有一个结论，就是有头奇特的牛能走、能跑、能奔。上帝！华生，一个普通的乡下人是想不出这样的计谋的。外面除了铁铺里的孩子外，似乎没其他人。让我们溜出去看能找到些什么。"

残破的马厩里有两匹没人看管的马。福尔摩斯提起一只马蹄，然后大声笑起来。

"老的蹄铁，但是新的蹄钉。这案子应该是很明显了。让我们到那边的铁铺去。"

那孩子没有理会我们两个人。我注意到福尔摩斯的眼睛在不停搜寻散落于地上的铁屑与木屑。突然,我们听到背后响起了脚步声,是店主,他浓眉紧皱,黝黑的脸因激动而抽搐,手中拿着一根铁头短棒,他凶神恶煞的样子使我不由得摸向袋中的左轮枪。

"你们这两个混蛋侦探!"这人喊道,"你们在那里做什么?"

"怎么了,卢宾·黑斯先生,"福尔摩斯冷静地说,"你这样子好像怕我们找到些什么。"

这人竭力地控制自己,他凶残的嘴角松弛下来并露出一个奸笑,但比他不笑时更凶恶。

"你随便在我的铁铺里找好了,"他说,"但是你听着,先生,我可不喜欢别人不经我同意在我这里乱走乱看,请你付了账赶快离开。"

"好的,黑斯先生,我们并没恶意,"福尔摩斯说,"我们只是看了看你的马,但是我想我还是走路去算了,我相信不是太远。"

"到府邸大门不会超过两英里,就是左边这条路。"他以愤怒的眼神看向我们离去的路径。

我们并没有走得太远,当转弯挡住店主的视线之后,福尔摩斯就停下来了。

"我们要找的答案就在那旅店里。"他说,"离旅店越远,我就觉得离答案越远。不行,不行,我不能离开旅店。"

"我确信,"我说,"这个卢宾·黑斯知道所有事。这个恶棍完全不掩饰自己的恶行。"

"呃!他让你觉得是那样吗?那两匹马,那铁铺。不错,这个'斗鸡旅店'很耐人寻味。我想我们该再悄悄地去一探究竟。"

我们身后是一条长而倾斜、散落着一块块大石头坡地。我们已转下了大路,朝坡地向上爬,我往霍尔得内斯府邸望去时,发现一个骑自行车的人快速骑来。

"快蹲下!华生。"福尔摩斯一边用力按下我的肩膀一边叫道。我们才刚刚蹲下,一个人由路上飞驰而过。由飞扬起的尘土中,我看到一张苍白的脸。脸上每处都表现出惊恐的神色,嘴巴微张,眼睛睁大凝视着前方,那脸是前一晚见过的矫健活泼的詹姆斯·怀尔德的脸。

"公爵的秘书!"福尔摩斯叫道,"走,华生,让我们看看他想干什么。"

我们在大石头间穿梭,没一会儿就到了正好能看见旅店大门的位置。怀尔德的自行车靠在旁边墙上。没人在房子附近游荡,我们也看不到窗口有人张望。

当太阳落到霍尔得内斯府邸高塔的后面时,天也渐渐暗了下来。在昏黄的光线中,我们看到旅店马厩前的空地上,一辆马车两边的灯亮了起来,跟着马蹄声响起,马车转出上了大路,朝彻斯特区的方向飞奔而去。

"你怎么说?华生。"福尔摩斯悄声说。

"看起来像逃亡。"

"双轮小马车里只有一个人,那绝不是詹姆斯·怀尔德先生,因为他还在门那边。"

一盏红灯在黑暗中出现,灯影中是那秘书的身形,他伸出头来向黑暗中张望了一下,显然是在等什么人。接着有脚步声从路上响起,灯影中可以看见有第二个身形出现,但门立刻就关上了,周围又是一片黑暗。五分钟后,二楼一间房中亮起了灯光。

"看来斗鸡旅店有些很奇怪的顾客光顾。"福尔摩斯说。

"可是酒吧在另一边。"

"不错,这些大概就是所谓的贵宾吧。詹姆斯·怀尔德晚上这个时间来到这里究竟是做什么?那个与他碰面的又是谁呢?走,华生,我们必须冒险靠近一点看看。"

我们一起蹑手蹑脚地走下斜坡到路上,之后俯身潜进了旅店大门。那辆自行车仍靠在墙上。福尔摩斯划了根火柴举近后轮,火光照到邓禄普车胎时,我听到福尔摩斯轻笑了一声。我们头顶上,正是那个亮着灯的窗口。

"我必须偷看一眼窗内的状况,华生。如果你能弯腰顶着墙,我就能办到了。"

过了一会儿,他的脚已上了我的肩头,但他才刚站上去,就又下来了。

"走吧,我的朋友,"他说,"我们这一天工作够累了,我们已得到所有。还要走一段路才能回到学校,我们还是早点走吧。"

在这段路程中,他几乎没说话,我们回到学校时,他也不进去,反而直接先去了麦克尔顿车站,他想要发几封电报。深夜的时候,我听见他还在安慰受到打击的赫克斯塔布尔博士,然后他进到我房间,仍像早上刚起来时那样充满活力。"一切都很顺利,老友,"他说,"我保证在明天傍晚前我们就能解开这个神秘事件了。"

第二天上午十一点钟,我的朋友和我走在了霍尔得内斯府邸有名的紫杉树林阴道上。我们被带领穿过辉煌的伊丽莎白门厅,进入公爵阁下的书房。詹姆斯·怀尔德先生在那里,对我们彬彬有礼。但是在他惊慌的眼神中和抽搐的颜面上,隐约显现他为昨夜的行动心有余悸。

"你们要见公爵大人?很抱歉,大人身体欠佳,被一则悲惨的消息搅得心神不宁。昨天下午我们收到赫克斯塔布尔博士的电报,报告了你们发现的事。"

"我必须见公爵,怀尔德先生。"

"可是他在卧室里。"

"在卧室我也必须见他。"

"我相信他正卧床休息。"

"卧床我也必须见他。"

福尔摩斯冷面无情、决不退让的态度向秘书表明,想要阻止是徒劳的。

"那好,福尔摩斯先生,我去禀告他你们来了。"

一个小时之后,公爵大人才露面,他的脸色比先前更加灰暗,双肩耸起,那样子比前天上午见到的苍老许多。他面无表情地和我们寒暄几句,落座书桌旁,红胡须垂在桌面上。

"有什么事,福尔摩斯先生?"他说。

我朋友的眼睛看着秘书,秘书正站在他主人的椅子边。

"我想,公爵阁下,为说话方便起见,请怀尔德先生回避一下。"

秘书的脸色变得更白了,凶狠地瞪了福尔摩斯一眼。

"大人您认为……"

"好吧,好吧,你退下吧。现在,福尔摩斯先生,你要说什么?"

福尔摩斯等秘书退下,看他把门关上。

"是这样,公爵阁下,"福尔摩斯说道,"我们从赫克斯塔布尔博士那里得到保证,本案了结以后会有报酬,我希望您亲口承诺。"

"那是当然啦,福尔摩斯先生。"

"他说知道您公子的下落,酬金五千英镑,是吗?"

"没错。"

"讲出劫持者的名字,无论一人或几人,另加一千英镑,没错吧?"

"是的。"

"这后一项,不仅应该包括劫持者,也应该包括共谋者,是不是?"

"是的,是的,"公爵不耐烦地叫道。"只要事情办成,歇洛克·福尔摩斯先生,我不会亏待你的。"

我的朋友搓起两只细长的手,脸上露出贪婪的表情,我很惊讶,因为我知道他一向不在乎报酬。

"恕我冒昧,公爵大人,我看见您的支票簿正在桌上,"他说。"请开给我开一张六千英镑的支票,我将非常高兴。同时请签字,这样便于转账,我的代理银行是:城乡银行牛津街支行。"

公爵阁下脸色变得凝重,直起身来,冷眼看着我的朋友。

"这是在开玩笑吗,福尔摩斯先生?你在拿我取乐?"

"一点没有,公爵阁下。我很严肃的。"

"那你是什么意思?"

"我的意思是我已经赢得了报酬。我知道您的公子在哪里,而且知道在什么人手里。"

公爵的红胡子翘起来了,显得更红了。

"他在哪里?"公爵喘着气。

"他现在,还有昨天晚上,都在斗鸡旅馆,出门大约两英里。"

公爵跌靠在椅背上。

"疑犯是谁?"

歇洛克·福尔摩斯给出了惊人的回答。他快速地手用手按住公爵的肩膀。

"我指控您,"他说。"现在,公爵阁下,我麻烦您开给支票。"

我永远不会忘记这时候公爵的表情。他跳起来,双手紧握,像失足坠落的样子。之后,强装镇定,重新坐下来,把脸深深埋进双手,好几分钟没开口讲话。

"你是怎么知道的?"他没有抬头。

"昨天夜里我看见你们在一起。"

"除了你朋友还有谁知道?"

"我没有对任何人讲。"

公爵用颤抖的手拿起了笔,打开了支票簿。

"我说话算数,福尔摩斯先生。不管你掌握的情况对我多不利,支票一定给你。最初规定报酬的时候,我想不到事情会出现这样的变化。你和你的朋友都是明白事理的人,福尔摩斯先生,对吗?"

"我难以理解阁下什么意思。"

"我就明说吧,福尔摩斯先生。只有你们两人知道此事,就不要再让其他人知道了。我想应该总共给你们一万两千英镑,对不对?"

福尔摩斯微笑着摇摇头。

"恐怕,公爵阁下,事情并没有这么简单。学校教师的死我需要考虑。"

"这个事詹姆斯一点不知道,与他无关。这是那个暴徒流氓干的事,他不该雇佣这个人。"

"我是这样看的,公爵阁下,一个人犯有一桩罪行,由此罪引发的另一桩罪,也负有连带责任。"

"负有连带责任是没错。但是从法律角度来看肯定不是这样。发生谋杀案,一个不在现场的人不应受到刑罚,何况他憎恨、厌恶杀人。他一听说这个事情,就向我完全坦白了,他内心充满恐惧和忏悔。不到一小时,他就完全和杀人犯断绝了关系。哦,福尔摩斯先生,你一定要救救他——你一定要救救他!我求你一定要救救他!"公爵再也控制不住自己,在屋子里走来走去,脸在痉挛,捏紧双拳高举乱舞。最后好不容易使自己安静下来,重新坐到书桌边。"我赞赏你的行动,先到这里来,没有同别的人讲,"他说,"这样,才有可能商量怎样制止可恶的谣言流传。"

福尔摩斯说:"是的。公爵,我想只有你我之间的彻底坦率才能促成这一点。我想要尽我的最大努力来帮助您,但是为此,我必须仔细地了解事情的情况。我明白您说的是怀尔德先生,并且知道他不是杀人犯。"

"杀人犯已经逃跑了。"

歇洛克·福尔摩斯拘谨地微笑了一下。

"公爵,您可能没有听到过我享有的名声是不太小的,否则您不会想到瞒住我是不易的。根据我的报告,已经在昨天晚上十一点钟逮捕了卢宾·黑斯先生。今天早晨我离开学校之前,收到了当地警长的电报。"

公爵仰身靠在椅背上,并且惊异地看着我的朋友。

他说:"你好像非同寻常。卢宾·黑斯已经抓到了?知道这件事我很高兴,但愿不会影响詹姆斯的命运。"

"您的秘书?"

"不,先生,我的儿子。"

现在是福尔摩斯露出吃惊的样子了。

"我坦率地说,这件事我完全不知道,请公爵说得清楚一些。"

"我不隐瞒你。我觉得不管对我来说是多么痛苦,只有彻底坦白才是最好的办法。是詹姆斯的愚蠢和妒忌,把我引到这样的绝境中。福尔摩斯先生,当我还很年轻的时候,我第一次恋爱了。我向这位女士求婚,她拒绝了,理由是这种婚姻会妨碍我的前途。假如她还活着的话,我肯定不会和任何人结婚的。但是,她死了,并且留下了这个孩子,为了她,我抚育和培养这个孩子。我不能向任何人承认我们的父子关系,但是我让他受最好的教育,并且在他成人以后,把他留在身边。我没有想到,他趁我不留意时得知了真相,从此以后他一直滥用我给他的权利,并且在他力所能及的范围内制造言论,这是我非常厌恶的。我不幸的婚姻和他留在府里有些关系。尤其是他一直憎恨我那年幼的儿子是合法继承人。你一定会问为什么在这样的情况下,我仍然留詹姆斯在我家中。那只是因为在他的身上我能看到他母亲的影子,为了他母亲,我一直都很痛苦。詹姆斯使我回忆起他的母亲。我简直不能让他走。我非常担心他会伤害阿瑟,就是萨尔特尔勋爵,为了安全,我把他送到赫克斯塔布尔博士的学校。

"詹姆斯和黑斯这家伙有来往,因为黑斯是我的农夫,詹姆斯是收租人。黑斯是个纯粹的恶棍,可是说来也怪,詹姆斯和他成了密友。詹姆斯总是喜欢结交坏朋友。詹姆斯决定劫持萨尔特尔勋爵的时候,他得到了这个人的帮助。你记得在事发的前一天我给阿瑟写过信。詹姆斯打开了这封信,并且塞进一张便条,要阿瑟在学校附近的小树林见他。他用了公爵夫人的名义,这样孩子便来了。那天傍晚詹姆斯骑自行车过去,他亲自向我承认,在小林子中会见阿瑟。他对阿瑟说,他母亲很想见他,并且正在荒原上等他,只要他半夜再到小树林去,便会有一个人骑着马把他带到他母亲那儿。可怜的阿瑟落入了圈套。阿瑟按时赴约,看见黑斯这家伙,还牵着一匹小马。阿瑟上了马,他们便一同出发了。后来有人追赶他们,这些是詹姆斯昨天才听说的,黑斯用他的棍子打了追赶的人,这个人因伤重死去。黑斯把阿瑟带到他的旅店,把他关在楼上的一间屋中,由黑斯太太照管,她很善良,但是完全受她残暴的丈夫控制。

"福尔摩斯先生,这就是我两天前第一次见到你时的情况。我当时知道得并不比你多。你会问詹姆斯这样做的动机是什么。我只能说,在詹姆斯的憎恨中,有许多是无法解释和难以想象的。在他看来,他自己应该是我的全部财产的继承人,并且他怨恨法律使他得不到继承权。同时他也有一个明确的动机,他认为我有不遵守法律的能力。他用尽各种办法,不想让阿瑟成为继承人,并且在遗嘱上写明产业给他。他知道得很清楚,我永远不会自己找来警察处置他。我猜他会这样要挟我,但是实际上他没有这样做,因为对他来说事情发展太快,他没有时间实现他的计划。

"使他计划失败的是你发现了黑底格的尸体。詹姆斯听到这个消息,大吃一惊。昨天我们坐在这间书房里收到消息。赫克斯塔布尔博士打来一封电报。詹姆斯很伤心和激动,于是我的怀疑立即变成了肯定,这种怀疑在此以前不是完全没有的,于是我责备了他的所为。他彻底坦白了一切。然后他哀求我把这个秘密保守三天,以便能放走他的同谋。我对他的哀求让步了,我对他总是让步的,他立即赶到旅店警告黑斯,并且资助他逃跑。我白天去那儿太显眼了,所以夜晚我才匆忙地去看我亲爱的阿瑟。我见他安然无恙,只是受到惊吓。为了遵守我的诺言,但这不是我的本意。我答应把孩子再留在那里三天,由黑斯太太照顾。而向警察报告孩子在那里而指出谁是杀人犯是不可能的,而且我也明白,杀人犯被抓会牵连我可怜的詹姆斯。福尔摩斯先生,你要我坦白,我相信你的话,毫无保留地告诉了你一切。你是不是也会像我一样地坦率呢?"

"我会的。"福尔摩斯说,"首先,公爵阁下,我有责任告诉你,就法律来看,你的处境很糟糕。你包庇了一桩极严重的罪案,并且帮助凶手逃亡。因为詹姆斯·怀尔德用来帮助他同谋逃亡的钱都是阁下出的。"

公爵点头同意。

"这件事情太严重了。在我看来,公爵阁下,最严重的疏忽是你对你小儿子的处置。你把他继续留在旅店中里三天。"

"他们都发誓……"

"这些人的发誓算什么?你不能保证他不会被带走。为了庇护你有罪的大儿子,你把无辜的小儿子陷于危险之中,这样的举动太不合适了。"

这位骄傲的霍尔得内斯公爵从没有被这样批评过,血液冲上他高阔的额头,但他的良心使他一言不发。

"我可以帮助你,你按铃唤你的仆人来,然后照我的意思来做。"

公爵一言不发地按下了电铃。一个仆人进来了。

"我想你会很高兴,"福尔摩斯说,"你们的小主人找到了。公爵要立刻派辆马车到斗鸡旅店去接小公爵回家。"

男仆高兴地走后,福尔摩斯说,"我们已掌握了未来,就可以对过去的事宽容一点。我只是个侦探,只要事情最后能得到公正的处置,我没有理由要把知道的事全部说出来。对于黑斯,我不多说什么,绞刑架等着他,我不会想去救他。我不知道他会泄漏些什么,我想阁下必能使他明白保持沉默对他有好处。在警方看来,他绑架孩子是为了赎金,如果他们自己没有发现真相,我没有理由和盘托出。然而我必须警告阁下,詹姆斯·怀尔德先生如果继续在你的府邸待下去,只会导致不幸。"

"我了解这点,福尔摩斯先生,这件事已安排好了,他将永远离开我到澳洲去寻求他的未来。"

"既然这样,公爵阁下,你曾说过你婚姻生活的不愉快都是由于他的存在,那我想你和公爵夫人的关系也可以改善了,而且重归于好。"

"我已经安排好了,福尔摩斯先生。我在今早已写信给公爵夫人了。"

"既然这样,"福尔摩斯边站起身来边说,"我想我们这次到北方来做短暂的拜访得到了一个好结局。还有一件小事我希望能得到一点线索。黑斯那家伙把他的马重新钉了牛蹄印的蹄铁,这是怀尔德先生教的吗?"

公爵站着想了一下,表现出惊讶的神色。然后他打开一扇门带我们进入一间装饰得像博物馆的房间。走到角落的一个玻璃柜前,他指着上面刻着的文字。

"这些蹄铁,"刻文写道,"是由霍尔得内斯府邸的壕沟中掘出。它们是供马匹使用,但铁蹄下面是分趾形状,借此可以摆脱追踪之人。这些蹄铁是属于中古世纪霍尔得内斯某些喜欢掠夺的男爵所有。"

福尔摩斯打开柜子,用手指摸了下蹄铁,手指湿润了,并且有一层极薄的新泥迹。

"谢谢你,"他关上玻璃门时说,"这是我本次事件中所见到的第二件有趣的东西。"

"那第一件是什么?"

福尔摩斯将他的支票小心地放入笔记本中。"我是个穷人。"他一边兴奋地拍着笔记本一边说着,将笔记本小心地放入他的内衣口袋。

六尊拿破仑塑像

苏格兰场的雷斯垂德先生晚上常常来我们这里闲聊。雷斯垂德能常来,歇洛克·福尔摩斯也挺欢迎,因为能够经常与警方总部保持接触,了解一些情况。作为对雷斯垂德带来消息的回报,福尔摩斯对这位警探经办案子的细节,总是用心倾听,还会根据自己的广博知识和丰富经验,婉转谦虚地指点迷津。

这天晚上,有点特别,雷斯垂德讲起天气和报纸,后来就陷于沉默不吭声了,闷头一个劲噗噗地吐着雪茄烟。福尔摩斯关切地望着他。

"遇上有趣的案件了吗?"福尔摩斯问他。

"哦,没有,福尔摩斯先生,说不上有趣。"

"给我说说吧。"

雷斯垂德哈哈笑了。

"咳,福尔摩斯先生,不瞒你说,我的确有些心事。那事情也真是够荒唐,我都不好意思麻烦你。事情虽小,但是非常的奇怪。这个事情倒是跟华生医生有关系,比你我更有关系。"

"是病症?"我说。

"疯病,还是少见的疯狂。生活在如今这时代的人了,还对拿破仑一世恨之入骨,只要是他的像,一见了就要砸。"

福尔摩斯仰身靠着椅子。

"这可不关我的事。"他说。

"没错。但问题又来了,这个人还是个夜盗,去砸别人家里的拿破仑像,这就不是医生的事,该是警察的事了。"

福尔摩斯立刻坐起了身子。

"夜盗!这就奇怪了,我要仔细听听。"

雷斯垂德拿出工作日志,一页页翻看,根据记录来回忆。

"第一起,来报案的,是四天以前,"他说。"是莫斯·赫得森商店,他在肯宁顿街上有一家分店,卖绘画和塑像。店员刚刚离开一下,就听到哗啦声,赶快回头看，发现柜台上一尊拿破仑石膏半身像被砸碎了，还有旁边几件别的艺术品，也已经粉碎。他跑到马路上，有几个过路的说看见有个人从店里跑出来，可是他左右观望，也没发现有流氓模样的人。这就好像是小流氓的恶作剧。打破的石膏像最多几个先令的事，犯不着小题大做，也没有做什么具体调查。

"第二起报案，就严重多了，就发生在昨天夜里。

"肯宁顿路上，距离莫斯·赫得森店两三百码，住着一个有名的医生，叫巴尼科特，泰晤士南岸一带他也是很有名的。他的家和主要诊所是在肯宁顿路，在下布里克斯顿路，有他一家分所和药房，距离家两英里。这个巴尼科特大夫是个拿破仑的狂热崇拜者，他家里藏满了这个法兰西皇帝的大量书籍、图画以及文物。不久前，他从莫斯·赫得森那里买了两尊拿破仑石膏头像，是法国雕塑家笛万的名作的复制品。一尊他放在肯宁顿路家里的客厅，一尊在下布里克斯顿路诊所，放在壁炉架上。今天早晨，巴尼科特大夫从楼上下来，大吃一惊，发现夜里有人进屋盗窃，不过没有别的损失，就是石膏像从厅里拿走了，被扔碎在花园墙根，撒了一地的碎片。"

福尔摩斯搓起了双手。

"这确实很新奇。"他说。

"事情还没讲完呢。巴尼科特大夫十二点钟到诊所，你可以想象他有多惊慌，一到那里，发现窗给打开了，那第二尊石膏半身像碎得满屋子都是，整个像连底座都砸个稀巴烂，没剩一点大块的。两处现场都没有给我们留下一点线索，这样子到底是犯罪呢，还是神经病呢，我也弄不明白了，福尔摩斯先生，情况就是这样。"

"确实少见，而且荒唐，"福尔摩斯说。"我要问一下，这巴尼科特大夫家里打掉的两尊像，同莫斯·赫得森店里那尊是同一个复制品吗？"

"都是同一个模子做出来的。"

"由这个事实，不难得知，砸像的这个人动机是出于仇恨拿破仑本人。考虑一下，这位皇帝在全伦敦的像何止数百。他的像各种各样那么多，有那么巧，偏偏从这三尊相同的胸像开始砸。"

"是的，我也有过和你一样的想法，"雷斯垂德说，"但是另一方面，莫斯·赫得森的胸像，伦敦这个区域只有这三尊，是几年来他仅有的三尊。所以，尽管如你所说，伦敦有拿破仑像好几百，但是很可能这三尊只是本地区仅有，而这个疯子一开始就打了这三尊。你怎么看呢，华生医生？"

"偏执狂有各种各样,"我回答。"有种情况,现代法国心理学家称之为:'执著意念',只是性格上有问题,其他各个方面精神都正常。一个人,读过拿破仑的书,印象特别深,或者拿破仑战争中因家族创伤的遗传影响,传承了下来,就容易形成这样一种'执著意念',受了刺激就会发怒。"

"不是这样,我亲爱的华生,"福尔摩斯摇头说,"因为再多的'执著意念',如果是你讲的那种偏执狂,还至于要去找出这些雕像并且砸毁它吗?"

"哦,那么你怎么解释这件事呢?"

"我不想凭空猜测,但这位先生的反常行为,是讲究方式方法的。比如,在巴尼科特大夫的客厅里,有声响的话会惊醒全家人,所以胸像就拿到外面去砸,但是在诊所,不会惊动人,没有危险,就当场打碎。事情看来是无聊小事,但是我觉得不那么简单,想想以前很多典型案例还不都是从极细小的小事上开始突破的?你记得吗,华生?阿巴涅特家族那个大案,开始引起我注意的,是大热的天,荷兰芹在黄油里会浸没得多深,这么个小问题罢了。所以,雷斯垂德,你讲的三尊石膏像被打碎,我可不能一笑了之。等这件怪事再有新进展时,请告诉我,我会非常感激。"

我的朋友所讲的进展,果然来了,而速度之快,结局之残酷,远远出乎他的想象。次日早晨,我正在卧室穿衣,有人敲了几下门,是福尔摩斯进来了,手里拿份电报,他大声念道:

速来肯辛顿彼特街一百三十一号。

雷斯垂德

"怎么回事?"我问。

"不知道,反正有事,我猜就是石膏的故事又有下文了。要是这样的话,我们这位砸雕塑专家在伦敦别区又开始行动了。桌上有咖啡,华生,我已经叫好马车在门口了。"

半个小时我们赶到彼特街,这里像是处于伦敦繁华区旁的死水塘,寂寥无声。有一排朴实而雅致的住宅,一百三十一号就在其中。我们马车过去,看到房屋前的栏杆外面站着一堆挤着看热闹的人。福尔摩斯打起呼哨。

"天啊!这是谋杀,这下子伦敦的报童可要被团团围住了。死者蜷缩着肩膀,伸长了脖子,显然是暴力所致。华生,这是怎么一回事?上面的台阶冲洗过,而其他的台阶是干的。哦,脚印倒是不少!雷斯垂德就在前面窗口那儿。我们马上便会知道一切。"

这位警官神色庄严，并带我们走进一间起居室。只见一位衣着不整的长者，身穿法兰绒晨衣，正在颤巍巍地来回踱步。雷斯垂德给我们介绍说，他就是这座房子的主人，中央报刊辛迪加的贺拉斯·哈克先生。

雷斯垂德说："又是拿破仑半身像的事。福尔摩斯先生，昨天晚上你好像对它很感兴趣，所以我想你会愿意过来。现在事情发展得严重多了。"

"到什么程度呢？"

"谋杀。哈克先生，请你把发生的事准确地告诉这二位先生。"

哈克先生说："这件事很奇怪。我的一生全是在收集别人的新闻，而现在却在我身上发生一件真正的新闻，于是心情不安，一个字都写不出来了。事实上，由于工作的关系，我也确实对许多不同的人都做过重要的报道，可是今天我自己实在无能为力了。歇洛克·福尔摩斯先生，我听到过你的名字，要是你能解释这件怪事，我讲给你听就不是徒劳了。"

福尔摩斯坐下来静静地听着。

"事情的起因，好像是为了那座拿破仑半身像。那是我四个月以前从高地街驿站旁边的第二家商店，也就是哈丁兄弟商店买来的，价钱很便宜，买来后就一直把它放在这间屋子里。我一般在夜里写稿常常要写到清晨，今天也是这样。大约三点左右我正在楼上书房里，忽然听到楼下传来什么声音。我就注意地听着，可是，声音又没有了。于是我想声音一定是从外面传来的。然后，又过了五分钟，突然传来一声非常凄惨的吼叫，福尔摩斯先生，声音可怕极了，只要我活着，它就会永远萦绕在我耳边。我当时吓呆了，直愣愣地坐了一两分钟，后来就悄悄走下楼去。我走进这间屋子，一眼就看到窗户大开着，壁炉架上的半身像不见了。我真弄不懂强盗为什么要拿这样的东西，不过是个石膏塑像罢了，并不值多少钱。

"您看到了，只要从这扇开着的窗户那里迈一大步，便可以跨到门前的台阶上。这个强盗显然是这样做的，所以我就打开门，摸黑走出去，却差一点被一个死人绊倒，尸体就横在那儿。我马上回来拿灯，这才看到那个可怜的人躺在地上，脖子上有个大洞，周围是一大滩血。他脸朝天躺着，膝盖弯曲，大张着嘴，样子非常吓人。天呐，我一定还会梦见他的。之后，我立即吹了警哨，接着就什么都不知道了。我想我一定是晕倒了，等我醒过来的时候，已经是在大厅里，这位警察站在我身边看着我。"

福尔摩斯问:"被害者是谁呢?"

雷斯垂德说:"没有可以表明他的身份。你要看尸体可以到殡仪馆去,直到目前为止我们没有从尸体上查出任何线索。他身高体壮,脸色发黑,年龄不到三十岁,穿得很不像样子,但是又不像是工人。有一把牛角柄的折刀掉在他身旁的一滩血里。我不知道这把刀究竟是杀人凶器,还是死者的遗物。死者的衣服上没有名字,他的口袋里只有一个苹果,一根绳子,一张值一先令的伦敦地图,还有一张照片。"

照片显然是用小照相机快速拍摄的。照片上的人神情机智,眉毛很浓,五官都很凸出,而且凸出得很特别,像是狒狒的面孔。

福尔摩斯仔细地看过照片以后问:"那座半身像怎么样了?"

"就在你来之前我们得到一个消息。塑像在堪姆顿街一所空房子的花园里找到了,已经被打得粉碎。我要去看看,你去吗?"

"好的,我也去看一下。"福尔摩斯检查了地毯和窗户,他说:"这个人不是腿很长,是动作很灵活。跳上窗台并且开开窗户要很灵巧才行。而且跳出去是相当容易的。哈克先生,您要不要和我们一同去看那半身像的残迹呢?"

这位新闻界人士情绪低沉地坐到写字台旁。

他说:"虽然我相信今天的第一批晚报已经发行了,上面会有这事的详情,但是我还是要尽力把这件事写一下。你还记得顿卡斯特的看台坍倒的事吗?我是那个看台上唯一的记者,我的报纸也是没有登载此事的唯一一家报纸,因为我受的刺激太大,不能写了。现在动笔写发生在我家门前的这件凶杀案恐怕要晚一些了。"

我们离开这间屋子的时候,听到他的笔在稿纸上刷刷地写着。

打碎半身像的地方离这所房子仅仅二三百码远。半身像已经被砸得粉碎,细小的碎片散落在草地上。看来砸像人心中的仇恨是非常强烈和难以控制的。我们还是第一次看到这位伟大皇帝落到这种地步。福尔摩斯捡起几块碎片仔细检查。从他专注的面容和自信的神态来看,我确信他找到了些线索。

雷斯垂德问:"怎么样?"

福尔摩斯耸了耸肩。

他说:"我们要做的事虽然还很多,不过我们已经掌握了一些线索,可以作为行动的依据。对于这个犯人说来,半身像比人的生命更值钱。还有就是此人弄到半身像只是为了打碎,而他又不在屋内或是屋子附近打碎,这也是十分奇怪的。"

"也许当时他遇到这个人便慌乱起来。他简直不知道该怎样对付,便拿出了刀子。"

"很有可能。不过请你特别注意这栋房子的位置,塑像是在这栋房子的花园里被打碎的。"

雷斯垂德向四周看了看。

"这是一座空房子,所以他知道在花园里没有人打搅他。"

"可是在这条街入口不远处还有一栋空房子,而且要先路过那一栋才能到这一栋。既然他拿着半身像走路,每多走一步,被人碰上的危险也就越大,为什么他不在那一栋空房子那儿打碎呢?"

雷斯垂德说:"我答不出来。"

福尔摩斯指着我们头上的路灯。

"在这儿他能看得见,在那儿却不能,就是这个理由。"

"上帝!果然是这样,"探长说,"现在我想起来了,巴尼科特医生的塑像就在他红台灯旁边打碎的。福尔摩斯先生,这条线索我们该如何追下去呢?"

"牢牢记住它,以后我们可能根据这点得出某个结论。现在你准备采取什么行动?雷斯垂德。"

"在我看来,最实际的破案方法是先辨认死者的身份,这应该不难。我们找出他是谁,他与哪些人有联系,我们就可以知道他昨晚在彼特街做了什么,以及他在贺拉斯·哈克先生的台阶前碰到了谁,又是被谁杀了。你觉得这样对吗?"

"没错,但是我不会这样来调查这个案子。"

"那你会怎么做?"

"噢,绝对不要让我的思路影响你,我建议你照你的方法去做,我照我的,然后我们可以相互比较,相互补足。"

"好的。"雷斯垂德说道。

"如果你回彼特街见到贺拉斯·哈克先生,请替我告诉他,我已有结论了,昨晚到他屋子的一定是个对拿破仑有幻想的危险杀人狂,这对他的报道也许有点帮助。"

雷斯垂德有点吃惊地注视着他。

"你真是这样想的?"

福尔摩斯笑了。

"也许我不是,但是我相信这会使哈克先生及中央新闻社的读者感兴趣。好了,华生,我想将有繁忙的一天在等着我们。雷斯垂德,今天晚上六点如果你能抽空来一趟贝克街,我会很高兴的。在那之前,我希望能先保留这张在死者口袋中发现的照片。如果我的推论正确,今天晚上我可能需要你的陪伴与协助去进行一个小小的探险。好了,再见了,祝你好运。"

福尔摩斯与我一起走到高地街,在卖那个半身塑像的哈丁兄弟商店停了一下。年轻的店伙计告诉我们哈丁先生下午才来,这名伙计是新来的,因此不能给我们什么消息。福尔摩斯的神色有点失望也有点恼怒。

"算了,算了,我们不能希望事情总是照我们的预想进行,华生,"他最后说,"如果哈丁先生真要到下午才来,那我们只有到那时再来拜访了。就如你想的,我想尽力找到这些塑像的来源,以确定是否有特殊的原因使它们遭到被砸碎的厄运。我们去一趟肯宁顿街的莫斯·赫得森先生店里,看看他能不能给我们提供一些线索。"

坐了一小时马车才把我们带到这家店前。店主是个短小健壮的人,面色红润,态度急躁。

"是的,先生,就是在我的柜台上。"他说,"我不知道我们缴的税都做了些什么,任何无赖都可以跑进别人店里砸东西。没错,巴尼科特医生的两尊塑像也是我卖的。真可恶!先生,他一定是个无政府主义者,除了恐怖主义者,不会有人到处去砸毁塑像。我是从哪里买来这些塑像的?我不觉得这有什么关系。不过,如果你真要知道,我是由史迪班尼教堂街的盖有得公司买来的。它在这行业已整整二十年了,颇有名望。我买了几尊?三尊。巴尼科特医生那里两尊,还有就是光天化日下在我柜台上被打烂的那一尊。我认不认得这照片上的人?不,不认得。噢,我认得,这是拜波,他好像是个打零工的意大利人,他会点雕塑、镀金、装裱及一些零碎工作。这家伙上礼拜从我这里辞职走了,之后我就再没他的消息了。我不知道他从哪里来,也不知道他去了哪里。他在这里的这段期间没有什么奇怪的行为。他是在塑像被砸碎的前两天走的。"

"嗯,这是我们能从莫斯·赫得森这里得到的所有资料了。"我们从店中走出时,福尔摩斯说,"在肯宁顿与肯辛顿,这个拜波都出现过,因此他值得我们长途跋涉。现在,华生,让我们去史迪班尼的盖有得公司,那家塑像的来源地。如果在那里不能得到一些线索的话,我可不相信。"

我们很快地经过了伦敦的繁华区边缘,伦敦旅馆区、戏院区、图书馆区、商业区,最后是滨海区,然后我们到了一个有数万人的河边市镇,那里的房舍有浓厚欧洲流浪者的气息。在这里一条曾经是富商居住的大道上,我们找到了那个雕塑工厂。厂房外面有个很大的院子,堆满了石碑之类的泥塑物。里面是一个大房间,有五十个左右的工人在雕塑或灌模。经理是一个高大、金发的德国人,他很有礼貌地接待了我们,并且很清楚地回答了福尔摩斯的所有问题。他的记录簿显示有数百尊塑像是由笛万的拿破仑大理石半身雕像仿制出来的,但是在一年前左右送到莫斯·赫得森店里的那三尊塑像是那一批六座中的一半,另外三座则送到肯宁顿的哈丁兄弟商店。这六尊石膏像,没有理由会与其他仿制的塑像有任何区别,他想不出为什么会有人要毁了它们。事实上,他觉得这想法很好笑。批发价是六先令一尊,但零售价应在十二先令以上。石膏像是分别由脸部侧面两半的两个模型中塑出,然后再将两半合拢做成一个完整的半身塑像。这个工作通常由这房间内的意大利工人做成。塑像完成后,就放在过道的一张桌子上让它们晾干,然后再保存起来。这就是他能告诉我们的一切。

但那张照片却对经理有很大的影响。他的脸因愤怒而涨红,眉头顿时上皱在一起。"噢,这恶棍!"他叫道,"是的,我的确认识这家伙。这里一直是个高尚的地方,只有一次警察来,就是为了这家伙。距现在已经一年多了,他在街上用刀砍了另一个意大利人,然后来这里工作,警察就紧跟在他后面,从这里把他带走。他的名字是拜波,他姓什么我不知道。找了这么个人来真是自找麻烦。不过他手艺不错,是最好的几个之一。"

"他被判了多久?"

"那人没有死,因此他只被判了一年。我相信他现在出狱了,但他绝不敢再到这里来。他有个表兄弟在这里工作,也许他可以告诉你拜波现在在哪。"

"不,不。"福尔摩斯急切地说道,"不要对他表兄弟提一个字。这件事很严重,我越深入调查,越发现这件事的严重性。当你查这些塑像的销售情形时,我看到日期是去年六月三日。你能告诉我拜波被捕的时间吗?"

"我可以找找发工资的记录。"经理回答道。"这里,"在翻了一些记录后,他继续说,"他最后一次领工资是五月二十日。"

"谢谢你,"福尔摩斯说,"很抱歉占用了你的时间并给你添了麻烦。"最后他又小心地叮嘱经理不要对任何人提起我们的调查,我们再一次赶往西边去。

等我们匆忙地在餐馆吃午饭时,已经是下午了。餐馆进口处的一张报纸写道:"肯宁顿命案,疯子行凶。"从报纸的内容看来,贺拉斯·哈克先生还是发出了他的报道。他的报道占了两栏,而且文情并茂地叙述了整件事情。福尔摩斯将报纸搁在调味料架上边吃边看,有一两次他低低地笑出了声音。

"这不错,华生。"他说。报上这样写道:

对本案的发展,令人满意的是,警方最有经验的警探之一雷斯垂德先生及有名的探案专家福尔摩斯先生,都认为此案是一项疯狂行为,而不是有计划的罪行。除了神经错乱外,无法解释这所有发生的事。

"只要你懂得怎样利用报纸,华生,报纸便是非常宝贵的工具。你要是吃完了,我们就回到肯辛顿,听听哈丁兄弟的经理会说些什么。"

出乎意料,这个大商店的创办人却是一个消瘦的小个子,但是精明强干,头脑清醒,很会讲话。

"是的,先生,我已经看过晚报上的报道。哈克先生是我们的顾客。几个月前我们卖给了他那尊塑像。我们从史迪班尼区的盖有得有公司订了三尊那种塑像。现在全卖出去了。卖给谁了?查一查账,便可以立刻告诉你。噢,这几笔账在这儿。你看,一个尊给哈克先生,一尊卖给齐兹威克区拉布诺姆街的卓兹雅·布朗先生,第三尊卖给瑞丁区下丛林街的桑德福特先生。你给我看的照片上的这个人,我从来没有见过。想不记得他可不容易,因为他长得太丑了。你问我们的店员中有没有意大利人吗?有的,在工人和清洁工中有几个。他们要想偷看售货账是很容易的。我想没有什么必要把账本特别保护起来。啊,是的,那是一件怪事。要是您想了解什么情况,请您跟我说。"

哈丁先生作证的时候,福尔摩斯记下了一些线索。我看出他对于事情的发展是很满意的。可是他没说什么,只是急于赶回去,不然就会耽误和雷斯垂德见面。果然我们到贝克街的时候,他已经到了,他正在屋内很不耐烦地踱来踱去。他那严肃的样子说明他这一天的工作很有收获。

他问:"怎么样? 福尔摩斯先生,有收获吗?"

我的朋友解释道:"我们今天很忙,而且没有白忙活。零售商和批发制造商我们全见到了。我弄清了每尊塑像的来源。"

雷斯垂德喊道:"好,福尔摩斯先生,你有你的方法,我不应该反对,但是我认为我这一天比你干得好。我查清了死者的身份。"

"是吗?"

"并且查出了犯罪的原因。"

"好极了。"

"我们有个侦探,名叫萨弗仑·希尔,他专门负责意大利区。死者的脖子上挂着天主像,加上他皮肤的颜色,我认为他是从欧洲南部来的。侦探希尔一看见尸体,便认出了他。他的名字是彼埃拙·万努齐,从那不勒斯来的。他是伦敦有名的强盗。他和黑手党有联系。黑手党是个秘密政治组织,想要通过暗杀实现他们的目的。现在看来,事情逐渐清楚了。另外那个人可能也是个意大利人,并且也是黑手党。他大概是违反了黑手党的纪律。彼埃拙是在跟踪他。彼埃拙口袋中的照片可能就是另外那个人的,带照片是为了确认身份。他尾随着这个人,看见他进了一栋房子,就在外面等着,后来在扭打中他受了致命伤。歇洛克·福尔摩斯先生,这个解释怎样?"

福尔摩斯赞赏地拍着手。

他喊道:"好极了,雷斯垂德,可是,我没有完全明白你对于打碎半身像的解释。"

"你总是忘不了半身像。那算不了什么。毁坏物品,最多关六个月。而我们调查的是凶杀,老实说,所有的线索我全都弄到手了。"

"下一步呢?"

"那很简单。我和希尔到意大利区,按照片找人,以凶杀罪逮捕他。你和我们一块儿去吗?"

"我不想去。我想我们可以更容易达到目的。可以说有三分之二的把握我能帮助你逮捕他,要是你今天晚上和我们一同去。"

"在意大利区?"

"不,我想很可能会在齐兹威克区找到他。雷斯垂德,你如果今天晚上和我一同去齐兹威克区,那么明天晚上我一定陪你去意大利区,耽误一个晚上没关系吧?我觉得我们现在先得睡几个小时比较好,因为要晚上十一点以后出去,大概天亮才能回来。雷斯垂德,你和我们一起吃饭,然后在沙发上休息。华生,你最好能打电话叫一个邮差,我有一封很要紧的信必须立刻送出去。"

说完,福尔摩斯就走上阁楼,去翻阅旧报纸的合订本。过了很长时间,他才走下楼来,眼睛里流露出胜利的目光,不过他什么也没说。这个复杂的案件几经周折,虽然我还不能看清我们要的结果,可是我十分清楚福尔摩斯在等待这个罪犯去搞另外两尊半身像。我记得其中有一个是在齐兹威克区。毫无疑问,我们此行的目的就是要当场抓到他。所以,我很赞赏我的朋友的机智,他在晚报上发布了一个错误的线索,使得这个人以为他可以继续作案而不受惩罚。因此,福尔摩斯让我带上手枪的时候,我并不感到吃惊。他自己拿了装好子弹的猎枪,这是他最喜爱的武器。

十一点钟,我们乘上马车来到了汉莫斯密斯桥。下车后,我们告诉马车夫在那儿等候,然后继续向前走,不久就来到一条平静的大路上。路旁有一排齐整的房子,每一所房子都全有自己的花园。借着路灯的微光,我们找到了写有"拉布诺姆别墅"的门牌。主人显然已经休息了,因为在花园的小道上,除了从门楣窗里透出的一圈模糊的光亮之外,周围全是一片漆黑。隔开大路和花园的木栅栏,在园内有一片深深的黑影,我们正好躲在那里。

福尔摩斯低声说:"恐怕我们要等很久。还好今晚没下雨。我们不能在这儿抽烟,这样可能不安全。不过你们放心,事情已有三分之二的把握,所以我们吃点苦还是划得来的。"

出乎意料的是,我们守候的时间并不长,就听到动静。事先没有一点预示,大门就一下子被推开了,一个灵活的黑色人影迅速而又敏捷地冲到花园的小路上。我们看见这个人影穿过门楣窗映在地上的灯光,便消失在房子的黑影中。这时四周完全寂静无声,我们屏住了呼吸。忽然听到轻微的嘎吱一声,窗户已经打开了。声音消失了,接着又是长时间的静寂。估计这个人正设法进入屋内。一会儿,我们又看到一只深色灯笼的光在室内闪了一下。他所找的东西显然不在那儿,因为我们隔着另一窗帘又看到一下闪光,然后隔着第三个窗帘又有一次闪光。

雷斯垂德低声说:"我们到那个开着的窗户那儿去。他一爬出来,我们就能马上抓住他。"

但是我们还没有动,这个人已经爬出来了。他走到那片微弱的亮光下,见他手里有一件白色的东西。他贼头贼脑地向四周围张望。街上寂静无声,他壮了几分胆。他朝光背对我们,把东西放下,即刻响起清脆的敲击声,接着就是碎裂声。这个人正专心于自己手上的事,并不感觉到我们轻轻跨过草地向他靠近。福尔摩斯猛地朝他背上扑去,紧跟着雷斯垂德和我一边一个抓住了他的手腕,咔嚓给他戴上了手铐。我们把他的脸转过一看,一张丑陋的灰黄色的脸在不住抽搐,抬眼敌视着我们。我们逮住的,正是照片上的这个人。

福尔摩斯不去注意刚逮住的这个人,而是先蹲在门前台阶上非常仔细地检查从屋里拿出来的这件东西。是一尊拿破仑半身雕像,和上午看到的一模一样,也已经被打碎。福尔摩斯小心捡起一块块碎片凑着灯光看,但是一点儿看不出同其他见到过的碎片有什么两样。刚把碎片检查完,屋里的灯亮了,屋门开了,门口站着屋主人,一个面色和蔼、身材圆胖的人。

"这位准是卓兹雅·布朗先生。"福尔摩斯说。

"是的,先生。不用说,你一定是歇洛克·福尔摩斯先生。你的快递我收到了,我照你的吩咐安排。我们把门都从里面锁掉,等候动静,看看会出什么事。噢,很高兴看到你们抓到了坏人。请吧,先生们,进屋里坐,休息一下。"

可是雷斯垂德急于要把抓到的人押往安全地方,所以没有几分钟就把马车招过来,四人当即直接返回了伦敦。一路上犯人一句话也不说,但是眼睛透过蓬乱遮掩的头发直盯着我。还有一回,我的手靠近他,他突然疯狂地想咬我的手。我们在警察局待了一会儿,看看从他身上能搜出些什么东西。但是,搜下来除了几个先令,一把刀柄上沾满新血迹的长柄小刀,此外就什么也没有了。

"这就行了,"我们告别的时候雷斯垂德说,"萨弗仑了解这号人,会给他弄顶合尺寸的帽子戴戴。你们看见了,我说是黑手党,我的说法完全得到证实。但是,我还是要非常感激你,福尔摩斯先生,将他手到擒来,手段很高明。可我还不太清楚其中的玄机。"

"时间太晚了,说来话长了,"福尔摩斯说道。"另外,还有一两处细节没有彻底搞清。你如果明天晚上六点,再来我家里坐坐,我差不多可以把全部的案子说给你听,这个事情你到现在还蒙在鼓里。本案是很有特点的,在刑案史上也是绝无仅有。噢,华生,要是答应你再记上我的一两件工作,我敢说,记一下这拿破仑石膏像案,将给你的篇章增色不少。"

第二天晚上我们又碰头见面,雷斯垂德带来了犯人的详细情况。他的名字,已经晓得,叫拜波,姓氏不详。在意大利居民区中是出名的恶霸。有一手雕刻手艺,过去生活还清白,日子过得很不错。后来走上邪道,两次犯罪入狱。一次小偷窃,还有一次就是用刀扎伤他的同胞。他英语讲得很好。为什么要砸石膏像,对此问题,他拒不交代。但是警方发现,这批同样的半身像可能是他亲手做的,他在盖有得公司干活的时候是做这一项工作的。对所有这些情况,大部分我们都已经掌握。福尔摩斯还是虚心专注地听着。我太了解他了,看得出他的思路是在别处。我觉察到,在他平静如常的面部表情之下,潜藏着不安和期待的复杂心情。最后,他从椅子上跳起来,两眼散发着光。这时门铃响了。随着上楼梯的脚步声,一个灰白连鬓胡的老年人,被引入房里来。他右手里提一只老式毯制旅行包,一进屋就把包放在桌子上。

"歇洛克·福尔摩斯先生在吗?"

我的朋友对他笑脸相迎。"您是瑞丁区的桑德福先生?"他说。

"是的,先生,我来迟了一点,赶火车来不及。你写信说起在我这里的石膏像。"

"正是,没错。"

"你的信我带在这里。你说想要我收藏的拿破仑像,愿以十英镑的价钱向我求购。是这样吧?"

"正是,没错。"

"我接到你的信,觉得很奇怪,你怎么知道我有这个雕塑?"

"不懂没关系,不过一讲明就很简单。是哈丁先生,哈丁兄弟商店,说他们这最后一尊像卖给了您,是他把您的地址给了我。"

"噢,原来这样。他跟你说我多少钱买的吗?"

"不,他没说。"

"我是个诚实的人,我并不富裕。但我买这尊像只花了十五先令,我想拿你十英镑之前,先得跟你讲明白,你应当知道这件事。"

"我明白,您讲诚信,所以有顾虑,桑德福先生。但是我这里既已出口这个价,我也得诚信,说了就要做到。"

"你很慷慨,福尔摩斯先生。石膏像我照你说的带来了,这就是。他打开毯包,我们终于第一次看到了这尊完好无损的拿破仑石膏像,此前所见都是碎片。

福尔摩斯从口袋里掏出一张纸,还有一张十英镑的钞票放在桌上。

"麻烦请在这纸上签个字,桑德福先生,这里这几位,都能做个证人。也就是想说明,您把这尊像的一切所有权全部转让给了我。我是个很刻板的人,您瞧。谁也难料以后的事情会是怎么样。那就谢谢您了,桑德福先生。钱收好,祝您晚安。"

我们的访客离去后,福尔摩斯的动作吸引了我们的注意。他先从抽屉里拿出了一块干净的白布铺在桌上,然后他将他新弄到的塑像放在白布中央,最后,他拿起他的狩猎棍对着拿破仑的头顶重重一击,塑像被砸成了碎片。福尔摩斯急切地检视着碎片,顷刻之后,他大声欢呼着举起其中一个碎片,在那上面有一粒圆而黑的东西,像布丁上的梅子。

"两位，"他叫道，"让我跟你们介绍有名的波尔盖黑珍珠。"

雷斯垂德和我同时愣了一下，然后，不约而同地鼓起掌来，就像看戏看到最精彩紧张的时刻一样。福尔摩斯苍白的脸上顿时满脸红光，他对我们鞠了个躬，就像戏剧的主角接受观众的欢呼时致意一样。这一刻，他不再像是部推理机器了，而是无意中流露出喜爱别人对他的钦佩之情与喝彩的人之常情。朋友的惊叹与赞扬竟然使他抛弃了原本轻视名利的高傲与拘谨。

"是的，两位，"他说，"这是现存在世最名贵的珍珠，我竟然有幸通过一连串的推理，将它从失踪的戴克瑞旅馆的柯隆纳王子的寝室，一路追踪到史迪班尼的盖有得公司制造的六尊拿破仑半身塑像的最后一尊。你一定记得，雷斯垂德，这颗价值连城的珍宝的失踪及伦敦警方一直无力找回它所造成的轰动。我自己也参与协助这个案子，但我找不出任何线索。而王妃的侍女那时被认为有嫌疑，她是意大利人，而且她有个兄弟在伦敦，但我们找不出他们中间的联系。侍女的名字叫露瑰蒂亚·万努齐，我心中毫不怀疑两天前被杀死的那个彼埃拙是她兄弟。我在旧报纸堆中找到一些日期，我发现珍珠就在拜波被捕的前两天失踪，而他的被捕是由于某个暴力事件，并且是在塑造这些塑像的盖有得公司发生的。现在你可以清楚地看出这些事情的连带关系了，当然你们是透过和我完全相反的顺序看。拜波握有这颗珍珠，他也许是从彼埃拙那里偷来的，也许是彼埃拙的同谋，也可能是做彼埃拙与他姐妹中间的转手者。不管是哪一样对后来的事都没影响。

"重要的是他持有了这颗珍珠，珍珠还在他身上时，他被警察追捕。他设法跑到他工作的工厂，他知道他只有几分钟来藏好这个无价之宝，否则会在搜身时被找出来。工厂过道上有六尊拿破仑的塑像正在晾干，其中一座仍是软的。在极短时间内，对于这个技术熟练的拜波在湿石膏上弄了个小洞，将珍珠塞进去，然后将小洞给补好这件事来说简直轻而易举。但拜波被判了一年徒刑，这段时间他的六尊半身像却被卖到了伦敦各处，他不知道哪一座中有他的宝藏，只有把它们全部打破才能找出。甚至连摇都不一定会知道，因为当时石膏还湿着，珍珠可能会黏在上面。事实就是这样。拜波并没有绝望慌乱，他以相当的机智与毅力来寻找它们。从一个在盖有得公司工作的表兄弟，他查到了买走这些塑像的零售商。他设法在莫斯·赫得森店里找了份工作，在那里找到了其中三尊的下落。然而珍珠不在那三尊里面。之后，在某个意大利朋友的帮忙下，又找到了另外三尊的下落。第一尊是在哈克那里，在那里他被同谋追踪到了，他的同谋认为珍珠不见是拜波搞的,而这名同谋在之后的扭打中被刺死。"

"如果他们是同谋,那为什么他还要带着他的照片?"我问道。

"用来追踪他,这样最方便,就是这个理由。命案发生后,我估计拜波很可能会加快而不会停止他的行动。他怕警方猜出他的动机,因此他加紧动作,希望能在警方之前找到。当然,我不能说他在哈克的塑像中没找到珍珠,甚至我还不能确定是珍珠,不过在我看来他显然是在找某样东西,因为他带着塑像经过其他空屋,一直到花园前面有灯光的地方才将它砸碎。由于哈克的塑像是三尊中的一尊,因此珍珠不在里面的几率可能是二比一。在剩下的两尊塑像中,显然他会先试试伦敦的这尊。我预先警告了屋主,以避免悲剧再一次发生,我们赶过去,得到了十分美好的结果。到这时候,当然我已能确定我们要找的是波尔盖珍珠了。死者的名字将两件事连接起来。剩下的只有一尊塑像,那就瑞丁区的那一座,珍珠一定在这里面。我在你们面前向原主买了来,珍珠果真就在这里。"

我们都沉默地坐了好一阵子。

"呃,"雷斯垂德说道,"我看你处理过不少精彩的案子,福尔摩斯先生,但我想没有比这案子更巧妙的了。我们苏格兰警场的人不会嫉妒你,不会,先生,我们都以你为傲。如果你明天能来一趟的话,从最老的探长到最年轻的警员,每个人都会因和你握手而感到荣幸。"

"谢谢你!"福尔摩斯说,"谢谢你!"他转身时,我觉得他没有比现在更受感动的了。片刻之后,他又恢复了原来冷静的思考者的模样。"将珍珠放到保险柜中,华生,"他说,"请把康克—辛格顿欺诈案的文件拿出来。再见,雷斯垂德,如果你遇到什么小麻烦,如果我能帮助,一定会提供你一两点解决的线索。"

三名学生

一八九五年中有些互相关联的事情,使福尔摩斯和我在著名的大学城住了几周。我要记述的事正是在这时发生的。事情虽然不大,但是很有教育意义。为了使那种令人痛心的流言自行消失,最好是不让读者分辨出事情发生在哪个学院,以及发生在谁的身上,因此我在叙述时竭力避免使用那些容易引起人们联想和猜测的词句,只是谨慎地叙述一下事情本身,以便用它来说明我的朋友的一些杰出的气质。

当时,我们住在一栋离图书馆很近的寓所里,因为福尔摩斯正在对英国早期宪章进行紧张的研究。他的研究是很有成果的,也许会成为我将来记述的题目。一天晚上,我们的熟人希尔顿·索姆兹先生来访,他是圣路加学院的教授。索姆兹先生身材较高,言语不多,但是容易紧张和激动。我知道他一向不喜欢安静,此时他显得格外激动,简直无法控制自己,显然,是发生了什么不寻常的事情。

"福尔摩斯先生,我希望您为我牺牲一两个小时的宝贵时间。在圣路加学院刚刚发生了一件不幸的事情,如果不是恰巧您在这里,我简直不知道该怎么办。"

我的朋友答道:"我现在很忙,而且不想分心。您最好找警察帮助您。"

"不,亲爱的先生,这样的事不能请警察,因为一旦交给警方,便不能撤回。这是涉及到学院名声的事情,无论如何不能传扬出去。您能力出众,而且说话谨慎,所以只有您能够帮我的忙。福尔摩斯先生,我请求您帮助我。"

自从离开贝克街的惬意生活以来,我的朋友脾气有些不太好。离开了他的报纸剪贴簿、化学药品以及凌乱的居室,他便感到非常不舒服。他无可奈何地耸了耸肩,我们的客人便急忙把事情讲了出来,他说话的时候心情很激动。

"福尔摩斯先生,明天是福兹求奖学金考试的第一天。我是主考人之一。我主考的科目是希腊文。试卷的第一题是一大段学生没有读过的希腊文,要求翻译成英文。这一段已经印在试卷上,当然,要是学生事先准备了这段希腊文,会占很大的优势。所以,我非常注意试卷的保密问题。

"今天下午三点钟,印刷所送来了试卷的样本。第一题是翻译修昔的底斯著作中的一节。我仔细地校阅了样本,因为原文需要绝对正确。直到四点三十分,还没有校对完。可是我答应一个朋友去他的屋里喝茶,所以我把样本放在桌子上,就离开了屋子,大概只用了半小时多一点。

"福尔摩斯先生,你知道我们学院的屋门都是双重的,里面的门覆盖着绿色台面呢,外面的门是橡木的。当我走近外面的屋门,很惊奇地看见屋门上有把钥匙。这时,我以为是我自己把钥匙忘在门上了,但是再一摸口袋,我才发现钥匙在里面。我知道另一把钥匙是在我的仆人班尼斯特手中。他给我收拾房间已经有十年了,是绝对忠诚的。但是钥匙确实是他的。我想他一定进过我的屋子,来看我是否要喝茶。出去时,也许不小心把钥匙忘在门上了。他来的时候,我刚刚出去几分钟。如果不是今天的特殊情况,这跟他忘记钥匙是没有一点关系的,但是今天却完全不同。

"我一看到我的桌子,马上知道有人翻了我的试卷。样本印在三张长条纸上。原来我是放在一起的。现在一张在地板上,一张在靠近窗户的桌子上,还有一张仍在原处。"

福尔摩斯开始感兴趣了,他说:"在地板上的是第一张,在窗户旁的桌子上的是第二张,还在原处的是第三张。"

"福尔摩斯先生,你太让我惊讶了,你怎么会知道得这样清楚呢?"

"请继续叙述这件有趣的事吧。"

"开始的时候,我以为是班尼斯特干的,然而他十分肯定地否认了,我相信他讲的是实话。另一个解释只能是这样:有人走过看见钥匙在门上,知道我不在屋里,便进来看考卷。这个奖学金的金额是很高的,涉及到大笔的钱财,所以对一个人的诱惑是相当大的。

"这件事使得班尼斯特非常不安。当我们发现试卷准是被人翻过的时候,他几乎昏了过去。我给他喝了一点白兰地,然后让他坐在一把椅子上,他像瘫了似地坐着,这时我检查了整个房间。除了弄皱的试卷外,我很快地找到其他痕迹。靠窗户的桌子上有削铅笔剩下的碎木屑,还有一块铅笔芯碎片。显然,这个入侵者匆忙地抄试题,把铅笔尖弄断了,不得不重削。"

这个案件渐渐吸引了福尔摩斯,他的脾气也就随着好了起来。他说:"讲得好极了!你是吉星高照,大有破案的希望。"

"还有一些痕迹。我有一个新写字台,桌面是漂亮的红色皮革。我和班尼斯特十分肯定,桌面非常光滑,没有一点污迹。现在我发现桌面上有明显的刀痕,大约三英寸长,这不是擦痕,而是明显的刀痕。还有,我在桌子上看到一个小的黑色泥球,也许是面球,球面上有些斑点,像是锯末。我肯定这些痕迹是那个偷看试题的人所留下来的。没有足迹或是其他证据可以辨认这个人是谁。我正着急没有办法的时候,忽然想起您在城里,就直奔您来了,向您求助。福尔摩斯先生,请您一定帮我的忙。现在您明白了我所处的困境。要么找出这个人来,要么推迟考试,等到印出新的试题。但是不能不做任何解释就更换试题,因为这样一来便会引起谣言。这不仅会损害本学院的名声,而且也会影响到本院的大学的名声。最要紧的是,我希望能私下、谨慎地解决这个问题。"

"我很高兴处理这件事,而且愿意尽力提供一些意见。"福尔摩斯站了起来穿上他的大衣。"这个案子还是很有意思的。你收到试卷以后有人去过你的屋子吗?"

"有,道拉特·芮斯,一个印度学生。他和我住在同一栋楼,来问考试的方式。"

"他到你的屋里就是为这事吗?"

"是的。"

"那时试卷在你的桌子上吗?"

"是的,不过我记得是卷起来的。"

"可以看出来那是样本吗?"

"有可能。"

"你的屋子里没有别人?"

"没有。"

"有人知道样本要送到你那儿吗?"

"只有那个印刷工人知道。"

"班尼斯特知道吗?"

"他肯定不知道。谁也不知道。"

"班尼斯特现在在哪儿?"

"他身体不舒服,坐在椅子上,好像瘫了似的。所以我马上就来找你了。"

"你的屋门还开着吗?"

"我已把试卷锁了起来。"

"索姆兹先生,也就是说,翻弄试题的人是偶然碰上的,事先并不知道试卷在你的桌子上。"

"我认为是这样的。"

福尔摩斯微笑了一下,可是这个微笑让人不解。

他说:"好,我们去看看。华生,这不属于你的职业范围,不过,要是你愿意去,就一起来吧。索姆兹先生,现在我们走吧!"

我们委托人的起居室有一排花格窗,正对着满是苔藓的古老庭院。一扇歌德式拱门,通向一座老旧的石梯。底层就是导师的屋子,楼上是三个学生的房间,一人各住一层。我们到案发现场的时候已是黄昏,福尔摩斯停下来望着窗子。然后走近窗口,踮脚朝屋里观看。

"一定是从门里进的屋。只有这个窗口,没有别的窗了。"我们的学者向导说。

"好吧,"福尔摩斯说,对着我们的同伴奇怪地笑了笑。"那这里没什么问题了,我们就进屋吧。"

讲师打开了外门,领我们进屋。我们站在了门口,这时福尔摩斯开始检查地毯。

"这儿没有痕迹,"他说。"天气干燥,看来没有收获。你的仆人已经很好了吧。你让他坐的椅子是哪一把?"

"那边,靠窗那个。"

"我知道了,靠近这个小桌子。你们都进来吧,地毯我都检查过了。我们再来看看这个小桌子,上面有什么线索也已经清楚了。这个人进门来,拿试卷,一张一张翻,并放在窗前的桌子上,因为从这里可以看得见你,如果你回来,他可以穿过庭院,便于逃跑。"

"实际上,他跑不掉,"索姆兹说,"因为我都是走边门进来的。"

"原来是这样!但是,他心里是这样想的。让我看看那三张样卷。没有指纹!他先是拿这一张,抄下来。要多少时间才能抄完?得一刻钟吧。抄完后扔掉这张,抓起下一张。他正在抄着,听到你回来了,他手忙脚乱收拾,都来不及把纸张放好。你进外门的时候,没有觉察到楼梯上有匆忙的脚步声?"

"没有,没注意。"

"他拼命抄着，铅笔芯都断了，只好重新削。有意思，华生。这不是普通的铅笔，是粗铅、软铅，笔杆深蓝色，厂家名字印的是银色字母，这支笔已经很短，只剩下一英寸半长了。找一找这个笔头，索姆兹先生，你就逮住那个人了。我还要补充一点，小刀不小，而且很钝，不锋利，这也是一个线索。"

索姆兹先生为这一连串的分析所折服，但也有不解。"其他各点都没问题，"他说，"但是，要说铅笔有多长……"

福尔摩斯捡出一小片铅笔屑，笔屑前端有"NN"两个字母，后端空白。

"看见了吗？"

"这怎么了？我不明白。"

"华生，我一直要考考你，一起来看这儿。这'NN'是什么？应该是一个词的尾字母。知道约翰·费伯(Johann Faber)吗？这是生意最好的厂家名字，那么这就是剩下的笔头，笔用到了约翰(Johann)的词尾，不是很清楚吗？"他把小桌移到电灯光下。"看看桌面，他抄的纸很薄的话，桌子面就有笔痕。如果看不出，恐怕找不出什么线索了。看看中间这张桌子。这个小团，我想，就是你讲的那个黑色的软东西。样子有点锥形，我看看，里面中空。正如你讲，好像还有木屑。啊哈，有了，这儿有刀划过的划痕。先是浅划，之后深深刻下去，成了一个小洞。我真要感谢你让我关心你这件事，索姆兹先生。这个门通什么地方？"

"通我的房间。"

"事发之后你进去过没有？"

"没有，我急忙上去找你了。"

"我要看一看。好漂亮的房间，古色古香！你先等一下，别进来，我检查一下地板。看不出有什么。这布幔有什么用？原来里面可以挂衣服，如果有人没处躲要躲进这房间，肯定藏在这布幔后面；这床太矮；这衣橱，又太浅，都不行。我看看有没有。"

福尔摩斯动手拉开布幔的时候，我见他神态警惕而果敢，他有准备，以防万一。布幔拉开一看，里面没有人，只有衣钩上挂着三四套衣服。福尔摩斯回过身，忽然弯腰看着地板。

"啊，这是什么？"他说。

一团锥状油灰似的黑色东西，就跟书房桌子上的那个一样。福尔摩斯捡起来放在手掌上，凑到电灯光底下看。

"看来这不速之客在你卧室也有痕迹,不光是在起居室,索姆兹先生。"

"他到卧室干什么?"

"我想这很清楚了。你突然回来了,可是他不知道,等你到了门口他才发现。他很快把东西收拾了,不露痕迹便躲到你卧室里藏起来。"

"天哪,福尔摩斯先生,你是说,我和班尼斯特在这间屋子说话的时候,有个人就在身旁,我们还一点不知道?"

"是这样。"

"这么说,那就还有另外一种可能,福尔摩斯先生。不知道你看过卧房的窗没有?"

"格子窗,金属窗框,一共有三扇,其中一扇是折窗,大小可以钻入。"

"正是。向外望去,对着庭院一个角,所以比较隐蔽。要不就是爬窗进来的,所以卧室里有了痕迹。最后,发现门要开了,也就打那边逃走。"

福尔摩斯马上摇头。

"我们来具体说明一下,"他说。"我听你说有三个学生,都要走这个楼梯,他们总是会从你门口经过?"

"是的,是这样。"

"他们都参加这场考试?"

"是的。"

"三人里边,有没有值得你怀疑的?"

索姆兹迟疑了一下。

"这个问题很敏感,"他回答道。"没有凭证,不能随便乱说。"

"我们不过听听可疑之处而已,证据我会找。"

"那我告诉你,简单说说这三个人的品行。住在下面的是吉尔克里斯特,是个体育优秀生,学院橄榄球队和板球队队员,还是跨栏和跳远的大学代表队队员。长得一表人才,很有男子气概。他父亲,名声不佳,就是杰贝兹·吉尔克里斯特爵士,赛马输得破了产。于是这学生也就落得家境贫困,但是他很努力,很勤奋,很有前途。

"中间一层楼住的是那个印度学生道拉特·芮斯。他是个安静而难以让人了解的人,就像所有的印度人一样。他功课很好,不过希腊文这一科较弱。他是个稳健而且一板一眼的人。

"最上层住的是迈尔斯·麦克拉伦。只要他用心,可以学得很出色而且是这所大学里最聪明的人之一,但是他十分任性,安于享乐,并且不太道德。他一年级时差一点因打牌被开除,这学期他也是混过来的,对这次考试他一定很害怕。"

"这么说你是怀疑他了?"

"我不敢这么肯定地下定论,但是这三人之中,他比较有可能。"

"好了,索姆兹先生,让我们见见你的仆人班尼斯特。"

他个头矮小,脸色苍白,面容干净,头发灰白,是个五十岁左右的人。此刻,他仍被这件突发事件吓着了,他的脸部因紧张而扭曲,手指也无法停止颤动。

"我们正在调查这件不愉快的事,班尼斯特。"他的主人说。

"是的,先生。"

"据我所知,"福尔摩斯说道,"你将钥匙留在了门上?"

"是的,先生。"

"刚好在试卷放在房里时,你这么做,不是很奇怪吗?"

"实在抱歉,先生。但我偶尔也忘过钥匙。"

"你什么时候进的房间?"

"大约四点半,就是索姆兹先生喝茶的时间。"

"你在房里多久?"

"我看他不在房里,就立刻退出了。"

"你看了桌上的试卷吗?"

"没有,先生!绝对没有。"

"你怎么会把钥匙留在门上?"

"我手上拿着茶盘。我想等过一会再来拿钥匙,结果我忘了。"

"外层的门上有自动弹簧锁吗?"

"没有,先生。"

"门就这么一直开着?"

"是的,先生。"

"任何人在房里,可以出去吗?"

"可以的,先生。"

"索姆兹先生回来叫你时,你很懊悔?"

"是的,先生,我在这里这么多年了,从来没有发生过这样的事。我几乎吓昏了,先生。"

"我听说了。当你开始觉得自己要昏倒时,你人在哪里?"

"我在哪里?先生,我就在这里,靠门边这里。"

"这就奇怪了,因为结果你坐到角落那边的椅子中去了。你为什么过这些椅子而不坐下来呢?"

"我不知道,先生,我没有想过。"

"我真的认为他并不知道些什么,福尔摩斯先生。他当时看起来十分难过和恐慌,脸色惨白。"

"你的主人离去后,你留在这里?"

"只是一两分钟,后来我就锁了门回自己的房间去了。"

"你怀疑是谁?"

"噢,先生,这我不敢乱说。我不敢相信这所大学里的任何一个人会做出这种事来。先生,我不相信。"

"谢谢你,"福尔摩斯说,"喔,还有一个问题,你没有对楼上三个学生中的任何一个提过有事情出了差错吧?"

"没有,先生,一个字也没说。"

"你还没有碰到过他们吧?"

"没有,先生。"

"很好。好了,索姆兹先生,如果你同意,我们到天井中去走一走。"

暮色中,楼上三个方形黄色灯影在我们顶上透出亮光。

"你的三个学生都在屋里,"福尔摩斯抬头说道,"啊哈!那是什么?他们其中一个似乎坐立不安。"

是那个印度人,他黑色的侧影突然出现在窗帘上。显然他在房中走来走去。

"我希望能跟他们每人见一面,"福尔摩斯说,"可以吗?"

"没问题,"索姆兹回答,"这一幢楼的房间是全学院历史最古老的,因此有访客来参观并不奇怪。来吧,我带你们过去。"

"请不要提我的名字。"我们敲吉尔克里斯特的房门时,福尔摩斯说。一个高瘦、淡黄头发的年轻人来开门,当他知道我们是来参观时,表示十分欢迎。房里有几处十分奇特的中古的内饰,福尔摩斯被其中一处深深吸引,并一定要在笔记本上画下,结果将铅笔弄断了,只好向主人借了一支,最后又不得不借把刀子将他自己的铅笔重新削尖。在印度人的房间,同样的事情又做了一次。那个印度人是个沉默矮小的人,鹰钩鼻,他带着怀疑的眼神看着我们,当福尔摩斯的参观结束时,他很明显地高兴起来。在这两人的房中,我都没看见福尔摩斯找到他要的线索。在第三个房间,我们的访问受到了阻碍。我们敲了门,门没开,却传出来一连串不客气的话。"我不管你是谁,你可以滚蛋了!"一个愤怒的声音吼道,"明天考试,别烦我。"

"一个没礼貌的家伙。"我们的向导说,在我们下楼时,他脸上闪过一丝不悦的神色,"虽然他并不知道是我敲门,但不管怎样,他的态度太无礼了,而且在这种时候,实在令人怀疑。"

福尔摩斯的回答却出人意料。

"你能告诉我他准确的身高吗?"他问道。

"福尔摩斯先生,我不能确定,但他比那个印度人要高,可是没有吉尔克里斯特那么高。我想大概是五英尺六英寸左右。"

"这点很重要。"福尔摩斯说,"好了,索姆兹先生,晚安。"

我们的向导惊诧而不高兴地大叫了起来。"上帝,福尔摩斯先生,你绝对不能就这样不管这件事!你似乎并不了解我的处境。明天就要举行考试了,今晚我一定要解决这件事。如果有一张试题泄漏了,考试是无法进行的。我们必须找到这个人。"

"你现在必须把这件事放一放。明天一早我会来一趟跟你说这事,到那时候我应该可以告诉你该采取什么行动。在这同时,你不要试图去做些什么,千万不要。"

"好的,福尔摩斯先生。"

"你尽可以放心,我们一定可以解决你的难题。我把那小团黑泥及铅笔屑带走。再见。"

走出到黑暗的天井中时,我们再次抬头望向那几个窗口。印度人仍然在房中踱着,而其他两个则看不见影子。

"华生,你怎么想?"走上大街时福尔摩斯问我,"这是个有意思的猜谜游戏。有三个人在这里,一定是其中一个。你自己选,你认为是哪一个?"

"那个住在顶楼出言不逊的家伙,他是三个人中成绩最坏的。不过那个印度人也是个狡猾的家伙,他为什么一直在房中走来走去?"

"这并不算什么。很多人在记东西时习惯这么做。"

"他看我们的眼神很古怪。"

"如果一堆陌生人涌进你的房间,而你正准备明天的考试,你也会这样的。我没看出任何问题,铅笔及刀子也都没问题。但是那家伙却使我困惑。"

"谁?"

"还能有谁?那个仆人班尼斯特。他在这件事中扮演了什么角色?"

"他给我的印象是个绝对诚实的人。"

"我也这么觉得,这就是使我困惑的地方。为什么一个绝对诚实的人……这里有家文具店,我们应该从这里开始调查。"

城里只有四家大文具店,福尔摩斯在每一家都拿出他的铅笔屑,并且想要出高价买一支一模一样的。四家店都说这种笔不是普通的品种,一般不会有存货,不过他们愿意帮他订购。我的朋友并没有因为没买到铅笔而沮丧,反而轻松地耸了耸肩。

"不太好,华生。这个最好也是最后的线索都断了。不过,我觉得就算没有这个线索,我们还是能解决这案子。天啊,都快九点了,女房东已经唠叨过在七点半就会煮好嫩青豆。华生,你不停地抽烟,又不按时回去吃饭,你一定会被房东赶出来的,我跟着你倒霉了。"

福尔摩斯那天晚上没有再提这件事,不过在我们迟来的晚餐之后,他坐着陷入了长久的沉思。第二天清晨八点钟,我刚上完厕所,他就走进了我房间。

"华生,"他说,"是去圣路加学院的时候了。你能不吃早餐就走吗?"

"可以。"

"要是我们不给索姆兹肯定的回答,他会坐立不安的。"

"你有什么明确的答案吗?"

"有的。"

"你已经得出结论了?"

"是的,亲爱的华生,我已经解决了这个谜。"

"可是你弄到了什么新的证据吗?"

"我六点钟就早早地起了床,决不会一无所得。我已经辛苦地工作了两小时,至少走了五英里路,终于得到一点说明问题的东西。看看这个!"

他伸出手掌,掌心上有三个金字塔形状的小黑泥团。

"可是你昨天只有两个?"

"今天清早又得到一个。可以断定第三个小泥球的来源,也就是第一、第二个泥球的来源。走吧,华生,我们要让我们的朋友索姆兹安下心来。"

我们在索姆兹的房间里看到他心情十分不安。过几个小时考试即将开始,可是他还处于进退维谷的地步。是宣布事实,还是允许罪犯参加这个高额奖学金的考试?他拿不定主意,看样子简直连站都站不稳了,可是一见福尔摩斯,他立刻伸出两手急忙迎上去。

"谢天谢地,你终于来了!我真担心你因为无能为力而不管这件事了。我该怎么办?考试还要举行吗?"

"是的,无论如何都要举行。"

"那这个骗子呢?"

"不能让他参加。"

"你找出来了吗?"

"我想会找出来的。如果不想让事情传到公众的耳中,我们必须自己组成一个私人法庭。索姆兹,你在那儿。华生,你坐这儿。我坐在中间的扶手椅上。我想这样一定能使犯罪的人产生畏惧的心情。请按铃吧!"

班尼斯特进来了,看见我们威严的面容感到惊恐,后退了一步。

福尔摩斯说:"请关上门。班尼斯特,现在请你告诉我们昨天事件的真相。"

他的脸色完全被吓白了。

"先生,我全都说了。"

"没有要补充的吗?"

"一点也没有,先生。"

"好,我来提醒你一下。你昨天坐到那把椅子上的时候,是不是为了要掩饰一件东西?这件东西正好能说明谁到过这个屋子里来。"

班尼斯特的脸色惨白。

"不,先生,绝对不是。"

福尔摩斯又缓和地说:"这不过是提醒你一下。我承认我无法证实这件事情。但是,很可能是这样的,索姆兹先生一转过身去,你便放走了卧室里的人。"

班尼斯特舔了舔他发干的嘴唇。

"先生,没有人。"

"班尼斯特,这可不太好。到了现在这个地步,你应该说真话,我知道你一定还在说谎。"

他绷着脸显出若无其事的样子。

"先生,没有人。"

"班尼斯特,说出来吧!"

"先生,真的没有人。"

"看来你拒绝给我们提供线索。请你留下不要出去,站到卧室的门旁。索姆兹先生,请你亲自去吉尔克里斯特屋中,请他到这儿来。"

一会儿,这位导师带着那个学生回来了。这个学生体格很健壮,高高的身材,行动轻巧又灵活,步伐矫健,面容愉快开朗。他用不安的眼光看了看我们每个人,最后茫然失措地凝视着角落里的班尼斯特。

福尔摩斯说:"请关上门。吉尔克里斯特先生,我们这儿没有外人,而且也没有必要让人知道我们之间的谈话。我们彼此可以以诚相待。吉尔克里斯特先生,我想要知道你这样一位诚实的人怎么会做出昨天那样的事情?"

这位不幸的青年后退了一步,并且用恐惧和责备的目光看了班尼斯特一眼。

仆人说:"不,不,吉尔克里斯特先生,我没有说过一个字,一个字也没说过。"

福尔摩斯说:"可是现在你说出来了。吉尔克里斯特先生,你必须明白,班尼斯特说话以后,你便没有选择了,你的唯一出路是坦率地承认事实。"

一瞬间,吉尔克里斯特举起双手想要控制他抽动着的身体。紧接着他跪倒在桌旁,把脸埋在双手中,他激动得不停地抽泣起来。

福尔摩斯温和地说:"不要这样,人总是要犯错误的,至少没有人责备你是个凶恶的罪犯。现在我来把发生的事告诉索姆兹先生,不对的地方,你来改正,这样你或许感觉轻松一些。我开始说,你听着,以免我把你做的事说错了。

"索姆兹先生,你曾经告诉我没有一个人,包括班尼斯特在内,知道试卷在你的屋中。从那时起,在我的心里就开始有一个明确的看法。当然这没有把那个印刷工考虑在内,因为这个工人要想偷看试卷的话可以在自己的办公室里看。还有那个印度人,我想他也不会做什么坏事。如果样卷卷成一卷,不可能知道那是什么东西。另一方面,假设有一个人竟敢擅自进屋,并且恰巧碰上桌子上有试卷,这实在是太巧了。所以我排除了这种可能性。进到屋里的人知道试卷在哪儿。

"当我走近你的屋子的时候,我检查了那扇窗户。你那时的设想使我发笑,你以为我会相信一个人会在大白天里,众人的注视下破窗而入吗?可见这样的想法是荒谬的。我是在衡量一个过路的人要有多高才能看到桌子上有试卷。我六英尺高,费点劲可以看到。低于六英尺的人是看不到的。所以,我想要是你的三个学生里有足够的身高,他便是最可能做这件事的人。

"我进屋后,发现了靠窗桌子上的线索,这一点曾经告诉过你。从中间的桌子上我没有得出什么结论。后来你谈到吉尔克里斯特是个跳远运动员,这时我立即明白了全部经过,可是我还需要一些佐证。这些佐证我也很快找到了。

"事情是这样的:这位年轻人下午在运动场练习跳远。他回来的时候,带着他的跳鞋。你知道,跳鞋底上有几个尖钉。他路过你的窗口的时候,由于他个子很高,看见你桌子上的样卷,他猜出了那是试卷。要是他经过你的屋门,没有看见有把钥匙忘在门上,就不会有之后的事了。突然的冲动使他进到屋里,看看那是否是样卷。这并不是冒险的行动,因为他完全可以装作进来是要问个问题。

"当他看清那确是样卷的时候,他抵制不住诱惑了。他把鞋放到桌子上。在靠近窗口的椅子上,你放的是什么呢?"

年轻人回答:"手套。"

福尔摩斯得意地看着班尼斯特。"他把手套放在椅子上,然后他拿起样卷一张一张地抄写。他以为这位导师一定从院子大门回来,这样他可以看得见。但是,索姆兹先生是从旁门回来的。他突然听到导师的脚步声已到屋门口。已经没有办法跑掉了。于是他抓起跳鞋立即跑到卧室里,但是忘了他的手套。你们看到桌面上的划痕一头很轻,可是对着卧室的一头渐渐加深。这就足以说明是朝着卧室的方向抓起跳鞋的。这个犯人就躲在卧室里。鞋钉上的泥土留在桌子上,另一块掉在卧室内。我还要说明,今天清早我去过运动场,看见跳坑内用的黑色黏土，上面洒着细的黄色锯末，为的是防止运动员滑倒。我带来了一小块黑土做样子。吉尔克里斯特先生，我说得符合事实吗？"

这个学生已经站了起来。

他说："是的，完全是事实。"

索姆兹说："你还有什么要补充的吗？"

"是的，先生。我做了这件不光彩的事以后，惊慌得不知所措。索姆兹先生，我有一封信给您，信是我一夜未睡今天清早写的。也就是说是在我知道我的罪行已经被查出来之前写的。先生，请您看这封信。我写道：'我已经决定不参加考试了。我收到罗得西亚警察总部的任命，我准备立即动身去南非。'"

索姆兹说："我听到你不打算用非法手段取得奖学金，感到很高兴。但是你是怎样改变了你的意图的呢？"

吉尔克里斯特指着班尼斯特说：

"是他使我走上了正路。"

福尔摩斯说："班尼斯特，你过来。我已经讲得很清楚，只有你能放走这个青年人，因为当时留在屋中的只有你一人，并且你出去的时候一定把门锁上了。至于他从窗口跑掉，那是不可能的。告诉我们你这样做的理由吧。"

"要是你了解事情全部之后，理由就很简单了。尽管你很聪明，你也不可能了解。事情是这样的，我曾经是这位年轻先生的父亲，也就是老吉尔克里斯特勋爵的管家。他破产以后，我来到这所学院做仆人，但是我从未因为老主人家庭没落而忘记他。为了感恩过去的生活，我尽可能地照顾他的儿子。昨天你按铃叫我来的时候，我首先看到的是吉尔克里斯特先生的棕黄色手套放在椅子上。我知道这副手套是谁的，我也知道手套在这儿意味着什么。要是索姆兹先生看见，秘密就要暴露了。我急忙坐到椅子上，直到索姆兹先生去找您，我才敢起来。这时我可怜的小主人出来了，他是我一手养大的，他跟我承认了一切。我要救他，这不是人之常情吗？我要像他已死的父亲一样开导他不应当这样取巧，这不是也很顺理成章吗？先生，你能责怪我吗？"

福尔摩斯很高兴地站起来，说："不能。索姆兹，我看我们已经把你的问题弄了个水落石出，而我们还没有吃早饭。华生，我们走吧！至于你，先生，我相信在罗得西亚会有光明的前途。尽管你这次跌倒了，我们仍然期望你将来能前程无量。"

失踪的橄榄球队中卫

在贝克街我们经常收到一些奇怪的电报,这本应该是习以为常的事,但是有一次却让我的记忆非常深刻。那是七八年前二月的一个阴郁的早晨,一封电报让歇洛克·福尔摩斯看得足有一刻钟疑惑不解。电报开头是他的名字,内容如下:

请等我。万分不幸。右中卫失踪,明日急需。

欧沃顿

"河滨大街的邮戳,发报时间十点三十六分。"福尔摩斯自言自语道,一遍又一遍地看着。"欧沃顿先生拍电报的心情显然非常激动,所以电文内容不详。哦,哦,他会来这里,我估计,等我看完《泰晤士报》就会来,到时候什么事就知道了。这些日子闲着无事,即使无关紧要的问题也受欢迎。"

这一阵我们无所事事,日子过得非常缓慢,我终于领略了时光沉闷的可怕。经验表明,我同伴的脑子一向异常活跃,一旦脑子里空空如也,没有东西可以思考,就有危险。几年来,我坚持不懈地劝他戒掉药瘾,药瘾有一次险些断送他光辉的前程。现在我知道一般情况下他已不再碰触这些东西,但是我也很清楚,这个魔鬼并未死亡而只是睡眠了。每逢我看到福尔摩斯苦着脸,我就知道这睡眠不过是暂时的,因此我期盼这位欧沃顿先生的到来,不管他是谁,他已发来深浅莫测的电报,这将打破这危险的寂寥,寂寥带给我朋友的危险之大,大于剧烈生活的一切风暴。

正如我们所盼,发报人很快就到了。名片上是:西里尔·欧沃顿先生,三一学院,剑桥。随名片而到的是

一位肩阔身高的年轻人，他足有十六英磅重的虎背熊腰的魁梧身躯，几乎把屋门都给塞住，端庄的脸庞，两眼打量着我们二人。

"哪位是歇洛克·福尔摩斯先生？"

我的同伴点点头。

"我已经去过苏格兰警场，福尔摩斯先生，见到斯坦莱·霍普金警官，他建议我来找你。他说我这案子，由你来解决比他官方接手更合适。"

"请坐，告诉我是什么事。"

"事情紧急，福尔摩斯先生，非常紧急！把我头发都快急白了。戈弗雷·斯汤顿，你听说过他吗？他是全队的关键人物。我宁愿不要那两个前锋，也不能没有戈弗雷这个中卫。无论是传球、抢球或者带球，没人能超越他。而且他还是全队核心，能把全队人调动起来。我没有办法了，只能来求救于你，福尔摩斯先生。我们有莫尔豪斯替补，可他是踢前卫的，而且老是要挤进去争球，不守住边线。他定位球踢得很好，但是不会判断情况，还有一点就是不善于拼抢。那莫顿或者约翰逊，牛津的两员宿将，还会把他死死缠住。斯蒂文森速度快，可是他不会在二十五码远的地方踢落地球。一个中卫，不能踢悬空球，又不会抛踢球，就根本无法独当一面。不，福尔摩斯先生，要是你不能帮我找到戈弗雷·斯汤顿，我们就输定了。"

我的朋友十分有兴致而惊奇地听着这篇不短的介绍。客人讲得滔滔不绝，有时为了加强说话的力度并引起更加注意，有力的大手一句一顿地拍着膝头。一等来人停嘴，福尔摩斯便伸手去拿下资料摘记汇编"S"字母的一卷。但是在这信息万宝全书中他居然缺一只角，没有任何信息。

"有阿瑟·斯汤顿，一个造伪币发迹的年轻人，"他说，"还有亨利·斯汤顿，我送他上了绞刑台。就是这戈弗雷·斯汤顿，我没听说过，很陌生。"

来访人变得满脸疑惑。

"哦，福尔摩斯先生，我以为你什么都知道，"他说。"这么看来，你从没听说过戈弗雷·斯汤顿，那你也就不知道西里尔·欧沃顿了？"

福尔摩斯微笑着摇摇头。

"侦探先生！"这位运动员叫道。"哦，我以前是英格兰队对威尔士队的第一候补队员。本年度我是大学队的队长。这你不知道没关系！可是，戈弗雷·斯汤顿，我想英国没有人不知道的，这出众的中卫，剑桥队、布莱克希思队和五大世界赛,他都是中卫。天哪!福尔摩斯先生,你是在英国住的吗?"

看着这位天真的巨人这么大惊小怪,福尔摩斯不禁大笑。

"欧沃顿先生,你生活在和我不一样的世界,你是在一个比我愉快、比我健康的世界。我和社会各方面都有接触,就是没同业余体育有过交道,即使那是英国最发达、最公益性的事业。还好,今天早晨你的不期来访,给我难能可贵的机会,让我在此领域有事可做。所以现在,我可爱的先生,请你安心坐下来,细心谈,告诉我到底发生了什么事情,希望我能帮助到你。"

欧沃顿年轻的脸庞显露出颇不耐心的样子,他这样的人一向是四肢发达,头脑简单。但是渐渐地,我从他哆嗦、重复、不得要领的叙述中,知道了他向我们陈述的奇怪故事。

"情况是这样的,福尔摩斯先生。我已经说过了,我是剑桥大学橄榄球队的领队,戈弗雷·斯汤顿是我的王牌队员。明天我们要同牛津大学比赛。昨天我们就来了,被安顿在本特利内部旅馆。十点钟,我去巡视,队员都已经上床休息。我相信训练要严格,睡眠要充足,以保持球队竞技状态良好。睡前我同戈弗雷说过话,他好像脸色不太好,情绪不安。我问他怎么回事,他说他很好,就是头微稍有点疼。我跟他道了晚安,就走了。半个钟头以后,旅馆服务员告诉我,说是有一个相貌很粗、满脸胡子的人来交一张便条给戈弗雷。戈弗雷还没有上床睡觉,条子送到了他的房里。他看了以后,人马上跌倒在椅子上,好像是受到很大打击似的。服务员有些慌,于是想赶快来喊我。但是戈弗雷叫他别喊,自己喝了一口水,精神就振作起来了。他随后下楼,跟等在大厅里的那个人谈了几句话,两人就一块儿走出去了。服务员最后看见他们是朝河滨大街方向而去。今天早上,戈弗雷房里空着,他的床没有睡过,一切跟我昨晚上见到的一模一样。这个陌生人一来找他,他就跟着走了,此后音信全无,看样子他是不可能回来了。戈弗雷是一个运动员,把运动、比赛看做生命的人,他不会不参加训练,不会同领队不辞而别,这里肯定是有原因的,而是重大的原因。我感觉他是一走了事,我们无法指望他会回来了。"

歇洛克·福尔摩斯对这奇事的一番陈述听得十分专注。

"后来你怎么办呢?"他问道。

"我打电报给剑桥,问他们是否知道他的消息。结果没有人看见过他。"

"他能回到剑桥去吗?"

"是的，有一趟晚车，十一点一刻开。"

"可是，照你的判断，他并没有乘这趟火车？"

"是的，没有人看见过他。"

"后来呢？"

"我又打电报给蒙特·詹姆士爵士。"

"为什么给他打呢？"

"戈弗雷是个孤儿，蒙特·詹姆士是他最近的亲属，大概是他的叔父。"

"这对于解决问题或许会有帮助。蒙特·詹姆士爵士是英国最富有的。"

"我听戈弗雷这样说过。"

"戈弗雷是他最亲近的人么？"

"是的，戈弗雷是继承人，老爵士已经快八十岁了，而且风湿病很重，人们说他可能快要死了。他从来不给戈弗雷一个先令，他是个地道的守财奴，可是财产早晚都要归戈弗雷。"

"蒙特·詹姆士爵士那儿有什么消息吗？"

"没有。"

"如果戈弗雷去蒙特·詹姆士爵士那儿，他又是为了什么呢？"

"头一天晚上有件事使戈弗雷心情不安，如果和钱有关，那可能是爵士要把遗产给他。爵士的钱很多，据我所知，戈弗雷得到这笔钱的可能性很小。戈弗雷不喜欢这个老人。要是他能不去他那儿，他是不会去的。"

"那么，我们现在可以这样假设吗？如果你的朋友戈弗雷是到他的亲属蒙特·詹姆士爵士那儿去，你就可以解释那个衣着简陋的人为什么那么晚来，为什么他的来临使得戈弗雷焦虑不安？"

西里尔·欧沃顿困惑地说："我解释不了。"

福尔摩斯说："好吧！今天天气不错，这件事我愿意去调查一下。我觉得不管这个青年情况怎样，你还是要准备参加比赛，正像你所说的，他这样突然离开，一定是有特别紧急的事，而且也正是这件要紧的事使他到现在都不能回来。我们一起步行去旅馆，看看服务员是否能提供新的线索。"

歇洛克·福尔摩斯是那样循循善诱，使得当事人心情很快就平静了下来。不久之后，我们来到了旅馆，走进戈弗雷·斯汤顿住过的单人房间。在这里福尔摩斯打听到了服务员所知道的一切。头一天晚上来的客人既不是一位绅士，也不是一个仆人,而是一个像服务员所说的"穿着不怎么样的家伙",年纪大约五十岁左右,胡子稀疏,脸色苍白,穿着很朴素。他似乎很激动,拿着信的手在不停地抖动。服务员看到戈弗雷·斯汤顿把那封信塞到口袋里。斯汤顿在大厅里并没有和这个人握手。他们交谈了几句,服务员只听到"时间"两个字。然后他们便急匆匆地走出去了。那时大厅的挂钟正好十点半。

福尔摩斯坐在斯汤顿的床上,说:"我想你值白班,对吗?"

"是的,先生,我十一点下班。"

"值夜班的服务员没有看见什么吗?"

"没有,先生。只有看戏的人回来得稍晚些。再没有别人了。"

"你昨天一整天都在值班吗?"

"是的,先生。"

"有没有邮件一类的东西交给斯汤顿先生呢?"

"有的,先生,有一封电报。"

"啊!那很重要。在什么时候?"

"大约六点钟。"

"斯汤顿在哪儿收到的电报?"

"就在这间房子里。"

"他拆电报的时候,你在吗?"

"是,我在这儿。我等着看他是不是要回电。"

"那么,他要回电吗?"

"是的,先生,他写了回电。"

"是你去拍的回电吗?"

"不,他自己去的。"

"但是,他是当你面写的回电吗?"

"是的,先生。我站在门边,他转过身去,在桌子上写的。他写完后对我说:'好了,服务员。我自己去拍电报。'"

"他用什么笔写的?"

"铅笔,先生。"

"是不是用了这张桌子上的电报纸?"

"是的,就是原来最上面的那一张。"

福尔摩斯站了起来。他拿起桌上最上面的那张电报纸走到窗户旁,仔细地检查上面的痕迹。

他说:"很遗憾,他没有用铅笔写。"然后丢下这张电报纸,失望地耸了一下肩,接着说:"华生,你一定也会想到,字迹会透到第二张纸上,曾经有人利用这种痕迹破坏了许多美满的婚姻。可是在这张纸上我没有看到什么。有了!我看出他是用粗尖的鹅毛笔写的,这样我们准会在吸墨纸上找到一些痕迹。哈,你们瞧,一点儿不错!"

他撕下一条吸墨纸,并把上面的字迹给我们看。

西里尔很激动地喊:"用放大镜看!"

福尔摩斯说:"不必,纸很薄,从反面可以看出写的是什么。"他把吸墨纸翻过来,我们读到:

看在上帝的份上,支持我们!

"这就是在戈弗雷·斯汤顿失踪前数小时他拍出的电报结尾。在那前面至少还有六个字;不过最后这几个字'看在上帝的份上,支持我们'证明这年轻人看出有难以克服的危险将降临到他身上,而有人能保护他。'我们',注意这两个字!这事涉及另一个人。除了那个脸色苍白留有胡子的人,还会有谁?那个人本身就如此的紧张。那么,戈弗雷·斯汤顿与那留胡子的人有什么关系?还有他们寻求帮助的第三者是谁?我们的侦查范围已经缩小到这上面了。"

"我们只需要找出电报是发给谁的就行了。"我建议。

"是的,华生,你的反应很快,我已经想到了。但是我敢说,你一定注意到,如果你走进电讯局,要求看另一个人所发的电报存根,那里面的办事员一定不允许,这些地方有很多官僚作风。不过,如果稍用一些技巧,我想我可以得到答案。欧沃顿先生,我希望当你的面看一下留在桌上的这些文件纸张。"

那上面有几封信、一些账单及笔记本,福尔摩斯以敏捷而紧张的手指翻着,并且专注地看着。"这里没什么,"他最后说道,"顺便问你一下,你的朋友是个健康的年轻人吧?——他没什么毛病吧?"

"非常健康。"

"你知道他生过病吗?"

"没有。他曾被对方球员踢到胫骨而躺下,还有一次膝盖脱臼,但这都不算什么病。"

"也许他并不是你所说的那么健康,我想或许他有某些私下的麻烦。如果你同意,我想把其中一两张纸带在身上,也许对以后的调查有帮助。"

"等一等!"一个不满意的声音叫道。我们抬起头来看到一个样子古怪矮小的老头颤巍巍地站在门口。他穿着一件褪了色的黑衣服,戴着宽边的高礼帽,松松地系了一条白领带,整个人给人的印象是个十分土气的牧师或是葬仪馆的工人。然而,尽管他的外表十分古怪,声音却很尖脆,而且态度紧急,使人不得不注意到他。

"你是谁?先生,你有什么权利碰这位先生的东西?"他问。

"我是个私家侦探,我尽力在调查他失踪的原因。"

"喔,你是侦探?谁要你来的?"

"这位先生,斯汤顿先生的朋友,是苏格兰场的人介绍给我的。"

"你是谁?先生。"

"我是西里尔·欧沃顿。"

"那么是你打电报来的。我的名字是蒙特·詹姆士爵士,我尽快乘贝斯沃特的公共汽车赶来。这么说你已经把事情交给侦探来办了?"

"是的,先生。"

"那你准备付这笔费用吗?"

"我相信,先生,当我们找到我的朋友戈弗雷时,他会付的。"

"但是如果永远找不到他呢?回答我啊!"

"如果是这样,那么他家里……"

"不可能,先生!"这矮小的人叫道,"别来找我要一毛钱!一毛钱也不行!你懂吗?侦探先生!我是这个年轻人的唯一亲人,我可以告诉你,我不会负责这笔费用。如果他能得到任何遗产,那是因为我从来不浪费金钱,而我现在也没打算要这么做。至于你随便翻动的那些文件纸张,我告诉你,如果它们有任何价值,你要负全责。"

"很好,先生,"福尔摩斯说,"我想请问,你对这年轻人的失踪有什么看法?"

"没有,先生,他已经能照顾自己了,如果他笨到把自己弄丢了,我完全拒绝负起找他的责任。"

"我十分了解你的立场，"福尔摩斯说道，"但或许你不太了解我的立场。戈弗雷·斯汤顿显然是个穷人，如果他被绑架，一定不是因为他所拥有的一切。你的财富声名远播，蒙特·詹姆士爵士，非常可能一群贼人抓住你侄儿是为了要取得有关你的房子、你的某些生活习惯及你的财产的资料。"

那位令人不愉快的访客脸色变得跟他领带的颜色一样白。

"上帝，先生，这是个多可怕的想法！我从没想到这么恐怖的事！这世界上有多少没有人性的歹徒啊！但戈弗雷是个好孩子，一个意志坚定的孩子，没有事情会使他出卖他的叔叔的。今天傍晚我就把值钱的东西送到银行去。侦探先生，请你不辞辛劳把他平安地找回来，至于钱方面呢，五镑，甚至十镑，你都来找我好了。"

即便是心里想开了，这个高贵的守财奴也不会提供什么有助于我们的资料，因为他对他的侄子的私生活所知甚少。我们唯一的线索就只能靠那封不完整的电报稿了，于是福尔摩斯根据这个，开始寻找他的第二个环节。之后我们摆脱了蒙特·詹姆士爵士，而欧沃顿也去与其他的队友讨论这宗降临到他们身上的不幸事件该如何处理。

旅馆附近就有一个电讯局，我们停在门外。

"值得一试，华生，"福尔摩斯说，"当然，如果拿到一张许可令，我们可以要求看存根，但是我们还没有那个能力。在这么忙的地方，我想他们不会记得每个人的脸。让我们来冒个险。"

"很抱歉麻烦你，"他以最可人的态度对窗栏后面的年轻小姐说，"昨天我发的一封电报有一点小错误。我还没有收到回音，我想很可能我是在最后忘了写上名字。您能帮我看一下么？"

年轻的小姐转向一叠存根。

"几点钟发的？"她问。

"六点多点儿。"

"发给谁的？"

福尔摩斯将他的手指放到唇上看了我一眼。"最后几个字是'看在上帝的份上'，"他压低嗓子说道，"没收到回音我很焦急。"

年轻的小姐拿出一张电报稿。

"就是这张，没署名。"她说着将存根平摊在柜台上。

"怪不得我没收到回音了。"福尔摩斯说,"上帝,我怎么那么糊涂!非常感谢您解除了我心中的疑问。"我们回到街上时,他搓着手低声咯咯地笑起来。

"怎么了?"我问。

"我们有进展,华生,大有进展。我准备了七种不同的方法看一看那封电报,但没想到第一次就成功了。"

"那你得到了什么?"

"我们侦查的起点。"他叫了一辆马车。"国王十字街车站。"他说。

"我们要去什么地方?"

"我想我们必须一起南下去一趟剑桥。在我看来,所有的线索都朝着那个方向。"

"告诉我,"当我们渐渐走上格雷旅店路时,我问,"你对失踪的原因有什么想法?我想在我们所有的案子中,没有比这个案子的动机更荒唐的了。你不会真的以为他是被绑架,而对方是为了取得有关他富有的叔叔的资料吧?"

"实话告诉你,华生,在我看来那不是一个很肯定的解释。但是,我想到这可能是唯一会引起那个令人讨厌的老头感兴趣的解释。"

"的确如此,不过你其他的解释呢?"

"我有好几个。你得承认,这事发生在重要比赛的前夕,同时又是发生在一个会影响到他们球队胜负的球员身上,实在让人觉得非常奇怪,而且值得思考。当然,这也许只是个巧合,但却十分有意思。业余的运动比赛是不能赌的,但私下仍有不少人在赌,很可能有人弄走一个球员就像赛马场上做手脚的恶棍一样,这是一个解释。第二个很明显的解释是这个年轻人虽然目前很穷,但是他的确是一大笔财富的继承人,因此也不是不可能有人绑架他以取得赎金。"

"这些推论跟那电报没关系吧。"

"没错,华生。电报仍是我们唯一的线索,我们不应该将注意力移转到其他地方去。我们现在去剑桥的目的是要找出发这封电报的目的。我们侦查的途径现在可能还不是很明显,但我相信在傍晚以前一定会弄清楚或大有进展的。"

我们抵达这座古老大学城时,天已经黑了。福尔摩斯在车站叫了辆马车,要车夫驶到莱斯利·阿姆斯特朗医生的住所。几分钟之后,我们停在一条繁华街道的一幢庄园前,被带了进去,在等了很长一段时间后终于被允许进入诊疗室,医生就坐在他的桌子前。

莱斯利·阿姆斯特朗，这个大名我不曾耳闻，这说明我跟医学界联系太少，有些闭目塞听。现在我才知道，他不仅是剑桥大学医学院的负责人之一，而且是个在多学科颇有造诣的学者，在全欧洲都享有盛誉。但即使不了解他的光辉成就，只要看他一眼就会留下深刻的印象：一张方正的宽脸，浓眉下一对深邃的眼睛，花岗岩雕一般坚毅的下巴。他城府很深，头脑敏捷，性情严厉令人生畏。我看出莱斯利·阿姆斯特朗大夫是这样一个人。他手拿我朋友的名片，抬眼望望，平板的脸上没有一丝喜悦的表情。

"我听说过你的大名，歇洛克·福尔摩斯先生，也清楚你的职业。这种职业，我不敢恭维。"

"那你就是把你自己置身于全国犯罪者的一边。"我的朋友冷冷地说。

"你的努力旨在遏制犯罪，先生，理应受到社会上每个人的支持，然而其实不用你来多事，警方足以担当此任，达到这一目的。你每次光临，一般都是无事生非，你探人隐私，揭人短处，搜集家丑而外扬；你无所事事，却浪费别人的宝贵时间。就拿眼前来讲吧，我正在写一篇论文，没时间同你闲聊。"

"也许是的，然而，我将证明此番谈话比你这篇论文更为重要。不妨告诉你，我们所做，与你刚才的无端指责截然相反，我们竭尽全力不使个人隐私曝光。需要澄清的是，一旦落入警方手中，一定会公之于社会不可。你应该视我为游走在国家正规部队之前的先锋。我是来询问你戈弗雷·斯汤顿先生的事。"

"他怎么了？"

"你认识他，对吗？"

"他是我的至交密友。"

"他失踪了，你清楚吧？"

"哦，真的吗？"医生一脸严肃。

"他昨晚离开旅馆，就再也没有消息。"

"没有关系，他会回来的。"

"可明天就是大学橄榄球比赛。"

"我不关心这种儿童的游戏。我只深切关心这位年轻人的状况，我知道他，喜欢他。橄榄球比赛与我毫不相干。"

"你能这么关心他这很好，我在调查斯汤顿先生的下落，你知道他在哪儿吗？"

"我怎么知道？"

"昨天以来，你没有见过他？"

"没有，我没有见过。"

"斯汤顿先生身体健康吗？"

"很健康。"

"你知道他生过病吗？"

"他从不生病。"

福尔摩斯突然抖出一张纸拿到大夫眼前。"那么，也许你能解释一下这张单据，是上个月戈弗雷·斯汤顿先生付给你莱斯利·阿姆斯特朗医生的收据。我从他书桌的材料中拣到的。"

医生突然发怒，脸变红了。

"我不认为有必要向你对此做出解释，福尔摩斯先生。"

福尔摩斯把单据收回笔记本。"如果你不介意做公开解释的话，很快你就会有这个机会，"他说。"我已经跟你讲过，别人必定要张扬出去的事，我这里却能做得悄然无声。你是聪明人，可以向我陈述一切。"

"我一无所知。"

"斯汤顿先生从伦敦给你写过信吗？"

"当然没有。"

福尔摩斯懒懒地叹口气道："戈弗雷·斯汤顿从伦敦给你发了加急电报，是昨天晚上六点十五分，这封电报绝无疑问，同他失踪有关。而你，却没有收到。那是邮局该负的责任。我一定要去找这儿的邮局，责问他们。"

莱斯利·阿姆斯特朗医生从写字台后蹦了起来，深肤色的脸气得通红。

"我请你出去，先生，"他说。"你可以告诉雇用你的人，蒙特·詹姆士爵士，我既不愿意和他本人也不愿意和他的代理人打任何交道。不，先生！别说了！"他猛按铃。"约翰，送二位出去！"神气的门人不客气地把我们送出屋。我们走到了街上，福尔摩斯发出了大笑。

"莱斯利·阿姆斯特朗医生真是位个性倔强的人，"他说。"很少有像他这样的。如果他把他的才智用到了莫里亚蒂那条路上去，就很糟糕，等于是厉害的莫里亚蒂起死回生了。现在，我可怜的华生，我们在这不友好的城里搁浅了，无处可去。调查此案，又不能无功而返。这家小旅馆，正好跟阿姆斯特朗屋子面对面,对我们挺合适。你去订个临街的房间,买些过夜的用品,我抓紧这点时间做些调查。"

福尔摩斯去做调查费了一些时间,比他预计的时间要长,一直到将近九点他才回到旅馆。他脸色苍白,神情沮丧,浑身沾满灰土,看上去又饿又累,晚餐冷掉了,放在桌上,他抓起就吃。之后,点上烟斗,开始发表议论。他每逢事情不顺利,总是如此,多半是自嘲,但很发人深思。忽有马车辘辘,他立刻起身往窗外看。在煤气灯光下,一辆双驾灰马四轮大马车,停在了医生门前。

"出去了三个钟头,"福尔摩斯说,"他是六点半走的,现在才回来。那么路程应该是十到十二英里,他一天跑一趟,或许是两趟。"

"大夫出诊,这没有什么不正常。"

"可是阿姆斯特朗并非一般的出诊大夫。他是讲师,会诊医师,不看普通病症,不然会妨碍他搞研究做学问。那么,这么远的路赶去,对他有很大的负担,他是去看谁呢?"

"他的马车夫……"

"我亲爱的华生,你以为我不是首先从马车夫着手?我当然是先去找马车夫,可不知是他自己刁蛮还是受他主人的指使,他竟放狗来咬我。还好,我的手杖那么一扬,人、狗见了都要发慌的。好了,这路走不通。关系这么一紧张,再要问就没门了。不过在这个旅店院子里有一个人,是个长住民,还是好性格,向他打听到了情况。是他告诉我,大夫有什么习惯、白天怎么外出。正说着,他的话立刻验证,马车停在门前了。"

"这不正好跟上马车去吗?"

"对啊,华生!今晚你真开窍,我也正是这样想呢。你一定看到旅店隔壁有自行车行,我马上进去租辆车,跨上就追,稍晚一步马车就要看不见了。总算被我赶上,小心拉开距离,保持一百码的样子。我跟着马车的灯光,跟出了城,走在乡村道路上,一路很顺。可是马上叫人难堪了。马车忽然停下,大夫下车,向后快步跑到我站住的地方。他酸溜溜地嘲讽说,恐怕路太窄,马车在前面挡了我的路,请往前面去先走。居然将我一军,实是太巧妙了。我只好骑车超过他马车,在大路前面走,走了一两英里,找了个地方停住车,看看后面马车还在不在。果然,马车连影子都没有了。显然刚才有几条岔路,他已在其中一条路上消失了。我往回骑,可是再也看不见马车。现在,你看,他在我后边回来了。本来我还没有充分的理由,不完全确定戈弗雷·斯汤顿失踪同他有联系,只不过是要观察看看,反正他是有关系的。可是现在我发现,有人跟他一起走,他居然会这么紧张,事情就不一般了。我就要抓住这一点不放手,非搞个水落石出不可。"

"我们明天再继续跟踪。"

"还能吗?恐怕没有你想的那么容易了。你熟悉剑桥郡这里的地形吗?这里不便于隐藏;今天晚上我一路经过的乡村,平坦整洁无遮掩,似乎你对一切都能了如指掌。我们跟踪的这个人,绝对不是个傻瓜,从今天晚上就充分可以看出。我已经用这里的地址向欧沃顿发电报,问他伦敦的情况如何,同时我们集中注意力在阿姆斯特朗医生身上,他的名字还是多亏邮局那位年轻女士的帮忙,被我在斯汤顿那份紧急电报的底稿上看到。斯汤顿这小伙子在哪里,阿姆斯特朗准知道,这一点我可以保证。既然他知道,我们却调查不出,那就是我们的无能了。现在很明显,牌在他手里捏着。我的习惯,你是知道的,华生,到了现在这个份上,决不能中途撒手。"

第二天,我们仍然无法解开这个谜团,事情一点进展也没有。吃过早饭后有人送来一封信,福尔摩斯看过以后,微微笑了笑,把信递给了我。

先生:

可以肯定,你们跟踪我是白白浪费时间。你昨天晚上应该已经发现了,我的四轮马车后面有个窗户,所以如果你愿意来回走二十里,那就请便吧。同时我也可以告诉你,你窥视我,这对于戈弗雷·斯汤顿先生不会有什么好处。如果你想帮助他,最好还是回伦敦去,向你的当事人说,你找不到他。你在剑桥的时间是白白浪费掉了。

莱斯利·阿姆斯特朗

福尔摩斯说:"这位大夫个性十分坦率,而且直言不讳。他倒引起了我的兴趣,我一定要弄个水落石出之后再走。"

我说:"他的马车现在就在他门前,他正要上车。我看见他又看了看我们的窗户。让我骑车去试试能不能调查清楚,你看怎么样?"

"你别去,亲爱的华生,不要去。尽管你很聪明机智,恐怕你不是这个大夫的对手。我想我单独去试探的话或许能够成功。你自己在城内随便走走吧。如果在寂静的乡村出现两个探头探脑的陌生人,一定会有对我们不利的谣言。这个著名的城市有一些名胜古迹,你可以去游览一下。我希望傍晚可以给你带回来一些好消息。"

然而我的朋友又一次失败了。他在深夜再一次疲劳又失望地回到旅馆。

"华生,我今天又白跑了。已经知道了大夫去的大致方向,我就在那一带的村庄里等候他,我和当地的客栈老板及卖报纸的人们谈了许久。我去了不少地方,契斯特顿、希斯顿、瓦特比契和欧金顿我都去了,可是大失所望。在这样平静的地方天天出现两匹马拉的四轮马车,怎么会被人忽视呢。这一次大夫又赢了。有我的电报吗?"

"有,我拆开了。这样写的:

向三一学院的吉瑞姆·狄克逊要庞倍。

我看不懂这份电报。"

"电报写得很清楚,是我们的朋友欧沃顿拍来的,他回答了我提出的一个问题。我只要给狄克逊先生写封信,事情一定会好转。顺便问一下,比赛的事有什么消息吗?"

"今天的本地的晚报有详细报道。有一场牛津赢了一分,有两场打平。"

报道的最后一段是:

穿淡蓝色运动衣的球队之所以失利,是因为世界一流的运动员,国际比赛的参加者斯汤顿未能出场,大大削弱了全队的整体实力,前卫线上协作不够,进攻和防守也很薄弱。

福尔摩斯:"欧沃顿的预言被证实了。就我个人而言,我和阿姆斯特朗的想法是一样的,橄榄球不是我份内的事。华生,我们今天要早睡,我敢断定,明天一定有很多事情可做。"

第二天早晨,我看到福尔摩斯坐在火炉旁,手里拿着皮下注射的针管,我大吃一惊。一看到针管我便想到他的体质很差,担心会发生些什么事情。他看到我惊愕的样子,忍不住笑了,把针管放到了桌子上。

"亲爱的朋友,别为我担心。在这种特殊时刻使用兴奋剂不能算吸毒,反倒是破解这个谜的关键。我的希望完全寄托在这一支兴奋剂上了。我刚刚去调查了一番,一切都很顺利。华生,好好吃顿早饭,我们今天要追踪阿姆斯特朗医生。

我一跟上他,不追到他的秘所,我是没胃口吃饭和休息了。"

我和福尔摩斯下了楼,来到马厩的院子里,他打开马房门,放出一条猎狗。这条狗又矮又肥,耳朵下垂,黄白相间,既像小猎兔犬又像猎狐犬。

他说:"和庞倍互相认识一下。庞倍是当地最著名的追踪猎犬,它跑得非常快,而且是个顽强的追踪者。庞倍,你不要跑得太快。我怕我们俩人追不上你,所以给你的脖子套上皮带好了。好,庞倍,走吧,今天就看你的了。"

福尔摩斯把狗领到对面医生家门前。狗到处嗅了一会儿,然后尖叫一声便向大街跑去,我们拉着皮带尽力朝前跑。半小时后,我们已经出了城,飞奔在乡村的大路上。

我问:"福尔摩斯,你打算怎么办?"

"这个办法很老土,不过有时是很有用的。我今天清早到了医生的庭院里,在马车后轮上洒了一针管的茴香子油,一条猎犬闻到茴香子气味会一直追到天涯海角,他要想摆脱掉庞倍是不可能的!这大夫真狡猾!前天晚上他就是把车驾到乡村后面甩开我的。"

狗突然从大路转到一条长满野草的小道上,我们大概走了半英里,来到另一条宽阔的大路上。从这儿向右转就会通往城里。大路向城南转去,向北转就是我们出发的地方了。

福尔摩斯说:"这次出来对于我们来说太有帮助了!难怪向村子里的人打听不出来什么消息。大夫的这个把戏要得真好,可是我想要知道他为什么要精心设计这个骗局。我们的右面一定是川平顿村了。看!马车就要拐过来了!华生,快,不然我们就要被发现了!"

福尔摩斯拉着不听话的庞倍跳进一座篱笆门,我也随着进去。我们刚刚躲到篱笆下面,马车便快速地驶过去了。我看见阿姆斯特朗医生在车里面,他的两肩向前拱着,两手托着头,带着很沮丧的神情。从福尔摩斯那严肃的神情上可以知道他也看见了。

他说:"我怕我们会发现不幸的事情。我们很快便会弄明白,庞倍,来!到田野里的那间茅屋去!"

不久之后,我们到了旅程的终点。庞倍急切地在大门外来回地跑着,而马车的车迹仍然很清楚地在那里。有一条小道通向这个孤单的小屋,福尔摩斯将狗系在树篱上,我们迅速跑了过去。我的朋友敲了敲生锈的小门,又敲了一阵,却毫无回音。但小屋不是空的,因为有低沉的声音传到我们耳边。里面传来一种伤心、绝望而说不出的悲伤低吟声。福尔摩斯犹豫地停了一下,然后他回头看了一下刚刚走过的路,一辆马车驶了过来,车前是那匹我们绝对不会认错的灰马。

"上帝！医生又回来了!"福尔摩斯叫道,"这下问题该解决了。我们必须在他来到之前弄清楚是怎么回事。"

他开了门,我们走进客厅,那低吟声变得很大,最后转成悲痛的哀号。声音来自楼上。福尔摩斯冲上楼去,我跟着他,他推开一扇半合的门,我们被眼前的情景吓呆了。

一位年轻漂亮的女子躺在床上,她苍白平静的脸上,一对黯淡的蓝眼睛在蓬乱的金发间向上翻着,看来已经死了。床尾半跪半坐着一个年轻男子,头埋在衣服中,整个身躯因哭泣而颤动不停。他深陷极端的痛苦之中,福尔摩斯的手拍上了他的肩膀上时,他都没有抬起头来。

"你是戈弗雷·斯汤顿先生吗?"

"是的,我是！但你来得太晚了。她已死了。"

这男子可能过于恍惚,因此无法了解我们不是前来帮助他的医生。福尔摩斯努力吐出了几个安慰的字,并试图解释他的突然失踪带给他朋友的紧张情形,就在这时楼梯上响起了沉重地脚步声,那个高大带着疑问神色的阿姆斯特朗医生出现在门口。

"好了,两位先生,"他说,"你们达到目的了,而且确实选了一个微妙的时刻到来。在死者面前我不愿吵架,但我可以肯定地告诉你,如果我再年轻一点的话,我绝对不会让你们不受惩罚就轻易地放过你们这种无耻的行为。"

"对不起,阿姆斯特朗医生,我想我们有些误会,"我的朋友庄重地说,"如果你能与我们一起下楼去,我们也许能彼此解释一下这件不幸的事。"

片刻之后,医生与我们一起到了下面的客厅。

"你怎么说？先生。"他说。

"首先,我希望你了解,我不是受雇于蒙特·詹姆士爵士,而我对件事完全站在与那位爵士相反的立场。如果有人失踪,我的责任是寻找他的下落,但是,只要做到了这点,在我看来我的责任就结束了。只要没有犯罪的事,我更希望私人的事情可以隐瞒而不被公开。就如我认为,如果这件事没有违法的地方,你可以绝对相信我的谨慎与合作,不会让事情出现于报纸上。"

阿姆斯特朗医生立刻跨前了一步，紧握住福尔摩斯的双手。

"你是个好人，"他说，"我错怪了你。感谢上帝，我实在不忍心让可怜的斯汤顿一人处在这种情况下，才又掉转马车回来，反而使我能了解你。就你已知的这么多实情，这件事就很容易解释了。一年以前，戈弗雷·斯汤顿在伦敦住了一段时间，疯狂地爱上了房东的女儿，于是与她结了婚。她既善良，又美丽，而且又聪慧，没有一个男人会不以这样的妻子为傲。但戈弗雷是那个古怪老贵族的继承人，这个结婚的消息如果传出去，那他一定会丧失继承权。我熟知这年轻人，我很喜爱他的许多优点，我尽力帮助他，使他一切事情顺利。我们也尽一切努力瞒住所有的人，因为，只要有一丝消息传出，很快每个人都会知道了。感谢这幢小屋，以及他自己的隐瞒，戈弗雷一直到现在都瞒得很成功。他们的秘密只有我和一个极好的仆人知道，那仆人现在到川平顿村求助去了。但是终于发生了他妻子突然病危的事情，那是一种最可怕的肺病。那孩子伤心得几乎疯掉了，但他仍要到伦敦去赛这场球，因为他无法不加解释而退出球赛，而一解释就会让秘密曝光。我企图打电报去安慰他，他回了我一封电报，求我尽一切能力帮忙，这就是那封你不知以什么渠道看到的电报。我没有告诉他情况有多危急，因为我知道他来了也无济于事，但我将事实通知了女孩的父亲，他没有考虑就告诉了戈弗雷，结果使他几乎到了崩溃的边缘，人也直接冲到这里来。他一直就是处于这种状态，跪在她的床尾，一直到今晨她去世了，这才结束了对她痛苦的折磨。这就是全部经过，福尔摩斯先生，我相信你及你的朋友都会言而有信。"

福尔摩斯紧握了握医生的手。

"走吧，华生。"他说，于是我们离开了那幢忧伤的屋子，走入冬日寒冷的阳光中。

格兰其庄园

一八九七年的冬末,在一个严寒的黎明,有人猛地一摇我肩头,我便醒了过来。那人正是福尔摩斯。他手中拿着蜡烛,烛光映照在他表情急切的脸上。一看就知道,一定是出了什么事。

"华生,快一点儿,"他俯下身喊道。"游戏已经开始了。什么也别问。赶紧穿上衣服咱们走。"

十分钟以后,我们便乘上一辆双轮马车向查瑞克劳斯车站驶去,马车的隆隆声划破了街道的寂静。天边露出了冬季第一缕微弱的阳光,我们隐约可以看到偶尔从我们身边经过的要去上早班的人,在伦敦乳白色的雾中显得模糊而朦胧。

福尔摩斯静静地蜷缩在他厚实的外衣里,我也如此效仿,因为寒气逼人,加上我们俩都还没有吃早饭。

我们在车站喝了一些热茶,然后坐上了前往肯特郡的火车,直到这时我们才感觉暖和了一些。于是,他开口说话,我则洗耳恭听。福尔摩斯从口袋里抽出一张便条,大声读道:

肯特,玛莎母,格兰其庄园,凌晨三点半。

亲爱的福尔摩斯先生:

这里有一桩看起来非常诡异的案件,如果能得到您的帮助,我将十分荣幸。您会对此案件很感兴趣。现在除了把一位女士释放之外,我保证一切与我发现时一模一样,但我请求您一刻也不要延误,因为不便把尤斯塔斯先生留在那里。

您忠实的斯坦莱·霍普金

"霍普金曾七次邀请我,事实证明每一次都有十分充足的理由。"福尔摩斯说。"我相信,他的每一个案件都已经被你收集了。华生,我承认,你的确有一些甄别能力,这弥补了我对你的评价。你有一个致命的坏习惯,总是喜欢以故事的眼光,而不是以科学的眼光看待问题,这样就损坏了具有权威性的一系列示范案件。为了详细描写扣人心弦的情节,你对必须着重描写的技巧和细节一笔带过,可是,尽管那些情节可以使读者激动兴奋,却不能使他们从中学到东西。"

"那你为什么不自己写呢?"我抱怨地说道。

"我会的,亲爱的华生。你知道现在我很忙,我计划用晚年剩余的时间写一本教材,把侦破艺术集中在本书当中。目前需要研究的似乎是一桩谋杀案。"

"那么,你认为尤斯塔斯先生已经死了?"

"应该是的。霍普金的信表现出他现在十分不安和焦虑,而他本来不是一个容易激动的人。我推测一定是暴力杀人,尸体放在那里等着让我们检查。如果只是自杀,他不会请我过来的。至于为什么释放那个女人,我想可能是惨剧发生时,她被锁在房子里。华生,我们正驶向奢华的上层社会。你看这张纸,质地非常好,E、B交织组成的家族徽章,这地址是一个风景如画的地方。我觉得我们的老朋友霍普金一定不会错,今天早上将会非常有趣。而且案子发生在昨晚十二点以前。"

"这你是怎么知道的?"

"我查了火车时刻,计算了时间。霍普金一定请了当地警察,他们一定会向伦敦警察厅报告,霍普金一定要出来,然后向我发出邀请。所有这些事情就够他们忙一晚上的了。唉,到丘赛尔赫斯特车站了。很快就会证明我们的猜想了。"

在乡间小路上行驶了几里路程之后,我们来到了一座庄园的大门前。一位上了年纪的看门人为我们打开门,他满脸的憔悴表明这里曾发生了一场灾难。我们沿着两旁耸立着古老榆树的林荫道,穿过富丽堂皇的庄园,来到一座低矮的、向四周延伸的房屋前,房屋装饰着帕拉弟恩式的廊柱。房屋的中部显然已经年代久远,而且布满了常春藤,但是宽敞的窗户又说明这里曾经做过现代化的装修,房屋的一边看上去是全新的。年轻的警官斯坦莱·霍普金在敞开的门口遇见了我们,露出一副既警惕又焦虑的神情。

"福尔摩斯先生,你来了,我很高兴,还有你,华生医生。如果当时还来得及的话,就不会麻烦您了,因为那个女人之前已经清醒过来了,她把事情的经过都已经讲清楚了,已经没有什么事需要我们做了。你还记得路易·山姆那帮盗贼吗?"

"什么?就是那个兰道尔三人帮?"

"一点儿没错。一个父亲和两个儿子。毫无疑问,这些就是他们干的。两周以前在西德纳姆他们就干过一次,有人看见过他们,并对他们的特征进行了描述。这么短时间内再次作案,又是在附近,是有点儿太嚣张了,但是肯定是他们。这次可是要判死刑了。"

"也就是说,尤斯塔斯先生死了?"

"是的,脑袋被拨火棍砸扁了。"

"赶车的告诉我是叫尤斯塔斯·布来肯斯道尔。"

"没错。他是肯特郡最有钱的人中的一个。布来肯斯道尔女士正在寝室里。可怜的夫人,她经历了一场可怕的恶梦。当我第一眼看见她的时候,她几乎要奄奄一息了。我觉得你最好先看看她,听听她对事情的描述。然后我们一起检查一下餐厅。"

布来肯斯道尔女士绝非一个普通人。我很少见到如此优雅的人,如此具有女性魅力的人,还有如此漂亮的面容。她肤色白皙,满头金发,一双宝蓝色的眼睛。如果不是这场变故使她显得疲惫不堪的话,她的气质一定是无可挑剔。她的创伤既是心理的,也是身体上的。一只眼睛的上方鼓起了一个硕大的红色肿块。她的女仆身材高大,神情严肃,正在忙碌地用醋和水为她擦拭。布来肯斯道尔女士筋疲力尽地躺在沙发上,但是当我们进入房间的时候,她机敏且犀利的目光表现出的警惕表情说明,看来她的智慧和胆量并没有被这场恐怖的经历所击倒。她身上罩了一件宽松的蓝银两色的晨衣,一件缀满了闪光片的小礼服放在她身旁的沙发上。

"霍普金先生",她疲倦地说,"我已经把一切知道的都告诉你了,能不能请你不要让我再重复了?好吧,如果一定有必要的话,我会告诉这两位先生之前所发生的事。他们已经去过餐厅了吗?"

"还没有,我想他们最好还是先听您讲一讲经过。"

"如果你能帮着处理一下现场,我会很高兴。一想到他还躺在那儿,我就会感觉难受极了。"

她浑身发抖，双手掩面。就在这时，她那宽松的衣袖从胳膊上垂落了下去。福尔摩斯非常吃惊地说道："夫人，您不止一处受伤。这是什么？"两个鲜红的伤痕斑点赫然出现在一支白皙、浑圆的胳膊上，她匆忙地将其掩盖住。

"没什么。这和夜里可怕的事情无关。如果你和你的朋友愿意坐下来，我希望把一切都告诉你们。"

"我是尤斯塔斯·布来肯斯道尔爵士的妻子。我嫁给他大概有一年了。我想没有必要隐瞒，我们的婚姻其实并不幸福。即使我想否认，恐怕我们所有的邻居也会告诉你们实情。或许，部分责任是在于我。因为我生长于澳大利亚南部，那里是一种相对自由、开放的环境，这种英国式的生活，礼仪繁琐，拘谨古板，对我很不合适。然而最主要的是，尤斯塔斯爵士是一个纯粹的酒鬼，这是人所共知的。与这样一个人相处，即使是一小时，也非常不舒服。你是否可以想象对于一个感觉敏锐、情操高尚的女人来说，不得不日日夜夜与他相处，这意味着什么？如果认为这种婚姻具有约束力的话，一定是对神圣婚姻的亵渎，是犯罪，是堕落。你们这种荒谬的法律将会招来上帝的诅咒！上帝不会允许这种邪恶长期存在下去。"她突然站了起来，两颊通红，双眼闪着怒火。这时，她身体强壮、不苟言笑的女仆伸出抚慰的双手，将她的头轻轻放在靠垫上。愤怒渐渐平息以后，她激动地抽泣起来。过了一会儿，她继续道：

"我来告诉你昨晚的事情。你知道，这幢房子的仆人都住在新式的那一边。中间这个单元是住宅房，厨房在后面，卧室在上面。我的女仆梯芮萨，住在我房屋的上面。这里再没有其他人了，也不会有什么声音可能会惊醒住在那一侧的人。强盗们一定对这里很了解，不然的话，他们就不会去那样做了。

"尤斯塔斯爵士大约十点半就休息了。那时仆人们都已经回到他们自己的屋子里了。只有我的女仆还没有睡，她在阁楼上的房间里听候吩咐。在我上楼前总要亲自到各处去看看是不是一切都收拾好了，这是我平时的习惯，因为尤斯塔斯是靠不住的。我总是先到厨房、食品室、猎枪室、弹子房、客厅，最后到餐厅。我走到餐厅的窗户前时，窗户上还挂着厚窗帘，我突然感到一阵风吹到脸上，这才注意到窗户还开着。我把窗帘向旁边一掀，天呐，迎面竟站着一个宽阔肩膀的壮年人，他像是刚刚才走进屋里的。餐厅的窗户是高大的法国式的落地窗户，也可以当作通到草坪的门。当时我手中拿着我卧室里的蜡烛台，借着蜡烛的微光，我看见这个人的背影,还有两个人正要进来。我被吓得退后了一步,这个人立即向我扑过来。他先抓住我的手腕,然后又卡住了我的脖子。我正要开口喊叫,他的拳头便狠狠地落在我的眼睛上,把我打倒在地。我可能是昏过去了好几分钟,因为等我醒过来的时候,看见他们已经把叫佣人的铃绳弄断了,并且把我紧紧地绑在餐桌一头的一把橡木椅子上。这时我发现全身被绑得很牢,一动也动不了,嘴里被塞着手绢,喊不出声。就在这个时候我倒霉的丈夫来到餐厅。显然他是听到了一些可疑的声音,所以他是有准备的。他穿着睡衣和睡裤,手里拿着他喜欢用的黑刺李木棍。他冲向强盗,可是那个年纪较大的早已蹲下身子从炉栅上拿起了火棍,当爵士走过的时候,他凶猛地向爵士头上打去。爵士呻吟一声便倒下了,再也没有动一下。我又一次昏厥过去,我估计失去知觉的时间大概还是几分钟。我睁开眼睛的时候看到,他们从餐具柜里把刀叉拿出,还拿一瓶酒出来,每人手中还拿着玻璃杯。我已经说过,一个年纪较大强盗的有胡子,其他两个是尚未成年的孩子。他们可能是一家人,父亲带着两个儿子。他们在一起耳语了一阵,然后走过来看看是否已把我绑紧。后来他们出去了,并且随手关上了窗户。又过了大约一刻钟我才把手绢从嘴里弄出去,这时我喊叫女仆来解开我。其他的仆人们也听到了,我们找来了警察,警察又立即和伦敦联系。先生们,我知道的就是这些,希望以后不要让我再重复这段痛苦的经历了。"

霍普金问:"福尔摩斯先生,发现什么问题了吗?"

福尔摩斯说:"我不想再使布来肯斯道尔夫人感到烦感,也不想再耽误她的时间了。"然后他对女仆说:"在我去餐厅之前,希望你讲讲你看到的情况。"

她说:"这三个人还没有走进屋子,我就已经看见他们了。当时我正坐在我卧室的窗户旁,在月光下我看到大门那儿有三个人,但是那时我并没有把这当回事。过了一个多小时以后,我听见女主人的喊叫声,才跑下楼去,看见这可怜的人。正像她自己所说的那样,爵士倒在地板上,他的血和脑浆溅了满屋子。我想这些事使她吓昏了过去,她被绑在那儿,衣服上溅了许多血迹。要不是这位格兰其庄园的布来肯斯道尔夫人性格坚强,那她一定会失去生活的勇气。先生们,你们询问她的时间够长的了,现在她应该回到自己的屋里,好好地休息一会儿了。"

这位瘦长的女仆像母亲般温柔地把她的手扶在女主人肩上,将她带走了。

霍普金说:"她俩一直在一起。这位夫人是她从小照顾大的,十八个月前夫人离开澳大利亚,她也一起来到了英国。她的名字叫梯芮萨·瑞特,这种女仆现在没处找了。福尔摩斯先生,请从这边走。"

福尔摩斯脸上原来那种浓厚的兴致已经消失了,我知道这是由于案情并不复杂,丧失了对他的吸引力。看来事情只剩下逮捕逃犯了,而逮捕一般罪犯又何必去麻烦他呢?此刻我的朋友眼睛中流露出的烦恼,正像一个学识渊博的专家被请去看病,却发现患者只是一般的疾病时所感到的那种无奈。不过格兰其庄园的餐厅还是景象奇异,足以引起福尔摩斯的重视,并且能够再度激起他那渐渐消失的兴趣。

这间餐厅又高又大,屋顶的橡木天花板上刻满了花纹,四周的墙壁上画着一排排的鹿头和古代武器之类,墙壁下端镶有橡木嵌板。门的对面是高大的法国式窗户,右侧有三扇小窗户,冬季微弱的阳光从这里射进来,其左侧有个很大很深的壁炉,上面是大而厚的壁炉架。壁炉旁是把沉重的橡木椅子,两边有扶手,下面有横木。椅子的花棱上系着一根红色的绳子,绳子从椅子的两边穿过连到下面的横木上。在释放这位妇人的时候,绳子被解开了,但是打的结仍然留在绳子上。这些细节是后来我们才注意到的,因为我们的注意力完全被躺在壁炉前地毯上的尸体吸引住了。

一眼看上去,死者大约四十岁,体格魁梧,身材高大。他仰卧在地上,又短又黑的胡须中露出呲着的白牙。他双手握拳放在头前,一根短而粗的黑刺李木棍放在他的两手上。他面色黝黑,鹰钩鼻,相貌倒还英俊,而现在却是十分歪曲,狰狞可怖。显然他是在睡觉时听到声音的,因为他还穿着华丽的绣花睡衣,裤腿下露着一双光着的脚。他的头部伤得很重,屋子里到处都溅满鲜血,可见他所受到的那致命的一击是非常凶狠的。他身旁放着那根很粗的火棍,猛烈的撞击已经使它折弯。福尔摩斯检查了火棍和尸首。

然后他说道:"这个上了年纪的兰道尔,一定是个很有力气的人。"

霍普金说:"正是这样。我有关于他的一些资料,他是个很粗暴的家伙。"

"我们要想抓到他似乎并不困难。"

"一点也不困难。我们一直在追查他的去向,以前有人说他去了美国。既然我们知道这伙人还在英国,我相信他们肯定逃不掉。每个港口都已经知道了这件事,傍晚以前我们应该可以通过悬赏缉拿他们。不过很奇怪的是,既然他们知道夫人能够说出他们的外貌,并且我们也能认出他们,为什么他们还会做出这种蠢事?"

"通常来说,为了灭口,这伙强盗准会把布来肯斯道尔夫人弄死。"

我提醒他说:"他们也许没有料到夫人昏迷不久之后就又苏醒了。"

"那倒很有可能。也许他们以为她当时完全失去了知觉,那他们也许不会要她的命。霍普金,关于这个爵士有什么情况吗?我好像听到过有关他的一些奇怪的事情。"

"清醒的时候,他人品还不错,可是一旦喝醉,他简直就是个恶魔。在这种时候,似乎他心中有个恶魔控制着他,让他什么坏事都做得出。我听说,尽管他有财富有地位,但有两次几乎要被抓起来。曾经有过一件丑闻,他把一条狗浸在油中,再点火烧死。而更糟的是,那是夫人的狗,后来花了九牛二虎之力才将这事隐瞒下去。还有他用酒瓶丢掷女仆梯芮萨·瑞特,这也惹出了些麻烦。总而言之,说句不该说的话,这个屋子没有他日子还愉快点。你现在看什么?"

福尔摩斯跪在地上,仔细检查那用来捆绑爵士夫人的红绳上的绳结。然后他又仔细察看那被窃匪扯断的那头的磨损部分。

"这绳子被拉下时,厨房的铃声一定会大声响声。"他说。

"没有人能听到。厨房在房子后面。"

"窃匪怎么知道没有人会听见?他怎么敢那么不小心地扯下?"

"没错,福尔摩斯先生,你提出的正是我一直反复问自己的问题。无疑的,这家伙一定熟悉这房子及每个人的生活习惯,他一定很清楚仆人在这个时间已经上床了,没有人会听见厨房里的铃声。因此,他必定与其中一个仆人有联系,这是很明显的。但这里有八个仆人,每一个性格都很好。"

"如果在其他方面他们都没区别,"福尔摩斯说,"那么人们自然会怀疑那个被主人用酒瓶打过头的那一个,但这又会牵连到对她所热爱的女主人。算了,算了,这只是小事,只要你抓到兰道尔后,找出他的同谋也就很简单了。那位夫人的故事似乎就是确凿的人证,如果还需要证物,我们面前每样都是证据。"他走到法式窗子前把它打开,"这里没有任何痕迹,地面像铁一样硬,不可能会留下足迹。我看到这些壁炉架上的蜡烛是点燃的。"

"是的,就是这些烛光,和那个夫人卧室带出来的蜡烛,让那些犯人能看清房中的情景。"

"他们拿了些什么?"

"他们并没拿走太多东西,只有餐具架上的半打银盘。布来肯斯道尔夫人认为那些人当时也被尤斯塔斯爵士的死吓住了,因此他们并没有洗劫整幢房子,否则他们一定会这样做。"

"看来这样没错,但他们喝了一些酒。"

"可能为了镇定神经吧。"

"一点也不错。这三个酒杯没被动过吧?"

"是的,酒瓶就在他们本来放的地方。"

"让我们来看看。天呐!这是什么?"

那三只杯子放在一起,每只里面都还有一些残酒,其中一只残留有陈年老酒才有的一层薄膜残渣。酒瓶在酒杯旁,大约还剩三分之二,酒瓶旁则有一个长而带有酒渍的木瓶塞。酒的外表及酒瓶上的尘土显示出凶手们所享受的不是普通的葡萄酒。

福尔摩斯的态度突然改变了,他没精打采的神情已经消失了,我再次看到了他机敏的眼中升起了感兴趣的神色。他拿起木瓶塞仔细检查。

"他们是怎么拔出瓶塞的?"他问道。

霍普金指着一个半开的抽屉,里面放着一些桌巾及一个大开瓶器。

"布来肯斯道尔夫人说过他们是用哪个开瓶器开的酒的吗?"

"没有,你该记得,当他们打开酒瓶时她还在昏迷中。"

"是这样的。事实上,这开瓶器没有被用过,这瓶酒是用随身带的那种小开瓶器开的,很可能是那种开瓶器还附有小刀,不会超过一英寸半长。如果你察看这瓶塞顶端,你会发现开瓶器一共插进去三次才将瓶塞拔出,而且瓶塞没被刺穿。如果用大开瓶器一定会刺穿瓶塞,一次就拔出来了。当你抓到这家伙时,你会在他随身物品中找到一把多用途的刀子。"

"妙极了!"霍普金说。

"但我觉得这些酒杯令我困惑。布来肯斯道尔夫人真的'看见'这三个人喝酒吗?她有没有?"

"有的,这点她说得很清楚。"

"那么事情就了结了,没什么可说的了?不过,你必须承认这三个酒杯

很引人注意，霍普金。什么？你没有看出什么值得注意的地方？算了，不提也罢。一个像我一样有特殊知识及特殊能力的人，常会对手边的一件简单的事去找复杂的解释。当然，这些酒杯只是一个巧合。好了，日安，霍普金，我看我对你不再会有什么帮助了，你似乎已将案子弄得很清楚了。如果抓到兰道尔，或这案子有其他的新进展，请告诉我。我相信我很快就可以祝贺你这次案件的成功了。走吧，华生，我想我们回家去还可能比较有用些。"

在我们的回程路上，我可以看出福尔摩斯被他看到的某些事情困扰着。然而，他尽力想把困扰抛开，用事情已经解决的口气谈着，但结果他的怀疑又回来了，他那打结的眉头及茫然的眼神显示出他的思想又回到了格兰其庄园那午夜悲剧发生的地方。最后，就在火车将要缓缓驶出一个郊区车站时，他突然跳起身来下到月台上，将我也拖了下来。

"抱歉，老友，"我们看着火车的最后一节车厢消失在转弯处时，他说，"抱歉让你成了我心血来潮的受害者，但是，我这辈子，华生，就是不能将案子在这种情形下丢下不管，我的本能在反对。事情不对，所有事情都不对！我完全肯定事情不对。然而那女士的叙述是完整的，女仆的证词也足够，细节很清楚，我也没有可反对的。仅有那三只酒杯。但是如果我没有把事情视为理所应当，如果很仔细地就像事情重新开始似的检查每样东西，如果没有被预先告知的故事干扰我的心思，我是否可以找到某些比较肯定的事情做依据呢？当然，我应该可以！坐到这张长凳子上，华生，等下一班到丘赛尔赫斯特的火车来，让我把所有的证据都放到你面前，请你将心中本来认为那女仆和她的女主人讲的话都是真实的这观念先抛开。那位女士迷人的个性不应影响我们的判断。

"如果我们冷静地思考一下，她的叙述中一定会有些细节会引起我们的怀疑。这些窃贼两个星期前在西德纳姆做过一次大案子，事情的经过及他们的外形一定曾经在报上报道过，自然会让那些要编造窃贼来过的故事的人发现这些情节。事实上，做过大案子的窃贼会找个安静隐秘的地方享受他们的成果，而不会立刻再去从事另一个冒险行为，这是一个规律。还有，窃贼很少在这么早的时间行动，而且窃贼也很少用殴打的方式制止一名女士大叫，因为这样会起到反作用。同时，当他们的人数足够去制服一个男子时，他们也很少会动手杀人，而且当他们随手就能拿走许多东西时，也不会只拿一点点没什么价值的东西就走了。最后，我可以肯定地说，这样的人还留下半瓶酒是很少见的现象。对所有这些不平常的事，你有什么看法？华生。"

"它们加在一起结果当然就很明显了，但每一件事都是有可能的。在我看来，最不寻常的事就是他们把那位女士绑在椅子上。"

"嗯，我对这事也有点看法，华生，因为显然他们不是杀了她，就是会把她关到某个她无法立刻喊叫报警的地方。所以说，不管我提的哪一点，都能显现出那位女士的叙述有说不通的地方，不是吗？而且，除了所有这些事情，还有那些酒杯的问题。"

"酒杯怎么了？"

"你仔细地看过它们了吗？"

"我看得很仔细。"

"我们被告知有三个人用这些酒杯喝了酒。你认为可能吗？"

"为什么不可能呢？每只杯中都有残酒。"

"没错，但为什么只有其中一只有陈年老酒上的薄膜残渣？你一定看到了这个事实。"

"最后倒酒的那只酒杯最可能会有薄膜。"

"完全不对。酒瓶中全是薄膜，因此不太可能其中两只酒杯完全没有，而另一只则有很多酒渣薄膜，这只有两种解释：一是在第二杯酒倒好之后，酒瓶被强烈震动，因此第三个杯中有薄膜倒入，但这不太可能。不，不，我能肯定我是对的。"

"那你觉得是什么原因呢？"

"那就是只有两只杯子用过，然后将两只酒杯中的余酒残渣倒入第三个杯子，因此给人一个错误的信息，有三个人喝过酒。这样的话，所有的薄膜残渣才会在最后的那个杯中出现，不是吗？我相信是这样的没错。但是如果我猜中了这件小事的真相，那么这个案子立刻就由普通案子变为极端不平常的案子了，因为这样就表示布来肯斯道尔夫人和她的女仆意图欺骗我们，那她们的叙述就完全不能相信了，她们一定有很强烈的理由要替真凶掩饰，那么我们就必须自己重新调查整件事情，而不能再依靠她们帮忙了。噢，华生，到西德纳姆的火车来了。"

格兰其庄园的人对我们的去而复返十分惊讶，但是福尔摩斯得知斯坦莱·霍普金到总部去报告后，就直接去了餐厅，将房门由内锁住，然后整个人集中精神做了两个小时仔细而费神的检查,使他心中构思的推理得以找到切实的根据,我坐在角落像一个怀着强烈兴趣的学生,看着教授有趣的研究。窗子、窗帘、地毯、椅子、绳子……每一件东西都十分细致的检查,而且适当地加以考量。那位不幸的爵士的遗体已被移走了,其他的东西则还是我们早上调查时的样子。最后,我惊讶地看到福尔摩斯爬上了那个大壁炉架,在他头顶上挂着那根只有几英寸而仍然接着电线的红绳。他向上看了很长时间,并想试着更接近它,于是他将膝盖跨上一块墙上的木架子,这使他只差几英寸就能碰到那断落的绳子了,但看来这并不如那木架更能引起他的兴致。最后,他跳下来,发出了一声十分满意的欢呼。

"好了,华生。"他说,"我们已经结案了!这是我们所收集到的最精彩的案例之一。但是,亲爱的华生,我太迟钝了,险些铸成一生的大错。我觉得还差几个环节,我们的线索链条就完成了。"

"你已经知道凶手是哪些人了?"

"不是哪些,是那个,华生。只有一个凶手,却是一个十分难以应付的家伙。他非常凶猛,这就证明了那一击能使铁棍弯曲的原因。这个人身高六英尺,像松鼠般灵活,手指也很灵巧。最后,也是最了不起的,是他的头脑,整个这个构思巧妙的故事肯定是他编造出来的。华生,我们面对的是一个极为狡猾的家伙。但是,在铃绳上他已经为我们留下了确凿的证据。"

"什么证据?"

"华生,如果你来拉铃绳,你认为绳会在什么地方断开?肯定会在绳与金属丝连接的地方。为什么那根绳却在距离顶端三英寸的地方断开?"

"因为那儿已经被刻意磨损了。"

"是的。这一端,我们可以看出,已经被磨损得很严重了。他很狡猾,这是他故意用刀子磨的。但另一端没有被磨损,你从这里是看不出来的。但是,如果从壁炉架上就可以看到,这里没有任何磨损的痕迹,完全是用刀子割断的。你可以再回想一次发生的事。罪犯需要用绳子。他没有直接拽下来,因为害怕铃声引起人们的注意。于是他跳上壁炉架,但还不能完全够上,于是他便将一只膝盖支在托架上,你可以看见灰尘上的印痕。然后他用刀子将铃绳磨破。我还够不上,至少差三英寸,所以我断定,他是一个至少比我高三英寸的人。你看橡木椅上的痕迹,那是什么?"

"血。"

"是血，完全正确。只此一点就说明女主人的陈述不值得信任。如果实施犯罪时她坐在那把椅子上，那么怎么会有血呢？所以她是在她丈夫死后被置于那把椅子上的。我敢打赌，那件黑色外衣留下了相同的印迹。华生，我们还没有遭遇滑铁卢，相反，这是一场马伦戈战役，以失败开始，却以胜利告终。我想和女仆梯芮萨谈一谈。如果我们想要得到确切的信息，一会儿我们必须仔细谨慎。"

严谨的澳大利亚保姆梯芮萨很引人注意，她沉默寡言，秉性多疑，而且没有礼貌。福尔摩斯对她态度十分友好，温和地倾听着她的叙述，片刻之后便赢得了她的信任。她完全没有掩饰她对于已死的主人的痛恨。

"是的，先生，他对我扔过酒瓶。有一次我听见他辱骂女主人，我跟他说要是女主人的兄弟在这儿的话，他就不敢骂了。所以他就拿起酒瓶向我扔过来。要不是我的女主人阻拦他，说不定他要接连扔上十几次。他总是虐待女主人，而女主人却顾全面子不愿吵架。并且她不愿意告诉我她怎样受虐待的。你今天早上看到女主人手臂上有伤痕，而这些女主人是不想和我说的，可是我知道那是别针扎的。这个可恨的魔鬼！这个人已经死了，我还是这样说他，上帝宽恕我吧！我们初次见到他的时候，他非常和蔼可亲，那是十八个月以前的事，这之后的生活我们两人都感到像是已经过了十八年似的。那时女主人刚到伦敦。以前她从来没有离开过家，那是她第一次外出旅行。爵士用他的封号、金钱和虚伪的甜言蜜语赢得了女主人的欢心。女主人走错了人生路，受到了惩罚，真是够她受的。我们到伦敦后的第二个月就遇见了他。我们六月到的，那就应该是七月遇见的。他们去年正月结了婚。她又下楼到起居室来了，她肯定会见你的，但请是你千万不要提太多的问题，因为这一切已经足够她难受很久的了。"

女仆和我们一起走进起居室。布来肯斯道尔夫人仍然靠在那张睡椅上，精神显得稍微好了一些。女仆又开始给女主人热敷肿起的眼睛。

女主人说："我希望你不会是再次来盘问我的。"

福尔摩斯很温柔地说："不是的。布来肯斯道尔夫人，我不会再给你造成不必要的苦恼。我希望让你安静下来，因为我知道你已经遭受了许多的痛苦。如果你能够把我当做朋友一样地信任，事实将会证明我不会辜负你的诚意。"

"你要我做什么呢？"

"告诉我真相。"

"福尔摩斯先生！"

"布来肯斯道尔夫人，掩饰是没有用的。也许你听过我的小小的名声。我用我的名誉担保，你所讲的完全不是事实。"

布来肯斯道尔夫人和女仆一起凝视着福尔摩斯，夫人脸色苍白，双眼流露出恐惧的目光。

梯芮萨喊道："你是个无耻的家伙！你说我的女主人撒谎了？"

福尔摩斯从椅子上站了起来。

"你没有什么要和我说的了吗？"

"该说的我全说了。"

"布来肯斯道尔夫人，再想一想吧。坦率一些不是更好吗？"

等了一会儿，夫人美丽的脸上露出了犹豫不决的神色，之后是一种坚决的表情，最后，她重新陷入了一种呆滞的状态中。她茫然地说：

"我知道的都说了。"

福尔摩斯拿起他的帽子，耸了耸肩说："对不起。"我们再也没说什么，便走出了这间屋子，离开了这栋房子。庭院中间有个水池，我的朋友向水池走去。水池表面已经完全冻住了，但是为了饲养一只天鹅，冰面上被打了一个洞。福尔摩斯注视了一下水池，便继续往前走向大门。他在门房里匆忙地给霍普金写了一封短信，交给了看门人。

他说："事情可能成功，也可能会失败。但是为了能证明我们第二次没有白来，我们一定要帮霍普金做点什么事情。现在我还不能跟他说我们要做什么。我看现在我们应该到阿得雷德，去南安普敦航线的海运公司的办公室走一趟，这个公司大概是在波尔莫尔街的尽头。英国通往南澳大利亚的航线还有另外一条，不过，我们还是先去这家较大的公司好了。"

公司经理见到福尔摩斯的名片以后，立即来见了我们，福尔摩斯很快地得到了他所需要的一切情况。一八九五年六月只有一条航船到了英国港口。这条船叫"直布罗陀磐石"号，是这家公司最大最好的游轮。查阅了旅客名单之后，发现了阿得雷德的弗莱泽女士和女仆的名字。现在这只船正要开往南澳大利亚，在苏伊士运河以南的地方。它和一八九五年比较的话基本没有变化，只有一个变动，那就是大副杰克·克洛克已被任命为新造的"巴斯磐石"号船的船长，这只船过再过两天就要从南安普敦起航。船长住在西德纳姆，他可能过一会儿会来公司接受指示,如果我们愿意等,可以见到他。

福尔摩斯其实并不想见他,但是想了解他过去的表现和品行。

经理认为他之前的工作表现是完美无瑕的。船上没有一个官员能够比得上他。至于为人方面,他也是很可靠的。但是下船以后,却是一个粗野、冒失的家伙,性情急躁,容易激动,然而他却很忠实,诚恳,还是个热心肠的人。福尔摩斯了解到主要的情况后,我们就离开了阿得雷德的南安普敦海运公司,乘马车来到苏格兰场。可是他没有进去,却呆坐在马车里,皱着眉头一直沉思着。过了一会儿,他叫了马车夫驾车到查林十字街的电报局,拍了一份电报,然后我们就回到贝克街了。

我们走进屋子以后,他说:"华生,我不能这样做。传票一旦发出便无法搭救他了。曾经有一两次,我切实意识到,我查出罪犯而造成的害处要比犯罪案件本身所造成的害处更大。我现在已经懂得凡事谨慎,我最好是哄骗一下英国的法律,而不是哄骗我的良心。我们先要了解更多的线索,然后再行动。"

接近傍晚的时候,霍普金来了。他的事情进行得不够顺利。

"福尔摩斯先生,我看你真像个魔术师。我有时候认为你有神明一般的能力。你怎么知道丢失的银器会在水池底下呢?"

"我并不知道。"

"但是你让我检查水池。"

"你找到这些银器了?"

"找到了。"

"我很高兴帮到了你。"

"可是,你并没有帮到我。你使得事情更困难了。偷了银器又丢到附近的水池里,这算什么强盗呢?"

"这种行为当然是很奇怪的。我只是想到,一个不需要银器而偷了银器的人,为了制造骗局,一定很急于丢掉银器。"

"为什么你会产生这样的想法呢?"

"我觉得不过是可能性。强盗们从窗户那里出来以后,看到眼前有个水池,水池的冰面上还有一个洞,藏在这里不是最好的选择吗?"

"噢,藏这里真是个好地方!"斯坦莱·霍普金叫起来。"对了,这下我全明白了!那是清早,路上有人,带着银器会被人看见,所以就先放在水池底下,等危险过去以后再回头来拿。真是个好办法!比你认为的障眼法要高明。"

"不错,你的推论很有道理。我的想法,实在太不着边际了。可是你必须看到,银器被发现,他们就完蛋了。"

"是啊,先生。没错,那都是你的功劳。可我却碰到瓶颈了。"

"碰到瓶颈?"

"是的,福尔摩斯先生。兰道尔一伙人今天早上在纽约被捕了。"

"哎呀,霍普金!这就跟你的推论自相矛盾了,你推测昨晚上他们还在肯特郡杀人呢。"

"乱套了,福尔摩斯先生!完全乱套了。不过,除了兰道尔父子,还会有别的三人组匪徒,更有可能是新兴的团伙,警方还没掌握这些情况。"

"正是,完全有可能。怎么,你要走?"

"是的,福尔摩斯先生,不把这案子搞清我没法安心。看来,你没有什么见教了吧?"

"有一点我已经给你讲了。"

"哪一点?"

"就那个,我说是骗局。"

"怎么会是骗局,福尔摩斯先生,为什么?"

"啊,当然啦,这是个问题。我只是提出个看法供你参考,可能会发现点儿什么。你不留下吃了晚餐再走吗?那好,再见。你有新进展请告诉我们。"

吃完晚餐,桌子收拾干净,福尔摩斯又再次提起此案。他点燃烟斗,把套着拖鞋的脚伸向暖烘烘的火炉。忽然他看了一下表。

"案件会有新的进展,华生。"

"什么时候?"

"就现在,几分钟左右我看得出,你认为我刚才对斯坦莱·霍普金斯的态度不够好吗?"

"我相信你的判断。"

"回答得很巧妙,华生。你应当这样看:我掌握的情况属于非官方,他掌握的情况则属于官方;我有权做出自己的决定,而他没有个人决断权;他必须报告一切情况,隐瞒不报就是违纪渎职。现在,这是一件有疑难的案子,我不想使他处境为难,我不得不留一手,真实案情不能和盘托出,等我可以把案子彻底解释之后再作打算。"

"要等到什么时候?"

"时间到了。一出精彩的戏剧的最后一幕开演了,你现在也是演员了。"

随着上楼梯的响声,客人已到门口,房门打开,一个标本模样的标准男子站在那里。如此的标准标本光临此地似乎不曾有过。这个年轻人有着金色小胡子,眼睛碧蓝,还有热带阳光晒染的肤色,步履轻捷稳健,伟岸的身躯强壮而灵活。他进屋随手把门关好,站在那里握着双手,胸脯一起一伏,强压着难以抑制的激动心情。

"请坐,克洛克船长。你收到我的电报了?"

我们的来客在一把扶手椅上坐下,疑问的目光时而转向我,时而又落在福尔摩斯身上。

"电报我收到,按照你说的时间来了。我听说你去过我们公司,看来我是跑不掉了。说说吧,准备拿我怎么样?逮捕我?开门见山,说吧!别坐在那里跟我玩猫抓老鼠的游戏。"

"给他一支雪茄,"福尔摩斯说。"抽口烟,克洛克船长,别太紧张。如果我把你当成真正的罪犯,就不会和你坐在这里,一起抽烟,这一点你要相信。如果跟我真诚坦白,我们可以好好聊聊;要是要花招,那你就要完蛋了。"

"你要我怎么做?"

"告诉我昨晚在格兰其庄园所发生的所有事情的真实经过。我要提醒你,是'事实'的经过,不准加一分也不准减一分。我已经知道得差不多了,如果你有一点歪曲事实,我就到窗口吹警哨,那样事情就不是我能控制的了。"

这个海员仔细想了一下,然后用他被日光晒黑了的大手掌在腿上拍了一下。

"我就冒一次险吧,"他叫道,"我相信你是个信守承诺的人,而且是个公正的人,那我就告诉你整件事的经过吧。但我要先声明一件事,到目前为止,我不对我做过的任何事后悔,也不害怕,如果再经历一次,我还是会这么做,而且引以为傲。那个可恶的魔鬼,如果他跟猫一样有九条命,那我就会杀他九次!但是,那位女士玛丽·弗莱泽,我是绝对不会叫她另外那个令人诅咒的名字的。当我想到是我给她带来了麻烦,我宁可用生命去换取她的一个笑容,就是这个,使我的灵魂都化作水了。然而我还能怎么办?我会告诉你们我的故事,两位,然后,我希望你们站在我的立场告诉我,我还能怎么办?

"我必须从之前来说起。你似乎什么都知道,我想你也一定已经知道我们是在'直布罗陀磐石'号上相遇的,她是乘客,我当时是该船的大副。从第一天碰到她起,我就认定她是唯一我爱的女人。在旅程中,我一天比一天爱她,有许多次,在深夜中,我会跪下来吻甲板,因为我知道她美丽的脚曾经踏在上面。她并没有与我确定关系,她只是以一个女子对待一名男子的友善态度对待我,所以我没什么可抱怨的。我是全心全意地爱她,而她则是纯粹以好朋友待我。我们分手时,她还是个自由的女子,但我已经不是个可自由恋爱的男子了。

"第二次我航行归来时,听说她结婚了。她当然可以跟她所喜欢的人结婚。头衔与财富,谁会比她更有资格拥有?她生来就该拥有这些,而且她又美丽又娇贵。我一点都不嫉妒她的婚姻,我并不是那么自私之人,我只是为好运降到她身上而祝福她,并且庆幸她并没有将自己送给一个一穷二白的海员。我就是如此爱着玛丽·弗莱泽。

"我也没有想到会再见到她。上次的航行后,我升了职,新船还没有下水,因此我必须与我的船员住在西德纳姆等待两个月。有一天在村道上我碰到了她的女仆,她告诉我有关她和他所有的事情。我告诉你们两位,那几乎使我抓狂。那只醉狗,他居然敢对她动手,而他连她的鞋子都不配去舔!我又与女仆见面,然后我见到了玛丽本人。接着又见了一次,后来她就不肯再见我了。但是前几天我收到了通知说我将在一个星期之内起航,于是我决定在离开前再去见她一次。梯芮萨一直是我的朋友,因为她爱玛丽并且与我一样恨那恶魔。从她那儿我知道了屋中所有人的生活习惯。玛丽习惯坐在楼下她自己的小房间看书,我昨晚偷偷地潜行到那儿,然后轻敲着窗。起先她不肯替我开窗,但我知道在她心中现在是爱我的,她不会让我在外面冰寒的黑夜中受凉。她悄悄对我说要我到前面大窗去,我发现它是开的,显然是让我进到餐厅去。再一次我听她亲口说出了那些让我热血沸腾的恶事,我也再一次咒骂了这个虐待了我所爱女人的残暴之人。两位,我与她就站在窗前,完全没有越轨,上帝能够作证,而就在那时他像个疯子般地冲了进来,用最恶毒肮脏的话辱骂她,并用手中的棒子殴打她的脸,我就跳过去拿起火棍,展开了公平的打斗。看这里,我的手臂,就是他第一下打到的地方。接下来就该我了,我把他打得像个烂南瓜一样。你想我会觉得愧疚吗?我绝对没有!不是我死就是他死,还不止这个,不是他死就是她死,我怎么能把她留给这么一个疯子?这就是我杀死他的经过。我错了吗?如果你们站在我的角度,你们会怎么做?"

"他打她时,她尖声叫了,这使梯芮萨从楼上跑下来。餐具架上有瓶酒,我将它打开给玛丽喝了一些,因为她吓得半死,然后我自己也稍微喝了一些。梯芮萨十分镇静,和我一块儿商量办法,我们必须要让事情看起来是窃贼做的。梯芮萨不断将我们编造的故事一遍一遍重复说给她的女主人听,我则爬上壁炉去割断了铃绳,然后将她绑在椅子上,并将绳子的一端刻意磨损,使它看起来像是拉断的,不然的话他们会想到窃贼怎么会爬上去将它割断。我这才离去,要他们在我走了一刻钟后再去报警。我将银器具丢入池塘中,然后回到西德纳姆,觉得我一生中终于做了一件好事。这就是全部,福尔摩斯先生,就算我的代价是接受绞刑,我也是这样说。"

福尔摩斯沉默地抽了一阵烟,然后他穿过房间握住我们访客的手。

"这就是我想的,"他说,"我知道你说的都是真的,因为你几乎没有说任何我不知道的事。除了卖艺者或海员外,没有什么人能爬上那个木架去割断绳子,而且除了海员外没有人能打出那种绑在椅子上的结。而这位女士只一次有机会碰到海员,就是在她来英国的船上,而且是跟她属于同一阶层的人,因为她想要尽力替他遮掩,这就表示她爱他。你看一旦我走对了路,让我找到你。"

"我以为警察绝对不会看穿我们的计谋。"

"警察确实没有,我相信他们将来也不会。好了,听着,克罗克船长,这是件十分严重的事,虽然我愿意相信你是在受到极端的刺激下,才采取这项任何人都可能做出的行为,但我不能确定你这项自卫行为是否会被认定是合法的。不管怎样,这要让英国陪审团来决定。同时,我对你十分同情,如果你愿意在二十四小时之内马上逃走,我相信没有人会阻拦你。"

"然后所有事情都会被揭发出来?"

"当然会被揭露出来。"

海员因愤怒而涨红了脸。

"这算是什么鬼办法？我还知道法律一定会把玛丽算成同谋，你想我会溜走而让她去面对所有的麻烦？不，先生，让他们把最坏的事情都加到我身上来，但看在上帝的份上，福尔摩斯先生，请想想办法不要让玛丽进法院。"

福尔摩斯再一次向海员伸出手来。

"我只是在试探你，而你每次都说得让我很满意。呃，这下我就给自己增加了很大的责任了。但是我已给霍普金一个很好的提示，如果他不会去利用它，那我也不能再多做些什么了。好了，克罗克船长，让我们按照法律的形式来行事，你是被告。华生，你是一名英国的陪审员，我还从没见过一个比你更适合的代表了。我是法官。现在，陪审员先生，你已听过这位先生的所有证词了，你认为被告是有罪，还是无罪？"

"无罪，法官大人。"我说。

"人民的呼声便是上帝的声音。你被宣告无罪，克罗克船长。只要法律不能再次找出另外的受害者，你就不必担心我会说出去。一年之后再回到这位女士身边吧，希望你和她的未来能证明我们今晚所做出的判断是正确的！"

巴斯克维尔的猎犬

一　歇洛克·福尔摩斯先生

　　福尔摩斯先生坐在早餐桌旁。他经常彻夜不眠,而且通常早晨都起得很晚。我站在壁炉前的地毯上,捡起前一晚我们的访客留下的手杖。这是一根十分精致而厚重的木棍,球形的头,像是那种被一般人称之为"槟榔屿棕榈杖"的圆头手杖。顶端下方有一圈大约一英寸宽的银环,上面刻着"给詹姆士·莫提默,皇家外科学院会员。C. C. H. 的朋友们致赠",并写有"一八八四"的年份。这根手杖就好像老式家庭医生所持的手杖——尊贵、厚实、令人尊敬。"嗯,华生,你看出了些什么吗?"

　　福尔摩斯背对着我坐着,他并没有看见我在做什么。

　　"你怎么知道我在干什么?难道你脑后有眼睛么!"

　　"呵呵,至少有一个擦得发亮的镀银咖啡壶在我面前!"他说,"华生,告诉我,你从我们访客的手杖上发现了些什么?虽然我们运气不太好,没有碰到他,不知道他为什么而来,那么这件意外的纪念品就显得十分重要。让我听听你是怎样从观察这根手杖来描述这个人的。"

　　"我想,"我尽可能按照我同伴的方法说,"这个莫提默医生是一位有成就的年长医生,非常受人尊敬,因为他的朋友送了这么一根手杖给他以示感激。"

　　"很好!"福尔摩斯说,"好极了!"

　　"我想他很可能是个乡下医生,大部分时候都是走路去看病人的。"

　　"为什么?"

　　"因为这根手杖虽然本来很漂亮,但是已经被磨损得很厉害,所以不太可能是城市医生的。而且这么厚的金属包头也已经磨损得很旧了,显然它经常被人使用。"

　　"完全正确!"福尔摩斯说。

　　"还有,这个'C. C. H. 的朋友们'我猜是某个狩猎(Hunl)组织,也许是当地的狩猎组织,他曾经给其中的会员提供过外科上的帮助,他们送给他这件小礼物以示感谢。"

"太棒了,华生,你自己也有过人的能力。"福尔摩斯说,并一边把椅子往后推,边点上一支烟。"我不得不承认,在所有你写得精彩且有关我小成就的记叙中,你习惯性地贬低了自己的能力。你本身也许不是一个光源,却是个导光体。许多人并不一定拥有非常高的才智,但他们却有特殊的力量来刺激这些才智。坦白地说,老朋友,我十分欣赏你。"

他从来没对我说过这些,我必须承认,他的话让我感到很高兴,因为他常常漠视我对他的钦佩,并对我企图把他的方法介绍给大众所作的努力而愤怒。我也很为自己能熟练地运用他的方法并得到他的认可而骄傲。接着他从我手中接过了这根手杖,观察了一下,然后,很感兴趣地将香烟放下,把手杖拿到窗边,再用放大镜检视。

"很有意思,不过很粗浅,"他一边坐回他那最喜爱的角落,一边说,"手杖上明显有一两处痕迹,可以作为一些推论的根据。"

"有什么地方逃过了我的眼睛吗?"我有些自大地问,"我认为我并没有忽略任何事情。"

"亲爱的华生,恐怕你的推测大部分是错误的。我说你能刺激我,坦白地说我的意思是因为注意到你错误的推论后,我有时反而会因此而走上正路。不过在这件事上,你并没有完全搞错。这人的确是个乡下医生,而且他路走得不少。"

"那我对了。"

"这一部分是对的。"

"就只有这些啊!"

"不,不,华生,并不止这些,这不是全部。例如,我认为送给医生的纪念品应该是来自医院,而不是来自狩猎组织,而'C.C.'这两个缩写字若放在医院的前面,则代表'查林十字街'(查林十字街 Charing Cross 的缩写正好是 C.C.;它是伦敦的一个区域)应该比较适合。"

"你或许是对的。"

"这个方向的可能性比较高。而且如果以这个为前提,我们就有了一个新的基础去设想这位不知名的访客。"

"好,那么假定 C.C.H. 真的是代表 Charing Cross Hospital 查林十字街医院,能进一步求证什么呢?"

"事情还不够清楚吗?你知道我用的一些方法,自己试试看!"

"我只能得出表面上的结论。他在下乡之前,在城里当医生。"

"恐怕还得再往更深处探索。问题得这么看:在什么样的情况下,才最可能送这样的礼?什么时候他的朋友才会同时送他一件礼品以表敬意?很明显,是在这种时刻:莫提默医生要离开医院,自己独立去当开业医生;时间一定是由城市医院下来,到乡村去行医的这一时刻。这样说,太神奇了吧!不能断定刚好是在这种时候别人才送他礼,对不对?"

"当然有这种可能性。"

"好了,你应该想得到,他恐怕不属于医院的正式医师。因为只有在伦敦医疗界站得住脚的人,才能谋到正式位置,而这样的人,也就不会去往乡下。那么他应该是什么样的人呢?如果他是医院的医生,又不算正式的,那就只能是个外科住院医师,或者是内科住院医师,地位只比医科大学高年级的学生稍微好一点。还有,他是在五年前离开的,因为手杖上有年份。所以说,你那个严肃认真的、人到中年的家庭开业医师,便是子虚乌有了。我说亲爱的华生,在我们面前呈现出来的,是一位年轻人,不到三十岁,热情、随和、胸无大志,缺少点心眼儿。还有,有一条爱犬。这条狗,我估摸着,不是很大,可也不算小。"

我对他这番话不敢恭维,报以哈哈大笑。歇洛克·福尔摩斯的身子往沙发背上一靠,嘴里吐出的小烟圈缓缓飘上天花板。

"你说的后半部分,我无法证实,"我说道,"不过这也不难,可以查一下这个人的年纪、职业这些主要情况。"说着,我从自己小小的医书架子上拿下一本《医学便览》,翻到人名篇,里面收录着几个姓莫提默的,只有一个同我们的来访人相符。我高声读出此人的文字材料:

莫提默·詹姆斯,一八八二年毕业于皇家外科医学院,德文郡达特穆尔格林本山村人。一八八二年至一八八四年在查林十字街医院任住院外科医师,撰文《疾病之隔代遗传》获杰克逊比较病理学奖。瑞典病理学会通讯会员。撰文《几种隔代遗传畸形症》(载《柳叶刀》医学杂志,一八八二年),《我们是否在前进?》(载《心理学报》,一八八三年三月号)。任格林本,索斯利和高岗村等教区医务官。

"没有提到狩猎场,华生。"福尔摩斯刻意露出笑容说道,"他是个乡村医生,这一点给你说得很准。看来我的推断也没错。用什么话来形容此人性格,我刚才说过,要是没记错的话,他热情随和,不求功利,缺少点心眼儿。我有经验,当下这个世道,只有热情随和的人,才会有人送纪念品,只有不求名利的人,才会放弃伦敦的事业而跑到乡下去,也只有没心眼儿的人,才会在你屋里等上一个多小时,结果把手杖丢下,也不留张名片。"

"那么狗呢?"

"他的狗习惯经常叼着这根手杖,跟在主人后面。手杖不轻,有点分量,得往中间地方紧紧咬住才能叼起,狗牙印才会在这中央清清楚楚。狗的大小,从下颌的牙印宽度判断,小种狗较宽,大种狗较窄。那就可能是一只鬈毛垂耳的西班牙猎犬。"

他一边说话,一边在屋里来回踱步,这时正踱向楼外突出的窗台前,停住不走了,听他的声调语气,绝对自信,不禁使我抬头疑惑地望着他。

"我说亲爱的伙计,你怎么这么肯定呢?"

"原因很简单,这不就是那只狗嘛,现在到咱们门口了,正在台阶上!狗的主人在拉门铃了,别走,求你别走,华生。他可是你的同行,你在场对我有帮助,现在正是戏演到好看的关键时刻,华生,你听到上楼的脚步声了吧,是有事找你来的,事情是好是坏都看看吧。詹姆斯·莫提默医生,医学界人士,对犯罪学专家歇洛克·福尔摩斯有什么可问呢?请进!"

来人一见面,外表令我大感吃惊,因为我原以为他会是那种典型的乡村医生的模样。事实上,他是个很高的高个子,偏瘦,挺直的长鼻,隆起在一对锐利的眼睛之间,两个眼睛靠得很近,在一副金丝边眼镜后炯炯有神。一身衣服倒是像个做医生的样子,可是不修边幅,很邋遢,上身穿一件双排纽礼服大衣已经很脏了,下身长裤也有磨损。虽然年纪不大,高高的后背已经拱起,走路姿势脑袋前倾,一副若有所思的神态,像是一直在找什么。他一进门,眼光就落在福尔摩斯拿着的手杖上面,喜出望外地欢呼一下,就向前走来。"真是太高兴了,"他说,"我也搞不清究竟丢在这里,还是丢在轮船公司了。这根拐杖我是无论如何都不能丢失的。"

"我想它是件礼物吧。"福尔摩斯说。

"是的,先生。"

"是查林十字医院送的吗?"

"是那里的两个朋友在我结婚时送的。"

"哎呀！天哪,真糟糕!"福尔摩斯摇着头说。

莫提默医生透过眼镜略显惊异地眨了眨眼。

"为什么糟糕?"

"因为您已经打乱了我们的几个小小的推论。您说是在结婚的时候,是吗?"

"是的,先生,我一结婚就离开了医院,也放弃了成为顾问医生的全部希望。可是,为了能建立起自己的家庭,这样做是完全必要的。"

"啊哈！我们总算还没有弄错。"福尔摩斯说道,"嗯,詹姆斯·莫提默博士……"

"您还是称呼我为先生好了,我是个卑微的皇家外科医学院的学生。"

"显而易见,还是个思想精密的人。"

"我只是一个对科学略知一二的人,福尔摩斯先生;一个在广大的未知的海洋岸边拣贝壳的人。我想我是在对歇洛克·福尔摩斯先生讲话,而不是……"

"不,这是我的朋友华生医生。"

"很高兴见到您,先生。我曾听别人把您和您朋友的名字相提并论,您使我很感兴趣,福尔摩斯先生。我真想不到会看见这样长长的头颅或是这种深陷的眼窝,您不反对我用手指沿着您的头顶骨缝摸一摸吧？在没有得到您这具头骨的实物以前,如果按照您的头骨做成模型,对任何人类学博物馆说来都会是一件出色的收藏品。我并不想招人厌恶,可是我必须承认,我真的是十分羡慕您的头骨。"

歇洛克·福尔摩斯用手势请我们的陌生客人在椅子上坐下。"先生,我看得出来,您和我一样,是个很热衷于思考本行问题的人,就像我对我的本行一样。"他说道,"我从您的食指上能看出来您是自己卷烟抽的;不用犹豫了,请点一支吧。"

那人拿出了卷烟纸和烟草,在手中以惊人的熟练手法卷好了一支。他那长长的手指抖动着,好像昆虫的触须一样。

福尔摩斯很冷静,可是他那转来转去的眼珠使我看出,他已经对我们这位怪异的客人发生了兴趣。

"我认为,先生,"他终于说起话来了,"您昨晚来访,今天又来,恐怕不仅是为了研究我的头颅吧?"

"不,先生,不是的,虽然我也很高兴有机会这样做。我之所以来找您,福尔摩斯先生,是因为我知道我自己是个缺乏实际经验的人,我忽然遇到了一件十分严重而又很特殊的问题。我知道您是欧洲第二位最高明的专家……"

"先生!请问,很荣幸地排在第一位的是谁呢?"福尔摩斯有些刻薄地问道。

"对于一个具有精确的科学头脑的人来说,贝蒂荣先生办案的手法总是有很强的吸引力的。"

"那么您去找他商讨不是更好吗?"

"先生,我是说,就具有精确的科学头脑的人说来。可是,就对事物的实际经验来说,众所周知,您是独一无二的了。我相信,先生,我并没有在无意之中……"

"不过稍微有一点而已,"福尔摩斯说道,"我想,莫提默医生,最好请您马上把要求我协助的问题坦白地告诉我吧。"

【世界经典文学珍藏版】

福尔摩斯探案全集

◎尽览世界经典文化的博大精深　◎读传世典籍，赢智慧人生 ——受益终生的传世经典

柯南道尔⊙原著　李志敏⊙编著

卷四

民主与建设出版社
·北京·

二　巴斯克维尔的灾难

"我口袋里有一篇手稿，"詹姆斯·莫提默医生说道。

"在您进屋时我就看出来了，"福尔摩斯说。

"是一张旧手稿。"

"是十八世纪时的，否则就是伪造的了。"

"您是怎么知道的呢，先生？"

"在您说话的时候，我看到那手稿露出一两英寸。如果一位专家不能把一份文件的时期估计得相差不出十年左右的话，那他真是一位差劲儿的专家了。可能您已经读过我写的那篇关于这问题的论述吧，据我判断，这篇手稿是在一七三〇年写成的。"

"确切的年代是一七四二年。"莫提默医生从胸前的口袋里把它掏了出来，"这份祖传的家书，是查尔兹·巴斯克维尔爵士交给我的，三个月前他突然惨死，在德文郡引起了很大的惊恐。我是他的朋友，同时又是他的医生。他是个意志十分坚强的人，先生，很敏锐，经验丰富，并和我一样地追求实际。他把这份文件看得很重要，他心里早已准备会有这样的结局了；结果，他真的得到了这样的结局。"

福尔摩斯接过手稿，把它平铺在膝盖上。

"华生，你仔细看，长 S 和短 S 的换用，这就是使我能确定年代的几个特点之一。"

我凑在他肩后看着那张黄纸和退了色的字迹。顶部写着"巴斯克维尔庄园"，再下面就是潦草的数字"一七四二"。

"看来好像是一篇什么记载之类的。"

"没错，是关于一件在巴斯克维尔家流传的传说。"

"不过我想您来找我恐怕是为了当前更有实际意义的事情吧？"

"是近在眼前的最为现实和急迫的事，它必须在二十四小时之内做出决定。不过这份手稿很短，并且与这件事有着密切的联系。如果您允许，我会把它读给您听。"

福尔摩斯靠在椅背上，两手的指尖对在一起，闭上眼睛，显出一副洗耳恭听的神情。莫提默将手稿拿到亮处，用高亢而嘶哑的声音朗读着下面的奇特而又古老的故事：

关于巴斯克维尔的猎犬有过很多的说法，我之所以要写下来是因为我确信曾发生过如我所写的这样的事。我是修果·巴斯克维尔的直系后代，这件事是我从父亲那里听来的，而我父亲又是听我祖父说的。儿子们，但愿你们相信，公正的神明能够惩罚那些有罪的人，但是只要他们能真心祈祷悔过，无论犯了多么深重的罪，也会得到宽恕。你们知道了这件事，也不用因为先辈们的恶果而害怕的，只要自己以后谨慎就好了，以免我们这个家族过去所尝到的深重的痛苦再次落在这些败落的后代身上。

据说是在大叛乱时期，这所巴斯克维尔庄园本为修果·巴斯克维尔所占用，他是个最卑俗粗野、最目无上帝的人。事实上，如果只是这一点的话，乡邻们也还是可以原谅他的，因为在这一地区教会从来就没有兴旺过。他天性狂妄、残忍，在西部已是家喻户晓了。这位修果先生偶然地爱上了（如果还能用这样纯洁的字眼称呼他那卑鄙的情欲的话）在巴斯克维尔庄园附近种着几亩地的一个农民的女儿，可是这位少女一向有着谨言慎行的好名声，当然要躲着他了，再说她还惧怕他的恶名。后来有一次，在米可摩斯节那天，这位修果先生知道她的父亲跟兄弟都出门去了，就和五六个游手好闲之辈一起，偷偷地到她家去把这个姑娘抢了回来。他们把她弄进了庄园，关在楼上的一间小屋子里，修果就和朋友们围坐在一起狂欢痛饮起来，他们在夜里是经常这样干的。这时，楼上的那位可怜的姑娘听到了楼下疯狂的吼声和那些不堪入耳的字眼，已是惊恐万分不知所措了。有人说，修果·巴斯克维尔酒醉时所说的那些话，不管是谁，即使是重说一遍都可能会遭到天谴。最后，她在恐惧到极点的时候，竟干出一桩就连最勇敢和最狡黠的人都会为之咋舌的事来。

她从窗口爬出来，攀着至今仍爬满南墙的蔓藤从房檐下面一直爬下来到地面，然后就穿过湿地径直往家里跑去，庄园离她家大约有九英里。

过了一会儿，修果暂时离开了他的客人，他想送食物及酒之类的东西给他的猎物，却发现笼子空了，鸟也飞走了。于是，他像个恶魔般冲下楼，冲进餐厅，跳上大餐桌,顷刻间酒器、餐盘、食物散落一地,他在朋友面前狂呼,发誓一定要将少女追回来。当这群恶棍被他的狂暴惊呆时,其中一个更邪恶,或者该说比别人喝得更醉的人叫道,他们应该放出大猎犬去追她。因此,修果冲出屋子,命令仆人给马上鞍,并将猎犬从犬舍中放出,把少女的头巾给猎犬闻了之后,就让它们呼啸着冲入了月光照耀下的旷原。

这时,那群恶棍都被他快速的行动惊呆了,不知道是怎么回事。但是,立刻他们的神志清醒就了,他们知道到旷原上去要做什么。于是又喧腾起来,有人找枪,有人找马,有人再次取酒。过了一段时间,他们恢复了意识,于是全部十三个人上马开始追捕。月光清楚地照在他们头顶,他们快速地向少女回家的必经之路奔去。

走了一两英里后,他们碰到了一个夜牧人,他们凶暴地问他是否看见他们的猎物。据说,这个人吓坏了,几乎说不出话来,但是他终于挤出了几个字,说他曾看到那个可怜的少女,身后有猎犬追着。"但是我不只看到这些,"他说,"修果·巴斯克维尔骑着他的黑马经过我时,后面不声不响地跟着一只像地狱魔犬般的东西。但愿上帝永远不要再让我看见它!"就这样,这一群醉汉一边责骂牧人,一边继续前行。但是很快他们身上就打了一下冷战:那匹黑马嘴里流着白沫跑了过去,鞍上无人,缰绳拖在地上。这群喧闹者害怕了,他们紧靠在一起往前走。如果是单独一个人的话,一定会毫不犹疑地掉转马头,但是他们此时仍穿过旷原继续追踪,最后终于追上了猎犬群。这些猎犬虽然天生勇猛凶悍,但当它们聚在一起时,也不由得竟互相哀鸣起来。其中有几只暗暗后退,有几只则毛发竖立瞪着眼睛望向前面的窄谷。

整队人马都停了下来,这些人现在比出发时清醒多了。他们大部分人不愿再向前走了,但是其中有三个最大胆,或许是醉得最厉害的,继续走下了深谷。谷中,在两块长久以前的人们留下的巨石中间,有一块宽阔的平地。月光清楚地照射面上，平地的中间，躺着那个可怜的少女，她就倒在那儿，死于恐惧与疲累。使这三个恶徒全身汗毛竖立的是站在修果身上、紧抓着他喉咙的一只怪物，那是一只硕大无比的黑色野兽，样子有点像猎犬，但比任何见过的猎犬都要巨大。他们看到它正抓着修果·巴斯克维尔的喉咙，同时它将发着凶光的眼睛以及垂下的下颚獠牙转向他们，这三人都吓得发出了尖锐的喊叫，狂奔过旷原，一路不停地发出狂呼逃命而去。听说，其中一人就在当晚死去，另两人也因此终身疯狂。

孩子们，这就是残酷地折磨着这家族的魔犬故事的由来。我之所以把它记下来，是因为清楚知道事实的缘由，要比猜测或道听途说好一些。同时，不能否认，在家族中有许多人对他们突然、悲惨且离奇的死亡感到沮丧。然而，但愿我们在上帝无尽的恩惠庇护下，它不再惩罚三四代以后的无辜者。不过，孩子们，我命令你们，也劝告你们，为谨慎起见，天黑后，邪恶的势力最旺之时，应该避免穿过旷原。

（这事由一个修果·巴斯克维尔的后代告知他的儿子罗杰及约翰，并指示他们不要对他们的妹妹伊莉沙白提及任何这些事。）

莫提默医生念完了这段奇特的故事后，将眼镜推上额头，注视着福尔摩斯，福尔摩斯打了一个呵欠，将烟头丢入火炉中。

"怎么样？"他问，"你不感兴趣吗？"

"对搜集神话故事的人，也许会有兴趣。"

莫提默医生从口袋中抽出一张折叠的报纸。

"现在，福尔摩斯先生，我要给你一些能让你感兴趣的东西。这是今年五月十四号的《德文郡记事报》，上面有一段关于前几天在那儿发生的查理士·巴斯克维尔爵士死亡的记叙。"

我的朋友身子略向前倾，他的表情开始变得严肃起来。我们的访客重新戴好了眼镜开始念道：

查理士·巴斯克维尔爵士的突然死亡令德文郡蒙上了一层阴影。他很有可能被提名为下次大选中德文郡自由党的候选人。虽然查理士爵士住在巴斯克维尔庄园的时间较短，然而他和善的态度及慷慨的个性赢得了认识他的人的喜爱与尊敬。在这个暴发户嚣张的年代，能看到这样的老家族后裔从颓败中创造自己的光辉前程,并且重新争得对先人的尊贵,实在是件很令人振奋的事。大家都知道查理士爵士在南非的投资中赚了一大笔钱,他显然比那些不肯停手最后又血本无归的人明智得多,他兑现了他的资产,回到了英国。现在搬入巴斯克维尔庄园才仅两年,人们常讨论着他重建整修庄园的工程,现在这些工程因他的死亡而中断。由于爵士并无子女,他曾公开表示,希望在有生之年,整个村庄附近的人都能因他的致富而获得利益,这使许多人对他早逝感到非常哀伤。他对地方及郡内许多慈善机构的慷慨赠予经常被本报登载。

与查理士爵士死亡有关的一些状况,虽然并没有完全澄清,但至少不会是地方上所流传的迷信传言。没有任何理由令人怀疑是谋杀,所有情形都显示是自然死亡。查理士爵士是单身,在某些方面有时候会有一些古怪的习性。尽管他非常富有,但他自己生活却非常简朴,他在巴斯克维尔庄园内的仆人仅有一对姓拜瑞莫的夫妇,先生是总管,太太担任管家。有证据显示,并且经过数名友人证实,查理士爵士这一段时间的。健康状况不佳,特别是心脏方面,这可以由他脸色不佳、呼吸不畅,以及精神沮丧时剧烈的发作得以证明。死者的朋友兼医生詹姆士·莫提默医生也有同样的看法。

显然本案的事实经过很简单。查理士·巴斯克维尔习惯在每晚临睡前到庄园有名的紫杉道散步,拜瑞莫夫妇也说这是他的习惯。五月四日,查理士爵士宣布他第二天将去伦敦,交待拜瑞莫替他打理行装。

当晚他照常进行晚间散步,散步时他习惯抽烟,但他从此就没有回来。午夜十二点,拜瑞莫发现庄园的大门仍是开的,于是点起油灯去寻找主人。当天曾下过雨,因此查理士爵士的足迹很容易看到。在紫杉道的中间,有一扇门开向旷原。足迹显示他曾在门边站了很长时间,然后继续前行。在紫杉道的最远端被人发现了他的尸体。有一件无法解释的事是拜瑞莫说他主人的足迹在经过那大门后就变了,像是踮着脚走路。

有一个吉普赛马贩名叫莫菲当时曾在离这儿不远的旷原上,他说当时他已烂醉,但他曾听到呼叫声,只是不能分辨来自哪个方向。查理士爵士身上没有打斗过的痕迹,但医生的证词指出他面部表情已经完全变形,并且严重到莫提默医生开始时拒绝相信躺在面前的是他的朋友及病人。不过这种现象在呼吸困难及死于心脏衰竭的情形下,是很正常的事。这个解释由尸体解剖得到证实,解剖结果显示为长期的器官疾病造成的。

这样的判定应该是最妥当的了,因为查理士爵士的继承人要尽快安顿到庄园,继续因悲剧而中断的为人称道的工作,将非常重要。

如果不是法医证实这次事件没有奇特之处而中止了一些离奇的传言,巴斯克维尔庄园要想找到其他主人将十分困难。据了解,最近的继承人应该是查理士·巴斯克维尔弟弟的儿子亨利·巴斯克维尔先生,如果他还活着的话。这位年轻人最后的消息是在美国,现正设法找寻他的下落,以通知他继承大笔财产之事。

莫提默医生折起报纸,放回口袋。

"这些都是公之于众的事实,福尔摩斯先生,有关查理士·巴斯克维尔爵士死亡的情况。"

"真该谢谢您,"歇洛克·福尔摩斯说,"这确是引起了我的兴趣。我看到过当时的报纸报道,可是我完全被梵蒂冈宝石案这么件小事绊住了,急于为教皇效劳,居然把几件很有意思的英国案子丢在了一旁。这篇报道,您所讲的都是大众知道的事?"

"是的。"

"那么,让我来知道一点大众不知道的内幕吧。"他往后一靠,十个指头各各对齐,显出满不在乎的神态,如法官一般没有表情。

"正是这样,"莫提默医生说,情绪激动起来,显得异常兴奋。"我所要讲的,对任何人都没有讲过。至于我的动机,要对验尸官调查保守秘密。是这样,作为一个懂科学的人,不宜介入公众迷信之中,起推波助澜作用,这样影响不好。我还有一个原因,巴斯克维尔庄园,它本来名声已经有损害了,要是再增加点什么说法,那就正如报上讲的,就无人敢住进去了。基于这两个理由,我想,还是不说为好,说出来会有反效果。但对您,完全不必有顾虑,我可以如实相告。

"沼泽地区的居民很少,住家相距较远,住得靠近的人家才有机会见面。正是这个缘故,我与查理士·巴斯克维尔爵士来往比较多。除了拉夫特庄园的弗兰克兰先生,生物学家斯泰普尔顿先生,方圆数英里之内再没有什么受过教育的人了。查理士爵士喜欢离群独处,因为他的病,才使我们两人认识起来,他又对科学感兴趣,所以我们就经常来往。他从南非带回了许多科学资料,每逢夜晚天气好的时候,我们经常聚在一起讨论布须曼人、霍屯督人的比较解剖学,消磨不少时光。

"最近几个月来,事情是越来越明显了,我看到查理士爵士神经高度紧张。他原本就深信那个传说,就是我给您读的那个,他一直深信不疑。所以他只在自己庄园内散步,晚上决不会跑到沼泽地去。说来您简直不会相信,福尔摩斯先生,他无时无刻不担心家里就要遭遇不幸。他祖上的种种记录,他说起来头头是道,当然也很让他心寒。他常常会想起大难就要临头,好几次问我夜晚出诊的时候,路上是否见到怪物,或者听到过一只猎狗叫。他问我猎狗的事有好几次,每次说起来都紧张得声音发抖。

"我记得很清楚,那是出事前三个星期。有天晚上我驾着双轮马车去他那里,碰巧他在大厅门口。我从马车上下来,站在他面前,这时发现他两眼发直,朝我身后看,满脸的惊吓和恐惧。我猛地转身,只看见有样东西,忽地闪过,像是一头黑色的大牛犊,就在路的尽头。他怕得要命。我很想看看究竟是什么东西,就跑到那头动物出现的地方,可是它不见了。这件事发生后,他心情非常不好。那天晚上我一直陪着他。就是那天,他对我解释自己为什么这么惊恐失态,并拿出一份祖传家书转托我给他保管,就是刚才念的那一份,我提起这个事情,因为想来跟之后发生的悲剧肯定有些关系,但是当时我心里想这完全是微不足道的事,惊慌成那个样子,实在大可不必。

"查理士爵士要来伦敦,还是出于我的劝告。他的心脏我知道已经不是很好了,还一直在精神紧张之中度日,尽管这个事的原因看来荒唐,可是毕竟已经严重影响了他的身体健康。我想,让他到城市里住上几个月,散散心,多个消遣方式,面貌也许就会焕然一新。斯泰普尔顿先生和大家都是老朋友,也十分关心他的健康状况,也有跟我一样的意思。不料到了临行之前,大祸就从天而降了。

"查理士爵士那天夜里去世,是管家拜瑞莫发现的,他差马车夫珀金斯来叫我,我正好还没睡,所以能够距他死亡不到一小时就赶到巴斯克维尔庄园。我做了检查,验证了全部尸检结论。我还顺脚印调查了紫杉树小道。在通向沼泽地的小道栅门前看了看,他好像停留过。我观察到,从这里开始,以后的脚印变成两个样子了。我还注意到,在沙砾软土的地面上,除了拜瑞莫的脚印,没有别的痕迹。最后我检查了尸体,尸体躺在那儿还一点没动过,在我到场之前。查理士爵士扑面倒地,双臂前伸,指甲抠入地面泥土。由于强烈刺激,他的脸部剧烈扭曲,扭曲得走了形,我都不敢认是他了。全身没有一处伤痕。拜瑞莫对验尸官有一点没有说对,他说尸体周围的地上没有任何可疑的痕迹,但是我看到了,而且相距不太远,很清晰,都是新的脚印。"

"脚印?"

"是的。"

"男人的还是女人的?"

莫提默医生神秘地向我们望了一眼,压低了嗓音耳语似地回答说:

"福尔摩斯先生,是一只大猎犬的爪印。"

三　疑案

我承认这些话使我打了一寒战,医生的语调也在发颤,显然他自己也被刚刚自己所说话深深震动了。福尔摩斯兴奋得向前倾,他的眼中射出只有在真正感兴趣时才会有的直视光芒。

"你看到这些足迹了?"

"非常清楚。"

"但你没说出来?"

"说出来有什么用?"

"别人怎么可能没看见?"

"足印在距尸体约二十码的地方,因此没有人注意。如果不是知道了这段传说,我也不会注意的。"

"旷原上有许多牧羊犬吧?"

"当然,但是这肯定不是牧羊犬。"

"你说它很大?"

"非常巨大。"

"但并没有靠近尸体?"

"没有。"

"当晚天气怎么样?"

"阴凉而潮湿。"

"但并没有下雨?"

"没有。"

"那紫杉道是什么样子的?"

"两旁各一排老紫杉,十二英尺高,而且非常茂密不能穿过。中间的走道大约有八英尺宽。"

"树与走道之间还有其他东西吗?"

"有,走道两边各有一块约六英尺宽的草地。"

"我听说紫杉中间的一个缺口有门?"

"是的,有一道小门开向旷原。"

"还有别的缺口吗?"

"没有。"

"所以要走进紫杉道不是从房子这边进入,就是从旷原的门进入?"

"紫杉道的另一头是个凉亭,有个出口。"

"查理士爵士走到那边了吗?"

"没有,他倒在距离那边约五十码的地方。"

"好,你再告诉我,莫提默医生,这点很重要,你所看见的足迹是在走道上而不是在草地上吧?"

"草地上看不出足迹。"

"它们是在靠旷原边门那侧的走道上吗?"

"是的,是在靠旷原边门那侧的走道。"

"这让我感兴趣极了。还有一点,边门是关着的吗?"

"关着而且锁住的。"

"门有多高?"

"约四英尺。"

"那就是说一般人都能爬过去?"

"是的。"

"边门附近你看到有什么痕迹吗?"

"没什么特别痕迹。"

"上帝!难道没有人去察看一下吗?"

"有,我亲自去看的。"

"没有发现任何东西?"

"很令人困惑,查理士爵士显然在那里站了长达五分钟或十分钟。"

"你是怎么知道的?"

"因为他雪茄的灰掉下来两段。"

"太好了!华生,他是我们的同道,跟我们的做法一样。可是足迹呢?"

"在那一小块碎石地上全是他的脚印,却没有发现别人的。"

福尔摩斯不耐烦地用手敲着他的膝盖。

"如果我在那儿就好了!"他大声说,"这显然是个很有意思的案子,对研究科学的人是个很好的机会。碎石地上的痕迹,在被雨冲毁及被好奇的农夫践踏之前,我应该能看出许多东西来。噢!莫提默医生!看看你不立刻找我去的结果!你实在该负很大责任。"

"福尔摩斯先生,我找了你去就得公开这些事实,我已经告诉你我之所以不愿这么做的理由。除此之外,除此之外……"

"你担心什么?"

"有一个范畴,就算是最精确、最有经验的侦探也没有办法。"

"你是说这事是超自然的奇事?"

"我并没有这么说。"

"不错,但你显然这么认为。"

"自从悲剧发生后,福尔摩斯先生,我听到很多难以用一般自然现象来解释的事。"

"比如呢?"

"在这可怕的事发生之前,曾经有好几个人看到旷原上出现过巴斯克维尔传说的魔犬那样的东西,而那东西不可能是科学上已知的动物。他们都承认那东西非常巨大,并且发光,像是鬼魅幽灵一样。我和这些人对证过,其中一个是顽固的乡下人,一个是蹄铁匠,一个是旷原上的农夫,他们全都说出同样有关这可怕的幽灵出现的事,与传说中的魔犬非常吻合。我向你保证这个地区肯定有一个很可怕的地方,只有十二万分勇敢的人才敢在晚上独自穿过旷原。"

"你作为一个受过科学教育的人会相信超自然的幽灵?"

"我不知道该信什么。"

福尔摩斯耸了耸肩。

"至今我的调查都是针对这人世的事,"他说,"我曾经与恶魔作对过,但要直接与地狱的幽魔打交道,恐怕是太不可思议了。不过,你得承认这些足迹是确确实实存在的东西。"

"传说中的那只魔犬也是真实到会把人的喉咙扯出来,而且它一样凶残无比。"

"我可以看出你已完全倾向于超自然主义了。但是莫提默医生,告诉我,既然这是你的看法,那你为什么还来找我?你说过侦查查理士爵士的死亡是件徒劳无功的事,那你还要我这么做?"

"我没说要你这么做。"

"那我怎么帮助你呢?"

"请你告诉我该对亨利·巴斯克维尔爵士怎么办,"莫提默医生看了看表,"再过一小时又一刻钟他就会抵达滑铁卢车站。"

"他是继承人?"

"没错,查理士爵士死后,我们就对这位年轻的绅士进行了调查,发现他一直在加拿大务农。据我们了解,从各种方面看来,他都是个非常不错的人。我现在不是作为一个医生,而是作为查理士爵士遗嘱的受托人和执行人说话的。"

"我想没有其他继承人了吧?"

"没了。在他的亲属之中,我们唯一能够追找到的另一个人就是罗杰·巴斯克维尔了。他是兄弟三个之中最年轻的一个,查理士爵士是最年长的一个,年轻时就死了的二哥就是亨利的父亲。三弟罗杰是家中的败家子,他和那专横的老巴斯克维尔一模一样;据说,他长得和家中的老修果的画像特别像。他使得自己在英格兰站不住脚,逃到了美洲中部,一八七六年生黄热病死在了那里。亨利已是巴斯克维尔家最后仅存的后代,在一小时零五分钟之后,我就要在滑铁卢车站见到他了。我接到了一份电报,说他已于今天早晨抵达南安普敦。福尔摩斯先生,现在您准备让我对他怎么办呢?"

"为什么不让他到他祖宅的家里去呢?"

"这很明显,不是吗?考虑到每个巴斯克维尔家的人,只要到那里去就会遭到可怕的命运。我想,如果查理士爵士在死前还来得及能和我说话的话,他一定会警告我,不要把这古老家族的最后一个继承者带到这个鬼地方来。可是不可否认的是,整个贫困、荒凉乡区的繁荣幸福都看他的来临了。如果庄园里没个主人,查理士爵士做过的一切善行就会全部烟消云散。由于我个人对这事很关心,也许我个人的看法对此事影响太多,所以才将这案件向您提出来,并征求您的意见。"

福尔摩斯考虑了一会儿。

"简单说来,事情是这样的,"他说,"您的意见是说,有一种魔力使巴斯克维尔的家人居处不安之所,这就是您的意见吗?"

"至少我可以说,有些迹象表明可能是这样的。"

"是的。可以肯定地说,如果您那神怪的说法是正确的话,那么,这个青年人在伦敦就会像在德文郡一样地倒霉。一个魔鬼,竟会像教区礼拜堂似的,只在本地施展恶行,那简直太不可思议了。"

"福尔摩斯先生,如果您亲身经历到这些事情,也许您就不会这样轻率地下结论了。根据我的理解,您的意见是:这位青年在德文郡会和在伦敦是同样的安全。他在五十分钟内就要到了,您说该怎么办呢?"

"先生,我建议您坐上一辆出租马车,带上您那只正在抓挠我前门的长耳猎犬,到滑铁卢去接亨利·巴斯克维尔爵士。"

"然后呢?"

"然后,在我对此事作出决定之前,不要告诉他任何事。"

"您要用多长时间才能作出决定呢?"

"二十四小时。如果您能在明天十点钟到这里来找我的话,莫提默医生,那我真是太感谢您了;而且如果您能携同亨利·巴斯克维尔爵士同来的话,那就会更有助于我做出未来的计划了。"

"我一定会的,福尔摩斯先生。"他把这个约会用铅笔写在袖口上,然后就带着他那怪异和心不在焉的样子匆匆忙忙地走了。当他走到楼梯口时,福尔摩斯又把他叫住了。

"再问您一个问题,莫提默医生,您说在查理士·巴斯克维尔爵士死前,曾有几个人在沼地里见过这个怪物吗?"

"有三个人见过。"

"后来又有人看见过吗？"

"我还没有听说过。"

"谢谢您,早安。"

福尔摩斯带着安静的、内心满足的神情回到了他的座位,这表明他已经找到了感兴趣的工作了。

"要出去吗,华生？"

"是啊,但是如果能对你有帮助的话,我就不出去了。"

"不,我亲爱的伙伴,只有在采取行动的时候,我才会求助于你。太奇妙了,从某些观点看来,这件事情确实很特别。在你路过布莱德雷商店的时候,请你叫他们送一磅浓烈的板烟来好吗？谢谢你。如果对你方便的话,请你在黄昏之前不要回来,我很想在这段时间里把早上获得的有关这特别有趣的案件的种种情况好好分析一下。"

我知道,我的朋友十分需要独自一个人费心用脑、殚精竭虑地进行紧张的思考。此时他要把每一项细节拿来分析,反复构建、组合、推理,在推理时剔除不合理的成分,一发现实质的关键枝节问题,便立刻不失时机地抓住。我因此把整天时间消磨在俱乐部中,一直等到天黑才回到贝克街,当我回到客厅里坐定时,已快九点了。

我推开客厅的门,第一个感觉就好像屋里着了火,满屋子都是烟,连台灯的灯光都因为蒙烟而变得暗淡了。等进了屋,我才放下了心,原来是浓烈的板烟烟气,烟气呛得我忍不住咳嗽起来,从烟雾之中,我模模糊糊地看到福尔摩斯穿着睡衣的身影蜷缩在安乐椅上,嘴里叼着黑色陶制烟斗,身体周围放着一卷卷的纸。

"着凉了,华生？"他说。

"没有。空气太呛,才咳嗽。"

"我看是有点闷,你说得没错。"

"闷得叫人都透不过气来了！"

"那就把窗户打开吧。你在俱乐部泡了一天吧？"

"天呐,我亲爱的福尔摩斯！"

"我说得没错吧？"

"没错。可你怎么会……"

他见我一脸疑惑,不禁笑起来。

"看你浑身那个快活劲儿,华生,让我小试一下牛刀,拿你来松弛一下神经。一位眉清目秀的绅士,在湿漉漉的雨天出门,晚上回来,居然帽子、皮鞋依然锃光闪亮,他一定是在什么地方待了一天没走动。他又不是个朋友很多的人,那么他去何处落脚呢?这还不一清二楚?"

"是,是,一清二楚。"

"很多事情,明摆在你眼前,你却看不见。那么你看看我,我是从哪儿回来的?"

"你不是没出门吗?"

"恰恰相反,我去了一趟德文郡。"

"你灵魂出窍了?"

"完全正确。我的身体留在这安乐椅里,还趁我灵魂不在的时候喝光了两大壶咖啡,消耗了大量烟叶。你走了以后,我叫人去斯坦福警署要来沼泽地这一地区的警用地图,于是我灵魂出窍,神游了一天。我自信对这地方每条路径、每处角落,都了如指掌,可以自由巡回。"

"一幅详细的大地图吧?"

"很大,"他打开地图一部分,在膝头上摊开。"你看,这是跟我们有关的那个区域。这中间就是巴斯克维尔庄园。"

"四周有一圈树围着吗?"

"有,紫杉树小路没有在这儿标出来,所以我猜想一定就是沿这条线这么过来,这边是泥炭沼泽地,可以看见,就是右边这一块。这一小块地方的屋子是格林本村,就是咱们朋友莫提默医生开诊所、居住之地。以此为中心,半径五英里之内,看见了吧,只有零零落落的很少几户人家。这儿是拉大特庄园,他谈话里提到过的。标明在这儿的房子可能就是生物学家斯泰普尔顿的住宅,我记得姓这个姓,这里是有两座沼泽地农家屋的地方,叫高岗和泥潭。距这儿十四英里远,是王子城大监狱。散布在各个点之间的大片空地,总围的空地,都是荒芜的泥炭沼泽地。这么个地方,就是悲剧上演的地方了,我们去参加演出,肯定还有连台好戏在后头呢。"

"一片荒野之地。"

"是呀,这里可是块风水宝地,可以任由恶魔在人间肆虐……"

"你这不是自己也倒向超自然的说法吗!"

"这恶魔恐怕是有血有肉之躯呢,不是吗?我们一上来就面临两大难题。第一点是究竟有没有发生过犯罪,第二点是,究竟是什么性质的犯罪以及犯罪是怎样进行的?当然,如果莫提默医生的疑虑、推测是正确的话,我们面临的就是一般自然法则以外的非自然力,我们的调查只好以落幕收场。但是,我们要竭尽全力去求证其他的假设,只有一次次碰壁之后全无结果,我们再放弃。不介意的话,把窗关上吧。这案子一次次很有趣,我得有浓烟味才会有强劲的思想产生。当然我还不至于钻到小盒子里才能思考问题。这桩案子,你思考过么?"

"想过,这一天来一直想着呢。"

"有何高见呢?"

"可以说是扑朔迷离。"

"案子确实很特别,有几个地方不容忽视。脚印变化就是一个。这一点你怎么看?"

"莫提默说,那个人走这段路是用脚尖走的。"

"他不过是重复法医的话,验尸法医是个笨蛋。怎么有人好好地会用脚尖走路呢!"

"那这怎么解释?"

"这个人在跑,华生,没命地跑,奔跑逃命,跑得心脏爆裂,倒地而死。"

"为什么要逃命?"

"这就是问题的关键所在。有迹象表明,这人给什么吓坏了,才逃命的。"

"你凭什么这么说?"

"由我推断,他受惊吓,是见了沼泽地那边过来什么东西。正是这样,也是可能的,只有这个人已吓得不知所措,才会迷失了方向,不是往家里跑,反而背道而逃。如果吉卜赛人的证明是真的,这个人边跑边高喊救命,跑的方向、叫喊的方向都正好是朝着没人的方向。另外,还有,那天晚上他在等谁呢?等人为什么要在树林小路上等,而不在自己家里等呢?"

"你认为他是在等人?"

"那人年龄比较大而且身体虚弱,我们可以理解,他会在傍晚时分散散步的;但是那天地面潮湿而夜里又那样冷。莫提默医生的智慧确是值得赞赏;他根据雪茄烟灰所得出的结论,说明他竟站了五分钟或十分钟的时间,难道这是很正常的事吗?"

"可他每天晚上都出去啊!"

"我不认为他每天晚上都在通向沼地的门前伫立等待,相反的,有证据能说明他通常是躲避沼地的。那天晚上他却是在那里等过的,而且是在他要出发到伦敦去的前一个晚上。事情已经有些端倪了,华生,开始变得前后相符了。请你把我的小提琴拿给我,这件事等咱们明早和莫提默医生与亨利·巴斯克维尔爵士见面时再进一步考虑吧。"

四　亨利·巴斯克维尔爵士

我们早早地吃过了早餐,福尔摩斯穿着睡袍等待约好的会面。我们的当事人很守时,时钟刚敲十点,莫提默医生就到了,身后跟随的是年轻的亨利爵士。后者矮小精干,一对黑眼珠,年龄大约三十来岁,身体长得挺结实,粗浓眉,一副强悍好斗的相貌。他身穿略带红色的粗花呢套装,外表看起来是个久经风霜、多半是个在户外活动的人,但他眼神沉稳、安详,态度自信,处处表现出一种绅士风度。

"这就是亨利·巴斯克维尔爵士。"莫提默医生介绍说。

"喔,是的,"亨利爵士说道,"说来也奇怪,歇洛克·福尔摩斯先生,假如我这位朋友没建议我来拜访您,我自己也会来的。久仰大名,您连不起眼的小问题都能看出其中的奥秘。今天早晨我就遇到一件,我自己怎么也想不通是怎么回事。"

"请坐下,亨利爵士。您是说,您一到伦敦,就已经碰到了不同寻常的事?"

"也不是什么太重要的事,福尔摩斯先生,可能是有人开玩笑吧。是这一封信,其实连信都不能算。我是今天早晨收到的。"

他把信放在桌子上,我们都探过身去看。是一般纸质的信封,浅灰色,上面收信人写着"亨利·巴斯克维尔爵士,诺森伯兰旅馆",很粗糙的仿印刷体笔迹,邮戳是"查林十字街",投递日期是前一天傍晚。

"有谁会事先知道您要住诺森伯兰旅馆呢?"福尔摩斯问,目光敏锐地望着亨利·巴斯克维尔爵士。

"没有谁会知道。我还是见了莫提默医生之后,我们一起决定的。"

"那么莫提默医生,你已经去过了?"

"不,没有,我一直待在一个朋友家里,"医生解释说,"我根本没有说起会到这家旅馆去。"

"嗯!看来,有人对您的行踪很感兴趣。"福尔摩斯从信封里抽出一页叠成四折的纸,打开纸,在桌上铺平,信笺中间只有一行字,是用剪下来的铅印字拼凑贴成的一句活:

你面临生命危险,须谨慎,不可靠近沼泽地!

只有"沼泽地"三个字用墨水手写,也是写成仿印刷体字样。

"我看过了,"亨利·巴斯克维尔爵士说,"能不能告诉我,福尔摩斯先生,这恐吓是什么意思?又是谁会对我这么有兴趣?"

"您怎么看呢,莫提默医生?您总得承认这里头并没有超自然的鬼神在作怪,是吧?"

"当然不会,先生。不过,这写信的人完全知道,这件事情之中,还是有超自然神灵作怪。"

"什么事情呀?"亨利·巴斯克维尔爵士急切地问道。"听起来,诸位知道关于我的什么事吧?可是我自己却不知道。"

"您离开这里之前,就会知道其中的情况了,亨利爵士,这一点我向您保证。"歇洛克·福尔摩斯说,"现在这时候,还是先有劳您跟我们一起来研究研究这封有趣的信吧,信一定是在昨天晚上拼贴好寄出的,有昨天的《泰晤士报》吗,华生?"

"有,在墙角那儿放着呢。"

"麻烦你把有头条新闻的那版递给我好吗?"他很快地浏览过那一版,"有关自由贸易的报道,请允许我一字不差地念给你们听:

你们可能会被官方式的言词所误导,认为你们自己独特的贸易或你们的工业会因关税保护的措施而得利,但是,此项法律的制订,长期而言,将会成为财富远离本国的理由,减低进口的价值,并降低本岛国的一般生活水平。

"你认为怎么样？华生,你不觉得这是非常好的观点吗?"福尔摩斯以高兴的语调大声说道,一边满足地搓着双手。

莫提默医生带着职业性的兴趣看着福尔摩斯,亨利·巴斯克维尔则睁着一双困惑的黑眼睛望着我。

"我不太清楚关税之类的事,"他说,"但是我觉得我们似乎在谈与这封信完全无关的事。"

"正好相反,我认为这两件事有莫大的联系,亨利爵士。华生比你们更清楚我的方法,但是我想就算是他也没有抓住这段报道的真正意义。"

"没有,我承认我看不出两者有什么关联。"

"但是,华生,两者非常有关联,其中一个出自另一个。'你''你们''你的''生命''理念''价值''远离',现在你们应该可以看出那些字是由哪里剪下来的吧。"

"上帝,你是对的！太聪明了！"亨利爵士叫道。

"如果还有怀疑,可由'远离'（Keep away...from the）这两个字是连在一起剪下的事实得到证明。"

"天呐,真是这样的！"

"福尔摩斯先生,这简直超乎我的想象,"莫提默医生不可思议地瞪着我的朋友,"我可以想象有人说这些字是由报上剪下来的,但是你能说出是什么报,而且说是从头条新闻中剪来的,实在是一件很不可思议的事。你怎么知道的？"

"我想,医生,你一定能说出一个黑人与一个爱斯基摩人头颅的区别吧？"

"一定能。"

"怎么做到的呢？"

"因为那是我的兴趣。它们的区别很明显,头额骨、面部的角度、腭骨的弧度……"

"同样这也是我特别的兴趣,它们的区分也是很明显的。在我的眼中,《泰晤士报》所用的印刷铅字与那种半分钱的晚报所用的不清楚的铅字区别也像你的黑人与爱斯基摩人的区别一样大。类推是罪案专家最基本的学问,不过我得承认在我很年轻的时候曾经混淆过《里兹水银报》与《西方晨报》,但是《泰晤士报》的铅字则完全不一样,这信上的字不可能来自别的地方。由于它是昨天才弄成的,因此非常可能来自昨天的报纸。"

"那么,福尔摩斯先生,到目前为止我都听懂了你的解释,"亨利·巴斯克维尔爵士说,"你是说有人用剪刀剪下了这句讯息?"

"剪指甲的小剪刀,"福尔摩斯说,"你可以看出剪刀头很短,'远离'这两个字花了两刀才剪下。"

"没错。那么,有人用短头剪刀剪下了这句讯息,然后用浆糊……"

"用胶。"福尔摩斯说。

"用胶贴到纸上。但我要知道为什么'旷原'这两个字是墨水写的?"

"因为他在报上没有找到这两个字。其他的字都很普通,随便什么报上都能找到,但是'旷原'这两个字不太好找。"

"啊!当然,就是这样的。福尔摩斯先生,你从这讯息中还看出了些什么呢?"

"有一两点线索可寻,不过那人曾尽量想办法消除所有的线索。你看,地址的字体很粗劣,但是《泰晤士报》只有受过高等教育的人才会看,因此,我们可以推论这封信是出自一个受过高等教育的人,但他想假装没有受过教育,他极力隐瞒笔迹的目的可能是因为怕人认出来。还有,你看所有的字贴得并不是很整齐,有高有低,譬如'生命'就歪出了很多,这可以显示剪贴的人很粗心或者很焦急匆忙。总体来说,我比较倾向于后者,因为这信显然很重要,弄这信的人不应该会粗心大意。如果是因为匆忙,那就涉及了一个问题,为什么他要如此匆忙?因为任何信只要在早晨以前寄出,都应该会在亨利爵士离开旅馆前到达。是寄信的人怕被人打断,怕被谁呢?"

"我们似乎进入了猜测的范围。"莫提默医生说。

"应该说我们在筛选所有的可能性,然后选择最可能的,这是假想的科学用途,但是我们总应该有一些实际的东西作基础来猜测。还有,你一定会认为我是在猜测,但我可以肯定地说,这个地址是在旅馆中写的。"

"你凭什么这么说呢?"

"你仔细看,笔跟墨水都给写信的人造成麻烦。那笔才写一个字就漏了两次墨水,而且写一个短地址,笔就干了三次,这表示墨水瓶中墨水很少。通常自用的笔或墨水很少会有这种情形,而两者都出问题的情形更少,但是你们知道旅馆的笔和墨水却经常是这样的。所以,我可以毫不犹豫地说,如果我们能检查查林十字街附近旅馆的字纸篓,找到那份被剪过的《泰晤士报》,就能找出寄这封奇怪信函的人了。啊!这是什么?"

他举起那张贴了字的大页纸,离眼睛一两英寸,仔细地检视。

"怎么了?"

"没什么,"他说着放了下来,"这是半张空白的大页纸,上面连水迹都没有。我想我们已经从这封奇怪的信中找到所有能找到的线索了。好了,亨利爵士,在你到达伦敦之后,还有其他有意思的事情发生吗?"

"呃,没有,福尔摩斯先生,我想是应该没有。"

"你没有看到有人跟踪或监视你?"

"我似乎走入了一部情节跌宕的小说中,"我们的访客说,"为什么会有人要跟踪或监视我?"

"我们马上就要谈这件事了。在我们开始之前,你还有没有其他的事情要告诉我们?"

"嗯,这要看你觉得值不值得说了。"

"我认为只要不是一般日常生活的事都值得说。"

亨利爵士笑了。

"我还不太熟悉英国人的生活方式,因为我的一生几乎都是在美国及加拿大度过的。但是我丢了一只靴子,在这里应该不算是日常生活所发生的事吧?"

"你丢了一只靴子?"

"先生,"莫提默医生叫道,"那也许只是放错地方了吧,你回旅馆的时候一定就会在那里了。干嘛拿这种小事来麻烦福尔摩斯先生?"

"嗯,他问我任何日常生活以外的事嘛。"

"一点没错,"福尔摩斯说,"不管看起来有多愚蠢。你说你丢了一只靴子?"

"嗯,不见了,我昨晚把两只靴子都放在房门外,但今天早晨只剩一只了。我问擦鞋童也没问出结果,最糟的是那是我昨晚刚在河滨路买的,还没穿过。"

"如果你没穿过,为什么放在门外让他们擦呢?"

"鞋是浅棕色的,还没有上过油,所以我就放在门外让鞋童擦油。"

"那就是说你昨天一到伦敦就出去买了一双鞋子?"

"我买了很多东西,莫提默医生和我一起去的。你知道,如果我将要成为一个乡绅,我就得穿着妥当,我在西部随便惯了。我买的所有东西,包括这双棕色的靴子总共花了六镑,可是却在我穿上脚之前就被偷了一只。"

"偷这样的东西似乎很奇怪也没用呢,"福尔摩斯说,"我想我同意莫提默医生所说的,它很快就应该会被找到。"

"好了,先生,"男爵带着决断的口气说,"似乎我已说了所有我知道的事。现在轮到你们遵守诺言,告诉我所有这些事情到底是怎么回事?"

"你的要求很合理,"福尔摩斯回答,"莫提默医生,我想你最好把你告诉我们的事再说一遍。"

在我们的鼓励下,我们这位科学家朋友从口袋里拿出他的报纸和那份手稿,就像他前一天早晨那样又把整个案子陈述了一遍。亨利·巴斯克维尔爵士十分专注地倾听着,偶尔发出惊讶的呼声。

"看来我似乎也继承了仇恨。"当他听完了这么一长段的叙述后说道,"当然,我很小的时候就听说过魔犬的故事,那是当时家里大家最喜欢说的故事,不过我从来没有当真过。但是说到我伯父的死,这一切全浮现在我脑中,我还无法理出个头绪。你似乎还没决定这件事该是警察的事还是牧师的事。"

"没错。"

"现在又有寄到旅馆的这封信,我想它一定是事出有因。"

"似乎有人对旷原上发生的事比我们知道得更多。"莫提默医生说。

"而且,"福尔摩斯说,"那个人对你并没有恶意,因为他先警告你有危险。"

"或者是他们为了自己的目的,想要把我吓走。"

"嗯,当然,这有也可能。莫提默医生,我真感谢你给我带来了这么有意思的案子。但是,亨利爵士,现在我们决定的是你是否该到巴斯克维尔庄园去。"

"我为什么不该去?"

"那里好像有危险。"

"你说的是来自家族中那个传说的危险,还是来自外界的危险?"

"啊,那正是我们要弄清楚的事啊。"

"不管它是什么,我的答复已经肯定了。地狱里并没有魔鬼,福尔摩斯先生,而且世界上也没有人能阻挡我回到我的庄园去。您可以把这句话当作我的最后答复。"在他说话的时候,他那浓浓的眉毛皱在一起,面孔也变得暗红起来。巴斯克维尔家人的暴躁脾气,在他们这位硕果仅存的后裔身上,并没有完全消失。"同时,"他接着说,"对于你们所告诉我的全部事实,我还没有时间加以思考。这是件大事,只谈了一次,谁也不可能全部理解并作出决定来,我愿意经过独立思考以后再作决定。喂,福尔摩斯先生,现在已经十一点半钟了,我要马上回到我的旅馆去。如果您和您的朋友华生医生能够在两点钟的时候来和我们共进午餐的话,到时候我就能更清楚地告诉你们这件事是多么地让我震惊了。"

"华生,你方便吗?"

"没问题。"

"那么您就等着我们吧。我给您叫一辆马车吧?"

"我很想散散步,这件事确实让我非常激动。"

"我很高兴陪您一同散步。"他的同伴说。

"那么,咱们就在两点钟时再见吧。再见,早安!"

我们听到了两位客人下楼的脚步声和"砰"地关上前门的声音。

福尔摩斯突然从一个懒散半醒状态变成一个十分兴奋的状态。

"穿戴好你的鞋帽,华生,快!一点时间都不能浪费!"他穿着睡衣冲进屋内,几秒钟以后就已穿好上装出来了。我们一起慌忙走下楼梯来到街上。在我们前面,向着牛津街的那个方向约有二百码的地方,还看得到莫提默医生和巴斯克维尔爵士。

"要不要我跑去把他们叫住?"

"天哪!千万别这样,我亲爱的华生。你能陪我,我就非常满足了,如果你还愿意和我在一起的话。我们的朋友非常聪明,今天早晨实在是很适合散步的。"

他加快了脚步,使我们和他俩之间的距离缩短了一半。然后就跟在他们后面,始终保持着一百码的距离,我们跟随着他们走上了牛津街,又转到了摄政街。这期间,我们的两位朋友停下脚步,向商店的橱窗里探望着,之后福尔摩斯也同样地望着橱窗。过了一会儿,他高兴得轻轻地叫了一声,顺着他那急切的眼神,我看到了一辆本来停在街对面的、里面坐着一个男人的双轮马车现在又慢慢地前进了。

"就是那个人,华生,过来!即使我们做不了什么,至少咱们应该把他看清楚。"

一瞬间,我看到了一绺浓密的黑须和一双炯炯逼人的眼睛的面孔,从马车的侧窗中向我们转过头来。突然间,他把车顶的滑动窗打开了,向马车夫喊了些什么话,然后马车就顺着摄政街疯狂地飞奔而去。福尔摩斯焦急地往四下里望着,想找一辆马车,可是没有看到空车。接着他就冲了出去,在车马的洪流里疯狂地追赶着,可是那马车跑得太快了,已经不见了。

"唉,"福尔摩斯喘着气,脸色发白,从车马的浪潮中钻了出来,恼怒地说道,"咱们之前有过这样坏的运气和干得这么糟糕的事吗?华生,如果你是个诚实的人,你就应该把这事也记下来,作为我无往而不利的反证吧。"

"那人是谁呢?"

"我也不知道。"

"是盯梢的吗?"

"哼,根据咱们所知道的情况判断,显然是从巴斯克维尔来到城里以后,就被人紧紧地盯上了。否则怎么那么快就被人知道了他要住在诺森伯兰旅馆呢?如果第一天他们就盯上了他的梢,我敢说,第二天还会盯。你可能已经看出来,当莫提默医生在谈那件传说的时候,我曾走到窗前去过两次。"

"是的,我记得。"

"那时我是向街中寻找假装闲逛的人们,可是我一个也没有找到,跟咱们打交道的是个聪明人啊,华生。这件事很微妙,虽然我还不能肯定对方是善意的还是恶意的,但是我觉得他是个有能力、有智谋的人。在跟我们的朋友告别之后,我就尾随了他们,为的是想发现他们的暗中追随者。他可真狡猾,连走路都觉得不可靠,还为自己准备了一辆马车,这样他就能跟在后边逛来逛去,或是从他们的身旁猛冲过去,防止引起他们的注意。他这个手法还有个特别的好处,如果他们坐上一辆马车的话,他马上就能尾随上他们了。但是,很明显还有一个不利的地方。"

"这样他就要听凭马车夫的摆布了。"

"完全正确。"

"咱们没有记下车号来,真可惜。"

"我亲爱的华生,虽然我显得那样笨拙,可是你一定不会真的把我想象得连号码都忘了记下来吧?二七零四就是咱们要找的车号。但是,它目前对我们没有用处。"

"我看不出在当时的那种情况下你还能干些什么。"

"在看到那辆马车时,我本来应该马上转身往回走。那时我应当不慌不忙地雇上另一辆马车,保持相当距离跟在那辆马车的后面,或者还不如直接驱车到诺森伯兰旅馆去等。当这个陌生人跟着巴斯克维尔到家的时候,我们就能以其人之道还治其人之身了,知道他要到什么地方去。可是当时由于我的疏忽急躁,让咱们的对手采取了极为狡猾的行动,咱们却暴露了自己,失去了目标。"

我们一边谈着一边顺着摄政街漫步前进,在我们前面的莫提默医生和他的伙伴早就不见了。

"现在再尾随他们也没有什么意义了,"福尔摩斯说道,"盯梢的人走了,就不会再回来了。咱们必须考虑一下,手里还剩下哪几张牌,用就要用得果断。你能认出车中人的面貌吗?"

"我只能认出他的胡须来。"

"我也能,可是我估计那可能是假胡须。对于一个干这样细致事的聪明人说来,一绺胡子除了能掩饰他的相貌外,是没有别的用处的。进来吧,华生!"

他走进了一家本区的佣工介绍所,受到了经理的热情欢迎。

"啊,维尔森,我看您还没有忘记我曾有幸帮过您那桩小案子吧?"

"没有,先生,我确实没有忘。您保住了我的名誉,甚至还救了我的性命呢。"

"我亲爱的伙伴,您太夸张了。维尔森,我记得在您的人手里有一个名叫卡特莱的孩子,在那次调查期间,曾显示出一些才干。"

"是的,先生,他还在我们这儿呢。"

"您能把他叫出来吗?谢谢您!还希望您可以把这张五镑的钞票帮我换成

零钱。"

一个十四岁的并且相貌机灵的孩子,被经理召唤出来。他站在那里儿,以尊敬的目光注视着这位著名的侦探。

"请把那本首都旅馆指南给我,"福尔摩斯说道,"谢谢!卡特莱,这里有二十三家旅馆的名字,全都在查林十字街附近。你看到了吗?"

"看到了,先生。"

"你要一家一家地到这些旅馆去。"

"好的,先生。"

"你每到一家就给看门的人一个先令,这儿是二十三个先令。"

"是的,先生。"

"你跟他们说,你要看看昨天的废纸。你就说你正在寻找一份被人送错了的重要电报,明白了吗?"

"明白了,先生。"

"可是需要你真正找的是夹在里面的一张被剪成一些小洞的《泰晤士报》。这里有一份《泰晤士报》,就是这一篇。你很容易就可以辨认出来,你认得出来吗?"

"可以,先生。"

"每一次大门的看门人都会把客厅的看门人叫来问问,这时你也要给他一个先令。再给你二十三个先令。在这二十三家里,大量的废纸昨天都已烧掉或已运走了,其中三、四家也许能让找废报,你就在那里找这一张《泰晤士报》,但也可能什么都找不到。再给你十个先令以备不时之需。在傍晚之前你向我贝克街的家里发一个电报,告诉我查找的结果。现在,华生,咱们唯一剩下要做的事就是打电报查清那个马车夫了,车号是二七零四,然后我们到证券街的美术馆去消磨掉我们去旅馆之前的这段时间吧。"

五 三条线索中断

福尔摩斯具有把事情从心中排除掉的超人能力。在这整整两小时里面,他好像完全忘记了我们涉足的奇怪案子,并且沉浸在比利时现代画家的作品之中。从离开画廊到我们抵达诺森伯兰旅馆这段时间里,他除了谈论他不是很了解的艺术外,其他什么也没有提起。

"亨利·巴斯克维尔在楼上等你们,"旅馆的服务员说,"他让我等你们来了之后就带你们上去。"

"我可以看一下你们的登记簿吗?"福尔摩斯问。

"当然可以。"

登记簿上有两个名字显示是在巴斯克维尔来了以后才写上来的。一个是新堡来的西奥菲勒斯·约翰森及家人,另一个是从爱尔顿的高居镇来的欧姆太太和女仆。

"这一定是我认识的那个约翰森,"福尔摩斯跟服务生说,"是个律师,他的头发灰白,走路有点跛,是吧?"

"不是,先生,他是个煤矿的老板,行动利落,年纪比你还小。"

"你不会把他的职业搞错吧?"

"不会!先生。他好几年来都住我们旅馆,我们跟他很熟。"

"啊!这就对了。欧姆太太也是,这名字我似乎也很熟。我总是会去拜访一个朋友,却发现碰到了另外一个朋友。"

"她是位病弱的女士,先生。她的丈夫曾经做过格劳斯特的市长,她每次到城里总是住我们旅馆。"

"谢谢你,我想我并不认识她。华生,从这些问题中,我们有了很重要的线索。"当我们一起上楼时,他悄声对我说,"我们知道了对我们的朋友特别有兴趣的人不住同一家旅馆。这表明,他们虽然急着监视他,却又不想让他看见。嘿,这是个很有用的线索。"

"它提供了些什么?"

"它提供了……啊,老兄,这究竟是怎么回事?"

当我们走到楼梯的顶端时,正巧碰上亨利·巴斯克维尔本人。他满面怒容,手中拿着一只旧而脏的靴子。他气得几乎说不出话来,好不容易挤出来的话远比我们早晨听到的要粗鲁而且有浓重的西部俚语。

"这家旅馆简直是太过分了,"他吼道,"如果要戏弄人,那他们是找错人了。哼,那小鬼如果不找到丢掉的靴子,我就给他好看。福尔摩斯先生,我不是个开不起玩笑的人，但是，这次他们真的太过分了。"

"还在找你的靴子？"

"是的，先生，而且我一定要找到。"

"我记得你说过就是那只新的咖啡色靴子？"

"上次那只是的，先生。现在丢的这只是一只旧的黑色的。"

"什么！你不是说……"

"这正是我想要说的。我只有三双鞋，一双新的咖啡色，一双旧的黑色，还有一双就是我目前穿的这双黑漆皮。昨天晚上我咖啡色的那只不见了，今天又被偷走了一只黑色的。你找到了吗？说话啊！你不要老站在那儿什么话也不说！"

一个十分焦急的德国服务生出现在我们面前。

"对不起，先生，我问遍了整个旅馆的人，但没有人知道。"

"好，如果今天日落之前鞋子找不回来，我就去找经理，告诉他，我将立刻搬出这间旅馆。"

"一定会找到的！先生，请你再稍等一下，我相信一定会找到。"

"哼，我不会再让任何人拿走我任何东西了。好了，福尔摩斯先生，真抱歉这么小的事情还烦扰到你。"

"我想这很值得被烦。"

"哦？你好像把这件事看得很严重。"

"你怎么解释这事？"

"我根本不想去解释它，这可以算是我碰到过最气人和最奇怪的事。"

"最奇怪？或许是吧。"福尔摩斯沉思道。

"你怎么看这件事呢？"

"嗯，我还不太明白。亨利爵士，你这件案子貌似十分复杂。有关你伯父死亡的这件事，恐怕是我经手的五百件重大的案子中最复杂的一件了。但我们手中还是掌握了几条线索，总有一条或几条线索能将我们引向真相。我们也许会浪费时间在一些错误的线索上，但迟早会找到正确的方向。"

我们很愉快地一起吃了午餐，这段时间里很少谈到这件可怕的事件。饭后，我们坐在起居间里，福尔摩斯才问起巴斯克维尔之后有何打算。

"去巴斯克维尔庄园。"

"什么时候？"

"这个周末。"

"总体来说，"福尔摩斯说，"我觉得你的决定很明智。我现在有充分的证据能证明你在伦敦的这几天被人跟踪了，在这个百万人的大城市里，发现这些人是谁是一件很难的事，而且也不知道他们的意图是什么。如果他们有不好的意图，可能会对你不利，而我们完全无法阻止，莫提默医生，你们可能还不知道今天早晨从我家出来后被跟踪了吧？"

莫提默医生吓了一大跳。

"跟踪！被谁？"

"很可惜，我也不知道。对了，你的邻居或认识的人中，有没有一个大黑胡子？"

"没有……嗯，让我想想……啊，对了，拜瑞莫，查理士爵士的总管有一嘴大黑胡子。"

"拜瑞莫现在在哪里？"

"他这时应该在庄园中管事。"

"我们最好确定他现在真在那里，他有可能在伦敦么？"

"你要怎么证实？"

"给我一张电报纸。'为亨利爵士安排妥当了吗？'这就行了，地址写巴斯克维尔庄园拜瑞莫先生收。最近的电报局在哪里？格林本。好极了，我们再拍一封电报给格林本的电讯局长：'给拜瑞莫先生的电报必须交给他本人，如果此人不在，将电报退回诺森伯兰旅馆亨利·巴斯克维尔爵士。'傍晚之前，我们应该就能知道拜瑞莫是否在德文郡了。"

"就这么办。"巴斯克维尔说，"对了，莫提默医生，这个拜瑞莫究竟是谁？"

"他是已故的老管家的儿子，他们已经四代人管理庄园了。据我所知，他和他的妻子在当地是一对受人敬重的夫妇。"

"也就是说，"巴斯克维尔说，"只要庄园中没有主人，他们就可以说拥有一座大房子而且无事可做。"

"对。"

"拜瑞莫有没有从查理士爵士的遗嘱中获益？"福尔摩斯问。

"他与他妻子每人得到五百英镑。"

"那他们事先知道吗?"

"知道!查理士爵士非常喜欢谈论他的遗嘱。"

"这很有意思。"

"我希望,"莫提默医生说,"你不要对所有查理士爵士的遗嘱受益人存怀疑的眼光,因为他也分给了我一千英镑。"

"真的!还有别人吗?"

"有一些小数目赠予了几个人,另外一大笔钱捐给了慈善机构,剩下的全部遗产留给亨利爵士。"

"剩下还有多少?"

"七十四万英镑左右。"

福尔摩斯惊讶地抬起了眉毛。"我真没想到会涉及这么大一笔数目。"他说。

"众所周知查理士爵士十分富有,但直到清理了他的有价证券之后才知道他到底有多富有。全部财产价值将近一百万。"

"上帝!这完全有可能让人去计划一个可怕的阴谋。莫提默医生,还有一个问题,如果万一我们这位年轻的朋友遭到不幸,很抱歉,这只是个假设,谁会继承这些财产?"

"由于查理士爵士的最小的弟弟没有结婚就死了,所以财产应该转到远房的表兄弟戴思孟那里。詹姆士·戴思孟是西摩兰的一个教会的老管事。"

"谢谢你,这些细节对案情十分有用。你见过詹姆士·戴思孟先生吗?"

"是的,他曾经拜访过查理士爵士一次。他德高望重,生活清高。我记得,虽然查理士爵士一再坚持,他仍然拒绝接受任何财产。"

"而这个简朴的人有可能会成为查理士爵士百万财产的继承人么?"

"他只会继承房产,因为房产是按照辈分顺序继承的。他也有可能继承财产,除非现在的继承人另有遗嘱。当然,现在的继承人可随意支配财产这部分。"

"你现在定下遗嘱了吗?亨利爵士。"

"还没有,福尔摩斯先生。我还没时间做这些,因为我到昨天为止才知道整个事情的大致情况。不过,我觉得钱也应该和头衔、房产一起继承,这是我可怜的伯父生前的意思。如果继承人没有足够的钱,又怎能恢复巴斯克维尔之前的光辉呢?房子、土地、金钱必须合在一起。"

"不错。亨利爵士,至于你不应拖延去德文郡了,我跟你的看法相同。只有一件事我非常坚持,那就是你不能单独去。"

"莫提默医生会跟我一起回去的。"

"但是莫提默医生有诊所需要照顾,而且他的住处离你有将近几英里远,就算他想帮你也不一定能帮得上,你必须带个人跟你一起去,而且是个值得信任的人,他必须一直在你身边。"

"您陪我去可以吗,福尔摩斯先生?"

"如果事情到了危机程度的时候,我一定会亲自出马,但是您知道,我有经常来自各方面的案件要办理,如果让我无限期地离开伦敦,不太可能。目前就有一位十分紧急的案件要办恐怕您可以看得出来,现在叫我去您的庄园是件不可能的事。"

"那么,您打算让谁去呢?"

福尔摩斯拍着我的手背说道:"如果我的朋友愿意的话,那么在您处于危急的情况时,找一个人来陪伴和保护您的话,再也没有比他更适合的了,这一点也再没有人能胜任了。"

这个意外的建议,使我完全不知所措。我还没来得及答应,巴斯克维尔一把就抓住了我的手,热情地摇了起来。

"华生医生,您的好意我真是太感动了,"他说,"您了解我目前的境地,对于这件事,您知道得和我一样多;如果您可以到巴斯克维尔庄园去陪我,我将永远感谢你。"

即将到来的冒险,对我来说永远具有吸引力,何况我还受到了福尔摩斯的恭维和准男爵把我当作同伴看待的真挚之情的感动。

"我很愿意去,"我说道,"这样支配我的时间我觉得是非常值得的。"

"你得很仔细地向我报告,"福尔摩斯说道,"当危机到来的时候,我将指示你如何去做。我想星期六就可以动身了吧?"

"华生医生方便吗?"

"很方便。"

"那么,星期六咱们就在车站会面,坐从帕丁顿开来的十点三十分的那趟车。"

当我们站起来正要告辞的时候,巴斯克维尔突然发出了胜利的欢呼,并且冲向屋角,从橱柜下面拖出一只棕色的长筒皮鞋。

"这正是我丢的鞋。"他喊了起来。

"但愿咱们所有的困难都能像这件事一样顺利解决!"歇洛克·福尔摩斯说道。

"这件事还真的奇怪,"莫提默医生说道,"午饭以前,我已经在这屋里仔细找过了。"

"我也仔细搜寻过啊!"巴斯克维尔说,"到处都找遍了。"

"屋里当时肯定没有长筒皮鞋。"

"这样说来,一定是当我们正在吃午饭的时候,侍者放在那里的。"

那德国籍侍者被叫了过来,可是他说对一些事一无所知,无论怎样问也是没有结果。目的不明的神秘事件一个接一个地连续发生,而现在又多加了一件。除了查理士爵士离奇死亡的故事之外,在这两天之内就发生了一连串无法解释的奇事:其中包括收到用铅印字剪纸凑成的信,双轮马车里留着黑胡子的那个跟踪的人,新买的棕色皮鞋的遗失和旧黑皮鞋的失踪,还有现在那另一只被送还的棕色皮鞋。在我们坐车回贝克街的时候,福尔摩斯默不出声地坐着,我由他那紧皱的双眉和严峻的面孔能够看出,他心里想的和我一样,正努力拼凑一些能够解释这一切奇怪而又显然是毫无关联的推想。整个下午直到深夜,他都呆坐在那里,沉浸在烟草和深思之中。

刚要吃晚饭就送来了两封电报,第一封是:

顷悉,拜瑞莫确在庄园。

巴斯克维尔

第二封是:

遵您的吩咐去二十三家旅馆,遗憾禀告并未见剪过的《泰晤士报》。

卡特莱

"两条线索都断了,华生。自从经手这件案子,就处处碰壁,没有比这种情况更急人的了。我必须转移方向另找目标。"

"还有个马车夫,跟踪的人乘过他的车。"

"没错。我已经发电报,要求执照管理局查他的姓名、住址。我的问题很快就有回答了,说到就到,一定是他。"

门铃响声,果然是好消息,比期望的结果更为满意。大门口处,站着一个相貌粗鲁的人,这正是我们所要找的马车夫。

"管理局领导通知我,有位客人找我,写的是这儿的地址,打听 2704 号车,"他说道。"我赶车赶了七年了,从来没有让客人说过一声不好。我马上从车场奔这儿来了,我当面问问您,您对我有什么地方觉着不满意吗?"

"不是对您有什么不满意,一点没有,朋友,"福尔摩斯说。"我只是想打听个事,您能详细告诉我,我就付给您半个先令。"

"看来,今天运气不错,事事顺利,"马车夫说着,咧开嘴笑了。"您想问什么事儿,先生?"

"先请问您的大名和住址,因为日后恐怕还有事要请教您。"

"约翰·克莱顿,市镇区特皮街 3 号,我租的是希普利车场的,在滑铁卢车站不远处。"

歇洛克·福尔摩斯把这些都记了下来。

"好的,克莱顿,请讲一讲,今儿早上十点钟乘您车来看这里房子的那个乘客的情况,他后来又跟着两位先生朝摄政街去了。"

车夫表现出惊奇和难色。"呃,没什么好讲的了,您都已经知道了,别的我也没什么了,"他说。"乘车的先生跟我说他是侦探,不许我跟别人讲起他的事。"

"我说朋友,这可是件十分重要的事情,要瞒着我不说实话,您可就不好办了。您说那位乘客告诉您他是个侦探,并且不许说他的事?"

"是呀,他是这么说的。"

"什么时候对您说的?"

"他下车的时候。"

"他还说了些什么?"

"说了他的名字。"

福尔摩斯胜利般地对我使了一个眼色。"噢,他讲了名字,是什么?那不是很傻吗?"

"姓名是,"车夫说,"歇洛克·福尔摩斯。"

我的朋友突然被这位车夫的回答弄得呆住了,之前从来没见他这么吃惊过,一时间愣在那里,之后便忍不住哈哈大笑起来。

"华生!这真是妙不可言!"他说,想不到这位仁兄随机应变如此之快,功夫不在你我之下。怪不得我会被他甩掉,还甩得够惨。他自报名字叫歇洛克·福尔摩斯,对吗?"

"没错儿,先生,这就是那位乘客的大名。"

"太妙了。说说他是在哪儿搭上您的车,都是怎么个情况?"

"九点半,他在特拉法尔加广场招呼我。他说自己是侦探,只要这一天他叫我怎么做我就怎么做,什么也别问,他就付我两镑。我当然很高兴,一口答应了。先到诺森伯兰旅馆,在那儿等;后来有两位先生出来,招呼停在那儿的马车,于是我们便跟随着走;后来就到了这儿了,停下来了。"

"就是这个门?"福尔摩斯问道。

"那说不清楚了,反正乘客心里有数,这是他的事儿。我们就在这儿停着,等了一个半钟点,两位先生出来了,从我们马车边走过,一路走,我们一路跟上,顺贝克街下去……"

"这就清楚了。"福尔摩斯说到。

"之后走过了大半条摄政街,再后来我的客人突然推开顶窗,叫我快走,去滑铁卢车站,越快越好。我甩起了鞭子,不足十分钟就赶到了。最后,他说话果然算数,真的付了我两镑走了,到车站里去了。他正要离开时,又回头说:'你知道,搭你这辆车的我,不是别人,就是歇洛克·福尔摩斯。'这样我才知道了这个名字。"

"噢,是这样。那以后还见过他吗?"

"他进了车站就再没见着了。"

"那个歇洛克·福尔摩斯先生是什么模样?"

车夫搔搔头。"这位先生很难形容。我估摸,四十来岁的年纪吧,中等个头,比您矮两三英寸,先生。身上的穿着像是个有钱人,一大把黑胡子,胡须末尖修剪齐平,脸色灰白。我能说的就这些了。"

"眼珠颜色呢?"

"这说不上来。"

"您还能记起点什么?"

"对不起,先生,记不起了。"

"好,给,半个先令,您要是还能提供更多的情况,还会有更多的奖赏。晚安。"

"晚安,先生,多谢了!"

约翰·克莱顿笑着走出屋子。福尔摩斯回头向我耸耸肩,苦苦一笑。

"这第三条线又断了,刚刚有点头绪,马上就完结,"他说,"这个流氓太狡猾!他摸着我们的路线,知道亨利·巴斯克维尔爵士来找我们咨询,在摄政街认出了我是谁,猜准我会记下车牌号码,找到马车夫,所以,就给了我这个口信,嚣张至极。跟你说,华生,这一回我们是遇到对手了,在伦敦他将了我一军。但愿你去德文郡能翻过来。可是我内心里对这事却很担心。"

"担心什么?"

"我不放心派你去,这事风险很大,华生。一桩棘手、危险的案子,我是越想心中越害怕。真的,不瞒你讲,我的老伙计,你也许可能会笑话我。不过我只叮嘱你一句话,希望你能安全回到贝克街来,我就很高兴了。"

六 巴斯克维尔庄园

到了约定的那一天,亨利·巴斯克维尔爵士和莫提默医生都准备好了。我们按照预先安排的那样出发到德文郡去,歇洛克·福尔摩斯和我一起坐车到车站去,并给了我一些临别的指示和建议。

"我不愿提出各种说法和怀疑来影响你,华生,"他说,"我只希望你将各种事实尽可能详尽地报告给我,至于归纳整理的工作,就让我来干吧。"

"哪些事实呢?"我问道。

"看起来与这个案子有关的任何事实,无论是多么的间接,特别是年轻的巴斯克维尔和他邻居们的关系,或是与查理士爵士的突然死亡有关的任何新的问题。前些天,我曾亲自进行过一些调查,可是我恐怕这些调查结果都是无补于事的。只有一件看来是肯定的,就是下一继承人詹姆士·戴思孟先生是一位年事较长的绅士,性格非常善良,因此这样的迫害行为不会是他干出来的。我认为在我们考虑问题的时候可以将他完全抛开,剩下的实际上也就只有在沼地里环绕在亨利·巴斯克维尔周围的人们了。"

"首先辞掉拜瑞莫这对夫妇不好吗？"

"千万别这样做，否则你就会犯一个很大的错误了。如果他们是无辜的话，这样就太不公正了；如果他们是有罪的话，这样一来，反而不能给予他们以应得之罪。不，不，不能这样，咱们得把他们列入嫌疑分子名单。如果我没有记错的话，还有一个马夫、两个沼地的农民，还有咱们的朋友莫提默医生，我相信他是诚实的，但是，至于他的太太，咱们是一无所知的。生物学家斯泰普尔顿，还有他的妹妹，据说她是位动人的年轻女郎呢。还有赖福特庄园的弗兰克兰先生，他是个情况未明的人物。还有其他一两个邻居，这些都是你必须特别注意的人物。"

"我会尽力而为。"

"我想你带着武器吧？"

"带了，我也想还是带上比较好。"

"当然，你那支左轮枪，时刻都应带在身边，不能有半点的粗心大意。"

我们的朋友们已经订下了头等车厢的座位，正在月台上等着我们。

"没有，我们什么消息都没有，"莫提默在回答我朋友的问题时说，"可是有一件事，我敢保证，前两天我们没有被人跟踪。在我们出去的时候，每次都是留意观察的，谁也不可能逃出我们的眼去的。"

"我想你们总是在一起的吧？"

"除昨天下午以外。我每次进城总是要有一整天的时间是完全花在消遣上面的，因此昨天整个下午都在外科医学院的陈列馆里了。"

"我到公园去看热闹去了，"巴斯克维尔说，"可是我们并没有任何麻烦。"

"不管怎么样，还是太疏忽大意了，"福尔摩斯很严肃地摇着头说，"亨利爵士，我请求您不要单独走来走去，否则您会大祸临头的。您找到另一只高筒皮鞋了吗？"

"没有，先生，再也找不着了。"

"确实，真是很有趣味的事。好吧，再见。"当火车沿着月台徐徐开动起来的时候，他说，"亨利爵士，要记住莫提默医生给我们读的那个奇怪而古老的传说中的一句话——不要在黑夜降临、罪恶势力嚣张的时候走过沼地。"

当我们早已远离月台的时候，我回头望去，看到福尔摩斯高高的、严肃的身影依然站在那里一动不动地注视着我们。

这真是一趟迅速而又愉快的旅行,在这段时间里,我和我的两位同伴比之前更加亲密了,有时还和莫提默医生的长耳猎犬玩耍。到车行了几小时以后,棕色的大地慢慢变成了红色,砖房换成了石头建筑物,枣红色的牛群在用树篱围着的地里吃着草,青葱的草地和极其茂密的菜园说明,这里的气候湿润而易于获得丰收。年轻的巴斯克维尔热切地向窗外眺望着,当他一认出了德文郡熟悉的风景时,就高兴得叫了起来。

"自从离开这里以后,我曾到过世界上很多地方,华生医生,"他说道,"可是,我从来没有见过一个地方能和这里相比。"

"我还从没有见到过一个不赞美故乡的德文郡人呢。"我说道。

"不光是这里的地理条件,就是这里的人也是很不一样呢。"莫提默医生说道,"你看我们这位朋友,他那圆圆的头颅就是属于凯尔特型的,里面充满着凯尔特人的强烈的感情。可怜的查理士爵士的头颅则属于一种非常稀有的典型,特点是一半像盖尔人,一半像爱弗人。以前看到巴斯克维尔庄园的时候,您还很年轻呢,对吧?"

"我父亲死的时候,我还是个十几岁的孩子,那时他住在南面海边的一所小房子里,所以我从来都没有看到过这所庄园。父亲死后,我就直接到美洲的一个朋友那儿去了。不瞒您说,对于这个庄园,我和华生医生是同样地感到新鲜,我非常渴望看一看沼地。"

"是吗?那样的话,您的愿望很容易就能实现了,因为您马上就要看到沼地了。"莫提默医生一面说着,一面向车窗外边指着。

越过一方方绿色田野和一长圈矮树林,远处耸起一座灰暗苍郁的小山,山顶高低参差不齐,远远望去,昏暗迷茫,犹如梦中幻景。巴斯克维尔静坐了好久,两眼呆呆地望着远方的景色。从他脸上的神态,我可以看出,这奇异景色的第一眼对他的触动有多么大。在这块地方,他本族人掌管得那么长久,留下的印记和影响是多么深刻。他身穿苏格兰粗花呢套装,说话带着美国口音,这会儿无所事事地坐在这节烦闷的车厢里。然而我端详着他那深色的、表情丰富的脸庞,更让我觉得,他一定是那支有性格、有魄力的家族的后裔。在两道浓眉之间,一双栗色的大眼,透着自尊、豪迈和力量。如果在那可怖的沼泽地里,我们果真会面临不测的艰难和险阻,他绝对是个可靠的人,如果你为他赴汤蹈火,他一定也会为你视死如归。

火车停靠在一个小站,我们都下了车。在矮矮的白色栏杆外面,有一辆双驾矮脚马四轮马车在等着。我们的到来看起来像是件大事,站长和脚夫都向我们围上来,帮着拿行李。这是一个恬静而朴实的乡村小镇,但是我们惊讶地看到,站门口站着有两个穿黑制服的士兵模样的人,身边放着短来复枪。我们从旁边经过时,他们眼睛直直地看着我们。马车夫是个小个子,长着一张粗糙、僵硬而无表情的脸,他正在向巴斯克维尔爵士致礼。几分钟之后,我们便飞奔在宽阔、灰白的大道上。起伏不平的牧草地,在路的两边隆起;三角墙的坡顶房屋掩映在密树的浓阴之中;在宁静的阳光照耀的村子远方,映着夕阳的天空,是一片灰暗的、绵延不断的泥炭沼泽地,空旷阴沉之中,还凸起几座极险恶的小山。

四轮马车转入旁边一条岔路。我们穿过一道道沟壑,那是数百年来被车轮碾压出来的小巷道。巷道两旁的地已成高高的坡岸,弯弯向上,长满湿漉漉的苔藓和肥厚的鹿舌蕨。古铜色的蕨丛和色彩斑驳的黑莓在夕阳的余晖中闪出光亮。马车缓缓地走上坡地,过了一座窄石桥,我们的车便顺着一条喧嚣的溪流飞驰。溪水穿过灰色的乱石巨砾,泡沫飞溅,奔流而下。道路在密生矮栎和冷杉的峡谷中沿溪流曲折蜿蜒而上。每逢一个转弯,巴斯克维尔都高兴得呼喊,急切地向四周环顾,问着数不尽的问题。在他眼里,所见一切都是旖旎动人的;可是对于我来说,我总觉得这一带的乡村有着一抹凄凉的色调,很刻骨铭心地印记下深秋的肃杀之气。黄叶铺满小路,有的还在不住地掉落,从我们头顶上飞舞飘过,当车轮碾在落叶铺就的地毯上的时候——悲哀的树叶,在我眼里,是造物主所铺,铺在巴斯克维尔家族的后人返回家园的马车前面。

"看那边!"莫提默医生叫道,"那是什么?"

我们面前出现了长满石南灌木的陡坡地,这是泥炭沼泽地向外突出的地方。在突出的顶点上,清清楚楚看见站着一个骑在马上的士兵,就像是矗立于碑座上的骑士雕像,黑影轮廓分明而严峻。马枪搁在他向前伸的左臂上,已经做好预备射击的姿势。士兵监视着我们所走的这条道路。

"这是干什么,珀金斯?"莫提默医生问道。

车夫在座位上侧过身来。

"王子城逃走了一个犯人,先生,到现在已经跑出来三天了。监狱看守守住每一条路,每个车站,但到今天连他的影儿也没有看到。弄得这儿的庄稼人都不得安生了,真的,一点不假。"

"嗨，我知道，谁去报告，就能有五英镑赏金。"

"是呀，先生，为了得到五英镑，要冒险给割断喉咙，比较起来不划算。您知道，这可不是个没能耐的犯人，什么事都干得出来。"

"是个什么人？"

"叫塞尔登，诺丁山的杀人犯。"

这件案子我还很清楚记得，因为杀人犯非常凶残，手段惨绝人寰，福尔摩斯对此案也曾发生兴趣。后来凶手被免除死刑，是因为有异议，认为他的残暴行为是出于精神完全不正常。这时，我们的四轮马车已经上了斜坡的坡顶，展现在眼前的是一片广袤的沼泽地，到处是嶙峋怪异的突岩和堆积如冢的乱石。从沼泽地上过来一阵冷风，令我们浑身打颤。这渺无人烟的荒原，也是那个鬼魅似的人的隐迹之地，说不定他像一头野兽一样正藏身于哪一个洞穴之中呢。他的内心对摈弃他的整个人类充满了憎恨。空旷的野地，飕飕的冷风，幽黑的夜空，原已是充满阴森恐怖的气氛，现在又加上有个杀人逃犯，便更加令人发憷。连巴斯克维尔都不禁把大衣领口裹紧。

我们告别了丰饶的乡村，把它抛在了身后远方的坡下。现在回头遥望，只见在落日斜照之下，溪水泛出的金光丝丝闪闪，翻耕过的红色土壤和郁郁苍苍的宽阔林地也烁烁有亮色。我们前面的道路，穿越在赤褐色与橄榄色的广阔坡地，这里时起时伏，更显得凄凉萧瑟。时而会路过一些小屋，都是用石料砌的墙和铺的顶，并无藤蔓攀缘来修饰它那粗陋的外貌。忽然，我们低首望见一处盆状的低洼地，那里长着成片的橡树和冷杉，因长年狂风猛吹，所以它们全部扭曲、弯折而矮小；越过树林，看见了两座高高竖起的尖塔。车夫用马鞭一指。

"巴斯克维尔庄园。"他说。

庄园的主人站起了身，双颊泛红，激动地望着。没几分钟，我们就来到了宅邸大门前。那是用密集的铁条焊接成的奇异繁复的窗花式样的大铁门，两边的门柱已经风雨腐蚀，上面地衣苔藓斑驳，柱端各饰一个象征着巴斯克维尔家族的石雕野猪头。门房是花岗岩砌成的屋子，已破败得柱椽外露，成了一堆乱石，然而对面却是一座崭新的建筑，刚完成了一半，是查尔斯爵士从南非赚回黄金所建的第一座屋子。

由门道进入，是一条林阴住宅路。也因为是落叶铺路，车轮的辘辘声又沉静下来。老树枝杈在我们头顶交织，形成了一条阴暗的拱道。巴斯克维尔抬起头向长长的车道望去，在路的尽头，望见一幢房屋，如幽灵般闪着小火光，他不由得一哆嗦。

"这儿就是出事的地方吗？"他低声问。

"不，是在那边的紫杉小路上。"

年轻的继承人阴沉着脸向四周望了望。

"怪不得伯父总感觉到有祸事要发生，这样的地方，难怪呀。"他说，"谁来都会寒心。我要在六个月之内，给这儿装上一排电灯，将天鹅牌、爱迪生牌的一千支灯泡装在大厅门前，你就会认得出这个地方了。"

住宅林阴道通向一片开阔的草地，庄园很快就显露在我们面前。在渐渐淡弱的光线下，我看见草地中央有一幢石头建筑，有一个廊台突出在外。屋的正面爬满常春藤，上面被修剪出一个个空框，留出窗户和盾徽的标志，好像黑色面纱上开的孔。两座尖塔正是从这座中央建筑两侧矗立而起，看上去已很古老了。塔楼的左右两侧为翼楼，是较为近代的黑色花岗岩建筑。昏暗的阳光透过窗户厚实的玻璃，大角度坡屋顶上的高烟囱吐出一缕缕黑烟。

"欢迎你，亨利爵士！欢迎来到巴斯克维尔庄园！"

一名高个男子由门廊的阴影处走出来打开马车门。庄园门内的黄灯映出一个妇女身形，她也走出来帮我们取下行李。

"你不介意我现在回家去吧？亨利爵士，"莫提默医生说，"我的妻子在等我。"

"喔，你还是留下来吃了晚饭再走吧？"

"我必须走了，很可能还有一些工作等着我做。我本来是想留下来带你熟悉一下房子的，不过我想拜瑞莫应该比我更能胜任这个工作。再见了，如果有用得着我的地方，随时派人来找我。"

亨利爵士和我转身进屋时，车轮声已渐渐消失在车道的尽头了，门重重地在我们身后关上。我们住的房间十分完好，高大而且宽敞，顶上是一条条因年代久远而变成黑色的厚实橡木排成的屋椽。一个很大的老式壁炉中熊熊地燃着一堆火，火中的木块噼啪作响，壁炉前放着几只铁铸狗。亨利爵士和我不约而同将长途旅行而僵麻的双手伸向火炉，然后我们才开始端详屋中的拼花玻璃窗、橡木板壁、牡鹿头标本，以及墙上的纹章，所有这些东西都浸浴在房间中央的一盏灯所发出的幽暗光晕中。

"跟我想象中的一模一样，"亨利爵士说，"这就是一个古老家族的样子。一想到这就是我的祖先五百年来所住的地方，我就不自觉得肃然起敬。"

他环视着周围的一切，我可以看到他黝黑的脸上现出孩子稚嫩般的热情和激动。灯光投射在他的身上，在墙上留下一条影子。拜瑞莫已将我们的行李拿到房中，然后再回到我们面前，他是个有良好训练、态度谦逊的仆人，他长得很好看，高大、英俊，一脸大方，面容白皙而且五官分明。

"先生，您要马上开始晚餐吗？"

"准备好了吗？"

"只需要几分钟就好了，先生，您房里已经准备了热水。亨利爵士，我妻子跟我在您完成新的安排之前，很乐意留在这里效劳，不过希望您了解，这屋子之后可能会需要用很多人手。"

"为什么呢？"

"先生，我的意思是，查理士爵士过的几乎是隐居的生活，所以我们两人就足以照顾他的生活了。您可能会有较多的客人，因此也需要调整家务的管理。"

"你是说你妻子和你希望能离开这里？"

"当然要等您方便的时候再说，先生。"

"但是你们已经几代在这里了，不是吗？如果我一来就破坏了这个传统，实在很不好。"

我似乎能察觉到管家脸上显现出的激动神情。

"我也这么觉得，先生，我妻子也是。但是，老实说，先生，我们与查理士爵士相处得非常融洽，他的死给了我们很大的打击，这周围的一切都会让我们触景伤情。恐怕在巴斯克维尔庄园，我们心中永远都不会安宁。"

"那你们打算做什么呢？"

"先生，我们想做些小生意，查理士爵士很慷慨地留给我们一些金钱。先生，我想现在最好还是让我带你们去看看房间吧。"

在老厅的顶上四周，绕着一条有栏杆的、宽阔的楼梯通往楼上。从这中间点，有两条长廊分别左右通到建筑两端，所有卧房的门都在长廊两边。我的房间与巴斯克维尔在同一边，几乎相连。这些房间似乎要比庄园的主要部分新得多，这里鲜亮的壁纸，以及众多明晃晃的烛光似乎将我们心中留下的阴森恐怖印象全部扫除了。

但大厅边的餐厅仍是个阴暗而令人不愉快的地方。那是一间长方形的房间，是这个家族用餐的地方，一阶楼梯之下较低的一头是侍仆使用的门。餐厅顶上有一个可供歌唱和表演音乐的骑楼，我们的头顶是一条条黑色的木梁，木梁上是被烟熏黑了的天花板。如果把四周火炬全部点亮，加上旧时的酒宴欢闹及异彩缤纷，这餐厅也许会令人感到有趣一些，不过现在，两个穿着黑色衣服的人，面对面坐在昏黄灯光下，说话的语音自然就低下来，心情也不由得跟着沉郁。一排色调沉闷的祖先画像，穿戴着不同的历代服饰，沉默地陪伴着我们，在他们默默的注视下，令人有一种恐怖之感。我们很少开口，因此晚饭结束之后，我们便退到较现代化的弹子房去抽烟，至少我觉得在这里心里要舒畅很多。

"我觉得，那房间不是个很令人愉快的地方，"亨利爵士说，"我想也许可以把情绪缓和而去适应它，但我现在却觉得这不可能。难怪我伯父一个人住在这样一幢庄园中精神会受到刺激。不管怎样，如果你同意，我们今晚就早点休息吧，也许明天早晨这里看起来会比较愉快些。"

上床前，我把窗帘拉开，从窗口朝外看去。窗子开向庄园前门的那片草地，草地外边，两堆矮树丛随着刮起的风摇曳而发出低沉的摩擦声。明月时而露出云层，在冷冷的月光下，我看到树后参差不齐的岩石边缘与那起伏不平的险恶旷原。我拉上窗帘，觉得这一天的最后一个印象就像其他东西一样让人感到沉郁不安。

然而，这并不是我这一晚的最后一个印象。我发现我虽很疲倦，却十分清醒，在床上翻来覆去怎么也睡不着。远处的一座自鸣钟每一刻就敲一次，除此而外，这幢庄园沉浸在一片死寂之中。突然，在这漆黑死寂的夜里，耳边传来清清楚楚绝不可能弄错的声音，是一个妇人很低沉的哭泣声，声音因无法控制哀伤而抽着气。我从床上坐起，仔细倾听。那声音不可能由远处传来，一定来自屋中。有整整半小时时间我凝神等待，但似乎除了远处的钟声及常春藤刮在墙上的声响外，并没有什么事情发生。

七　梅里皮特宅邸的斯泰普尔顿家

第二天早晨，清新的空气和美丽的景色，把我们两人昨天初见巴斯克维尔庄园心头的阴暗印象一扫而光。亨利爵士和我一起吃了早点，阳光透过直棂高窗倾泻而入，窗玻璃上盾徽图案淡淡地洒在身上。深暗的护墙板在金灿灿的日照下泛出青铜般的光辉。如果说这就是昨晚我们住的同一间屋子，实在叫人不敢相信。

"我看，是我们自己心情不好，而不是屋子的错，要怪我们自己！"准男爵说道，"旅途中我们一定是累着了，马车上又挨冻，把这个地方看得太阴暗了。现在不是精神焕发了吗，情绪也开朗了！"

"倒不完全是个情绪问题。"我接口说，"您昨天晚上有没有听到有一个女人在哭？"

"没错，我半醒半睡的时候，迷迷糊糊听到好像是有人哭。我听了一会儿，后来就听不见了，所以我想是在做梦吧。"

"我可听得真切，是一个女人的哭声，绝对没错。"

"我们这就问清楚。"他摇铃叫来拜瑞莫，问他知不知道是怎么回事。我看出来这位管家听到主人问他的问题，白净的脸色变得更加苍白了。

"这屋里只有两个女人，亨利爵爷，"他答道。"一个是女厨工，她睡在厢房里；还有一个就是我妻子。我可以说，不会是我妻子在哭。"

其实他是在说谎。因为吃过早饭，我碰巧在长廊上跟拜瑞莫太太照面，阳光正照着她整个的脸。她是个高大的女人，外表冷漠，身躯肥胖，嘴巴紧闭，可是她的眼睛无法掩饰地红着，而且夹着浮肿的眼皮望了我一眼。准确无疑，一定是她，在昨天夜里哭了；而如果是她哭，她的丈夫不会不知道。可是她丈夫冒着显然会被戳穿谎言的危险，否认了事实。他为什么要这样做？女的又为什么会哭得那么伤心呢？在这个面孔白净、帅气的、蓄着黑胡子的男人身上，笼罩着神秘的气息，形成不祥的氛围。正是他第一个发现查理士爵士的尸体，我们知道的全部有关老人惨死的情况，都是听他讲的。难道我们在摄政街见到的跟踪的那个人，正是这个拜瑞莫？胡子是完全一样的。车夫描述的是个比较矮小的人，不过，这种印象也很容易弄错。我该怎样查清这个问题呢？显然，首先应该做的就是去找格林本电讯局长，问一问核实情况的电报是否确实面交拜瑞莫亲收。不管结果如何，我至少该向歇洛克·福尔摩斯写报告时有事可讲。

亨利爵士吃过早饭之后有许多文件要处理，趁这个时间我正好可以跑一趟。我沿着沼泽地走了四英里路，一路上令人非常愉快，不觉已经来到一个僻静的小村，村里有两幢大房屋，一幢是客栈，另一幢就是莫提默医生的住宅，比周围别的房子都要高大。电讯局长也是村里杂货铺老板，对那封电报还记得很清楚。

"当然啦，先生，"他说，"我把电报给了拜瑞莫先生，按照要求送的，没错。"

"是谁送的？"

"我的孩子，在这儿。詹姆斯，上星期那封电报，你送给庄园拜瑞莫先生了，对不对？"

"是的，爸爸，是我送的。"

"送给他本人了？"我问。

"那天他在楼上，我没交给他本人，我给了拜瑞莫太太，她答应马上就送上去。"

"你见到拜瑞莫先生了？"

"没有，先生。跟你说了，他在楼上。"

"你没见着他本人怎么知道他就在楼上？"

"喔，那是他的老婆，当然知道啦。"邮电局长不耐烦地说，"他没收到电报？要是出错的话，那拜瑞莫先生早该自己找上门来了不是吗？"

再想追问下去看来已经没有希望了。但这一点是清楚的，即使福尔摩斯设计巧妙，我们也没能证明拜瑞莫确实不曾去过伦敦。假定就是他，那么最后一个看见查理士爵士还活着的是他，新继承人回到英国后头一个跟踪的也是他，那又怎么样呢？他是受别人指使还是出于他自身的罪恶阴谋？伤害巴斯克维尔一家人对他有什么好处呢？我想起了从《泰晤士报》评论文章剪字贴成的警告信，这是不是他干的呢？也可能是另有他人因为反对他的计谋而干的？要么就，如亨利爵士所说，如果这家主人被吓跑，那么一个永久舒适的家就落入拜瑞莫夫妻之手，但是像这样的一种解释无疑是经不起推敲的，不能说明他为什么要如此煞费苦心地对年轻的准男爵设下这样的陷阱。福尔摩斯自己也说过，他曾经办过的惊人大案不知有多少，但都比不上这一件复杂。我在暗灰的孤寂的路上往回走的时候，心中默默希望我的朋友能早点从繁琐的事务中脱身，愿他能早日过来帮我分担重任。

忽然我的思绪被打断，后面传来奔跑的脚步声，还听见有人呼唤我名字。我想是莫提默医生了，便回过头去，可是令我吃惊的是，竟是个陌生人在向我跑上来。他是个矮小并精瘦的人，胡子刮得很干净，大约三四十岁的年纪，穿一身灰色套装，头上戴着一顶草帽。肩上挎背一只罐头听子做的生物标本匣，一只手里拿一个绿色的扑蝴蝶网兜。

"我想您一定会原谅我的冒昧，华生医生，"当他喘着气跑到我面前的时候说道，"在这片沼地里，人们都像是一家人似的，见面的时候都不用正式的介绍。我想您从咱们的朋友莫提默医生那里可能已经听说过我的姓名了，我就是住在梅里皮特的斯泰普尔顿。"

"您的木匣和网就已经很明白地告诉我了，"我说道，"因为我早就知道斯泰普尔顿先生是一位生物学家。可是您怎么会认出是我呢？"

"在我拜访莫提默医生的时候，您正巧从他的窗外走过，于是，他就把您指给我看。因为咱们走的是同一条路，所以我想马上赶上您，作个自我介绍。我相信亨利爵士的这趟旅行都好吧？"

"谢谢您，他很好。"

"在查理士爵士惨死之后，我们都非常担心这位新来的准男爵也许会不愿住在这儿呢。要想使一位有钱的人屈尊待在这样一个地方，确实很为难。可是，不用我多说，这一点对这个地方来说，确实是关系重大呢。我想，亨利爵士对这件事不会有什么恐惧心理吧？"

"大概不会吧。"

"您一定听说过关于缠着这一族人的猎狗的那个传说吧？"

"我听说过了。"

"这里的农夫真是太容易轻信传闻了！他们每个人都能发誓说，在这片沼地里曾经见到过这只猎犬。"他说话时面带着微笑，可是我好像从他的眼里看得出来，他对这件事情的态度非常认真。"这事在查理士爵士的心理上产生了很大的影响。我绝对相信，就因为这件事才使得他落得这样悲惨的结局。"

"怎么会呢？"

"他的神经太紧张了,到了一看见狗就会对他那有病的心脏产生致命影响的程度。我觉得他临死的那天晚上,在水松夹道里,他真的看到了什么东西。过去我常担心他会发生什么灾祸,因为我很喜欢那位老人,而且我也知道他的心脏很虚弱。"

"您怎么会知道这呢?"

"我的朋友莫提默告诉我的。"

"那么,您认为是有一只猎狗追着查理士爵士,于是他就被吓死了吗?"

"除此以外,您还有什么更好的解释吗?"

"我还没有任何结论。"

"歇洛克·福尔摩斯先生呢?"

这句话使我突然屏住了呼吸,可是再一看他温和平静的面孔和沉着的目光,我才又觉得他并不是故意要使我吃惊。

"想让我们假装不认识您是不可能的,华生医生,"他说道,"我们在这里早已经看到了您侦探案件的记述了。当莫提默对我谈起您的时候,他也不能否认您的身份。您既然到了这里,必然是歇洛克·福尔摩斯先生本人也对这件事发生了兴趣,所以我也就很想知道一下他对这件事的看法究竟是什么。"

"恐怕我无法回答这个问题。"

"冒昧地问一下,他是否要亲自来这儿呢?"

"目前他还不能离开城里,他正集中精力搞别的案子呢。"

"太可惜了!他也许能把这件复杂的案子解决呢。当您在进行调查的时候,如果我能效劳的话,您尽管差遣好了。如果我能知道您准备如何进行调查,我也许马上就能给您协助或提出建议来呢。"

"我在这里只不过是来拜访我的朋友亨利爵士,而且我现在不需要任何帮助。"

"太好了!"斯泰普尔顿说道,"您这样小心谨慎完全是必要的。我受到斥责完全是罪有应得,我的想法只是多管闲事。我向您保证,以后我再也不提这件事了。"

之后我们走过了一条狭窄多草的由大道分岔出去的小路,曲折地穿过沼地。右侧是陡峭的乱石堆满的小山,多年前已被开成了花岗岩采石场,向着我们的一面是暗色的崖壁,缝隙里长着羊齿植物和荆棘,在远处的小山坡上,飘着一层灰色的烟雾。

"顺着这条沼地小道慢慢走一会儿，就能到梅里皮特了，"他说道，"也许您能分出一小时的时间来，我很愿意介绍我的妹妹给您认识。"

首先我想到应当陪伴着亨利爵士，可是随后又想起了堆在他书桌上的文件和证券，显然这些事情上我是无法帮他忙的，而且福尔摩斯还曾特意地说过，我应当对沼地上的邻居们加以考察，因此我就接受了斯泰普尔顿的邀请，一起转到了小路。

"这片沼地可真是个有趣的地方，"他说道，并向四周环顾。起伏不平的丘原，像是绵延的绿色浪潮；凌乱的花岗岩山巅，好像是被海浪激起的怪状的水花。"您永远也不会对这沼地感到厌倦的，这片沼地您简直就无法想象，它那样的广大，那样的荒凉，那样的神秘。"

"那么说，您对沼地一定很了解了？"

"我在这里也就住了两年，当地居民还称我新来的呢，我们来的时候，查理士爵士也是刚在这里住下没有多久。

"我的兴趣就是观察这乡间的每一个地方，所以我想很少有人能比我对这里知道得更清楚了。"

"要想弄清楚这里是很难的事吗？"

"很难。比如说吧，北面的这个大平原中央，矗立着了几座奇形怪状的小山。您看得出来有什么特殊之处吗？"

"这倒是个纵马狂奔的好地方。"

"您当然会这样想，可是到目前为止，这种想法已不知葬送了多少条性命了。您看得见那些布满嫩绿草地的地方吗？"

"是啊，看来那地方要比其他地方更肥沃得多。"

斯泰普尔顿大笑起来。

"那里就是格林本泥沼，"他说，"在那里只要走错一步，不论人畜，结局都是死亡。就在昨天，我看到一匹小马误闯其中，就再也没法出来了。我看到它在泥沼中伸长了脖子挣扎了很久，但最终还是沉了下去了。就算旱季想要通过这一带都很危险，何况雨季后就更可怕了。但是我可以一直深入中心再安然无恙地走回来。上帝！又是一匹不幸的小马！"

有个棕色的物体在绿色草中翻滚，然后挣扎扭曲的脖子长长地向上伸着，悲惨的嘶声不停地在旷原中回响。这个恐怖的情景让我全身发冷,但我同伴的神经似乎比我坚强得多。

"不见了!"他说,"泥沼把它吞没了。两天已经两匹马了,也许还不止,因为它们在旱季可以一直走到那里,不会觉得有什么不对劲的地方,一直到泥沼困住了它们。这大格林本泥沼实在是个很可怕的地方。"

"你说你能深入这里?"

"是的,那里有一两条小路,只有身手矫健的人才走得了。我很清楚那些小路的分布。"

"但你为什么要到这么恐怖的地方去呢?"

"噢,你看到那边的坡地了吗?它们相当于是四面长年被这些无法通过的泥沼地包围的孤岛,那上面有许多稀有的植物及蝴蝶,只要你有办法通过,就能采集到它们。"

"也许有一天我也会去试试运气。"

他惊奇地看着我的脸。

"看在上帝的份上,千万不要这样想,"他说,"否则我就成罪人了。我敢说你几乎没有生还的可能。我是因为能记得那些很复杂的地面标记才有办法做到。"

"上帝!"我叫道,"那是什么?"

一声长而低沉的悲惨低吟响过整个旷原,声响回荡在整个空气中,却说不出它来自哪里。然后低吟变成了深沉的吼声,接着它又变回悲惨翻滚的呻吟。斯泰普尔顿带着好奇的神色望着我。

"这旷原真是个奇怪的地方!"他说。

"刚刚那是什么声音?"

"这里的农夫说那是巴斯克维尔猎犬在捕食的叫声。我以前听到过一两次,但是从没有这样大声过。"

我心中不由得生出一阵恐惧,不由自主地朝这片上面长着一块块绿色灯心草丛的旷原望去。然而旷原上什么也没有,只有一对乌鸦在我们身后的凸岩上呱呱乱叫。

"你是个受过高等教育的人,你不会相信这种无聊的传说吧?"我说,"你认为这种奇异的声音是从哪来的?"

"沼泽有时候是会发出些古怪的声音。由于泥沼下沉或水位升高,诸如此类的。"

"不,那是生物声音。"

"嗯,也有可能。你听过鹭鸶的叫声吗?"

"没有。"

"那是一种稀有的鸟,现在在英国几乎已经绝种,但在这旷原上说不定可能会有。如果说我们刚才听到的是最后一只鹭鸶的叫声,那可太幸运了。"

"这真是我这辈子听到过的最古怪的声音。"

"是的,这里被称为怪异的地方。你看那边的坡地,看出什么没有?"

整个陡峭的坡地布满了一圈圈的灰岩石,至少有二十块之多。

"那是什么?羊圈吗?"

"不,它们是我们祖先的坟墓。史前时代的人大部分住在旷原上,不过之后就没什么人在这里定居了,因此我们看到的这些屋子,里面的东西还是当时的人留下的样子。这些小屋没有屋顶,如果你想进去看看,还可以看到他们的炉灶和床。"

"这片房舍非常大,像个小镇。是什么时候的人住的?"

"新石器时代的人,没有年代。"

"那他们做些什么呢?"

"他们在这些坡地上牧牛。铜剑代替石斧之后,他们开始懂得从土里挖出锡来,你看对面坡地上的沟,那就是之前他们留下的痕迹。华生医生,这旷原上你一定会发现许许多多稀奇古怪的地方。请等一下!那一定是稀有的弄花蝶。"

一只像苍蝇或飞蛾的东西从我们行走的小道前飞过,斯泰普尔顿立刻快步冲上前去追捕。出乎我意料的是,那东西径直向旷原飞去,而我的新相识却毫不迟疑地跟在它后面从一丛草中跳到另一丛草中,并且不停挥动手中的绿色捕蝶网。他灰色的衣服,以及跳动的身影使他看起来更像一只大飞蛾。我惊诧地看他快速地跳动着,担心他会不会在满是壕沟的旷野上摔倒。就在这时,我听到身后有脚步声响起,转过身来,发现身旁的小径上走来一位女士,她来的方向,由炊烟显示正是梅里皮特宅邸的方向,但是旷原在此段突然低陷下来,因此一直到她离我很近时,我才看到她的身影。

她就是我曾听说过的斯泰普尔顿小姐,因为旷原上的女性很少,而且我还记得有人说她是位美女。这个走近的女子正是那样,而且是那种很不寻常的美。这对兄妹长相完全不同,斯泰普尔顿肤色白,有着浅色头发及灰眼睛,而她则比我曾经见过的浅黑型的英国女性色泽都要更深一些,而且瘦高、优雅。她有一张高傲且娇好的面容,若不是她性感的嘴及美丽的黑眼睛,真会让人觉得她的脸是个完美的塑像,再加上她美好的身形配上高雅的服装,在这荒僻的旷原小径上出现,实在是极奇特的景致。我转身时,她的眼光正盯在她哥哥身上,然后她加快速度走过来。我举起了帽子,正准备说些赞美的话语,她的话却把我的思想转到另一个新的方向。

"回去!"她说,"立刻回伦敦去。"

我惊奇地看着她。她双眼有神地看着我,脚不耐烦地踩着地面。

"为什么要我回去?"我问道。

"我没办法跟你解释。"她低声急切地说,语调奇怪并且很不清晰,"看在上帝份上,照我说的去做。回去,再也不要踏进旷原一步。"

"但我才刚来啊。"

"上帝!"她叫道,"这是为你好知道么?回伦敦去!今晚就走,什么都别问,马上离开这里!嘘!我哥哥来了!不要提起刚才我说的任何的话。可以把那边马尾草中间的兰花摘给我吗?旷原上兰花很多,不过你来得晚了,没看到兰花盛开时这里有多美。"

斯泰普尔顿已放弃追捕,面红气喘地来到我们面前。

"啊!波儿。"他向她打招呼,但我觉得他的声音似乎并不友善。

"噢,杰克,你怎么看起来满头大汗?"

"是的,我刚才在追捕一只稀有的弄花蝶,这个季节很少会看到这种蝴蝶,真可惜我没追到!"他不经意地说着,但他的眼睛却眨也不眨地看着女孩,然后又转向我。

"我看你们已经互相自我介绍过了。"

"是的。我正在向亨利爵士说他来晚了,看不到旷原真正美丽的景象。"

"天呐,你以为这位先生是谁?"

"我猜一定是亨利·巴斯克维尔爵士。"

"不,"我说,"我是他的朋友,华生医生。"

她生动的脸上掠过一抹尴尬的神色。"我显然弄错谈话对象了。"她说

"啊,原来你们还没怎么谈话啊。"她的兄长说道,仍是带着狐疑的眼神。

"原来是华生医生,我还当他是回乡的爵士呢,我不知道你只是来做客的,"她说。"那就一起来看看梅里皮特家的屋子吧,请吧!"

没走多长时间,我们就到了沼泽地上一幢孤独、冷清的房子,以前兴旺的时候,这里曾是牧场,后来主人走了,现在经过修葺,改成一幢新式住宅,四周果园环绕。可是栽的树如同所有沼泽地上的树一样,矮小,饱受摧残。总体上而言,这里给人低沉阴郁的感觉。一个长相怪异、衣服旧得掉色的干瘪老男佣把我们迎进屋里,他的模样同这幢房子倒挺相配。然而屋子里面,可就大不一样了,几个大房间,摆设布置都很高雅,看得出都是女士的情调和趣味。我从他们家的窗口看出去,望着广阔的沼泽地,上面布满灰色花岗岩石,高低绵延伸向极目的地平线,不禁感到奇怪,是什么原因让这位受过高等教育的男士和这位美丽的女士要住到这种地方来的呢?

"您在想我为什么会住在这个奇怪的地方,是不是?"我没问,男士倒先看透了我的心思。"我们有办法让日子过得快活。我说得对吗,贝丽尔?"

"很快活,"女士说,可是可以听得出话音勉强,没有自信。

"我原来是办学校的,"斯泰普尔顿说。"那是在北方的乡村。那种工作对我这个人的性格不合适,太机械,没什么趣味。不过,能和孩子们一起生活,引导他们,培养他们,按照每个人的个性,造就他们的理想、品格,也是我很愿意做的。谁料我运气不好,学校里突然发生了急性传染病,死了三个男孩。遭受这一打击,便一蹶不振,家底也全贴了进去,赔得精光。跟孩子们做伴虽说有趣,可是这种生活丧失了也就丧失了,我不得不另找出路。因为我对植物学、动物学原本就很有兴趣,在这里我发现了一个无限广阔的天地,足以施展我的才能。好在我妹妹也同我一样,是个热爱自然,想往自然科学的人。您从我家窗子向外看出去,心里的所有疑问从脸上都能看出来,华生医生。"

"我自然会产生疑问,心里在想这儿是多么单调乏味。您恐怕还好,令妹可就耐不住寂寞了吧?"

"不,我一点也不感到寂寞。"他妹妹急忙说。

"我们有许多书,有自己的研究工作,而且还有友好邻居,很合得来。莫提默医生在自己的行业中最有学问了,不幸的查理士爵士也是个可敬的好朋友。我们最了解他,心里不知对他有多么怀念。您觉得我是不是该去拜访一下亨利爵士？今天下午就去不碍事吧？"

"我相信他见到您一定很高兴。"

"那好，麻烦您顺便替我说一声，就说我打算登门拜访。我们也好略表诚意，使他早日有回家之感，对这里的新环境尽早习惯起来。您楼上请吧，华生医生，来看看我收集的鳞翅目昆虫？可以说，在英国西南部，这里是最全的标本。等您看完，午饭也就准备得差不多了。"

我现在急于要回去，因为我有责任在身。阴森的沼泽地，小矮马悲惨丧命，与巴斯克维尔猎犬的传说相关联的令人毛骨悚然的声音，所有这一切都给我的思想蒙上一层忧伤的阴影。然而这些只是印象，或多或少有些模糊不清，因此都在其次；最要紧的是斯泰普尔顿小姐的警告，那是确凿的事实。她说得那么紧急、恳切，这其中一定有缘故，事情还牵涉得很深重。所以不管斯泰普尔顿如何坚持、挽留我用午餐，我还是拒绝了，急切地告辞出门，踏上回程，我仍走来时的那条荒草小道。

大概是路熟有捷径的关系吧，正当快要走上大路的时候，我大吃一惊，见前面斯泰普尔顿小姐已坐在小路旁的一块石头上了。她因为追我太急，脸上泛着美丽的红晕，一只手叉在腰间。

"我抄近路跑来的，为了能截住您，华生医生，"她说。"我来不及了，连帽子也没戴。我不能待太久，不然哥哥要找我了。真是对不起，把人都会认错，把您当成了亨利爵士。请把我的话都忘了吧，那些话跟您没关系。"

"可我无法忘记，斯泰普尔顿小姐，"我说。"我是亨利爵士的好朋友，他的利害与我有直接的关系，我不能不管。告诉我，你为什么那么着急要亨利爵士回伦敦去？"

"一个平凡的妇人一时的念头，华生医生。等您对我有了更深的了解，您就会知道，我的行动不一定都讲得出道理。"

"不对，我明明看到你说话时都发抖了，你那个眼神我现在还记得。请求你，

和我说实话。因为,斯泰普尔顿小姐,我一到这里,就感到我身边到处都是疑团。生活在这里,变得像格林本大泥沼一样,到处是一块块小小的绿草地,掉进去就陷在里头,可又没有人引领你到对的路上去。告诉我,你究竟是什么意思,我保证把你的忠告如实转达给亨利爵士。"

一丝犹豫掠过她的脸,但当她想要回答我的时候,一下子又再一次坚定下来。

"您想得太多了,华生医生,"她说。"我哥和我都为查理士爵士去世很伤心。我们跟他非常熟悉,他之前总是过沼泽地到我家来,最喜欢走这一段路。他家以前遭遇的祸事一直压在他的心头,印象太深,直到这次出事,我很自然就想到,事情一定又是老问题,他一直说心里害怕。这回他家里又有新的主人来住下,我就担心,所以还希望向他提出忠告,说这里不太平。我的意思就是这些。"

"什么不太平呢?"

"您知道猎犬的事吗?"

"这种无稽之谈,我不相信。"

"可我信。要是亨利爵士能听您话,请您劝他走,这地方不要久待,他这儿的家一直出人命。世界很大,为什么非要住在这个危险的地方?"

"就正因为这里是个危险的地,他才要来,这是亨利爵士的性格。我怕不可能叫他离开这里,除非你把原因讲得更明白更确切一点。"

"再确切的,我也讲不出了,我真没有别的意思了。"

"我得再问你一句,斯泰普尔顿小姐,你说没有其他的原因,那么你为什么不想让你哥哥知道你说的话?这里面的事又与你哥哥或是旁人有什么关系呢?"

"我哥很希望庄园里有人住进去,他的想法是,这样会对沼泽地的穷人有好处。所以要是让他知道我说了这些话,万一真的让亨利爵士跑掉了,他准会发火。好了,我现在已经没什么可说了。我得赶紧走,不然哥哥会找我,而且会怀疑我一定是来找您了。再见吧!"她一转身,没几分钟便消失在眼前。而我怀着满腔的疑虑和担忧,加紧步子赶回巴斯克维尔庄园去。

八　华生医生的第一份报告

从现在起,我要按照事态的发展,把过去写给歇洛克·福尔摩斯先生的原信逐一抄录,这些信件都仍然放在我的案头。信件中有一页已经遗失,但并不碍事,依然记录下了一切经过,如实地反映了全貌。并且这是我当时的真实心情和疑虑,相比之下,仅靠记忆来写,当然更为准确;虽然事实上我对这些可悲的事件仍然记忆犹新。

巴斯克维尔庄园,十月十三日

亲爱的福尔摩斯:

我先前曾给你去过信和电报,我想你已经了解在这个地方发生的一切。一个人在这里待得越久,沼泽地的阴暗之气和无边的苍凉连同可怖的魔鬼,就越深深地侵入灵魂。你一旦进入沼泽地的中心,就再也看不到现代英国的丝毫痕迹,而只有相反的一面。在此地到处可以发现史前人类居住和活动的迹象。你随意走走,周围便是那些古人的住屋以及他们的坟冢,还有高大的石柱。这些石柱估计是神庙的标志。望着灰色石屋遍布于垦挖得满目疮痍的山坡,你会忘掉自己的年龄,不知身处什么年代。如果看到从低矮的门洞里钻出个身披兽皮、毛发蓬乱的人,将燧石箭头的箭杆搭向弓弦一时,你会感到,这本该是他的地盘,是他的领地,而不是你该来的地方,不是你的地盘。他们怎么能如此密集地居住在一直那么贫瘠的地区,真是桩怪事。我不是考古学家,但是我能想象出,他们不是好战的民族,以致被迫接受这块他人不愿意居住的地方。

然而所有这些,跟你派我来这里执行的任务并没有关系,而且对你这样只讲事实的人来说,可能并无兴趣。我还记得对于究竟是太阳绕着地球转还是地球绕着太阳转的问题,你的态度完全是漠不关心。还是让我言归正传吧,谈谈亨利·巴斯克维尔爵士。

你近日未曾收到我的信,是因为至今没有特别的事发生。现有一紧要情况发生,于是我向你叙述。但首先,我想使你对此情况的有关方面有个初步了解。

其一，前几天说起过，那就是沼泽地区有一逃犯之事。现已完全确信，该犯业已逃逸，这对本地区住得极为分散的居民可以说是福音，能大大松一口气了。自其逃跑至今，已有半月，在此期间，他消失得全无踪影。当然，单就藏身之所而言，这里丝毫也不困难，到处都有小石屋，足以做栖身藏匿之所，但是食物来源不足。我因此在想该犯可能还远遁他乡，所以即使住得较远的农夫也可高枕无忧了。

此间共有四个男人，都身强力壮，自身的安全肯定没有问题。只是想起斯泰普尔顿，心中就有点不安。他家周围数英里之内无人居住，一旦出事的话就孤立无援。家中有一女仆、一男仆及兄妹两人，而这个哥哥也并非身强体壮，这一家万一被诺丁山逃犯这样的亡命徒破门而入的话，便束手无策，难以对付。亨利爵士和我两人都很关心他们一家的安全，曾想让马夫珀金斯过去夜宿，但斯泰普尔顿本人却没有表示接受的意思。

有一事实，那就是我们的这位准男爵朋友已开始对我们的女邻居表现出好感。这其实也不足为奇，对他这样一个血气旺盛的年轻人来说，在这个沉闷的地方，度日实在无聊。何况女邻居又是一位动人的美貌女子。在她身上，带有明显的热带女郎的异国情调，这同她哥哥的冷漠无情形成强烈的对比。而亨利爵士这边，也使人感到内心深藏着如火的情感。女邻居肯定也感受到了他的魅力，我也曾观察到她说话时的样子，眼睛不住地朝他看，好像自己说的话必须都要取得他的赞同一般。我确信他对她一片痴心，他两眼发散出渴望的光芒，薄薄的双嘴表现出内心的坚定，这都显示其善独特的性格，你可能也会觉得他有趣而值得研究。

第一天他就来拜访了巴斯克维尔爵士，第二天早晨，他又领着我们两人去看据说是关于修果的那段传说中的出事地点。我在沼地里走了好几英里才到，那个地方十分荒凉，很能使人触景生情，联想出那个故事来。我们在两座乱石岗中间发现了一条短短的山沟，顺着这条山沟走过去，就到了一片开阔而多草的空地，到处都长着白棉草。空地中央矗着两块大石，顶端已被风化变成了尖形，很像是什么庞大的野兽的獠牙。这个景象确实和传说中悲剧的情景相符。亨利爵士很感兴趣，并且不止一次地问过斯泰普尔顿，是否真的相信妖魔鬼怪可能会袭击人类的事。他说话的时候，表面看起来似乎漫不经心，可是很容易发现，他内心是非常认真的。斯泰普尔顿回答得非常小心，看得出来他是要尽量少说，似乎是在考虑准男爵的情绪,他不愿把自己的意见全部表达出来。他和我们说了一些类似的事情,说有些家庭也曾遭受过这个恶魔的骚扰,所以他让我们感到他对这件事的看法也和一般人一样。

在回去的途中,我们在梅里皮特吃了午饭,亨利爵士和斯泰普尔顿小姐就是在那里结识的。他一见她似乎就被疯狂地吸引住了,而且我敢肯定,这种爱慕之情还是出自双方的。在我们回家的路上,他还一再地提起她。从那天起,我们几乎每天都和这俩兄妹见面。今晚他们在这里吃饭时就曾谈到我们下礼拜到他们那里去的问题。人们一定会认为,这样的一对恋人结合的话,斯泰普尔顿一定会很欢迎的,可是我不止一次地看到过,每次亨利爵士对他妹妹稍加注视的时候,斯泰普尔顿的脸上就露出极为强烈的反感。他肯定是非常喜欢她的,没有了她,他的生活就会非常寂寞,可是如果他因此而阻碍这样美好的婚姻,那未免就太过于自私了。我敢肯定地说,他并不希望他们的亲密感情发展成为爱情,而且我还多次发现,他曾想尽方法避免使他俩有独处的机会。你曾指示过我,永远不许亨利爵士单独出门,可是在其他种种困难之外再加上爱情的问题,这可就难办了。如果我坚决彻底地执行你的命令的话,那我就可能会变成不受欢迎的人了。

那一天,更准确地说是星期四,莫提默和我们一起吃饭,他在长岗地方发掘了一座古坟,弄到了一具史前人的颅骨,他为之喜出望外。真没有见过像他这样一心一意的热心人!后来斯泰普尔顿兄妹也来了,在亨利爵士的请求之下,这位好心肠的医生就领我们到松木小道去了,给我们说明了在查理士爵士丧命的那天晚上,事情发生的全部经过。这次散步既漫长而又沉闷,那条松木小道被夹在两行高高的树篱中间,小路两旁各有一条狭长的草地带,尽头处有一栋破旧的凉亭。那扇开向沼地的小门在正中间,老爵士曾在那儿留下了雪茄烟灰,是一扇装有门闩的白色木门,外面就是广阔的沼地。我还记得你对曾经这件事的看法,我在心中试着想象出全部发生过的事情的情况。大概是当时老人站在那里的时候,他看见有什么东西穿过沼地向他跑了过来,那东西把他吓得惊慌失措地开始奔跑,一直跑到心力衰竭而死为止。

他就是顺着那条长而阴森的小道奔跑的。可是,他为什么会跑呢?是因为沼地上的一只牧羊狗吗?还是看到了一只黑色大猎狗呢?是有人从中搞鬼吗?是不是那白皙而警觉的拜瑞莫对他所知道的情况还有所隐瞒呢?这一切都显得扑朔迷离,可是我总觉得幕后有罪恶的阴影。

从上次给你写信之后,我又遇到了另一个邻居,就是拉夫特庄园的弗兰克兰先生,他住在我们南面大约四英里远的地方。他是一位长者,面色红润,头发银白,性情暴躁。他对英国的法律有着癖好,并为诉讼花掉了大量的财产。他之所以与人打官司,不过是为了获得诉讼的快感,至于说站在问题的哪一面,则全都一样,无怪乎他要感到这真是个费钱的喜好呢。有时他竟隔断一条路并公然反抗教区的命令;有时竟又亲手拆毁别人的大门,并声言很久很久以前这里曾是一条通路,反驳主人对他提出的侵害诉讼。他精通多项法律,他有时会利用他的知识保护弗恩沃西村居民的利益,可是有时又用来反对他们。因此,根据他所做的事,他就时而被人胜利地抬起来走过村中的大街,时而被人做成草人烧掉。据说目前他手中还有七宗没有结案的讼案,说不定这些案件就会吞光他仅剩的财产呢。到那时候,他就会像一只被拔掉毒刺的黄蜂那样再也不能祸害他人了。如果把法律问题放开不谈,他倒像是个和蔼可亲的人。我不过只是随便提到他而已,因为你特别嘱咐过我,应该寄给你一些周围人们情况的描述。他现在正在莫名其妙地忙着,他是个业余天文学家,有一架绝佳的望远镜,他就一天到晚地爬在自己的屋顶上,用它向沼地上瞭望,希望能发现那个逃犯。如果他能把精力都花费在这件事上,那么一切也就都能太平无事了,可是据谣传,他现在正想以未得死者近亲的同意而私掘坟墓的罪名控告莫提默医生。因为莫提默从长岗地方的古墓里掘出了一具新石器时代人的颅骨。这位弗兰克兰先生确实有助于打破我们生活的单调,并在我需要的时候使我们得到一些小乐趣。

好了,现在我已把逃犯、斯泰普尔顿兄妹、莫提默医生及拉夫特庄园的福兰克兰等人的情况都向你报告过了。最后要说的也是最重要的事,是有关拜瑞莫夫妇的,尤其是昨晚的一些意外发现。

首先,那封你由伦敦寄出试探拜瑞莫当时是否在庄园的电报,我已经解释过了,电讯局长的证词显示这次试探没有任何意义,我们既不能证明他在,也不能证实他不在。我向亨利爵士说明了事情的状况，他立刻以他明快的处事方式，叫拜瑞莫前来，问他是否亲自收到了那封电报，拜瑞莫说是的。

"那孩子把电报亲手交到你手上的吗？"亨利爵士问。

拜瑞莫似乎有点意外他会这么问，于是想了一下。

"不，"他说，"当时我在阁楼上，是我的妻子拿上来给我的。"

"是你亲自写的回电吗？"

"不是，我告诉我妻子该怎么回，她下楼去写的。"

傍晚的时候，他自己又再次提起这件事。

"亨利爵士，我不了解你今天早上问我那些话的目的到底是什么，"他说，"我想这应该不会是表示我做了什么欺瞒你的事吧？"

亨利爵士一再保证他没有这个意思，并且还把他的旧衣服给了他一大半安抚他。因为他伦敦的衣箱已全部运到了。

我对拜瑞莫太太十分好奇。她是个高大结实的女人，非常拘谨，人品端正，像个清教徒，你很少碰到比她更不愿意表现情感的人。但是，我曾告诉过你，我们到这里的第一晚，我曾听到她悲痛至极的哭声。从那之后，我不只一次看到她脸上有泪痕，她心中肯定藏着很深的哀伤。有时我怀疑是否有某种罪恶的回忆折磨着她，有时我又怀疑拜瑞莫在他们家中凌虐她。我一直觉得这个人性格诡异，而且很值得怀疑，昨晚的经历着实把我的疑虑推到了最顶点。

这件事本身看起来似乎微不足道。你知道我并不是个睡得很沉的人，自从我开始负责这幢庄园的事后，就更容易惊醒了。昨晚大约两点钟左右，我被经过我房门口的轻轻的脚步声惊醒，我打开房门向外小心窥探，走廊上有个长长的黑影，是一个男人手持蜡烛轻步走过通道所投射下的影子。他穿着衬衫长裤，但没穿鞋，我能看到的只是一个轮廓，但从他的高度推断起来是拜瑞莫。他走得很慢而且十分小心，偷偷摸摸地像在干什么坏事。

我曾经跟你提过，这个走廊被骑楼所隔断，但在另一头又会延伸过去。我等他消失在视线之外后，立刻跟踪上去。当我绕过骑楼，他已到了走廊的另一端，从其中一间房中透出的微光，我知道他已经进了那房间。然而，所有这些房间都没有家具，没人居住，因此他的行动就更令人不解。灯光很稳定，显示他似乎没有走动。我尽可能悄无声息地慢慢地走过去，偷偷从门边向里窥视。

拜瑞莫弯身靠在窗边，蜡烛贴着玻璃，我看到他的侧面，当他望向窗外漆黑的旷原时，神情不安，仿佛有所企盼。他站着凝神张望了一会儿，然后深深叹了口气，很不耐烦地熄了烛火。我立刻转身回我房间，很快，轻轻的脚步声再一次经过我的房间门口。很久之后，我慢慢入睡，似乎听到有钥匙开锁的声音，但说不清楚声音是从哪里来的。所有这些到底是怎么回事，我完全猜出来，但在这幢阴森的庄园中，肯定正进行着某些秘密的事，迟早我们会查出结果。我不会用我的想法干扰你，因为你只要我陈述事实。今早我与亨利爵士长谈过，我们针对我昨晚所见，订了个计划，我现在暂时不说，但我下一个报告肯定会让你极感兴趣。

九　华生医生的第二份报告

巴斯克维尔庄园，十月十五日寄

亲爱的福尔摩斯先生：

　　如果说刚开始我担当起这个使命的时候，在无可奈何的情况下，我没能提供给你多少消息的话，我现在正设法弥补已经失去的时间，而且现在，在我们的周围，事件发生得频繁且复杂起来了。在我之前的那篇报告里，我把高潮结束在拜瑞莫站在窗前那里，如果我没有估计错的话，现在我已掌握了会使你相当吃惊的线索。事情的变化完全出乎我意料之外。从许多面看来，在过去四十八小时里，事情已经变得清楚多了，可是从另一个角度来看，又似乎变得更加复杂了。我现在就把全部情况都告诉你，你自己去加以判断吧。

　　在我发现那桩怪事以后的第二天早饭以前，我又穿过走廊，察看了一下昨晚拜瑞莫去过的那间屋子。在他专心致志地向外看的西面窗户那里，我发现了和屋里其他窗户都不同的一个特点——这窗户是面向沼地开的，在这里可以俯瞰沼地，而且距离最近，在这里可以透过两树之间的空隙一直望到沼地，而由其他窗口则只能远远地看到一部分。因此可以推断出来，拜瑞莫一定是在沼地上找什么东西或是在找什么人，因为要这样做的话只有这个窗户最适用。那天夜里非常阴暗，因此我很难想象他能看到什么人。我曾突然想到，这也许是在搞什么恋爱的把戏，也许还可以说明他这种偷偷摸摸的行动和他妻子的不安之间有某种关系。他是个相貌出众的人，足以使一个乡村女子对他爱慕不已，因此这一说法看来还是稍有根据的呢。我回到自己房间以后所听到的开门声，可能是他出去赴约了。因此到了早晨我自己推敲起来，尽管结果也许证明我的这种怀疑是完全没有根据的，但是我还是把所怀疑的所有事情都告诉你吧。

不管究竟应该怎样才能正确地解释拜瑞莫的行为，我总觉得在我能解释清楚之前，要把这件秘事不说出去对我是个很沉重的负担。早饭之后我到准男爵的书房去找他的时候，把我所见到的事都告诉了他。可是他听了以后并不如我想象的那样吃惊。

"我早知道拜瑞莫在夜里经常走动，我曾经想和他谈一谈这件事，"他说道，"我曾两三次听到他半夜在过道里走来走去的脚步声，时间恰好和您所说的差不多。"

"那么，也许他每晚都会到那窗前去一趟。"我提醒道。

"也许是吧。如果真是这样的话，咱们可以跟踪他一下，看看他究竟在干什么。我真不晓得如果您的朋友福尔摩斯在这里的话，他会怎么办。"

"我相信他一定会像您所建议的那样采取行动，"我说道，"他会跟踪拜瑞莫，并看看他干些什么事。"

"那么咱们就一块干吧。"

"可是，他一定会听到咱们的动静。"

"这个人有点耳聋，而且无论如何咱们也得抓住这次机会。""咱们今晚就一起坐在我的屋里，等他走过去。"亨利爵士高兴地搓着双手，显然他很喜欢来这么一次冒险，以消解他在沼地生活的枯燥。

准男爵已和曾为查理士爵士拟订修筑计划的建筑师与来自伦敦的营造商联系过了，还有来自普利摩斯的装饰匠和家具商。因此，不久之后我们可能就会看到庄园巨大的变化了。显然，我们的朋友怀有巨大的理想，并决定不辞辛苦、不惜代价地来恢复这个家族的威望。在这所房子经过整修刷新并重新布置之后，还需要的也就是一位夫人了。我们可以从一些迹象中看清楚，只要这位女士愿意的话，这一点就太简单了，因为我很少见过一个男人会像他对我们的美丽的邻居斯泰普尔顿小姐那样地着迷。可是真正爱情的发展并不像人们所期望的那样顺利。譬如说，平静水面般的爱情今天就被一阵意想不到的波澜所打乱了，给我们的朋友造成了很大的不安和烦恼。

在结束了我曾提过的那段关于拜瑞莫的谈话之后，亨利爵士就戴上帽子准备出去了，当然我也准备跟他出去。

"什么，您也去吗，华生？"他问道，并怪模怪样地望着我。

"那就看您是不是要到沼地去。"我说。

"是的，我是到那里去。"

"您知道我所接受的委托。我很抱歉妨碍到您，可是您也听到过福尔摩斯是怎样坚持说让我一步也不该离开您，尤其是您不能单独到沼地去。"

亨利爵士带着愉快的微笑并把手扶在我的肩膀上。

"我亲爱的伙伴，"他说道，"虽然福尔摩斯聪明无比，可是他并没有预料到自从我到了沼地以来所发生的这些事情。您明白我的意思吗？我相信您不愿意做一个妨碍别人的人吧。我一定要单独出去。"

这事使我处在很为难的地位，我不知道该说什么，该怎么办才好。就在我还没有下定决心怎样办的时候，他已拿起手杖走了。

我把这事重新考虑了一下之后，自己内心受到了强烈的谴责，我不应有任何理由允许他脱离我的视线。一旦我回来向你承认，由于没有执行你的指示，因而出了大事的话，心中滋味真是难以想象。说真的，一想到这里，我脸颊都发烫了。去追他，现在还不算晚。我立即拔腿朝亨利爵士离开的方向跑去。

我以最快的速度一路奔跑，跑到了沼泽地岔口的地方，不见亨利爵士人影。我担心自己会弄错方向，所以爬上了一座小山冈，以便登高望远，确定一下方位。我这才一眼望见了他，他正在沼泽地小路上，距我大约四分之一英里远，身旁有一位女士，不用说那肯定是斯泰普尔顿小姐。他们二人已经心心相印，会面是早就约定好的。二人肩并肩，缓缓而行，偶有耳语。接着我看见女士急切地摆摆双手，好像是表示自己说的话很当真。而爵士在身旁也听得十分专注，并有一两次摇摇头，表示绝对不能表示同意。我站在岩石中间仔细地注视着他们，不知下一步该怎么做才好。如果追上去打断两人亲密的谈话，那样太无礼了；而我的责任是明确的，不许他有一时一刻不在我的眼皮底下。秘密跟踪，窥视自己朋友的隐私，真是一项可耻的任务。当然，我也只能在这山冈上看着，除此以外没有更好的办法。那么只好事后向他坦白承认自己的所为，以求良心上的救赎。如果万一这时发生险情危及他的生命安全，我也离他太远，鞭长莫及，起不了多少作用。

不过我相信，你会同意我的看法，处于这种处境确实十分为难，我也确实没有办法了。我们的朋友亨利爵士和这位女士在小路上停下了脚步，站在那里沉浸在窃窃私语之中，这个时候我突然发现窥探他们俩幽会的不只我一人。我眼前突然一闪，闪出一样绿色的东西在空中晃动，再定睛一看，原来是斯泰普尔顿，带着他绿色的扑蝶兜网。他距离那对情侣比我近得多，而且他正在朝他们二人走去。就在此刻，亨利爵士猛地把斯泰普尔顿小姐拉近身边，用胳膊将她拥在怀里。但是，我好像看见她在挣脱，别转脸去；他向她俯首下去；她举起一只手，像是在挡他。一下子，我又见他们受惊吓似的一跳分开，慌忙转开了身子。是斯泰普尔顿把他们给打断了。他像发疯似的朝他们奔跑去，那扑蝶兜网在他肩后乱晃。他在一对情侣面前大发雷霆，激动地指手画脚。他那个样子到底是什么意思，我还不太明白。接着看出来了，斯泰普尔顿是在责骂亨利爵士，爵士一味在作辩白，可是他根本不听，而且更加火大。女士站立一旁，不敢吱一声。后来斯泰普尔顿猛一转身，朝妹妹狠狠招了一下手。妹妹犹豫地向亨利爵士看了看，然后跟在哥哥身旁一同走了。这个生物学家朝自己妹妹做出强烈的手势，说明他也迁怒于自己的妹妹。准男爵呆立在那里，朝他们的背影看了一会儿，也就慢腾腾转身，向着回头路上走，一副垂头丧气的样子。

这到底是怎么回事，我还说不准。于是我跑下山，来到山脚下迎住准男爵。他脸气得通红，眉头拧紧，掉了魂似的不知所措。

"天哪，华生！您从哪里掉下来的？"他说道。"这么说，您还真是跟着来了？"

我向他解释了一切，告诉他我看到的一切。忽然间，他火冒三丈，向我逼视。但是我坦白相告的诚实态度平息了他的怒气，他懊悔之余，也只好哈哈大笑了。

"我总以为，跑到这荒郊野外来，应该是相当安全的地方，有些事不会给人发现，"他说，"可谁知道，真是岂有此理！跟全乡人都出来看你的戏似的，让人看着我求爱真是倒霉透顶！您预订了什么好位置？"

"就在小山上头。"

"太后面了吧？让她哥哥倒是占了前排。您看见他向我们扑过来吗？"

"是的，看见了。"

"您见过他发神经病吗？"

"没有，没有过。"

"我也说呢,从来没有。直到今天,我一直认为他是个精神正常的人,完全正常的。可是您记住我今天说的,总有一天,要么是他,要么是我,肯定得穿上疯子紧身衣服,约束约束。我有什么地方做错了?您跟我在一起生活了几个星期,一直没分开,华生,跟我说实话,直说!她是我自己心爱的女人,他却不许我做她的丈夫,为什么?"

"依我说,不允许是不合适的。"

"他总不能反对我的家世地位吧!那一定是我自己有什么缺点让他看不上。他讨厌我什么呢?我长这么大,从来没伤害过别人,所有我认识的人们,一个都没有,没一个。可他简直都不许我碰她一根手指头!"

"他是这么说的?"

"他这么说了。哪止这些,比这多得多呢。我告诉您华生,我跟他妹妹认识也就不过几个星期,可从第一眼见她,就觉得她就是为我造出来的,而她呢,也是只要和我在一起,就觉得快活。这是真的,我敢发誓。女人的眼睛,比讲话还明了。可是她的哥哥就是不许我们在一块儿。好不容易挨到了今天,总算有机会同她单独一起说说话了,她见到我非常高兴。可是她高兴归高兴,就是不谈爱情,她如果能阻止我的话,甚至也不许我谈爱情的事。她只是一个劲说这个地方危险,我不快离开这个地方,她是绝对不放心的。我告诉她,自从我见到她以后,就不想离开了。如果她真的要我走,那只有一个办法,只能要她跟我一起走。我还说了好多话,向她求婚,要她嫁给我。可是还没等她回答我,她的那个哥哥就跑来了,向我们冲过来。瞧他那个样子,凶神恶煞,像个疯子。他的脸气得发青,那双灰眼睛凶得在冒火。我对他妹妹做什么了?她要是讨厌我,我绝对不敢硬勉强她的。我不会因为自己是准男爵就为所欲为的。如果他不是她的哥哥,我一定会好好对付他。他是哥哥,我就告诉他,我对他妹妹的感情是真挚的,真心的,我希望我有幸让她成为我的妻子。就算这么说也没用,他不理我这些。那我也耐不住要发火了,我就对他没好气,但还是忍住没有发作出来,想想她正站在身旁呢。结果他把妹妹带走,这事也如此告终了。您都见到了,瞧我现在这副模样,真窝囊。您说说看,这都是怎么搞的,华生,我会对您感激不尽。"

我试着想找出一两个解释,但是,事实上我自己也完全没有头绪。我们这位朋友的头衔、财富、年龄、性格、外貌都无话可说,除了他家族的阴影外,我想不出他有哪点不好。他的求婚被这么鲁莽地拒绝,完全没有征得她本人的意思,而她毫无反抗地接受了这一切,这才真让人惊奇。然而,就在当天下午,斯泰普尔顿本人来访,解答了我们的疑团。他为早晨的鲁莽行为道歉,与亨利爵士在书房私下长谈后,似乎他们之间的嫌隙全部消除了,这星期五我们将一起用晚餐。

"我并不是说他现在就不是个古怪的人了,"亨利爵士说,"我忘不了他早上跑过来时看我的眼神,但我不得不承认他的谦卑让人不得不接受。"

"他为他的行为做了解释吗?"

"他说他妹妹是他全部的生命,这是很自然的事,我很庆幸他如此重视她,他们一直都生活在一起,他说他是个十分怕寂寞的人,一直都只有她做伴,因此一想到要失去她的时候,就让他发狂。他说他完全不知道我如此喜欢她,当他亲眼看到我们在一起时,他马上想到她可能会离他而去,这使他失去了理智,完全不知道自己做了些什么或说了些什么。他对早上发生的事深感歉意,而且为自己想留住这么一个漂亮的妹妹而牺牲她一生的幸福感到十分愚蠢与自私。如果她必须离他而去,他宁可是像我这样的好邻居,而不是其他人。不过,不管怎样,这对他来说都是一个打击,他需要一段时间让自己适应,如果我能答应让这件事暂时搁置三个月,与她只以朋友的身份交往而不涉及爱情,那么他将收回所有的反对意见。这点我已答应他,所以事情就这么说定了。"

这样,总算澄清了一件我们心中的困惑的小事,我们终于知道为什么斯泰普尔顿不喜欢追求他妹妹的人,即使是像亨利爵士条件那么好的追求者。现在,我要谈到我从这团混乱中找到的另一个线索,那就是晚上出现的神秘的哭泣声,还有拜瑞莫太太脸上的泪痕,以及那个管家半夜偷偷到西边格子窗边去一事。恭喜我吧,福尔摩斯,我并没有使你失望。你不后悔当初派我来此时对我的信心吧。所有这些事情,我只花了一个晚上就全都解开了。

我说"花了一个晚上",而实际上是两个晚上,因为第一晚我们徒劳无功。我与亨利爵士在他房间一直坐到大约凌晨三点,但除了走廊上滴答的钟声外,没有任何的动静。那实在是最枯燥的守夜了,结果我们各自在椅子上都睡着了。所幸我们并没有因此气馁,决定再试一次。第二天晚上,我们把灯弄暗,两人坐着抽烟,不发出任何声音。时间过得特别的慢,然而我们以猎人等待猎物掉进陷阱的耐心慢慢守候。大钟敲了一响,然后是两响,当我们马上再次绝望宣告放弃之时,突然不约而同地从椅子站了起来,把松弛的神经警戒起来。我们听到走廊上传来咯吱咯吱的脚步声。

声音十分谨慎轻微,从门前经过,消失在一段距离之外。男爵轻轻打开门,我们尾随过去,我们跟踪的人已经绕过回廊,过道上一片漆黑。我们蹑手蹑脚走到回廊的另一边,刚好看到他高大的身形、长满黑胡子的脸还有宽阔的肩背消失在走道尽头,也就是之前他进去的那房间里。烛光在黑暗的过道上留下一道细长的黄线,我们小心地慢慢靠近,先试过每一步踩上地板然后才将全身的重量放上。我们已经先将鞋子脱掉了,但即使如此,老地板仍然在我们的脚下咯吱作响,有时候觉得他似乎不可能听不见我们的声音,不过好在这家伙耳朵有点背,而且他全神贯注地做自己的事。等我们终于走到门边,向内窥视,发现他就像上次一样,俯身窗边,手中拿着蜡烛,苍白的脸专注地看着窗外。

我们之前并没计划怎么行动,但是男爵是那种很自然就采取最直接方法的人。他走进房间,拜瑞莫倒抽一口凉气,从窗边跳起来,脸色死白、浑身颤抖地站在我们面前。他睁着一对黑眼睛来回地望着我们两人,流露着恐惧与惊诧。

"拜瑞莫,你在这里做什么?"

"没什么,先生。"他惊吓得几乎说不出话来了,地上的身影随着他手中颤动的蜡烛不停地跳动,"是窗户,先生。我晚上走一圈看看窗有没有关紧。"

"一楼的窗子?"

"是的,先生,所有的窗子。"

"听着,拜瑞莫,"亨利爵士严厉地说道,"我们一定要听到你的实话,所以你还是趁早说了吧,免得大家麻烦。好了,说吧!不要撒谎!你到这窗边到底干什么?"

那家伙无助地看着我们,极度不安而且痛苦地扭着双手。

"我并没有伤害谁,先生。我只是把蜡烛拿到窗边。"

"你为什么要把蜡烛拿到窗边?"

"别问我,亨利爵士!不要问我!我保证,先生,这不是我自己的秘密,我不能说。如果这事只是我自己的事,我绝不会对你隐瞒。"

我突然冒出个想法,于是从这个管家手中把蜡烛拿过来。

"举蜡烛一定是个信号,"我说,"让我们看看有没有反应。"我把蜡烛像他刚才那样举着,凝视着窗外黑压压的旷原。由于月亮已被浮云遮蔽,我只能模糊地辨认,漆黑的一片是树林,稍浅一点的是旷原。突然一点小黄光从黑暗中穿射出来,静止不动地正对着这扇窗,我不由得发出一声惊呼。

"那儿!"我叫道。

"不,不,先生,那不是什么,完全不是!"管家打断了我的叫声,"我向你保证,先生!"

"华生,把灯沿着窗移一下!"男爵叫道,"看,那它也动了!哼,你这混蛋,你还否认这不是信号?说,说啊!那边跟你一伙的人是谁?你们想干什么?"

这家伙的脸上明显出现了挑衅的表情。

"这是我的事,与你们无关。我不会说的。"

"那么你很快就要离开这里了。"

"好极了,爵士。如果我必须走的话我一定会走。"

"你是很不体面地离开的。天哪!你真的是不知羞耻啊!你家的人和我家的人在这所房子里共同居住了一百年之久了,现在我竟会发现你在处心积虑地搞什么阴谋来陷害我。"

"不,不,爵士,没有害您呀!"这时传来了一个女人的声音。

拜瑞摩太太正站在门口,脸色比她丈夫还苍白,样子也更加惶恐。如果不是她脸上惊恐的表情,她那穿着裙子、披着披肩的庞大身躯也许会让人觉得很可笑。

"咱们一定走,伊莉萨。事情已经到了头了,去把咱们的东西收拾一下。"管家说道。

"约翰!是我连累了你,这都是我干的,亨利爵士,全是我做的。完全是因为我,是因为我请求他,他才那样做的。"

"那么,说出来吧,究竟是怎么回事?"

"我那不幸的弟弟正在沼地里挨饿,我们不能让他在我们的眼皮底下饿死。这灯光就是告诉他食物已准备好了,而他那边的灯光则是表明送饭地点的。"

"那么说,您的弟弟就是……"

"就是那个逃犯,爵士,那个罪犯塞尔丹。"

"这是事实,爵士。"拜瑞莫说道,"我说过,那不是我自己的秘密,而且我也不能告诉您。可是,现在您已经知道了,您能明白,即使有个阴谋,也不害您。"

这就是对于深夜潜行和窗前灯光的解释。亨利爵士和我都惊讶地盯着那个女人,难道这是真的吗?这位顽强而可敬的女人竟会和那全国最最声名狼藉的罪犯同出一母?

"是的，爵士，我姓塞尔丹，他是我的弟弟。在他小的时候，我们把他宠坏了，不管什么事情都随着他的意思，使他以为世界就是为了使他快乐才存在的，因此他就应该在这个世界里为所欲为。长大以后，他又遇到了坏朋友，于是他就变坏了，这使我母亲心碎，他玷污了我们家的名声。由于一再地犯罪，他就愈陷愈深，终于弄到了要被送上断头台的地步。可是对我说来，爵爷，他永远是我这个做姐姐的曾经抚育过和共同玩耍过的那个一头卷发的孩子。他之所以会逃出监狱来，爵爷，就是因为他知道我们在这儿住，而且我们也不能不给他帮助。有一天夜晚，他拖着疲倦而饥饿的身体到了这儿，狱警在后面穷追不舍，我们能怎么办？我们就把他领了进来，给他饭吃，照顾他。后来，爵士您就来了，我弟弟认为在风声过去之前，他最好还是到沼地里去，因此他就到那里去躲起来。在每隔一天的晚上，我们就在窗前放一个灯火，看看他是否还在那里，如果有回答信号的话，我丈夫就给他送去一些面包和肉。我们每天都希望他快走，可是只要是他还在那里，我们就不能放任不管。这就是全部的实情，我是个真诚的基督徒，您能看得出来，如果这样做有什么不妥的话，也不要怨我丈夫，应该怪我，因为他是为了我才干那些事的。"

女人的话听着十分诚恳，话的本身就能证明这些都是实情。

"这都是真的吗，拜瑞莫？"

"是的，亨利爵士，都是真实的。"

"好吧，我不能怪你帮了你太太的忙，把我刚才说过的话都忘记吧。你们可以回自己的屋子里去了，这件事，我们明天再说吧。"

他们走了以后，我们又向窗外望去。

亨利爵士把窗户打开，晚风吹着我们的脸。在漆黑的远处，那黄色的小光点依旧亮着。

"我真不明白他怎么敢这么做呢？"亨利爵士说道。

"也许他放出光亮的地方只能从这里看到。"

"很可能，您认为距这里有多远？"

"我认为是在裂口山那边。"

"不过一两英里远。"

"恐怕还没有那么远呢。"

"嗯，拜瑞莫送饭去的地方不可能太远，而那个坏蛋正在蜡烛旁边等着呢。

天哪,华生,我真想去抓那个人去。"

我心里也正这样想。看来,拜瑞莫夫妇俩对我们并不信任,因为秘密是实在没办法才交代出来的。那个人对社会是个祸害。他是个可恶的惯犯,对他不能心软,不能原谅。趁此机会把他捉拿归案,叫他停止作恶,不再为非作歹,那我们也算尽了一份应尽的责任。像他这种残暴的本性,如果我们袖手旁观,那么别人就要遭殃,要付出代价了。说不定哪天晚上,我们的邻里,比如斯泰普尔顿家,就会遭他袭击;也许正是想到了这儿,才使得亨利爵士非要去冒这个险不可。

"我跟你去。"我说。

"好,拿上枪,穿好皮鞋。马上走,越快越好,因为那家伙可能会吹灭蜡烛跑掉。"

不到五分钟,我们就已经出门,踏上了征途。我们快速地穿过幽黑的矮树丛,深夜的空气中弥漫着浓浓的潮气和腐败的味道。月亮不时从云隙间探出头来,云层就把天空遮挡。正当我们踏进沼泽地的时候,天上下起了毛毛细雨,烛光仍在前面隐隐地亮着。

"您带家伙了?"我问。

"带了根猎鞭。"

"我们下手要快,因为他是个亡命之徒。我们必须趁他还没来得抵抗,一下子把他逮住。"

"我说,华生,"准男爵说道,"要是福尔摩斯,会怎么办呢?"

好像是对他的话马上做出回应一般,忽然从阴森的沼泽地里发出一阵怪叫,就是我在格林本大泥沼边听到过的那个声音。深夜中,借着风势,这声音从缓缓沉沉的低鸣,继而到高声嚎叫,再转入凄惨的呻吟,而后慢慢落下,逐渐消失。一次又一次反复发出,刺耳、狂野,令人毛骨悚然,整个夜空都为之战栗。准男爵抓住我的衣袖,他的脸在夜色中显得惨白。

"上帝,那是什么,华生?"

"我也不知道。是沼泽地里发出的声音,前些日我曾听见过一次。"

怪声消失了,周围一片死寂。我们站定,竖起耳朵听听,再也没有一点儿声音。

"华生,"准男爵说,"准是猎狗叫。"

我浑身的血都凝固了,因为听他讲话开始颤抖,说明他突然害怕起来。

"他们,都说这是什么声音?"他问。

"谁?"

"乡下人呀。"

"哦,那都是没知识的人,您何必在意他们讲什么?"

"告诉我,华生,他们都是怎么说的?"

我犹豫了一下,却无法回避这个问题。

"他们说,这就是传说中的巴斯克维尔猎狗叫。"

他咕哝一声,沉默了一会儿。

"是只猎狗,"他终于又开口说,"可是这声音远在好几英里以外呢,我想,应该是在那边。"

"说不准是从哪边传来的。"

"声音随风吹,格林本大泥沼不是那边方向吗?"

"没错,正是。"

"噢,是在那边。那么华生,您自己怎么想,不是猎狗叫?我又不是小孩子,您不用怕,尽管告诉我实话。"

"我上次听到,是和斯泰普尔顿在一起,他说可能是一种什么鸟的叫声。"

"不对不对,是猎狗。我的上帝,这些个故事传说是真的吗?我真的要遇上危险了吗?藏在暗处的危险!您不信,是吧,华生?"

"不信,我不相信。"

"这个事,假如放在伦敦准是笑料。可是在这里,在黑漆漆的沼泽地上,又听着那种叫声,就不一样了。还有我伯父!他躺倒的地方,旁边有猎狗的脚印。这些事都对上了。我不是个胆小鬼,华生,可是那个声音好像让我的血都凝固了。你摸摸我的手!"

他的手凉得像块石头。

"明天您就会好了。"

"那个声音在我脑子里,恐怕赶不走了。那我们现在怎么办?"

"我们回去吧?"

"不,不行,我们是出来捉人的,要干就干完。我们抓罪犯,说不定有魔鬼猎狗在后头追我们呢。走吧!咱们倒要看个明白,有什么妖魔鬼怪全都放出来吧,放到这儿来!"

我们摸着黑蹒跚地向前走,周围是山冈的重重黑影,豆点黄光就在前方安静地亮着。在漆黑的夜里,看一盏灯光到底有多远,很难判断准确。隐隐的亮光一会儿似乎远在天边,一会儿又好像近在眼前,近得不过几码远。我们终于看清烛光所在,断定确实已经靠得很近了。一支蜡烛,嵌在一条石头缝里,边上都用石头挡住,这样可以避免风把它吹灭,又可以挡住亮光向四周散去,只留出向巴斯克维尔庄园方向的一边能看得见。一块花岗岩巨砾挡在前头,我们匍匐向前,躲到巨石后面,从石头上望过去,看那支信号蜡烛。但是很奇怪,沼泽地中间孤零零一支蜡烛,旁边竟然没有人影!只有一条上蹿的黄色火苗和旁边岩石上的光亮。

"现在怎么办?"亨利爵士悄声说。

"先在这里等会,肯定就在蜡烛附近,好好看看,能不能看见。"

话音未落,我们两人同时看见了。嵌蜡烛的那些石头后边,探出一张可怕的黄脸,一张令人害怕的野兽般的脸,满脸横肉,污秽肮脏不堪,长着粗硬的胡须,乱蓬蓬的长发。这个样子,要说是山上穴居的远古野人,也差不多。从下方射上来的烛光,照着他的两只奸诈的小眼睛,邪恶地向左右的黑暗之中窥视,像一头狡黠的猛兽听出了猎人的脚步声。

显然是什么东西使他起了疑心,也许是拜瑞莫跟他有什么暗号我们不懂,也许另有其他原因让他觉得事情有点不对劲,我可以从他邪恶的脸上读出他的恐惧,似乎他随时都可能熄灭烛火消失在黑暗中。因此,我跳了过去,亨利爵士也采取了同样的行动。就在这同时,那逃犯嘴里吐了一个脏字,顺手抓起一块我们藏身大岩石旁的石块向我们扔过来。在他跳起脚转身逃跑时,我瞥到一眼他短小矮胖的身影,凑巧,月亮这时露出了云端。我们冲上坡顶,看到他正以极快的速度朝另一个方向跑去,像只逃窜的山羊,脚下的石子踢得乱转。如果运气好的话,我的左轮枪应该可以射倒他,然而我带枪只是为了自卫,而不是用来射杀一个没武器的逃亡者。

我们两人都跑得非常快,而且也都受过良好的训练,但突然,我们就发现不可能追上他。月光下,可以看见他的身形在远处坡上的巨石间快速移动,我们一直追到喘不上气来,但跟他的距离却越拉越远,最后我们不得不停了下来,坐在两块石头上喘气,眼睁睁看着他的身形在远处消失。

就在这个时候,发生了一件意想不到的怪事。我们站起身来,放弃追踪,转身准备回去，月亮挂在我们右边的天空，一块凸起的岩石正抵着月亮的银边。就在那凸岩上，银色的背景衬着一个乌木雕像般的身影。你不要以为这是我的幻觉，我保证，这辈子我没看过比这个更清楚的东西。依我的判断，那身影是个高而瘦的人，他双腿略微分开，两臂环抱，垂着头，像对着面前荒野的泥沼与巨岩沉思。他也许就是这恐怖之地的幽灵，但绝不是那个逃犯，因为他出现的地方与刚才逃犯消失的地方正好相反，而且他的个子高出很多。我惊呼一声，想指给男爵看，但就在我转身推他臂膀时，那人突然又不见了。那块凸出的巨岩仍然抵着月亮，但岩顶却什么也看不到了。

我很想到那边搜索一番，但是距离非常远。男爵仍然没有从那声让他想到他家族悲惨故事的恐怖犬吠中恢复过来，他实在没有心绪继续探险，也并没有看到那凸石上的身影，因此没能感受到那身影的突然出现和那屹然不动的神态所带给我的震撼。"一定是监狱的守卫，"他说，"自从那家伙越狱之后，旷原上来了好多抓他的卫兵。"也许他的解释没错，但是我需要证据。今天我们打算跟王子城那边追踪逃犯的人联络，我们没能成功地把逃犯逮到，实在是运气不佳。这就是我们昨晚的历险经过，福尔摩斯，你不得不承认我向你报告得很清楚吧。我所说的事情中，当然有很多是无关紧要的，但是我想最好还是把所有事实都告诉你，让你自己选择你需要的线索。我们这边进展还不差。我们既然找到了拜瑞莫鬼祟行动的理由，事情也就清楚了不少。然而，旷原上神秘的事情，以及居住其间的怪异居民还是让人不可思议。也许在我的下一个报告中能多提供一些线索给你，不过最好还是你亲自来一趟。不管怎样，最近我还会与你联络的。

十　摘自华生医生的日记

到现在为止，引用我最初给福尔摩斯的报告中的记叙还算够用。但接下来我不得不改变这种叙述方法，再次借助我的记忆，辅以当时的日记，特别是后者，更能有效地将我带回到那些记忆中难以磨灭的景象的每一个细节。因此，接下来，我要从我们追捕逃犯没成功，又在旷原上经历了一些奇事后的第二天早晨继续描述。

那天是十月十六日，天气阴沉而且飘着毛毛细雨，低低的云层覆盖着屋子，偶尔云层略卷，露出起伏的旷原，错综的坡地两旁镶着一条条的银边，脉络分明，远处潮湿的巨岩上，光线投射到的地方也映出闪闪的银光。屋内屋外都让人感觉非常闷。男爵经过昨晚惊心动魄的历险后，还处于阴郁愁闷的情绪中，而我自己也心头沉重，觉得四周潜伏着莫名的危险——我无法说出是怎样的危险，因此更觉可怕。

这种感觉难道是我自己凭空想象的吗？回想这发生的一连串事全都说明我们周遭充满凶险。庄园前任主人的死亡，完全符合他家族的不吉传说，而且旷原上的农人不时报告有怪物出现。我两次亲耳听到类似犬吠的声音，实在不可思议，不能置信，仿佛超出自然法则之外。一只魔犬会留下足迹，还一次次地嚎叫，这简直难以想象。就算斯泰普尔顿是那种会相信幽灵传说的人，莫提默也一样迷信，但我不相信这需要去附会什么鬼神幽灵之说，那样做等于把自己贬低成无知无识的村姑村夫？他们不满足于仅仅是巨犬的说法，还把它形容成妖魔鬼怪。福尔摩斯不会听这种无稽之谈，我是他的代表。但是，我却两次在旷原上听到它的吠声，如果旷原上真有这么一头巨犬，那就可以解释一切了。但是这么大的东西会藏哪里呢？它吃什么？从哪里来？为什么没有人在白天见到它？我们不得不承认合理的解释跟荒谬的传说都讲不通。而且，除了魔犬之外，有个人曾出现在伦敦，还有马车里的人，那封警告亨利不要来旷原的信，这些都是真实的，但那也可能是想要保护亨利爵士的朋友而不是敌人。那么这个朋友或是敌人现在人在哪儿呢？他是留在伦敦还是已经跟我们来这里呢？他会不会就是我看到出现在凸岩上的那个奇怪身影？

我虽然只看了他一眼，但我可以肯定一些事，他绝不是我在这里看到的任何人或碰到过的任何邻居。那身影要比斯泰普尔顿高出许多，而又比弗兰克兰瘦许多，有可能是拜瑞莫，但我们把他留在庄园，我很确定他不会跟着我们来。难道是那个陌生人在跟踪我们吗？就像在伦敦时一样，我们一直没能摆脱他。如果我能捉住他，那么所有的疑问就可能迎刃而解。为了这个目标，我必须全力以赴。

我第一个念头是告诉亨利爵士我全部的计划，但是再仔细想过之后，觉得好的办法是我自己一个人来进行，尽量不要对任何人提起。男爵嘴里不说但其实心里很担忧，而且他才被旷原上的犬吠声惊吓过，我不要再说什么来增加他的焦虑,我会照自己的计划进行。

今早早餐之后发生了件小事,拜瑞莫要求单独与亨利爵士谈话,他们关在他书房好一阵子。我坐在弹子房里不只一次听到他们提高了声音,我非常肯定他们谈论的是什么。过了一会儿之后,男爵打开房门叫我。

"拜瑞莫觉得他有不平要讲。他认为在他主动告诉了我们他的秘密之后,我们追捕他的小舅子是件很不讲道义的事。"

他脸色很苍白,但很镇定地站在我们面前。

"先生,也许我说得太激动了一点,"他说,"如果是这样,我道歉。不过,听到你们去追捕塞尔登直到今天清晨才回来,我感到非常震惊。那可怜的家伙已经要对抗很多人了,现在又加上我替他惹来的麻烦。"

"如果是你主动告诉我们的,那是另外一回事,"男爵说,"但你,或者该说你的妻子,是被我们逼迫才说出来的,你们完全没有选择的余地。"

"我没想到你们会这样,亨利爵士——真的,我没想到。"

"这人是个会危害公众安全的人。旷原上还散落着一些住宅,而他是个亡命之徒,你只要看他一眼就知道他是那种不顾一切的人。譬如像斯泰普尔顿先生的房子,除了他自己,没有其他能帮他防御的人。除非把这家伙抓起来,否则任何人都不会安全。"

"他不会去打劫任何人家的,先生,我可以向你发誓。不但如此,他不再会去骚扰这个国家的任何人了。我可以保证,亨利爵士,就在这几天之内,事情就可以安排妥当,他会出发去南非。看在上帝的份上,先生,我求你不要告诉警察他还在旷原上,他们已经放弃寻找他了,他会静静等到去南非的船准备好。你不要去告发他而让我妻子跟我惹上麻烦。我求求你,先生,不要告诉警察。"

"你怎么说?华生。"

我耸了耸肩,"如果他能安安静静离开这个国家,那真会让纳税人卸下一个重担。"

"但是他会不会在走之前俘虏个人质?"

"他不会这么做的,先生。我们一直给他提供一切所需,他要再去犯罪,就等于告诉别人他的藏身之处。"

"这倒是真的,"亨利爵士说,"嗯,拜瑞莫——"

"上帝保佑你,先生,真是太感谢你了!如果他又被抓住,我那可怜的妻子一定会悲伤而死的。"

"我想我们这是在帮助罪犯了,是吗?华生。但是,听了这一切后,我好像不能再对这家伙做什么了,算了吧。好了,拜瑞莫,你可以走了。"

断断续续说了一些感激的话之后,他转过身去,但迟疑了一下,又转回来。

"先生,你对我们这么好,我一定得回报。我知道一些事情,亨利爵士,也许我早就该说出来,但是那是在查询后好长时间我才发现的,我没有对人提过一个字。是有关查理士爵士死亡的事。"

男爵与我不约而同地站起身来,"你知道他是怎么死的?"

"不,先生,我不知道。"

"那你知道什么?"

"我知道他为什么会在那个时间到那扇门那里。他是去会一个女人。"

"去会一个女人!他?"

"是的,先生。"

"那个女人的名字是?"

"我无法说她的名字,先生,但我可以给你她名字的缩写,是 L. L.。是这样的,亨利爵士,你伯父那天早上曾收到一封信。他的信通常很多,因为他是个公众人物,又以善心出名,因此任何人有了麻烦,都会找上他。但那天早上,恰巧只有一封信,我特别留意了一下,是从翠西山谷寄来的,地址是个女人的笔迹。"

"哦?"

"呃,先生,我并没把这事放在心上,如果不是我的妻子,我根本也不会再想到它。几个星期之前,她曾清理查理士爵士的书房——他死后书房就再没有人碰过——在壁炉架后面看到一封烧毁的信。信的大部分已烧焦,但有一小角,是信的最后一小部分还在,上面的字,虽然在焦黑的纸上已变成灰色,但还能看得出来。那似乎是结尾的附言:'你是位君子,请千万记得把这信烧掉,拜托,拜托。十点钟左右到门口来。'下面的署名是 L. L."

"你还留着那张纸片吗?"

"没有,先生,我们一动它,就碎成末了。"

"查理士爵士还收到过同样笔迹的信件吗?"

"噢,爵爷,我并没有很注意他的信件。只是因为这封信是单独寄来的,所以我才对它有所留意。"

"你也弄不清 L.L. 是谁吗?"

"弄不清,爵爷,我比您知道得并不多。可是我想,如果咱们能够找到那位女士的话,那么关于查理士爵士的死,咱们就会知道些更多的情况了。"

"我真莫名其妙,拜瑞莫,这样重要的情况你怎么一直不告诉我们?"

"噢,爵爷,那正是我们自己的烦恼刚刚到来之后。还有就是,爵爷,我们两人都很敬爱查理士爵士,我们不得不考虑到他对我们的厚意。我们认为把这件事兜出来对我们那位可怜的主人并没有任何好处,再加以这问题还牵连到一位女士,当然就更应该小心了。即使是在我们当中最好的人……"

"你以为这一点会伤害他的名誉吗?"

"嗯,爵爷,我想这总不会有什么好结果的。可是您现在对我们这么好,我认为,如果我不把这件事的全部情况都告诉您,那我就太对不起您了。"

"好极了,拜瑞莫,你可以走了。"当管事的走了以后,亨利爵士转身向我说道,"喂,华生,您对这新发现有什么看法?"

"好像又是一个难解的问题,弄得比以前更加让人莫名其妙了。"

"我也是这样想,可是只要咱们能够查明 L.L. 这个人,可能就会把整个问题都搞清楚了。我们能得到的线索就是这么多了,我们已经知道,有人了解事情的真相,只要能找到她就好了。您认为咱们应当从何处着手呢?"

"赶快把全部经过都告诉福尔摩斯,这样就能把他一直在寻找的线索供给他了。如果这样还不能把他吸引到这里来,那才真是怪事呢。"

我立刻回到自己的屋里去,给福尔摩斯写了关于今天早晨那次谈话的报告。我知道,他最近很忙,因为从贝克街寄来的信很少,写得也很短,对于我所供给他的消息也没提出什么意见,而且更难得提到关于我的任务。可以肯定他的精神已全部贯注在那封匿名恐吓信的案件上面了。可是,事情的这种新的进展,一定会引起他的注意并能恢复他对这个案子的兴趣的。他现在要是在这里就好了。

十月十七日——今天下了一整天大雨,浇得常春藤唰唰作响,房檐水滴沥沥。我想起了那个身处荒凉、寒冷而又无遮无盖的沼地里的逃犯。真是可怜!不管他犯了什么罪,他现在所吃的苦头,也算是赎了他的罪了。我又想起了另外一个人——

马车里的那个面孔,月亮前面的那个人影,那个隐蔽的监视者和不可解的人——难道他也暴身于倾盆大雨之中吗?傍晚时分,我穿上了雨衣雨鞋,在湿软的沼地里走出去很远,心里充满着各种可怕的想象,雨打在我的脸上,风在我的耳旁呼啸。

但愿上帝援助那些流落在大泥沼里的人吧,因为连坚硬的高地都变成了泥沼了。我终于找到了那个黑色的岩岗,就是在这岩岗上,我见到了那个孤独的监视人,我从它那巍峨的绝顶,一眼望到远近一无树木的阴惨的高地。暴风雨刷过赤褐色的地面,浓重的青石板似的云层,低低地悬浮在大地之上,又有绺绺的灰色残云,浮在奇形怪状的山边。在左侧远处的山沟里,巴斯克维尔庄园的两座细长的塔楼,隔着雾气,若隐若现地矗立在树林高处。除了那些密布在山坡上的史前期的小房之外,这应该算是我所能见到的唯一的人类生活的迹象了。哪里也看不到两天之前我在同一地点所见到过的那个孤独的人的踪影。

当我走回去的时候,莫提默医生赶了上来,他驾着他那辆双轮马车,走在一条通向边远的弗欧麦尔农舍的坎坷不平的沼地小路上。他一向很关心我们,几乎每天都到庄园来看看我们。他一定要我上他的马车,所以我就搭他的车回家了。我知道他近来因为那只小长耳猎犬的失踪而非常痛苦;那小狗自从有一次乱跑跑到沼地里去以后,就再也没有回来。我尽可能地安慰了他,可是我一想起格林本泥沼里的小马,也就不再幻想他会再见到他的那只小狗了。

"我说,莫提默,"当我们在崎岖不平的路上颠簸摇晃着的时候,我说,"我想在这里凡是乘马车能到达的住家,您很少有不认识的人吧。"

"我想,应该没有。"

"那么,您能否告诉我,哪些女人的姓名的字头是 L. L. 呢?"

他想了几分钟。

"不能,"他说道,"有几个吉卜赛人和做苦工的我就不太清楚,而在农民或是乡绅之中没有一个人的姓名的字头是这样的。哦,等一下,"他停了一下之后又说,"有一个劳拉·莱昂斯——她那姓名的字头是 L. L. ——可她住在库姆·特雷西。"

"她是谁?"我问道。

"她是弗兰克兰的女儿。"

"什么!就是那个老神经弗兰克兰吗?"

"是的,她和一个到沼地来画素描的姓莱昂斯的画家结了婚。但他竟是个下流的坏蛋,不久便遗弃了她。据我所听到的情况判断,过错可能并不完全在于一方。任何有关她的事,她父亲都决定一律不管,因为她没有得到父亲的允许就结了婚,也许还有别的原因。由于这放荡的老家伙和女儿之间的不和,弄得这个女人陷入了窘迫的境地。"

"那她怎么生活呢?"

"我想老弗兰克兰多少会给她一点接济,多不会有,因为他自己的官司已经把他拖累得够呛。不能说因为到这一地步都是她自己找的就不管了,总不能看她没办法过下去,陷入绝境吧。她的事传得大家都知道了,有人设法帮助她,使她能过上正常的生活。斯泰普尔顿帮了她,查理士爵士也是一位。我自己也给过她一点钱,好让她能够做点打字的活计,有个职业。"

他想知道我打听这事的目的是什么,这不是他应该知道的事,我就扯了些别的原因来搪塞过去。因为我不能告诉他太多,不能随便相信人。明天早晨,我要到库姆·特雷西去。要是能找到劳拉·莱昂斯太太——这个人在本案中什么身份暂且不明,那么对在谜团链中弄清这一环有望大大地向前跨一步。我也锻炼得像狡猾的蛇那么富于智慧,当莫提默追着问这个问题,我又不宜详细回答他时,便巧妙地把他引开,无意中问他弗兰克兰的颅骨属于哪种类型。他一听这个,剩下的路上除了颅骨学的话,便什么也听不到了。我和歇洛克·福尔摩斯共事了那么多年,总算没白跟随他。

在这狂风暴雨的闷闷不乐的天气里,仅有一件事必须记下来。就是刚才我和拜瑞莫的谈话,使我又多了一张好牌,到时候就可以打出去。

莫提默留下来进餐,餐毕他和准男爵一起打牌。管家到书房来给我送咖啡,我趁此机会又问了他几个问题。

"啊,"我说,"你那位冤家亲戚走了呢,还是仍旧躲在那边?"

"不知道,先生。但愿他已经走了,他在这儿总是添麻烦!上次给他送吃的到现在一直没消息,是三天前给他送的。"

"那天你见到他人了？"

"没有，先生。可是第二天我再去那个地方，看见食物已经没了。""这么说，他一定还在那儿。"

"应该吧，先生。要么就是别人给拿走了。"

我坐着，刚把咖啡杯举到唇边，眼瞧着拜瑞莫。

"你是说那儿还有别人？"

"是的，先生。沼泽地里还有一个人呢。"

"你见过这个人？"

"没见过，先生。"

"那你是怎么知道的？"

"是塞尔登告诉我的，先生。一个星期以前，大概是更早些时候吧，这个人也藏在那儿，不过据我所知，他不是犯人。这事我心里很烦，华生医生——我对您坦白说，说实在的，我烦透了。"他突然说得特别恳切。

"喔，你听我说，拜瑞莫！我对这事本来没兴趣，还不是为了你家主人嘛。我到你们这儿来，没有别的目的，就是只为你主人的事，想帮他一把。你得坦白告诉我，你烦心是什么意思，请告诉我。"

拜瑞莫踌躇了一会儿，好像后悔不该脱口而出，又或许是觉得难以用言语来表达他的思想感情。

"这些凑在一块儿的事，先生，"他终于喊道，向着大雨淋刷的沼泽地方向的窗子挥了挥手。"那里肯定是有着害人的勾当，在搞犯罪的鬼计谋要害人，我敢发誓一定是的！先生，我真盼望亨利爵士早点回伦敦去吧！"

"你有什么根据这样担心呢？"

"看看查理士爵士怎么死的！仅仅是验尸官说的那些话，就已经够险了。再看看晚上沼泽地里那个可怕的声音。太阳下山以后，没人敢过沼泽地，即使付给他再多钱也不敢走。看看这个不知来历的人藏在那儿，在望着什么，等着什么。等着干什么呢？什么用意呢？很明显，对巴斯克维尔家的人，谁也不会有好兆头。就盼着哪天我能不干了，让亨利爵士新的管家佣人来接手庄园这个摊子。我很乐意这样，早点离开这里为妙。"

"这来历不明的人，"我说，"还有些什么情况？塞尔登是怎么说的？看见他藏在哪儿了，干什么了？"

"塞尔登见过他一两次，摸不透他。这是个很阴的家伙，嘴也紧，不吐露半点事。突然遇上，还以为是警察，可很快就弄明白这个人肚子里有阴谋，另有他自己的事。看起来是个有身份的人，像个绅士先生。这他能看出来，没错儿。至于到底来做什么，怎么也摸不透。"

"他说了在哪儿住没有？"

"住在山坡上那些个老屋里——石头屋，远古祖先从前都住的那些个石头屋。"

"吃什么呢？"

"塞尔登看见有一个小孩专门负责给他做事，他要什么都给他送去。我敢保证，准是到库姆·特雷西去弄东西来。"

"很好，拜瑞莫。这个事里头还有名堂呢，咱们改日再谈吧。"管家走了以后，我走到窗前，望着黑暗的窗外，透过雾气弥漫的窗格玻璃，奔腾的烟云，看着风压树林颠簸起伏的轮廓。这是个在屋内都感觉到险恶的夜晚，在沼泽地的石屋里该是什么滋味就更不用说了。有什么样的深仇大恨才会使一个人要在这种地方这种时候躲藏起来！究竟有什么了不起的重大要紧事，需要他如此地经受非人的磨难呢！看来，使我困扰万分的中心难题可能就在那沼泽地的小屋子里。我发誓，明天，我一定要尽最大努力，把谜底揭开不可。

十一 凸岩上的男人

上一章，我已经叙述到了十月十八日。那时正是这些怪事开始迅速发展，接近可怕的结局的时候。随后几天所发生的事情都已难忘地铭刻在我的记忆之中，不用再参考当时所作的记录我就能说得出来。我从明确了两个极为重要的事实的次日说起吧。事实之一，就是库姆·特雷西的劳拉·莱昂斯太太曾经给查理士·巴斯克维尔爵士写过信，并与他约定在他死去的那个地点和时间相见；另一个就是潜藏在沼地里的那个人，可以在山边的石头房子里面找到。知道了这两个情况之后，我觉得如果我还不能使疑案露点儿端倪，那我一定不是低能就是缺乏勇气了。

昨天傍晚,没能得到机会把我当时所了解到的关于莱昂斯太太的事都告诉准男爵,因为莫提默医生和他玩牌一直玩到很晚。今天早饭时,我才把我的发现告诉了他,并问他是否愿意陪我到库姆·特雷西去。起初他很急着要去,可是经过重新考虑之后,我们两人都觉得,如果我单独去,结果会更好一些。因为访问的形式越是郑重其事,我们所能得知的情况就会少。于是我把亨利爵士留在家里,心中难免稍感不安地驾车出发去进行新的探索了。

在到了库姆·特雷西以后,我叫珀金斯把马匹安置好,就去探听我这次所要探访的那位女士。我很快就找到了她的住所,位置适中,陈设也不错。一个女仆把我领了进去,在我走进客厅的时候,一位坐在一架雷明吞牌打字机前的女士马上站了起来,笑容可掬地对我表示欢迎,可是当她看出我是个陌生人的时候,她的面容又恢复了原状,重新坐了下来,并询问我来访的目的。

莱昂斯太太给人的第一个印象是非常的美丽。她的两眼和头发都呈深棕色,双颊上尽管有不少雀斑,却有着对棕色皮肤的人说来恰到好处的红润,如同在微黄的玫瑰花心里隐现着悦目的粉红色似的。我再重复一次,首先产生的印象是赞叹。可是紧跟着就发现了缺点,那面孔上有些说不出来的不对劲的地方,有些粗犷的表情,也许眼神有些生硬,嘴唇也有些松弛,这些都破坏了那一无瑕疵的美貌。当然了,这些都是后来才有的想法,当时我只知道我是站在一个非常漂亮的女人的面前,听着她问我来访的目的。那个时候我才真的认识到我的任务有多么的棘手。

"我有幸地,"我说道,"认识您的父亲。"

这样的自我介绍显得很笨,我由那女人的反应上可以感觉得出来。

"我父亲和我之间没有任何关系,"她说道,"我不亏欠他什么,他的朋友也不是我的朋友。如果没有已故的查理士·巴斯克维尔爵士和一些别的好心肠的人的话,我可能早就饿死了,我父亲根本就没把我放在心上。"

"我是因为有关已故的查理士·巴斯克维尔爵士的事才到这里来找您的。"

意外之余,她的面孔变得苍白起来,雀斑因而也变得更加明显了。

"关于他的事我能告诉您什么呢?"她问道,手指神经质地玩弄着她那打字机上的标点符号字键。

"您认识他,对吗?"

"我已经说过,我很感谢他对于我的厚意。如果说我还能自立生活的话,那主要是因为他对我的可悲的处境给予了关心。"

"您和他通过信吗？"

女士迅速地抬起头来，她棕色的眼睛里露出愤怒的光芒。

"您问这些问题是什么意思？"她厉声问道。

"为了避免丑闻的传播。我在这里问总比让事情传出去弄得没法收拾要好一些吧。"

她沉默不语，面孔依然很苍白。最后她带着不顾一切和挑战的神色抬起头来。

"好吧，我回答，"她说道，"您想问什么？"

"您和查理士爵士通过信吗？"

"我确实给他写过一两次信，以感谢他的体贴和慷慨。"

"写信的日期您还记得吗？"

"不记得了。"

"您和他见过面吗？"

"见过，在他到库姆·特雷西来的时候会过一两次面。他是个很不喜欢出头露面的人，他更喜欢暗地里做好事。"

"可是，如果您很少看到他而又很少给他写信的话，对于您的事他怎么会知道得那么清楚，以致像您所说的那样来帮助您呢？"

她毫不犹豫地回答了这个我认为是很难回答的问题。

"有几个绅士知道我可悲的经历，他们共同帮助了我。一个是斯泰普尔顿先生，他是查理士爵士的近邻和密友，他心肠好极了，查理士爵士是通过他才知道我的事的。"

我知道查理士·巴斯克维尔爵士曾有几次邀请斯泰普尔顿负责为他分发救济金，因此女士的话听来倒似乎真实。

"您曾经写过信给查理士爵士请他和您见面吗？"我继续问道。

莱昂斯太太又气得脸红起来。

"先生，这真是个岂有此理的问题。"

"我很抱歉，太太，可是我不得不重复它。"

"那么我就回答吧，肯定没有过。"

"就是在查理士爵士死的那天也没有过吗？"

460

她脸上的红色马上退了下去，在我面前出现了一副死灰的面孔。焦枯的嘴唇已说不出那句"没有"来了。

"一定是您记忆错了，"我说道，"我甚至能够背出您那封信中的一段来，是这样的：'您是一位君子，请您千万将此信烧掉，并在十点钟的时候到栅门那里去。'"

当时，我以为她已经晕过去了，可是她竟尽了最大的努力让自己恢复了镇静。

"难道天下就没有一个正人君子吗？"她的呼吸变得急促起来。

"您冤枉查理士爵士了。他是把信烧掉了，但有时候虽是一封烧了的信还是能够认得出来的。您现在承认您曾写过这封信了吧！"

"是的，我写过，"她喊道，同时把满腹的心事都滔滔不绝地讲了出来，"是我写的。我为什么要否认这事呢？我不会因此而感到可耻，我希望他能帮助我，我相信如果我能亲自和他见面的话，就可能得到他的帮助，因此我才请求他和我见面的。"

"可是为什么约在这样一个时间呢？"

"因为那时我听说他第二天就要到伦敦去，而且一去可能就是几个月。由于别的原因我又不能早一点到那里去。"

"可是为什么要在花园里见面而不到家里面去拜访呢？"

"您认为，一个女人在那么晚单独到一个单身汉的家里合适吗？"

"噢，那您到那里去了以后，发生了什么事没有？"

"我后来并没有去。"

"莱昂斯太太！"

"我没有去，我郑重地向您发誓：我没有去。因为一件事使我不能去了。"

"是什么事呢？"

"一件私事，我不能说。"

"那么，您承认您曾和查理士爵士约定在那正是他死去的时间和地点相会，可是您又否认您曾守约前往。"

"这是事实。"

我一再地盘问她，可是往下再不能问出什么东西来了。

"莱昂斯太太，"我最后结束了这次既长而又毫无结果的拜访，站起来说道，

"因为您不肯说出全部您所知道的事,使您负起了严重的责任,并已把您自己置于非常危险的地位。如果我叫来警察协助的话,您就会知道您现在有多么大的嫌疑了。如果您是清白的话,那为什么最初要否认在那一天您曾写信给查理士爵士呢?"

"因为我怕会被误解而使自己牵涉进一件丑闻之中。"

"那你为什么那么迫切地要查理士爵士烧掉那封信呢?"

"如果你看了那封信,你应该知道。"

"我没说我看过整封信。"

"但你说出了其中的一段。"

"我只念了附言。信,我刚才说过,已经被烧掉了,绝大部分都不能辨认。我再问你一次,为什么你那么急切地要查理士爵士烧毁那封他死亡当天收到的信?"

"因为上面所说的事都是一些私人的事。"

"那你就更该避免警方来调查。"

"那我就告诉你。如果你曾听过有关我的过去,你就知道我匆匆结了婚,婚后某些原因我追悔莫及。"

"这些我都知道。"

"我不断遭到我丈夫的迫害,但法律却站在他那一边,每天我都害怕他来逼我去跟他住在一起,等我知道如果我付一笔钱就有可能赎回我的自由之身时,我就写了这封信给查理士爵士。它对我太重要了——心中的安宁、快乐和自尊——所有的一切。我知道查理士爵士非常慷慨,如果我亲口向他说明这整件事,他一定会伸出援手。"

"那你怎么后来又不去了呢?"

"因为就在那时候我从另一个地方得到了帮助。"

"那你为什么不再写信和查理士爵士解释清楚?"

"我本来是打算这么做的,但第二天早晨就在报上看到了关于他死亡的消息。"

这个女人的故事前后相符,我提出的所有问题都有合理的答案,找不出什么漏洞。我唯一可以查证的就是找出在悲剧发生的那段时间,她是否曾提出过离婚申请。

事实上,她如果真的去了巴斯克维尔庄园,不太可能敢说没去,因为她必须坐马车去,那么回到翠西山谷必定已是凌晨时分,这样的举动不可能不为人知。因此,她讲的话很可能是真的,或者说,至少有一部分是真的。我带着困惑与气馁离去,所做的努力又一次碰壁,似乎有一道墙阻隔了每一条我试着要达成任务的通道。但是,我深思这女人的神色与态度,越觉得她对我有所隐瞒。她为什么脸色突然变得那么苍白?为什么每件事情都要逼她她才肯讲?为什么悲剧发生时她这么沉默?相信所有这些问题的解答不会是她希望我相信的那样没用。由于现在这个方向我无法再有突破,因此我必须再转到另一条线索,到旷原上的小石屋中去寻找。

然而这个方向太没个准了。当我坐车回去时,注意到那一丘接一丘的古代人居住的石屋。拜瑞莫只说那个陌生人是住在这些荒弃的石屋中的一个,但是旷原上由东到西,由南到北,这样的石屋不下数百个。不过我自己的经验也多少是一个判断,我曾见过那人站在黑色凸岩顶上,因此那里应该是我搜寻的中心。由那儿开始,我得查看每一个小石屋,直到找出正确的那一个为止。如果那人住在石屋中,我就必须从他口中问出他是谁不可,为什么他一直跟踪我们。如果有必要,我甚至会用我的左轮枪逼他说出来。在伦敦拥挤的摄政街他也许逃脱得了,但在这荒僻的旷原上,可就没那么容易了。如果他不在石屋中,那么不管要等多久有多累,我都一直守在那里直到他回来。福尔摩斯在伦敦都追丢了他,如果我能做到我的领导都做不到的事,把他抓住,那我可就大大露脸了。

在这场追查中,运气一次又一次地跟我们作对,不过这次总算站在我这边了,带来好运的人正是弗兰克兰先生。他的花园门口正好在我经过的那条路上,他一嘴花白胡子,满面红光,在门口站着。

"你好,华生医生,"他高兴地叫道,"你一定要让你的马休息一下,进来喝杯酒,恭喜我。"

听到他如何对待他女儿的事之后,我对他可生不出一点好感,但是我急欲把珀金斯及马车打发回去,这是个很好的借口。于是我下了车,并要马夫带口信给亨利爵士,告诉他我在晚饭前会步行回去,便随着弗兰克兰进入他的餐厅。

"今天真是个好日子,先生——一个特别值得高兴的日子,"他咯咯笑着说,"我成功完成了两件事。我让他们知道法律就是法律,我取得了由老米德顿的花园中穿过的行路权,先生,是从正中间穿过,离他大门不到一百码。怎么样?

我们应该让那些大户人家知道,他们不能不顾别人的意见为所欲为。这些混蛋!还有我不准弗恩沃西那家人用他们常去野餐的那片林地,这些可恶的家伙好像认为那是无主之地,他们可以随便使用。这两件案子都判定了,华生医生,都是我胜诉。自从我把在他自己猎场乱开枪的约翰·莫南爵士送上法庭,让非法侵犯罪名成立以来,从没有一天这么开心过。"

"你是怎么搞的?"

"先生,去看记录啊,多看总不会有错!'弗兰克兰'对'莫南',女王滩法院。这案子花了我两百英镑,不过我赢了判决。"

"你从这案子中得利了吗?"

"没有,先生,没有。我很骄傲地说,我从中没有得利,我纯粹是为了服务大众。我敢说,像今晚,弗恩沃西这家人一定恨不得把我的照片烧掉。上次有人这么做过,我告诉警方他们应该停止这种卑鄙的行为,但是郡管区的警察实在太差劲了,他们不能给我应得的保护。不过,'弗兰克兰'对'女王政府'的案子一定会引起大家对这件事的注意。我曾经告诉过警方,他们这样对待我一定会后悔的,现在这句话应验了。"

"什么?"我问。

这老人做出一副很夸张的表情。

"因为我可以告诉他们一些他们特别想知道的事,不过我才不会去帮这些混蛋。"

以前我一直恨不得把话题引开,懒得去听他啰嗦那些东家长西家短之事,但现在我倒希望能多听一些。我看过很多的老奸巨猾的人,如果你表现得太有兴趣,反而会阻止他们说下去。

"毫无疑问又是侵犯权利的案子。"我以一种满不在乎的态度问道。

"不,老弟,比这严重得多了!如果我说是有关旷原上逃犯的事,怎么样?"

我呆住了。"你该不是说你知道他在哪里吧?"我说。

"我可能并不确切地知道他在哪里,但是我相信我一定能帮助警方抓住他。难道你从没想到,要抓住那人最好的办法就是找出他从哪里找到吃的,然后再追踪他?"

他显然已非常接近事实了。"这当然,"我说,"但是你怎么会知道他人在旷原上?"

464

"我知道，因为我亲眼看见过送食物给他的人。"

我的心一沉。落在这个不怀好意且多管闲事的老人手中实在很不幸，但是他的下一句话却让我心中的大石头落了下来。

"你绝对想不到，他的食物是由一个小孩子送去的。我每天都能从我屋顶上用望远镜看到他，他总是同一时间在同一条小径上出现，如果不是送去给那个逃犯，又会是给谁呢？"

这真是运气，但是我还是尽量不表现出我的兴趣。一个孩子！拜瑞莫曾经提过那个陌生人是由一个小孩提供食物的，因此弗兰克兰看到的是那个人而不是逃犯。如果我能从他这里得到点消息，也许可以省去我一场漫长而又累人的追逐。不过表现得怀疑或漠不关心才是我挖掘事实的两张王牌。

"我认为很有可能是旷原上某个牧羊人的小孩替他父亲送饭吧。"

就这么表示出一点相反的意见便把这个老专制激得火气上涌。他双眼怒视着我，灰胡子像攻击性发作的野猫般张开。

"是吗！先生，"他指着广大的旷原说，"你看到那边的黑凸岩了吗？你看到再过去的那块长满荆棘的低地了吗？那是旷原上岩块最多的地带。你想一个牧羊人会选那边做他的牧羊区吗？你说的真荒谬到极点了！"

我顺从着他回答说，我是因为不了解事实才这么说的。我的服输使他非常高兴，也就使他愿意更多说一些了。

"您要相信，先生，在我提出一个肯定意见的时候，我一定是有很充分的根据的。我不止一次地看到过那个孩子拿着他那卷东西，每天一次，有时每天两次，我都能……等一下，华生医生。是我的眼花呢，还是在那山坡上现在有什么东西正在动着？"

大约几英里远处，我清楚地看到一个小黑点，衬托在墨绿和灰色的背景上。

"快，先生，快来！"弗兰克兰喊道，冲上了楼梯。"你自己看，然后想想就会明白了。"

那望远镜配有一只三角架，是个庞大的仪器，被安置在房顶的铅皮平顶上。弗兰克兰急忙把眼睛凑上去，嘴里发出一声欢叫。

"快，华生医生，快来看，快，要翻过山头了！"

果然没错，是一个小孩肩上扛一卷东西，正费劲地往山上爬，快爬到山顶的时候又看见了那个衣衫不整的可疑人身影的轮廓在那儿一闪，鬼鬼祟祟地朝四周望望,像是在提防被人跟踪一样,然后倏地一下子消失在山头那边不见了。

"怎么样!我说得没错吧?"

"一点没错,是个小孩,好像是有什么秘密任务。"

"什么任务,一个乡下警察都能猜得到。可他们别想从我这儿知道一个字。我要你也必须保守住这个秘密,华生医生。一个字也别说,你知道了吗?"

"一定遵命,请您尽管放心。"

"谁叫他们对我太不像话了——不像话。等到弗兰克兰对女王政府的诉讼案内情一出来,我敢肯定全国马上轰动,激起民愤。根本就别想指望我给警察帮忙。他们什么也不管,就专门管住我。那些个流氓烧我的草人,这么咒人死,都不管。你别走哇!得帮我把这一瓶都干了,庆祝伟大的发现!"

我谢绝了他的好意,又很成功地劝止了他自告奋勇陪我步行回去的盛情。在他还能望得见我的时候,我佯装一直是走大路,后来,我就马上离开大路,穿过沼泽地,向着刚才那个孩子消失不见的那座石岩山上走去。现在事情变得对我来说大为有利,我发誓,决心不遗余力,拼着老本也不能让时来运转的难得的好机会错过。

当我爬上山顶的时候,太阳已经西斜。在我的脚下,是两边长长的斜坡,向阳一边还是金黄草绿,背阳一边已隐没在灰暗的阴影中。在远处的天边,呈现出一抹苍凉的暮色,暮色之中兀自立着奇形怪状的贝利弗和维克森凸岩山冈。在这广阔的大地上,没有声息,没有动静。有一只大灰鸟,也许是鸥,也许是麻鹬,翱翔在高高的蓝天。荒芜的景色,孤独的感觉,以及我的神秘而紧迫的使命,让我的心冷得不禁打起寒颤。哪里也找不到那个孩子。在我的下面,有一条两山间的凹地,里面有环绕成圈的几座古老的石屋,其中有一座还保留着屋顶,还可以挡风避雨以供人栖身。我的心窝一阵欢跳,这一定是那个可疑人的巢穴了。我的脚终于踏上了他藏身地的门径——他的秘密已全落入我的掌心之中。

当我慢慢接近小屋的时候,步子也走得特别小心谨慎,就像是斯泰普尔顿扑蝶那样,在举着兜网悄悄靠近落稳的蝴蝶。果不出所料,我欣喜地发现这里确实被人用作居住的地方。巨砾乱石之间有一条隐约可辨的小径,通向屋子一个坍塌的缺口,这缺口便被当做屋门。那个来历不明的人可能现在正躲在里面,也可能正在沼泽地里逛悠。身临其境的冒险探秘,使我感觉到神经兴奋得震颤。我把烟一扔,紧紧地握住左轮枪柄,几个箭步蹿到门口,向里一望:里面空无一人。

但是有很多迹象表明，我并没有找错目标。这里原来确是那个人所住的地方。一块雨布裹着几条毛毯，就放在新石器时代的人用作睡铺的一块石板上。在临时搭起的石灶底下留有一堆新燃的灰烬。旁边放着几件餐具，还有半桶水。扔着的一堆空罐头表明这个地方已经有人住过一段时间。等我的眼睛渐渐适应了点点树阴间的阳光之后，我还在屋角里看到一只搪瓷小杯和半瓶酒。屋子中央有一块平面石头，很明显是当桌子用的，上面放着一个小布包——毫无疑问，就是我从望远镜里看到的男孩背在肩上的这一卷东西。里面有一只大面包，一听牛舌，两听桃子果酱。我拿起看一看再放下的时候，心"嘭"地一跳，原来下面还压着一张纸条，上面写着字。我拿起纸来一看，用铅笔写的字很潦草，上面写着："华生医生已去过库姆·特雷西。"

我手上拿着这张纸条，在那里站了足有一分钟之久，暗自忖度着这草草一行字中的含义与分量。这个人并没有亲自跟踪我，而是派了一个人——也许就是这男孩——注意我的行踪，这便是盯我梢的人的报告。说不定从我踏上沼泽地的时候，就开始受到监视，报告了上去。我一直有一种感觉，有一股看不见的力量，一张无形的网，无比细密而巧妙地把我们团团围住，我们被笼罩却又不被知觉，只有到了要紧关头，你才明白自己确实已被收拢在网眼中动弹不得。

有这一份报告，很可能还有其他报告，我满屋子里找着，然而再也没有找到第二张，也没有发现别的痕迹，能够让你推断这个人有何特点，有何意图。他孤身一人住在这种地方，只有一点可以确定，这个人一定具有斯巴达人的精神和生活习惯，不在乎生活的舒适程度和条件。我想起了大雨，望着开口的屋顶，我看出了他为了要达到目的，意志是多么地坚定不可动摇，才能使他在如此非人的环境中住下来。他实在是我们厉害的敌人，要不然，难道还会是我们的保护天使降临？我下定决心，不搞个水落石出，我决定就不离开这间小屋。

西边的太阳正在隐下去，天边映着金红色的余晖，晚霞照着散布在远处格林本泥沼中的水洼，泛出一汪汪红光。那边是两座巴斯克维尔庄园的塔楼，更远处还有一片弥漫的烟气，说明这就是格林本。在这两处的中间，山冈的背面，是斯泰普尔顿家的房屋。在傍晚金色的余晖中，这一切都显得特别美好、恬静而醉人。但是，我望着这片景色，却压根感受不到大自然的平和与宁静。我正想着那步步逼近的面对面的遭遇，内心茫然而又恐惧，不由得浑身战栗。我的神经在悸动，可是目标与决心坚定不移，人坐在小屋隐蔽的暗处，紧张而又耐心地守候屋主人的来临。

终于,我听到了声音,有人来了。从远处传来皮鞋走在石头上的"噔噔"响声,一步一步,越走越近。我往角落的最暗处缩一缩身,摸住口袋里的枪,把保险打开,决定不看清这个人就不露面。那声音停了好久,说明他站住了。不一会儿,脚步声又传过来,靠得近了,一个黑影斜斜地投在小屋出口的地面上。

"真是个可爱的黄昏,我亲爱的华生,"一个很熟悉的声音说道。"我说,你到外面来,应该比待在里面要舒服多了。"

十二 沼泽地的死亡

我屏息坚持在那里坐了一两分钟,简直不敢相信我的耳朵。后来,我的神志清醒了,也能够说话了,同时那极为沉重的责任好像马上从我心中卸了下来。因为那种冰冷、尖锐和嘲讽的声音只可能属于一个人。

"福尔摩斯!"我叫了起来,"福尔摩斯!"

"出来吧!"他说道,"请当心你那支左轮手枪。"

我弓着身在粗糙的门框下面,看到他在外面的一块石头上坐着。当他看到我那吃惊的表情,他那灰色的眼睛高兴得转动起来。他显得又瘦又黑,可是却清醒而机警,他那机灵的面孔因为太阳余晖的照射成了棕色,被风吹得粗糙了。他身穿苏格兰呢的衣服,头戴布帽,看起来和其他在沼地上旅行的人一样,他竟还能像猫那样地爱护着个人的清洁,这是他的一个特点,他的下巴还是刮得光光的,衣服也还是像住在贝克街时一样的干净。

"在我的一生里,还从没有因为看见任何人比这更高兴过。"我一边摇着他的手一边说。

"或者说比这更吃惊吧,啊?"

"噢,我承认。"

"其实并不只是感到吃惊。我跟你说,我也没想到你会找到我的临时藏身之所,更没想到你已经藏在屋里了,直到我离这门口不到二十步的时候方才发现。"

"我想是由于我的脚印吧？"

"不，华生，我恐怕还不敢保证能从全世界人的脚印里辨认出你的脚印来呢。如果你真的想把我蒙混过去的话，就必须把你的纸烟换换牌子，因为我一看到烟头上印着'布莱德雷，牛津街'，我就知道，我的朋友华生一定就在附近。在小路的边上你还能找到它，一定是在你冲进空屋的那个紧要关头之前，你把它扔掉的。"

"没错。"

"我想到了这点，而又知道你那值得佩服的、坚韧不拔的性格，我就知道你一定在暗中坐着，手中握着你那支手枪，等待屋主人回来。你真的以为我就是那个逃犯吧？"

"我并不知道你是谁，可是我决心要弄清楚这一点。"

"太好了，华生！你是怎样知道我的地点的呢？是在捉逃犯的那晚上，我不小心站在初升的月亮前面被你看到了吧？"

"是的，那次我看到你了。"

"你在找到这间石屋以前，是不是找遍了所有的小屋？"

"我看到了你雇用的那小孩，是他指给了我搜寻的方向。"

"准是在有一架望远镜的那位老绅士那里看到的吧。当初我看到那镜头上的闪闪反光还弄不清是什么呢。"他站起来朝小屋里望了一眼，"哈，卡特莱又给我送来什么吃用的东西了，这是什么？原来你已经到库姆·特雷西去过了，对吗？"

"是的。"

"去找劳拉·莱昂斯太太吗？"

"恩。"

"干得好！显然咱俩考虑问题的方向是一致的，但愿咱俩的结果凑到一起的时候，咱们对这件案子也能有比较充分的了解。"

"嘿，你能在这里，我打心眼里感到高兴，这样的重责和案情的神秘，我的神经实在受不了了。可是你怎么到这儿来了？你都干什么来着？我以为你是在贝克街搞那件匿名恐吓信的案子呢。"

"我正希望你这样想呢。"

"原来你是利用我，可是并不信任我呀！"我生气地喊道，"我觉得我在你眼里还不应该是这样子的吧,福尔摩斯。"

"我亲爱的伙伴,在这件案子里就和很多别的案子里一样,你对我的帮助是无法估量的,如果看来好像我对你要了什么花招的话,那请你原谅。实际上,我之所以要这样做,一部分也是为了你,正因为我体会到了你所冒的危险,我才亲自到这里来探查这件事的。如果我和你们——亨利爵士和你——都在一起的话,我相信你的看法一定和我的看法一样,只要我一出面,就等于向我们的对手发出警告,要他们多加小心了。而现在,我一直是能自由行动的,而如果我住在庄园里的话,那就根本不可能了。我使自己在这件事里做一个不为人知的角色,随时准备在关键的时候全力以赴。"

"可是为什么要把我蒙在鼓里呢?"

"因为如果你知道了,对咱们也毫无帮助,也许还可能因而使我被人发现。你一定会想来告诉我点什么,或者是好心好意地给我送些什么应用物件来,这样咱们就要冒不必要的风险了。我把卡特莱带来了——你一定还记得佣工介绍所的那个小家伙吧——我的一些简单的需要,都是由他来照顾的:一块面包和一副干净的硬领。一个人还需要什么呢?他等于给我添了一双勤快的脚和一对额外的眼睛,而这两样东西对我说来,都是无价之宝。"

"这么说,我写的报告恐怕都要白费了!"我回想起在我写那些报告时的辛苦和当时的骄傲的心情,我的声调都变了。

福尔摩斯从衣袋里拿出一卷纸来。

"这是你的报告,我亲爱的伙伴,我向你保证,我都反复地读过了。我安排得好极了,因此它在途中只耽搁一天。我必须对你在处理这件极端困难的案子时所表现的热情和智慧致以最崇高的敬意。"

我因为受了愚弄,心里还是不太舒服,可是福尔摩斯这些赞扬话使我感到很温暖,它驱走了我内心的不满。我心里也觉得他说得没错,要想达到我们的目的,这样做是最好不过的了,我原本不应该知道他已经来到了这里。

"现在就好了,"他看到阴影已从我的脸上消失之后说道,"现在把你访问劳拉·莱昂斯太太的结果跟我讲讲吧。我本不难猜到你到那里去是为了找她的,因为我已经知道,在库姆·特雷西这个地方,她是在这件事里唯一能对我们有所帮助的人。说实话,如果你今天没去的话,很可能我明天就要去了。"

太阳已经落下山去,暮色笼罩着整个沼地。空气也变得凉了起来,于是我们就退进小屋去取暖。在暮色之中我们坐在一起,我把和那女士谈话的内容都告诉了福尔摩斯。他非常感兴趣,某些部分我还得重复两遍,他才表示满意。

"这件事是非常重要的,"当我说完后他说道,"它把在这件最复杂的事情里我所联结不起来的那个缺口都给填上了。或许你已知道了,在这位女士和斯泰普尔顿先生中间还有着极为亲密的关系吧?"

"我并不知道这种亲密的关系啊!"

"这件事是毫无疑问的。他们经常见面,经常通信,彼此十分了解。这一点已使咱们手里多了一件有力的武器。只要咱们用这一点对他妻子进行分化……"

"他的妻子?"

"我现在供给你一些情况,来酬答你所供给我的一切吧。那个在此地被人称作斯泰普尔顿小姐的女士,实际上就是他的妻子。"

"天哪,福尔摩斯!你说什么?那他怎么又会让亨利爵士爱上她呢?"

"亨利爵士的堕入情网,除了对亨利爵士本人之外对谁都不会有什么害处。他曾经特别想避免亨利爵士向她求爱,这事你知道。我再说一遍,那位女士就是他的妻子,而不是他的妹妹。"

"可是他为什么要搞这一场煞费苦心的骗局呢?"

"因为他早就看出来,让她扮成一个未婚的女子对他非常有用。"

我的全部猜测,我那模糊的怀疑突然变得具体起来,并且全都集中到了生物学家身上了。在这戴着草帽拿着捕蝶网的、缺乏热情和特色的人身上,我好像看出了什么可怕的东西——无限的耐性和狡黠,一副伪装的笑脸和狠毒的心肠。

"这么说咱们的敌人就是他,在伦敦尾随咱们的也是他?"

"我就是这样看破这个谜的。"

"那个警告一定是她发的了?"

"没错。"

在我心头萦绕已久的,似有似无、半是猜想的一桩极为可怕的罪行已在黑暗之中隐隐约约地显现出来了。

"可是这一点你敢肯定吗,福尔摩斯?你怎么知道那女人就是他的妻子呢?"

"因为当他第一次见到你时,曾经忘记隐瞒,说出了一件有关他过去的事,我敢担保从那以后他一定后悔不已。他曾在英格兰北部当过校长,没有比去查一个校长更容易的事了，有很多学术调查机构可以查出任何做过校长的人。在做了一些调查后，我发现了有个学校因严重的财务困难而关闭，学校的拥有人——虽然名字不同——与他妻子从此之后就下落不明了，所有的描述都与他吻合。尤其是当我得知那个失踪的人热爱昆虫学之后，我就知道我找对人了。"

秘密渐渐揭开了，但仍有许多地方仍不太清楚。

"如果这女人果真是他太太，那劳拉·莱昂斯太太又从哪里涉入的呢？"我问。

"这点就是从你的调查带来的线索，你与那位女士的谈话澄清了许多地方。我并不知道她与她丈夫打算离婚，如果真是这样，而斯泰普尔顿又以单身汉身份出现，显然是她想成为他的太太。"

"但她如果知道实情呢？"

"哈，那她对我们就非常有用了。明天，我们两个人一起去找她，华生，你不觉得你离开职守太久了吗？你应该待在巴斯克维尔庄园的。"

西边天空最后一抹红霞也已经隐去，夜晚完全降临整个旷原，微弱的星光开始在暗紫色的天空闪烁。

"福尔摩斯，我还有最后一个问题，"我站起身来，"我们两个之间当然没有必要相互隐瞒，所有一切到底代表什么？他的目的是什么？"

福尔摩斯把声音压低了说：

"谋杀，华生——精确地说是冷血蓄意的谋杀。我的网已快罩住他了，虽然他的网也十分接近亨利爵士，有你的帮助，我差不多就要抓住他了。只有一个可能的危险会威胁我们，那就是他比我们先采取行动。再有一天——至多两天——我就可以把案子弄清楚，但是在那之前你必须严格执行你的警卫任务，就像一个尽责的妈妈照顾她生病的孩子那样。你今天的行动虽然非常值得，但我还是宁可你没有离开过他身边。听！"

一阵恐怖的叫声——一长声惊恐又痛苦的叫喊打破了旷原的寂静，那令人

害怕的喊声使我全身的血液都凝住了。

"噢,上帝!"我喘着气,"是什么?怎么回事?"

福尔摩斯跳了起来,我看到他黝黑矫健的身躯直接冲向小屋的门口,弯身伸出头去,望向黑暗之中。

"嘘!"他轻声地说,"别出声!"

那个叫声因猛烈而听来特别响亮,但它是从远处幽黑的平地上发出来的。它越来越近,越来越响,也越来越急地传入我们的耳朵。

"从哪儿传来的?"福尔摩斯轻声问道,以他颤抖的语音可以听出,像他这么刚强的人也被吓到了。

"华生,它从哪儿传来?"

"我想应该是那边。"我指向黑暗中。

"不,是那边。"

恐怖的叫声又一次打破了寂静的夜晚,比刚刚更响更近,其间还夹杂着另一个声音,一个低沉、混浊、似音乐但又十分险恶的声音,像海潮般忽起忽落。

"魔犬!"福尔摩斯叫,"……快!华生,快!上帝,希望我们不会太迟!"

他快速地在旷原上奔跑,我紧紧地跟着。但就在此时,我们前面不远的某处缺口,传来了最后一声绝望的叫喊,然后低沉了下去,之后是重物摔落的声音。我们停下来仔细再听,但再也没有声音打破夜的死寂了。

我看到福尔摩斯像个精神错乱的人般用手盖着前额,双腿蹒跚地跪了下来。

"他赢了,华生,我们晚了一步。"

"不,不,怎么会?"

"我怎么不赶快采取行动呢,你也有责任,华生,这就是你不尽忠职守的结果!但是,上帝,如果最坏的事情已经发生,我们一定要找他报仇!"

我们在黑暗的大石中没有方向地奔跑,强行穿过金雀花丛,爬上坡地,又冲下去,朝刚才传来恐怖声音的那个方向奔去。每次一爬上高坡,福尔摩斯就焦急地向四下张望,但旷原上太黑了,看不到有任何动的东西。

"你能看到什么东西吗?"

"看不到。"

"但是,嘿,那是什么?"

一阵低沉的喃喃声又传到我们耳际,接着又一声,左边!那边是一条岩脊,旁边是垂直的峭壁，峭壁下是散满了乱石的斜坡。参差不齐的坡面上，有一个黑压压的不规则之物，当我们跑近它时，模糊的影子也变成了具体的形状。那是一个面部朝下俯卧的人，头以恐怖的角度压在身子下面，肩宽而圆，身体像翻筋斗那样缩作一团，样子十分恐怖，因此有好一阵子我无法联想到喃喃之声竟是这人临死时发出的。现在，这个黑色的身影不再发出任何声响。福尔摩斯把手伸过去，将尸身提起来，同时发出一声恐怖的惊叹。他划着一根火柴，火光照在他那沾满血块的手指上，也照在死者碎裂的脑壳中流出来的愈聚愈多、惨不忍睹的脑浆上，它也同时照出了一个令我们痛心得头晕目眩的事实——这是亨利·巴斯克维尔爵士的尸体！

我们绝不可能忘记那套暗红色的花呢西装——就是他第一天早晨到贝克街去时所穿的那件。我们只看了西装一眼，火柴就熄灭了，我们的希望也跟着一起熄灭。福尔摩斯不断地诅咒着，黑暗中他的脸色惨白。

"这个无人性的畜生！畜生！"我紧握双拳叫道，"噢，福尔摩斯，我永远不会原谅自己离开他身边而让他走向死亡。"

"我比你更难过，华生。为了要让我的案子各方面都能够圆满完整，我竟然牺牲了委托人的生命，这是我一生事业中最大的失败。但是我怎么会知道——我怎么会知道——我再三的警告都不能阻止他不顾性命地独自跑到旷原上来！"

"我们虽然听到了他的狂呼——上帝啊！那狂呼声也没能救得了他！那置他于死地的可恶畜生魔犬到哪里去了呢？它可能此刻就潜伏在这些岩石间，还有斯泰普尔顿，他在哪儿？他总有一天要偿付这些债的。"

"他会的，我一定要亲眼看着他这么做。伯父与侄子双双被杀——一个是看到那个他认为是幽灵的恶魔而被吓死的，另一个是拼命想逃脱它而摔死的。但我们现在必须证明这人与兽之间的关系。以所听到的种种传说中，我们甚至无法证明后者的存在，因为亨利爵士显然是摔死的。不过，上帝在上，不管他有多么狡猾，我在一天之内一定要逮住这家伙！"

我们带着伤痛的心站在扭曲的尸体两边，因这突然而又无法挽回的不幸而极度悲伤，没想到我们这么长时间以来的辛劳得到的竟是如此可悲的结果。月亮又探出头来，我们爬上了岩脊，站到刚才我们的朋友摔落的地方，凝视着幽暗的旷原。远处，数英里外，朝着格林本的方向，一盏昏黄的灯亮着，那只可能是来自斯泰普尔顿的孤独居所。我瞪着它，痛苦地挥拳诅咒。

"为什么我们不马上逮捕他呢？"

"我们的案子还没有完全弄清楚。这家伙特别机警又狡猾。这不是我们知不知道的问题，而是我们能不能证明的问题。只要我们采取了一个错误的行动，他就可能会逃掉。"

"那我们该怎么办？"

"明天我们会有一大堆事情要去做，今晚我们只能为我们可怜的朋友再尽最后一次力。"

我们又一起下了乱石的坡地，走到尸体边。岩石被月光照成了银灰色，黑色的尸身清楚地躺在上面，那扭曲肢体的惨象使我心如刀割，我的眼泪夺眶而出，刺痛了我的双眼。

"我们必须找个人帮忙，福尔摩斯！我们不可能扛着他走回庄园。上帝！你疯了吗？"

他朝尸身俯身下去，接着发出了一声惊呼，然后突然又笑又跳地晃着我的手。这是我那坚毅而自制的朋友吗？这些动作是深藏在他体内的狂热！

"胡子！胡子！这人有一嘴大胡子！"

"大胡子！"

"他不是男爵——是——啊！是我的邻居！那个逃犯！"

我们兴奋地把尸体翻转过来，那一嘴大胡子对着清冷的月亮。绝对没错，凸出的前额及深陷如兽般的眼睛，这确实是那张在岩石间烛光前看着我的脸——罪犯塞尔登的脸。

于是，事情就清楚了。我记起男爵曾对我说过他把一些旧衣服都送给了拜瑞莫，拜瑞莫一定又转送给了塞尔登以帮助他逃亡。靴子、衬衫、帽子——全都是亨利爵士的。这件事发生的来龙去脉虽然还不是很清楚，但至少这个人在法律上理应受到死亡的惩罚。我告诉了福尔摩斯衣服的事情，我的心因感激与欢愉而沸腾。

"这么说，是衣服导致了这个可怜恶人的死亡。"他说。

"显然那只狗是闻到了亨利爵士衣物上的味道——那只在旅馆被偷走的靴子，很可能就是为了这个目的——逼这个人摔死。但奇怪的是：为什么塞尔登在黑暗中会知道那狗追着他来？"

"他一定是听到了声音。"

"仅仅是听到声音肯定不会让这么一个凶悍的逃犯冒着被抓回去的危险而惊恐地狂喊求助,从他的叫声中我们可以听出他知道那东西追来后还跑了很长的一段路。他怎么会知道的?"

"如果我们的推测是对的,为什么——"

"我不假设任何事。"

"嗯,那么,为什么这条狗会在今晚出来?我猜想它总不是每天都在旷原上游荡吧。斯泰普尔顿不会放它来,除非他有理由认为那个人就是亨利爵士本人。"

"我的问题不太容易解答,你的问题很快就会有答案,但我的问题则可能永远是个谜。现在问题是,我们该怎么料理这可怜恶人的尸体?我们总不能把他留在这儿喂狼吧。"

"我想我们应该先把他放到一个小石屋中,然后去报警,让警方来处理他。"

"没错,我想我们两个把他抬过去应该没有问题。啊,华生,那是什么?是那家伙本人,太胆大了,不要露出任何怀疑的神色——别透露一个字,否则我的计划就完了。"

一个身影从旷原上渐渐接近我们,我看到他手中雪茄的一点红光。月光照到他身上,我可以辨得这自然学家矫健的身形及跳跃的走姿。当他看清楚是我们时,愣了一下,然后又继续走过来。

"啊,华生医生,怎么是您?我怎么也想不到在这样的夜深时在沼地里看到您。噢,我的天,这是怎么回事?有人受伤了吗?不——别告诉我说这就是我们的朋友亨利爵士!"他慌忙地从我们的身旁走过去,在那死人的身旁弯下身去。我听到他猛地倒吸了一口气,手指夹着的雪茄也掉了下来。

"谁——这这这是谁?"他结巴着说。

"是塞尔登,王子城逃跑的那个犯人。"

斯泰普尔顿转向我们,面色铁青。他竭力克制住内心的慌乱和失望,两眼直逼着福尔摩斯,又直逼向我。

"天哪!这个事麻烦着呢!他是怎么死的?"

"好像是从山上摔下来,跌断了脖子。我和朋友在沼泽地上闲逛,突然听到了叫喊声。"

"我也听到了叫喊,所以才出来的。我是担心亨利爵士。"

"为什么偏偏只担心亨利爵士?"我不由地问道。

"因为我约他出来玩,他没有来。我听到沼泽地上不断的叫喊声,就开始担心了,想到了他的安全。那么,那么这个……"他眼光又忽地从我脸上转向福尔摩斯,"除了叫喊以外,还听到什么没有?"

"没有,"福尔摩斯说,"您听到别的什么了吗?"

"没有。"

"那么,您想问什么呢?"

"喔,您知道那个传说吗?人们都说是鬼怪狗呀什么的。据说夜里在沼泽地上能够听见。我在想,今天晚上,我倒要听听,是不是真的有这种声音。"

"我们没有听见这种声音。"我说。

"依您看,这个人惨遭横祸,是怎么死的?"

"我看,准是什么事心急慌忙,暴露了自己,被人发现,就晕头转向了。一定是疯了似的,在沼泽地上乱跑,最后就摔死在这里,扭断了脖子。"

"这看来倒是很能说得过去。"斯泰普尔顿说着叹了一声,我看这是表明他松了一口气。"您的高见呢,歇洛克·福尔摩斯先生?"

我的朋友欠欠身表示见礼。

"您认人认得可真快。"他说。

"自从华生医生来以后,我们这里的人也都一直在盼着您来呢。您正巧赶上目睹一出悲剧。"

"是的,的确这样。我没有异议,这位朋友所做的解释能概括实际情况。我明天就要回伦敦,只能带着一件不愉快的记忆回去。"

"喔,您明天要回去了?"

"我有这个打算。"

"那么您这次来访,对一些我们困惑不解的事,能否蒙赐教指点迷津?"

福尔摩斯耸耸肩。

"人往往事与愿违,希望的未必会实现呀。侦查需要证据,不是靠传说和谣言,这件案子办得很不让人满意。"

我的朋友把话说得非常坦率,毫不经意。斯泰普尔顿的两眼直勾勾地看着他说这话的神态,随后又再转向我。

"我倒是想,把这个可怜的人抬到我家去,可是就怕惊吓了我妹妹,这就不太合适了。还是拿点什么把他的脸遮一下,等到明天早上,这样比较安全一些。"

事情就照这样安排做好。我和福尔摩斯一同婉拒了斯泰普尔顿的盛情邀请,转身走向巴斯克维尔庄园。我们回头望望,那个身影在广阔的沼泽地上慢慢地远去,在他身后,银光照亮的斜坡上,留下墨色的一堆,那个人,以如此可怕、悲惨的结局躺在了那里。

十三 布网

"这件事情终于快结束了,"我们穿过旷原时,福尔摩斯说,"这家伙胆子真大!当他发现他阴谋杀害的不是他千方百计要杀的人时,居然能从万分震惊中平静下来。华生,在伦敦时我曾告诉过你,没有比他更值得我们花工夫去紧盯不舍的敌人,我现在依然这么说。"

"不幸的是他看到你了。"

"我开始也是这么想,但这也是没有办法的事。"

"你想他现在知道你在这儿,对他的计谋会有什么样的影响?"

"这可能使会他更加小心行事,也可能促使他马上采取激烈的行动。就像大部分狡猾的罪犯,他可能对自己过于自信,认为他已经完全骗过我们。"

"我们为什么不马上逮捕他?"

"华生老友啊,你是一个天生爱行动的人,你的本能总是要采取较激烈的手法。但是,假如我们今晚逮捕他,对我们有什么好处?我们无法提出对他不利的证据。这事非常狡诈棘手!如果他是借他人的手来行事,我们也许能抓到一点证据,但是我们就算是在大白天把那条狗拖来,也没有证据能指证它的主人。"

"我们当然有事实证据。"

"没有——所有的只是推想与臆测。如果我们提出这样的故事、这样的证据,一定会被别人笑死,而且当即就被赶出法庭。"

"可是有查理士爵士死亡的事啊。"

"他是死了,可是身上没却任何伤痕。我们都知道,他肯定是被吓死的,我们也都知道他是被什么东西吓死的,但是我们怎么能够让那十二个笨蛋陪审员也相信呢？那狗出现的踪迹在哪里？它的尖牙痕在哪里？当然我们知道猎犬不会咬死尸，而查理士爵士在那猛兽追上他之前就死了，但我们必须'证明'所有这些，此时此刻我们并不能做到这点。"

"嗯，那今晚呢？"

"今晚的情形也不见得对我们更有利，那人的死跟猎犬还是没有直接关系。我们听到声音，但是并不能证明狗追在那人后面，而且完全缺乏导致他死的动机。不，老朋友，我们必须承认我们对案子目前还没有得出完整合理的结论，不过我们值得冒险想办法把案子连接起来。"

"那你打算怎么做？"

"我觉得如果我们把事情的来龙去脉跟劳拉·莱昂斯太太解释清楚，相信她会对我们有很大帮助，并且我自己还另有计划。明天可有罪受了，但希望至少在明天结束之前我们能胜券在握。"

我再无法问出他更多的话了。他开始陷入沉思，一直走到巴斯克维尔的大门。

"你进来吗？"

"进来，我看不出有任何再隐藏的必要。但是，华生，我最后嘱咐你一句话，不要对亨利爵士提猎犬的事，让他以为塞尔登的死就是斯泰普尔顿让我们相信的那样子。这样他对明天要临头的事情，比较能经受得往。如果我没有记错你的报告的话，他明天要去他们那儿吃晚餐吧。"

"是的，也约我去的。"

"那你必须得找个借口，让他明天自己一个人去，这应该不难安排。好了，如果时间还不算太晚，我想我们该去吃晚餐了。"

看到福尔摩斯，亨利爵士的高兴多于惊讶，因为他估计这几天发生的事会让他从伦敦赶过来。可是，当他发现我这位朋友既没有行李，也不对此多做说明，却感到十分意外。不过，我们很快就提供了他所需要的东西。然后，在延迟了的晚餐上，我们将刚才经历的事情告知了男爵，当然我们只说了我们认为他应该知道的部分，在那之前，我不得不把坏消息先告诉拜瑞莫及他的太太。对于拜瑞莫，这消息反倒使他松了口气，但是他太太却十分伤心地把头埋进围裙里哭泣起来。对这个世界上的其他人来说，他也许是个恶徒，是半兽半魔的恶人，但对她而言，他仍旧是她从小照顾的那个灵动聪明的小男孩，那个她用手牵着的小弟弟。如果连一个悲悼他的女人都没有,那他就真是个恶魔了。

"今天早上华生走了以后,我就一直待在屋子里无聊地打发时间,"男爵说,"我这么听话,是不是应该得到嘉奖啊?如果不是发过誓绝对不会单独出去,我也许会有个生动得多的晚上,因为斯泰普尔顿送信来邀我过去。"

"我绝对相信你会有个更生动的晚上,"福尔摩斯冷淡地说,"我们还以为是你摔断了脖子而为你伤心了半天呢,这事你高兴吗?"

亨利爵士睁大了眼睛,"什么意思?"

"那可怜的家伙穿着你的衣服,是你的仆人转送给他的,我恐怕这会给你带来麻烦。"

"不应该啊。因为据我所知,衣服上并没有任何记号或名字。"

"那算他运气——事实上是你们所有人的运气,因为在这件事上,你们都犯法了。作为一个尽责的侦探,我不知道我是否该把你们全都抓起来。华生的报告是最有效的控告证据。"

"但是,这整个案子怎么了?"男爵问道,"你找出点头绪了吗?华生跟我来到这里以后似乎毫无进展。"

"我想,用不了太久,我就可以把事情的来龙去脉跟你解释清楚。这是一个十分艰难复杂的案子,还有几处我们需要再弄清楚——不过结论应该不会有变。"

"华生应该跟你提过,我们曾有一次经历,我亲耳听到了旷原上的犬吠,因此我可以发誓,那肯定不是幽灵之类的东西。我在美国西部的时候,曾经跟狗接触过,我对犬吠分得很清楚。如果你能把那条狗捉住拴牢,我敢发誓你一定是有史以来最伟大的侦探了。"

"如果有你帮忙,我一定能捉住拴牢它。"

"只要你说,我一定照办。"

"很好,那我要你盲目听命,不要问理由。"

"没问题,全都依你。"

"如果你能这么做,我想我们的小问题很快就可以解决了。我坚信不——"

他的话突然停止,眼光越过我的头顶凝视着对面。灯光照在他的脸上,他的表情是如此专注,像是一座清晰的古典雕像,生动与期盼的化身。

"怎么了?"我们同时叫道。

我能够看出，当他收回视线的时候，他抑制住了内心的激动。他的脸色很镇定，但眼中流露出了喜悦。

"请原谅我这种行家见到珍品的惊喜态度，"他指着对面墙上的一列画像说，"华生认为我不懂任何艺术作品，那纯粹是嫉妒，因为我们彼此的观点不同。啊，这些真是很好的画像。"

"嗯，听见你这么说我真高兴，"亨利爵士略带点惊讶地看着我的朋友说，"我不能假装我对这类的东西懂得很多，因为我还是对马或牛的评价比较在行。我没想到你还有时间研究这些东西。"

"当我看到珍品的时候，我能看得出，而且我现在已经看到了。那边那张穿着蓝丝裙衫的仕女画像，我敢肯定是奈勒的作品，而那张戴着假发的健壮男子的画像应该是雷诺兹的作品。我猜这些都是家族祖先的画像是吧？"

"是的。"

"你知道他们的名字吗？"

"拜瑞莫告诉过我，我想我记得还不错。"

"拿着望远镜的那位是谁？"

"那是巴斯克维尔海军少将，他曾在西印度群岛罗德尼上将的麾下服过役。穿蓝上衣、手上拿一卷文件的是威廉·巴斯克维尔爵士，他曾是皮特任内参议院委员会的主席。"

"我正对面这个保皇党员——穿黑绒外衣镶蕾丝边的是谁？"

"噢，这人你应该知道，他就是引起所有这些不幸事情的人，邪恶的修果，他是巴斯克维尔魔犬传说的起源者。我们不会忘记他。"

我带着惊讶与兴趣注视着那张画像。

"啊呀！"福尔摩斯说，"他看起来像个安静、温顺而谦和的人，不过，我敢说他眼神中隐藏着邪恶之色。我想象中的他比这样子要粗鲁凶恶多了。"

"这张画像的真实性不容置疑，因为它背面标有名字及一六四七年的日期。"

福尔摩斯没有再多说什么，不过这张古老的作威作福者的画像似乎使他十分赞赏，吃晚饭时，他的眼睛还不时地盯着那幅画。一直到后来亨利爵士回房之后，我才有机会了解他的想法。他把我带进餐厅，手中拿着卧室的蜡烛，向墙上那张因年代久远已见斑驳的画像举去。

"你看出点什么没有?"

我看着那宽边帽、额前的卷发、白色的蕾丝领,以及那张严肃的脸,他的表情并不凶恶,却一本正经,显得严厉而固执,嘴唇薄,眼光冷酷。

"你觉得他像某个你认识的人吗?"

"亨利爵士的下巴跟他有点像。"

"也许只是有一点像。但是,请等一等!"他站到一张椅子上,左手拿着蜡烛,右手盖住了人像的宽边帽及长卷发。

"上帝啊!"我惊叫了起来。

斯泰普尔顿的脸从帆布上跳了出来。

"哈,你终于看出来了。我的眼睛经过训练,可以只看脸而不去注意脸部以外的附加物。一个罪案侦探的第一等要件就是要能看穿装扮。"

"但是这太不可思议了,真可以说这就是他本人的画像。"

"是的,这是祖型重现的一个很好的例子,而且不仅是外貌相同,神态也非常相似。研究家族的画像足以把一个人再现的祖型找出来。他一定是巴斯克维尔家族的人——很明显。"

"而且有不轨的企图。"

"的确如此,这张画像还提供给了我们一个显然是最迫切需要的线索。咱们算是抓住他了,华生,咱们总算是抓住他了。我敢发誓说,明晚之前他就要在咱们的网子里像他自己所捉的蝴蝶一样绝望地乱扑腾翅膀了。只要一根针、一块软木和一张卡片,咱们就可以把他放进贝克街的标本陈列室里去了!"

当他离开那张画像的时候,他突然发出了少有的大笑。我不常听到他笑,只要他一笑,总是说明有人就要倒霉了。

第二天早晨,我很早就起来了,可是福尔摩斯起得比我还要早,因为我在穿衣服的时候,他正沿着车道从外边走回来。

"啊,今天咱们得好好地大干一场!"他说着,一面由于行动之前的喜悦而搓着双手,"网已经全部下好了,眼看就要往回收了。今天咱们就能见个分晓,究竟是咱们把那条尖嘴大梭鱼捉住呢,还是它由咱们的网眼里溜掉。"

"你已经去过沼地了吗?"

"我已经由格林本发了一份关于塞尔登死亡的报告到王子镇去了。我想我可以许下诺言,你们之中谁也不会再因为这件事而有麻烦了。我还和我那忠实的卡特莱联系了一下，如果我不让他知道我是安全无恙的话，他一定会像一只守在它主人坟墓旁边的狗一样地在我那小屋门口憔悴死的。"

"那么下一步该怎么办呢？"

"得去找亨利爵士商量一下。他来了！"

"早上好，福尔摩斯，"准男爵说道，"您像是一个正在和参谋长计划一次战役的将军。"

"没错，华生正在向我请求命令呢。"

"我也是来听候差遣的。"

"很好，据我了解，您今晚被约去咱们的朋友斯泰普尔顿家吃饭吧？"

"我希望您也能去。他们很好客，我敢说，他们见到您一定会很高兴的。"

"恐怕我去不了了，因为华生和我要去伦敦。"

"到伦敦去？"

"是的，我想我们现在去伦敦要比在这里更有用得多了。"

准男爵的脸上显出了不高兴的样子。

"我希望您能看我度过这一关，一个人单独住在这个庄园和这片沼地里并不是一件很愉快的事。"

"我亲爱的伙伴，您必须得完全信任我，并按照我吩咐您的那样去做。您可以告诉你的朋友说，我们本来是很想跟您一起去的，可是有件急事要求我们必须得回到城里去。我们希望不久就能再回到德文郡来。您能把口信带给他们吗？"

"如果您坚持那样的话。"

"也只能这样了，我肯定地和您说吧。"

我从准男爵紧锁的眉头上可以看出，他已经认为我们是弃他而去，所以很不高兴。

"你们准备什么时候走？"他语调冷淡地问道。

"早餐之后马上就走。我们要坐车先到库姆·特雷西去，可是华生把行李杂物都留下来，作为他仍将回到您这里来的保证。华生，你应该写封信给斯泰普尔顿，说明你不能赴约并向他表示歉意才是啊。"

"我真想和你们一起到伦敦去。"准男爵说，"我为什么要一个人留在这里呢？"

"因为这是您的职责所在。您曾经答应过我,无论让您干什么您都会答应,现在我让您留在这。"

"那么,好吧,我还是留下吧。"

"再给您提一个要求,我希望您坐马车去梅里皮特宅邸,然后让您的马车先回来,让他们知道,您是打算走着回家的。"

"走过沼地吗?"

"没错。"

"可是,这正是您常常嘱咐我不要做的事啊!"

"这一次您这样做,保证安全。如果我对您的神经和勇气不够信任的话,我也不会提出这样的建议来。您一定要这么做。"

"好吧,我就这样做吧。"

"如果您珍视您的生命的话,穿过沼地的时候,除了从梅里皮特宅邸直通格林本大路的直路之外,不要走别的方向,那是您回家的必经之路。"

"我一定按照您所说的那样去做。"

"很好。我非常愿意在早饭之后越快动身越好,这样下午就能到伦敦了。"

虽然我还记得福尔摩斯昨天晚上曾和斯泰普尔顿说过,他的拜访是到第二天为止的,可是这个行程的计划还是使我大吃一惊,我怎么也没有想到他会让我和他一起走。我也不太明白,在他亲口说是最危险的时刻,我们两人怎么能都离开呢?可是没有办法,我只有盲目地服从。这样,我们就向愠怒的朋友告了别,两小时之后我们就到了库姆·特雷西车站,随即把马车打发回去。月台上有个小男孩在等着我们。

"有什么吩咐,先生?"

"卡特莱,你就坐这趟车进城吧。你一到城里,就马上用我的名字给亨利·巴斯克维尔爵士打一封电报,说如果他找到了我遗落在那里的记事本的话,请他用挂号给我寄到贝克街去。"

"好的,先生。"

"现在你先到车站邮局去问问有没有我的信。"

卡特莱一会儿便带着一封电报回来了,福尔摩斯看了看便递给我。上面写着:

电报收到。即携空白拘票前去。五点四十分抵达。

雷斯垂德

"这是我早晨那封电报的回电。我觉得他是公家侦探里最能干的,咱们可能还需要他的协助呢。噢,华生,我想我们最好是利用这段时间去拜访下你的相识劳拉·莱昂斯太太去吧。"

他的作战计划开始露了头,他是想利用准男爵使斯泰普尔顿夫妇确信我们真的已经离去,而实际上我们却随时都可能出现在任何需要我们出现的地方。如果亨利爵士向斯泰普尔顿夫妇提起从伦敦发来的电报的话,就能完全消除他们心里的疑虑了。我好像已经看到,我们围绕那条尖嘴梭鱼布下的网正在愈拉愈紧。

劳拉·莱昂斯太太正在她的办公室里。歇洛克·福尔摩斯以坦白直爽的态度开始了他的访问谈话,这一点倒使她很吃惊。

"我正在调查与已故的查理士·巴斯克维尔爵士的暴死有关的情况,"他说道,"华生医生已经向我报告了您所谈过的话,同时还说,您对此事还有很多隐瞒的地方。"

"我隐瞒了什么?"她以挑战的口气问道。

"您已经承认了,您曾要求查理士爵士在十点钟的时候到那门口去。我们都知道,那正是他死去的时间和地点。您隐瞒了这些事件之间的关联。"

"这些事件之间并没有任何关联啊!"

"如果是那样的话,这倒确实是件非常奇特的巧合了。可我觉得我们一定会找出其中的联系来的。我愿意对您坦白到底,莱昂斯太太,我们认为这是一件谋杀案。根据已有的证据来看,不仅是您的朋友斯泰普尔顿,就连他的太太也可能会被牵连进去的。"

那女士猛地椅子里跳了起来。

"他的太太?"她惊呼道。

"这件事早已不再是秘密了,被当作是他妹妹的那个人事实上就是他的妻子。"

莱昂斯太太又坐了下去,两手紧抓着扶手,我看到她由于紧握双手的压力,使得她那粉红色的指甲都已经变成白色。

"他的太太?"她又说了一遍,"他的太太,他并没有结过婚啊!"

歇洛克·福尔摩斯耸了耸肩。

"有证据吗?给我证明啊!如果您能证明的话……"她那可怕的闪烁的眼神,比什么话都更能说明问题。

"我就是来准备给您看证据的,"福尔摩斯一边说着,一边从衣袋里抽出几张纸。"这是他们夫妇的一张照片,是四年前在约克郡拍的。照片背面有签名'范德勒先生和夫人',虽然名字不一样,但这两个人您应该一看就能认得出来。他,这是她,您若是见过面的话,不难认出。还有三份书面证明材料,都是范德勒先生和夫人的熟人写的,是可靠人证。那时候他办了一所圣奥利弗私立小学。您看看关于这两个人的关系,您还有什么疑问吗?"

她把材料看了一下,抬起脸望着我们,这是一个女人陷于绝望的呆滞、僵冷的脸。

"福尔摩斯先生,"她说道,"这个人说他要和我结婚,只要我同自己的丈夫离婚。他说谎,他欺骗了我,这个坏蛋,什么花招都想得出来。他从来没有跟我说过一句实话。为什么——为什么呢?我还以为一切都是为了我的缘故呢。可是现在我才看清,我不过是他手里的工具,他利用了我。他对我从来没有过真情,我干吗还要对他保持忠诚?他自食恶果,我干吗还要替他遮遮掩掩?你们要问什么就问吧,我不会再有任何隐瞒。有一点我要发誓声明,我写那封信绝对没有要害老先生的意思,他一向待我非常好。"

"我相信您,夫人,"歇洛克·福尔摩斯说。"把这些事都重新讲一遍,对您来说一定是很痛苦的,不如这样,简单点,我来把怎么个情况说给您听,有出入的地方,您提出来,改正一下就好了。好,寄出这封信是斯泰普尔顿授意您做的吧?"

"是他口授,我写的。"

"我想,他的理由是,为了您可以得到查理士爵士的帮助,离婚诉讼费可以有着落,对吗?"

"是的。"

"您把信寄出去之后,他又劝阻您不要去赴约,是吗?"

"他跟我说,这样很伤他的自尊心,给别人知道钱是为这个用途,面子上过不去。又说,尽管他不富裕,但也要靠自己,即使用尽最后一个铜板,也会来排除分隔我们俩的障碍。"

"看上去他还真是个有情有义的人。那么,后来您就从报上知道了噩耗,在这之前您没有再听到什么吗?"

"没有。"

"他让您发誓不说要同查理士斯爵士见面这件事?"

"是的。他说那是暴死,死得不明不白,事情一讲出去,我就要受到怀疑。他这么一恐吓,我就什么也不敢说了。"

"那是。不过您自己有过怀疑没有呢?"

她犹豫起来,低下了头。

"我了解他的为人,"她说,"但是,只要他对我好,是真心的,我就永远也对他忠心。"

"应该说,您的运气还不错,让您脱身,免一次灾祸,"歇洛克·福尔摩斯说。"这点他早就很清楚,可您还能活着没事。您几个月来一直在悬崖峭壁上走,现在我们真要向您道个早安,莱昂斯太太,您很快就会听到我们的好消息。"

"我们这个案子,已经摸得很清楚,面临的难题已经一个个都得到解决,"福尔摩斯说,这时我们正在车站等着从城里开来的快车。"不久,我就会有充分材料写出一部长篇现代犯罪小说,它一定不同凡响,奇异惊人。研究刑事犯罪学的学生会记得六十六年前小俄罗斯古德诺发生的同类案件,当然还有在北卡罗来纳州的安德森谋杀案。但是这个案件本身具有与众不同的特点,现在虽然还没有拿到这个阴险狡诈的家伙确凿的证据,但是,我相信,到今晚睡觉以前一定能搞它个水落石出。"

伦敦来的快车轰隆隆驶进车站，一个干瘦结实的小个子，像只斗牛狗从头等车厢里蹦了出来。我们三人紧紧握手。看到雷斯垂德用极恭敬的态度望向我的同伴，我不由地想到，他们从开始一起合作以来，他已向我的同伴学了不少东西。我还记得很清楚，这位理论推理专家那时常用嘲讽来激发这位实干的朋友。

"有好差使啦？"他问。

"几年来最美的美差，"福尔摩斯说，"现在到出发行动，大约还有两个小时的时间。我说，先趁这点时间吃顿晚饭。然后，雷斯垂德，我们就领你到达特穆尔高原去呼吸呼吸夜晚的纯净空气，把你喉咙里的伦敦脏雾都换个干净，从来没有去过？嗬，你有幸，我保证你一定不会忘记这一回的初游。"

十四　巴斯克维尔的猎犬

福尔摩斯有一个缺点——如果那能被称之为是缺点的话——就是特别不愿把他的全盘计划告诉任何人，直到要执行的那一刻。毫无疑问，一部分是由于他专横的天性，他喜欢操纵周围的人，而且喜欢让他们吃惊；另一部分则是由于他职业的谨慎，使他绝不愿冒泄漏计划的危险。然而，结果是让那些为他做事的人十分难受。我经常碰到这样的情形，但从没有像这次被瞒在黑暗中这么久过。真正的考验即将来临，我们终于要采取最后的行动了，可是福尔摩斯还是什么都不说，我只能猜测他可能的行动。当冷风吹在我们的脸上，窄道两边出现黑沉沉的广阔空地时，我知道我们又再次回到了旷原上，我的心中顿时涌起了期盼和激动。马儿每跨出一步，车轮每转动一圈，我们就更接近即将到来的冒险行动。

由于有雇来的马车夫在，我们一路上的谈话都非常受限制，只敢提些琐碎的事，然而我们的神经也都被即将要发生的事绷得紧紧的。等我们终于经过了弗兰克兰的房子，我知道我们已渐渐接近庄园及行动的地方，我反松了一口气。我们并没有驶向庄园的大门，而是直接去了小径开向旷原的边门。付了车费，将马车遣回翠西山谷后，我们徒步走向梅里皮特宅邸。

"带了武器吗？莱斯特雷德。"

这位矮小的警探笑了笑。

"只要我穿长裤,就一定有后口袋,只要我有后口袋,就一定会放些东西进去的。"

"太棒了!我的朋友跟我也是有备而来的。"

"你已经对这事很有把握了吧,福尔摩斯先生。我们现在准备干什么?"

"等待。"

"哎呀,这地方看起来真不是个让人喜欢的地方,"警探战栗了一下说,眼睛环视着周围险恶的山坡和笼罩在格林本沼泽上的一片浓雾,"我可以看到前面房子里的灯。"

"那就是梅里皮特宅邸,我们这次行动的终点。我必须要求你们要踮着脚走,并且说话也只能耳语。"

我们小心地沿着小径向房子靠近,但在距房子两百码左右的地方,福尔摩斯止住了我们。

"这里就行了,"他说,"右边的这些大岩石正好可以用来遮掩。"

"我们就在这里等?"

"是的,我们就埋伏在这里。雷斯垂德,躲到这边的岩石缝来。华生,你进过那屋子吧?你能说出房间的位置吗?这边的几扇格子窗是什么房间?"

"我想是厨房的窗。"

"再往那边那个很亮的呢?"

"应该是餐厅。"

"窗帘是开的。你对这边的地形最熟,小心地摸过去,看他们正在做什么——但是,上帝,千万别让他们知道有人监视他们。"

我小心翼翼地从小径过去,俯身在围绕着发育不良的果树园的矮墙边,然后借助阴影爬行到一处可以看到窗中景象的地方。

只有两个男人在房里,就是亨利爵士及斯泰普尔顿,他们分坐在一张圆桌的两边,侧面对着我。两人都抽着烟,身前放着咖啡及酒。斯泰普尔顿兴奋地说着话,但男爵看起来却无精打采,心不在焉。或许是想到要独自步行穿过险恶的旷原走回家,使他心情沉重吧。

就在我看着他们的时候,斯泰普尔顿站起身来走出房间,亨利爵士则再自己添满酒,靠向椅背,吐着烟圈。我听到门被拉开的喀啦声,然后是靴子踩上碎石的脚步声,脚步经过我躲藏的矮墙另一边。我偷眼望过去,看见自然学家停在了果园一角的一间小屋门前,用钥匙开了锁,当他推门进去时,里面传出了一阵奇怪的混乱走动声。而他只在里面待了一分钟左右,接着我又听见钥匙转动,然后他又经过我,走回屋子里去。我看到他再度进去陪伴他的客人,于是蹑手蹑脚地回到同伴处,向他们报告我所见到的情形。

"华生,你说那位女士不在屋里?"当我说完后福尔摩斯问道。

"是的。"

"那她会在哪里?除了厨房,没有其他房间有灯光啊。"

"我也想不出她会在哪里。"

我刚才曾提到过,在格林本沼泽的上空覆着一片浓厚的白雾,它现在正在渐渐飘往我们这个方向,像一堵白墙一样横在我们旁边,很低,但却很厚实,而且是完完整整的一片。月光照在雾上,使它看起来像一大片闪闪发光的冰原。远处有些岩石的尖峰穿透在上面,福尔摩斯转身望着这片浓雾,烦躁地喃喃自语。

"华生,它正向我们飘过来。"

"很糟吗?"

"糟糕透了,事实上——这是唯一会破坏我计划的情况。他应该不会再待太久,现在已经十点了。我们的成败,甚至他的生命完全取决于他是否能在浓雾遮盖小径之前出来。"

我们的头顶上夜色很好,星星闪着清冷的光,一弯明月使大地沐浴在柔和的银光中。我们的前面是那幢大房子,它锯齿般的屋顶及高耸的烟囱印在清辉流淌的夜空,清楚地显示出它们的轮廓。屋子窗中透出的长条黄色灯光直延伸过果园射向旷原。突然,一道黄光灭了,仆人离开了厨房,只有餐厅的灯仍旧照在那两个抽着雪茄、聊着天的人身上。

每过一分钟,笼罩着半个旷原的那片羊毛般的浓雾就离房子更接近一点。亮着灯的金黄色窗前已经可以看到一丝淡淡的白线。果园较远的那道墙已经看不见了,果树像立在白色的水汽一样中。就在我们的注视之下,漩涡般的浓雾已卷去屋子两角,然后像一道横堤慢慢掩过整幢房子,房子的二楼及屋顶像浮在阴暗海中的一艘怪船。福尔摩斯急得不停拍打着我们面前的岩石,烦躁得不停蹬脚。

"如果一刻钟之内他还不出来,那么小径就会被雾遮住。半个小时之内,我们就会连自己的手也看不见了。"

"我们是也应该退到比较高一点的地方?"

"没错,我想那样比较好。"

因此,我们顺着浓雾漫过来的方向后退到离屋子约有半英里,但浓厚的白雾顶着银色的月光,仍然无情地慢慢逼过来。

"我们走得太远了,"福尔摩斯说,"我们不能让他在我们赶到前被追上,我们必须守在这儿。"他跪下身来耳朵贴着地面:"感谢上帝,我想我听到他的脚步声了。"

一阵急促的脚步声打破了旷原的寂静。蹲伏在岩石之间,我们聚精会神地注视着面前白雾的银边。脚步声越来越近,像走出舞台幕布一般,我们等待的人终于穿出了浓雾。当他看到清朗的夜空时,似乎有些吃惊地向四周看了看,接着他又快步沿着小径前进,经过我们埋伏的地方,走向我们身后的长坡走去。他边走边四下张望,显出十分惶恐的样子。

"嘘!"福尔摩斯叫道,接着我听到手枪上膛的声音,"注意,它来了。"

由慢慢飘向我们的浓雾中又传来轻微但清晰的连续啪嗒声。夜雾已到了距我们藏身之处五十码远的地方,我们三人全都凝视着它,不知道从里面会钻出什么样恐怖的东西。我就蹲在福尔摩斯的手肘边,我瞥了他一眼,他脸色发白,但十分兴奋,他的眼睛映着月光闪闪发亮,但突然,他的目光僵直地凝视前方,他的嘴也因惊诧而张开。就在这同时,雷斯垂德发出一声恐怖的叫声,将脸埋向地上。我一下子跃起,已变得有些不灵活的手紧握着枪,从雾影中,只见有一个形状恐怖的东西向我们这边蹿过来,我被吓得魂飞魄散。猎狗!身躯硕大无比,浑身漆黑如煤炭,我从未见过竟有这样的猎狗。它那张大的狗嘴里喷着火焰,两只狗眼忽闪忽闪冒着火光,嘴鼻、颈毛、脖子下也都是火。这一个通体乌黑、面目狰狞的东西,从雾幛中蹦出向我们这边直扑过来,他凶恶、丑陋、让人害怕的样子,没有别的动物可与相比,连疯子做最怪诞的噩梦时也不会梦见,那只能想象它是一只魔怪了。

这只巨大的黑东西一跃一蹦沿着我们的朋友经过的路径蹿下去,随着他的足迹紧追不放。我们被这个奇怪的幽灵吓昏了头,愣了一下,等神志清醒过来,发现怪物已经从我们面前飞奔过去。不好!福尔摩斯和我两人一起举枪便打。只听得这怪物随枪响发出一声嚎叫,说明它已经中枪,至少是中了一枪。可是,它并没有停下来,照样向前继续穷追不舍。在路的远处,我们望见亨利爵士在闷头向后看,月光下,脸色惨白,吓得扬起手臂,瞪大眼睛绝望地看着这个可怕的东西向自己扑过来。

听到那猎狗痛苦惨叫,我们的惊恐顿时全无,即刻全身振奋起来。只要它怕打,它就不是什么魔怪;只要我们能把它打伤,我们就定能把它打死,这天夜里,福尔摩斯跑得飞快,我从来都没见过还有谁比他跑得更快。我是人称飞毛腿的,可是我一下子就被他甩掉,就像我一下子把矮个儿公家侦探甩掉那样。我们三人在路上飞奔上前,听到前面亨利爵士在一声接一声地呼救,也听到猎狗低沉的吼声。我眼看着这怪物蹦起来,把准男爵扑倒在地,正要向他的咽喉咬去。就在这危急的一刹那,福尔摩斯甩手将左轮枪五发子弹轮击一空,发发命中那畜生的胸腹部。恶狗发出一声痛苦凄惨的嚎叫,并向空中凶狠地猛咬一口,随即滚倒在地,四脚朝天,垂死挣扎地乱蹬了几下,便侧身瘫下去,不动了。我喘着大气,弯下身,把手枪顶着那骇人的微光闪闪的狗头,但是不用再抠响扳机,因为大猎狗已气绝身亡了。

亨利爵士躺在地上,已经失去了知觉。我们把他的衣领解开,看到他身上并无伤痕,说明我们的营救还是及时的。福尔摩斯便低声做起了感恩祷告。我们的朋友眼皮抖了几下,有气无力地动了动身子。雷斯垂德拿出他的白兰地酒瓶塞到准男爵的上下牙缝之间,他睁开两只惊恐的眼睛望着我们。

"我的上帝呀!"他轻声说,"是什么呀?究竟是什么东西?"

"已经死掉了,不用怕了,"福尔摩斯说。"我们把危害您家的恶魔消灭了,永远、彻底消灭了。"

撑直四肢躺在我们面前的这只动物,光就身体的大小和力量来说,就已无比可怕,它既不是一只纯种的大猎犬,也不是纯种的大獒,很像是两者的混合种——样子凶暴吓人,体大如一头母狮。即使是现在,不能动弹了,那张大的嘴好像还在向外溢出蓝莹莹的火焰。一对深陷的闪光逼射的小眼睛周围也有一圈火光。我用手摸了摸狗嘴,抬起手来,只见我的手指居然也在黑暗中发出光亮。

"是磷。"我说。

"真是恶魔的用心,"福尔摩斯说道,一边用鼻子朝死狗哧哧地嗅嗅。"没有气味影响狗的嗅觉,我们对您表示深深的歉意,亨利爵士,叫您受了这一场惊吓。我本想应该不过是只平常的猎狗,没想到是这么一只家伙。再加大雾,我们就没能把它拦截掉。"

"您救了我一命。"

"可是也叫您冒了一次很大的危险。您还行吗,能站起来吗?"

"给我再喝一口白兰地,就没事了。好了,来,帮我一把。下边该怎么办?"

"您留这儿,您今儿晚上可不能再受惊吓了。一会儿,我们会有人陪您回到庄园去。"

他挣扎着晃晃悠悠地站住,可是脸色还是死灰,很吓人,四肢仍在哆嗦。我们搀扶着他走到一块石头旁边,让他坐下。他用一双手蒙着脸,人在痉挛。

"我们还有事,得先离开一下,"福尔摩斯说。"剩下的事还得赶紧去干,每分每秒都很要紧。案子已经完全清楚了,现在只剩下去抓人了。"

"人肯定不在屋里,百分之九十九没希望,"我们又顺着原路迅速返回,福尔摩斯继续说。"一打枪,就已经告诉他,他的鬼把戏戳穿了。"

"我们隔开很有一段距离,雾又大,枪声可能听不见。"

"他跟在后边,赶着猎狗跑出来,这点你们应当肯定。一定不会在屋里了。这时候,他还不跑?不过,屋子总要搜一搜,该确定一下。"

前门开着,我们一冲而入,赶紧一间屋挨一间屋地进出检查。过道里遇上个蹒跚哆嗦的老男仆,惊恐地望着我们。除了餐厅,全无灯火。福尔摩斯抓起台灯照着屋子的每个角落,一处也不遗漏。丝毫不见要捉拿的人的踪影,可是楼上有一间房门上着锁。

"里面有人,"雷斯垂德叫道。"我听见动静了。把门打开!"

里面传出低低的呻吟和瑟瑟的声响。福尔摩斯抬起脚对准门锁就是一脚,门一下子被蹬开。我们三人紧握手枪,冲进房内。

可是仍然扑空了,不见那个亡命之徒的影子。倒是面前有个东西,十分奇怪又意想不到,我们不解地望着,愣了一下。

这个房间搞得像个小博物馆似的,沿四面墙壁是一排玻璃面的柜,里面陈列着各种蝴蝶和飞蛾标本,收藏这些东西,成为这个用心险恶的人一种消遣。在房间的正中央,有一根直立的木柱,原是支撑屋顶和被虫蛀的旧梁木的,起加固作用,现在这根木柱上却捆着一个人。那人用被单裹住全身,一下还看不出是男是女。一条毛巾绑着脖子系在后背柱子上,另一条毛巾裹住脸的下半部,只露出两只黑眼睛——眼里充满了痛苦、羞辱和可怕的疑虑,我们盯住他看,他也盯着我们看。一会儿工夫,我们把毛巾等裹着的东西一一解除,斯泰普顿太太在我面前倒在了地上。

她那美丽的脸庞向胸前低垂。我在她的脖子上看见一道道清晰的被鞭子抽的血痕。

"这畜生!"福尔摩斯喊道。"快,雷斯垂德,白兰地酒!把她扶到椅子上去!她是被虐待的,昏过去了。"

片刻之后,她重新睁开眼睛。

"他没事吧?"她问道。"他跑掉了吗?"

"他逃不出我们的手掌心,夫人。"

"不,我不是指我丈夫。我是说亨利爵士,他没事吧?"

"他没事。"

"那只狗呢?"

"打死了。"

她发出一声放心而满意的叹息。

"感谢上帝!这个坏蛋!看他是怎样对待我的呀!"她猛地拉起袖子露出胳臂来,我们惊恐地看到她手臂上伤痕累累。"可是算不了什么!他还折磨我的心灵。如果他依然爱我的话,无论是虐待、寂寞、受骗的生活都好,我都能忍受,可是现在我明白了,原来我也是他的欺骗对象和作恶的工具。"她说着说着就突然痛心地哭了起来。

"您对他已全无好感了,太太,"福尔摩斯说道,"那么,请告诉我们,在哪里可以找到他。如果您曾为他做过坏事的话,现在就来帮助我们来赎你的罪过吧。"

"他只能逃到一个地方去,"她回答道,"在泥潭中心的小岛上,有一座锡矿,他就是把猎狗藏在那里的,他还在那里做了准备,是他的躲避所。他肯定会往那儿跑。"雾墙像雪白的羊毛似的紧围绕在窗口外面。福尔摩斯端着灯走向窗前。

"看,"他说道,"今晚可能谁也找不到走进格林本泥沼的道路了。"

她拍着手大笑起来。她的眼里闪烁着可怕的喜悦的神情。

"他也许可以找到走进去的路,可是永远也别打算再出来了,"她喊了起来,"他今晚怎么能看得见那些路标呢?那是我们两个人一起插的,用来标明穿过泥沼的小路,如果我今天能够都给他拔掉一些该有多好啊,那样您就真的能任意处置他了!"

显然,在雾气消散之前,任何追捕都是没有用的。当时我们留下了雷斯垂德,让他照看房子,而福尔摩斯携同我和准男爵一起回到巴斯克维尔庄园去了。关于斯泰普尔顿家人的实情再也不能瞒着他了,当他听到他所热爱的女人的真相的时候,居然勇敢地承受住了这个打击。可是夜间那场冒险已经使他的神经受了创伤,天亮之前他发起高烧来,神志不清地躺在床上,莫提默医生被请来照顾他。他们两个已经决定了,在亨利爵士恢复精神之前要一起去作一次环球旅行,要知道他在变成这份不祥财产的主人之前,他是个多么精神饱满的人啊。

现在我要很快地结束这段奇特的故事了,在故事里我想读者也体会了一下那些极端的恐怖和模糊的猜测,这些东西在很长时间里使我们的心上蒙了一层阴影,而结局竟然是如此的悲惨。在那猎狗死后第二天的早晨,雾散了,我们在斯泰普尔顿太太的引导下到了一条贯穿泥沼的小路的地方。看着她带领我们追捕她丈夫时所表现出来的急切和喜悦,让我们体会到这个女人过去的生活是多么的可怕。我们让她留在一个窄长的半岛似的、坚实的泥煤质的地面上等着。越往泥沼里面走,这块地面就变得越窄。从这块地面的尽头处起就这里一根那里一根地插着小木棍,沿着这些小木棍就是那条陌生人无法走过的,由一堆乱树丛到另一堆乱树丛的小路,繁茂的芦苇和粘滑的水草散发腐朽的臭味,浓重的浊气扑面而来,我们不只一次地失足滑入没膝的、黑色的泥坑里,走了数码之远,泥还是粘粘地沾在脚上甩不下去。在我们这次行程中那些泥一直死死地拖住我们的脚跟。当我们陷入泥里的时候,就像是有一只恶毒的手把我们拖向污泥的深处,而且抓得那样紧。

只有一次,我们看到了一点痕迹,说明曾有人在我们之前穿过了那条危险的小路。在粘土地上的一堆棉草中间露出一件黑色的东西,福尔摩斯从小路上向旁边迈了一步,想要抓起那件东西,不料却陷入了泥潭,直陷到了腰部那么深。如果不是我们在那里把他拉了出来的话,他就再也不会站到坚硬的地面上来了。他捡起一只黑色的高筒皮鞋,里面印着"麦尔斯·多伦多"。

"这个泥浴还真是值得一洗,"他说道,"这就是咱们的朋友亨利爵士失去的那只皮鞋。"

"一定是斯泰普尔顿逃跑时丢在那里的。"

"没错。他让猎狗闻了鞋味之后还把鞋留在手边,当他知道计划已经被拆穿而逃跑的时候,仍把它紧握在手里,在逃跑的途中却丢在这里了。至少一直到这里为止他还是安全的。"

  我们虽然可以做很多推测,可是永远也不知道更多的情况了,因为在沼地里根本无法找出脚印来,冒上来的泥浆很快就把脚印盖上了。过了最后的一段泥泞小路,走到坚实的土地上的时候,我们就都急切地寻找起脚印来了,可是一点影子也没有看到。如果地面没有说谎的话,那么斯泰普尔顿就是昨天在挣扎着穿过浓雾走向他那隐蔽所的小岛时也许在格林本大泥沼中心的某个地方,大泥沼污浊的沼泽已经把他吞没了吧。这个残忍的、心肠冰冷的人就这样地永远被埋葬了。

  在他隐藏他那凶猛的伙伴的小岛上,我们找到了很多他留下的痕迹。一只大的驾驶盘和一个装满了一半垃圾的竖坑,说明这是一个被废弃不用的矿坑遗址。旁边还有一些矿工小屋的遗迹,开矿的人们无疑是被周围泥沼的恶臭给熏跑了。在一个小房里,有一只马蹄铁、一条锁链和一些啃过的骨头,说明那里就是隐藏过那只猎狗的地方。一具骨架,躺在断垣残壁之间,上面还粘着一团棕色的毛。

  "一只狗!"福尔摩斯说道,"天哪,是一只卷毛长耳猎犬。可怜的莫提默再也看不到他宠爱的狗了。我相信这里所有的秘密我们已经弄清楚了。他可以把他的猎狗藏起来,可是他不能使它不发出声,因此才发出了那些叫声,甚至在白天听起来也不是很好听。在紧急的时候,他可以把猎狗关在梅里皮特房外的小屋里去,可是这样做是很冒险的,而且只有在他认为一切均已准备就绪的情况下,他才敢这样做。这只铁罐里的糊状的东西,无疑就是抹在那猎犬身上的发光的混合物。当然,他所以采取这种方法,是因为受到了世代相传的关于魔犬的故事的启发,并刻意要吓死查理士老爵士。难怪那可怜的逃犯,一看到这样一只畜生在沼地的黑暗之中突然从后面追了上来,就会像我们的朋友一样,一面跑一面呼喊,就连我们自己说不定也会那样呢。这确实是个狡猾的阴谋,因为这样不仅可以把要谋害的人置于死地,而且使得乡民们不敢深入调查这只畜生。这里的很多人都见过这只猎狗,哪个见过它的乡民们还敢过问呢?我在伦敦时曾经说过,华生,现在我再说一遍,咱们从来还没有追捕过这样危险的人物呢。"他向着广袤而散布着绿色斑点的泥沼挥舞着他那长长的臂膀,泥沼向远处延伸着,直到和赤褐色的沼地的山坡连成一片。

十五　回忆

时间已经到了十一月底，一个阴冷、大雾的晚上，在贝克街，福尔摩斯和我一起在客厅里红红的炉火旁面对面坐着。自从去德文郡了结了那桩惨案之后，他又侦破了两件很重要的案子：在第一件案子里，揭露了阿普德上校的丑行，他与著名的"无敌俱乐部"纸牌舞弊案有牵连。在第二件案子里，推翻了不幸的蒙特邦歇太太的冤案，使她承担谋杀丈夫前妻的女儿卡莱小姐的罪名，这位年轻的卡莱小姐结果在六个月之后被发现还活着，而且在纽约结了婚。我的朋友因为连续破了几件重大案子，所以精神振亢奋，情绪高昂。我于是顺便跟他谈起巴斯克维尔谜案的详细情节。现在我才有这个机会，因为我心中清楚他不喜欢一个案子与一个案子发生重叠干扰，也清楚他不容许对当前工作逻辑清晰的思考为了回忆往事而分神。亨利爵士和莫提默医生正好也来到了伦敦，正准备出发作一次长途旅行，这是之前就安排好的，以便使他那深受打击的神经得以恢复。这天下午他们来拜访我们，于是，就很自然地谈起了这个话题。

"事情的整个经过，"福尔摩斯说，"从自称叫斯泰普尔顿的这个人的角度来看，是一桩简单明了的事情，然而对于我们来说，一开始并没有办法明确他的动机，连事实也只是掌握了一部分，整个情况显得非常错综复杂、扑朔迷离。好在我已经同斯泰普尔顿太太谈过两次话，案情现在已经全部真相大白，我看没有什么不解之谜了。我有索引的案件统计表摆在 B 字栏，你能找到几条有关这件事的摘记。"

"麻烦你回顾一下，把全案的梗概再连贯地谈一谈。"

"好的，虽然我不能保证全部事实记得一点不漏。律师对于自己手里正在处理的案件和法律权威辩论起来很拿手，可是庭审过了才一两个星期，脑子里就忘得精光了。所以我处理的每一件案子总要跟上一件案子打架。卡莱小姐的事会搅乱我回忆巴斯克维尔庄园。明天说不定要出来一些小问题，又让我全神贯注起来，使我从这位美丽的法国女郎、还有臭名昭著的阿普德的身上转移开。不过，关于猎狗这个案件，我很高兴尽可能多说事情的全过程。有什么地方忘掉，你提醒我好了。"

"经过调查，家族的肖像画一点没错。这个家伙，确实是巴斯克维尔家族的人。他是罗杰·巴斯克维尔的儿子，罗杰是查理士爵士的兄弟。罗杰恶名昭著，逃往南美洲，据说死在那儿，并没有结婚。但事实上，他不仅结了婚，婚后还生了一个孩子。就是这个家伙，他的真名同父亲的名字一样。他娶了一个哥斯达黎加美女贝丽尔·加尔西亚，后来，他窃取了一大笔公款潜逃，改名范德勒，逃到英格兰，在约克郡东部办了一所小学。他之所以会从事教育事业，是因为他在归途中偶尔结识了一名教师，是一个患肺病的教师，想到不妨利用一下，靠着这个教师的能力做点事站稳脚跟，这位教师姓弗雷泽。起初学校办得还不错，不久弗雷泽死了，学校一下子就垮了下来，越办越糟糕，名声也越来越坏。范德勒就带着余款，改名叫斯泰普尔顿，心里另有打算，因为有对昆虫的专门爱好，他便来到了英格兰南部。我在大英博物馆还了解到，他在这一门学问的领域里还算是个有点名气的专家呢，而且有一种蛾，是他在约克郡的时候首先发现并做出研究的，所以命名范德勒，作为专门名称。

"我们现在谈他的这段生活，确实让人有很大兴趣。这个人显然是经过了调查，发现只有两个人，是他获得巨大财产的障碍。他最初到达德文郡时的计划我现在还是模糊不明确的。但是他从一开始就让自己的妻子以妹妹的身份出现，很明显，这就是别有用心，存心要干坏事的做法。阴谋的各个环节到底怎么样，可能还不能确定，但是要拿她做钓饵的想法在他心中已经确定无疑。最后他决定要夺取财产，看准了这一目标后，便不择手段，不惜冒一切风险。他的第一步行动，是把自己的家安置在靠近祖宅的地方；第二步，同查理士·巴斯克维尔爵士培养友谊，建立感情，同时跟邻居们也搞好关系。

"准男爵亲口和他讲述家族中有关猎犬的传说，不料就此给自己铺就了一条死路，斯泰普尔顿，我就这么称呼他了，斯泰普尔顿了解到这老头儿心脏衰弱，吓就可以把他吓死。这些都是从莫提默医生那里知道的。他还听说查理士很迷信，真的把猎犬这个传说当一回事，心中牵挂着这个凶象，又添了心病。他的坏脑筋立刻就动到这上头，不就可以用这个方法把准男爵置于死地吗！而且几乎不可能找得到真凶。

"他心中打定这个主意，便挖空心思进行策划，再安排各个细节。一般人实施这个阴谋，弄只凶恶的猎狗也就可以了。但他不一样，他经过加工，把动物变成了魔鬼。这就比别人多了点鬼点子,棋高一着,这狗是从伦敦福勒姆街犬商贩罗斯和曼格尔斯那里买来的,在所有的狗中,他挑中的这只最强壮、最凶猛。他带上狗由北德文郡铁路回来,又走了一段好长的路,穿过沼泽地,这样就不会惊动人,没有人知道,他已经在捕捉昆虫的时候深入过格林本泥沼,知道路径,所以就在那里找到一个地方把狗藏好,把狗关在狗窝里,伺机而动。

"但找时机并不是那么容易的。老先生不可能在夜里给引诱出来,离开他的住宅。有好几次,斯泰普尔顿牵出狗来埋伏守候在外面,可是都没有结果。这样跟踪、追寻,机会始终没有出现,几次下来,他,主要是他的那只狗,叫农民们目睹了。有魔犬的传说就此得到证实,传得神乎其神。他曾经动歪点子,叫自己妻子引诱查理士爵士上钩。可是在这件事上,出乎他的意料,妻子不肯听从。妻子不愿意把这位老绅士拖入情网,让他中美人计给害了。任凭怎么恐吓,甚至我们都难以想象的殴打,都不能使她屈服。她绝不肯配合这件事,弄得斯泰普尔顿有那么一阵子毫无办法。

"正在这个束手无策的时候,他找到了一个机会。查理士爵士和他有了友情,开始信任他,让他掌管一笔慈善捐款,资助有难的女人劳拉·莱昂斯太太。斯泰普尔顿装扮成一个单身汉,开始对莱昂斯太太下工夫,并且让她明白,只要她能同自己丈夫离婚,他愿意和她结婚。正在这时,他的计划盘算突然遇到一个紧急情况。他得知查理士爵士就要离开庄园,这是应莫提默医生的劝告。他自己表面装得与医生的意见也不谋而合。可是他心里想必须马上采取行动,否则他的目标一走远,就鞭长莫及了。于是他动脑筋叫莱昂斯太太写了那封信,恳求老人无论如何在去伦敦之前的这天晚上要同她见一次面。接着,他又用听来似乎理由十足的一套话说服女的不去赴约,这样一来,他等待已久的好机会终于来了。

"他从库姆·特雷西坐车赶回家,及时把狗牵出来,涂涂抹抹,装扮成一只魔怪,然后带到栅门那边,他知道,老绅士就等在这个地方。狗受了主人唆使,跳过栅门扑向老人。可怜的准男爵被狗追着,在紫杉小路上奔逃喊叫。黑暗的小巷道上,看见这么一只又大又黑的怪物,张开大嘴喷着火焰,双眼冒着火光,朝着自己追扑过来,的确非常可怕。他心脏还有病,一受惊吓,就被吓死了,倒在小路的尽头。准男爵是在小路上奔逃,猎狗是在路边草地上追赶,这样,只有人的脚印可以看得出,狗的脚印却看不见,畜生看人躺倒在地不动了,可能过去闻了一闻，闻出是没了气的死人，就调头回去了。正是在这个时候留下了脚印，莫提默医生发现的也就是这些狗爪印。猎狗接着被叫走，又关回到格林本泥沼地的窝里去。这就成了一件神秘的事，当局者感到莫名其妙，乡下人更大为恐慌，最后案子到了我们这里，接手下去。

"这些就是查理士·巴斯克维尔爵士的死亡经过。你可以察觉这中间狡诈的地方，几乎没有办法找到真凶，提出起诉。他唯一的共犯是一个绝对不会出卖他的东西，同时它古怪而令人不可思议的外形只会增加传说的可信度。涉及本案子的两个女人——斯泰普尔顿太太及劳拉·莱昂丝太太都对斯泰普尔顿有强烈的怀疑。斯泰普尔顿太太知道他对那老人的图谋，也知道那条巨犬的存在。莱昂斯太太对这些事并不知道，但死亡的时间正好是她没有前往约会的时间，而斯泰普尔顿又是唯一知道这件事的人，这让她深深怀疑。然而，这两个女子都受他控制，他不怕她们。于是前一半的工作完成地非常成功，接下来的一半则更加困难。

"斯泰普尔顿有可能起先并不知道有另一个继承人在加拿大。不过，不管怎样，他很快就从他的朋友莫提默医生那里得知，亨利·巴斯克维尔将要抵达的细节。斯泰普尔顿的第一个念头是将这个由加拿大来的年轻人在伦敦就解决掉，根本没有必要让他来到德文郡。但自从他太太拒绝引诱老人入陷阱之后，他就不再信任她了，他不敢让她离开视线太久，怕会失去对她的控制。正因为这个理由，他把她也带到伦敦。我找出他们住在老瑞文街的麦克斯博罗私人旅舍，我派的人在寻找证据时正好也住这家旅店。他把妻子关在旅店的房间里，然后自己化装成一个大胡子，跟踪莫提默医生到贝克街，再到车站，然后到诺森伯兰旅馆。他的妻子大概知道他的计划，但她非常害怕她丈夫——由于他凶暴的方式——因此不敢写字条告诉那个有危险的人。如果字条落入斯泰普尔顿手中，她自己的性命也将不保。最后，她冒险用报上剪下的字拼凑成信，伪装笔迹写上

地址。这封信终于如愿到达男爵手中,这就是他接到的第一个危险警告。

"斯泰普尔顿有必要弄到一件亨利爵士的衣物,这样如果他必须利用他的狗,就有东西可以让它熟悉他的气味。他果断大胆的性格让他马上就开始着手,我们毋庸置疑地就知道那两只靴子是他用高价收买旅馆女服务员帮他弄到的。可是碰巧第一只弄到的靴子是新的,还没有穿过所以不管用,于是他只好回去再弄一只——这是一连串事件中最具线索的一桩,它让我知道我们是在对付一条真的狗,因为没有其他假设能用来解释想要取得一只旧靴子而不要新的。越是古怪而不寻常的事件,就越应该仔细去调查,尤其那种很明显会把案情更复杂化的不同寻常之事,在经过适当的考量与科学的验证之后,经常是最能说明案子线索的。

"后来,第二天早晨我们的两位朋友来访,斯泰普尔顿就坐在马车中跟踪。由于他知道我们的地址、容貌,以及他自己的行动,我认定他犯过的罪肯定不光巴斯克维尔这一件事。据我所知,在过去的三年中,西部地区发生过四件非常重大的盗窃案,却一直没能逮捕到任何作案的人。其中最近发生的一件,就是五月时在福尔克斯通发生的惊人冷血枪杀案,被杀的仆人意外撞见了戴面具的独行盗。我不怀疑斯泰普尔顿用同样的方法来安排他并不周全的策略,一直以来,他就是这么一个亡命的危险人物。

"他的策略已经完成的一个明显例子就是当天早晨他成功地从我们手中逃脱,并大胆地从马车夫之口说出我的名字。从那时起,他就知道我在伦敦接手了这个案子,他在伦敦不可能有机会下手,于是就回到德文郡等候男爵的抵达。"

"等一下!"我说,"你对发生的事说得确实一点没错,但是有一点你并没解释。当它的主人在伦敦时,那头巨犬怎么办?"

"我也注意到这件事,因为它十分重要。斯泰普尔顿一定有个同谋,但是他绝对不会有把柄落入这个人手中,当然也不会告诉他计划。在梅里皮特宅邸有个老仆人,名叫安东尼,他与斯泰普尔顿的关系自然追溯到他在办学校之时,因此他肯定知道他们的关系是夫妇而不是兄妹。但这个人已失踪了,离开了英国。由于安东尼不是很普遍的英国名字,而安东尼欧则是极普遍的西班牙名字,我们很自然就联想到他的出身。这人与斯泰普尔顿太太一样,英文说得很好,但是'S'及'Z'的发音不清楚,我曾亲眼看到那老仆人由斯泰普尔顿标出的小径穿越旷原,因此,很可能主人不在时,是由他来饲养那条狗。不过,他也许并不知道巨犬的用途。

"斯泰普尔顿夫妇于是又回了德文郡，之后，亨利爵士和你接着抵达了。现在得提一下那段时间我在做什么。你也许还记得当我在检视那封用报纸剪下来的字贴成的信时，为了要仔细地检查信纸上的水纹，我把纸拿近到距眼睛几英寸的地方，却闻到一阵淡淡的白茉莉花香味。一个罪案专家必须能立刻分辨出来七十五种香水，在我经历的案子中，靠辨别香水味而破了案的，也不止一起。这香味表示有女士涉入，我就开始转到斯泰普尔顿夫妇身上。在确定了狗的存在之后，西行之前，我就已经猜出了凶手是谁。

"监视斯泰普尔顿是我一项重要的工作，不过，显然，如果我和你一起去，我就没办法进行这件事，因为他会十分警戒。于是我骗了所有的人，也包括你，在我应该人在伦敦的时候，其实我已经偷偷前往。我遭遇的困苦并没有你们想象的那么大，而且这些琐事也不应该阻挠案子的侦查。我的大部分时间待在翠西山谷，只有在必要时才使用旷原上的石屋。卡特莱与我一同前去，他装成一个乡下小孩，给了我很大帮助，我靠他送食物及干净的衣服。当我监视斯泰普尔顿时，卡特莱就负责你们，这样我可以把所有情况都了如指掌。

"我已经告诉过你了，你的报告一到贝克街就转到翠西山谷，因此我很快就能拿到。那些报告对我帮助很大，尤其是提到斯泰普尔顿过去经历的那份，我因此才找出他们真正的身份，知道自己的真正处境。这案子由于那逃犯的涉入而变得复杂起来，尤其是他与拜瑞莫夫妇的关系。幸运的是你很快就澄清了这事，不过据我自己的观察，也得到了同样的结论。"

"你在旷原上发现我的时候，我对整件事情已经有了全面的了解，但是还不足以在陪审团面前立案。甚至那晚斯泰普尔顿企图致亨利爵士于死地，却结果了那不幸逃犯的性命那件事，也不能证明他的罪行，似乎只有别无选择地以现行犯捉到他才行，于是我不得不利用亨利爵士为饵，让他看起来毫无保护地单独出现。我们这样做了，让我们的顾客大大受到惊吓，却成功地破了本案，而且将斯泰普尔顿毁灭。不过，我承认，让亨利爵士去遭受所有这些惊吓，实在是我处理这案子时应该受到谴责的地方，但是，我们实在没有办预见这古怪东西带给我们的惊吓程度，居然连我们也几乎都僵住，同时，我也无法预测到那大雾的发生，使我们没有足够的时间对它做出应有的反应。还好，我们为达到目的所付出的代价，莫提默医生及其他专家都说只是暂时性的。长途的旅行不但使我们的朋友恢复了他的心神，还可以抚平他受创的心灵。他对那位女士的爱是真挚而深切的，对他而言，这整件凶恶的事最令他伤心之处就是被她欺骗了。

"现在剩下需要说明的就是她在这个案子中所扮演的角色了。她受着斯泰像普尔顿的左右，其原因也许是爱情，也许是恐惧，更可能是两者都有，因为这绝不是两种不可以同时存在的感情。这种控制的力量，是绝对有效的，在他的命令之下，她同意了装他的妹妹，虽然在他想要使她直接参加谋杀的时候，也发现了他对她的控制力还是有限的。

只要不把她的丈夫牵连进去，她就准备去警告亨利爵士，而且她也曾一再地想这样做。看来斯泰普尔顿似乎还有嫉妒心，当他看到准男爵向女士求婚的时候，虽然这一点在他自己的计划之内，但他还是忍不住要大发雷霆而出面干涉，这样一来就把他经过抑制的火暴性格暴露了出来。他用笼络感情的办法使亨利爵士经常到梅里皮特宅邸来，以便早晚能获得他所期望的好机会，可是就在事情危急的时候，他太太却突然和他对立起来。她已经知道那逃犯死亡的事，她也知道，亨利爵士来吃晚饭的那一傍晚，那只猎狗就关在外边的小屋里。她谴责了她丈夫预谋要干的罪行，他愤怒了，他第一次向她透露他已另有所爱。她那往日的柔顺突然变成了深深的仇恨，他看得出来，她会把他出卖，因此就把她捆了起来，免得她一得机会就去警告亨利爵士，无疑地，他是希望当全乡的人都把准男爵的死归之于他家的厄运的时候，他就能争取让他太太接受事实，并要她保守秘密。在这个问题上，我想，他是打错算盘了，即使咱们不到那儿去，他的命运也同样是注定了的。一个有着西班牙血统的女人是不会那么轻易地宽恕这样的侮辱的。我亲爱的华生，不参考摘记，我是没有办法更详细地给你叙述这一离奇的案子了。我不知道是否还遗漏了什么重要的东西没有解释到。"

"他不应该指望用他那只可怕的猎狗，像弄死老伯父那样地吓死亨利爵士的。"

"那畜生很凶猛，而且只喂得半饱。它的外表虽然不能把它所追踪的人吓死，但至少也能使人丧失抵抗力。"

"当然了。还剩下一个难题。如果斯泰普尔顿继承了财产，他怎样来解释这一个的事实呢：他作为一个继承人为什么一直更名改姓地隐居在离财产这么近的地方呢？他怎么能要求继承权而不引起别人的怀疑进行调查呢？"

"这是一个最大的困难，想要让我去解决这个问题，恐怕你是对我要求过高了。过去和现在的事我都调查过了，可是一个人将来会怎么样，还是个很难回答的问题。斯泰普尔顿太太曾经几次听到她丈夫谈论这个问题，有三条路可走：他也许要从南美洲要求继承这份财产，让英国当局来证明他的身份，这样可以不用来英格兰就把财产弄到手；或者住在伦敦的短时期内采取隐蔽身份的办法；或者，还得找一个同谋，带着证明文件的证物，证明他是继承人的身份，可是对他收入的一部分保留所有权。根据我们对他的了解，他一定会设法解决这些困难的。啊，我亲爱的华生，咱们已经严肃认真地工作了几个星期了，我想，咱们还是换换口味，想些愉快的事吧。我在虞格诺戏院订了一个包厢。你听过德·雷兹凯演的歌剧吗？请你在半小时之内收拾好，咱们还可以先到玛齐尼饭店吃个晚饭。"